कायाकल्प

कायाकल्प

प्रेमचंद

Pangram Publishers

Published by Pangram Publishers (India)

A 208, 2nd Floor, North Ex Mall, Sector-9, Rohini, Delhi-110085

Branch Office – 2/12, Ansari Road, Daryaganj, Delhi-110002

pangrampublishers@gmail.com, www.pangrampublishers.com

कायाकल्प

by

प्रेमचंद

978-93-48156-78-5

First Pangram Impression: 2025

Printed and bound in India.

एक

दोपहर का समय था; चारों तरफ अंधेरा था। आकाश में तारे छिटके हुए थे। ऐसा सन्नाटा छाया हुआ था, मानो संसार से जीवन का लोप हो गया हो। हवा भी बंद हो गई थी। सूर्यग्रहण लगा हुआ था। त्रिवेणी के घाट पर यात्रियों की भीड़ थी—ऐसी भीड़, जिसकी कोई उपमा नहीं दी जा सकती। वे सभी हिन्दू, जिनके दिल में श्रद्धा और धर्म का अनुराग था, भारत के हर एक प्रांत से इस महान् अवसर पर त्रिवेणी की पावन धारा में अपने पापों का विसर्जन करने के लिए आ पहुंचे थे, मानो उस अंधेरे में भक्ति और विश्वास ने अधर्म पर छापा मारने के लिए अपनी असंख्य सेना सजाई हो। लोग इतने उत्साह से त्रिवेणी के संकरे घाट की ओर गिरते-पड़ते लपके चले जाते थे कि यदि जल की शीतल धारा की जगह अग्नि का जलता हुआ कुंड होता, तो भी लोग उसमें कूदते हुए जरा भी न झिझकते?

कितने आदमी कुचल गए, कितने डूब गए, कितने खो गए, कितने अपंग हो गए, इसका अनुमान करना कठिन है। धर्म का विकट संग्राम था। एक तो सूर्यग्रहण, उस पर यह असाधारण अद्भुत प्राकृतिक छटा! सारा दृश्य धार्मिक वृत्तियों को जगाने वाला था। दोपहर को तारों का प्रकाश माया के पर्दे को फाड़कर आत्मा को आलोकित करता हुआ मालूम होता था। वैज्ञानिकों की बात जाने दीजिए, पर जनता में न जाने कितने दिनों से यह विश्वास फैला हुआ था कि तारागण दिन को कहीं किसी सागर में डूब जाते हैं। आज वही तारागण आंखों के सामने चमक रहे थे, फिर भक्ति क्यों न जाग उठे! सद्वृत्तियां क्यों न आंखें खोल दें!

घंटे भर के बाद फिर प्रकाश होने लगा, तारागण फिर अदृश्य हो गए, सूर्य भगवान की समाधि टूटने लगी।

यात्रीगण अपने-अपने पापों की गठरियां त्रिवेणी में डाल-डालकर जाने लगे। संध्या होते-होते घाट पर सन्नाटा छा गया। हां, कुछ घायल, कुछ अधमरे प्राणी जहां-तहां पड़े कराह रहे थे और ऊंचे कगार से कुछ दूर पर एक नाली में पड़ी तीन-चार साल की एक लड़की चिल्ला-चिल्लाकर रो रही थी।

सेवा-समितियों के युवक, जो अब तक भीड़ संभालने का विफल प्रयत्न कर रहे थे, अब डोलियां कंधों पर ले-लेकर घायलों और भूले-भटकों की खबर लेने आ पहुंचे। सेवा और दया का कितना अनुपम दृश्य था!

सहसा एक युवक के कानों में उस बालिका के रोने की आवाज पड़ी। अपने साथी

से बोला—यशोदा, उधर कोई बच्चा रो रहा है।

यशोदानन्दन—हां मालूम तो होता है। इन मूर्खों को कोई कैसे समझाए कि यहां बच्चों को लाने का काम नहीं। चलो, देखें।

दोनों ने उधर जाकर देखा, तो एक बालिका नाली में पड़ी रो रही है। गोरा रंग था, भरा हुआ शरीर, बड़ी-बड़ी आंखें, गोरा मुखड़ा, सिर से पांव तक गहनों से लदी हुई। किसी अच्छे घर की लड़की थी। रोते-रोते उसकी आंखें लाल हो गई थीं। इन दोनों युवकों को देखकर डरी और चिल्लाकर रो पड़ी। यशोदा ने उसे गोद में उठा लिया और प्यार करके बोला-बेटी, रो मत, हम तुझे तेरी अम्मां के घर पहुंचा देंगे। तुझी को खोज रहे थे। तेरे बाप का क्या नाम है?

लड़की चुप तो हो गई, पर संशय की दृष्टि से देख-देखकर सिसक रही थी। इस प्रश्न का कोई उत्तर न दे सकी।

यशोदानन्दन ने फिर चुमकारकर पूछा—बेटी, तेरा घर कहां है?

लड़की ने कोई जवाब न दिया।

यशोदा-अब बताओ महमूद, क्या करें?

महमूद एक अमीर मुसलमान का लड़का था। यशोदानन्दन से उसकी बड़ी दोस्ती थी। उसके साथ यह भी सेवा-समिति में दाखिल हो गया था। बोला—क्या बताऊं? कैंप में ले चलो, शायद कुछ पता चले।

यशोदानन्दन—अभागे जरा-जरा से बच्चों को लाते हैं और इतना भी नहीं करते कि उन्हें अपना नाम और पता तो याद करा दें।

महमूद—क्यों बिटिया, तुम्हारे बाबूजी का क्या नाम है?

लड़की ने धीरे से कहा—बाबू दी !

महमूद—तुम्हारा घर इसी शहर में है या कहीं और?

लड़की—मैं तो बाबूदी के साथ लेल पर आयी थी !

महमूद—तुम्हारे बाबूजी क्या करते हैं?

लड़की—कुछ नहीं कलते।

यशोदानन्दन—इस वक्त अगर इसका बाप मिल जाए तो सच कहता हूं, बिना मारे न छोड़ूं। बचा गहने पहनाकर लाये थे, जाने कोई तमाशा देखने आये हों !

महमूद-और मेरा जी चाहता है कि तुम्हें पीटूं। मियां-बीवी यहां आए तो बच्चे को किस पर छोड़ आते ! घर में और कोई न हो तो?

यशोदानन्दन—तो फिर उन्हीं को यहां आने की क्या जरूरत थी?

महमूद—तुम एथीइस्ट (नास्तिक) हो; तुम क्या जानो कि सच्चा मजहबी जोश किसे कहते हैं?

यशोदानन्दन—ऐसे मजहबी जोश को दूर से ही सलाम करता हूं। इस वक्त दोनों मियां-बीवी हाय-हाय कर रहे होंगे।

महमूद—कौन जाने, वे भी यहां कुचल-कुचला गए हों।

लड़की ने साहसकर कहा—तुम हमें घल पहुंचा दोगे? बाबूदी तुमको पैछा देंगे।

यशोदानन्दन—अच्छा बेटी, चलो तुम्हारे बाबूजी को खोजें।

दोनों मित्र बालिका को लिये कैम्प में आए, पर यहां कुछ पता न चला। तब दोनों उस तरफ गए, जहां मैदान में बहुत से यात्री पड़े हुए थे। महमूद ने बालिका को कन्धे पर बैठा लिया और यशोदानन्दन चारों तरफ चिल्लाते फिरे—यह किसकी लड़की है? किसी की लड़की तो नहीं खो गई? यह आवाजें सुनकर कितने ही यात्री हां-हां, कहां-कहां करके दौड़े, पर लड़की को देखकर निराश लौट गए।

चिराग जले तक दोनों मित्र घूमते रहे। नीचे-ऊपर, किले के आस-पास, रेल के स्टेशन पर, अलोपी देवी के मन्दिर की तरफ यात्री-ही-यात्री पड़े हुए थे, पर बालिका के माता-पिता का कहीं पता न चला। आखिर निराश होकर दोनों आदमी कैम्प लौट आए।

दूसरे दिन समिति के और कई सेवकों ने फिर पता लगाना शुरू किया। दिन-भर दौड़े, सारा प्रयाग छान मारा, सभी धर्मशालाओं की खाक छानी पर कहीं पता न चला।

तीसरे दिन समाचार-पत्र में नोटिस दिया गया और दो दिन वहां और रहकर समिति आगरे लौट गई। लड़की को भी अपने साथ लेती गई। उसे आशा थी कि समाचार-पत्रों से शायद सफलता हो। जब समाचार-पत्रों से कुछ पता न चला, तब विवश होकर कार्यकर्त्ताओं ने उसे वहीं के अनाथालय में रख दिया। महाशय यशोदानन्दन ही उस अनाथालय के मैनेजर थे।

दो

बनारस में महात्मा कबीर के चौरे के निकट मुंशी वज्रधरसिंह का मकान है। आप हैं तो राजपूत पर अपने को 'मुंशी' लिखते और कहते हैं। 'मुंशी' की उपाधि से आपको बहुत प्रेम है। 'ठाकुर' के साथ आपको गंवारपन का बोध होता है, इसलिए हम भी आपको मुंशीजी कहेंगे। आप कई साल से सरकारी पेंशन पाते हैं। बहुत छोटे पद से तरक्की करते-करते आपने अंत में तहसीलदारी का उच्चपद प्राप्त कर लिया था। यद्यपि आप उस महान् पद पर तीन मास से अधिक न रहे और उतने दिन भी केवल एवज पर रहे; पर आप अपने आपको 'साबिक तहसीलदार' लिखते थे और मुहल्ले वाले भी उन्हें खुश करने को 'तहसीलदार साहब' ही कहते थे। यह नाम सुनकर आप खुशी से अकड़ जाते थे, पर पेंशन केवल पच्चीस रुपये मिलती थी, इसलिए तहसीलदार साहब को बाजार-हाट खुद ही करना पड़ता था। घर में चार प्राणियों का खर्च था। एक लड़की थी, एक लड़का और स्त्री। लड़के का नाम चक्रधर था, वह इतना जहीन था कि पिता के पेंशन के जमाने में जब घर से किसी प्रकार की सहायता न मिल सकती थी, केवल अपने बुद्धि-बल से उसने एम० ए० की उपाधि प्राप्त कर ली थी। मुंशीजी ने पहले ही से सिफारिश पहुंचानी शुरू कर दी थी। दरबारदारी की कला में वह निपुण

थे। हुक्काम को सलाम करने का उन्हें मरज था। हाकिमों के दिए हुए सैकड़ों प्रशंसापत्र उनकी अतुल सम्पत्ति थे। उन्हें वह बड़े गर्व से दूसरों को दिखाया करते थे। कोई नया हाकिम आए, उससे जरूर रब्त-जब्त कर लेते थे। हुक्काम ने चक्रधर का ख्याल करने के वादे भी किए थे; लेकिन जब परीक्षा का नतीजा निकला और मुंशीजी ने चक्रधर से कमिशनर के यहां चलने को कहा तो उन्होंने जाने से साफ इंकार किया !

मुंशीजी ने त्योरी चढ़ाकर पूछा—क्यों, क्या घर बैठे तुम्हें नौकरी मिल जाएगी?

चक्रधर—मेरी नौकरी करने की इच्छा नहीं है।

वज्रधर—यह खब्त तुम्हें कब से सवार हुआ? नौकरी के सिवा और करोगे ही क्या?

चक्रधर—मैं आजाद रहना चाहता हूं।

वज्रधर—आजाद रहना था तो एम० ए० क्यों किया?

चक्रधर—इसीलिए कि आजादी का महत्त्व समझूं।

उस दिन से पिता और पुत्र में आए दिन बमचख मचती रहती थी। मुंशीजी बुढ़ापे में भी शौकीन आदमी थे। अच्छा खाने और अच्छा पहनने की इच्छा अभी भी बनी हुई थी। अब तक इसी ख्याल से दिल को समझाते थे कि लड़का नौकर हो जाएगा तो मौज करेंगे। अब लड़के का रंग देखकर बार-बार झुंझलाते और उसे कामचोर, घमंडी, मूर्ख कहकर अपना गुस्सा उतारते थे—अभी तुम्हें कुछ नहीं सूझता, जब मैं मर जाऊंगा तब सूझेगा। तब सिर पर हाथ रखकर रोओगे। लाख बार कह दिया—बेटा, यह जमाना खुशामद और सलामी का है। तुम विद्या के सागर बने बैठे रहो, कोई संत भी न पूछेगा। तुम बैठे आजादी का मजा उठा रहे हो और तुम्हारे पीछे वाले बाजी मारे जाते हैं। वह जमाना लद गया जब विद्वानों की कद्र थी, अब तो विद्वान टके सेर मिलते हैं, कोई बात नहीं पूछता। जैसे और भी चीजें बनाने के कारखाने खुल गए हैं, उसी तरह विद्वानों के कारखाने खुल गए हैं, और उनकी संख्या हर साल बढ़ती जाती है।

चक्रधर पिता का अदब करते थे, उनको जवाब तो न देते; पर अपना जीवन सार्थक बनाने के लिए उन्होंने जो मार्ग तय कर लिया था, उससे वह न हटते थे। उन्हें यह हास्यास्पद मालूम होता था कि आदमी केवल पेट पालने के लिए आधी उम्र पढ़ने में लगा दे। अगर पेट पालना ही जीवन का आदर्श हो, तो पढ़ने की जरूरत ही क्या है। मजदूर एक अक्षर भी नहीं जानता, फिर भी वह अपना और अपने बाल-बच्चों का पेट बड़े मजे से पाल लेता है। विद्या के साथ जीवन का आदर्श कुछ ऊंचा न हुआ तो पढ़ना व्यर्थ है। विद्या को जीवन का साधन बनाते उन्हें लज्जा आती थी। वह भूखों मर जाते; लेकिन नौकरी के लिए आवेदन-पत्र लेकर कहीं न जाते। विद्याभ्यास के दिनों में भी वह सेवाकार्य में अग्रसर रहा करते थे और अब तो इसके सिवा उन्हें और कुछ सूझता ही न था। दीनों की सेवा और सहायता में जो आनन्द और आत्म-गौरव था, वह दफ्तर में बैठकर कलम घिसने में कहां !

इस प्रकार दो साल गुजर गए। मुंशी वज्रधर ने समझा था, जब यह भूत इसके सिर से उतर जाएगा, शादी-ब्याह की फ्रिक होगी, तो आप-ही-आप नौकरी की तलाश में दौड़ेंगे।

जवानी का नशा बहुत दिनों तक नहीं ठहरता। लेकिन जब दो साल गुजर जाने पर भी भूत के उतरने का कोई लक्षण न दिखाई दिया, तो एक दिन उन्होंने चक्रधर को खूब फटकारा–दुनिया का दस्तूर है कि पहले अपने घर में दिया जलाकर तब मस्जिद में जलाते हैं। तुम अपने घर को अंधेरा रखकर मस्जिद को रोशन करना चाहते हो। जो मनुष्य अपनों का पालन न कर सका, वह दूसरों की किस मुंह से मदद करेगा। मैं बुढ़ापे में खाने–पहनने को तरसूं और तुम दूसरों का कल्याण करते फिरो। मैंने तुम्हें पैदा किया दूसरों ने नहीं; मैंने तुम्हें पाला–पोसा, दूसरों ने नहीं; मैं गोद में लेकर हकीम–वैद्यों के द्वार–द्वार दौड़ता फिरा, दूसरे नहीं। तुम पर सबसे ज्यादा हक मेरा है, दूसरों का नहीं।

चक्रधर अब पिता की इच्छा से मुंह न मोड़ सके। उन्हें अपने कॉलेज ही में कोई जगह मिल सकती थी। वहां सभी उनका आदर करते थे; लेकिन यह उन्हें मंजूर न था। वह कोई ऐसा धंधा करना चाहते थे, जिससे थोड़ी देर रोज काम करके अपने पिता की मदद कर सकें। एक घंटे से अधिक समय न देना चाहते थे। संयोग से जगदीशपुर के दीवान ठाकुर हरिसेवकसिंह को अपनी लड़की को पढ़ाने के लिए सुयोग्य और सच्चरित्र अध्यापक की जरूरत पड़ी। उन्होंने कॉलेज के प्रधानाध्यापक को इस विषय में एक पत्र लिखा। तीस रुपये मासिक तक वेतन रखा। कॉलेज का कोई अध्यापक इतने वेतन पर राजी न हुआ। आखिर उन्होंने चक्रधर को उस काम पर लगा दिया। काम बड़ी जिम्मेदारी का था; किन्तु चक्रधर इतने सुशील, इतने गम्भीर और इतने संयमी थे कि उन पर सबको विश्वास था।

दूसरे दिन से चक्रधर ने लड़की को पढ़ाना शुरू कर दिया।

तीन

कई महीने बीत गए। चक्रधर महीने के अन्त में रुपये लाते और माता के हाथ पर रख देते। अपने लिए उन्हें रुपये की कोई जरूरत न थी। दो मोटे कुर्तों पर साल काट देते थे। हां, पुस्तकों से उन्हें रुचि थी; पर इसके लिए कॉलेज का पुस्तकालय खुला हुआ था, सेवा–कार्य के लिए चंदों से रुपये आ जाते थे। मुंशी वज्रधर का मुंह भी कुछ सीधा हो गया। डरे कि इससे ज्यादा दबाऊं, तो शायद यह भी हाथ से जाए। समझ गए कि जब तक विवाह की बेड़ी पांव में न पड़ेगी, यह महाशय काबू में नहीं आयेंगे। वह बेड़ी बनवाने का विचार करने लगे।

मनोरमा की उम्र अभी तेरह वर्ष से अधिक न थी; लेकिन चक्रधर को पढ़ाते हुए बड़ी झेंप होती थी। वह यही प्रयत्न करते थे कि ठाकुर साहब की उपस्थिति ही में उसे पढ़ाएं। यदि कभी ठाकुर साहब कहीं चले जाते, तो चक्रधर को महान् संकट का सामना करना पड़ता।

एक दिन चक्रधर इसी संकट में जा फंसे। ठाकुर साहब कहीं गए हुए थे। चक्रधर कुर्सी पर बैठे; पर मनोरमा की ओर न ताककर द्वार की ओर ताक रहे थे, मानो वहां बैठते डरते हों। मनोरमा वाल्मीकीय रामायण पढ़ रही थी। उसने दो–तीन बार चक्रधर की ओर ताका, पर उन्हें द्वार की ओर ताकते देखकर फिर किताब देखने लगी। उसके मन में सीता वनवास

पर शंका हुई थी और वह इसका समाधान करना चाहती थी। चक्रधर ने द्वार की ओर ताकते हुए पूछा—चुप क्यों बैठी हो, आज का पाठ क्यों नहीं पढ़ती?

मनोरमा—मैं आपसे एक बात पूछना चाहती हूं, आज्ञा हो तो पूंछूं?

चक्रधर ने कातर भाव से कहा—क्या बात है?

मनोरमा—रामचन्द्र ने सीताजी को घर से निकाला तो वह चली क्यों गईं?

चक्रधर—और क्या करतीं?

मनोरमा—वह जाने से इंकार कर सकती थीं। एक तो राज्य पर उनका अधिकार भी रामचन्द्र ही के समान था, दूसरे वह निर्दोष थीं। अगर वह यह अन्याय न स्वीकार करतीं, तो क्या उन पर कोई आपत्ति हो सकती थी?

चक्रधर—हमारे यहां पुरुषों की आज्ञा मानना स्त्रियों का परम धर्म माना गया है। यदि सीताजी पति की आज्ञा न मानतीं, तो वह भारतीय सती के आदर्श से गिर जातीं।

मनोरमा—यह तो मैं जानती हूं कि स्त्री को पुरुष की आज्ञा माननी चाहिए लेकिन क्या सभी दशा में? जब राजा से साधारण प्रजा न्याय का दावा कर सकती है, तो क्या उसकी स्त्री नहीं कर सकती? जब रामचन्द्र ने सीता की परीक्षा ले ली थी और अन्तःकरण से उन्हें पवित्र समझते थे, तो केवल झूठी निंदा से बचने के लिए उन्हें घर से निकाल देना कहां का न्याय था?

चक्रधर—राजधर्म का आदर्श पालन करना था।

मनोरमा—तो क्या दोनों प्राणी जानते थे कि हम संसार के लिए आदर्श खड़ा कर रहे हैं? इससे तो यह सिद्ध होता है कि वे कोई अभिनय कर रहे थे। अगर आदर्श भी मान लें तो यह ऐसा आदर्श है, जो सत्य की हत्या करके पाला गया है। यह आदर्श नहीं है, चरित्र की दुर्बलता है। मैं आपसे पूछती हूं, आप रामचन्द्र की जगह होते, तो क्या आप भी सीता को घर से निकाल देते?

चक्रधर बड़े असमंजस में पड़ गए। उनके मन में स्वयं यही शंका और लगभग इसी उम्र में पैदा हुई थी; पर वह इसका समाधान न कर सके थे। अब साफ-साफ जवाब देने की जरूरत पड़ी तो, बगलें झांकने लगे।

मनोरमा ने उन्हें चुप देखकर फिर पूछा—क्या आप भी उन्हें घर से निकाल देते?

चक्रधर—नहीं, मैं तो शायद नहीं निकालता।

मनोरमा—आप निंदा की जरा भी परवाह न करते?

चक्रधर—नहीं, मैं झूठी निंदा की परवाह न करता।

मनोरमा की आंखें खुशी से चमक उठीं, प्रफुल्लित होकर बोली—यही बात मेरे मन में भी थी। मैंने दादाजी से, भाइयों से, पंडितजी से, लौंगी अम्मां से, भाभी से यही शंका की, पर सब लोग यही कहते थे कि रामचन्द्र तो भगवान हैं, उनके विषय में कोई शंका हो ही नहीं सकती। आपने आज मेरे मन की बात कही। मैं जानती थी कि आप यही जवाब देंगे। इसीलिए मैंने आपसे पूछा था। अब मैं उन लोगों को खूब आड़े हाथों लूंगी।

उस दिन से मनोरमा को चक्रधर से कुछ स्नेह हो गया। पढ़ने-लिखने में उसे विशेष रुचि हो गई। चक्रधर उसे जो काम करने को दे जाते, वह उसे अवश्य पूरा करती। पहले की भांति अब हीले-हवाले न करती। जब उनके आने का समय होता, तो वह पहले ही से आकर बैठ जाती और उनका इंतजार करती। अब उसे उनसे अपने मन के भाव प्रकट करते हुए संकोच न होता। वह जानती थी कि कम-से-कम यहां उनका निरादर न होगा, उनकी हंसी न उड़ाई जायेगी।

ठाकुर हरिसेवकसिंह की आदत थी कि पहले दो-चार महीने तक तो नौकरों को वेतन ठीक समय पर दे देते, पर ज्यों-ज्यों नौकर पुराना होता जाता था, उन्हें उसके वेतन की याद भूलती जाती थी। उनके यहां कई नौकर ऐसे भी पड़े थे, जिन्होंने बरसों से अपने वेतन नहीं पाए थे, चक्रधर को भी इधर चार महीनों से कुछ न मिला था। न वह आप-ही-आप देते थे, न चक्रधर संकोचवश मांगते थे। उधर घर में रोज तकरार होती थी। मुंशी वज्रधर बार-बार तकाजे करते, झुंझलाते—मांगते क्यों नहीं? क्या मुंह में दही जमाया हुआ है, या काम नहीं करते? लिहाज भले आदमी का किया जाता है। ऐसे लुच्चों का लिहाज नहीं किया जाता, जो मुफ्त में काम कराना चाहते हैं।

आखिर एक दिन चक्रधर ने विवश हो ठाकुर साहब को एक पुरजा लिखकर अपना वेतन मांगा। ठाकुर साहब ने पुरजा लौटा दिया—व्यर्थ की लिखा-पढ़ी करने की उन्हें फुर्सत न थी और कहा—उनको जो कुछ कहना हो, खुद आकर कहें। चक्रधर शरमाते हुए गए और बहुत-कुछ शिष्टाचार के बाद रुपये मांगे। ठाकुर साहब हंसकर बोले—वाह ! बाबूजी, वाह ! आप भी अच्छे मौजी जीव हैं। चार महीनों से वेतन नहीं मिला और आपने एक बार भी न मांगा ! अब तो आपके पूरे एक-सौ बीस रुपये हो गए। मेरा हाथ इस वक्त तंग है। दस-पांच दिन ठहरिए। आपको महीने-महीने अपना वेतन ले लेना चाहिए था। सोचिए, मुझे एकमुश्त देने में कितनी असुविधा होगी ! खैर, जाइए, दस-पांच दिन में रुपये मिल जाएंगे।

चक्रधर कुछ न कह सके। लौटे, तो मुंह पर घोर निराशा छायी हुई थी। आज दादाजी शायद जीता न छोड़ेंगे। इस ख्याल से उनका दिल कांपने लगा। मनोरमा ने उनका पुरजा अपने पिता के पास ले जाते हुए राह में पढ़ लिया था। उन्हें उदास देखकर पूछा—दादाजी ने आपसे क्या कहा?

चक्रधर उसके सामने रुपये-पैसे का जिक्र न करना चाहते थे। झेंपते हुए बोले—कुछ तो नहीं।

मनोरमा—आपको रुपये नहीं दिए?

चक्रधर का मुंह लाल हो गया। बोले—मिल जाएंगे।

मनोरमा—आपको एक-सौ बीस रुपये चाहिए न?

चक्रधर—इस वक्त कोई जरूरत नहीं है।

मनोरमा—जरूरत न होती तो आप मांगते ही नहीं। दादाजी में बड़ा ऐब है कि किसी के रुपये देते हुए उन्हें मोह लगता है। देखिए, मैं जाकर—

चक्रधर ने रोककर कहा—नहीं-नहीं, कोई जरूरत नहीं।

मनोरमा ने न माना। तुरंत घर में गई और एक क्षण में पूरे रुपये लाकर मेज पर रख दिए, मानो कहीं गिने-गिनाए रखे हुए थे।

चक्रधर—तुमने ठाकुर साहब को व्यर्थ कष्ट दिया।

मनोरमा—मैंने उन्हें कष्ट नहीं दिया ! उनसे तो कहा भी नहीं। दादाजी किसी की जरूरत नहीं समझते। अगर अपने लिए कभी मोटर मंगवानी हो, तो तुरंत मंगवा लेंगे ! पहाड़ों पर जाना हो, तो तुरंत चले जाएंगे, पर जिसके रुपये आते हैं, उसको न देंगे।

वह तो पढ़ने बैठ गई; लेकिन चक्रधर के सामने यह समस्या आ पड़ी कि रुपये लूं या न लूं। उन्होंने निश्चय किया कि न लेना चाहिए। पाठ हो चुकने पर वह उठ खड़े हुए और बिना रुपये लिए बाहर निकल आए। मनोरमा रुपये लिए हुए पीछे-पीछे बरामदे तक आई। बार-बार कहती रही—इसे आप लेते जाइए। जब दादाजी दें तो मुझे लौटा दीजिएगा। पर चक्रधर ने एक न सुनी और जल्दी से बाहर निकल गए।

चार

चक्रधर डरते हुए घर पहुंचे, तो क्या देखते हैं कि द्वार पर चारपाई पड़ी हुई है; उस पर कालीन बिछी हुई है और एक अधेड़ उम्र के महाशय उस पर बैठे हुए हैं। उनके सामने ही एक कुर्सी पर मुंशी वज्रधर बैठे फर्शी पी रहे थे और नाई खड़ा पंखा झल रहा था। चक्रधर के प्राण सूख गए। अनुमान से ताड़ गए कि यह महाशय वर की खोज में आए हैं। निश्चय करने के लिए घर में जाकर माता से पूछा, तो अनुमान सच्चा निकला। बोले—दादाजी ने इनसे क्या कहा?

निर्मला ने मुस्कराकर कहा—नानी क्यों मरी जाती है, क्या जन्म भर क्वांरे ही रहोगे ! जाओ; बाहर बैठो; तुम्हारी तो बड़ी देर से जोहाई हो रही है। आज क्यों इतनी देर लगाई?

चक्रधर—यह हैं कौन?

निर्मला—आगरे के कोई वकील हैं, मुंशी यशोदानन्दन !

चक्रधर—मैं तो घूमने जाता हूं। जब यह यमदूत चला जाएगा, तो आऊंगा।

निर्मला—वाह रे शर्मीले ! तेरा-सा लड़का तो देखा ही नहीं। आ, जरा सिर में तेल डाल दूं, बाल न जाने कैसे बिखरे हुए हैं। साफ कपड़े पहनकर जरा देर के लिए बाहर जाकर बैठ।

चक्रधर—घर में भोजन भी है कि ब्याह ही कर देने का जी चाहता है? मैं कहे देता हूं, विवाह न करूंगा, चाहे इधर की दुनिया उधर हो जाए।

किन्तु स्नेहमयी माता कब सुनने वाली थी। उसने उन्हें जबर्दस्ती पकड़कर सिर में तेल डाल दिया, संदूक से एक धुला हुआ कुर्ता निकाल लाई और यों पहनाने लगी, जैसे कोई बच्चे को पहनाए। चक्रधर ने गर्दन फेर ली।

निर्मला—मुझसे शरारत करेगा, तो मार बैठूंगी। इधर ला सिर ! क्या जन्म भर छूटे सांड़ बने रहने का जी चाहता है? क्या मुझसे मरते दम तक चूल्हा-चक्की कराता रहेगा? कुछ

दिनों तो बहू का सुख उठा लेने दे।

चक्रधर—तुमसे कौन कहता है भोजन बनाने को? मैं कल से बना दिया करूंगा। मंगला को क्यों छोड़ रखा है?

निर्मला—अब मैं मारनेवाली ही हूं। आज तक कभी न मारा पर आज पीट दूंगी, नहीं तो जाकर चुपके से बाहर बैठ।

इतने में मुंशीजी ने पुकारा—नन्हें, क्या कर रहे हो? जरा यहां तो आओ।

चक्रधर के रहे-सहे होश भी उड़ गए। बोले—जाता तो हूं, लेकिन कहे देता हूं, मैं यह जुआ गले में न डालूंगा। जीवन में मनुष्य का यही काम नहीं है कि विवाह कर ले, बच्चों का बाप बन जाए और कोल्हू के बैल की तरह आंखों पर पट्टी बांधकर गृहस्थी में जुत जाए।

निर्मला—सारी दुनिया जो करती है, वही तुम्हें भी करना पड़ेगा। मनुष्य का जन्म होता ही किसलिए है?

चक्रधर—हजारों काम हैं?

निर्मला—रुपये आज भी नहीं लाए क्या? कैसे आदमी हैं कि चार-चार महीने हो गए, रुपये देने का नाम नहीं लेते ! जाकर अपने दादा को किसी बहाने से भेज दो। कहीं से जाकर रुपये लाएं। कुछ दावत-आवत का सामान करना ही पड़ेगा, नहीं तो कहेंगे कि नाम बड़े और दर्शन थोड़े।

चक्रधर बाहर आए तो मुंशी यशोदानन्दन ने खड़े होकर उन्हें छाती से लगा लिया और कुर्सी पर बैठाते हुए बोले—अबकी 'सरस्वती' में आपका लेख देखकर चित्त बहुत प्रसन्न हुआ। इस वैषम्य को मिटाने के लिए आपने जो उपाय बताए हैं, वे बहुत ही विचारपूर्ण हैं।

इस स्नेह-मृदुल आलिंगन और सहृदयपूर्ण आलोचना ने चक्रधर को मोहित कर लिया ! वह कुछ जवाब देना ही चाहते थे कि मुंशी वज्रधर बोल उठे—आज बहुत देर लगा दी? राजा साहब से कुछ बातचीत होने लगी क्या? (यशोदानन्दन से) राजा साहब की इनके ऊपर बड़ी कृपा है। बिल्कुल लड़कों की तरह मानते हैं। इनकी बातें सुनने से उनका जी ही नहीं भरता। (नाई से) देख, चिलम बदल दे और जाकर झिनकू से कह दे, सितार-वितार लेकर थोड़ी देर के लिए यहां आ जाए। इधर ही से गणेश के घर जाकर कहना कि तहसीलदार साहब ने एक हांडी अच्छा दही मांगा है। देखना, दही खराब हुआ, तो दाम न मिलेंगे।

यह हुक्म देकर मुंशीजी घर में चले गए। उधर की फिक्र थी; पर मेहमान को छोड़कर न जा सकते थे। आज उनका ठाट-बाट देखते ही बनता था। अपना अल्पकालीन तहसीलदारी के समय का अलापाके का चोंगा निकाला था। उसी जमाने की मंदील भी सिर पर थी। आंखों में सुरमा भी था, बालों में तेल भी, मानो उन्हीं का ब्याह होने वाला है। चक्रधर शरमा रहे थे, यह महाशय इनके वेश पर दिल में क्या कहते होंगे। राजा साहब की बात सुनकर तो वह गड़-से गए।

मुंशीजी चले गये, तो यशोदानन्दन बोले—अब आपका क्या काम करने का इरादा है?

चक्रधर—अभी तो कुछ निश्चय नहीं किया है। हां, यह इरादा है कि कुछ दिनों आजाद

रहकर सेवाकार्य करूं।

यशोदानन्दन—इससे बढ़कर क्या हो सकता है ! आप जितने उत्साह से समिति को चला रहे हैं, उसकी तारीफ नहीं की जा सकती। आप जैसे उत्साही युवकों का ऊंचे आदर्शों के साथ सेवाक्षेत्र में आना जाति के लिए सौभाग्य की बात है। आपके इन्हीं गुणों ने मुझे आपकी ओर खींचा है। यह तो आपको मालूम ही होगा कि मैं किस इरादे से आया हूं। अगर मुझे धन या जायदाद की परवाह होती, तो यहां न आता ! मेरी दृष्टि में चरित्र का जो मूल्य है, वह और किसी वस्तु का नहीं।

चक्रधर ने आंखें नीची करके कहा—लेकिन मैं तो अभी गृहस्थी के बंधन में नहीं पड़ना चाहता। मेरा विचार है कि गृहस्थी में फंसकर कोई तन-मन से सेवाकार्य नहीं कर सकता।

यशोदानन्दन—ऐसी बात तो नहीं। इस वक्त भी जितने आदमी सेवा-कार्य कर रहे हैं वे प्राय: सभी बाल-बच्चों वाले आदमी हैं।

चक्रधर—इसी से तो सेवा-कार्य इतना शिथिल है।

यशोदानन्दन—मैं समझता हूं कि यदि स्त्री और पुरुष के विचार और आदर्श एक-से हों, तो पुरुष के कामों में बाधक होने के बदले स्त्री सहायक हो सकती है। मेरी पुत्री का स्वभाव, विचार, सिद्धांत सभी आपसे मिलते हैं और मुझे पूरा विश्वास है कि आप दोनों एक साथ रहकर सुखी होंगे। उसे कपड़े का शौक नहीं, गहने का शौक नहीं, अपनी हैसियत को बढ़ाकर दिखाने की धुन नहीं। आपके साथ वह मोटे-से-मोटे वस्त्र और मोटे-से-मोटे भोजन में संतुष्ट रहेगी। अगर आप इसे अत्युक्ति न समझें, तो मैं यहां तक कह सकता हूं कि ईश्वर ने आपको उसके लिए बनाया है और उसको आपके लिए। सेवा-कार्य में वह हमेशा आपसे एक कदम आगे रहेगी। अंगरेजी, हिन्दी, उर्दू, संस्कृत पढ़ी हुई है; घर के कामों में इतनी कुशल है कि मैं नहीं समझता, उसके बिना मेरी गृहस्थी कैसे चलेगी? मेरी दो बहुएं हैं, लड़की की मां है; किन्तु सब-की-सब फूहड़; किसी में भी वह तमीज नहीं। रही शक्ल-सूरत, वह भी आपको इस तस्वीर से मालूम हो जाएगी।

यह कहकर यशोदानन्दन ने कहार से तस्वीर मंगवाई और चक्रधर के सामने रखते हुए बोले—मैं तो इसमें कोई हरज नहीं समझता। लड़के को क्या खबर है कि मुझे बहू कैसी मिलेगी। स्त्री में कितने ही गुण हों, लेकिन यदि उसकी सूरत पुरुष को पसंद न आई, तो वह उसकी नजरों से गिर जाती है और उनका दांपत्य-जीवन दु:खमय हो जाता है। मैं तो यहां तक कहता हूं कि वर और कन्या में दो-चार बार मुलाकात भी हो जानी चाहिए। कन्या के लिए तो यह अनिवार्य है। पुरुष को स्त्री पसंद न आई, तो वह और शादियां कर सकता है। स्त्री को पुरुष पसंद न आया, तो उसकी सारी उम्र रोते ही गुजरेगी।

चक्रधर के पेट में चूहे दौड़ने लगे कि तस्वीर क्योंकर ध्यान से देखूं। वहां देखते शरम आती थी, मेहमान को अकेला छोड़कर घर में न जाते बनता था। कई मिनट तक तो सब्र किए बैठे रहे, लेकिन न रहा गया। पान की तश्तरी और तसवीर लिये हुए घर में चले आए। चाहते थे कि अपने कमरे में जाकर देखें कि निर्मला ने पूछा—क्या बातचीत हुई? कुछ देंगे-दिलाएंगे

कि वही इक्यावन रुपये वालों में हैं?

चक्रधर ने उग्र होकर कहा—अगर तुम मेरे सामने देने-दिलाने का नाम लोगी, तो जहर खा लूंगा।

निर्मला—वाह रे! तो क्या पचीस बरस तक यों ही पाला-पोसा है क्या? मुंह धो रखें!

चक्रधर—तो बाजार में खड़ा करके बेच क्यों नहीं लेतीं? देखो कै टके मिलते हैं!

निर्मला—तुम तो अभी से ससुर के पक्ष में मुझसे लड़ने लगे। ब्याह के नाम ही में कुछ जादू है क्या?

इतने में चक्रधर की छोटी बहन मंगला तश्तरी में पान रखकर उनको देने लगी, तो कागज में लिपटी हुई तसवीर उसे नजर आई। उसने तसवीर ले ली और लालटेन के सामने ले जाकर बोली—यह बहू की तसवीर है। देखो, कितनी सुंदर है!

निर्मला ने जाकर तसवीर देखी, तो चकित रह गई। उसकी आंखें आनंद से चमक उठीं। बोली—बेटा, तेरे भाग्य जाग गए। मुझे तो कुछ भी न मिले, तो भी इससे तेरा ब्याह कर दूं। कितनी बड़ी-बड़ी आम की फांक-सी आंखें हैं, मैंने ऐसी सुंदर लड़की नहीं देखी।

चक्रधर ने समीप जाकर उड़ती हुई नजरों से तसवीर देखी और हंसकर बोले—लखावरी ईंट की-सी मोटी तो नाक है, उस पर कहती हो, कितनी सुंदर है!

निर्मला—चल, दिल में तो फूला न समाता होगा, ऊपर से बातें बनाता है।

चक्रधर—इसी मारे मैं यहां न लाता था। लाओ लौटा दूं।

निर्मला—तुझे मेरी ही कसम है, जो भांजी मारे। मुझे तो इस लड़की ने मोह लिया।

चक्रधर पान की तश्तरी और तसवीर लेकर चले; पर बाहर न जाकर अपने कमरे में गए और बड़ी उत्सुकता से चित्र पर आंखें जमा दीं। उन्हें ऐसा मालूम हुआ मानो चित्र ने लज्जा से आंखें नीची कर ली हैं, मानो वह उनसे कुछ कह रही है। उन्होंने तसवीर उठा ली और देखने लगे। आंखों को तृप्ति ही न होती थी। उन्होंने अब तक जितनी सूरतें देखी थीं, उनसे मन में तुलना करने लगे। मनोरमा ही इससे मिलती थी। आंखें दोनों की एक-सी हैं, बाल नेत्रों के समान विहंसते। वर्ण भी एक-से हैं, नख-शिख बिल्कुल मिलता-जुलता! किन्तु यह कितनी लज्जाशील है, वह कितनी चपल! यह किसी साधु की शांति-कुटीर की भांति लताओं और फूलों से सज्जित है, वह किसी गगनस्पर्शी शैल की भांति विशाल। यह चित्त को मोहित करती है, वह पराभूत करती है। यह किसी पालतू पक्षी की भांति पिंजरे में गाने वाली, वह किसी वन्य-पक्षी की भांति आकाश में उड़ने वाली; यह किसी कवि कल्पना की भांति मधुर और रसमयी, वह किसी दार्शनिक तत्त्व की भांति दुर्बोध और जटिल!

चित्र हाथ में लिए हुए चक्रधर भावी जीवन के मधुर स्वप्न देखने लगे। यह ध्यान ही न रहा कि मुंशी यशोदानन्दन बाहर अकेले बैठे हुए हैं। अपना व्रत भूल गए, सेवा सिद्धांत भूल गए, आदर्श भूल गए, भूत और भविष्य भूल वर्तमान में लीन हो गए, केवल एक ही सत्य था और वह इस चित्र की मधुर कल्पना थी।

सहसा तबले की थाप ने उनकी समाधि भंग की। बाहर संगीत-समाज जमा था। मुंशी

वज्रधर को गाने-बजाने का शौक था। गला तो रसीला न था; पर ताल-स्वर के ज्ञाता थे। चक्रधर डरे कि दादा इस समय कहीं गाने लगे तो नाहक भद्द हो। जाकर उनके कान में कहा—आप न गाइएगा। संगीत से रुचि थी; पर यह असह्य था कि मेरे पिताजी कत्थकों के सामने बैठकर एक प्रतिष्ठित मेहमान के सामने गाएं।

जब साज मिल गया, तो झिनकू ने कहा—तहसीलदार साहब, पहले आप ही की हो जाए।

चक्रधर का दिल धड़कने लगा; लेकिन मुंशीजी ने उनकी ओर आश्वासन की दृष्टि से देखकर कहा—तुम लोग अपना गाना सुनाओ, मैं क्या गाऊं!

झिनकू—वाह मालिक, वाह! आपके सामने हम क्या गाएंगे। अच्छे-अच्छे उस्तादों की तो हिम्मत नहीं पड़ती!

वज्रधर अपनी प्रशंसा सुनकर फूल उठते थे। दो-चार बार तो नहीं-नहीं की, फिर ध्रुपद की एक गत छेड़ ही तो दी। पंचम स्वर था, आवाज फटी हुई, सांस उखड़ जाती थी, बार-बार खांसकर गला साफ करते थे, लोच का नाम न था, कभी-कभी बेसुरे भी हो जाते थे; पर साजिंदे वाह-वाह की धूम मचाए हुए थे—क्या कहना है, तहसीलदार साहब! ओ हो!

मुंशीजी को गाने की धुन सवार होती थी तो जब तक गला न पड़ जाए, चुप न होते थे। गत समाप्त होते ही आपने 'सूर' का पद छेड़ दिया और 'देश' की धुन में गाने लगे।

झिनकू—यह पुराने गले की बहार है। ओ हो!

वज्रधर—नैन नीर छीजत नहिं कबहूं, निस-दिन बहत पनारे।

झिनकू—जरा बता दीजिएगा, कैसे?

वज्रधर ने दोनों आंखों पर हाथ रखकर बताया।

चक्रधर से अब न सहा गया। नाहक अपनी हंसी करा रहे हैं। इस बेसुरेपन पर मुंशी यशोदानन्दन दिल में कितना हंस रहे होंगे! शर्म के मारे वह वहां खड़े न रह सके। घर में चले गए; लेकिन यशोदानन्दन बड़े ध्यान से गाना सुन रहे थे। बीच-बीच में सिर भी हिला देते थे। जब गीत समाप्त हुआ, तो बोले-तहसीलदार साहब आप इस फन के उस्ताद हैं।

वज्रधर-यह आपकी कृपा है, मैं गाना क्या जानूं, इन्हीं लोगों की संगति में कुछ शुद-बुद आ गया।

झिनकू—ऐसा न कहिए मालिक, हम सब तो आप ही के सिखाए-पढ़ाए हैं।

यशोदानन्दन—मेरा तो जी चाहता है कि आपका शिष्य हो जाऊं।

वज्रधर—क्या कहूं, आपने मेरे स्वर्गीय पिताजी का गाना नहीं सुना। बड़ा कमाल था! कोई उस्ताद उनके सामने मुंह न खोल सकता था। लाखों की जायदाद उसी के पीछे लुटा दी। अब तो उसकी चर्चा ही उठती जाती है।

यशोदानन्दन—अब की न कहिए। आजकल के युवकों में तो गाने की रुचि ही नहीं रही। न गा सकते हैं, न समझ सकते हैं। उन्हें गाते शर्म आती है।

वज्रधर—रईसों में भी इसका शौक उठता जाता है।

यशोदानन्दन—पेट के धंधे से किसी को छुट्टी ही नहीं मिलती, गाए-बजाए कौन ?

झिनकू—(यशोदानन्दन से) हुजूर को गाने का शौक मालूम होता है !

यशोदानन्दन—अजी, जब था तब था ! सितार-वितार की दो-चार गतें बजा लेता था। अब सब छोड़-छाड़ दिया।

झिनकू—कितना ही छोड़-छाड़ दिया है; लेकिन आजकल के नौसिखियों से अच्छे ही होंगे। अबकी आप ही की हो।

यशोदानन्दन ने भी दो-चार बार इंकार करने के बाद काफी की धुन में एक ठुमरी छेड़ दी। उनका गला मंजा हुआ था, इस कला में निपुण थे, ऐसा मस्त होकर गाया कि सुनने वाले झूम-झूम गए। उनकी सुरीली तान साज में मिल जाती थी। वज्रधर ने तो वाह-वाह का तार बांध दिया। झिनकू के भी छक्के छूट गए। मजा यह कि साथ-ही-साथ सितार भी बजाते थे। आसपास के लोग आकर जमा हो गए। समां बंध गया। चक्रधर ने यह आवाज सुनी तो दिल में कहा, यह महाशय भी उसी टुकरी के लोगों में हैं, उसी रंग में रंगे हुए। अब झेंप जाती रही। बाहर आकर बैठ गए।

वज्रधर ने कहा—भाई साहब, आपने तो कमाल कर दिया। बहुत दिनों से ऐसा गाना न सुना था। कैसी रही, झिनकू?

झिनकू—हुजूर, कुछ न पूछिए, सिर धुन रहा हूं। मेरी तो अब गाने की हिम्मत ही नहीं पड़ती। आपने हम सबों का रंग फीका कर दिया। पुराने जमाने के रईसों की क्या बातें हैं।

यशोदानन्दन—कभी-कभी जी बहला लिया करता हूं, वह भी लुक-छिपकर। लड़के सुनते हैं तो कानों पर हाथ रख लेते हैं। मैं समझता हूं, जिसमें यह रस नहीं, वह किसी सोहबत में बैठने लायक नहीं। क्यों बाबू चक्रधर, आपको तो शौक होगा?

वज्रधर—जी छू नहीं गया। बस, अपने लड़कों का हाल समझिए।

चक्रधर ने झेंपते हुए कहा—मैं गाने को बुरा नहीं समझता। हां, इतना जरूर चाहता हूं कि शरीफ लोग शरीफों में ही गाएं-बजाएं।

यशोदानन्दन—गुणियों की जात-पांत नहीं देखी जाती। हमने तो बरसों एक अंधे फकीर की गुलामी की, तब जाके सितार बजाना आया।

आधी रात के करीब गाना बंद हुआ। लोगों ने भोजन किया। जब मुंशी यशोदानन्दन बाहर आकर बैठे, तो वज्रधर ने पूछा—आपसे कुछ बातचीत हुई?

यशोदानन्दन—जी हां, हुई लेकिन साफ नहीं खुले।

वज्रधर—विवाह के नाम से चिढ़ता है।

यशोदानन्दन—अब शायद राजी हो जाएं।

वज्रधर—अजी, सैकड़ों आदमी आ-आकर लौट गए। कई आदमी तो दस-दस हजार तक देने को तैयार थे। एक साहब तो अपनी रियासत ही लिखे देते थे; लेकिन इसने हामी न भरी।

दोनों आदमी सोए। प्रातःकाल यशोदानन्दन ने चक्रधर से पूछा—क्यों बेटा, एक दिन के लिए मेरे साथ आगरे चलोगे?

चक्रधर—मुझे तो आप इस जंजाल में न फंसाएं तो बहुत अच्छा हो।

यशोदानन्दन—तुम्हें जंजाल में नहीं फंसाता बेटा, तुम्हें ऐसा सच्चा मंत्री, ऐसा सच्चा सहायक और ऐसा सच्चा मित्र दे रहा हूं, जो तुम्हारे उद्देश्यों को पूरा करना अपने जीवन का मुख्य कर्त्तव्य समझेगी। मैं स्वार्थवश ऐसा नहीं कह रहा हूं। मैं स्वयं आगरे की हिन्दू-सभा का मंत्री हूं और सेवा-कार्य का महत्त्व समझता हूं। अगर मैं समझता कि यह संबंध आपके काम में बाधक होगा, तो कभी आग्रह न करता। मैं चाहता हूं कि आप एक बार अहिल्या से मिल लें। यों मैं मन से आपको अपना दामाद बना चुका; पर अहिल्या की अनुमति ले लेनी आवश्यक समझता हूं! आप भी शायद यह पसन्द न करेंगे कि मैं इस विषय में स्वेच्छा से काम लूं। आप शरमाएं नहीं, यों समझ लीजिए कि आप मेरे दामाद हो चुके; केवल मेरे साथ सैर करने चल रहे हैं। आपको देखकर आपकी सास, साले—सभी खुश होंगे।

चक्रधर बड़े संकट में पड़े। सिद्धांत-रूप से वह विवाह के विषय में स्त्रियों को पूरी स्वाधीनता देने के पक्ष में थे; पर इस समय आगरे जाते हुए बड़ा संकोच हो रहा था, कहीं उसकी इच्छा न हुई तो? कौन बड़ा सजीला जवान हूं, बातचीत करने में भी तो चतुर नहीं और उसके सामने तो शायद मेरा मुंह ही न खुले। कहीं उसने मन फीका कर लिया, तो मेरे लिए डूब मरने की जगह न होगी। फिर कपड़े-लत्ते भी नहीं हैं; बस, यह दो कुर्तों की पूंजी है। बहुत हैस-वैस के बाद बोले—मैं आपसे सच कहता हूं, मैं अपने को ऐसी....ऐसी सुयोग्य स्त्री के योग्य नहीं समझता।

यशोदानन्दन—इन हीलों से मैं आपका दामन छोड़ने वाला नहीं हूं। मैं आपके मनोभावों को समझ रहा हूं। आप संकोच के कारण ऐसा कह रहे हैं; पर अहिल्या उन चंचल लड़कियों में नहीं है, जिसके सामने जाते हुए आपको शरमाना पड़े। आप उसकी सरलता देखकर प्रसन्न होंगे। हां, मैं इतना कर सकता हूं कि आपकी खातिर से पहले यह कहूं कि आप परदेशी आदमी हैं, यहां सैर करने आए हैं। स्टेशन पर होटल पूछ रहे थे। मैंने समझा, सीधे आदमी हैं, होटल में लुट जाएंगे, साथ लेता आया। क्यों, कैसी रहेगी?

चक्रधर ने अपनी प्रसन्नता को छिपाकर कहा—क्या यह नहीं हो सकता कि मैं और किसी समय आ जाऊं?

यशोदानन्दन—नहीं, मैं इस काम में विलम्ब नहीं करना चाहता। मैं तो उसी को लाकर दो-चार दिन के लिए यहां ठहरा सकता हूं; पर शायद आपके घर के लोग यह पसन्द न करेंगे।

चक्रधर ने सोचा, अगर मैंने और ज्यादा टालमटोल की, तो कहीं यह महाशय सचमुच ही अहिल्या को यहां न पहुंचा दें। तब तो सारा पर्दा ही खुल जाएगा। घर की दशा देखकर अवश्य ही उनका दिल फिर जाएगा। एक तो जरा-सा घर, कहीं बैठने की जगह नहीं, उस पर न कोई साज, न सामान। विवाह हो जाने के बाद दूसरी बात हो जाती है। लड़की कितने ही बड़े घराने की हो, समझ लेती है, अब तो यही मेरा घर है—अच्छा हो या बुरा। दो-चार

दिन अपनी तकदीर को रोकर शांत हो जाती है। बोले—जी हां, यह मुनासिब नहीं मालूम होता। मैं ही चला चलूंगा।

घर में विद्या का प्रचार होने से प्राय: सभी प्राणी कुछ-न-कुछ उदार हो जाते हैं। निर्मला तो खुशी से राजी हो गई। हां, मुंशी वज्रधर को कुछ संकोच हुआ; लेकिन यह समझकर कि यह महाशय लड़के पर लट्टू हो रहे हैं, कोई अच्छी रकम दे मरेंगे, उन्होंने भी कोई आपत्ति न की। अब केवल ठाकुर हरिसेवकसिंह को सूचना देनी थी। चक्रधर यों तो तीसरे पहर पढ़ाने जाया करते थे, पर आज नौ बजते-बजते जा पहुंचे।

ठाकुर साहब इस वक्त अपनी प्राणेश्वरी लौंगी से कुछ बातें कर रहे थे। मनोरमा की माता का देहान्त हो चुका था। लौंगी उस वक्त लौंडी थी। उसने इतनी कुशलता से घर संभाला कि ठाकुर साहब उस पर रीझ गए और उसे गृहिणी के रिक्त स्थान पर अभिषिक्त कर दिया। नाम और गुण में इतना प्रत्यक्ष विरोध बहुत कम होगा। लोग कहते हैं, पहले वह इतनी दुबली थी कि फूंक दो तो उड़ जाए; पर गृहिणी का पद पाते ही उसकी प्रतिमा स्थूल रूप धारण करने लगी।

क्षीण जलधारा बरसात की नदी की भांति बढ़ने लगी और इस समय तो स्थूल प्रतिमा की विशाल मूर्ति थी, अचल और अपार। बरसाती नदी का जल गड़हों और गड़हियों में भर गया था। बस, जल-ही-जल दिखाई देता था। न आंखों का पता था, न नाक का, न मुंह का, सभी जगह स्थूलता व्याप्त हो रही थी; पर बाहर की स्थूलता ने अंदर की कोमलता को अक्षुण्ण रखा था। सरल, सदय, हंसमुख, सहनशील स्त्री थी, जिसने सारे घर को वशीभूत कर लिया था। यह उसी की सज्जनता थी, जो नौकरों को वेतन न मिलने पर भी जाने न देती। मनोरमा पर तो वह प्राण देती थी। ईर्ष्या, क्रोध, मत्सर उसे छू भी न गया था। वह उदार न हो पर कृपण न थी। ठाकुर साहब कभी-कभी उस पर भी बिगड़ जाते थे, मारने दौड़ते थे, दो-एक बार मारा भी था; पर उसके माथे पर जरा भी बल न आता। ठाकुर साहब का सिर भी दुखे, तो उसकी जान निकल जाती थी। वह उसकी स्नेहमयी सेवा ही थी, जिसने ऐसे हिंसक जीव को जकड़ रखा था।

इस वक्त दोनों प्राणियों में कोई बहस छिड़ी हुई थी। ठाकुर साहब झल्ला-झल्ला कर बोल रहे थे और लौंगी अपराधियों की भांति सिर झुकाए खड़ी थी कि मनोरमा ने आकर कहा—बाबूजी आए हैं, आपसे कुछ कहना चाहते हैं।

ठाकुर साहब की भौंहें तन गईं। बोले—कहना क्या चाहते होंगे, रुपये मांगने आए होंगे। अच्छा, जाकर कह दो कि आते हैं, बैठिए।

लौंगी—इनके रुपये दे क्यों नहीं देते? बेचारे गरीब आदमी हैं; संकोच के मारे नहीं मांगते, कई महीने तो चढ़ गए?

ठाकुर—यह भी तुम्हारी मूर्खता थी, जिसकी बदौलत मुझे यह तावान देना पड़ता है। कहता था कि कोई ईसाइन रख लो; दो-चार रुपये में काम चल जाएगा। तुमने कहा—नहीं, कोई लायक आदमी होना चाहिए। इनके लायक होने में शक नहीं; पर यह तो बुरा मालूम

होता है कि जब देखो, रुपये के लिए सिर पर सवार। अभी कल कह दिया कि घबराइए नहीं, दस-पांच दिनों में मिल जाएंगे तब फिर भूत की तरह सवार हो गए।

लौंगी—कोई ऐसी ही जरूरत आ पड़ी होगी, तभी आए होंगे। एक सौ बीस रुपये हुए न? मैं लाए देती हूं।

ठाकुर—हां, संदूक खोलकर लाना तो कोई कठिन काम नहीं। अखर तो उसे होती है, जिसे कुआं खोदना पड़ता है।

लौंगी—वही कुआं तो उन्होंने भी खोदा है। तुम्हें चार महीने तक कुछ न मिले, तो क्या हाल होगा, सोचो। मुझे तो बेचारे पर दया आती है।

यह कहकर लौंगी गई और रुपये लाकर ठाकुर साहब से बोली—लो, दे आओ। सुन लेना, शायद कुछ कहना भी चाहते हों।

ठाकुर—लाई भी तो रुपये, नोट न थे क्या?

लौंगी—जैसे नोट वैसे रुपये, इसमें भी कुछ भेद है?

ठाकुर—अब तुमसे क्या कहूं। अच्छा रख दो, जाता हूं। पानी तो नहीं बरस रहा है कि भीग रहे होंगे।

ठाकुर साहब ने झुंझलाकर रुपये उठा लिए और बाहर चले, लेकिन रास्ते में क्रोध शांत हो गया। चक्रधर के पास पहुंचे, तो विनय के देवता बने हुए थे।

चक्रधर—आपको कष्ट देने....

ठाकुर—नहीं-नहीं, मुझे कोई कष्ट नहीं हुआ। मैंने आपसे दस-पांच दिन में देने का वादा किया था। मेरे पास रुपये न थे; पर स्त्रियों को तो आप जानते हैं, कितनी चतुर होती हैं। घर में रुपये निकल आए। यह लीजिए।

चक्रधर—मैं इस वक्त एक दूसरे ही काम से आया हूं। मुझे एक काम से आगरे जाना है। शायद दो-तीन दिन लगेंगे। इसके लिए क्षमा चाहता हूं।

ठाकुर—हां-हां, शौक से जाइए, मुझसे पूछने की जरूरत न थी।

ठाकुर साहब अंदर चले गए तब मनोरमा ने पूछा—आप आगरे क्या करने जा रहे हैं?

चक्रधर—एक जरूरी काम से जाता हूं।

मनोरमा—कोई बीमारी है क्या?

चक्रधर—नहीं, बीमारी कोई नहीं है।

मनोरमा—फिर क्या काम है, बताते क्यों नहीं? जब तक न बतलाइएगा, मैं जाने न दूंगी।

चक्रधर—लौटकर बता दूंगा।

मनोरमा—आप मुस्करा रहे हैं! मैं समझ गई, नौकरी की तलाश में जाते हैं।

चक्रधर—नहीं मनोरमा, यह बात नहीं है। मेरी नौकरी करने की इच्छा नहीं है।

मनोरमा—तो क्या आप हमेशा इसी तरह देहातों में घूमा करेंगे?

चक्रधर—विचार तो ऐसा ही है, फिर जैसी ईश्वर की इच्छा!

मनोरमा—आप रुपये कहां से लाएंगे? उन कामों के लिए भी तो रुपयों की जरूरत

होती होगी?

चक्रधर—भिक्षा मांगूंगा। पुण्य-कार्य भिक्षा पर ही चलते हैं।

मनोरमा—तो आजकल भी आप भिक्षा मांगते होंगे?

चक्रधर—हां, मांगता क्यों नहीं। न मांगू, तो काम कैसे चले !

मनोरमा—मुझसे तो आपने नहीं मांगा।

चक्रधर—तुम्हारे ऊपर तो विश्वास है कि जब मांगूंगा, तब दे दोगी; इसीलिए कोई विशेष काम आ पड़ने पर मांगूंगा।

मनोरमा—और जो उस वक्त मेरे पास न हुए तो?

चक्रधर—तो फिर कभी मांगूगा !

मनोरमा—तो आप मुझसे अभी मांग लीजिए, अभी मेरे पास रुपये हैं, दे दूंगी। फिर आप न जाने किस वक्त मांग बैठें?

यह कहकर मनोरमा अंदर गई और कल वाले एक सौ बीस रुपये लाकर चक्रधर के सामने रख दिए।

चक्रधर—इस वक्त तो मुझे जरूरत नहीं। फिर कभी ले लूंगा।

मनोरमा—जी नहीं, लेते जाइए। मेरे पास खर्च हो जाएंगे। एक दफे भी बाजार गई तो यह गायब हो जाएंगे। इसी डर के मारे मैं बाजार नहीं जाती।

चक्रधर—तुमने ठाकुर साहब से पूछ लिया है?

मनोरमा—उनसे क्यों पूंछू? गुड़िया लाती हूं, तो उनसे नहीं पूछती; तो फिर इसके लिए उनसे क्यों पूछूं?

चक्रधर—तो फिर यों मैं न लूंगा। यह स्थिति और ही है। यह खयाल हो सकता है कि मैंने तुमसे रुपये ठग लिए। तुम्हीं सोचो, हो सकता है या नहीं?

मनोरमा—अच्छा, आप अमानत समझकर अपने पास रखे रहिए।

इतने में सामने से मुश्की घोड़ों की फिटन जाती हुई दिखाई दी। घोड़ों के साजों पर गंगाजमुनी काम किया हुआ था। चार सवार भाले उठाए पीछे दौड़ते चले आते थे।

चक्रधर—कोई रानी मालूम होती हैं।

मनोरमा—जगदीशपुर की महारानी हैं। जब उनके यहां जाती हूं, मुझे एक गिनी देती हैं। ये आठों गिनियां उन्हीं की दी हुई हैं। न जाने क्यों मुझे बहुत मानती हैं।

चक्रधर—इनकी कोठी दुर्गाकुंड की तरफ है न ! मैं एक दिन इनके यहां भिक्षा मांगने जाऊंगा।

मनोरमा—मैं जगदीशपुर की रानी होती, तो आपको बिना मांगे ही बहुत-सा धन दे देती।

चक्रधर ने मुस्कराकर कहा—तब भूल जातीं।

मनोरमा—जी नहीं; मैं कभी न भूलती।

चक्रधर—अच्छा, कभी याद दिलाऊंगा। इस वक्त यह रुपये अपने ही पास रहने दो।

मनोरमा—आपको इन्हें लेते संकोच क्यों होता है? रुपये मेरे हैं, महारानी ने मुझे दिए

हैं। मैं इन्हें पानी में डाल सकती हूं, किसी को मुझे रोकने का क्या अधिकार है! आप न लेंगे तो मैं सच कहती हूं, आज ही जाकर इन्हें गंगा में फेंक आऊंगी।

चक्रधर ने धर्म-संकट में पड़कर कहा—तुम इतना आग्रह करती हो, तो मैं लिए लेता हूं लेकिन इसे अमानत समझूंगा।

मनोरमा प्रसन्न होकर बोली—हां, अमानत ही समझ लीजिए।

चक्रधर—तो मैं जाता हूं। किताब देखती रहना।

मनोरमा—आप अगर मुझसे बिना बताए चले जाएंगे, तो मैं कुछ न पढ़ूंगी।

चक्रधर—यह तो बड़ी टेढ़ी शर्त है। बतला ही दूं। अच्छा, हंसना मत। तुम जरा भी मुस्कराईं और मैं चला।

मनोरमा—मैं दोनों हाथों से मुंह बंद किए लेती हूं।

चक्रधर ने झेंपते हुए कहा—मेरे विवाह की कुछ बातचीत है। मेरी तो इच्छा नहीं है, पर एक महाशय जबरदस्ती खींचे लिए चले जाते हैं।

यह कहकर चक्रधर उठ खड़े हुए। मनोरमा भी उनके साथ-साथ आई। जब वह बरामदे से नीचे उतरे, तो प्रणाम किया और तुरंत अपने कमरे में लौट आई। उसकी आंखें डबडबाई हुई थीं और बार-बार रुलाई आती थी; मानो चक्रधर किसी दूर देश जा रहे हों।

पांच

संध्या समय जब रेलगाड़ी बनारस से चली तो यशोदानन्दन ने चक्रधर से पूछा—क्यों भैया, तुम्हारी राय में झूठ बोलना किसी दशा में क्षम्य है या नहीं?

चक्रधर ने विस्मित होकर कहा—मैं तो समझता हूं, नहीं?

यशोदानन्दन—किसी भी दशा में नहीं?

चक्रधर—मैं तो यही कहूंगा कि किसी दशा में भी नहीं, हालांकि कुछ लोग परोपकार के लिए असत्य को क्षम्य समझते हैं।

यशोदानन्दन—मैं भी उन्हीं लोगों में हूं। मेरा ख्याल है कि पूरा वृत्तांत सुनकर शायद आप भी मुझसे सहमत हो जाएं। मैंने अहिल्या के विषय में आपसे झूठी बातें कही हैं। वह वास्तव में मेरी लड़की नहीं है। उसके माता-पिता का हमें कुछ भी पता नहीं।

चक्रधर ने आंखें बड़ी-बड़ी करके कहा—तो फिर आपके यहां कैसे आई?

यशोदानन्दन—विचित्र कथा है। पंद्रह वर्ष हुए एक बार सूर्यग्रहण लगा था। मैं उन दिनों कॉलेज में था। हमारी एक सेवा-समिति थी। हम लोग उसी स्नान के अवसर पर यात्रियों की सेवा करने प्रयाग आए थे। तुम तो उस वक्त बहुत छोटे-से रहे होंगे। इतना बड़ा मेला फिर नहीं लगा। वहीं हमें यह लड़की एक नाली में पड़ी रोती मिली। न जाने उसके मां-बाप नदी में डूब गए या भीड़ में कुचल गए। बहुत खोज की; पर उनका कुछ पता न लगा। विवश होकर उसे साथ लेते गए। चार-पांच वर्ष तक तो उसे अनाथालय में रखा; लेकिन

जब कार्यकर्त्ताओं की फूट के कारण अनाथालय बंद हो गया, तो अपने ही घर में उसका पालन-पोषण करने लगा। जन्म से न हो, पर संस्कारों से वह हमारी लड़की है। उसके कुलीन होने में संदेह नहीं। उसका शील, स्वभाव और चातुर्य देखकर अच्छे-अच्छे घरों की स्त्रियां चकित रह जाती हैं। मैं इधर एक साल से उसके लिए योग्य वर की तलाश में था। ऐसा आदमी चाहता था, जो स्थिति को जानकर उसे सहर्ष स्वीकार करे और पाकर अपने को धन्य समझे। पत्रों में आपके लेख देखकर और आपके सेवा-कार्य की प्रशंसा सुनकर मेरी धारणा हो गई कि आप ही उसके लिए सबसे योग्य हैं। यह निश्चय करके आपके यहां आया। मैंने आपसे सारा वृत्तांत कह दिया। अब आपको अख्तियार है, उसे अपनाएं या त्यागें। हां, इतना कह सकता हूं कि ऐसा रत्न आप फिर न पाएंगे। मैं यह जानता हूं कि आपके पिताजी को यह बात असह्य होगी; पर यह भी जानता हूं कि वीरात्माएं सत्कार्य में विरोध की परवाह नहीं करतीं और अंत में उस पर विजय ही पाती हैं।

चक्रधर गहरे विचार में पड़ गए। एक तरफ अहिल्या का अनुपम सौंदर्य और उज्ज्वल चरित्र था, दूसरी ओर माता-पिता का विरोध और लोकनिंदा का भय; मन में तर्क-संग्राम होने लगा। यशोदानन्दन ने उन्हें असमंजस में पड़े देखकर कहा—आप चिंतित देख पड़ते हैं और चिंता की बात भी है; लेकिन जब आप जैसे सुशिक्षित और उदार पुरुष विरोध और भय के कारण कर्त्तव्य और न्याय से मुंह मोड़ें, तो फिर हमारा उद्धार हो चुका ! मैं आपसे सच कहता हूं, यदि मेरे दो पुत्रों में से एक भी क्वांरा होता और अहिल्या उसे स्वीकार करती तो मैं बड़े हर्ष से उसका विवाह उससे कर देता। आपके सामाजिक विचारों की स्वतंत्रता का परिचय पाकर ही मैंने आपके ऊपर इस बालिका के उद्धार का भार रखा और यदि आपने कर्त्तव्य को न समझा, तो मैं नहीं कह सकता, उस अबला की क्या दशा होगी !

चक्रधर रूप-लावण्य की ओर से तो आंखें बन्द कर सकते थे; लेकिन उद्धार के भाव को दबाना उनके लिए असंभव था। वह स्वतंत्रता के उपासक थे और निर्भीकता स्वतंत्रता की पहली सीढ़ी है। उनके मन ने कहा, क्या यह काम ऐसा है कि समाज हंसे? समाज को इसकी प्रशंसा करनी चाहिए। अगर ऐसे काम के लिए कोई मेरा तिरस्कार करे, तो मैं तृण बराबर भी उसकी परवाह न करूंगा। चाहे वह मेरे माता-पिता ही हों। दृढ़ भाव से बोले—मेरी ओर से आप जरा भी शंका न करें। मैं इतना भीरु नहीं हूं कि ऐसे कामों में समाज-निंदा से डरूं। माता-पिता को प्रसन्न रखना मेरा धर्म है; लेकिन कर्त्तव्य और न्याय की हत्या करके नहीं। कर्त्तव्य के सामने माता-पिता की इच्छा का मूल्य नहीं है।

यशोदानन्दन ने चक्रधर को गले लगाते हुए कहा—भैया, तुमसे ऐसी ही आशा थी।

यह कहकर यशोदानन्दन ने अपना सितार उठा लिया और बजाने लगे। चक्रधर को कभी सितार की ध्वनि इतनी प्रिय, इतनी मधुर न लगी थी। और न चांदनी कभी इतनी सुहृदय और विहंसित। दाएं-बाएं चांदनी छिटकी हुई थी और उसकी मंद छटा में अहिल्या रेलगाड़ी के साथ, अगणित रूप धारण किए दौड़ती चली जाती थी। कभी वह उछलकर आकाश में जा पहुंची थी, कभी नदियों की चंद्रचंचल तरंगों में। यशोदानन्दन को न कभी इतना उल्लास

हुआ था, न चक्रधर को कभी इतना गर्व। दोनों आनंद-कल्पना में डूबे हुए थे।

गाड़ी आगरे पहुंची तो दिन निकल आया था। सुनहरा नगर हरे-भरे कुंजों के बीच में विश्राम कर रहा था, मानो बालक माता की गोद में सोया हो।

इस नगर को देखते ही चक्रधर को कितनी ही ऐतिहासिक घटनाएं याद आ गईं। सारा नगर किसी उजड़े हुए घर की भांति श्रीहीन हो रहा था।

मुंशी यशोदानन्दन अभी कुलियों को पुकार रहे थे कि उनकी निगाह पुलिस के सिपाहियों पर पड़ी। चारों तरफ पहरा था। मुसाफिरों के बिस्तरे, संदूक खोल-खोलकर देखे जाने लगे। एक थानेदार ने यशोदानन्दन का भी असबाब देखना शुरू किया।

यशोदानन्दन ने आश्चर्य से पूछा-क्यों साहब, आज यह सख्ती क्यों है?

थानेदार—आप लोगों ने जो कांटे बोए हैं, उन्हीं का फल है। शहर में फसाद हो गया है।

यशोदानन्दन—अभी तीन दिन पहले तो अमन का राज्य था, यह भूत कहां से उठ खड़ा हुआ?

इतने में समिति का एक सेवक दौड़ता हुआ आ पहुंचा। यशोदानन्दन ने आगे बढ़ कर पूछा—क्यों राधा मोहन, यह क्या मामला हो गया? अभी जिस दिन मैं गया हूं, उस दिन तक तो दंगे का कोई लक्षण न था।

राधा—जिस दिन आप गये, उसी दिन पंजाब से मौलवी दीनमुहम्मद साहब का आगमन हुआ। खुले मैदान में मुसलमानों का एक बड़ा जलसा हुआ। उसमें मौलाना साहब ने न जाने क्या जहर उगला कि तभी से मुसलमानों को कुरबानी की धुन सवार है। इधर हिन्दुओं को भी यह जिद है कि चाहे खून की नदी बह जाए, पर कुरबानी न होने पाएगी। दोनों तरफ से तैयारियां हो रही हैं; हम लोग तो समझाकर हार गए।

यशोदानन्दन ने पूछा—ख्वाजा महमूद कुछ न बोले?

राधा—वही तो उस जलसे के प्रधान थे।

यशोदानन्दन आंखें फाड़कर बोले—ख्वाजा महमूद !

राधा—जी हां, ख्वाजा महमूद ! आप उन्हें फरिश्ता समझें। असल में वे रंगे सियार हैं। हम लोग हमेशा से कहते आए हैं कि इनसे होशियार रहिए, लेकिन आपको न जाने क्यों उन पर इतना विश्वास था।

यशोदानन्दन ने आत्मग्लानि से पीड़ित होकर कहा—जिस आदमी को आज पचीस बरसों से देखता आया हूं, जिसके साथ कॉलेज में पढ़ा, जो इसी समिति का किसी जमाने में मेंबर था उस पर क्योंकर विश्वास न करता? दुनिया कुछ कहे, पर मुझे ख्वाजा महमूद पर कभी शक न होगा।

राधा—आपको अख्तियार है कि उन्हें देवता समझें, मगर अभी-अभी आप देखेंगे कि वे कितनी मुस्तैदी से कुरबानी की तैयारी कर रहे हैं। उन्होंने देहातों से लठैत बुलाए हैं, उन्होंने गोएं मोल ली हैं और उन्हीं के द्वार पर कुरबानी होने जा रही है।

यशोदानन्दन—ख्वाजा महमूद के द्वार पर कुर्बानी होगी? उनके द्वार पर इसके पहले या तो मेरी कुर्बानी हो जाएगी या ख्वाजा महमूद की। तांगेवाले को बुलाओ।

राधा—बहुत अच्छा हो, यदि आप इस समय यहीं ठहर जाएं।

यशोदानन्दन—वाह-वाह ! शहर में आग लगी हुई है और तुम कहते हो, मैं यहीं रह जाऊं। जो औरों पर बीतेगी, वही मुझ पर भी बीतेगी, इससे क्या भागना। तुम लोगों ने बड़ी भूल की कि मुझे पहले से सूचना न दी।

राधा—कल दोपहर तक तो हमें खुद ही न मालूम था कि क्या गुल खिल रहा है। ख्वाजा साहब के पास गए तो उन्होंने विश्वास दिलाया कि कुर्बानी न होने पाएगी, आप लोग इत्मीनान रखें। हमसे तो यह कहा, उधर शाम ही को लठैत आ पहुंचे और मुसलमानों का डेपुटेशन सिटी मैजिस्ट्रेट के पास कुर्बानी की सूचना देने पहुंच गया।

यशोदानन्दन—महमूद भी डेपुटेशन में थे?

राधा—वही तो उसके कर्ता-धर्ता थे, भला वही क्यों न होते? हमारा तो विचार है कि वही इस फिसाद की जड़ हैं।

यशोदानन्दन—अगर महमूद में सचमुच यह कायापलट हो गया है, तो मैं यही कहूंगा कि धर्म से ज्यादा द्वेष पैदा करने वाली वस्तु संसार में नहीं; और कोई ऐसी शक्ति नहीं है, जो महमूद में द्वेष के भाव पैदा कर सके। चलो पहले उन्हीं से बातें होंगी। मेरे द्वार पर तो इस वक्त बड़ा जमाव होगा।

राधा—जी हां, इधर आपके द्वार पर जमाव है, उधर ख्वाजा साहब के ! बीच में थोड़ी-सी जगह खाली है।

तीनों आदमी तांगे पर बैठकर चले। सड़कों पर पुलिस के जवान चक्कर लगा रहे थे। मुसाफिरों की छड़ियां छीन ली जाती थीं। दो-चार आदमी भी साथ न खड़े होने पाते थे। सिपाही तुरंत ललकारता था। दुकानें सब बंद थीं, कुंजड़े भी साग बेचते न नजर आते थे। हां, गलियों में लोग जमा होकर बातें कर रहे थे।

कुछ दूर तक तीनों आदमी मौन धारण किए बैठे रहे। चक्रधर शंकित होकर इधर-उधर ताक रहे थे। जरा भी घोड़ा रुक जाता तो उनका दिल धड़कने लगता कि किसी ने तांगा रोक तो नहीं लिया; लेकिन यशोदानन्दन के मुख पर ग्लानि का गहरा चिह्न दिखाई दे रहा था। उनके मुहल्ले में आज तक कभी कुरबानी न हुई थी। हिन्दू और मुसलमान का भेद ही न मालूम होता था। उन्हें आश्चर्य होता था कि और शहरों में कैसे हिन्दू-मुसलमानों में झगड़े हो जाते हैं। और तीन ही दिन में यह नौबत आ गई।

सहसा उन्होंने उत्तेजित होकर कहा—राधामोहन देखो, मैं तो यहीं उतर जाता हूं ! जरा महमूद से मिलूंगा। तुम इन बाबू साहब को लेकर घर जाओ। आप मेरे एक मित्र के लड़के हैं, यहां सैर करने आए हैं। बैठक में आपकी चारपाई डलवा देना और देखो, अगर दैव संयोग से मैं लौटकर न आ सकूं, तो घबराने की बात नहीं। जब लोग खून-खच्चर करने पर तुले हुए हैं तो सब कुछ सम्भव है और मैं उन आदमियों में नहीं हूं कि गौ की हत्या होता देखूं

और शांत खड़ा रहूं। अगर मैं लौटकर न आ सकूं, तो तुम घर में कहला देना कि अहिल्या का पाणिग्रहण आप ही के साथ कर दिया जाए।

यह कहकर उन्होंने कोचवान से तांगा रोकने को कहा।

चक्रधर—मैं भी आपके साथ ही रहना चाहता हूं।

यशोदानन्दन—नहीं भैया, तुम मेरे मेहमान हो, तुम्हें मेरे साथ रहने की जरूरत नहीं; तुम चलो, मैं भी अभी आता हूं।

चक्रधर-क्या आप समझते हैं कि गौ-रक्षा आप ही का धर्म है, मेरा धर्म नहीं?

यशोदानन्दन—नहीं, यह बात नहीं है, बेटा ! तुम मेरे मेहमान हो और तुम्हारी रक्षा करना मेरा धर्म है।

इस वक्त तांगा धीरे-धीरे ख्वाजा महमूद के मकान के सामने आ पहुंचा। हजारों आदमियों का जमाव था। यद्यपि किसी के हाथ में लाठी या डंडे न थे; पर उनके मुख जिहाद के जोश से तमतमाए हुए थे। यशोदानन्दन को देखते ही कई आदमी उनकी तरफ लपके; लेकिन जब उन्होंने जोर से कहा—मैं तुमसे लड़ने नहीं आया हूं। कहां हैं ख्वाजा महमूद? मुमकिन हो तो जरा उन्हें बुला लो, तो लोग हट गए।

जरा देर में एक लम्बा-सा आदमी गाढ़े की अचकन पहने, आकर खड़ा हो गया। भरा हुआ बदन था, लम्बी दाढ़ी, जिसके कुछ बाल खिचड़ी हो गए थे और गोरा रंग। मुख से शिष्टता झलक रही थी। यही ख्वाजा महमूद थे।

यशोदानन्दन ने त्यौरियां बदलकर कहा—क्यों ख्वाजा साहब, आपको याद है, इस मुहल्ले में कभी कुरबानी हुई है?

महमूद—जी नहीं, जहां तक मेरा ख्याल है, यहां कभी कुर्बानी नहीं हुई।

यशोदानन्दन—तो फिर आज आप यहां कुर्बानी करने की नयी रस्म क्यों निकाल रहे हैं?

महमूद—इसलिए कि कुरबानी करना हमारा हक है। अब तक हम आपके जजबात का लिहाज करते थे, अपने माने हुए हक भूल गए थे। लेकिन जब आप लोग अपने हकों के सामने हमारे जजबात की परवाह नहीं करते, तो कोई वजह नहीं कि हम अपने हकों के सामने आपके जजबात की परवाह करें। मुसलमानों की शुद्धि करने का आपको पूरा हक हासिल है, लेकिन कम से कम पांच सौ बरसों में आपके यहां शुद्धि की कोई मिसाल नहीं मिलती। आप लोगों ने एक मुर्दा हक को जिंदा किया है। इसलिए न, कि मुसलमानों की ताकत और असर कम हो जाए? जब आप हमें जेर करने के लिए नए-नए हथियार निकाल रहे हैं, तो हमारे लिए इसके सिवा और क्या चारा है कि अपने हथियारों को दूनी ताकत से चलाएं।

यशोदा—इसके यह मानी हैं कि कल आप हमारे द्वारों पर, हमारे मंदिरों के सामने कुरबानी करें और हम चुपचाप देखा करें ! आप यहां हरगिज कुरबानी नहीं कर सकते और करेंगे तो इसकी जिम्मेदारी आपके सिर होगी।

यह कहकर यशोदानन्दन फिर तांगे पर बैठे। दस-पांच आदमियों ने तांगे को रोकना चाहा; पर कोचवान ने घोड़ा तेज कर दिया। दम के दम तांगा उड़ता हुआ यशोदानन्दन के द्वार पर पहुंच गया, जहां हजारों आदमी खड़े थे। इन्हें देखते ही चारों तरफ हलचल मच गई। लोगों ने चारों तरफ से आकर उन्हें घेर लिया। अभी तक फौज का अफसर न था, फौज दुविधा में पड़ी हुई थी, समझ में न आता था कि क्या करें। सेनापति के आते ही सिपाहियों में जान-सी पड़ गई, जैसे सूखे धान में पानी पड़ जाए।

यशोदानन्दन तांगे से उतर पड़े और ललकारकर बोले—क्यों भाइयो, क्या विचार है? यह कुरबानी होगी? आप जानते हैं, इस मुहल्ले में आज तक कभी कुरबानी नहीं हुई। अगर आज हम यहां कुरबानी करने देंगे, तो कौन कह सकता है कि कल को हमारे मंदिर के सामने गौहत्या न होगी।

कई आवाजें एक साथ आईं—हम मर मिटेंगे, पर यहां कुरबानी न होने देंगे।

यशोदानन्दन—खूब सोच लो, क्या करने जा रहे हो। वह लोग सब तरह से लैस हैं। ऐसा न हो कि तुम लाठियों के पहले ही वार में वहां से भाग खड़े हो?

कई आवाजें एक साथ आईं—भाइयो, सुन लो; अगर कोई पीछे कदम हटाएगा, तो उसे गौहत्या का पाप लगेगा।

एक सिक्ख जवान—अजी देखिए, छक्के छुड़ा देंगे।

एक पंजाबी हिन्दू—एक-एक की गर्दन तोड़ के रख दूंगा।

आदमियों को यों उत्तेजित करके यशोदानन्दन आगे बढ़े और जनता 'महावीर' और 'श्रीरामचन्द्र' की जयध्वनि से वायुमंडल को कंपायमान करती हुई उनके पीछे चली। उधर मुसलमानों ने भी डंडे संभाले। करीब था कि दोनों दलों में मुठभेड़ हो जाए कि एकाएक चक्रधर आगे बढ़कर यशोदानन्दन के सामने खड़े हो गए और विनीत किंतु दृढ़ भाव से बोले—आप अगर उधर जाते हैं, तो मेरी छाती पर पांव रखकर जाइए। मेरे देखते यह अनर्थ न होने पाएगा।

यशोदानन्दन ने चिढ़कर कहा—हट जाओ। अगर एक क्षण की भी देर हुई, तो फिर पछताने के सिवा और कुछ हाथ न आएगा।

चक्रधर—आप लोग वहां जाकर करेंगे क्या?

यशोदानन्दन—हम इन जालिमों से गौ को छीन लेंगे।

चक्रधर—अहिंसा का नियम गौओं ही के लिए नहीं, मनुष्यों के लिए भी तो है।

यशोदानन्दन—कैसी बातें करते हो, जी ! क्या यहां खड़े होकर अपनी आंखों से गौ की हत्या होते देखें।

चक्रधर—अगर आप एक बार दिल थामकर देख लेंगे, तो यकीन है कि फिर आपको कभी यह दृश्य न देखना पड़े।

यशोदानन्दन—हम इतने उदार नहीं हैं।

चक्रधर—ऐसे अवसर पर भी?

यशोदानन्दन—हम महान् से महान उद्देश्य के लिए भी यह मूल्य नहीं दे सकते। इन दामों स्वर्ग भी मंहगा है।

चक्रधर—मित्रो, जरा विचार से काम लो।

कई आवाजें—विचार से काम लेना कायरों का काम है।

एक सिक्ख जवान—जब डंडे से काम लेने का मौका आए, तो विचार को बंद करके रख देना चाहिए।

चक्रधर—तो फिर जाइए; लेकिन उस गौ को बचाने के लिए आपको अपने एक भाई का खून करना पड़ेगा।

सहसा एक पत्थर किसी की तरफ से आकर चक्रधर के सिर में लगा। खून की ध ारा बह निकली; चक्रधर अपनी जगह से हिले नहीं। सिर थामकर बोले—अगर मेरे रक्त से आपकी क्रोधाग्नि शांत होती हो, तो यह मेरे लिए सौभाग्य की बात है। अगर मेरा खून और कई जानों की रक्षा कर सके, तो इससे उत्तम कौन मृत्यु होगी?

फिर दूसरा पत्थर आया; पर अबकी चक्रधर को चोट न लगी। पत्थर कानों के पास से निकल गया।

यशोदानन्दन गरजकर बोले—यह कौन पत्थर फेंक रहा है? सामने क्यों नहीं आता? क्या वह समझता है कि उसी ने गौ-रक्षा का ठेका ले लिया है? अगर वह बड़ा वीर है, तो क्यों नहीं चंद कदम आगे आकर अपनी वीरता दिखाता? पीछे खड़ा पत्थर क्यों फेंकता है!

एक आवाज—धर्मद्रोहियों को मारना अधर्म नहीं है।

यशोदानन्दन—जिसे तुम धर्म का द्रोही समझते हो, वह तुमसे कहीं सच्चा हिन्दू है!

एक आवाज—सच्चे हिन्दू वही तो होते हैं, जो मौके पर बगलें झांकने लगें और शहर छोड़कर दो-चार दिन के लिए खिसक जाएं।

कई आदमी—यह कौन मंत्री पर आक्षेप कर रहा है? कोई उसकी जबान पकड़ कर क्यों नहीं खींच लेता?

यशोदानन्दन—आप लोग सुन रहे हैं, मुझ पर कैसे-कैसे दोष लगाए जा रहे हैं। मैं सच्चा हिन्दू नहीं; मैं मौका पड़ने पर बगलें झांकता हूं और जान बचाने के लिए शहर से भाग जाता हूं। ऐसा आदमी आपका मंत्री बनने के योग्य नहीं है। आप उस आदमी को अपना मंत्री बनाएं, जिसे आप सच्चा हिन्दू समझते हों। मैं धर्म से पहले अपने आत्मगौरव की रक्षा करना चाहता हूं।

कई आदमी—महाशय, आपको ऐसे मुंहफट आदमियों की बात का खयाल न करना चाहिए।

यशोदानन्दन—यह मेरी पच्चीस बरसों की सेवा का उपहार है; जिस सेवा का फल अपमान हो, उसे दूर ही से मेरा सलाम है।

यह कहते हुए मुंशी यशोदानन्दन घर की तरफ चले। कई आदमियों ने उन्हें रोकना चाहा, कई आदमी उनके पैरों पड़ने लगे; लेकिन उन्होंने एक न मानी। वह तेजस्वी आदमी

थे। अपनी संस्था पर स्वेच्छाचारी राजाओं की भांति शासन करना चाहते थे। आलोचनाओं को सहन करने की उनमें सामर्थ्य ही न थी।

उनके जाते ही यहां आपस में 'तू-तू, मैं-मैं' होने लगी। एक दूसरे पर आक्षेप करने लगे। गालियों की नौबत आई, यहां तक कि दो-चार आदमियों से हाथापाई भी हो गई।

चक्रधर ने जब देखा कि इधर से अब कोई शंका नहीं है, तो वह लपककर मुसलमानों के सामने आ पहुंचे और उच्च स्वर में बोले—हजरात, मैं कुछ अर्ज करने की इजाजत चाहता हूं।

एक आदमी—सुनो-सुनो, यही तो अभी हिन्दुओं के सामने खड़ा था।

दूसरा आदमी—दुश्मनों के कदम उखड़ गए। सब भागे जा रहे हैं।

तीसरा—इसी ने शायद उन्हें समझा-बुझाकर हटा दिया है। देखो क्या कहता है?

चक्रधर—अगर इस गाय की कुरबानी करना आप अपना मजहबी फर्ज समझते हों, तो शौक से कीजिए। मैं आपके मजहबी मामले में दखल नहीं दे रहा हूं। लेकिन क्या यह लाजिमी है कि इसी जगह कुरबानी की जाए?

एक आदमी—हमारी खुशी है; जहां चाहेंगे, कुरबानी करेंगे, तुमसे मतलब?

चक्रधर—बेशक, मुझे बोलने का कोई हक नहीं है; लेकिन इस्लाम की जो इज्जत मेरे दिल में है, वह मुझे बोलने के लिए मजबूर कर रही है। इस्लाम ने कभी दूसरे मजहब वालों की दिलजारी नहीं की। उसने हमेशा दूसरों के जजबात का एहतराम किया है। बगदाद और रूस, स्पेन और मिस्त्र की तारीखें उस मजहबी आजादी की शाहिद हैं, जो इस्लाम ने उन्हें अदा की थीं। अगर आप हिन्दू जजबात का लिहाज करके किसी दूसरी जगह कुरबानी करें, तो यकीनन इस्लाम के वकार में फर्क न आएगा

एक मौलवी ने जोर देकर कहा—ऐसी मीठी-मीठी बातें हमने बहुत सुनी हैं। कुरबानी यहीं होगी। जब दूसरे हमारे ऊपर जब्र करते हैं, तो हम उनके जजबात का क्यों लिहाज करें?

ख्वाजा महमूद बड़े गौर से चक्रधर की बातें सुन रहे थे। मौलवी साहब की उद्दण्डता पर चिढ़कर बोले—क्या शरीयत का हुक्म है कि कुरबानी यहीं हो? किसी दूसरी जगह नहीं की जा सकती?

मौलवी साहब ने ख्वाजा महमूद की तरफ अविश्वास की दृष्टि से देखकर कहा—मजहब के मामले में उलमा के सिवा और किसी को दखल देने का मजाज नहीं है।

ख्वाजा—बुरा न मानिएगा, मौलवी साहब ! अगर दस सिपाही यहां आकर खड़े हो जाएं तो बगलें झांकने लगिएगा !

मौलवी—किसकी मजाल है कि हमारे दीन-ओ-उमूर में मजाहमत करे?

ख्वाजा—आपको तो अपने हलवे-मांडे से काम है, जिम्मेदारी तो हमारे ऊपर आएगी, दूकानें तो हमारी लुटेंगी, आपके पास फटे बोरिए और फूटे बंधने के सिवा और क्या रखा है? जब वे लोग मसलहत देखकर किनारा कर गए तो हमें भी अपनी जिद से बाज आ जाना चाहिए। क्या आप समझते हैं कि वे लोग आपसे डरकर भागे? हमारे से दुगने आदमी अगर

चढ़ आते, तो संभालना मुश्किल हो जाता।

मौलवी—जनाब, जिहाद करना कोई खालाजी का घर नहीं। आप दुनिया के बंदे हैं, दीन, हकीकत क्या समझें?

ख्वाजा—बजा है; आपकी शहादत तो कहीं नहीं गई है। जिल्लत तो हमारी है।

मौलवी—भाइयो, आप लोग ख्वाजा साहब की ज्यादती देख रहे हैं। आप ही फैसला कीजिए कि दीन मामलात में उलमा का फैसला वाजिब है या उमरा का?

एक मोटे-ताजे दढ़ियल आदमी ने कहा-आप बिस्मिल्लाह कीजिए। उमरा को दीन से कोई सरोकार नहीं।

यह सुनते ही एक आदमी बड़ा-सा छुरा लेकर निकल पड़ा और कई आदमी गाय की सींगें पकड़ने लगे। गाय अब तक तो चुपचाप खड़ी थी। छुरा देखते ही वह छटपटाने लगी। चक्रधर यह दृश्य देखकर तिलमिला उठे। निराशा और क्रोध से कांपते हुए बोले—भाइयो, एक गरीब बेकस जानवर को मारना बहादुरी नहीं। खुदा बेकसों के खून से खुश नहीं होता। अगर जवांमर्दी दिखानी है, तो किसी शेर का शिकार करो, किसी चीते को मारो, किसी जंगली सूअर का पीछा करो। उसकी कुरबानी से, मुमकिन है, खुदा खुश हो। जब तक हिन्दू सामने खड़े थे, किसी की हिम्मत न पड़ी कि छुरा हाथ में लेता। जब वे चले गए तो आप लोग शेर हो गए?

एक आदमी—तो क्यों चले गए? मैदान में खड़े क्यों न रहे? गौ-रक्षा का जोश दिखाते। दुम दबाकर भाग क्यों खड़े हुए?

चक्रधर—भाग नहीं खड़े हुए और न लड़ने में वे आपसे कम ही हैं। उनकी समझ में यह बात आ गई कि जानवर की हिमायत में इंसान का खून बहाना इंसान को मुनासिब नहीं।

मौलवी—शुक्र है, उन्हें इतनी समझ तो आई!

चक्रधर—लेकिन आप अभी तक उनकी दिलजारी पर कमर बांधे हुए हैं। खैर आपको अख्तियार है, जो चाहें, करें। मगर मैं यकीन के साथ कहता हूं कि यह दिलजारी एक दिन रंग लाएगी। यह न समझिए कि इस वक्त कोई हिन्दू मैदान में नहीं है। हर एक कुरबानी हिन्दुस्तान के इक्कीस करोड़ हिन्दुओं के दिलों में जख्म कर देती है, और इतनी बड़ी तादाद के दिलों को दुखाना बड़ी से बड़ी कौम के लिए भी एक दिन पछतावे का बाइस हो सकता है? अगर आपकी गिजा है, तो शौक से खाइए। लाखों गौएं रोज कत्ल होती हैं, हिन्दू सिर नहीं उठाते। फिर यह क्योंकर मुमकिन है कि वह आपके मजहबी मामले में दखल दें? हिन्दुओं से ज्यादा बेतअस्सुब कौम दुनिया में नहीं है, लेकिन जब आप उनकी दिलजारी और महज दिलजारी के लिए कुरबानी करते हैं, तो उनको जरूर सदमा होता है। और उनके दिलों में जो शोला उठता है, उसका आप कयास नहीं कर सकते। अगर आपको यकीन न आए, तो देख लीजिए कि गाय के साथ ही एक हिन्दू कितनी खुशी से अपनी जान दे देता है!

यह कहते हुए चक्रधर ने तेजी से लपककर गाय की गर्दन पकड़ ली और बोले—आज आपको इस गौ के साथ एक इंसान की भी कुरबानी करनी पड़ेगी।

सभी आदमी चकित हो-होकर चक्रधर की ओर ताकने लगे। मौलवी साहब ने क्रोध ा से उन्मत्त होकर कहा—कलाम पाक की कसम, हट जाओ, वरना गजब हो जाएगा।

चक्रधर—हो जाने दीजिए। खुदा की यही मरजी है कि आज गाय के साथ मेरी भी कुरबानी हो।

ख्वाजा महमूद—क्यों भई, तुम्हारा घर कहां है?

चक्रधर—परदेशी मुसाफिर हूं।

ख्वाजा—कसम खुदा की, तुम जैसा दिलेर आदमी नहीं देखा। नाम के लिए तो गाय को माता कहने वाले बहुत हैं; पर ऐसे विरले ही देखे, जो गौ के पीछे जान लड़ा दे। तुम कलमा क्यों नहीं पढ़ लेते?

चक्रधर—मैं एक खुदा का कायल हूं। वही सारे जहान का खालिक और मालिक है। फिर और किस पर ईमान लाऊं?

ख्वाजा—वल्लाह, तब तो तुम सच्चे मुसलमान हो। हमारे हजरत को अल्लाहताला का रसूल मानते हो?

चक्रधर—बेशक मानता हूं, उनकी इज्जत करता हूं और उनकी तौहीद का कायल हूं।

ख्वाजा—हमारे साथ खाने-पीने से परहेज तो नहीं करते?

चक्रधर—जरूर करता हूं, उसी तरह, जैसे किसी ब्राह्मण के साथ खाने से परहेज करता हूं, अगर वह पाक-साफ न हो।

ख्वाजा—काश, तुम जैसे समझदार तुम्हारे और भाई भी होते। मगर यहां तो लोग हमें मलिच्छ कहते हैं। यहां तक कि हमें कुत्तों से भी नजिस समझते हैं। उनकी थालियों में कुत्ते खाते हैं; पर मुसलमान उनके गिलास में पानी नहीं पी सकता। वल्लाह, आपसे मिलकर दिल खुश हो गया। अब कुछ-कुछ उम्मीद हो रही है कि शायद दोनों कौमों में इत्तफाक हो जाए। अब आप जाइए। मैं आपको यकीन दिलाता हूं, कुरबानी न होगी।

चक्रधर-और साहबों से तो पूछिए।

कई आवाजें—होती तो जरूर, लेकिन अब न होगी। आप वाकई दिलेर आदमी हैं।

ख्वाजा—यहां आप कहां ठहरे हुए हैं? मैं आपसे मिलूंगा।

चक्रधर—आप क्यों तकलीफ उठाएंगे, मैं खुद हाजिर हूंगा।

ख्वाजा महमूद ने चक्रधर को गले लगाकर रुखसत किया। इधर उसी वक्त गाय की पगहिया खोल दी गई। वह जान लेकर भागी। और लोग भी इस 'नौजवान' की 'हिम्मत' और 'जवांमर्दी' की तारीफ करते हुए चले।

चक्रधर को आते देखकर यशोदानन्दन अपने कमरे से निकल आए और उन्हें छाती से लगाते हुए बोले—भैया, आज तुम्हारा धैर्य और साहस देखकर मैं दंग रह गया। तुम्हें देखकर मुझे अपने ऊपर लज्जा आ रही है। तुमने आज हमारी लाज रख ली। अगर यहां कुरबानी हो जाती, तो हम मुंह दिखाने लायक भी न रहते।

एक बूढ़ा—आज तुमने वह काम कर दिखाया, जो सैकड़ों आदमियों के रक्तपात से

भी न होता !

चक्रधर—मैंने कुछ भी नहीं किया। यह उन लोगों की शराफत थी कि उन्होंने अनुनय-विनय सुन ली।

यशोदानन्दन—अरे भाई, रोने का भी तो कोई ढंग होता है। अनुनय-विनय हमने भी सैकड़ों ही बार की, लेकिन हर दफे गुत्थी और उलझती ही गई। आइए, आपके घाव की मरहम-पट्टी तो हो जाए !

चक्रधर को कमरे में बैठाकर यशोदानन्दन ने घर में जाकर अपनी स्त्री वागीश्वरी से कहा— आज मेरे एक दोस्त की दावत करनी होगी। भोजन खूब दिल लगाकर बनाना। अहिल्या, आज तुम्हारी पाक-परीक्षा होगी।

अहिल्या—वह कौन आदमी था दादा, जिसने मुसलमानों के हाथों से गौ की रक्षा की?

यशोदानन्दन—वही तो मेरे दोस्त हैं, जिनकी दावत करने को कह रहा हूं। बेचारे रास्ते में मिल गए। यहां सैर करने आए हैं। मसूरी जाएंगे।

अहिल्या—(वागीश्वरी से) अम्मां, जरा उन्हें अन्दर बुला लेना, तो दर्शन करेंगे। दादा, मैं कोठे पर बैठी सब तमाशा देख रही थी। जब हिन्दुओं ने उन पर पत्थर फेंकना शुरू किया, तो ऐसा क्रोध आता था कि वहीं से फटकारूं। बेचारे के सिर से खून निकलने लगा लेकिन वह जरा भी न बोले। जब वह मुसलमानों के सामने आकर खड़े हुए तो मेरा कलेजा धड़कने लगा कि कहीं सबके सब उन पर टूट न पड़ें। बड़े ही साहसी आदमी मालूम होते हैं। सिर में चोट आई है क्या?

यशोदानन्दन—हां, खून जम गया है; लेकिन उन्हें उसकी कुछ परवाह ही नहीं। डॉक्टर को बुला रहा हूं।

वागीश्वरी—खा-पी चुकें, तो जरा देर के लिए यहीं भेज देना। मेरे लड़कों की जोड़ी तो हैं?

यशोदानन्दन—अच्छी बात है। जरा सफाई कर लेना।

पड़ोस में एक डॉक्टर रहते थे। यशोदानन्दन ने उन्हें बुलाकर घाव पर पट्टी बंधवा दी। फिर देर तक बातें होती रहीं। धीरे-धीरे सारा मुहल्ला जमा हो गया। कई श्रद्धालु जनों ने तो चक्रधर के चरण छुए। आखिर भोजन का समय आया। जब लोग खाने बैठे, तो यशोदानन्दन ने कहा—भाई, बाबूजी से जो कुछ कहना हो, कह लो; फिर मुझसे शिकायत न करना कि तुम उन्हें नहीं लाए। बाबूजी, इस घर की तथा मुहल्ले की कई स्त्रियों की इच्छा है कि आपके दर्शन करें। आपको कोई आपत्ति तो नहीं है?

वागीश्वरी—हां बेटा, जरा देर के लिए चले आना; नहीं तो अपने घर जाके कहोगे न कि मैंने जिन लोगों के लिए जान लड़ा दी, उन्होंने बात भी न पूछी।

चक्रधर ने शरमाते हुए कहा—आप लोगों ने मेरी जो खातिर की है, वह कभी नहीं भूल सकता। उसके लिए मैं सदैव आपका एहसान मानता रहूंगा।

ज्यों ही लोग चौके से उठे, अहिल्या ने कमरे की सफाई करनी शुरू की। दीवार की

तसवीरें साफ कीं, फर्श फिर से झाड़कर बिछाया, एक छोटी-सी मेज पर फूलों का गिलास रख दिया, एक कोने में अगरबत्ती जलाकर रख दी। पान बनाकर तश्तरी में रखे। इन कामों से फुर्सत पाकर उसने एकांत में बैठकर फूलों की माला गूंथनी शुरू की। मन में सोचती थी कि न जाने कौन है, स्वभाव कितना सरल है ! लजाने में तो औरतों से भी बढ़े हुए हैं। खाना खा चुके, पर सिर न उठाया। देखने में ब्राह्मण मालूम होते हैं। चेहरा देखकर तो कोई नहीं कह सकता कि वह इतने साहसी होंगे।

सहसा वागीश्वरी ने आकर कहा—बेटी, दोनों आदमी आ रहे हैं। साड़ी तो बदल लो।

अहिल्या 'ऊंह' करके रह गई। हां, उसकी छाती में धड़कन होने लगी। एक क्षण में यशोदानन्दनजी चक्रधर को लिये हुए कमरे में आए। वागीश्वरी और अहिल्या दोनों खड़ी हो गईं। यशोदानन्दन ने चक्रधर को कालीन पर बैठा दिया और खुद बाहर चले गए। वागीश्वरी पंखा झलने लगी; लेकिन अहिल्या मूर्ति की भांति खड़ी रही।

चक्रधर ने उड़ती हुई निगाहों से अहिल्या को देखा। ऐसा महसूस हुआ, मानो कोमल, स्निग्ध एवं सुगंधमय प्रकाश की लहर-सी आंखों में समा गई।

वागीश्वरी ने मिठाई की तश्तरी सामने रखते हुए कहा—कुछ जलपान कर लो भैया, तुमने कुछ खाना भी तो नहीं खाया। तुम जैसे वीरों को सवा सेर से कम न खाना चाहिए। धन्य है वह माता, जिसने ऐसे बालक को जन्म दिया। अहिल्या, जरा गिलास में पानी तो ला। भैया, जब तुम मुसलमानों के सामने अकेले खड़े थे, तो यह ईश्वर से तुम्हारी कुशल मना रही थी। जाने कितनी मनौतियां कर डालीं ! कहां है वह माला, जो तूने गूंथी थी? अब पहनाती क्यों नहीं?

अहिल्या ने लजाते हुए कांपते हाथों से माला चक्रधर के गले में डाल दी और आहिस्ता से बोली—क्या सिर में ज्यादा चोट आई?

चक्रधर—नहीं तो; ख्वामख्वाह पट्टी बंधवा दी।

वागीश्वरी—जब तुम्हें चोट लगी, तब इसे इतना क्रोध आया था कि उस आदमी को पा जाती, तो मुंह नोच लेती। क्या करते हो बेटा?

चक्रधर—अभी तो कुछ नहीं करता, पड़े-पड़े खाया करता हूं, मगर जल्दी ही कुछ न कुछ करना ही पड़ेगा। धन से तो मुझे बहुत प्रेम नहीं है और मिल भी जाए तो मुझे उसको भोगने के लिए दूसरों की मदद लेनी पड़े। हां , इतना अवश्य चाहता हूं कि किसी का आश्रित होकर न रहना पड़े।

वागीश्वरी—कोई सरकारी नौकरी नहीं मिलती क्या?

चक्रधर—नौकरी करने की तो मेरी इच्छा ही नहीं है। मैंने पक्का निश्चय कर लिया है कि नौकरी न करूंगा। न मुझे खाने का शौक है, न पहनने का, न ठाट-बाट का; मेरा निर्वाह बहुत थोड़े में हो सकता है।

वागीश्वरी-और जब विवाह हो जाएगा, तब क्या करोगे?

चक्रधर—उस वक्त सिर पर जो आएगी, देखी जाएगी। अभी से क्यों उसकी चिंता

करूं?

वागीश्वरी—जलपान तो कर लो, या मिठाई भी नहीं खाते?

चक्रधर मिठाइयां खाने लगे। इतने में महरी ने आकर कहा—बड़ी बहूजी, मेरे लाला को रात से खांसी आ रही है; तिल भर नहीं रुकती, दवाई दे दो।

वागीश्वरी दवा देने चली गई। अहिल्या अकेली रह गई, तो चक्रधर ने उसकी ओर देखकर कहा—आपको मेरे कारण बड़ा कष्ट हुआ। मैं तो इस उपहार के योग्य न था।

अहिल्या—यह उपहार नहीं, भक्त की भेंट है।

चक्रधर—मेरा परम सौभाग्य है कि बैठे-बैठाए इस पद को पहुंच गया।

अहिल्या—आपने आज इस शहर के हिन्दू मात्र की लाज रख ली। क्या और पानी दूं?

चक्रधर—तृप्त हो गया। आज मालूम हुआ कि जल में कितना स्वाद है? शायद अमृत में भी यह स्वाद न होगा।

वागीश्वरी ने आकर मुस्कराते हुए कहा—भैया, तुमने तो आधी भी मिठाइयां नहीं खाईं। क्या इसे देखकर भूख-प्यास बंद हो गई? यह मोहनी है, जरा इससे सचेत रहना।

अहिल्या—अम्मां, तुम छोटे-बड़े किसी का लिहाज नहीं करतीं।

वागीश्वरी—अच्छा बताओ, तुमने इनकी रक्षा के लिए कौन-कौन सी मनौतियां की थीं?

अहिल्या—मुझे आप दिक करेंगी, तो चली जाऊंगी।

चक्रधर यहां कोई घंटे भर–तक बैठे रहे। वागीश्वरी ने उनके घर का सारा वृत्तांत पूछा—कै भाई हैं, कै बहनें, पिताजी क्या करते हैं, बहनों का विवाह हुआ है या नहीं? चक्रधर को उनके व्यवहार में इतना मातृस्नेह भरा मालूम होता था, मानो उससे उनका परिचय है। चार बजते-बजते ख्वाजा महमूद के आने की खबर पाकर चक्रधर बाहर चले आए। और भी कितने ही आदमी मिलने आए थे। शाम तक उन लोगों से बातें होती रहीं। निश्चय हुआ कि एक पंचायत बनाई जाए और आपस के झगड़े उसी के द्वारा तय हुआ करें। चक्रधर को लोगों ने उस पंचायत का एक मेम्बर बनाया। रात को जब अहिल्या और वागीश्वरी छत पर लेटीं, तो वागीश्वरी ने पूछा—अहिल्या, सो गई क्या?

अहिल्या—नहीं अम्मां, जाग तो रही हूं।

वागीश्वरी—हां, आज तुझे क्यों नींद आएगी। उनसे ब्याह करेगी?

अहिल्या—अम्मां, मुझे गालियां दोगी, तो मैं नीचे जाकर लेटूंगी, चाहे मच्छर भले ही नोच खाएं।

वागीश्वरी—अरे, तो मैं कौन-सी गाली दे रही हूं। क्या ब्याह न करेगी? ऐसा अच्छा वर तुझे और कहां मिलेगा?

अहिल्या—तुम न मानोगी, लो मैं जाती हूं।

वागीश्वरी—मैं दिल्लगी नहीं कर रही हूं, सचमुच पूछती हूं। तुम्हारी इच्छा हो, तो

बातचीत की जाए, अपनी ही बिरादरी के हैं। कौन जाने, राजी हो जाएं।

अहिल्या—सब बातें जानकर भी?

वागीश्वरी—तुम्हारे बाबूजी ने सारी कथा पहले ही सुना दी है।

अहिल्या-जो कहीं न मानें?

वागीश्वरी—टालो मत, दिल की बात साफ-साफ कह दो।

अहिल्या—तुम मेरे दिल का हाल मुझसे अधिक जानती हो, फिर, मुझसे क्यों पूछती हो?

वागीश्वरी—वह धनी नहीं हैं, याद रखो।

अहिल्या—मैं धन की लौंडी कभी नहीं रही।

वागीश्वरी—तो अब तुम्हें संशय में क्यों रखूं। तुम्हारे बाबूजी तुमसे मिलाने ही के लिए इन्हें काशी से लाए हैं। उनके पास और कुछ हो या न हो, हृदय अवश्य है। और ऐसा हृदय, जो बहुत कम लोगों के हिस्सों में आता है। ऐसा स्वामी पाकर तुम्हारा जीवन सफल हो जाएगा।

अहिल्या ने डबडबाई हुई आंखों से वागीश्वरी को देखा, पर मुंह से कुछ न बोली। कृतज्ञता शब्दों में आकर शिष्टता का रूप धारण कर लेती है। उसका मौलिक रूप वही है, जो आंखों से बाहर निकलते हुए कांपता और लजाता है।

छः

मुंशी वज्रधर उन रेल के मुसाफिरों में थे, जो पहले तो गाड़ी में खड़े होने की जगह मांगते हैं, फिर बैठने की फिक्र करने लगते हैं और अंत में सोने की तैयारी कर देते हैं। चक्रधर एक बड़ी रियासत के दीवान की लड़की को पढ़ाएं और वह इस स्वर्ण-संयोग से लाभ न उठाएं ! यह क्योंकर हो सकता था। दीवान साहब को सलाम करने आने-जाने लगे। बातें करने में तो निपुण थे ही, दो ही चार मुलाकातों में उनका सिक्का जम गया। इस परिचय ने शीघ्र ही मित्रता का रूप धारण किया। एक दिन दीवान साहब के साथ वह रानी जगदीशपुर के दरबार में पहुंचे और ऐसी लच्छेदार बातें कीं, अपनी तहसीलदारी की ऐसी जीट उड़ाई कि रानी जी मुग्ध हो गईं ! कोई क्या तहसीलदारी करेगा ! जिस इलाके में मैं था, वहां के आदमी आज तक मुझे याद करते हैं। डींग नहीं मारता, डींग मारने की मेरी आदत नहीं, लेकिन जिस इलाके में मुश्किल से पचास हजार वसूल होता था, उसी इलाके से साल के अंदर मैंने दो लाख वसूल करके दिखा दिया। और लुत्फ यह कि किसी को हिरासत में रखने या कुर्की करने की जरूरत नहीं पड़ी।

ऐसे कार्य-कुशल आदमी की सभी जगह जरूरत रहती है। रानी ने सोचा, इस आदमी को रख लूं, तो इलाके की आमदनी बढ़ जाए। ठाकुर साहब से सलाह की। यहां तो पहले ही से संसारी बातें सधी-बधी थीं। ठाकुर साहब ने रंग और भी चोखा कर दिया। उनके दोस्तों में यही ऐसे थे, जिस पर लौगी की असीम कृपादृष्टि थी। दूसरी ही सलामी में मुंशीजी को

पच्चीस रुपये मासिक की तहसीलदारी मिल गई। मुंहमांगी मुराद पूरी हुई। सवारी के लिए घोड़ा भी मिल गया। सोने में सुहागा हो गया।

अब मुंशीजी की पांचों अंगुली घी में थीं। जहां महीने में एक बार भी महफिल न जमने पाती थी, वहां अब तीसों दिन जमघट होने लगा। इतने बड़े अहलकार के लिए शराब की क्या कमी; कभी इलाके पर चुपके से दस-बीस बोतलें खिंचवा लेते, कभी शहर के किसी कलवार पर घौंस जमाकर दो-चार बोतलें ऐंठ लेते। बिना हर्र-फिटकरी रंग चोखा हो जाता था। एक कहार भी नौकर रख लिया और ठाकुर साहब के घर से दो-चार कुर्सियां उठवा लाए। उनके हौसले बहुत ऊंचे न थे, केवल एक भले आदमी की भाँति जीवन व्यतीत करना चाहते थे। इस नौकरी ने उनके हौसले को बहुत कुछ पूरा कर दिया, लेकिन वह जानते थे कि इस नौकरी का कोई ठिकाना नहीं। रईसों का मिजाज एक-सा नहीं रहता। मान लिया, रानी साहब के साथ निभ ही गई, तो कै दिन ! राजा साहब आते ही पुराने नौकरों को निकाल बाहर करेंगे। जब दीवान ही न रहेंगे, तो मेरी क्या हस्ती? इसलिए उन्होंने पहले ही से नए राजा साहब के यहां आना-जाना शुरू कर दिया था। इसका नाम ठाकुर विशालसिंह था। रानी साहब के चचेरे देवर होते थे। उनके दादा दो भाई थे। बड़े भाई रियासत के मालिक थे। उन्हीं के वंशजों ने दो पीढ़ियों तक राज्य का आनंद भोगा था। अब रानी के निस्संतान होने के कारण विशालसिंह के भाग्य उदय हुए थे। दो-चार गांव थे, जो उनके दादा को गुजारे के लिए मिले थे, उन्हीं को रेहन-बय करके इन लोगों ने पचास वर्ष काट दिए थे—यहां तक कि विशालसिंह के पास अब इतनी भी संपत्ति न थी कि गुजर-बसर के लिए काफी होती। उस पर कुल-मर्यादा का पालन करना आवश्यक था। वह महारानी के पट्टीदार थे और इस हैसियत का निर्वाह करने के लिए उन्हें नौकर-चाकर, घोड़ा-गाड़ी सभी कुछ रखना पड़ता था। अभी तक परम्परा की नकल होती चली आती थी। दशहरे के दिन उत्सव जरूर मनाया जाता, जन्माष्टमी के दिन जरूर धूमधाम होती।

प्रात:काल था, माघ की ठंड पड़ रही थी। मुंशीजी ने गर्म पानी से स्नान किया और चौकी से उतरे। मगर खड़ाऊं उलटे रखे हुए थे। कहार खड़ा था कि यह जाएं, तो धोती छांटूं ! मुंशीजी ने उलटे खड़ाऊं देखे, तो कहार को डांटा—तुमसे कितनी बार कह चुका कि खड़ाऊं सीधे रखा कर। तुझे याद क्यों नहीं रहता? बता, उलटे खड़ाऊं पर कैसे पैर रखूं? आज तो मैं छोड़ देता हूं, लेकिन कल जो तूने उलटे खड़ाऊं रखे, तो इतना पीटूंगा कि तू भी याद करेगा।

कहार ने कांपते हुए हाथ से खड़ाऊं सीधे कर दिए।

निर्मला ने हलवा बना रखा था। मुंशीजी आकर एक कुर्सी पर बैठ गए और जलता हुआ हलवा मुंह में डाल लिया। बारे किसी तरह उसे निगल गए और आंखों से पानी पोंछते हुए बोले—तुम्हारा कोई काम ठीक नहीं होता। जलता हुआ हलवा सामने रख दिया। आखिर मेरा मुंह जलाने से तुम्हें कुछ मिल तो नहीं गया।

निर्मला—जरा हाथ से देख क्यों न लिया?

वज्रधर—वाह, उलटा चोर कोतवाल को डांटे। मुझी को उल्लू बनाती हो। तुम्हें खुद

सोच लेना चाहिए था कि जलता हुआ हलवा खा गए, तो मुंह की क्या दशा होगी। लेकिन तुम्हें क्या परवाह ! लल्लू कहां है?

निर्मला—लल्लू मुझसे कहके कहां जाते हैं ! पहर रात रहे, न जाने किधर चले गए। जाने कहीं किसानों की सभा होने वाली है। वहीं गए हैं।

वज्रधर—वहां दिन भर भूखों मरेगा। न जाने इसके सिर से यह भूत कब उतरेगा? मुझसे कल दारोगाजी कहते थे, आप लड़के को संभालिए, नहीं तो धोखा खाइएगा। समझ में नहीं आता, क्या करूं ! मेरे इलाके के आदमी भी इन सभाओं में अब जाने लगे हैं और मुझे खौफ हो रहा है कि कहीं रानी साहब के कानों में भनक पड़ गई, तो मेरे सिर हो जाएंगी ! मैं यह तो मानता हूं कि अहलकार लोग गरीबों को बहुत सताते हैं, मगर किया क्या जाए, सताए बगैर काम भी तो नहीं चलता। आखिर उनका गुजर-बसर कैसे हो ! किसानों को समझाना बुरा नहीं, लेकिन आग में कूदना तो बुरी बात है। मेरी तो सुनने की उसने कसम खा ली है, मगर तुम क्यों नहीं समझातीं?

निर्मला—जो आग में कूदेगा, आप जलेगा, मुझे क्या करना है। उससे बहस कौन करे ! आज सबेरे-सबेरे कहां जा रहे हो?

वज्रधर—जरा ठाकुर विशालसिंह के यहां जाता हूं।

निर्मला—दोपहर तक लौट आओगे न?

वज्रधर—हां, अगर उन्होंने छोड़ा। मुझे देखते ही टूट पड़ते हैं, तरह-तरह की खातिर करने लगते हैं, दूध लाओ, मेवे लाओ, जान ही नहीं छोड़ते। तीनों औरतों का किस्सा छेड़ देते हैं। बड़े मिलनसार आदमी हैं। मंगला क्या अभी तक सो रही है?

निर्मला—हां, जगा के हार गई, उठती ही नहीं।

वज्रधर—यह तो बुरी बात है। बहू-बेटियों का इतने दिन चढ़े तक सोना क्या मानी?

यह कहकर मुंशीजी ने लोटे का पानी उठाया और जाकर मंगला के ऊपर डाल दिया। निर्मला 'हां-हां' करती रह गई। पानी पड़ते ही मंगला हड़बड़ाकर उठी और यह समझकर कि वर्षा हो रही है, कोठरी में घुस गई। सरदी के मारे कांप रही थी।

निर्मला—सबेरे-सबेरे लेके नहला दिया !

वज्रधर—यह सब तुम्हारे लाड़-प्यार का फल है। खुद दोपहर तक सोती हो, वही आदतें लड़कों को भी सिखाती हो !

निर्मला—स्वभाव सबका अलग-अलग होता है। न कोई किसी के बनाने से बनता है, न बिगाड़ने से बिगड़ता है। मां-बाप को देखकर लड़कों का स्वभाव बदल जाता, तो लल्लू कुछ और ही होता। तुम्हें पिए बिना एक दिन भी चैन नहीं आता, उसे भी कभी पीते देखा है? यह सब कहने की बातें हैं कि लड़के मां-बाप की आदतें सीखते हैं।

वज्रधर ने इसका कुछ जवाब न दिया। कपड़े पहने; बाहर घोड़ा तैयार था, उस पर बैठे और शिवपुर चले।

जब वह ठाकुर साहब के मकान पर पहुंचे, तो आठ बज गए थे ! ठाकुर साहब ध

ूप में बैठे एक पत्र पढ़ रहे थे। बड़ा तेजस्वी मुख था। वह एक काला दुशाला ओढ़े हुए थे, जिस पर समय के अत्याचार के चिह्न न दिखाई दे रहे थे। इस दुशाले ने उनके गोरे रंग को और भी चमका दिया था।

मुंशीजी ने मोढ़े पर बैठते हुए कहा—सब कुशल-आनंद है न?

ठाकुर—जी हां, ईश्वर की दया है। कहिए, दरबार के क्या समाचार हैं?

यद्यपि ठाकुर साहब रानी के संबंध में कुछ पूछना ओछापन समझते थे, तथापि इस विषय से उन्हें इतना प्रेम था कि बिना पूछे रहा न जाता था।

मुंशीजी ने मुस्कराकर कहा—सब वही पुरानी बातें हैं। डॉक्टरों के पौ बारह हैं। दिन में तीन-तीन डॉक्टर आते हैं।

ठाकुर—क्या शिकायत है?

मुंशी—बुढ़ापे की शिकायत क्या कम है? यह तो असाध्य रोग है।

ठाकुर—उन्हें तो और मनाना चाहिए कि किसी तरह इस मायाजाल से छूट जाएं। दवा-दर्पन की अब क्या जरूरत है। इतने दिन राजसुख भोग चुकीं, पर अब भी जी नहीं भरा!

मुंशी—वह तो अभी अपने को मरने लायक नहीं समझतीं। रोज जगदीशपुर से सोलह कहार पालकी उठाने के लिए बेगार पकड़कर आते हैं। वैद्यजी को लाना और ले जाना उनका काम है।

ठाकुर—अंधेर है और कुछ नहीं। पुराने जमाने में तो खैर सस्ता समय था। जो दो-चार पैसे मजदूरों को मिल जाते थे, वही खाने भर को बहुत थे। आजकल तो एक आदमी का पेट भरने को एक रुपया चाहिए। यह महा अन्याय है। बेचारी प्रजा तबाह हुई जाती है। आप देखेंगे कि मैं इस प्रथा को क्योंकर जड़ से उठा देता हूं।

मुंशी—आपसे लोगों को बड़ी आशाएं हैं। चमारों पर भी यही आफत है! दस बारह चमार रोज साईसी करने के लिए पकड़ बुलाए जाते हैं। सुना है, इलाके भर के चमारों ने पंचायत की है कि जो साईसी करे, उसका हुक्का-पानी बंद कर दिया जाय। अब या तो चमारों को इलाका छोड़ना पड़ेगा या दीवान साहब को साईस नौकर रखने पड़ेंगे।

ठाकुर—चमारों को इलाके से निकालना दिल्लगी नहीं है। ये लोग समझते हैं कि अभी वही दुनिया है, जो बाबा आदम के जमाने में थी। चारों तरफ देखते हैं कि जमाना पलट गया, यहां तक कि किसान और मजदूर राज्य करने लगे, पर अब भी लोगों की आंखें नहीं खुलतीं। इस देश से न जाने कब यह प्रथा मिटेगी। प्रजा तबाह हुई जाती है। आप देखेंगे, मैं रियासत को क्या कर दिखाता हूं। कायापलट कर दूंगा। सुनता हूं, पुलिस आए दिन इलाके में तूफान मचाती रहती है। मैं पुलिस को यहां कदम न रखने दूंगा। जालिमों के हाथों प्रजा तबाह हुई जाती है।

मुंशी—सड़कें इतनी खराब हैं कि इक्के-गाड़ी का गुजर ही नहीं हो सकता।

ठाकुर—सड़कों को दुरुस्त करना मेरा पहला काम होगा। मोटर सर्विस जारी कर दूंगा, जिसमें मुसाफिरों को स्टेशन से जगदीशपुर जाने में सुविधा हो। इलाकों में लाखों बीघे ऊख

बोई जाती है और उसका गुड़ या राब बनती है। मेरा इरादा है कि एक शक्कर की मिल खोल दूं और एक अंग्रेज को उसका मैनेजर बना दूं। मैं तो इन लोगों के सुप्रबंध का कायल हूं। हिन्दुस्तानियों पर कभी विश्वास न करें, भूलकर भी नहीं। ये इलाके को तबाह कर देते हैं। शेखी नहीं मारता, इलाके में एक बार रामराज्य स्थापित कर दूंगा, कंचन बरसने लगेगा। आपने किसी महाजन को ठीक किया?

मुंशी—हां, कई आदमियों से मिला था और वे बड़ी खुशी से रुपये देने के लिए तैयार हैं, केवल यही चाहते हैं कि जमानत के तौर पर कोई गांव लिख दिया जाए।

ठाकुर—आपने हामी तो नहीं भर ली?

मुंशी—जी नहीं, हामी नहीं भरी; लेकिन बगैर जमानत के रुपये मिलना मुश्किल मालूम होता है।

ठाकुर—तो जाने दीजिए, कोई ऐसी जरूरत नहीं है, जो टाली न जा सके। अगर कोई मेरे विश्वास पर रुपये दे, तो दे दे, लेकिन रियासत की इंच भर भी जमीन रेहन नहीं कर सकता। मैं फाके करूं; बिक जाऊं, लेकिन रियासत पर आंच न आने दूंगा। हां, इसका वादा करता हूं कि रियासत मिलने के साल भर बाद कौड़ी-कौड़ी सूद के साथ चुका दूंगा। सच्ची बात तो यह है कि मुझे पहले ही मालूम था कि इस शर्त पर कोई महाजन रुपये देने पर राजी न होगा। ये बला के चीमड़ होते हैं। मुझे तो इनके नाम से चिढ़ है। मेरा वश चले, तो आज इन सबों को तोप पर उड़ा दूं। जितना डर मुझे इनसे लगता है, उतना सांप से भी नहीं लगता। इन्हीं के हाथों आज मेरी यह दुर्गति हुई है, नहीं तो इस गई-बीती दशा में आदमी होता ! इन नर-पिशाचों ने सारा रक्त चूस लिया। पिताजी ने केवल पांच हजार लिए थे, जिनके पचास हजार हो गए। और मेरे तीन गांव, जो इस वक्त दो लाख को सस्ते थे, नीलाम हो गए। पिताजी का मुझे यह अंतिम उपदेश था कि कर्ज कभी मत लेना। इसी शोक में उन्होंने देह त्याग दी।

यहां अभी यह बातें हो रही थीं कि जनानखाने में से कलह-शब्द आने लगे। मालूम होता था, कई स्त्रियों में संग्राम छिड़ा हुआ है। ठाकुर साहब ये कर्कश शब्द सुनते ही विकल हो गए, उनके माथे पर बल पड़ गए, मुख तेजहीन हो गया। यही उनके जीवन की सबसे दारुण व्यथा थी। यही कांटा था, जो नित्य उनके हृदय में खटका करता था। उनकी बड़ी स्त्री का नाम वसुमती थी। वह अत्यंत गर्वशीला थी, नाक पर मक्खी भी न बैठने देतीं। उनकी तलवार सदैव म्यान से बाहर रहती थी। वह अपनी सपत्नियों पर उसी भांति शासन करना चाहती थीं, जैसे कोई सास अपनी बहुओं पर करती है। वह यह भूल जाती थीं कि ये उनकी बहुएं नहीं, सपत्नियां हैं। जो उनकी 'हां में हां' मिलाता, उस पर प्राण देती थीं, किंतु उनकी इच्छा के विरुद्ध जरा भी कोई बात हो जाती, तो सिंहनी का-सा विकराल रूप धारण कर लेती थीं।

दूसरी स्त्री का नाम रामप्रिया था। यह रानी जगदीशपुर की सगी बहन थीं। उनके पिता पुराने खिलाड़ी थे, दो दस्ती झाड़ते थे, दोधारी तलवार से लड़ते थे। रामप्रिया दया और विनय की मूर्ति थीं, बड़ी विचारशील और वाक्‌मधुर। जितना कोमल अंग था, उतना कोमल हृदय

भी था। वह घर में इस तरह रहती थीं, मानो थीं ही नहीं। उन्हें पुस्तकों से विशेष रुचि थी, हरदम कुछ न कुछ पढ़ा-लिखा करती थीं। सबसे अलग-विलग रहती थीं, न किसी के लेने में; न देने में; न किसी से बैर, न प्रेम।

तीसरी महिला का नाम रोहिणी था। ठाकुर साहब का उन पर विशेष प्रेम था, और वह भी प्राणपण से उनकी सेवा करती थीं। इनमें प्रेम की मात्रा अधिक थी या माया की—इसका निर्णय करना कठिन था। उन्हें यह असह्य था कि ठाकुर साहब उनकी सौतों से बातचीत भी करें। वसुमती कर्कशा होने पर भी मलिन हृदय न थीं, जो कुछ मन में होता, वही मुख में। एक बार मुंह से बात निकाल डालने पर फिर उनके हृदय पर उसका कोई चिह्न न रहता था। रोहिणी द्वेष को पालती थीं, जैसे चिड़िया अपने अंडे को सेती है। वह जितना मुंह से कहती थीं, उससे कहीं अधिक मन में रखती थीं।

ठाकुर साहब ने अंदर जाकर वसुमती से कहा—तुम घर में रहने दोगी या नहीं? जरा भी शरम-लिहाज नहीं कि बाहर कौन बैठा हुआ है। बस, जब देखो, संग्राम मचा रहता है। इस जिंदगी से तंग आ गया। सुनते-सुनते कलेजे में नासूर पड़ गए।

वसुमती—कर्म तो तुमने किए हैं, भोगेगा कौन?

ठाकुर—तो जहर दे दो। जला-जलाकर मारने से क्या फायदा!

वसुमती—क्या वह महारानी लड़ने के लिए कम थीं कि तुम उनका पक्ष लेकर आ दौड़े? पूछते क्यों नहीं, क्या हुआ, जो तीरों की बौछार करने लगे?

रोहिणी—आप चाहती हैं कि मैं कान पकड़कर उठाऊं या बैठाऊं, तो यहां कुछ आपके गांव में नहीं बसी हूं कि कोई आपसे थर-थर कांपा करे!

ठाकुर—आखिर कुछ मालूम भी तो हो, क्या बात हुई?

रोहिणी—वही हुई जो रोज होती है। मैंने हिरिया से कहा, जरा मेरे सिर में तेल डाल दे। मालकिन ने उसे तेल डालते देखा, तो आग हो गईं। तलवार खींचे हुए आ पहुंचीं और उसका हाथ पकड़कर खींच ले गईं। आज आप निश्चित कर दीजिए कि हिरिया उन्हीं की लौंड़ी है या मेरी भी। यह निश्चय किए बिना आप यहां से न जाने पाएंगे।

वसुमती—वह क्या निश्चय करेंगे, निश्चय मैं करूंगी। हिरिया मेरे साथ मेरे नैहर से आई है और मेरी लौंडी है। किसी दूसरे का उस पर कोई दावा नहीं है।

रोहिणी—सुना आपने? हिरिया पर किसी का दावा नहीं है, वह अकेली उन्हीं की लौंडी है।

ठाकुर—हिरिया इस घर में रहेगी, तो उसे सबका काम करना पड़ेगा।

वसुमती यह सुनकर जल उठीं। नागिन की भांति फुंफकारकर बोलीं—इस वक्त तो आपने चहेती रानी की ऐसी डिग्री कर दी, मानो यहां उन्हीं का राज्य है। ऐसे ही न्यायशील होते तो संतान का मुंह देखने को न तरसते!

ठाकुर साहब को ये शब्द बाण-से लगे। कुछ जवाब न दिया। बाहर आकर कई मिनट तक मर्माहत दशा में बैठे रहे। वसुमती इतनी मुंहफट है, यह उन्हें आज मालूम हुआ। सोचा,

मैंने तो कोई ऐसी बात नहीं कही थी, जिस पर वह इतना झल्ला जाती। मैंने क्या बुरा कहा कि हिरिया को सबका काम करना पड़ेगा। अगर हिरिया केवल उसी का काम करती है, तो दो महरियां और रखनी पड़ती हैं। क्या वसुमती इतना भी नहीं समझती? ताना ही देना था, तो और कोई लगती हुई बात कह देती। यह तो कठोर से कठोर आघात है, जो वह मुझ पर कर सकती थी। ऐसी स्त्री का तो मुंह न देखना चाहिए।

सहसा उन्हें एक बात सूझी। मुंशीजी से बोले—ज्योतिष की भविष्यवाणी के विषय में आपके क्या विचार हैं? क्या यह हमेशा सच निकलती है?

मुंशीजी असमंजस में पड़े कि इसका क्या जवाब दूं। कैसा जवाब रुचिकर होगा—यही उनकी समझ में न आया। अंधेरे में टटोलते हुए बोले—यह तो उसी विद्या के विषय में कहा जा सकता है, जहां अनुमान से काम न लिया जाए। ज्योतिष में बहुत कुछ पूर्व अनुभव और अनुमान ही से काम लिया जाता है।

ठाकुर—बस, ठीक यही मेरा विचार है। अगर ज्योतिष मुझे धनी बतलाए, तो यह आवश्यक नहीं कि मैं धनी हो जाऊं। ज्योतिष के धनी कहने पर भी संभव है कि मैं जिंदगी भर कौड़ियों को मोहताज रहूं। इसी भांति ज्योतिष का दरिद्र लक्ष्मी का कृपापात्र भी हो सकता है, क्यों?

मुंशीजी को अब भी पांव जमाने को भूमि न मिली। संदिग्ध भाव से बोले—हां, ज्योतिष की धारणा जब मनुष्यों से बदली जा सकती है, तो उसे विधि का लेख क्यों समझा जाए?

ठाकुर साहब ने बड़ी उत्सुकता से पूछा—अनुष्ठानों पर आपका विश्वास है?

मुंशीजी को जमीन मिल गई, बोले—अवश्य !

विशालसिंह यह तो जानते थे कि अनुष्ठानों से शंकाओं का निवारण होता है। शनि, राहु आदि का शमन करने के अनुष्ठानों से परिचित थे। बहुत दिनों से मंगल का व्रत भी रखते थे, लेकिन इन अनुष्ठानों पर अब उन्हें विश्वास न था। वह कोई ऐसा अनुष्ठान करना चाहते थे, जो किसी तरह निष्फल ही न हो। बोले—यदि आप यहां के किसी विद्वान् ज्योतिषी से परिचित हों, तो कृपा करके उन्हें मेरे यहां भेज दीजिएगा। मुझे एक विषय में उनसे कुछ पूछना है।

मुंशी—आज ही लीजिए, यहां एक से एक बढ़कर ज्योतिषी पड़े हुए हैं। आप मुझे कोई गैर न समझिए। जब, जिस काम की इच्छा हो, मुझे कहला भेजिए। सिर के बल दौड़ा आऊंगा। बाजार से कोई अच्छी चीज मंगानी हो, मुझे हुक्म दीजिए। किसी वैद्य या हकीम की जरूरत हो, तो मुझे सूचना दीजिए। मैं तो जैसे महारानीजी को समझता हूं, वैसे ही आपको भी समझता हूं।

ठाकुर—मुझे आपसे ऐसी ही आशा है। जरा रानी साहब का कुशल-समाचार जल्द-जल्द भेजिएगा। वहां आपके सिवा मेरा और कोई नहीं है। आप ही के ऊपर मेरा भरोसा है। जरा देखिएगा, कोई चीज इधर-उधर न होने पाए, यार लोग नोंच-खसोट न शुरू कर दें।

मुंशी—आप इससे निश्चिंत रहें। मैं देखभाल करता रहूंगा।

ठाकुर—हो सके, तो जरा यह भी पता लगाइएगा कि रानी ने कहां-कहां से कितने रुपये कर्ज लिए हैं।

मुंशी—समझ गया, यह तो सहज ही में मालूम हो सकता है।

ठाकुर—जरा इसका भी पता लगाइएगा कि आजकल उनका भोजन कौन बनाता है। पहले तो उनके मैके ही की कोई स्त्री थी। मालूम नहीं, अब भी वही बनाती है या कोई दूसरा रसोइया रखा गया है।

वज्रधर ने ठाकुर साहब के मन का भाव ताड़कर दृढ़ता से कहा—महाराज, क्षमा कीजिएगा, मैं आपका सेवक हूं, पर रानीजी का भी सेवक हूं। उनका शत्रु नहीं हूं। आप और वह दोनों सिंह और सिंहनी की भांति लड़ सकते हैं। मैं गीदड़ की भांति अपने स्वार्थ के लिए बीच में कूदना अपमानजनक समझता हूं। मैं यहां तक तो सहर्ष आपकी सेवा कर सकता हूं, जहां तक रानीजी का अहित न हो। मैं तो दोनों ही द्वारों का भिक्षुक हूं।

ठाकुर साहब दिल में शरमाए, पर इसके साथ मुंशीजी पर उनका विश्वास और भी दृढ़ हो गया। बात बनाते हुए बोले—नहीं, नहीं, मेरा मतलब आपने गलत समझा ! छी: ! छी: ! मैं इतना नीच नहीं। मैं केवल इसलिए पूछता था कि नया रसोइया कुलीन है या नहीं। अगर वह सुपात्र है, तो वही मेरा भी भोजन बनाता रहेगा।

ठाकुर साहब ने यह बात तो बनाई, पर उन्हें स्वयं ज्ञात हो गया कि बात बनी नहीं। अपनी झेंप मिटाने को वह एक समाचार-पत्र देखने लगे, मानो उन्हें विश्वास हो गया कि मुंशीजी ने उनकी बात सच मान ली।

इतने में हिरिया ने आकर मुंशीजी से कहा—बाबा, मालकिन ने कहा है कि आप जाने लगें तो मुझसे मिल लीजिएगा।

ठाकुर साहब ने गरजकर कहा—ऐसी क्या बात है, जिसको कहने की इतनी जल्दी है। इन बेचारों को देर हो रही है, कुछ निठल्ले थोड़े ही हैं कि बैठे-बैठे औरतों का रोना सुना करें। जा, अंदर बैठ !

यह कहकर ठाकुर साहब उठ खड़े हुए मानो मुंशीजी को विदा कर रहे हैं। वह वसुमती को उनसे बातें करने का अवसर न देना चाहते थे। मुंशीजी को भी अब विवश होकर विदा मांगनी पड़ी।

मुंशीजी यहां से चले तो उनके दिल में एक शंका समाई हुई थी कि ठाकरु साहब कहीं मुझसे नाराज तो नहीं हो गए ! हां, इतना संतोष था कि मैंने कोई बुरा काम नहीं किया। यदि वह सच्ची बात कहने के लिए नाराज हो जाते हैं, तो हो जाएं। मैं क्यों रानी साहब का बुरा चेतूं? बहुत होगा, राजा होने पर मुझे जवाब दे देंगे। इसकी क्या चिंता? इस विचार से मुंशीजी और अकड़कर बैठ गए। वह इतने खुश थे, मानो हवा में उड़े जा रहे हैं। उनकी आत्मा कभी इतनी गौरवोन्मत्त न हुई थी, चिंताओं को कभी उन्होंने इतना तुच्छ न समझा था।

सात

चक्रधर की कीर्ति उनसे पहले ही बनारस पहुंच चुकी थी। उनके मित्र और अन्य लोग उनसे मिलने के लिए उत्सुक हो रहे थे। बार-बार आते थे और पूछकर लौट जाते थे। जब वह पांचवें दिन घर पहुंचे, तो लोग मिलने और बधाई देने आ पहुंचे। नगर का सभ्य समाज मुक्त कंठ से उनकी तारीफ कर रहा था। यद्यपि चक्रधर गंभीर आदमी थे, पर अपनी कीर्ति की प्रशंसा से उन्हें सच्चा आनंद मिल रहा था। मुसलमानों की संख्या के विषय में किसी को भ्रम होता, तो वह तुरंत उसे ठीक कर देते थे—एक हजार ! अजी, पूरे पांच हजार आदमी थे और सभी की त्यौंरियां चढ़ी हुईं। मालूम होता था, मुझे खड़ा निगल जाएंगे। जान पर खेल गया और क्या कहूं। कुछ लोग ऐसे भी थे, जिन्हें चक्रधर की वह अनुनय-विनय अपमानजनक जान पड़ती थी। उनका ख्याल था कि इससे तो मुसलमान और भी शेर हो गए होंगे। इन लोगों से चक्रधर को घंटों बहस करनी पड़ी; पर वे कायल न हुए। मुसलमानों में भी चक्रधर की तारीफ हो रही थी। दो-चार आदमी मिलने भी आए, लेकिन हिन्दुओं का जमघट देखकर लौट गए।

और लोग तो तारीफ कर रहे थे, पर मुंशी वज्रधर लड़के की नादानी पर बिगड़ रहे थे—तुम्हीं को क्यों यह भूत सवार हो जाता है? क्या तुम्हारी ही जान सस्ती है। तुम्हीं को अपनी जान भारी पड़ी है? क्या वहां और लोग न थे, फिर तुम क्यों आग में कूदने गए? मान लो, मुसलमानों ने हाथ चला दिया होता, तो क्या करते? फिर तो कोई साहब पास न फटकते ! ये हजारों आदमी, जो आज खुशी के मारे फूले नहीं समाते, बात तक न पूछते।

निर्मला तो इतनी बिगड़ी कि चक्रधर से बात न करना चाहती थी।

शाम को चक्रधर मनोरमा के घर गए। वह बगीचे में दौड़-दौड़कर हजारे से पौधों को सींच रही थी। पानी से कपड़े लथपथ हो गए थे। उन्हें देखते ही हजारा फेंककर दौड़ी और पास आकर बोली—आप कब आए, बाबूजी? मैं पत्रों में रोज वहां का समाचार देखती थी और सोचती थी कि आप यहां आएंगे, तो आपकी पूजा करूंगी। आप न होते तो वहां जरूर दंगा हो जाता। आपको बिगड़े हुए मुसलमानों के सामने अकेले जाते हुए जरा भी शंका न हुई?

चक्रधर ने कुर्सी पर बैठते हुए कहा—जरा भी नहीं। मुझे तो यही धुन थी कि इस वक्त कुरबानी न होने दूंगा, इसके बिना दिल में और खयाल न था। अब सोचता हूं, तो आश्चर्य होता है कि मुझमें इतना बल और साहस कहां से आ गया था ! मैं तो यही कहूंगा कि मुसलमानों को लोग नाहक बदनाम करते हैं। फसाद से वे भी उतना ही डरते हैं, जितने हिन्दू। शांति की इच्छा भी उनमें हिन्दुओं से कम नहीं है। लोगों का यह खयाल कि मुसलमान लोग हिन्दुओं पर राज्य करने का स्वप्न देख रहे हैं, बिल्कुल गलत है। मुसलमानों को केवल यह शंका हो गई है कि हिन्दू उनसे पुराना बैर चुकाना चाहते हैं, और उनकी हस्ती को मिटा देने की फिक्र कर रहे हैं। इसी भय से वे जरा-जरा-सी बात पर तिनक उठते हैं और मरने-मारने पर आमादा हो जाते हैं।

मनोरमा—मैंने तो जब पढ़ा कि आप उन बौखलाए हुए आदमियों के सामने निःशंक भाव से खड़े थे, तो मेरे रोंगटे खड़े हो गए। आगे पढ़ने की हिम्मत न पड़ती थी कि कहीं कोई बुरी खबर न हो। क्षमा कीजिएगा, मैं उस समय वहां होती, तो आपको पकड़कर खींच लाती। आपको अपनी जान का जरा भी मोह नहीं है।

चक्रधर—(हंसकर) जान और है ही किसलिए? पेट पालने ही के लिए तो हम आदमी नहीं बनाए गए हैं ! हमारे जीवन का आदर्श कुछ तो ऊंचा होना चाहिए, विशेषकर उन लोगों का, जो सभ्य कहलाते हैं। ठाट से रहना ही सभ्यता नहीं।

मनोरमा—(मुस्कराकर) अच्छा, अगर इस वक्त आपको पांच लाख रुपये मिल जाएं तो आप लें या न लें?

चक्रधर—कह नहीं सकता, मनोरमा, उस वक्त दिल की क्या हालत हो। दान तो न लूंगा, पड़ा हुआ धन भी न लूंगा; लेकिन अगर किसी ऐसी विधि से मिले कि उसे लेने में आत्मा की हत्या न होती हो, तो शायद मैं प्रलोभन को रोक न सकूं, पर इतना अवश्य कह सकता हूं कि उसे भोग-विलास में न उड़ाऊंगा। धन की मैं निंदा नहीं करता, उससे मुझे डर लगता है। दूसरों का आश्रित बनना तो लज्जा की बात है; लेकिन जीवन को इतना सरल रखना चाहता हूं कि सारी शक्ति धन कमाने और अपनी जरूरतों को पूरा करने ही में न लगानी पड़े।

मनोरमा—धन के बिना परोपकार भी तो नहीं हो सकता।

चक्रधर—परोपकार मैं नहीं करना चाहता, मुझमें इतनी सामर्थ्य ही नहीं। यह तो वे ही लोग कर सकते हैं, जिन पर ईश्वर की कृपादृष्टि हो। मैं परोपकार के लिए अपने जीवन को सरल नहीं बनाना चाहता; बल्कि अपने उपकार के लिए, अपनी आत्मा के सुधार के लिए। मुझे अपने ऊपर इतना भरोसा नहीं है कि धन पाकर भी भोग में न पड़ जाऊं। इसलिए मैं उससे दूर ही रहता हूं।

मनोरमा—अच्छा, अब यह तो बताइए कि आपसे वधूजी ने क्या बातें कीं? (मुस्कराकर), मैं तो जानती हूं, आपने कोई बातचीत न की होगी, चुपचाप लजाए बैठे रहे होंगे। उसी तरह वह भी आपके सामने आकर खड़ी हो गई होंगी और खड़ी-खड़ी चली गई होंगी।

चक्रधर शरम से सिर झुकाकर बोले—हां, मनोरमा, हुआ तो ऐसा ही। मेरी समझ में न आता था कि क्या करूं। उसने दो बार कुछ बोलने का साहस भी किया।

मनोरमा—आपको देखकर खुश तो हुई होंगी?

चक्रधर—(शरमाकर) किसी के मन का हाल मैं क्या जानूं!

मनोरमा ने अत्यंत सरल भाव से कहा—सब मालूम हो जाता है। आप मुझसे बता नहीं रहे। कम-से-कम उनकी इच्छा तो मालूम हो ही गई होगी। मैं तो समझती हूं, जो विवाह लड़की की इच्छा के विरुद्ध किया जाता है, वह विवाह ही नहीं है। आपका क्या विचार है?

चक्रधर बड़े असमंजस में पड़े। मनोरमा से ऐसी बातें करते उन्हें संकोच होता था। डरते थे कि कहीं ठाकुर साहब को खबर मिल जाए—सरला मनोरमा ही कह दे—तो वह समझेंगे, मैं इसके सामाजिक विचारों में क्रांति पैदा करना चाहता हूं। अब तक उन्हें ज्ञान न था कि ठाकुर साहब किन विचारों के आदमी हैं। हां, उनके गंगा-स्नान से यह आभास होता था कि वह सनातन धर्म के भक्त हैं। सिर झुकाकर बोले—मनोरमा, हमारे यहां विवाह का आधार प्रेम और इच्छा पर नहीं, धर्म और कर्त्तव्य पर रखा गया है। इच्छा चंचल है, क्षण-क्षण में बदलती रहती है। कर्त्तव्य स्थायी है, उसमें कभी परिवर्तन नहीं होता।

मनोरमा—अगर यह बात है, तो पुराने जमाने में स्वयंवर क्यों होते थे?

चक्रधर—स्वयंवर में कन्या की इच्छा ही सर्वप्रधान नहीं होती थी। वह वीरयुग था और वीरता ही मनुष्य का सबसे उज्ज्वल गुण समझा जाता था। लोग आजकल वैवाहिक प्रथा सुध ारने का प्रयत्न तो कर रहे हैं।

मनोरमा—जानती हूं, लेकिन कहीं सुधार हो रहा है? माता-पिता धन देखकर लट्टू हो जाते हैं। इच्छा अस्थायी है, मानती हूं, लेकिन एक बार अनुमति देने के बाद फिर लड़की को पछताने के लिए कोई हीला नहीं रहता।

चक्रधर—अपने मन को समझाने के लिए तर्कों की कभी कमी नहीं रहती, मनोरमा ! कर्त्तव्य ही ऐसा आदर्श है, जो कभी धोखा नहीं दे सकता।

मनोरमा—हां, लेकिन आदर्श आदर्श ही रहता है, यथार्थ नहीं हो सकता। (मुस्कराकर) यदि आप ही का विवाह किसी कानी, काली-कलूटी स्त्री से हो जाए तो क्या आपको दुःख न होगा? बोलिए ! क्या आप समझते हैं कि लड़की का विवाह किसी खूसट से हो जाता है, तो उसे दुःख नहीं होता? उसका बस चले तो वह पति का मुंह तक न देखे। लेकिन इन बातों को जाने दीजिए। वधूजी बहुत सुंदर हैं?

चक्रधर ने बात टालने के लिए कहा—सुंदरता मनोभावों पर निर्भर होती है। माता अपने कुरूप बालक को भी सुंदर समझती है।

मनोरमा—आप तो ऐसी बातें कर रहे हैं, जैसे भागना चाहते हों। क्या माता किसी सुंदर बालक को देखकर यह नहीं सोचती कि मेरा भी बालक ऐसा ही होता !

चक्रधर ने लज्जित होकर कहा—मेरा आशय यह न था। मैं यही कहना चाहता था कि सुंदरता के विषय में सबकी राय एक-सी नहीं हो सकती।

मनोरमा—आप फिर भागने लगे। मैं जब आपसे यह प्रश्न करती हूं, तो उसका साफ मतलब यह है कि आप उन्हें सुंदर समझते हैं या नहीं?

चक्रधर लज्जा से सिर झुकाकर बोले—ऐसी बुरी तो नहीं है?

मनोरमा—तब तो आप उन्हें खूब प्यार करेंगे?

चक्रधर—प्रेम केवल रूप का भक्त नहीं होता।

सहसा घर के अंदर से किसी के कर्कश शब्द कान में आए, फिर लौंगी का रोना सुनाई दिया। चक्रधर ने पूछा—यह लौंगी रो रही है?

मनोरमा—जी हां ! आपकी तो भाई साहब से भेंट नहीं हुई। गुरुसेवकसिंह नाम है। कई महीनों से देहात में जमींदारी का काम करते हैं। हैं तो सगे भाई और पढ़े-लिखे भी खूब हैं; लेकिन भलमनसी छू भी नहीं गई। जब आते हैं, लौंगी अम्मां से झूठमूठ तकरार करते हैं। न जाने उससे इन्हें क्या अदावत है।

इतने में गुरुसेवकसिंह लाल-लाल आंखें किए निकल आए और मनोरमा से बोले—बाबूजी कहां गए हैं? तुझे मालूम है कब तक आएंगे? मैं आज ही फैसला कर लेना चाहता हूं।

गुरुसेवकसिंह की उम्र पच्चीस वर्ष से अधिक न थी। लंबे, छरहरे एवं रूपवान् थे; आंखों पर ऐनक थी, मुंह में पान का बीड़ा, देह पर तनजेब का कुर्ता, मांग निकली हुई। बहुत शौकीन आदमी थे।

चक्रधर को बैठे देखकर वह कुछ झिझके और अंदर लौटना चाहते ही थे कि लौंगी रोती हुई आकर चक्रधर के पास खड़ी हो गई और बोली—बाबूजी, इन्हें समझाइए कि मैं अब बुढ़ापे में कहां जाऊं? इतनी उम्र तो इस घर में कटी, अब किसके द्वार पर जाऊं? जहां इतने नौकरों-चाकरों के लिए खाने को रोटियां हैं, क्या वहां मेरे लिए एक टुकड़ा भी नहीं? बाबूजी, सच कहती हूं, मैंने इन्हें अपना दूध पिलाकर पाला है; मालकिन के दूध न होता था, और अब यह मुझे घर से निकालने पर तुले हुए हैं।

गुरुसेवक की इच्छा तो न थी कि चक्रधर से इस कलह के संबंध में कुछ कहें; लेकिन जब लौंगी ने उन्हें पंच बनाने में संकोच न किया, तो वह भी खुल पड़े। बोले—महाशय, इससे यह पूछिए कि अब यह बुढ़िया हुई, इसके मरने के दिन आए, क्यों नहीं किसी तीर्थ-स्थान में जाकर अपने कलुषित जीवन के बचे हुए दिन काटती? मैंने दादाजी से कहा था कि इसे वृन्दावन पहुंचा दीजिए और वह तैयार भी हो गए थे; पर इसने सैकड़ों बहाने किए और वहां न गई। आपसे तो अब कोई पर्दा नहीं है, इसके कारण मैंने यहां रहना छोड़ दिया। इसके साथ इस घर में रहते हुए मुझे लज्जा आती है। इसे इसकी जरा भी परवाह नहीं कि जो लोग सुनते होंगे, तो दिल में क्या कहते होंगे। हमें कहीं मुंह दिखाने की जगह नहीं रही। मनोरमा अब सयानी हुई। उसका विवाह करना है या नहीं? इसके घर में रहते हुए हम किस भले आदमी के द्वार पर जा सकते हैं? मगर इसे इन बातों की बिल्कुल चिंता नहीं। बस, मरते दम तक घर की स्वामिनी बनी रहना चाहती है। दादाजी भी सठिया गए हैं, उन्हें मानापमान की जरा भी फिक्र नहीं। इसने उन पर जाने क्या मोहिनी डाल दी है कि इसके पीछे मुझसे लड़ने पर तैयार रहते हैं। आज मैं निश्चय करके आया हूं कि इसे घर के बाहर निकालकर ही छोडूंगा। या तो यह किसी दूसरे मकान में रहे या किसी तीर्थ-स्थान को प्रस्थान करे।

लौंगी—तो बच्चा, सुनो, जब तक मालिक जीता है, लौंगी इसी घर में रहेगी और इसी तरह रहेगी। जब वह न रहेगा, तो जो कुछ सिर पर पड़ेगी, झेल लूंगी। जो तुम चाहो कि लौंगी गली-गली ठोकरें खाए तो यह न होगा ! मैं लौंडी नहीं हूं कि घर से बाहर जाकर रहूं। तुम्हें यह कहते लज्जा नहीं आती? चार भांवरें फिर जाने से ही विवाह नहीं हो जाता। मैंने अपने

मालिक की जितनी सेवा की है और करने को तैयार हूं, उतनी कौन ब्याहता करेगी? लाए तो हो बहू, कभी उठकर एक लुटिया पानी भी देती है? खाई है कभी उसकी बनाई हुई कोई चीज? नाम से कोई ब्याहता नहीं होती, सेवा और प्रेम से होती है।

गुरुसेवकसिंह—यह तो मैं जानता हूं कि तुझे बातें बहुत करनी आती हैं; पर अपने मुंह से जो चाहे बने, मैं तुझे लौंडी ही समझता हूं।

लौंगी—तुम्हारे समझने से क्या होता है, अभी तो मेरा मालिक जीता है। भगवान उसे अमर करें! जब तक जीती हूं, इसी तरह रहूंगी, चाहे तुम्हें अच्छा लगे या बुरा। जिसने जवानी में बांह पकड़ी, वह क्या अब छोड़ देगा? भगवान् को कौन मुंह दिखाएगा?

यह कहती हुई लौंगी घर में चली गई। मनोरमा चुपचाप सिर झुकाए दोनों की बातें सुन रही थी। उसे लौंगी से सच्चा प्रेम था। मातृस्नेह का जो कुछ सुख उसे मिला था, लौंगी से ही मिला था। उसकी माता तो उसे गोद में छोड़कर परलोक सिधारी थी। उस एहसान को वह कभी न भूल सकती थी। अब भी लौंगी उस पर प्राण देती थी। इसलिए गुरुसेवकसिंह की यह निर्दयता उसे बहुत बुरी मालूम होती थी।

लौंगी के जाते ही गुरुसेवकसिंह बड़े शांत भाव से एक कुर्सी पर बैठ गए और चक्रधर से बोले—महाशय, आपसे मिलने की इच्छा हो रही थी और इस समय मेरे यहां आने का एक कारण यह भी था। आपने आगरे की समस्या जिस बुद्धिमानी से हल की, उसकी जितनी प्रशंसा की जाय, कम है।

चक्रधर—वह तो मेरा कर्त्तव्य ही था।

गुरुसेवक—इसीलिए कि आपके कर्त्तव्य का आदर्श बहुत ऊंचा है। सौ में निन्यानबे आदमी तो ऐसे अवसर पर लड़ जाना ही अपना कर्त्तव्य समझते हैं। मुश्किल से एक आदमी ऐसा निकलता है, जो धैर्य से काम ले। शांति के लिए आत्मसर्पण करने वाला तो लाख-दो-लाख में एक होता है। आप विलक्षण धैर्य और साहस के मनुष्य हैं। मैंने भी अपने इलाके में कुछ लड़कों का खेल-सा कर रखा है। वहां पठानों के कई बड़े-बड़े गांव हैं; उन्हीं से मिले हुए ठाकुरों के भी कई गांव हैं। पहले पठानों और ठाकुरों में इतना मेल था कि शादी, गमी, तीज-त्यौहार में एक-दूसरे के साथ शरीक होते थे; लेकिन अब तो यह हाल है कि कोई त्योहार ऐसा नहीं जाता, जिसमें खून-खच्चर या कम-से-कम मारपीट न हो। आप अगर दो-एक दिन के लिए वहां चलें, तो आपस में बहुत कुछ सफाई हो जाए। मुसलमानों ने अपने पत्रों में आपका जिक्र देखा है और शौक से आपका स्वागत करेंगे। आपके उपदेशों का बहुत कुछ असर पड़ सकता है।

चक्रधर—बातों में असर डालना तो ईश्वर की इच्छा के अधीन है। हां, मैं आपके साथ चलने को तैयार हूं। मुझसे जो सेवा हो सकेगी, वह उठा न रखूंगा। कब चलने का इरादा है?

गुरुसेवक—चलता तो इसी गाड़ी से; लेकिन मैं इस कुलटा को अबकी निकाल बाहर किए बगैर नहीं जाना चाहता। दादाजी ने रोक-टोक की, तो मनोरमा को लेता जाऊंगा और फिर इस घर में कदम न रखूंगा। सोचिए तो, कितनी बड़ी बदनामी है!

चक्रधर बड़े संकट में पड़ गए। विरोध की कटुता को मिटाने के लिए मुस्कराते हुए बोले—मेरे और आपके सामाजिक विचारों में बड़ा अंतर है। मैं बिल्कुल भ्रष्ट हो गया हूं।

गुरुसेवक—क्या आप लौंगी का यहां रहना अनुचित नहीं समझते?

चक्रधर—जी नहीं, खानदान की बदनामी अवश्य है; लेकिन मैं बदनामी के भय से अन्याय करने की सलाह नहीं दे सकता। क्षमा कीजिएगा, मैं बड़ी निर्भीकता से अपना मत प्रकट कर रहा हूं।

गुरुसेवक—नहीं-नहीं, मैं बुरा नहीं मान रहा हूं। (मुस्कराकर) इतना उजड्ड नहीं हूं कि किसी मित्र की सच्ची राय न सुन सकूं। अगर आप मुझे समझा दें कि उसका यहां रहना उचित है, तो मैं आपका बहुत अनुग्रहीत हूंगा। मैं खुद नहीं चाहता कि मेरे हाथों किसी को अकारण कष्ट पहुंचे।

चक्रधर—जब किसी पुरुष का एक स्त्री के साथ पति-पत्नी का संबंध हो जाए, तो पुरुष का धर्म है कि जब तक स्त्री की ओर से कोई विरुद्ध आचरण न देखे, उस संबंध को निबाहे।

गुरुसेवक—चाहे स्त्री कितनी ही नीच जाति की हो?

चक्रधर—हां, चाहे किसी भी जाति की हो!

मनोरमा यह जवाब सुनकर गर्व से फूल उठी। वह आवेश में उठ खड़ी हुई और पुलकित होकर खिड़की के बाहर झांकने लगी। गुरुसेवकसिंह वहां न होते तो वह जरूर कह उठती—आप मेरे मुंह से बात ले गए।

एकाएक फिटन की आवाज आई और ठाकुर साहब उतरकर अंदर गए। गुरुसेवकसिंह भी उनके पीछे-पीछे चले। वह डर रहे थे कि लौंगी अवसर पाकर कहीं उनके कान न भर दे।

जब वह चले गए, तो मनोरमा बोली—आपने मेरे मन की बात कही। बहुत-सी बातों में मेरे विचार आपके विचारों से मिलते हैं।

चक्रधर—उन्हें बुरा तो जरूर लगा होगा!

मनोरमा—वह फिर आपसे बहस करने आते होंगे। अगर आज मौका न मिलेगा तो कल करेंगे। अबकी वह शास्त्रों के प्रमाण पेश करेंगे, देख लीजिएगा।

चक्रधर—खैर, यह तो बताओ कि तुमने इन चार-पांच दिनों में क्या काम किया?

मनोरमा—मैंने तो किताब तक नहीं खोली। बस, समाचार पढ़ती थी और वही बातें सोचती थी। आप नहीं रहते तो मेरा किसी काम में जी नहीं लगता। आप अब कभी बाहर न जाइएगा।

चक्रधर ने मनोरमा की ओर देखा, तो उसकी आंखें सजल हो गई थीं। सोचने लगे। बालिका का हृदय कितना सरल, कितना उदार, कितना कोमल और कितना भावमय है।

आठ

जगदीशपुर की रानी देवप्रिया का जीवन केवल दो शब्दों में समाप्त हो जाता था—विनोद और विलास। इस वृद्धावस्था में भी उनकी विलास वृत्ति अणुमात्र भी कम न हुई थी। हमारी कर्मेन्द्रियां भले ही जर्जर हो जाएं, चेष्टाएं तो वृद्ध नहीं होतीं! कहते हैं, बुढ़ापा मरी हुई अभिलाषाओं की समाधि है या पुराने पापों का पश्चात्ताप; पर रानी देवप्रिया का बुढ़ापा अतृप्त तृष्णा थी और अपूर्ण विलासाराधना। वह दान-पुण्य बहुत करती थीं; साल में दो-चार यज्ञ भी कर लिया करती थीं, साधु-संतों पर उनकी असीम श्रद्धा थी और धर्मनिष्ठा में उनका ऐहिक स्वार्थ छिपा होता था। परलोक की उन्हें कभी भूलकर भी याद न आती थी। वह भूल गई थीं कि इस जीवन के बाद भी कुछ है। उनके दान और स्नान का मुख्य उद्देश्य था—शारीरिक विकारों से निवृत्ति, विलास में रत रहने की परम योग्यता। यदि वह किसी देवता को प्रसन्न कर सकतीं, तो कदाचित् उससे यही वरदान मांगतीं कि वह कभी बूढ़ी न हों। इस पूजा और व्रत के सिवा वह इस महान् उद्देश्य को पूरा करने के लिए भांति-भांति के रसों और पुष्टिकारक औषधियों का सेवन करती रहती थीं। झुर्रियां मिटाने और रंग को चमकाने के लिए कितने ही प्रकार के पाउडरों, उबटनों और तेलों से काम लिया जाता था। वृद्धावस्था उनके लिए नरक से कम भयंकर न थी। चिंता को तो वह अपने पास न फटकने देती थीं। रियासत उनके भोग-विलास का साधन मात्र थी। प्रजा को क्या कष्ट होता है, उन पर कैसे-कैसे अत्याचार होते हैं, सूखे-झूरे की विपत्ति क्योंकर उनका सर्वनाश कर देती है, इन बातों की ओर कभी उनका ध्यान न जाता था। उन्हें जिस समय जितने धन की जरूरत हो, उतना तुरंत देना मैनेजर का काम था। वह ऋण लेकर दे, चोरी करे या प्रजा का गला काटे, इससे उन्हें कोई प्रयोजन न था।

यों तो रानी साहब को हर एक प्रकार के विनोद से समान प्रेम था। चाहे वह थियेटर हो, या पहलवानों का दंगल या अंगरेजी नाच, पर उनके जीवन की सबसे आनंदमय घड़ियां वे होती थीं, जब वह युवकों और युवतियों के साथ प्रेम क्रीड़ा करती थीं। इस मंडली में बैठकर उन्हें आत्म-प्रवंचना का सबसे अच्छा अवसर मिलता था। वह भूल जाती थीं कि मेरा यौवन काल बीत चुका है। अपने बुझे हुए यौवन-दीपक को युवा की प्रज्वलित स्फूर्ति से जलाना चाहती थीं; किंतु इस धुन में वह कितने ही अन्य विलासांध प्राणियों की भांति नीचों को मुंह न लगाती थीं। काशी आनेवाले राजकुमारों और राजकुमारियों ही से उनका सहवास रहता था। आनेवालों की कमी न थी। एक-न-एक हमेशा ही आता रहता था। रानी की अतिथिशाला हमेशा आबाद रहती थी। उन्हें युवकों की आंखों में खुब जाने की सनक-सी थी। वह चाहती थीं कि मेरे सौंदर्य-दीपक पर युवक पतंगे की भांति आकर गिरें। उनकी रसमयी कल्पना प्रेम के आघात-प्रत्याघात से एक विशेष स्फूर्ति का अनुभव करती थी।

एक दिन ठाकुर हरिसेवकसिंह मनोरमा को रानी साहब के पास ले गए। रानी उसे देखकर मोहित हो गईं। तब से दिन में एक बार उससे जरूर मिलतीं। वह किसी कारण से न आती, तो उसे बुला भेजतीं। उसका मधुर गाना सुनकर वह मुग्ध हो जाती थीं। हरिसेवकसिंह का

उद्देश्य कदाचित् यही था कि वहां मनोरमा को रईसों और राजकुमारों को आकर्षित करने का मौका मिलेगा।

भादों की अंधेरी रात थी। मूसलाधार वर्षा हो रही थी। रानी साहब को आज कुछ ज्वर था, चेष्टा गिरी हुई थी, सिर उठाने को जी न चाहता था; पर पड़े रहने का अवसर न था। हर्षपुर के राजकुमार को आज उन्होंने निमंत्रित किया था। उनके आदर-सत्कार का काम करना जरूरी था। उनके सहवास के सुख से वह अपने को वंचित न कर सकती थीं। उनके आने का समय भी निकट था। रानी ने बड़ी मुश्किल से उठकर आईने में अपनी सूरत देखी। उनके हृदय पर आघात-सा हुआ। मुख प्रभात-चंद्र की भांति मंद हो रहा था।

रानी ने सोचा, अभी राजकुमार आते होंगे। क्या मैं उनसे इसी दशा में मिलूंगी? संसार में क्या कोई ऐसी संजीवनी नहीं है जो काल के कुटिल चिह्न को मिटा दे? ऐसी वस्तु कहीं मिल जाती, तो मैं अपना सारा राज्य बेचकर उसे ले लेती। जब भोगने की सामर्थ्य ही न हो, तो राज्य से और सुख ही क्या ! हा निर्दयी काल ! तूने मेरा कोई प्रयत्न सफल न होने दिया।

राजकुमार अब आते होंगे, मुझे तैयार हो जाना चाहिए। ज्वर है, कोई परवाह नहीं। मालूम नहीं, जीवन में फिर ऐसा अवसर मिले या न मिले।

सामने मेज पर एक अलबम रखा था। रानी ने राजकुमार का चित्र निकालकर देखा। कितना सहास्य मुख था, कितना तपस्वी स्वरूप, कितनी सुधामयी छवि !

रानी एक आरामकुर्सी पर लेटकर सोचने लगीं—यह चित्र न जाने क्यों मेरे चित्त को इतने जोर से खींच रहा है। मेरा चित्त कभी इतना चंचल न हुआ था। इसी अलबम में और भी कई चित्र हैं, जो इससे कहीं सुंदर हैं; लेकिन उन नवयुवकों को मैंने कठपुतलियों की तरह नचाकर छोड़ा। यह एक ऐसा चित्र है, जो मेरे हृदय में भूली हुई बातों की याद दिला रहा है, जिसके सामने ताकते हुए मुझे लज्जा-सी आती है !

रानी ने घड़ी की ओर आतुर नेत्रों से देखा। नौ बज रहे थे। अब वह लेटी न रह सकीं; संभलकर उठीं; आलमारी में से एक शीशी निकाली। उसमें से कई बूंदें एक प्याली में डालीं और आंखें बंद करके पी गईं। इसका चमत्कारिक असर हुआ, मानो कोई कुम्हलाया फूल ताजा हो जाए; कोई सूखी पत्ती हरी हो जाए। उनके मुखमंडल पर आभा दौड़ गई। आंखों में चंचल सजीवता का विकास हो गया, शरीर में नए रक्त का प्रवाह-सा होने लगा। उन्होंने फिर आईने की ओर देखा और उनके अधरों पर एक मृदुल हास्य की झलक दिखाई दी। उनके उठने की आहट पाकर लौंडी कमरे में आकर खड़ी हो गई। यह उनकी नाइन थी। गुजराती नाम था।

रानी—समय बहुत थोड़ा है, जल्दी कर।

गुजराती—रानियों को कैसी जल्दी ! जिसे मिलना होगा, वह स्वयं आएगा और बैठा रहेगा !

रानी—नहीं, आज ऐसा ही अवसर है।

नाइन बड़ी निपुण थी, तुरंत श्रृंगारदान खोलकर बैठ गई और रानी का श्रृंगार करने लगी,

मानो कोई चित्रकार तसवीर में रंग भर रहा हो। आध घंटा भी न गुजरा था कि उसने रानी के केश गूंथकर नागिन की-सी लटें डाल दीं। कपोलों पर एक ऐसा रंग भरा कि झुर्रियां गायब हो गईं और मुख पर मनोहर आभा झलकने लगी। ऐसा मालूम होने लगा, मानो कोई सुंदरी युवती सोकर उठी है। वही अलसाया हुआ अंग था, वही मतवाली आंखें। रानी ने आईने की ओर देखा और प्रसन्न होकर बोलीं—गुजराती, तेरे हाथ में कोई जादू है। मैं तुझे अपने साथ स्वर्ग में ले चलूंगी। वहां तो देवता लोग होंगे, तेरी मदद की और भी जरूरत होगी।

गुजराती—आप कभी इनाम तो देतीं नहीं। बस, बखान करके रह जाती हैं!

रानी—अच्छा, बता क्या लेगी?

गुजराती—मैं लूंगी तो वही लूंगी, जो कई बार मांग चुकी हूं। रुपये-पैसे लेकर मुझे क्या करना है!

यह एक दीवारगीर पर रखी हुई मदन की छोटी-सी मूर्ति थी। चतुर मूर्तिकार ने इस पर कुछ ऐसी कारीगरी की थी जिससे कि दिन के साथ उसका भी रंग बदलता रहता था।

गुजराती—अच्छा, तो न दीजिए, लेकिन फिर मुझसे कभी न पूछिएगा कि क्या लेगी?

रानी—क्या मुझसे नाराज हो गई? (चौंककर) वह रोशनी दिखाई दी? कुंवर साहब आ गए! मैं झूलाघर में जाती हूं। वहीं लाना।

यह कहकर रानी ने फिर वही शीशी निकाली और दुगुनी मात्रा में दवा पीकर झूलाघर की ओर चलीं। यह एक विशाल भवन था, बहुत ऊंचा और इतना लंबा-चौड़ा कि झूले पर बैठकर खूब पेंगें ली जा सकती थीं। रेशम की डोरियों में पड़ा हुआ एक पटरा छत से लटक रहा था; पर चित्रकारों ने ऐसी कारीगरी की थी कि मालूम होता था, किसी वृक्ष की डाल में पड़ा हुआ है। पौधों, झाड़ियों और लताओं ने उसे यमुना-तट का कुंज-सा बना दिया था। कई हिरन और मोर इधर-उधर विचरा करते थे। रात को उस भवन में पहुंचकर सहसा यह ज्ञान न होता था कि यह कोई भवन है। पानी का रिमझिम बरसना, ऊपर से हल्की-हल्की फुहारों का पड़ना, हौज में जल-पक्षियों का क्रीड़ा करना—यह सब किसी उपवन की शोभा दर्शाता था।

रानी झूले की डोरी पकड़कर खड़ी हो गईं और एक हिरन के बच्चे को बुलाकर उसका मुंह सहलाने लगीं। सहसा कदमों की आहट हुई। रानी मेहमान का स्वागत करने के लिए द्वार पर आईं, पर यह राजकुमार न थे, मनोरमा थी। रानी को कुछ निराशा तो हुई; किंतु मनोरमा भी आज के अभिनय की पात्री थी। उन्होंने उसे बुलवा भेजा था।

रानी—बड़ी देर लगाई! तेरी राह देखते-देखते आंखें थक गईं।

मनोरमा—पानी के मारे घर से निकलने की हिम्मत ही न पड़ती थी।

रानी—राजकुमार ने न जाने क्यों देर की। आ, तब तक कोई गीत सुना।

यहीं हौज के किनारे एक संगमरमर का चबूतरा था। दोनों जाकर उस पर बैठ गईं।

रानी—क्या मैं बहुत बुरी लगती हूं।

मनोरमा—आप तो सौंदर्य की देवी मालूम होती हैं !

रानी—चल, झूठी। मुझसे अपना रूप बदलेगी?

मनोरमा—मैं तो आपकी लौंडी की तरह भी नहीं हूं। मुझे आपके साथ बैठते शरम आती है।

रानी—अच्छा बता, संसार में सबसे अमूल्य रत्न कौन-सा है?

मनोरमा—कोहनूर हीरा होगा, और क्या?

रानी—दुत् पगली ! संसार की सबसे उत्तम, देव-दुर्लभ वस्तु यौवन है। बता, तूने किसी से प्रेम किया है?

मनोरमा—जाइए, मैं आपसे नहीं बोलती।

रानी—आह ! तूने तीर मार दिया। यही बिगड़ना तो पुरुषों पर जादू का काम करता है। काश, मेरे मुंह से ऐसी बातें निकलतीं। सच बता, तूने किसी युवक से कभी प्रेम किया है? अच्छा आ, आज मैं सिखा दूं।

मनोरमा—आप मुझे छेड़ेंगी, तो मैं चली जाऊंगी।

रानी—ऐं, तो इतना चिढ़ती क्यों है? ऐसी कोई बालिका तो नहीं। देख, सबसे पहली बात है, कटाक्ष करने की कला में निपुण होना। जिसे यह कला आती है, वह चाहे चन्द्रमुखी न हो; फिर भी पुरुष का हृदय छीन सकती है। सौंदर्य स्वयं कुछ नहीं कर सकता, उसी तरह जैसे कोई सिपाही शस्त्रों से कुछ नहीं कर सकता, जब तक वह उन्हें चलाना न जानता हो। चतुर खिलाड़ी एक बांस की छड़ी से वह काम कर सकता है, जो दूसरे संगीन और बंदूक से भी नहीं कर सकते। मान ले, मैं तेरा प्रेमी हूं। बता, मेरी ओर कैसे ताकेगी?

मनोरमा ने लज्जा से सिर झुका लिया। उसे रानी की रसिकता पर कुतूहल हो रहा था। वह कितनी ही बार यहां आई थी; पर रानी को कभी इतना मदमत्त न पाया था।

रानी ने उसकी ठुड्डी पकड़कर मुंह उठा दिया और बोली—पगली, इस भांति सिर झुकाने से क्या होगा ! पुरुष समझेगा, यह कुछ जानती ही नहीं। अच्छा, समझ ले कि तू पुरुष है; देख, मैं तेरी ओर कैसे ताकती हूं। सिर उठाकर मेरी ओर देख। कहती हूं सिर उठा, नहीं तो मैं चुटकी काट लूंगी। हां, इस तरह।

यह कहकर रानी ने मनोरमा को भ्रकुटि-विलास और लोचन-कटाक्ष का ऐसा कौशल दिखाया कि मनोरमा का अज्ञात मन भी एक क्षण के लिए चंचल हो उठा। कटाक्ष में कितनी उत्तेजक शक्ति है, इसका कुछ अनुमान हो गया।

रानी—तुझे कुछ मालूम हुआ?

मनोरमा—मुझे तो तीर-सा लगा। आप मोहिनी मंत्र जानती होंगी।

रानी—तू युवक होती, तो इस समय छाती पर हाथ धरे आहतों की भांति खड़ी होती; यह तो कटाक्ष हुआ। आ, अब तुझे बताऊं कि आंखों से प्रेम की बातें कैसे की जाती हैं। मेरी ओर देख !

यह कहते-कहते रानी को फिर शिथिलता का अनुभव हुआ। 'सुधाविंदु' का प्रकाश

मंद होने लगा। विकल होकर पूछा—क्यों री, देख तो मेरा मुख कुछ उतरा जाता है?

मनोरमा ने चौंककर कहा—आपको यह क्या हो गया? मुख बिल्कुल पीला पड़ गया है। क्या आप बीमार हैं?

रानी—हां बेटी, बीमार हूं। राजकुमार अब भी नहीं आए? तू जाकर गुजराती से 'सुध ाबिंदु' की शीशी और प्याला मांग ला। जल्द आना, नहीं तो मैं गिर पडूंगी !

मनोरमा दवा लाने गई, तो राजकुमार इन्द्रविक्रम को मोटर से उतरते देखा। कोई तीस वर्ष की अवस्था थी। मुख से संयम, तेज और संकल्प झलक रहा था। ऊंचा कद था, गोरा रंग, चौड़ी छाती, ऊंचा मस्तक, आंखों में इतनी चमक और तेजी थी कि हृदय में चुभ जाती थी। वह केवल एक पीले रंग का रेशमी कुर्ता पहने हुए थे और गले में सफेद चादर डाल ली थी। मनोरमा ने किसी देव ऋषि का एक चित्र देखा था। मालूम होता था, इन्हीं को देखकर वह चित्र खींचा गया था।

उनके मोटर से उतरते ही चपरासी ने सलाम किया और लाकर दीवानखाने में बैठा दिया। इधर मनोरमा ने गुजराती से शीशी ली और जाकर रानी से यह समाचार कहा। रानी चबूतरे पर लेटी हुई थीं। सुनते ही उठ बैठीं और मनोरमा के हाथ से शीशी ले, प्याली में बिना गिने कई बूंद निकाल, पी गईं।

दवा ने जाते ही अपना असर दिखाया। रानी के मुखमंडल पर फिर वही मनोरम छवि, अंगों में फिर वही चपलता, वाणी में फिर वही सरसता, आंखों में फिर वही मधुर हास्य, कपोलों पर वही अरुण ज्योति शोभा देने लगी। वह उठकर झूले पर जा बैठीं। झूला धीरे-धीरे झूलने लगा। रानी का अंचल हवा से उड़ने लगा और केश बिखर गए। यही मोहिनी छवि वह राजकुमार को दिखाना चाहती थीं।

एक क्षण में राजकुमार ने झूलाघर में प्रवेश किया। रानी झूले से उतरना ही चाहती थीं कि वह उनके पास आ गए और बोले—क्या मधुर कल्पना स्वप्न-साम्राज्य में विहार कर रही हैं?

रानी—जी नहीं, प्रतीक्षा नैराश्य की गोद में विश्राम कर रही है। इतनी देर क्यों राह दिखाई?

राजकुमार—मेरा अपराध नहीं। मैं आ ही रहा था कि विश्वविद्यालय के कई छात्र आ पहुंचे और मुझे एक गंभीर विषय पर व्याख्यान देने के लिए घसीट ले गए। बहुत हीले-हवाले किए, लेकिन उन सबों ने एक न सुनी।

रानी—मैं तो आपसे शिकायत कब करती हूं? आप आ गए, यही क्या कम अनुग्रह है? न आते तो मैं क्या कर लेती? लेकिन इसका प्रायश्चित करना पड़ेगा, याद रखिए। आज रात भर कैद रखूंगी।

राजकुमार—अगर प्रेम के कारावास में प्रायश्चित है, तो मैं उसमें जीवन पर्यंत रहने को तैयार हूं।

रानी—आप बातें बनाने में निपुण मालूम होते हैं। इन निर्दयी केशों को जरा संभाल दीजिए, बार-बार मुख पर आ जाते हैं।

राजकुमार—मेरे कठोर हाथ उन्हें स्पर्श करने योग्य नहीं हैं।

रानी ने कनखियों से—मर्मभेदी कनखियों से—राजकुमार को देखा। यह असाधारण जवाब था। उन कोमल, सुगंधित, लहराते हुए केशों के स्पर्श का अवसर पाकर ऐसा कौन था, जो अपना धन्य भाग न समझता ! रानी दिल में कटकर रह गईं। उन्होंने पुरुष को सदैव विलास की एक वस्तु समझा था। प्रेम से उनका हृदय कभी आंदोलित न हुआ था। वह लालसा ही को प्रेम समझती थीं। उस प्रेम से, जिसमें त्याग और भक्ति है, वह वंचित थीं; लेकिन इस समय उन्हें इसी प्रेम का अनुभव हो रहा था। उन्होंने दिल को बहुत संभालकर राजकुमार से इतनी बातें की थीं। उनका अंत:करण उन्हें राजकुमार से यह वासनामय व्यवहार करने पर धिक्कार रहा था। राजकुमार का देव स्वरूप ही उनकी वासना-वृत्ति को लज्जित कर रहा था। सिर नीचा करके कहा—यदि हाथों की भांति हृदय भी कठोर है, तो वहां प्रेम का प्रवेश कैसे होगा?

राजकुमार—बिना प्रेम के तो कोई उपासक देवी के सम्मुख नहीं जाता। प्यास के बिना भी आपने किसी को सागर की ओर जाते देखा है?

रानी अब झूले पर न रह सकीं। इन शब्दों में निर्मल प्रेम झलक रहा था। जीवन में यह पहला ही अवसर था कि देवप्रिया के कानों में ऐसे सच्चे अनुराग में डूबे हुए शब्द पड़े। उन्हें ऐसा मालूम हो रहा था कि इनकी आंखें मेरे मर्मस्थल में चुभी जा रही हैं। वह उन तीव्र नेत्रों से बचना चाहती थीं। झूले से उतरकर रानी ने अपने केश समेट लिए और घूंघट से माथा छिपाती हुई बोलीं—श्रद्धा देवताओं को भी खींच लाती है। भक्त के पास सागर भी उमड़ता चला आता है।

यह कहकर वह हौज के किनारे जा बैठीं और फौवारे को घुमाकर खोला, तो राजकुमार पर गुलाब जल की फुहारें पड़ने लगीं। उन्होंने मुस्कराकर कहा—गुलाब से सिंचा हुआ पौध ा लू के झोंके न सह सकेगा। इसका खयाल रखिएगा।

रानी ने प्रेम सजल नेत्रों से ताकते हुए कहा—अभी गुलाब से सींचती हूं, फिर अपने प्राण-जल से सींचूंगी, पर उसका फल खाना मेरे भाग्य में है या नहीं, कौन जाने ! उस वस्तु की आशा कैसे करूं, जिसे मैं जानती हूं कि मेरे लिए दुर्लभ है।

देवप्रिया ने यह कहते-कहते एक लंबी सांस ली और आकाश की ओर देखने लगी। उसके मन में एक शंका हो उठी, क्या यह दुर्लभ वस्तु मुझे मिल सकती है? मेरा यह मुंह कहां?

राजकुमार ने करुण स्वर में कहा—जिस वस्तु को आप दुर्लभ समझ रही हैं, वह आज से बहुत पहले आपको भेंट हो चुकी है। आप मुझे नहीं जानतीं; पर मैं आपको जानता हूं—बहुत दिनों से जानता हूं। अब आपके मुंह से केवल यह सुनना चाहता हूं कि आपने मेरी भेंट स्वीकार कर ली?

रानी—उस रत्न को ग्रहण करने की मुझमें सामर्थ्य नहीं है। आपकी दया के योग्य हूं, प्रेम के योग्य नहीं।

राजकुमार—कोई ऐसा धब्बा नहीं है, जो प्रेम के जल से छूट न जाए।

रानी—समय के चिह्न को कौन मिटा सकता है? हाय ! आपने मेरा असली रूप नहीं देखा। यह मोहिनी छवि, जो आप देख रहे हैं, बहुत दिन हुए, मेरा साथ छोड़ चुकी। अब मैं अपने यौवन-काल का चित्र-मात्र हूं। आप मेरी असली सूरत देखेंगे, तो कदाचित् घृणा से मुंह फेर लेंगे।

यह कहते-कहते रानी को अपनी देह शिथिल होती हुई जान पड़ी। 'सुधाविंदु' का असर मिटने लगा। उनका चेहरा पीला पड़ गया, झुर्रियां दिखाई देने लगीं। उन्होंने लज्जा से मुंह छिपा लिया और यह सोचकर कि शीघ्र ही यह प्रेमाभिनय समाप्त हो जाएगा, वह फूट-फूटकर रोने लगीं। राजकुमार ने धीरे से उनका हाथ पकड़ लिया और प्रेम-मधुर-स्वर में बोले—प्रिये, मैं तुम्हारे इसी रूप पर मुग्ध हूं, उस बने हुए रूप पर नहीं। मैं वह वस्तु चाहता हूं, जो इस पर्दे के पीछे छिपी हुई है। वह बहुत दिनों से मेरी थी; हां, इधर कुछ दिनों से उस पर मेरा अधिकार न था। मेरी तरफ ध्यान से देखो, मुझे पहचानती हो? कभी देखा है?

रानी ने हैरत में आकर राजकुमार के मुंह पर नजर डाली। ऐसा मालूम हुआ, मानो आंखों के सामने से पर्दा हट गया। याद आया, मैंने इन्हें कहीं देखा है। जरूर देखा है। वह सोचने लगीं, मैंने इन्हें कहां देखा है? याद न आया। बोलीं—मैंने आपको कहीं पहले देखा है।

राजकुमार—खूब याद है कि आपने मुझे देखा है? भ्रम तो नहीं हो रहा है?

रानी—नहीं, मैंने आपको अवश्य देखा है। संभव है, कभी रेलगाड़ी में देखा हो; मगर मुझे ऐसा मालूम होता है कि आप और मैं कभी बहुत दिनों एक ही जगह रहे हैं। मुझे तो याद नहीं आता। आप ही बताइए।

राजकुमार—खूब याद कर लिया?

रानी—(सोचकर) हां, कुछ ठीक याद नहीं आता। शायद तब आपकी उम्र कुछ कम थी; मगर थे आप ही।

राजकुमार ने गंभीर भाव से कहा—हां प्रिये, मैं ही था। तुमने मुझे अवश्य देखा है, हम और तुम एक साथ रहे हैं और इसी घर में। यही मेरा घर था। तुम स्त्री थीं मैं पुरुष था। तुम्हें याद है, हम और तुम इसी जगह, हौज के किनारे शाम को बैठा करते थे? अब पहचाना?

देवप्रिया की आंखें फिर राजकुमार की ओर उठीं। आईने की गर्द साफ हो गई। बोलीं—प्राणेश ! तुम्हीं हो इस रूप में?

यह कहते-कहते वह मूर्च्छित हो गईं।

नौ

रानी देवप्रिया का सिर राजकुमार के पैरों पर था और आंखों से आंसू बह रहे थे। उनकी ओर ताकते हुए विचित्र भय हो रहा था। उसे कुछ-कुछ संदेह हो रहा था कि मैं सो तो नहीं रही हूं। कोई मनुष्य माया के दुर्भेद्य अंधकार को चीर सकता है? जीवन और मृत्यु के मध्यवर्ती

अपार विस्मृत सागर को पार कर सकता है? जिसमें यह सामर्थ्य हो, वह मनुष्य नहीं, प्रेत योनि का जीव है। विचार आते ही रानी का सारा शरीर कांप उठा, पर इस भय के साथ ही उसके मन में उत्कंठा हो रही थी कि उन्हीं चरणों में लिपटी हुई इसी क्षण प्राण त्याग दूं। राजकुमार उसके पति हैं, इसमें तो संदेह न था, संदेह केवल यह था कि मेरे साथ यह कोई प्रेतलीला तो नहीं कर रहे हैं? वह रह-रहकर छिपी हुई निगाहों से उनके मुख की ओर ताकती थी, मानो निश्चय कर रही हो कि पति ही हैं या मुझे भ्रम हो रहा है।

सहसा राजकुमार ने उसे उठाकर बैठा दिया और उसके मनोभावों को शांत करते हुए बोले—हां प्रिये ! मैं तुम्हारा वही चिरसंगी हूं, जो अपनी प्रेमाभिलाषाओं को लिए हुए कुछ दिनों को तुमसे जुदा हो गया था। मुझे तो ऐसा मालूम हो रहा है कि कोई यात्रा करके लौटा आ रहा हूं। जिसे हम मृत्यु कहते हैं, और जिसके भय से संसार कांपता है, वह केवल एक यात्रा है। उस यात्रा में भी मुझे तुम्हारी याद आती रहती थी। विकल होकर आकाश में इधर-उधर दौड़ा करता था। प्राय: सभी प्राणियों की यही दशा थी। कोई अपने संचित धन का अपव्यय देख-देखकर कुढ़ता था, कोई अपने बाल-बच्चों को ठोकरें खाते देखकर रोता था। वे दृश्य इस मृर्त्यलोक के दृश्यों से कहीं करुणाजनक, कहीं दु:खमय थे। कितने ही ऐसे जीव दिखाई दिए, जिनके सामने यहां सम्मान से मस्तक झुकता था, वहां उनका नग्न स्वरूप देखकर उनसे घृणा होती थी। यह कर्मलोक है, वहां भोगलोक; और कर्म का दंड कर्म से कहीं भयंकर होता है। मैं भी उन्हीं अभागों में था। देखता था कि मेरे प्रेम सिंचित उद्यान को भांति-भांति के पशु कुचल रहे हैं, मेरे प्रणय के पवित्र सागर में हिंसक जल-जंतु दौड़ रहे हैं, और देख-देखकर क्रोध से विह्वल हो जाता था। अगर मुझमें वज्र गिराने की सामर्थ्य होती, तो गिराकर उन पशुओं का अंत कर देता। मुझे यही जलन थी। कितने दिनों मेरी यह अवस्था रही, इसका कुछ निश्चय नहीं कर सकता, क्योंकि वहां समय का बोध कराने वाली मात्राएं न थीं; पर मुझे तो ऐसा जान पड़ता था कि इस दशा में पड़े हुए मुझे कई युग बीत गए। रोज नई-नई सूरतें आतीं और पुरानी सूरतें लुप्त होती रहती थीं। सहसा एक दिन मैं लुप्त हो गया। कैसे लुप्त हुआ, यह याद नहीं; पर होश आया, तो मैंने अपने को बालक के रूप में पाया। मैंने राजा हर्षपुर के घर में जन्म लिया था।

इस नए घर में मेरा लालन-पालन होने लगा। ज्यों-ज्यों बढ़ता था स्मृति पर पर्दा-सा पड़ता जाता था। पिछली बातें भूलता जाता था, यहां तक कि जब बोलने की सामर्थ्य हुई, तो माया अपना काम पूरा कर चुकी थी। बहुत दिनों तक अध्यापकों से पढ़ता रहा। मुझे विज्ञान में विशेष रुचि थी। भारतवर्ष में विज्ञान की कोई अच्छी प्रयोगशाला न होने के कारण मुझे यूरोप जाना पड़ा। वहां मैं कई वैज्ञानिक परीक्षाएं करता रहा। जितना ही रहस्यों का ज्ञान बढ़ता था, उतनी ही ज्ञान-पिपासा भी बढ़ती थी; किंतु इन परीक्षाओं का फल मुझे लक्ष्य से दूर लिए जाता था। मैंने सोचा था, विज्ञान द्वारा जीव का तत्त्व निकाल लूंगा; पर सात वर्षों तक अनवरत परिश्रम करने पर भी मनोरथ न पूरा हुआ।

एक दिन मैं बर्लिन की प्रधान प्रयोगशाला में बैठा हुआ यही सोच रहा था कि एक

तिब्बती भिक्षु आ निकला। मुझे चिंतित देखकर वह एक क्षण मेरी ओर ताकता रहा फिर बोला—बालू से मोती नहीं निकलते, भौतिक ज्ञान से आत्मा का ज्ञान नहीं प्राप्त होता।

मैंने चकित होकर पूछा—आपको मेरे मन की बात कैसे मालूम हुई?

भिक्षु ने हंसकर कहा—आपके मन की इच्छा तो आपके मुख पर लिखी हुई है। जड़ से चेतन का ज्ञान नहीं होता। यह क्रिया ही उल्टी है। उन महात्माओं के पास जाओ, जिन्होंने आत्माज्ञान प्राप्त किया है। वही तुम्हें वह मार्ग दिखाएंगे।

मैंने पूछा—ऐसे महात्माओं के दर्शन कहां होंगे? मेरा तो अनुमान है कि वह विद्या ही लोप हो गई और उसके जानने का जो दावा करते हैं, वे बने हुए महात्मा हैं।

भिक्षु—यथार्थ कहते हो; लेकिन अब भी खोजने से ऐसे महात्मा मिल जाएंगे। तिब्बत की तपोभूमि में आज भी ऐसी महान् आत्माएं हैं, जो माया का रहस्य खोल सकती हैं। हां, जिज्ञासा की सच्ची लगन चाहिए।

मेरे मन में बात बैठ गई। तिब्बत की चर्चा बहुत दिनों से सुनता आता था। भिक्षु से वहां की कितनी ही बातें पूछता रहा। अंत में उसी के साथ तिब्बत चलने की ठहरी। मेरे मित्रों को यह बात मालूम हुई तो वे भी मेरे साथ चलने पर तैयार हो गए। हमारी एक समिति बनाई गई, जिसमें दो अंग्रेज, दो फ्रेंच और दो जर्मन थे। अपने साथ नाना प्रकार के यंत्र लेकर हम लोग अपने मिशन पर चले। मार्ग में किन-किन कठिनाइयों का सामना करना पड़ा, वहां कैसे पहुंचे, विहारों में क्या-क्या दृश्य देखे, इसकी चर्चा करने लगूं तो कई दिन लग जाएंगे। कई बार तो हम लोग मरते-मरते बचे, लेकिन वहां चित्त को जो शांति मिली, उसके लिए हम मर भी जाते, तो दुःख न होता। अंग्रेजों को तो सफलता न हुई, क्योंकि वे तिब्बत की सैनिक स्थिति का निरीक्षण करने आए थे और भिक्षुओं ने उनकी नीयत भांप ली थी। लेकिन शेष चारों मित्रों ने तो पाली और संस्कृत के ऐसे-ऐसे ग्रंथ खोज निकाले कि उन्हें यहां से ले जाना कठिन हो गया। जर्मन तो ऐसे प्रसन्न थे, मानो उन्हें कोई प्रदेश हाथ आ गया हो।

शरद-ऋतु थी; जलाशय हिम से ढक गए थे। चारों ओर बर्फ दिखाई देती थी। मेरे मित्र लोग तो पहले ही चले गए थे। अकेला मैं ही रह गया था। एक दिन संध्या समय मैं इधर-उधर विचरता हुआ एक शिला पर जाकर खड़ा हो गया। सामने का दृश्य अत्यंत मनोरम था, मानो स्वर्ग का द्वार खुला हुआ है। उसका बखान करना उसका अपमान करना है। मनुष्य की वाणी में न इतनी शक्ति है, न शब्दों में इतना चित्र्य ! इतना ही कह देना काफी है कि वह दृश्य अलौकिक था, स्वर्गोपम था। विशाल दृश्यों के सामने हम मंत्र-मुग्ध-से हो जाते हैं, अवाक् होकर ताकते हैं, कुछ कह नहीं सकते। मौन आश्चर्य की दशा में खड़ा ताक ही रहा था कि सहसा मैंने एक वृद्ध पुरुष को सामने की गुफा से निकलकर पर्वत-शिखर की ओर जाते देखा। जिन शिलाओं पर कल्पना के भी पांव डगमगा जाएं, उन पर वह इतनी सुगमता से चले जाते थे कि विस्मय होता था। बड़े-बड़े दर्रों को इस भांति फांद जाते थे, मानो छोटी-छोटी नालियां हैं। मनुष्य की यह शक्ति कि वह, उस हिम से ढके हुए दुर्गम श्रृंग पर इतनी चपलता से चला जाए ! और मनुष्य भी वह, जिसके सिर के बाल सन की भांति सफेद हो

गए थे!

मुझे ख्याल आया कि इतना पुरुषार्थ प्राप्त करना किसी सिद्ध ही का काम है। मेरे मन में उनके दर्शन की तीव्र उत्कण्ठा हुई, पर मेरे लिए ऊपर चढ़ना असाध्य था। वह न जाने फिर कब तक उतरें, कब तक वहां खड़ा रहना पड़े। उधर अंधेरा बढ़ता जाता था। आखिर मैंने निश्चय किया कि आज चलूं, कल से रोज दिन भर यहीं बैठा रहूंगा; कभी न कभी तो दर्शन होंगे ही। मेरा मन कह रहा था कि इन्हीं से तुझे आत्मज्ञान प्राप्त होगा। दूसरे दिन मैं प्रातःकाल वहां आकर बैठ गया और सारे दिन शिखर की ओर टकटकी लगाए देखता रहा; पर चिड़िया का पूत भी न दिखाई दिया।

एक महीने तक यही मेरा नित्य का नियम रहा! रात भर विहार में पड़ा रहता, दिनभर शिला पर बैठा रहता। पर महात्माजी न जाने कहां गायब हो गए थे। उनकी झलक तक न दिखाई देती थी। मैंने कई बार ऊपर चढ़ने का प्रयत्न किया, पर सौ गज से आगे न जा सका। कील-कांटे ठोंकते, शिलाओं पर रास्ता बनाते कई महीनों में शिखर पर पहुंचना संभव था; पर यह अकेले आदमी का काम न था, अन्य भिक्षुओं से पूछता तो हंसकर कहते—उनके दर्शन हमें दुर्लभ हैं, तुम्हें क्या होंगे? बरसों में कभी एक बार दिखाई दे जाते हैं। कहां रहते हैं, कोई नहीं जानता; किंतु अधीर न होना। वह यदि तुम्हारी तपस्या से प्रसन्न हो गए, तो तुम्हारी मनोकामना पूरी हो जाएगी। यह भी सुनने में आया कि कई भिक्षु उनके दर्शनों की चेष्टा में प्राणों से हाथ धो बैठे हैं। उनमें इतना विद्युत्तेज है कि साधारण मनुष्य उनके सम्मुख खड़ा ही नहीं हो सकता। उनकी नेत्रज्योति बिजली की तरह हृत्स्थल में लगती है। जिसने यह आघात सह लिया, उसकी तो कुशल है; जो नहीं सह सकता, वह वहीं खड़ा-खड़ा भस्म हो जाता है। कोई योगी ही उनसे साक्षात् कर सकता है।

यह बातें सुन-सुनकर मेरी भक्ति और भी दृढ़ होती चली जाती थी। मरूं या जिऊं; पर उनके दर्शन अवश्य करूंगा, यह धारणा मन में जम गई। योगी की क्रियाएं तो पहले ही करने लगा था, इसलिए मुझे विश्वास था कि मैं उनके तेज का सामना कर सकता हूं। दिव्यज्ञान प्राप्त करने के प्रयत्न में मर जाना भी श्रेय की बात होगी। क्या था, क्या हूंगा? कहां से मैं आया हूं, कहां जाऊंगा? इन प्रश्नों का उत्तर किसी ने आज तक न दिया और न दे सकता है। वह तो अपने अनुभव की बात है। हम उसका अनुभव ही कर सकते हैं, किसी को बता नहीं सकते। इस महान उद्योग में मर जाना भी मनुष्य के लिए गौरव की बात है।

एक वर्ष गुजर गया और महात्माजी के दर्शन न हुए। न जाने कहां जाकर अंतर्धान हो गए। वहां से न किसी को पत्र लिख सकता था, न संसार की कुछ खबर मिलती थी। कभी-कभी जी ऐसा घबराता था कि चलकर अन्य सांसारिक प्राणियों की भांति जीवन का सुख भोगूं। इसमें रखा ही क्या है कि मैं क्या था और क्या हूंगा। पहले तो यही निश्चित नहीं कि मुझे यह ज्ञान प्राप्त भी होगा और हो भी गया, तो उससे मेरा या संसार का क्या उपकार होगा। बिना इन रहस्यों के जाने भी जीवन को उच्च और पवित्र बनाया जा सकता है। वहां की सुरम्यता अजीर्ण हो गई, वह कमनीय प्राकृतिक छटा आंखों में खटकने लगी। विवश होकर स्वर्ग में

भी रहना पड़े तो वह नरक-तुल्य हो जाए।

अंत में एक दिन मैंने निश्चय किया कि अब जो होना हो सो हो; इस पर्वत-शृंग पर अवश्य चढ़ूंगा। यह निश्चय करके मैंने चढ़ना शुरू किया; लेकिन दिन गुजर गया और मैं सौ गज से आगे न जा सका। मेरी चढ़ाई उन विज्ञान के खोजियों की-सी न थी, जो सभी साधनों से लैस होते हैं। मैं अकेला था; न कोई यंत्र, न मंत्र, न कोई रक्षक, न प्रदर्शक; भोजन का भी ठिकाना नहीं, प्राणों पर खेलना था। करता क्या ! ज्ञान के मार्ग में यंत्रों का जिक्र ही क्या ! आत्मसमर्पण तो उसकी पहली क्रिया है। जानता था कि मर जाऊंगा; किंतु पड़े-पड़े मरने से उद्योग करते हुए मरना अच्छा था।

पहली रात मैंने एक चट्टान पर बैठकर काटी। बार-बार झपकियां आती थीं; पर चौंक-चौंक पड़ता था। जरा चूका और रसातल पहुंचा। इतनी कुशल थी कि गर्मी के दिन आ गए थे। हिम का गिरना बंद था; पर जहां इतना आराम था, वहां पिघली हुई हिम-शिलाओं के गिरने से क्षणमात्र में जीवन से हाथ धोने की शंका भी थी। वह भयंकर निशा, यह भयंकर जंतुओं की गरज और तड़प याद करता हूं, तो आज भी रोमांच हो जाता है। बार-बार पूर्व दिशा की ओर ताकता था; पर निर्दयी सूर्य उदय होने का नाम न लेता था। खैर, किसी तरह रात कटी, सबेरे फिर चला। आज की चढ़ाई इतनी सीधी न थी, और पचास गज से आगे न जा सका। रास्ते में एक दर्रा पड़ गया, जिसे पार करना असंभव था। इधर-उधर बहुत निगाह दौड़ाई; पर ऐसा कोई उतार न दिखाई दिया, जहां से उतरकर दर्रे को पार कर सकता। इधर भी सीध ी दीवार थी, उधर भी। संयोग से एक जगह दोनों ओर दो छोटे-छोटे वृक्ष दिखाई दिए। मेरी जेब में पतली रस्सी का एक टुकड़ा पड़ा हुआ था। अगर किसी तरह इस रस्सी को दोनों वृक्षों में बांध सकूं तो समस्या हल हो जाय, लेकिन उस पार रस्सी को पेड़ में कौन बांधे? आखिर मैंने रस्सी के एक सिरे में पत्थर का एक भारी टुकड़ा खूब कसकर बांधा और उसको लंगर की भांति उस पारवाले वृक्ष पर फेंकने लगा कि किसी डाल में फंस जाय, तो पार हो जाऊं। बार-बार पूरा जोर लगाकर लंगर फेंकता था; पर लंगर वहां तक न पहुंचता था। सारा दिन इसी लंगरबाजी में कट गया, रात आ गई। शिलाओं पर सोना जान-जोखिम था। इसलिए वह रात मैंने वृक्ष ही पर काटने की ठानी। मैं उस पर चढ़ गया और दो डालों में रस्सी फंसा-फंसाकर एक छोटी-सी खाट बना ली। आधी रात गुजरी थी कि बड़े जोर से धमाका हुआ। उस अथाह खोह में कई मिनट तक उसकी आवाज गूंजती रही। सबेरे देखा तो बर्फ की एक बड़ी शिला ऊपर से पिघलकर गिर पड़ी थी और उस दर्रे पर उसका एक पुल-सा बन गया था। मैं खुशी के मारे फूला न समाया। जो मेरे किए कभी न हो सकता था, वह प्रकृति ने अपने आप ही कर दिया। यद्यपि उस पुल पर से दर्रे को पार करना प्राणों से खेलना था—मृत्यु के मुख में पांव रखना था; पर दूसरा कोई उपाय न था। मैंने ईश्वर को स्मरण किया और संभल-संभलकर उस हिम राशि पर पांव रखता हुआ खाई को पार कर गया। इस असाध य साधना में सफल होने से मेरे मन में यह धारणा होने लगी कि मर नहीं सकता। कोई अज्ञात शक्ति मेरी रक्षा कर रही है। किसी कठिन कार्य में सफल हो जाना आत्मविश्वास के लिए

संजीवनी के समान है। मुझे पक्का विश्वास हो गया कि मेरा मनोरथ अवश्य पूरा होगा।

उस पार पहुंचते ही सीधी चट्टान मिली। दर्रे के किनारे और चट्टान में केवल एक बालिश्त, और कहीं-कहीं एक हाथ का अंतर था। उस पतले रास्ते पर चलना तलवार की धार पर पैर रखना था। चट्टान से चिमट-चिमटकर चलता हुआ, दो-तीन घंटों के बाद मैं एक ऐसे स्थान पर जा पहुंचा, जहां चट्टान की तेजी बहुत कम हो गई थी। मैं लेटकर ऊपर को रेंगने लगा। संभव था, मैं संध्या तक इस तरह रेंगता रहता, पर संयोग से एक समतल शिला मिल गई और उसे देखते ही मुझे जोर की थकान मालूम होने लगी। जानता था कि यहां सोकर फिर उठने की नौबत न आएगी, पर जरा-से लेट जाने के लोभ को मैं किसी तरह संवरण न कर सका। नींद को दूर रखने के लिए एक गीत गाने लगा। लेकिन न जाने कब आंखें झपक गईं।

कह नहीं सकता कि कितनी देर तक सोया, जब नींद खुली और चाहा कि उठूं, तो ऐसा मालूम हुआ कि ऊपर मानो बोझ रखा हुआ था। सब अंग जकड़े हुए थे। कितना ही जोर मारता था, पर अपनी जगह से हिल न सकता था, चेतना किसी डूबते हुए नक्षत्र की भांति डूबती जाती थी। समझ गया कि जीवन से इतने दिनों तक का साथ था। पूर्व स्मृतियां चेतना की अंतिम जागृति की भांति जागृत हो गईं। अपनी मूर्खता पर पछताने लगा। व्यर्थ प्राण खोए। इतना जानने ही से तो उद्धार न होगा कि मैं पूर्वजन्म में क्या था। यह ज्ञान न रखते हुए भी संसार में एक से एक ज्ञानी, एक से एक प्रणवीर, एक से एक धर्मात्मा हो गए। क्या उनका जीवन सार्थक हुआ? यही सोचते-सोचते न जाने कब मेरी चेतना का अपहरण हो गया। जब मेरी आंख खुली तो देखा कि एक छोटी-सी कुटी में मृगचर्म पर कंबल ओढ़े पड़ा हुआ हूं और एक पुरुष बैठा मेरे मुख की ओर वात्सल्य-दृष्टि से देख रहा है। मैंने इन्हें पहचान लिया। यह वही महात्मा थे, जिनके दर्शनों के लिए मैं लालायित हो रहा था। मुझे आंखें खोलते देखकर वह सदय भाव से मुस्कराए और बोले—हिम-शय्या कितनी प्रिय वस्तु है! पुष्प-शय्या पर तुम्हें कभी इतना सुख मिला था?

मैं उठ बैठा और महात्मा के चरणों पर सिर रखकर बोला—आपके दर्शनों से जीवन सफल हो गया। आपकी दया न होती, तो शायद वहीं मेरा अंत हो जाता।

महात्मा—अंत कभी किसी का नहीं होता। जीव अनंत है। हां, अज्ञानवश हम ऐसा समझ लेते हैं।

मैं—मुझे आपके दर्शनों की बड़ी इच्छा थी। आपमें अमानुषीय शक्ति है।

महात्मा—इसीलिए ऐसा समझते हो कि तुमने मुझे शिलाओं पर चढ़ते देखा है? यह तो अमानुषीय शक्ति नहीं है। यह तो साधारण मनुष्य भी अभ्यास से कर सकता है।

मैं—आपने योग द्वारा ही यह बल प्राप्त किया होगा!

महात्मा—नहीं, मैं योगी नहीं; प्रयोगी हूं। आपने डारविन का नाम सुना होगा। पूर्व जन्म में मेरा ही नाम डारविन था।

मैंने विस्मित होकर कहा—आप ही डारविन थे?

महात्मा—हां, उन दिनों मैं प्राणिशास्त्र का प्रेमी था। अब प्राणशास्त्र का खोजी हूं।

सहसा मुझे अपनी देह में एक अद्भुत शक्ति का संचालन होता हुआ मालूम हुआ। नाड़ी की गति तीव्र हो गई, आंखों से ज्योति की रेखाएं-सी निकलने लगीं। वाणी में ऐसा विकास हुआ, मानो कोई कली खिल गई हो। मैं फुर्ती से उठ बैठा और महात्माजी के चरणों पर झुकने लगा; किंतु उन्होंने मुझे रोककर कहा—तुम मुझे शिलाओं पर चलते देख विस्मित हो गए, पर वह समय आ रहा है, जब आने वाली जाति जल, स्थल और आकाश में समान रीति से चल सकेगी। यह मेरा विश्वास है। पृथ्वी का क्षेत्र उन्हें छोटा मालूम होगा। वह पृथ्वी से अन्य पिंडों में उतनी सुगमता से आ-जा सकेंगे, जैसे एक देश से दूसरे देश में।

मैं—आपको अपने पूर्व जन्म का ज्ञान योग द्वारा ही हुआ होगा?

महात्मा—नहीं, मैं पहले ही कह चुका कि मैं योगी नहीं, प्रयोगी हूं। तुमने तो विज्ञान पढ़ा है, क्या तुम्हें मालूम नहीं कि सम्पूर्ण ब्रह्मांड विद्युत का अपार सागर है। जब हम विज्ञान द्वारा मन के गुप्त रहस्य जान सकते हैं, तो क्या अपने पूर्व संस्कार न जान सकेंगे? केवल स्मृति को जगा देने ही से पूर्व जन्म का ज्ञान हो जाता है।

मैं—मुझे भी वह ज्ञान प्राप्त हो सकता है?

महात्मा—मुझे हो सकता है, तो आपको क्यों न हो सकेगा! अभी तो आप थके हुए हैं। कुछ भोजन करके स्वस्थ हो जाइए, तो मैं आपको अपनी प्रयोगशाला की सैर कराऊं।

मैं—क्या आपकी प्रयोगशाला भी यहीं है?

महात्मा—हां, इसी कमरे से मिली हुई है। आप क्या भोजन करना चाहते हैं?

मैं—उसके लिए आप कोई चिंता न करें। आपका जूठन मैं भी खा लूंगा।

महात्मा—(हंसकर) अभी नहीं खा सकते। अभी तुम्हारी पाचन-शक्ति इतनी बलवान नहीं है। तुम जिन पदार्थों को खाद्य समझते हो, उन्हें मैंने बरसों से नहीं खाया। मेरे लिए उदर को स्थूल वस्तुओं से भरना वैसा ही अवैज्ञानिक है, जैसे इन वायुयान के दिनों में बैलगाड़ी पर चलना। भोजन का उद्देश्य केवल संचालन शक्ति को उत्पन्न करना है। जब वह शक्ति हमें भोजन करने की अपेक्षा कहीं आसानी से मिल सकती है तो उदर को क्यों अनावश्यक वस्तुओं से भरें? वास्तव में आने वाली जाति उदरविहीन होगी।

यह कहकर उन्होंने मुझे थोड़े से फल खिलाए, जिनका स्वाद आज तक याद करता हूं। भोजन करते ही मेरी आंखें खुल-सी गईं। ऐसे फल न जाने किस बाग में पैदा होते होंगे। यहां की विद्युत्मय वायु ने पहले ही आश्चर्यजनक स्फूर्ति उत्पन्न कर दी थी। यह भोजन करके तो मुझे ऐसा मालूम होने लगा कि मैं आकाश में उड़ सकता हूं। वह चढ़ाई, जिसे मैं असाध्य समझ रहा था, अब तुच्छ मालूम होती थी।

अब महात्माजी मुझे अपनी प्रयोगशाला की सैर कराने चले। यह एक विशाल गुफा थी, जिसके विस्तार का अनुमान करना कठिन था। उसकी चौड़ाई पांच सौ हाथ से कम न रही होगी। लंबाई उसकी चौगुनी थी। ऊंची इतनी कि हमारे ऊंचे-ऊंचे मीनार भी उसके पेट में समा सकते थे। बौद्ध मूर्तिकारों की अद्भुत चित्रकला यहां भी विद्यमान थी। यह पुराने समय

का कोई विहार था। महात्माजी ने उसे प्रयोगशाला बना लिया था।

प्रयोगशाला में कदम रखते ही मैं एक दूसरी ही दुनिया में पहुंच गया। जेनेवा नगर आंखों के सामने था और एक भवन में राष्ट्रों के मंत्री बैठे हुए किसी राजनीतिक विषय पर बहस कर रहे थे। उनकी आंखों के इशारे, ओठों का हिलना और हाथों का उठना साफ दिखाई देता था। उनके मुख से निकला हुआ एक-एक शब्द साफ-साफ कानों में आता था। एक क्षण के लिए मैं धोखे में आ गया कि जेनेवा ही में बैठा हूं। जरा और आगे बढ़ा तो संगीत की ध्वनि कानों में आई। मैंने यूरोप में यह आवाज सुनी थी। पहचान गया, पैड्रोस्की की आवाज थी। मेरे आश्चर्य की सीमा न रही। जिन आविष्कारों का बड़े-बड़े विद्वानों को आभास मात्र था, वे सब यहां अपने समुन्नत, पूर्ण रूप में दिखाई दे रहे थे। इस निर्जन स्थान में, आबादी से कोसों दूर, इतनी ऊंचाई पर कैसे इन प्रयोगों में सफलता हुई, ईश्वर ही जान सकते हैं। महात्मा लोग तो योग की क्रियाओं ही में कुशल होते हैं। अध्यात्म उनका क्षेत्र है। विज्ञान पर उन्होंने कैसे आधिपत्य जमाया !

महात्माजी मेरी ओर देखकर मुस्कराए और बोले—विज्ञान अंतःकरण को भी गुप्त नहीं छोड़ता। तुम्हें इन बातों से आश्चर्य हो रहा है, पर यथार्थ यह है कि विज्ञान ने योग को बहुत सरल कर दिया है। वह बहिर्जगत् से अब धीरे-धीरे अंतर्जगत् में प्रवेश कर रहा है। मनोयोग की जटिल क्रियाओं द्वारा जो सिद्धि बरसों में प्राप्त होती थी, वह अब क्षणों में हो जाती है। कदाचित् वह समय दूर नहीं कि हम विज्ञान द्वारा मोक्ष भी प्राप्त कर सकेंगे।

मैंने पूछा—क्या पूर्व समय का ज्ञान भी किसी प्रयोग द्वारा हो सकता है?

महात्मा—हो सकता है; लेकिन उससे किसी उपकार की आशा नहीं। विज्ञान अगर प्राणियों का उपकार न करे, तो उसका मिट जाना ही अच्छा। केवल जिज्ञासा को शांत करने, विलास में योग देने, या यथार्थ की सहायता करने के लिए योग करना उसका दुरुपयोग करना है। मैं चाहूं तो अभी एक क्षण में यूरोप के बड़े-से-बड़े नगर को नष्ट-भ्रष्ट कर दूं, लेकिन विज्ञान प्राण-रक्षा के लिए है, वध करने के लिए नहीं।

मुझे निराशा तो हुई, पर आग्रह न कर सका। शाम तक प्रयोगशाला के यंत्रों को देखता रहा। किंतु उनमें अब मन न लगता था। यही धुन सवार थी कि क्योंकर यह दुस्तर कार्य सिद्ध करूं। आखिर उन्हें किसी तरह पसीजते न देखकर मैंने उसी, हिकमत से काम लिया, जो निरुपायों का आधार है। बोला—भगवन्, आपने वह सब कर दिखाया जिसका संसार के विज्ञानवेत्ता अभी केवल स्वप्न देख रहे हैं।

महात्माजी पर इन शब्दों का वही असर पड़ा, जो मैं चाहता था। यद्यपि मैंने यथार्थ ही कहा था, लेकिन कभी-कभी यथार्थ भी खुशामद का काम कर जाता है। प्रसन्न होकर बोले—मैं गर्व तो नहीं करता; पर ऐसी प्रयोगशाला संसार में दूसरी नहीं है।

मैं—यूरोपवालों को खबर मिल जाय, तो आपको आराम से बैठना मुश्किल हो जाय।

महात्मा—मैंने कितनी ही नई-नई बातें खोज निकालीं, पर उनका गौरव आज दूसरों को प्राप्त है। लेकिन इसकी क्या चिंता ! मैं विज्ञान का उपासक हूं, अपनी ख्याति और गौरव

का नहीं।

मैं—आपने इस देश का मुख उज्ज्वल कर दिया।

महात्मा—मेरा यान आकाश में जितनी ऊंचाई तक पहुंच सकता है, उसकी यूरोपवाले कल्पना भी नहीं कर सकते। मुझे विश्वास है कि शीघ्र ही मेरी चन्द्रलोक की यात्रा सफल होगी। यूरोप के वैज्ञानिकों की तैयारियां देख-देखकर मुझे हंसी आती है। जब तक हमको वहां की प्राकृतिक स्थिति का ज्ञान न हो, हमारी यात्रा सफल नहीं हो सकती। सबसे पहले विचारधाराओं को वहां ले जाना होगा। विद्वान् लोग भी कभी-कभी बालकों की-सी कल्पनाएं करने लगते हैं।

मैं—वह दिन हमारे लिए सौभाग्य और गर्व का होगा।

महात्मा—प्राचीन काल में ऋषिगण योग-बल से त्रिकाल-दृष्टि प्राप्त किया करते थे। पर उसमें बहुधा भ्रम हो जाता था। उसकी सहायता का कोई प्रत्यक्ष प्रमाण न होता था। मैंने वैज्ञानिक परीक्षाओं से उस कार्य को सिद्ध किया है। प्रण तो मैंने यही किया था कि किसी को यह रहस्य न बताऊंगा, लेकिन तुम्हारी तपस्या देखकर दया आ रही है ! मेरे साथ आओ।

मैं महात्माजी के पीछे-पीछे एक ऐसी गुफा में पहुंचा, जहां केवल एक छोटी-सी चौकी रखी हुई थी। महात्माजी ने गंभीर मुख से कहा—तुम्हें यह बात गुप्त रखनी होगी।

मैंने कहा—जैसी आज्ञा।

महात्मा—तुम इसका वचन देते हो?

मैं—आप इसकी किंचित् मात्र भी चिंता न करें।

महात्मा—अगर किसी यश और धन के इच्छुक को यह खबर मिल गई, तो वह संसार में एक महान् क्रांति उपस्थित कर देगा और कदाचित् मुझे प्राणों से हाथ धोना पड़े। मैं मर जाऊंगा, किंतु इस गुप्त ज्ञान का प्रचार न करूंगा। तुम इस चौकी पर लेट जाओ और आंखें बंद कर लो।

चौकी पर लेटते ही मेरी आंखें झपक गईं और पूर्व जन्म के दृश्य आंखों के सामने आ गए। हां प्रिये, मेरा अतीत जीवित हो गया। यही भवन था; यही माता-पिता थे, जिनकी तसवीरें दीवानखाने में लगी हुई हैं। मैं लड़कों के साथ बाग में गेंद खेल रहा था। फिर दूसरा दृश्य सामने आया। मैं गुरु की सेवा में बैठा हुआ पढ़ रहा था। यह वही गुरुजी थे, जिनकी तसवीर तुम्हारे कमरे में है, एक तिल का भी अंतर नहीं है। इसके बाद युवावस्था का दृश्य आया। मैं तुम्हारे साथ एक नौका पर बैठा हुआ नदी में जल-क्रीड़ा कर रहा था। याद है वह दृश्य, जब हवा वेग से चलने लगी थी और तुम डर कर मेरे हृदय से चिपट गई थीं।

देवप्रिया—खूब याद है, प्राणेश ! खूब याद है।

राजकुमार—वह दृश्य याद है, जब मैं लता-कुंज में घास पर बैठा हुआ तुम्हें पुष्पाभूषणों से अलंकृत कर रहा था?

देवप्रिया—हां प्राणनाथ ! खूब याद है। यही तो स्थान है।

राजकुमार—पांचवां दृश्य वह था, जब मैं मृत्यु-शय्या पर पड़ा हुआ था। माता-पिता

सिरहाने खड़े थे और तुम मेरे पैरों पर सिर रखे रो रही थीं! याद है?

देवप्रिया—हाय प्राणनाथ! वह दिन भूल सकती हूं?

राजकुमार—एक क्षण में मेरी आंखें खुल गईं। पर जो कुछ देखा था, वह सब आंखों में फिर रहा था, मानो बचपन की बातें हों। मैंने महात्मा से पूछा—मेरे माता-पिता जीवित हैं? उन्होंने एक क्षण आंखें बंद करके सोचने के बाद कहा—उनका देहावसान हो गया है। तुम्हारे शोक में दोनों घुल-घुलकर मर गए।

मैं—और मेरी स्त्री?

महात्मा—वह अभी जीवित है।

मैं—किस नगर में है?

महात्मा—काशी के समीप जगदीशपुर में। किंतु तुम्हारा वहां जाना उचित नहीं, यह ईश्वरी इच्छा के विरुद्ध होगा और संस्कारों के क्रम को पलटना अनिष्ट का मूल है।

मैंने उस समय तो कुछ न कहा, पर उसी क्षण मैंने तुमसे मिलने का दृढ़ संकल्प कर लिया। मुझे अब वहां एक-एक क्षण एक-एक युग हो गया। दो दिन तो मैं किसी तरह रहा, तीसरे दिन मैंने महात्माजी से विदा होकर प्रस्थान कर दिया। महात्माजी बड़े प्रेम से मुझसे गले मिले और चलते-चलते ऐसी क्रिया बतलाई, जिसके द्वारा हम अपनी आयु और बल को इच्छानुसार बढ़ा सकते हैं। तब मुझे गले से लगाकर एक यान पर बैठा दिया। यान मुझे हरिद्वार पहुंचाकर आप-ही-आप लौट गया। यह उनके यानों की विशेषता है। हरिद्वार से मैं सीधा हर्षपुर पहुंचा और एक सप्ताह तक माता-पिता की सेवा में रहकर यहां आ पहुंचा। तुसमे मिलने के पहले मैं कई बार इधर निकला। यहां की हर एक वस्तु मेरी जानी-पहचानी मालूम होती थी। दो-चार पुराने दोस्त भी दिखलाई दिए; पर उनसे मैं बोला नहीं। एक दिन जगदीशपुर की सैर भी कर आया। ऐसा मालूम होता था कि मेरी बाल्यावस्था वहीं गुजरी हो। तुमसे मिलने के पहले कई दिन गहरी चिंता में पड़ा रहा। एक विचित्र शंका होती थी। अकस्मात् तुमसे पार्क में मुलाकात हो गई। कह नहीं सकता, तुम्हें देखकर मेरे चित्त की क्या दशा हुई। ऐसा जी चाहता था, दौड़कर हृदय से लगा लूं। महात्मा के अंतिम शब्द भूल गए और मैं वहां तुमसे मिल गया।

देवप्रिया ने रोते हुए कहा—प्राणनाथ, आपके दर्शन पाते ही मेरा हृदय गद्‌गद हो गया। ऐसा मालूम हुआ, मानो आपसे मेरा पुराना परिचय है, मानो मैंने आपको कहीं देखा है। आपने एक दृष्टि में मेरे मन के उन भावों को जागृत कर दिया, जिन्हें मेरी विलासिता ने कुचल-कुचलकर शिथिल कर दिया था स्वामी! मैं आपके चरणों को स्पर्श करने योग्य नहीं हूं। लेकिन जब तक जीऊंगी, तब तक आपकी स्मृति को हृदय में संचित रखूंगी।

राजकुमार—प्रिये, तुम्हें मालूम है, विवाह का संबंध देह से नहीं, आत्मा से है। क्या आत्मा अनंत और अमर नहीं?

देवप्रिया ने इसका कोई उत्तर न दिया। प्रश्नसूचक नेत्रों से राजकुमार की ओर ताकने लगी।

राजकुमार—तो अब तुम्हें मेरे साथ चलने में कोई आपत्ति नहीं है?

देवप्रिया ने रुंधे हुए कंठ से कहा—प्राणनाथ, आप मुझसे यह प्रश्न क्यों करते हैं? आप मेरा उद्धार कर रहे हैं, आपको छोड़कर और किसकी शरण जाऊंगी? अब तो मुझे आप मार-मारकर भी भगाएं, तो आपका दामन न छोडूंगी। आह स्वामी ! यह शुभ अवसर जीते-जी मिलेगा, इसकी तो स्वप्न में भी आशा न थी। मेरा सौभाग्य सूर्य इतने दिनों के बाद फिर उदय होगा, यह तो कदाचित् मेरे देवताओं को भी न मालूम होगा। न जाने किसके पुण्य-प्रताप से मुझे यह दिन देखना नसीब हुआ है। कौन स्त्री इतनी सौभाग्यवती हुई है? आपको पाकर मैं सब कुछ पा गई। अब मुझे किसी बात की अभिलाषा नहीं रही। आपकी चेरी हूं—वही चेरी, जो एक बार आपके ऊपर अपना सर्वस्व अर्पण कर चुकी है।

राजकुमार ने रानी को कंठ से लगाकर कहा—यह हमारा पुनर्संयोग है !

देवप्रिया—नहीं प्राणनाथ, मैं इसे प्रेम-मिलन समझती हूं।

यह कहते-कहते रानी चुप हो गई। उसे याद आ गया कि मुझ जैसी वृद्धा ऐसे देवरूप पुरुष के योग्य नहीं है। अभी दया के वशीभूत होकर यह मेरा उद्धार कर देंगे, पर दया कब तक प्रेम का पार्ट खेलेगी? संभव है, इनकी दया-दृष्टि मुझ पर सदैव बनी रहे, लेकिन मैं रनिवास की युवतियों को कौन मुंह दिखाऊंगी, जनता के सामने कैसे निकलूंगी? उस दशा में तो दया मेरी रक्षा न कर सकेगी। यह अवस्था तो असह्य हो जाएगी।

राजकुमार ने उसके मनोभावों को ताड़कर कहा—प्रिये, तुम्हारे मन में शंकाओं का उठना स्वाभाविक है, लेकिन उन्हें निकाल डालो। मैं विलास का दास होता, तो तुम्हारे पास आता ही नहीं ! मेरे चित्त की वृत्ति वासना की ओर नहीं है। मैं रूप-सौंदर्य का मूल्य जानता हूं और उनका मुझ पर कोई आकर्षण नहीं हो सकता। मेरे लिए तो तुम इस रूप में भी उतनी ही प्रिय हो। हां, तुम्हारे संतोष के लिए मुझे वह क्रियाएं करनी पड़ेंगी, जो महात्माजी ने चलते-चलते बताई थीं। जिसके द्वारा मैंने मायान्धकार पर विजय पाई, उसके द्वारा काल की गति को भी पलट सकूंगा। मुझे पूरा विश्वास है कि मुरझाया हुआ फूल एक बार फिर हरा हो जाएगा—वही छवि, वही सौरभ, वही कोमलता फिर इसकी बलाएं लेंगी। लेकिन तुम्हें भी मेरे लिए बड़े-बड़े त्याग करने पड़ेंगे। संभव है, तुम्हें राजभवन के बदले किसी वन में वृक्षों के नीचे रहना पड़े, रत्न-जटित आभूषणों के बदले वन्य पुष्पों पर ही संतोष करना पड़े। क्या तुम उन कष्टों को सह सकोगी?

देवप्रिया—आपको पाकर अब मुझे किसी भी वस्तु की इच्छा नहीं रही। विलास सच्चे सुख की छाया मात्र है। जिसे सच्चा सुख मयस्सर हो, वह विलास की तृष्णा क्यों करे?

रानी मुंह से तो ये बातें कह रही थीं, किंतु इस विचार से उनका चित्त प्रफुल्लित हो रहा था कि मेरा यौवन-पुष्प फिर खिलेगा और सौंदर्य दीपक फिर जलेगा।

राजकुमार—तो अब मैं जा रहा हूं। कल संध्या समय फिर आऊंगा। इसी बीच में तुम यात्रा की तैयारी कर लेना।

देवप्रिया ने राजकुमार का हाथ पकड़कर कहा—मैं आपके साथ चलूंगी। मुझे न जाने

कैसी शंकाएं हो रही हैं। मैं अब एक क्षण के लिए भी आपको न छोडूंगी।

राजकुमार—यों चलने से लोगों के मन में भांति-भांति की शंकाएं होंगी। मेरे पुनर्जन्म का किसी को विश्वास न आएगा; लोग समझेंगे कि ऐब को छिपाने के लिए यह कथा गढ़ ली गई है, केवल कुत्सित प्रेम को छिपाने के लिए यह कौशल किया गया है। इसलिए तुम किसी तीर्थयात्रा....

रानी ने बात काटकर कहा—मुझे अब लोकनिंदा का भय नहीं है। मैं यह कहने को तैयार हूं कि अपने प्राणपति के साथ जा रही हूं।

राजकुमार ने मुस्कराकर कहा—अगर मैं तुमसे दगा करूं, तो?

रानी ने भयातुर होकर कहा—प्राणनाथ, ऐसी बातें न करो। मैं अपने को तुम्हारे चरणों पर अर्पण कर चुकी, लेकिन कुसंस्कारों से मुक्त नहीं हूं। यदि कोई आदमी कभी आकर मुझसे कहे कि इन्द्रजाल का खेल कर रहे हैं, तो मैं नहीं कह सकती कि मेरी क्या दशा होगी। अलौकिक बातों को समझने के लिए अलौकिक बुद्धि चाहिए और मैं इससे वंचित हूं। मैं निष्कपट भाव से अपने मन की दुर्बलताएं प्रकट कर रही हूं। मुझे क्षमा कीजिएगा। अभी बहुत दिन गुजरेंगे, जब मैं इस स्वप्न को यथार्थ समझूंगी। इस स्वप्न को भंग न कीजिए। इस वक्त यहीं आराम कीजिए, रात बहुत बीत गई है। मैं तब तक कुंवर विशालसिंह को सूचना दे दूं कि वह आकर अपना राज्य संभालें। कल मैं प्रातःकाल आपके साथ चलने को तैयार हो जाऊंगी।

यह कहकर रानी ने राजकुमार के लिए भोजन लाने की आज्ञा दी। जब वह भोजन करने लगे, तो आप ही खड़ी होकर उन्हें पंखा झलने लगी ! ऐसा स्वर्गीय आनंद उसे प्राप्त न हुआ था। उसके मर्मस्थल में प्रेम और उल्लास की तरंगें उठ रही थीं; जी चाहता था कि इसी क्षण इनके चरणों पर गिरकर प्राण त्याग दूं।

कुंवर साहब लेटने गए, तो रानी ने विशालसिंह के नाम पत्र लिखा :

'कुंवर विशालसिंहजी,

इतने दिनों तक मायाजाल में फंसे रहने के बाद मेरा चित्त संसार से विरक्त हो गया है। मैं तीर्थयात्रा करने जा रही हूं और शायद फिर न लौटूंगी। किसी तीर्थस्थान में ही अपने जीवन के शेष दिन काटूंगी। आपको उचित है कि आकर अपने राज्य का भार संभालें। मुझे खेद है कि मेरे कारण आपको बड़े-बड़े कष्ट भोगने पड़े। आपने मेरे साथ जो अनीति की, उसे भी मैं क्षमा करती हूं। मायान्ध होकर हम सभी ऐसा करते हैं। मेरी आपसे इतनी ही प्रार्थना है कि मेरी लौंडियों और सेवकों पर दया कीजिएगा। मैं अपने साथ कोई चीज नहीं ले जा रही हूं। मेरी ईश्वर से यही प्रार्थना है कि वह आपको सद्बुद्धि दे और आपकी कीर्ति देश-देशांतरों में फैलाए ! मैं आपको विश्वास दिलाती हूं कि मेरे लिए इससे बढ़कर आनंद की और कोई बात न होगी।

आपकी—देवप्रिया'

यह पत्र लिखकर रानी ने मेज पर रखा ही था कि उन्हें खयाल आया, मैं अपना राज्य क्यों छोड़ूं? मैं हर्षपुर से भी तो इसकी देखभाल कर सकती हूं? साल में महीने-दो महीने के लिए यहां आना कौन मुश्किल है? चलकर प्राणनाथ से पूछूं, उन्हें इसमें कोई आपत्ति तो न होगी ! वह राजकुमार के कमरे के द्वार तक गईं; पर अंदर कदम न रख सकीं। खयाल आया, समझेंगे अभी तक इसकी तृष्णा बनी हुई है। उल्टे पांव लौट आईं।

रात के दो बज गए थे। देवप्रिया यात्रा की तैयारियां कर रही थी। उसके मन में प्रश्न हो रहा था, कौन-कौन-सी चीजें साथ ले जाऊं? पहले वह अपने वस्त्रागार में गई। शीशे की अलमारियों में एक-से-एक अपूर्व वस्त्र चुने हुए रखे थे। इस समूह में से उसने खोजकर अपनी सोहाग की साड़ी निकाल ली, जिसे पहने आज पच्चीस वर्ष हो गए। आज उसकी शोभा और सभी साड़ियों से बढ़ी हुई थी। उसके सामने सभी कपड़े फीके जंचते थे।

फिर वह अपने आभूषणों की कोठरी में गई। इन आभूषणों पर वह जान देती थी। ये उसे अपने राज्य से भी प्रिय थे। लेकिन इस समय इनको छूते हुए उसे ऐसा भय हो रहा था, मानो चोरी कर रही है। उसने बहुत साहस करके रत्नों का वह संदूकचा निकाला, जिस पर इन पच्चीस बरसों में उसने लाखों रुपये खर्च किए थे और उसे अंचल में छिपाए हुए बाहर निकली। इस लोभ को वह संवरण न कर सकी।

वह अपने कमरे में आकर बैठी ही थी कि गुजराती आकर खड़ी हो गई। देवप्रिया ने पूछा—सोई नहीं?

गुजराती—सरकार नहीं सोईं, तो मैं कैसे सोती?

"मैं तो कल तीर्थयात्रा करने जा रही हूं?"

"मुझे भी साथ ले चलिएगा?"

"नहीं, मैं अकेली जाऊंगी?"

"सरकार लौटेंगी कब तक?"

"कह नहीं सकती। बहुत दिन लगेंगे। बता, तुझे क्या उपहार दूं?"

"मैं तो एक बार मांग चुकी। लूंगी तो वही लूंगी।"

"मैं तुझे नौलखा हार दूंगी।"

"उसकी मुझे इच्छा नहीं।"

"जड़ाऊ कंगन लेगी?"

"जी नहीं !"

"वह रत्न लेगी, जो बड़ी-बड़ी रानियों को भी मयस्सर नहीं?"

"जी नहीं, वह आप ही को शोभा देगा।"

"पागल है क्या ! एक रत्न के दाम एक लाख से कम न होंगे !"

"वह आप ही को मुबारक हो !"

रानी ने रत्नों का संदूकचा खोलकर गुजराती के सामने रख दिया और बोली—इनमें से जो चाहे, निकाल ले।

गुजराती ने संदूकचा बंद करके कहा—मुझे इनमें से कोई न चाहिए।

रानी ने एक क्षण सोचने के बाद कहा—अच्छा, जा वही मूर्ति ले ले।

"आप खुशी से दे रही हैं न?"

"हां, खुशी से!"

"भगवान आपका भला करे!"

यह कहकर गुजराती खुश-खुश वहां से चली गई। थोड़ी ही देर के बाद रानी भी रत्नों का संदूकचा लिए हुई उठीं और तोशाखाने में जाकर उसे उस स्थान पर रख दिया, जहां से निकाला था। उनका मन एक क्षण के लिए चंचल हो गया, लेकिन उसे धिक्कारती हुई वह जल्दी से अपने कमरे में चली आईं।

सहसा कोयल की कूक सुनाई दी। रानी ने चौंककर द्वार का पर्दा हटा दिया। उसकी स्निग्ध, मधुर, संगीतमय आभा किवाड़ों के शीशों द्वारा कमरे में प्रवेश कर रही थी, मानो किसी नवयौवना के हृदय में प्रेम का उदय हो रहा हो। उसी नवयौवना की भांति देवप्रिया उस अरुण छटा को देखकर सशंक हो उठी।

उसी समय राजकुमार द्वार पर आकर खड़े हो गए।

रानी ने कहा—मैं तैयार हूं।

राजकुमार—और मेरा जी चाहता है कि यहीं तुम्हारी उपासना में अपना जीवन व्यतीत करूं। मुझे अपने उद्देश्य में जितनी सफलता हुई, उतनी मुझे आशा न थी। इस देश के सिवा ऐसी देवियां और कहां, जो इस भांति अपने को आदर्श पर बलिदान कर दें?

आध घंटे के बाद राजकुमार भी संध्योपासना करके निकले। मोटर तैयार थी। दोनों आदमी उस पर आ बैठे। जब मोटर चली, तब रानी ने उस भवन को करुण नेत्रों से देखा था और एक ठंडी सांस ली। उसके हृदय की वही दशा हो रही थी, जो किसी नववधू की पति के घर जाते समय होती है। शोक और हर्ष, आशा और दुराशा, ममत्व और विराग का एक विचित्र समावेश हो गया था।

घर के नौकर-चाकर, सिपाही-प्यादे सभी सजल नेत्र खड़े थे और मोटर चली जा रही थी।

दस

मुंशी वज्रधर विशालसिंह के पास से लौटे, तो उनकी तारीफों के पुल बांध दिए। रईस हो तो ऐसा हो। आंखों में कितना शील है! किसी तरह छोड़ते ही न थे। यों समझो कि लड़कर आया हूं। प्रजा पर तो जान देते हैं। बेगार की चर्चा सुनी, तो उनकी आंखों में आंसू भर गए। उनके जमाने में प्रजा चैन करेगी। यह तारीफ सुनकर चक्रधर को विशालसिंह से श्रद्धा-सी हो गई। उनसे मिलने गए और समिति के संरक्षकों में उनका नाम दर्ज कर लिया। तब से कुंवर साहब समिति की सभाओं में नित्य सम्मिलित होते थे। अतएव अबकी उनके यहां कृष्णाष्टमी

का उत्सव हुआ, तब चक्रधर अपने सहवर्गियों के साथ उसमें शरीक हुए।

कुंवर साहब कृष्ण के परम भक्त थे। उनका जन्मोत्सव बड़ी धूमधाम से मनाते थे। उनकी स्त्रियों में इस विषय में मतभेद था। उनके व्रत भी अलग-अलग थे। तीज के सिवा तीनों कोई एक व्रत न रखती थीं। रोहिणी कृष्ण की उपासिका थी, तो वसुमती रामनवमी का उत्सव मनाती थी, नवरात्रि का व्रत रखती, जमीन पर सोती और दुर्गा पाठ सुनती। रही रामप्रिया, वह कोई व्रत न रखती थी। कहती—इस दिखावे से क्या फायदा? मन शुद्ध चाहिए, यही सबसे बड़ी भक्ति है। जब मन में ईर्ष्या और द्वेष की ज्वाला दहक रही हो, राग और मत्सर की आंध ी चल रही हो, तो कोरा व्रत रखने से क्या होगा ! ये उत्सव आपस में प्रीति बढ़ाने के लिए मनाए जाते हैं। जब प्रीति के बदले द्वेष बढ़े, तो उनका न मनाना ही अच्छा !

संध्या हो गई थी। बाहर कंवल, झाड़ आदि जलाए जा रहे थे। चक्रधर अपने मित्रों के साथ बनाव-सजाव में मसरूफ थे। संगीत-समाज के लोग आ पहुंचे थे। गाना शुरू होने ही वाला था कि वसुमती और रोहिणी में तकरार हो गई। वसुमती को यह तैयारियां एक आंख न भाती थीं। उसके रामनवमी के उत्सव में सन्नाटा-सा रहता था। विशालसिंह उस उत्सव में उदासीन रहते थे। वसुमती इसे उनका पक्षपात समझती थी। उसके विचार से उनके इस असाधारण उत्साह का कारण कृष्ण की भक्ति नहीं, रोहिणी के प्रति स्नेह था। वह दिल में जल-भुन रही थी। रोहिणी सोलहों श्रृंगार किए पकवान बना रही थी। कदाचित् वसुमती को जलाने ही के लिए आप ही आप गीत गा रही थी। घर के सब बरतन उसी के यहां बिधे हुए थे। उसका यह अनुराग देख-देखकर वसुमती के कलेजे पर सांप-सा लोट रहा था। वह इस रंग में भंग मिलाना चाहती थी। सोचते-सोचते उसे एक बहाना मिल गया। महरी को भेजा, जाकर रोहिणी से कह—घर के बरतन जल्दी से खाली कर दें। दो थालियां, दो बटलोइयां, कटोरे, कटोरियां मांग लो? उनका उत्सव रात भर होगा, तो कोई कब तक बैठा उनकी राह देखता रहेगा? उनके उत्सव के लिए दूसरे क्यों भूखों मरें ! महरी गई, तो रोहिणी ने तन्नाकर कहा—आज इतनी जल्दी भूख लग गई। रोज तो आधी रात तक बैठी रहती थीं, आज आठ बजे ही भूख सताने लगी। अगर ऐसी ही जल्दी है, तो कुम्हार के यहां से हांडियां मंगवा लें। पत्तल मैं दे दूंगी।

वसुमती ने यह सुना, तो आग हो गई— हांडियां चढ़ाएं मेरे दुश्मन ! जिनकी छाती फटती हो, मैं क्यों हांडी चढ़ाऊं? उत्सव मनाने की बड़ी साध है, तो नए बासन क्यों नहीं मंगवा लेतीं? अपने कृष्ण से कह दें, गाड़ी भर बरतन भेज दें। क्या जबरदस्ती दूसरों को भूखों मारेंगी?

रोहिणी रसोई से बाहर निकलकर बोली—बहन, जरा मुंह संभालकर बातें करो। देवताओं का अपमान करना अच्छा नहीं।

वसुमती—अपमान तो तुम करती हो, व्रत के दिन यों बन-ठनकर इठलाती फिरती हो। देवता रंग-रूप नहीं देखते, भक्ति देखते हैं !

रोहिणी—मैं बनती-ठनती हूं, तो दूसरे की आंखें क्यों फूटती हैं? भगवान के जन्म के दिन भी न बनूं-ठनूं? उत्सव में तो रोया नहीं जाता !

वसुमती—तो और बनो-ठनो, मेरे अंगूठे से। आंखें क्यों फोड़ती हो? आंखें फूट जाएंगी, तो चल्लू भर पानी भी न दोगी !

रोहिणी—आज लड़ने ही पर उतारू हो आई हो क्या? भगवान सब दुःख दें, पर बुरी संगत न दें। लो, यही गहने-कपड़े आंखों में गड़ रहे हैं? न पहनूंगी। जाकर बाहर कह दें, पकवान, प्रसाद किसी हलवाई से बनवा लें। मुझे क्या, मेरे मन का हाल भगवान् आप जानते हैं, पड़ेगी उन पर जिनके कारण यह सब हो रहा है।

यह कहकर रोहिणी अपने कमरे में चली गई। सारे गहने-कपड़े उतार फेंके और मुंह ढांपकर चारपाई पर पड़ रही। ठाकुर साहब ने यह समाचार सुना, तो माथा कूटकर बोले—इन चाण्डालिनों से आज शुभोत्सव के दिन भी शांत नहीं बैठा जाता। इस जिंदगी से तो मौत ही अच्छी है। घर में आकर रोहिणी से बोले—तुम मुंह ढांपकर सो रही हो, या उठकर पकवान बनाती हो?

रोहिणी ने पड़े-पड़े उत्तर दिया—फट पड़े वह सोना जिससे टूटें कान। ऐसे उत्सव से बाज आई, जिसे देखकर घर वालों की छाती फटे।

विशालसिंह—तुमसे तो बार-बार कहा कि उसके मुंह न लगा करो। एक चुप सौ वक्ताओं को हरा सकता है। दो बातें सुन लो, तो तीसरी बात कहने का साहस न हो। फिर तुमसे बड़ी भी तो ठहरीं; यों भी तुमको उनका लिहाज करना ही चाहिए।

जिस दिन वसुमती ने विशालसिंह को व्यंग्य-बाण मारा था, जिसकी कथा हम कह चुके हैं, उसी दिन से उन्होंने उससे बोलना-चालना छोड़ दिया था। उससे कुछ डरने लगे थे, उसके क्रोध की भयंकरता का अंदाजा पा लिया था। किंतु रोहिणी क्यों दबने लगी? यह उपदेश सुना, तो झुंझलाकर बोली—रहने भी दो, जले पर नमक छिड़कते हो। जब बड़ा देख-देखकर जले, बात-बात पर कोसे, तो कोई कहां तक उनका लिहाज करे? उन्हें मेरा रहना जहर लगता है, तो क्या करूं? घर छोड़कर निकल जाऊं? वह इसी पर लगी हुई हैं। तुम्हीं ने उन्हें सिर चढ़ा लिया है। कोई बात होती है, तो मुझी को उपदेश करने दौड़ते हो, सीधा पा लिया है न ! उनसे बोलते हुए तो तुम्हारा भी कलेजा कांपता है। तुम न शह देते तो उनकी मजाल थी कि यों मुझे आंखें दिखातीं !

विशालसिंह—तो क्या मैं उन्हें सिखा देता हूं कि तुम्हें गालियां दें?

रोहिणी—और क्या करते हो ! जब घर में कोई न्याय करने वाला नहीं रहा, तो इसके सिवा और क्या होगा? सामने तो चुड़ैल की तरह बैठी हुई हैं, जाकर पूछते क्यों नहीं? मुंह में कालिख क्यों नहीं लगाते? दूसरा पुरुष होता तो जूतों से बात करता, सारी शेखी किरकिरी हो जाती। लेकिन तुम तो खुद मेरी दुर्गति कराना चाहते हो। न जाने क्यों तुम्हें ब्याह का शौक चर्राया था?

कुंवर साहब ज्यों-ज्यों रोहिणी का क्रोध शांत करने की चेष्टा करते थे, वह और भी बिफरती जाती थी और बार-बार कहती थी, तुमने मेरे साथ क्यों ब्याह किया? यहां तक कि अंत में वह भी गर्म पड़ गए और बोले—और पुरुष स्त्रियों से विवाह करके कौन-सा सुख

देते हैं, जो मैं तुम्हें नहीं दे रहा हूं? रही लड़ाई-झगड़े की बात। तुम न लड़ना चाहो, तो कोई जबर्दस्ती तुमसे न लड़ेगा। आखिर रामप्रिया भी तो इसी घर में रहती है।

रोहिणी—तो मैं स्वभाव ही से लड़ाकू हूं?

विशालसिंह—यह मैं थोड़े ही कहता हूं।

रोहिणी—और क्या कहते हो? साफ-साफ कहते हो फिर मुकरते क्यों हो। मैं स्वभाव से ही झफड़ालू हूं। दूसरों से छेड़-छेड़कर लड़ती हूं। यह तुम्हें बहुत दूर की सूझी। वाह, क्या नई बात निकाली है ! कहीं छपवा दो, तो खासा इनाम मिल जाएगा।

विशालसिंह—तुम बरबस बिगड़ रही हो। मैंने तो दुनिया की बात कही थी और तुम अपने ऊपर ले गईं।

रोहिणी—क्या करूं, भगवान् ने बुद्धि ही नहीं दी। वहां भी 'अंधेर नगरी और चौपट राजा' होंगे। बुद्धि तो दो ही प्राणियों के हिस्से में पड़ी है, एक आपकी ठकुराइन के—नहीं-नहीं, महारानी के—और दूसरे आपके। जो कुछ बची-खुची, वह आपके सिर में ठूंस दी गई।

विशालसिंह—अच्छा, उठकर पकवान बनाती हो कि नहीं? कुछ खबर है, नौ बज रहे हैं।

रोहिणी—मेरी बला जाती है। उत्सव मनाने की लालसा नहीं रही।

विशालसिंह—तो तुम न उठोगी?

रोहिणी—नहीं, नहीं, नहीं ! या और दो-चार बार कह दूं?

वसुमती सायबान में बैठी हुई दोनों प्राणियों की बातें तन्मय होकर सुन रही थीं, मानो कोई सेनापति अपने प्रतिपक्षी की गति का अध्ययन कर रहा हो, कि कब यह चूके और कब मैं दबा बैठूं। क्षण-क्षण में परिस्थिति बदल रही थी। कभी अवसर आता हुआ दिखाई देता था, फिर निकल जाता था। यहां तक कि अंत में प्रतिद्वंद्वी की एक भद्दी चाल ने उसे अपेक्षित अवसर दे दिया। विशालसिंह को मुंह लटकाए रोहिणी की कोठरी से निकलते देखकर बोली—क्या मेरी सूरत देखने की कसम खा ली है, या तुम्हारे हिसाब से मैं घर में हूं ही नहीं ! बहुत दिन तो हो गए रूठे, क्या जन्म भर रूठे ही रहोगे? क्या बात है, इतने उदास क्यों हो?

विशालसिंह ने ठिठककर कहा—तुम्हारी ही लगाई हुई आग को तो शांत कर रहा था; पर उल्टे हाथ जल गए। यह क्या रोज-रोज तूफान खड़ा करती हो? चार दिन की जिंदगी है इसे हंस-खेलकर नहीं काटते बनता? मैं तो ऐसा तंग हो गया हूं कि जी चाहता है कि कहीं भाग जाऊं। सच कहता हूं जिंदगी से तंग आ गया। यह सब आग तुम्हीं लगा रही हो।

वसुमती—कहां भागकर जाओगे? नई-नवेली बहू को किस पर छोड़ोगे? नए ब्याह का कुछ सुख तो उठाया ही नहीं।

विशालसिंह—बहुत उठा चुका, जी भर गया।

वसुमती—बस, एक ब्याह और कर लो, एक ही और, जिसमें चौकड़ी पूरी हो जाए।

विशालसिंह—क्या बैठे-बैठे जलाती हो? विवाह क्या किया था, भोग-विलास करने के लिए या तुमसे कोई बड़ी सुंदरी होगी?

वसुमती—अच्छा, आओ, सुनते जाओ।

विशालसिंह—जाने दो, लोग बाहर बैठे होंगे।

वसुमती—अब यही तो नहीं अच्छा लगता। अभी घंटे-भर वहां बैठे चिकनी-चुपड़ी बातें करते रहे तो नहीं देर हुई; मैं एक क्षण के लिए बुलाती हूं तो भागे जाते हो। इसी दोअक्खी की तो तुम्हें सजा मिल रही है।

यह कहकर वसुमती ने आकर उनका हाथ पकड़ लिया, घसीटती हुई अपने कमरे में ले गई और चारपाई पर बैठाती हुई बोली—औरतों को सिर चढ़ाने का यही फल है। उसे तो तब चैन आए, जब घर में अकेली वही रहे। जब देखो तब अपने भाग्य को रोया करती है, किस्मत फूट गई, मां-बाप ने कुएं में झोंक दिया, जिंदगी खराब हो गई। यह सब मुझसे नहीं सुना जाता, यही मेरा अपराध है। तुम उसके मन के नहीं हो, सारी जलन इसी बात की है। पूछो, तुझे कोई जबरदस्ती निकाल लाया था, या तेरे मां-बाप की आंखें फूट गई थीं? वहां तो यह मंसूबे थे कि बेटी मुंहजोर है ही, जाते ही जाते राजा को अपनी मुट्ठी में करके रानी बन बैठेगी ! क्या मालूम था कि यहां उसका सिर कुचलने को कोई और बैठा हुआ है। यही बातें खोलकर कह देती हूं, तो तिलमिला उठती है और तुम दौड़ते हो मनाने। बस, उसका मिजाज और आसमान पर चढ़ जाता है। दो दिन, चार दिन रूठी पड़ी रहने दो, फिर देखो, भीगी बिल्ली हो जाती है या नहीं। यह निरंतर का नियम है कि लोहे को लोहा ही काटता है। कुमानस के साथ कुमानस बनने ही से काम चलता है। गोस्वामी तुलसीदासजी ने नारियों के विषय में जो कहा है, बिल्कुल सच है।

विशालसिंह—यहां वह खटबांस लेकर पड़ी है, अब पकवान कौन बनाए?

वसुमती—तो क्या जहां मुर्गा न होगा, वहां सबेरा ही न होगा? आखिर जब वह नहीं थी, तब भी तो जन्माष्टमी मनाई जाती थी। ऐसा कौन-सा बड़ा काम है? मैं बनाए देती हूं। भगवान् थोड़े ही बंटे हुए हैं, या मुझे जन्माष्टमी से कोई बैर है !

विशालसिंह ने पुलकित होकर कहा—बस, तुम्हारी इन्हीं बातों पर मेरी जान जाती है। कुलवंती स्त्रियों का यही धर्म है। आज तुम्हारी धानी साड़ी गजब ढा रही है। कवियों ने सच कहा है, यौवन प्रौढ़ होकर और भी अजेय हो जाता है। चंद्रमा का पूरा प्रकाश भी तो पूर्णिमा ही को होता है।

वसुमती—खुशामद करना कोई तुमसे सीख ले।

विशालसिंह—जो चीज कम हो, वह और मंगवा लेना।

विजय के गर्व से फूली हुई वसुमती आधी रात तक बैठी भांति-भांति के पकवान बनाती रही। द्वेष ने बरसों की सोई हुई कृष्ण-भक्ति को जागृत कर दिया। वह इन कामों में निपुण थी। श्रम से उसे कुछ रुचि-सी थी। निठल्ले न बैठा जाता था। रोहिणी जिस काम को दिन भर मर-मरकर करती, उसे वह दो घंटे में हंसते-हंसते पूर्ण कर देती थी। रामप्रिया ने उसे बहुत व्यस्त देखा, तो वह भी आ गई और दोनों मिलकर काम करने लगीं।

विशालसिंह बाहर गए और कुछ देर तक गाना सुनते रहे; पर वहां जी न लगा। फिर

भीतर चले आए और रसोईघर के द्वार पर मोढ़ा डालकर बैठ गए। भय था कि कहीं रोहिणी कुछ कह न बैठे और दोनों फिर न लड़ मरें।

वसुमती ने कहा—बाहर क्या हो रहा है?

विशालसिंह—गाना शुरू हो गया है। तुम इतनी महीन पूरियां कैसे बनाती हो? फट नहीं जातीं!

वसुमती—चाहूं तो इससे भी महीन बेल दूं, कागज मात हो जाए।

विशालसिंह—मगर खिलेंगी न?

वसुमती—खिलाकर दिखा दूं, डब्बे-सी न फूल जायें तो कहना। अभी महारानी नहीं उठीं क्या? इसमें छिपकर बातें सुनने की बुरी लत है। न जाने क्या चाहती है। बहुत औरतें देखीं; लेकिन इसके ढंग सबसे निराले हैं। मुहब्बत तो इसे छू नहीं गई। अभी तुम तीन दिन बाहर कराहते रहे; पर कसम ले लो, जो उसका मन जरा भी मैला हुआ हो। हम लोगों के प्राण तो नखों में समा गए थे। रात-दिन देवी-देवता मनाया करती थीं। वहां पान चबाने, आईना देखने और मांग-चोटी करने के सिवा और दूसरा कोई काम ही न था। ऐसी औरतों पर कभी विश्वास न करें।

विशालसिंह—सब देखता हूं, और समझता हूं, निरा गधा नहीं हूं।

वसुमती—यही तो रोना है कि तुम देखकर भी नहीं देखते, समझकर भी नहीं समझते। जहां उसने मुस्कराकर, आंखें मटकाकर बातें कीं, मस्त हो गए। लल्लो-चप्पो किया करते हो। थर-थर कांपते रहते हो कि कहीं रानी नाराज न हो जाएं। आदमी में सब ऐब हों, किंतु मेहर-बस न हो। ऐसी कोई बड़ी सुंदर भी तो नहीं है।

रामप्रिया—एक समय सखि सुअर सुंदर! जवानी में कौन नहीं सुंदर होता?

वसुमती—उसके माथे से तो तुम्हारे तलुवे अच्छे। सात जन्म ले, तो भी तुम्हारे गर्द को न पहुंचे।

विशालसिंह—मैं मेहर-बस हूं?

वसुमती—और क्या हो?

विशालसिंह—मैं उसे ऐसी-ऐसी बातें कहता हूं कि वह भी याद करती होगी। घंटों रुलाता हूं।

वसुमती—क्या जाने, यहां तो जब देखती हूं, उसे मुस्कराते देखती हूं! कभी आंखों में आंसू न देखा।

रामप्रिया—कड़ी बात भी हंसकर कही जाए, तो मीठी हो जाती है।

विशालसिंह—हंसकर नहीं कहता। डांटता हूं, फटकारता हूं। लौंडा नहीं हूं कि सूरत पर लट्टू हो जाऊं।

वसुमती—डांटते होगे; मगर प्रेम के साथ। ढलती उम्र में सभी मर्द तुम्हारे ही जैसे हो जाते हैं। कोई नई बात नहीं है। मैं तुमसे लाख रूठी रहूं; लेकिन तुम्हारा मुंह जरा भी गिरा देखा और जान निकल गई। सारा क्रोध हवा हो जाता है। वहां जब तक जाकर पैर न सहलाओ,

तलुओं से आंखें न मलो, देवीजी सीधी ही नहीं होतीं। कभी-कभी तुम्हारी लम्पटता पर मुझे हंसी आती है। आदमी कड़े दम चाहिए जिसका अन्याय देखे, उसे डांटे दे, बुरी तरह डांट दे, खून पी लेने पर उतारू हो जाए। ऐसे ही पुरुषों से स्त्रियां प्रेम करती हैं। भय बिना प्रीति नहीं होती। आदमी ने स्त्री की पूजा की कि वह उनकी आंखों से गिरा। जैसे घोड़ा पैदल और सवार पहचानता है, उसी तरह औरत भी भकुए और मर्द को पहचानती है। जिसने सच्चा आसन जमाया और लगाम कड़ी रखी, उसी की जय है। जिसने रास ढीली कर दी, उसकी कुशल नहीं।

रामप्रिया मुंह फेरकर मुस्कराई और बोली—बहन, तुम सब गुर बताए देती हो, किसके माथे जाएगी?

वसुमती—हम लोगों की लगाम कब ढीली थी?

रामप्रिया—जिसकी लगाम कभी कड़ी न थी, वह आज लगाम तानने से थोड़े ही काबू में आई जाती है और भी दुलत्तियां झाड़ने लगेगी।

विशालसिंह—मैंने तो अपनी जान में कभी लगाम ढीली नहीं की। आज ही देखो, कैसी फटकार बताई।

वसुमती—क्या कहना है, जरा मूंछें खड़ी कर लो, लाओ, पगिया मैं सवार दूं। यह नहीं कहते कि उसने ऐसी-ऐसी चोटें कीं कि भागते ही बना!

सहसा किसी के पैरों की आहट पाकर वसुमती ने द्वार की ओर देखा। रोहिणी रसोई के द्वार से दबे पांव चली जा रही थी। मुंह का रंग उड़ गया। दांतों से ओठ दबाकर बोली—छिपी खड़ी थी। मैंने साफ देखा। अब घर में रहना मुश्किल है। देखो, क्या रंग लाती है।

विशालसिंह ने पीछे की ओर सशंक नेत्रों से देखकर कहा—बड़ा गजब हुआ। चुड़ैल सब सुन गई होगी। मुझे जरा भी आहट न मिली।

वसुमती—उंह, रानी रूठेंगी, अपना सोहाग लेंगी। कोई कहां तक डरे? आदमियों को बुलाओ, यह सामान यहां से ले जाएं।

भादों की अंधेरी रात थी। हाथ को हाथ न सूझता था। मालूम होता था, पृथ्वी पाताल में चली गई है या किसी विराट जंतु ने उसे निगल लिया है। मोमबत्तियों का प्रकाश तिमिर सागर में पांव रखते कांपता था। विशालसिंह भोग के पदार्थ थालियों में भरवा-भरवाकर बाहर रखवाने में लगे हुए थे। कोई केले छील रहा था, कोई खीरे काटता था। कोई दोनों में प्रसाद सजा रहा था। एकाएक रोहिणी एक चादर ओढ़े हुए घर से निकली और बाहर की ओर चली। विशालसिंह दहलीज के द्वार पर खड़े थे। इस भरी सभा में उसे यों निश्शंक भाव से निकलते देखकर उनका रक्त खौलने लगा। जरा भी न पूछा, कहां जाती हो, क्या बात है। मूर्ति की भांति खड़े रहे। दिल ने कहा—जिसने इतनी बेहयाई की, उससे और क्या आशा की जा सकती है? वह जहां जाती हो, जाए; जो जी में आए, करे। जब उसने मेरा सिर ही नीचा कर दिया, तो मुझे उसकी क्या परवाह? बेहया, निर्लज्ज तो है ही, कुछ पूछूं और गालियां देने लगे, तो मुंह में और भी कालिख लग जाए। जब उसको मेरी परवाह नहीं, तो मैं क्यों उसके पीछे

दौड़ूं? और लोग अपने-अपने काम में लगे हुए थे। रोहिणी पर किसी की निगाह न पड़ी।

इतने में चक्रधर उनसे कुछ पूछने आए, तो देखा कि महरी उनके सामने खड़ी है और क्रोध से आंखें लाल किए कह रहे हैं—अगर वह मेरी लौंडी नहीं है, तो मैं भी उसका गुलाम नहीं हूं। अगर वह स्त्री होकर इतना आपे से बाहर हो सकती है, तो मैं पुरुष होकर उसके पैरों पर सिर न रखूंगा। इच्छा हो जाए, मैंने तिलांजलि दे दी। अब इस घर में कदम न रखने दूंगा। (चक्रधर को देखकर) आपने भी तो उसे देखा होगा?

चक्रधर—किसे? मैं तो केले छील रहा था। कौन गया है?

विशालसिंह—मेरी छोटी पत्नीजी रूठकर बाहर चली गई हैं। आपसे घर का वास्ता है। आज औरतों में किसी बात पर तकरार हो गई। अब तक तो मुंह फुलाए पड़ी रहीं, अब यह सनक सवार हुई। मेरा धर्म नहीं है कि मैं उसे मनाने जाऊं ! आप धक्के खाएंगी। उसके सिर पर कुबुद्धि सवार है।

चक्रधर—किधर गई हैं, महरी?

महरी—क्या जानूं, बाबूजी? मैं तो बरतन मांज रही थी। सामने ही गई होंगी।

चक्रधर ने लपककर लालटेन उठा ली और बाहर निकलकर दाएं-बाएं निगाहें दौड़ाते, तेजी से कदम बढ़ाते हुए चले। कोई दो सौ कदम गए होंगे कि रोहिणी एक वृक्ष के नीचे खड़ी दिखलाई दी। ऐसा मालूम होता था कि वह छिपने के लिए कोई जगह तलाश कर रही है। चक्रधर उसे देखते ही लपककर समीप जा पहुंचे और कुछ कहना ही चाहते थे कि रोहिणी खुद बोली—क्या मुझे पकड़ने आए हो? अपना भला चाहते हो, तो लौट जाओ; नहीं तो अच्छा न होगा। मैं उन पापियों का मुंह न देखूंगी।

चक्रधर—आप इस अंधेरे में कहां जाएंगी? हाथ को हाथ सूझता नहीं।

रोहिणी—अंधेरे में डर उसे लगता है, जिसका कोई अवलंब हो। जिसका संसार में कोई नहीं, उसे किसका भय? गला काटने वाले अपने होते हैं, पराए गला नहीं काटते। जाकर कह देना, अब आराम से टांगें फैलाकर सोइए, अब तो कांटा निकल गया।

चक्रधर—आप कुंवर साहब के साथ बड़ा अन्याय कर रही हैं। बेचारे लज्जा और शोक से खड़े रो रहे हैं।

रोहिणी—क्यों बातें बनाते हो? वह रोएंगे, और मेरे लिए? मैं जिस दिन मर जाऊंगी, उस दिन घी के चिराग जलेंगे। संसार में ऐसे अभागे प्राणी भी होते हैं। अपने मां-बाप को क्या कहूं? ईश्वर उन्हें नरक में भी चैन न दे। सोचे थे, बेटी रानी हो जाएगी, तो हम राज करेंगे। यहां जिस दिन डोली से उतरी, उसी दिन से सिर पर विपत्ति सवार हुई। पुरुष रोगी हो, बूढ़ा हो, दरिद्र हो; पर नीच न हो। ऐसा नीच और निर्दयी आदमी संसार में न होगा। नीचों के साथ नीच बनना ही पड़ता है।

चक्रधर—आपके यहां खड़े होने से कुंवर साहब का कितना अपमान हो रहा है, इसकी आपको जरा भी फिक्र नहीं?

रोहिणी—तुम्हीं ने तो मुझे रोक रखा है।

चक्रधर—आखिर आप कहां जा रही हैं?

रोहिणी—तुम पूछने वाले कौन होते हो? मेरा जहां जी चाहेगा, जाऊंगी। उनके पांव में मेंहदी नहीं रची हुई थी। उन्होंने मुझे घर से निकलते भी देखा था। क्या इसका मतलब यह नहीं है कि अच्छा हुआ, सिर से बला टली। दुतकार सहकर जीने से मर जाना अच्छा है।

चक्रधर—आपको मेरे साथ चलना होगा।

रोहिणी—तुम्हें यह कहने का क्या अधिकार है?

चक्रधर—जो अधिकार सचेत को अचेत पर, सजान को अजान पर होता है, वही अधिकार मुझे आपके ऊपर है। अंधे को कुएं में गिरने से बचाना हर एक प्राणी का धर्म है।

रोहिणी—मैं न अचेत हूं, न अजान, न अंधी। स्त्री होने ही से बावली नहीं हो गई हूं। जिस घर में मेरा पहनना-ओढ़ना-हंसना बोलना, देख-देखकर दूसरों की छाती फटती है, जहां कोई अपनी बात तक नहीं पूछता, जहां तरह-तरह के आक्षेप लगाए जाते हैं, उस घर में कदम न रखूंगी।

यह कहकर रोहिणी आगे बढ़ी कि चक्रधर ने सामने खड़े होकर कहा—आप आगे नहीं जा सकतीं।

रोहिणी—जबरदस्ती रोकोगे?

चक्रधर—हां, जबरदस्ती रोकूंगा।

रोहिणी—सामने से हट जाओ।

चक्रधर—मैं आपको एक कदम भी आगे न रखने दूंगा। सोचिए, आप अपनी अन्य बहनों को किस कुमार्ग पर ले जा रही हैं? जब वे देखेंगे कि बड़े-बड़े घरों की स्त्रियां भी रूठकर घर से निकल खड़ी होती हैं, तो उन्हें भी जरा-सी बात पर ऐसा ही साहस होगा या नहीं? नीति के विरुद्ध कोई काम करने का फल अपने ही तक नहीं रहता, दूसरों पर उसका और भी बुरा असर पड़ता है।

रोहिणी—मैं चुपके से चली जाती थी, तुम्हीं तो ढिंढोरा पीट रहे हो।

चक्रधर—जिस तरह रण से भागते हुए सिपाही को देखकर लोगों को उससे घृणा होती है—यहां तक कि उसका वध कर डालना भी पाप नहीं समझा जाता, उसी तरह कुल में, कलंक लगाने वाली स्त्रियों से भी सबको घृणा हो जाती है और कोई उनकी सूरत तक नहीं देखना चाहता। हम चाहते हैं कि सिपाही गोली और आग के सामने अटल खड़ा रहे। उसी तरह हम यह भी चाहते हैं कि स्त्री सब झेलकर अपनी मर्यादा का पालन करती रहे ! हमारा मुंह हमारी देवियों से उज्ज्वल है और जिस दिन हमारी देवियां इस भांति मर्यादा की हत्या करने लगेंगी, उसी दिन हमारा सर्वनाश हो जाएगा।

रोहिणी रुंधे हुए कंठ से बोली—तो क्या चाहते हो कि मैं फिर उसी आग में जलूं?

चक्रधर—हां, यही चाहता हूं। रणक्षेत्र में फूलों की वर्षा नहीं होती। मर्यादा की रक्षा करना उससे कहीं कठिन है।

रोहिणी—लोग हंसेंगे कि घर से निकली तो थी बड़े दिमाग से, आखिर झख मारकर

लौट आई।

चक्रधर—ऐसा वही कहेंगे, जो नीच और दुर्जन हैं। समझदार लोग तो आपकी सराहना ही करेंगे।

रोहिणी ने कई मिनट तक आगा-पीछा करने के बाद कहा—अच्छा चलिए, आप भी क्या कहेंगे। कोई बुरा कहे या भला। हां, कुंवर साहब को इतना जरूर समझा दीजिएगा कि जिन महारानी को आज वह घर की लक्ष्मी समझे हुए हैं, वह एक दिन उनको बड़ा धोखा देंगी। मैं कितनी ही आपे से बाहर हो जाऊं; पर अपना ही प्राण दूंगी; वह बिगड़ेंगी तो प्राण लेकर छोड़ेंगी। आप किसी मौके से जरूर समझा दीजिएगा।

यह कहकर रोहिणी घर की ओर लौट पड़ी; लेकिन चक्रधर का उसके ऊपर कहां तक असर पड़ा और कहां तक स्वयं अपनी सहज बुद्धि का, इसका अनुमान कौन कर सकता है? वह लौटते वक्त लज्जा से सिर नहीं गड़ाए हुए थी, गर्व से उसकी गर्दन उठी हुई थी। उसने अपनी टेक को मर्यादा की वेदी पर बलिदान कर दिया था; पर उसके साथ ही उन व्यंग्य वाक्यों की रचना भी कर ली थी, जिससे वह कुंवर साहब का स्वागत करना चाहती थी।

जब दोनों आदमी घर पहुंचे, तो विशालसिंह अभी तक वहां मूर्तिवत् खड़े थे, महरी भी खड़ी थी। भक्त जन अपना-अपना काम छोड़कर लालटेन की ओर ताक रहे थे। सन्नाटा छाया हुआ था।

रोहिणी ने दहलीज में कदम रखा; मगर ठाकुर साहब ने उसकी ओर आंख उठा कर भी न देखा। जब वह अंदर चली गई, तो उन्होंने चक्रधर का हाथ पकड़ लिया और बोले—मैं तो समझता था किसी तरह न आएगी; मगर आप खींच ही लाए। क्या बहुत बिगड़ती थी?

चक्रधर ने कहा—आपको कुछ नहीं कहा। मुझे तो बहुत समझदार मालूम होती हैं। हां, मिजाज नाजुक है; बात बर्दाश्त नहीं कर सकतीं।

विशालसिंह—मैं यहां से टला तो नहीं, लेकिन सच पूछिए तो ज्यादती मेरी ही थी। मेरा क्रोध बहुत बुरा है। अगर आप न पहुंच जाते तो बड़ी मुश्किल पड़ती। जान पर खेल जानेवाली स्त्री है। आपका यह एहसान कभी न भूलूंगा। देखिए तो, सामने कुछ रोशनी-सी मालूम हो रही है, बैंड भी बज रहा है। क्या माजरा है?

चक्रधर—हां, मशालें और लालटेनें हैं। बहुत से आदमी भी साथ हैं। और लोग भी आंगन में उतर आए और सामने देखने लगे। सैकड़ों आदमी कतार बांधे मशालों और लालटेनों के साथ चले आ रहे थे, आगे-आगे दो अश्वारोही भी नजर आते थे। बैंड की मनोहर ध्वनि आ रही थी। सब खड़े-खड़े देख रहे थे; पर किसी की समझ में न आता था कि माजरा क्या है!

ग्यारह

सभी लोग बड़े कुतूहल से आने वालों को देख रहे थे। कोई दस-बारह मिनट में वह विशालसिंह के घर के सामने आ पहुंचे। आगे-आगे दो घोड़ों पर मुंशी वज्रधर और ठाकुर हरिसेवकसिंह

थे। पीछे कोई पचीस-तीस आदमी साफ-सुथरे कपड़े पहने चले आते थे। दोनों तरफ कई झंडीबरदार थे, जिनकी झंडियां हवा में लहरा रही थीं। सबसे पीछे बाजे वाले थे! मकान के सामने पहुंचते ही दोनों सवार घोड़ों से उतर पड़े और हाथ बांधे हुए कुंवर साहब के सामने आकर खड़े हो गए। मुंशीजी की सज-धज निराली थी। सिर पर एक शमला था, देह पर एक नीचा आबा। ठाकुर साहब भी हिन्दुस्तानी लिबास में थे। मुंशीजी खुशी से मुस्कराते थे, पर ठाकुर साहब का मुख मलिन था।

ठाकुर साहब बोले—दीनबंधु, हम सब आपके सेवक आपकी सेवा में यह शुभ सूचना देने के लिए हाजिर हुए हैं कि महारानी ने राज्य से विरक्त होकर तीर्थयात्रा को प्रस्थान किया है और अब हमें श्रीमान् की छत्रछाया के नीचे आश्रय लेने का वह स्वर्णावसर प्राप्त हुआ है, जिसके लिए हम सदैव ईश्वर से प्रार्थना करते रहते थे। यह हमारा परम सौभाग्य है कि आज से श्रीमान् हमारे भाग्यविधाता हुए। यह पत्र है, जो महारानीजी ने श्रीमान् के नाम लिख रखा था।

यह कहकर ठाकुर साहब ने रानी का पत्र विशालसिंह के हाथ में दिया। कुंवर साहब ने एक ही निगाह में आद्योपांत पढ़ लिया और उनके मुख पर मंद हास्य की आभा झलकने लगी। पत्र जेब में रखते हुए बोले—यद्यपि महारानी की तीर्थयात्रा का समाचार जानकर मुझे अत्यंत खेद हो रहा है; लेकिन इस बात का सच्चा आनंद भी है कि उन्होंने निवृत्ति मार्ग पर पग रखा; क्योंकि ज्ञान ही से मुक्ति प्राप्त होती है। मेरी ईश्वर से यही विनय है कि उसने मेरी गर्दन पर जो कर्त्तव्य का भार रखा है उसे संभालने की मुझे शक्ति दे और प्रजा के प्रति मेरा जो धर्म है, उसके पालन करने की भी शक्ति प्रदान करे। आप लोगों को मैं विश्वास दिलाता हूं कि मैं यथासाध्य अपना कर्त्तव्य पालन करने में ऊंचे आदर्शों को सामने रखूंगा; लेकिन सफलता बहुत कुछ आप ही लोगों की सहानुभूति और सहकारिता पर निर्भर है, और मुझे आशा है कि आप मेरी सहायता करने में किसी प्रकार की कोताही न करेंगे। मैं इस समय यह भी जता देना अपना कर्त्तव्य समझता हूं कि मैं अत्याचार का घोर शत्रु हूं और ऐसे महापुरुषों को, जो प्रजा पर अत्याचार करने के अभ्यस्त रहे हैं, मुझसे जरा भी नरमी की आशा न रखनी चाहिए।

इस कथन में शिष्टता की मात्रा अधिक और नीति की बहुत कम थी, फिर भी सभी राज्य कर्मचारियों को यह बातें अप्रिय जान पड़ीं। सबके कान खड़े हो गए और हरिसेवक को तो ऐसा मालूम हुआ कि यह निशाना मुझी पर है। उनके प्राण सूख गए। सभी आपस में कानाफूसी करने लगे।

कुंवर साहब ने लोगों को ले जाकर फर्श पर बैठाया और खुद मसनद लगाकर बैठे। नजराने की निरर्थक रस्म अदा होने लगी। बैंड ने बधाई देनी शुरू की। चक्रधर ने पान और इलायची से सबका सत्कार किया। कुंवर साहब का जी बार-बार चाहता था कि घर में जाकर यह सुख-संवाद सुनाऊं; पर मौका न देखकर जब्त किए हुए थे। मुंशी वज्रधर अब तक खामोश बैठे थे। ठाकुर हरिसेवक को यह खुशखबरी सुनाने का मौका देकर उन्होंने अपने ऊपर कुछ कम अत्याचार न किया था। अब उनसे चुप न रहा गया। बोले—हुजूर, आज सबसे पहले

मुझी को यह हाल मालूम हुआ।

हरिसेवक ने इसका खंडन किया—मैं तो आपके साथ ही पहुंच गया था।

वज्रधर—आप मुझसे जरा देर बाद पहुंचे। मेरी आदत है कि बहुत सबेरे उठता हूं। देर तक सोता, तो एक दिन भी तहसीलदारी न निभती। बड़ी हुकूमत की जगह है, हुजूर ! वेतन तो कुछ ऐसा ज्यादा न था; पर हुजूर, अपने इलाके का बादशाह था। खैर, ड्योढ़ी पर पहुंचा तो सन्नाटा छाया हुआ था। न दरबान का पता, न सिपाही का। घबराया कि माजरा क्या है। बेधड़क अंदर चला गया। मुझे देखते ही गुजराती रोती हुई दौड़ी आई और तुरंत रानी साहब का खत लाकर मेरे हाथ में रख दिया। रानी जी ने उससे शायद यह खत मेरे ही हाथ में देने को कहा था।

हरिसेवक—यह तो कोई बात नहीं। मैं पहले पहुंचता, तो मुझे खत मिलता। आप पहले पहुंचे, आपको मिल गया।

वज्रधर—आप नाराज क्यों होते हैं। मैंने तो केवल अपना विचार प्रकट किया है। वह खत पढ़कर मेरी जो दशा हुई, बयान नहीं कर सकता। कभी रोता था, कभी हंसता था। बस, यही जी चाहता था कि उड़कर हुजूर को खबर दूं। ठीक उसी समय ठाकुर साहब पहुंचे। है यही बात न, दीवान साहब?

हरिसेवक—मुझे खबर मिल गई थी। आदमियों को चौकसी रखने की ताकीद कर रहा था।

वज्रधर—आपने बाहर से जो कुछ किया हो, मुझे उसकी खबर नहीं, अंदर आप उसी वक्त पहुंचे, जब मैं खत लिए खड़ा था। मैंने आपको देखते ही कहा—सब कमरों में ताला लगवा दीजिए और दफ्तर में किसी को न जाने दीजिए।

हरिसेवक—इतनी मोटी-सी बात के लिए मुझे आपकी सलाह की आवश्यकता न थी।

वज्रधर—यह मेरा मतलब नहीं। अगर मैंने तहसीलदारी की है, तो आपने भी दीवानी की है। सरकारी नौकरी न सही, फिर भी काम एक ही है। जब हर एक कमरे में ताला पड़ गया, दफ्तर का दरवाजा बंद कर दिया गया, तो सलाह होने लगी कि हुजूर को कैसे खबर दी जाय। कोई कहता था, आदमी दौड़ाया जाय, कोई मोटर से खबर भेजना चाहता था। मैंने यह मुनासिब नहीं समझा। इतनी उम्र तक भाड़ नहीं झोंका हूं। जगदीशपुर खबर भेजकर सब कर्मचारियों को बुलाने की राय दी। दीवान साहब को मेरी राय पसन्द आई। इसी कारण इतनी देर हुई। हुजूर, सारे दिन दौड़ते-दौड़ते पैरों में छाले पड़ गए। आज दोहरी खुशी का दिन है। गुस्ताखी माफ, मिठाइयां खिलाइए और महफिल जमाइए। एक हफ्ते तक गाना होना चाहिए। हुजूर, यही देना दिलाना, खाना खिलाना याद रहता है।

विशालसिंह—अब इस वक्त तो भजन होने दीजिए, कल यहीं महफिल जमेगी।

वज्रधर—हुजूर, मैंने पहले ही से गाने-बजाने का इंतजाम कर लिया है। लोग आते ही होंगे। शहर के अच्छे-अच्छे उस्ताद बुलाए हैं। हुजूर, एक से एक गुणी हैं। सभी का मुजरा होगा।

अभी तहसीलदार साहब ने बात पूरी भी न की थी कि झिनकू ने अंदर आकर सलाम किया और बोला—दीनानाथ, उस्ताद लोग आ गए हैं। हुक्म हो तो हाजिर हों।

मुंशीजी तुरंत बाहर गए और उस्तादों को हाथों हाथ ले आए। दस–बारह आदमी थे, सबके सब बूढ़े, किसी का मुंह पोपला, किसी की कमर झुकी हुई, कोई आंखों का अंधा। उनका पहनावा देखकर ऐसा अनुमान होता था कि कम–से–कम तीन शताब्दी पहले के मनुष्य हैं। बड़ी नीची अचकन, जिस पर हरी गोट लगी हुई; वही चुनावदार पाजामा, वही उलझी हुई तार–तार पगड़ी, कमर में पटका बंधा हुआ। दो–तीन उस्ताद नंग–धड़ंग थे, जिनके बदन पर एक लंगोटी के सिवा और कुछ न था। यही सरस्वती के उपासक थे और इन्हीं पर उनकी कृपा–दृष्टि थी।

उस्तादों ने अंदर आकर कुंवर साहब और अन्य सज्जनों को झुक–झुककर सलाम किया और घुटने तोड़–तोड़ बैठे। मुंशीजी ने उनका परिचय कराना शुरू किया। यह उस्ताद मेडूंखां हैं, महाराज अलवर के दरबारी हैं, वहां से हजार रुपये सालाना वजीफा मिलता है। आप सितार बजाने में अपना सानी नहीं रखते। किसी के यहां आते–जाते नहीं, केवल भगवद्भजन किया करते हैं। यह चन्दू महाराज हैं, पखावज के पक्के उस्ताद। ग्वालियर के महाराज इनसे लाख कहते हैं कि आप दरबार में रहिए। दो हजार रुपये महीने तक देते हैं, लेकिन आपको काशी से प्रेम है। छोड़कर नहीं जाते। यह उस्ताद फजलू हैं, राग–रागिनियों के फिकैत, स्वरों से रागिनियों की तसवीर खींच देते हैं। एक बार आपने लाट साहब के सामने गाया था। जब गाना बंद हुआ, तो साहब ने आपके पैरों पर अपनी टोपी रख दी और घंटों छाती पीटते रहे। डॉक्टरों ने जब दवा दी, तो उनका नशा उतरा।

विशालसिंह—यहां वह रागिनी न गवाइएगा, नहीं तो लोग लोट–पोट हो जाएंगे। यहां तो डॉक्टर भी नहीं है।

वज्रधर—हुजूर, रोज–रोज यह बातें थोड़े ही होती हैं। बड़े से बड़े कलावंत को भी जिदंगी में केवल एक बार गाना नसीब होता है। फिर लाख सिर मारें, वह बात नहीं पैदा होती है।

परिचय के बाद गाना शुरू हुआ। फजलू ने मलार छेड़ा और मुंशीजी झूमने लगे। फजलू भी मुंशीजी ही को अपना कमाल दिखाते थे। उनके सिवा और उनकी निगाह में कोई था ही नहीं। उस्ताद लोग 'वाह–वाह' का तार बांधे हुए थे; मुंशीजी आंखें बंद किए सिर हिला रहे थे और महफिल के लोग एक–एक करके बाहर चले जा रहे थे। दो–चार सज्जन बैठे थे। वे वास्तव में सो रहे थे। फजलू को इसकी जरा भी परवाह नहीं थी कि लोग उसका गाना पसंद करते हैं या नहीं। उस्ताद उस्तादों के लिए गाते हैं। गुणी गुणियों की ही निगाह में सम्मान पाने का इच्छुक होता है। जनता की उसे परवाह नहीं होती। अगर उस महफिल में अकेले मुंशीजी होते तो भी फजलू इतना ही मस्त होकर गाता। धनी लोग गरीबों की क्या परवाह करते हैं? विद्वान् मूर्खों को कब ध्यान में लाते हैं? इसी भांति गुणी जन अनाड़ियों की परवाह नहीं करते। उनकी निगाह में मर्मज्ञ का स्थान धन और वैभव के स्वामियों से कहीं ऊंचा होता है।

मलार के बाद फजलू ने 'निर्गुण' गाना शुरू किया; रागिनी का नाम तो उस्ताद ही बता

सकते हैं। उस्तादों के मुख से सभी रागिनियां समान रूप धारण करती हुई मालूम होती हैं। आग में पिघलकर सभी धातुएं एक-सी हो जाती हैं। मुंशीजी को इस राग ने मतवाला कर दिया। पहले बैठे-बैठे झूमते थे, फिर खड़े होकर झूमने लगे, झूमते-झूमते, आप ही आप उनके पैरों में एक गति-सी होने लगी। हाथ के साथ पैरों से भी ताल देने लगे। यहां तक कि वह नाचने लगे। उन्हें इसकी जरा भी झेंप न थी कि लोग दिल में क्या कहते होंगे। गुणी को अपना गुण दिखाते शर्म नहीं आती। पहलवान को अखाड़े में ताल ठोंककर उतरते क्या शर्म! जो लड़ना नहीं जानते, वे ढकेलने से भी अखाड़े में नहीं जाते। सभी कर्मचारी मुंह फेर-फेरकर हंसते थे। जो लोग बाहर चले गए थे, वे भी यह ताण्डव नृत्य देखने के लिए आ पहुंचे। यहां तक कि विशालसिंह भी हंस रहे थे। मुंशीजी के बदले देखने वालों को झेंप हो रही थी; लेकिन मुंशीजी अपनी धुन में मग्न थे। गुणी गुणियों के सामने अनुरक्त हो जाता है। अनाड़ी लोग तो हंस रहे थे और गुणी लोग नृत्य का आनंद उठा रहे थे। नृत्य ही अनुराग की चरम सीमा है।

नाचते-नाचते आनंद से विह्वल होकर मुंशीजी गाने लगे। उनका मुख अनुराग से प्रदीप्त हो रहा था। आज बड़े सौभाग्य से बहुत दिनों के बाद उन्हें यह स्वर्गीय आनंद प्राप्त करने का अवसर मिला था। उनकी बूढ़ी हड्डियों में इतनी चपलता कहां से आ गई, इसका निश्चय करना कठिन है। इस समय तो उनकी फुर्ती और चुस्ती जवानों को भी लज्जित करती थी। उनका उछलकर आगे जाना, फिर उछलकर पीछे आना, झुकना और मुड़ना, और एक-एक अंग को फेरना वास्तव में आश्चर्यजनक था। इतने में कृष्ण के जन्म का मुहूर्त आ पहुंचा। सारी महफिल खड़ी हो गई और सभी उस्तादों ने एक स्वर से मंगलगान शुरू किया। साजों के मेले ने समां बांध दिया। केवल दो ही प्राणी ऐसे थे जिन्हें इस समय भी चिंता घेरे हुए थी। एक तो ठाकुर हरिसेवकसिंह, दूसरे कुंवर विशालसिंह। एक को यह चिंता लगी हुई थी कि देखें, कल क्या मुसीबत आती है, दूसरे को यह फिक्र थी कि इस दुष्ट से क्योंकर पुरानी कसर निकालूं। चक्रधर अब तक तो लज्जा से मुंह छिपाए बाहर खड़े थे, मंगल-गान समाप्त होते ही आकर प्रसाद बांटने लगे। किसी ने मोहन भोग का थाल उठाया, किसी ने फलों का। कोई पंचामृत बांटने लगा। हड़बोंग-सा मच गया। कुंवर साहब ने मौका पाया, तो उठे और मुंशी वज्रधर को इशारे से बुला, दालान में ले जाकर पूछने लगे—दीवान साहब ने तो मौका पाकर खूब हाथ साफ किए होंगे?

वज्रधर—मैंने तो ऐसी कोई बात नहीं देखी। बेचारे दिन भर सामान की जांच-पड़ताल करते रहे। घर तक न गए।

विशालसिंह—यह सब तो आपके कहने से किया। आप न होते, तो न जाने क्या गजब ढाते।

वज्रधर—मेरी बातों का यह मतलब न था कि वह आपसे कीना रखते हैं। इन छोटी-छोटी बातों की ओर ध्यान देना उनका काम नहीं है। मुझे तो यह फिक्र थी कि दफ्तर के कागज तैयार हो जाएं। मैं किसी की बुराई न करूंगा। दीवान साहब को आपसे अदावत थी, यह मैं

मानता हूं। रानी साहब का नमक खाते थे और आपका बुरा चाहना उनका धर्म था; लेकिन अब वह आपके सेवक हैं और मुझे पूरा विश्वास है कि वह उतनी ही ईमानदारी से आपकी सेवा करेंगे।

विशालसिंह—आपको पुरानी कथा मालूम नहीं। इसने मुझ पर बड़े-बड़े जुल्म किए हैं। इसी के कारण मुझे जगदीशपुर छोड़ना पड़ा। बस चला होता, तो इसने मुझे कत्ल करा दिया होता?

वज्रधर—गुस्ताखी माफ कीजिएगा। आपका बस चलता, तो क्या रानीजी की जान बच जाती, या दीवान साहब जिंदा रहते? उन पिछली बातों को भूल जाइए। भगवान ने आज आपको ऊंचा रुतबा दिया है। अब आपको उदार होना चाहिए। ऐसी बातें आपके दिल में न आनी चाहिए। मातहतों से उनके अफसर के विषय में कुछ पूछताछ करना अफसर को जलील कर देना है। मैंने इतने दिनों तहसीलदारी की लेकिन नायब साहब ने तहसीलदार के विषय में चपरासियों से कभी कुछ नहीं पूछा। मैं तो खैर इन मामलों को समझता हूं; लेकिन दूसरे मातहतों से यदि आप ऐसी बातें करेंगे, तो वह अपने अफसर की हजारों बुराइयां आपसे करेंगे। मैंने ठाकुर साहब के मुंह से एक भी बात ऐसी नहीं सुनी, जिससे यह मालूम हो कि वह आपसे कोई अदावत रखते हैं।

विशालसिंह ने कुछ लज्जित होकर कहा—मैं आपको ठाकुर साहब का मातहत नहीं, अपना मित्र समझता हूं; और इसी नाते से मैंने आपसे यह बात पूछी थी। मैंने निश्चय कर लिया था कि सबसे पहला वार इन्हीं पर करूंगा; लेकिन आपकी बातों ने मेरा विचार पलट दिया। आप भी उन्हें समझा दीजिएगा कि मेरी तरफ से कोई शंका न रखें। हां, प्रजा पर अत्याचार न करें।

वज्रधर—नौकर अपने मालिक का रुख देखकर ही काम करता है। रानीजी को हमेशा रुपये की तंगी रहती थी। दस लाख की आमदनी भी उनके लिए काफी न होती थी। ऐसी हालत में ठाकुर साहब को मजबूर होकर प्रजा पर सख्ती करनी पड़ती थी। वह कभी आमदनी और खर्च का हिसाब न देखती थीं। जिस वक्त जितने रुपये की उन्हें जरूरत पड़ती थी, ठाकुर साहब को देने पड़ते थे। जहां तक मुझे मालूम है, इस वक्त रोकड़ में एक पैसा भी नहीं है। गद्दी के उत्सव के लिए रुपयों का कोई-न-कोई और प्रबंध करना पड़ेगा। दो ही उपाय हैं—या तो कर्ज लिया जाए, अथवा प्रजा से कर वसूलने के सिवाय ठाकुर साहब और क्या कर सकते हैं?

विशालसिंह—गद्दी के उत्सव के लिए मैं प्रजा का गला नहीं दबाऊंगा। इससे तो यह कहीं अच्छा है कि उत्सव मनाया ही न जाए।

वज्रधर—हुजूर, यह क्या फरमाते हैं? ऐसा भी कहीं हो सकता है?

विशालसिंह—खैर, देखा जाएगा। जरा अंदर जाकर रानियों को भी खुशखबरी दे आऊं।

यह कहकर कुंवर साहब घर में गए। सबसे पहले रोहिणी के कमरे में कदम रखा। वह पीछे की तरफ की खिड़की खोले खड़ी थी। उस अंधकार में उसे अपने भविष्य का रूप

खिंचा हुआ नजर आता था। पति की निष्ठुरता ने आज उसकी मदांध आंखें खोल दी थीं। वह घर से निकलने की भूल स्वीकार करती थी; लेकिन कुंवर साहब का उसको मनाने न जाना बहुत अखर रहा था। इस अपराध का इतना कठोर दंड ! ज्यों-ज्यों वह उस स्थिति पर विचार करती थी, उसका अपमानित हृदय और भी तड़प उठता था।

कुंवर साहब ने कमरे में कदम रखते ही कहा—रोहिणी, ईश्वर ने आज हमारी अभिलाषा पूरी की है। जिस बात की आशा न थी, वह पूरी हो गई।

रोहिणी—तब तो घर में रहना और भी मुश्किल हो जाएगा। जब कुछ न था, तभी मिजाज न मिलता था। अब तो आकाश पर चढ़ जाएगा। काहे को कोई जीने पाएगा?

विशालसिंह ने दुःखित होकर कहा—प्रिये, यह इन बातों का समय नहीं है। ईश्वर को धन्यवाद दो कि उसने हमारी विनय सुन ली।

रोहिणी—जब अपना कोई रहा ही नहीं, तो राजपाट लेकर चाटूंगी?

विशालसिंह को क्रोध आया; लेकिन इस भय से कि बात बढ़ जाएगी, कुछ बोले नहीं। वहां से वसुमती के पास पहुंचे। वह मुंह लपेटे पड़ी हुई थी। जगाकर बोले—क्या सोती हो, उठो, खुशखबरी सुनाएं।

वसुमती—पटरानीजी को तो सुना ही आए, मैं सुनकर क्या करूंगी? अब तक जो बात मन में थी, वह आज तुमने खोल दी। तो यहां बचा हुआ सत्तू खाने वाले पाहुने नहीं हैं?

विशालसिंह—क्या कहती हो? मेरी समझ में नहीं आता।

वसुमती—हां, अभी भोले-नादान बच्चे हो, समझ में क्यों आएगा? गर्दन पर छुरी फेर रहे हो, ऊपर से कहते हो कि तुम्हारी बातें समझ में नहीं आतीं। ईश्वर मौत भी नहीं देते कि इस आए दिन की दांता-किलकिल से छूटती। यह जलन अब नहीं सही जाती। पीछे वाली आगे आई, आगे वाली कोने में। मैं यहां से बाहर पांव निकालती, तो सिर काट लेते, नहीं तो कैसी खुशामदें कर रहे हो। किसी के हाथों में भी जस नहीं; किसी की लातों में भी जस है।

विशालसिंह दुःखी होकर बोले—यह बात नहीं है, वसुमती ! तुम जान-बूझकर नादान बनती हो। मैं इधर ही आ रहा था। ईश्वर से कहता हूं, उसका कमरा अंधेरा देखकर चला गया; देखूं क्या बात है।

वसुमती—मुझसे बातें न बनाओ, समझ गए? तुम्हें तो ईश्वर ने नाहक मूंछें दे दीं। औरत होते तो किसी भले आदमी का घर बसता। जांघ तले की स्त्री सामने से निकल गई और तुम टुकुर-टुकुर ताकते रहे। मैं कहती हूं, आखिर तुम्हें यह क्या हो गया है? उसने कुछ कर-करा तो नहीं दिया? जैसे काया ही पलट हो गई ! जो एक औरत को काबू में नहीं रख सकता, वह रियासत का भार क्या संभालेगा?

यह कहकर उठी और झल्लाई हुई छत पर चली गई। विशालसिंह कुछ देर उदास खड़े रहे, तब रामप्रिया के कमरे में प्रवेश किया। वह चिराग के सामने बैठी कुछ लिख रही थी। पति की आहट पाकर सिर ऊपर उठाया, तो देखा आंखों में आंसू भरे हुए हैं। विशालसिंह

ने चौंककर पूछा—क्या बात है, प्रिये, रो क्यों रही हो? मैं तुम्हें एक खुशखबरी सुनाने आया हूं।

रामप्रिया ने आंसू पोंछते हुए कहा—सुन चुकी हूं; मगर आप उसे खुशखबरी कैसे कहते हैं? मेरी प्यारी बहन सदा के लिए संसार से चली गई, क्या यह खुशखबरी है? अब तक और कुछ नहीं था, तो उसकी कुशल-क्षेम का समाचार तो मिलता रहता था। अब क्या मालूम होगा कि उस पर क्या बीत रही है। दुखिया ने संसार का कुछ सुख न देखा। उसका तो जन्म ही व्यर्थ हुआ। रोते ही रोते उम्र बीत गई।

यह कहकर रामप्रिया फिर सिसक-सिसककर रोने लगी।

विशालसिंह—उन्होंने पत्र में तो लिखा है कि मेरा मन संसार से विरक्त हो गया है।

रामप्रिया—इसको विरक्त होना नहीं कहते। यह तो जिंदगी से घबराकर भाग जाना है। जब आदमी को कोई आशा नहीं रहती, तो वह मर जाना चाहता है। यह विराग नहीं है। विराग ज्ञान से होता है, और उस दशा में किसी को घर से निकल भागने की जरूरत नहीं होती। जिसे फूलों की सेज पर भी नींद नहीं आती थी, वह पत्थर की चट्टानों पर कैसे सोएगी? बहन से बड़ी भूल हुई। क्या अंत समय ठोकरें खाना ही उसके कर्म में लिखा था?

यह कहकर वह फिर सिसकने लगी। विशालसिंह को उसका रोना बुरा मालूम हुआ। बाहर आकर महफिल में बैठ गए। मेडूखां सितार बजा रहे थे। सारी महफिल तन्मय हो रही थी। जो लोग फजलू का गाना न सुन सके थे, वे भी इस वक्त सिर घुमाते और झूमते नजर आते थे। ऐसा मालूम होता था, मानो सुधा का अनंत प्रवाह स्वर्ग की सुनहरी शिलाओं से गले मिल-मिलकर नन्हीं-नन्हीं फुहारों में किलोल कर रहा हो। सितार के तारों से स्वर्गीय तितलियों की कतारें-सी निकल-निकलकर समस्त वायुमंडल में अपने झीने परों से नाच रही थीं। उसका आनंद उठाने के लिए लोगों के हृदय कानों के पास आ बैठे थे।

किंतु इस आनंद और सुधा के अनंत प्रवाह में एक प्राणी हृदय के ताप से विकल हो रहा था। वह राजा विशालसिंह थे, सारी बारात हंसती थी, दूल्हा रो रहा था।

राजा साहब ऐश्वर्य के उपासक थे। तीन पीढ़ियों से उनके पुरखे यही उपासना करते चले आते थे। उन्होंने स्वयं इस देवता की तन-मन से आराधना की थी। आज देवता प्रसन्न हुए थे। तीन पीढ़ियों की अविरल भक्ति के बाद उनके दर्शन मिले थे। इस समय घर के सभी प्राणियों को पवित्र हृदय से उनकी वन्दना करनी चाहिए थी, सबको दौड़-दौड़कर उनके चरणों को धोना और उनकी आरती करनी चाहिए थी। इस समय ईर्ष्या, द्वेष और क्षोभ को हृदय में पालना उस देवता के प्रति घोर अभक्ति थी। राजा साहब को महिलाओं पर दया न आती, क्रोध आता था। सोच रहे थे, जब अभी से ईर्ष्या के मारे इनका यह हाल है, तो आगे क्या होगा। तब तो आए दिन, तलवारें चलेंगी। इनकी सजा यह है कि इन्हें इसी जगह छोड़ दूं। लड़ें जितना लड़ने का बूता हो, रोएं जितनी रोने की शक्ति हो ! जो रोने के लिए बनाया गया हो, उसे हंसाने की चेष्टा करना व्यर्थ है। इन्हें राजभवन ले जाकर गले का हार क्यों बनाऊं? उस सुख को, जिसका मेरे जीवन के साथ ही अंत हो जाना है, इन क्रूर क्रीड़ाओं से क्यों नष्ट करूं?

बारह

दूसरी वर्षा भी आधी से ज्यादा बीत गई; लेकिन चक्रधर ने माता-पिता से अहिल्या का वृत्तांत गुप्त ही रखा। जब मुंशीजी पूछते—वहां क्या बात कर आए? आखिर यशोदानन्दन को विवाह करना है या नहीं? न आते हैं, न चिट्ठी-पत्री लिखते हैं, अजीब आदमी हैं। न करना हो, तो साफ-साफ कह दें। करना हो, तो उसकी तैयारी करें। ख्वाहमख्वाह झमेले में फंसा रखा है—तो चक्रधर कुछ इधर-उधर की बातें करके टाल जाते। उधर यशोदानन्दन बार-बार लिखते, तुमने मुंशीजी से सलाह की या नहीं। अगर तुम्हें उनसे कहते शर्म आती हो, तो मैं आकर कहूं? आखिर इस तरह कब तक समय टालोगे? अहिल्या तुम्हारे सिवा किसी और से विवाह न करेगी, यह मानी हुई बात है। फिर उसे वियोग का व्यर्थ क्यों कष्ट देते हो? चक्रधर इन पत्रों के जवाब में भी यही लिखते कि मैं खुद फिक्र में हूं। ज्यों ही मौका मिला, जिक्र करूंगा। मुझे विश्वास है कि पिताजी राजी हो जाएंगे।

जन्माष्टमी के उत्सव के बाद मुंशीजी घर आए, तो उनके हौसले बढ़े हुए थे। राजा साहब के साथ-ही-साथ उनके सौभाग्य का सूर्य उदय होता हुआ मालूम होता था। अब वह अपने ही शहर के किसी रईस के घर चक्रधर की शादी कर सकते थे। अब इस बात की जरूरत न होगी कि लड़की के पिता से विवाह का खर्च मांगा जाए। अब वह मनमाना दहेज ले सकते थे और धूमधाम से बारात निकाल सकते थे। राजा साहब जरूर उनकी मदद करेंगे, लेकिन मुंशी यशोदानन्दन को वचन दे चुके थे, इसलिए उनसे एक बार पूछ लेना उचित था। अगर उनकी तरफ से जरा भी विलंब हो, तो साफ कह देना चाहते थे कि मुझे आपके यहां विवाह करना मंजूर नहीं। यों दिल में निश्चय करके एक दिन भोजन करते समय उन्होंने चक्रधर से कहा—मुंशी यशोदानन्दन भी कुछ ऊल-जलूल आदमी हैं। अभी तक कानों में तेल डाले हुए बैठे हैं। क्या समझते हैं कि मैं गरजू हूं?

चक्रधर—उनकी तरफ से तो देर नहीं है। वह तो मेरे खत का इंतजार कर रहे हैं।

वज्रधर—मैं तो तैयार हूं; लेकिन अगर उन्हें कुछ पसोपेश हो तो मैं उन्हें मजबूर नहीं करना चाहता। उन्हें अख्तियार है, जहां चाहे करें। यहां सैकड़ों आदमी मुंह खोले हुए हैं। उस वक्त जो बात थी, वह अब नहीं है। तुम आज उन्हें लिख दो कि या तो इसी जाड़े में शादी कर दें, या कहीं और बातचीत करें। उन्हें समझता क्या हूं ! तुम देखोगे कि उनके जैसे आदमी इसी द्वार पर नाक रगड़ेंगे। आदमी को बिगड़ते देर लगती है, बनते देर नहीं लगती। ईश्वर ने चाहा, तो एक बार फिर धूम से तहसीलदारी करूंगा।

चक्रधर ने देखा कि अब अवसर आ गया है। इस वक्त चूके तो फिर न जाने कब ऐसा अच्छा मौका मिले। आज निश्चय ही कर लेना चाहिए। बोले—उन्हें तो कोई पसोपेश नहीं। पसोपेश जो कुछ होगा, आप ही की तरफ से होगा। बात यह है कि कन्या मुंशी यशोदानन्दन की पुत्री नहीं है।

वज्रधर—पुत्री नहीं है ! वह तो लड़की ही बताते थे। तुम्हारे सामने की तो बात है। खैर,

पुत्री न होगी, भतीजी होगी, नातिन होगी, बहन होगी। मुझे आम खाने से मतलब है या पेड़ गिनने से, जब लड़की तुम्हें पसंद है और वह अच्छा दहेज दे सकते हैं तो मुझे और किसी बात की चिंता नहीं।

चक्रधर—वह लड़की उन्हें किसी मेले में मिली थी। तब उसकी उम्र तीन-चार बरस की थी। उन्हें उस पर दया आ गई, घर लाकर पाला, पढ़ाया, लिखाया।

वज्रधर—(स्त्री से) कितना दगाबाज आदमी है ! क्या अभी तक लड़की के मां-बाप का पता नहीं चला?

चक्रधर—जी नहीं, मुंशीजी ने उनका पता लगाने की चेष्टा की, पर कोई फल न निकला।

वज्रधर—अच्छा, तो यह किस्सा है ! वह झूठा आदमी है, बना हुआ मक्कार।

निर्मला—जो लोग मीठी बातें करते हैं, उनके पेट में छुरी छिपी रहती है। न जाने किस जाति की लड़की है। क्या ठिकाना? तुम साफ-साफ लिख दो, मुझे नहीं करना है। बस !

वज्रधर—मैं तुमसे तो सलाह नहीं पूछता हूं। तुम्हीं ने इतने दिन नेकनामी के साथ तहसीलदारी नहीं की है। मैं खुद जानता हूं, ऐसे धोखेबाज के साथ कैसे पेश आना चाहिए।

खाना खाकर दोनों आदमी उठे, तो मुंशीजी ने कहा—कलम-दवात लाओ, मैं इसी वक्त यशोदानन्दन को खत लिख दूं। बिरादरी का वास्ता न होता, तो हरजाने का दावा कर देता।

चक्रधर आरक्त मुख और संकोचरुद्ध कंठ से बोले—मैं तो वचन दे आया हूं।

निर्मला—चल, झूठा कहीं का, खा मेरी कसम !

चक्रधर—सच अम्मां, तुम्हारे सिर की कसम !

वज्रधर—तो यह क्यों नहीं कहते कि तुमने सब कुछ आप ही आप तय कर लिया है। फिर मुझसे क्या सलाह पूछते हो? आखिर विद्वान् हो, बालिग हो, अपना भला-बुरा सोच सकते हो, मुझसे पूछने की जरूरत ही क्या ! लेकिन तुमने लाख एम॰ ए॰ पास कर लिया हो, वह तजुरबा कहां से लाओगे, जो मुझे है? रीझ गए ! मगर याद रखो, स्त्री में सुंदरता ही सबसे बड़ा गुण नहीं है। मैं तुम्हें हरगिज यह शादी न करने दूंगा।

चक्रधर—अगर और लोग भी यही सोचने लगे तो सोचिए, उस बालिका की क्या दशा होगी?

वज्रधर—तुम कोई शहर के काजी हो? तुमसे मतलब? बहुत होगा, जहर खा लेगी। तुम्हीं को उसकी सबसे ज्यादा फिक्र क्यों है? सारा देश तो पड़ा हुआ है।

चक्रधर—अगर दूसरों को अपने कर्त्तव्य का विचार न हो, तो इसका यह मतलब नहीं कि मैं भी अपने कर्त्तव्य का विचार न करूं।

वज्रधर—कैसी बेतुकी बातें करते हो, जी ! जिस लड़की के मां-बाप का पता नहीं, उससे विवाह करके क्या खानदान का नाम डुबाओगे? ऐसी बात करते हुए तुम्हें शर्म भी नहीं आती?

चक्रधर—मेरा खयाल है कि स्त्री हो या पुरुष, गुण और स्वभाव ही उसमें मुख्य वस्तु

है। इसके सिवा और सभी बातें गौण हैं।

वज्रधर—तुम्हारे सिर नई रोशनी का भूत तो नहीं सवार हुआ था? एकाएक यह क्या कायापलट हो गई?

चक्रधर—मेरी सबसे बड़ी अभिलाषा तो यही है कि आप लोगों की सेवा करता जाऊं, आपकी मर्जी के खिलाफ कोई काम न करूं, लेकिन सिद्धांत के विषय में मजबूर हूं।

वज्रधर—सेवा करना तो नहीं चाहते, मुंह में कालिख लगाना चाहते हो; मगर याद रखो, तुमने यह विवाह किया तो अच्छा न होगा। ईश्वर वह दिन न लाए कि मैं अपने कुल में कलंक लगते देखूं।

चक्रधर—तो मेरा भी यही निश्चय है कि मैं और कहीं विवाह न करूंगा।

यह कहते हुए चक्रधर बाहर चले आए और बाबू यशोदानन्दन को एक पत्र लिखकर सारा किस्सा बयान किया। उसके अंतिम शब्द ये थे—'पिताजी राजी नहीं होते और यद्यपि मैं सिद्धांत के विषय में उनसे दबना नहीं चाहता; लेकिन उनसे अलग रहने और बुढ़ापे में उन्हें इतना बड़ा सदमा पहुंचाने की मैं कल्पना भी नहीं कर सकता। मैं बहुत लज्जित होकर आपसे क्षमा चाहता हूं। अगर ईश्वर की यही इच्छा है, तो जीवन-पर्यंत अविवाहित ही रहूंगा, लेकिन यह असंभव है कहीं और विवाह कर लूं। जिस तरह अपनी इच्छा से विवाह करके माता-पिता को दुखी करने की कल्पना नहीं कर सकता, उसी तरह उनकी इच्छा से विवाह करके जीवन व्यतीत करने की कल्पना मेरे लिए असह्य है।'

इसके बाद उन्होंने दूसरा पत्र अहिल्या के नाम लिखा। यह काम इतना आसान न था; प्रेम-पत्र की रचना कवित्त की रचना से कहीं कठिन होती है। कवि चौड़ी सड़क पर चलता है, प्रेमी तलवार की धार पर। तीन बजे कहीं जाकर चक्रधर यह पत्र पूरा कर पाया। उसके अंतिम शब्द ये थे—'हे प्रिये, मैं अपने माता-पिता का वैसा ही भक्त हूं, जैसा कोई और बेटा हो सकता है। उनकी सेवा में अपने प्राण तक दे सकता हूं, किंतु यदि इस भक्ति और आत्मा की स्वाधीनता में विरोध आ पड़े, तो मुझे आत्मा की रक्षा करने में जरा भी संकोच न होगा। अगर मुझे यह भय न होता कि माता जी अवज्ञा से रो-रोकर प्राण दे देंगी और पिताजी देश-विदेश मारे-मारे फिरेंगे, तो मैं यह असह्य यातना न सहता। लेकिन मैं सब-कुछ तुम्हारे ही फैसले पर छोड़ता हूं, केवल इतनी ही याचना करता हूं कि मुझ पर दया करो।'

दोनों पत्रों को डाकघर में डालते हुए वह मनोरमा को पढ़ाने चले गए।

मनोरमा बोली—आज आप बड़ी जल्दी आ गए; लेकिन देखिए, मैं आपको तैयार मिली। मैं जानती थी कि आप आ रहे होंगे, सच !

चक्रधर ने मुस्कराकर पूछा—तुम्हें कैसे मालूम हुआ कि मैं आ रहा हूं?

मनोरमा—यह न बताऊंगी; किंतु मैं जान गई थी। अच्छा कहिए तो आपके विषय में कुछ और बताऊं। आज आप किसी-न-किसी बात पर रोए हैं। बताइए, सच है कि नहीं?

चक्रधर ने झेंपते हुए कहा—झूठी बात है। मैं क्यों रोता, कोई बालक हूं?

मनोरमा खिलखिलाकर हंस पड़ी और बोली—बाबूजी, कभी-कभी आप बड़ी मौलिक

बात कहते हैं। क्या रोना और हंसना बालकों ही के लिए है? जवान और बूढ़े नहीं रोते?

चक्रधर पर उदासी छा गई। हंसने की विफल चेष्टा करके बोले—तुम चाहती हो कि मैं तुम्हारे दिव्य ज्ञान की प्रशंसा करूं? वह मैं न करूंगा।

मनोरमा—अन्याय की बात दूसरी है; लेकिन आपकी आंखें कहे देती हैं कि आप रोए हैं! (हंसकर) अभी आपने यह विद्या नहीं पढ़ी, जो हंसी को रोने का और रोने को हंसी का रूप दे सकती है।

चक्रधर—क्या आजकल तुम उस विद्या का अभ्यास कर रही हो?

मनोरमा—कर तो नहीं रही हूं, पर करना चाहती हूं।

चक्रधर—नहीं मनोरमा, तुम वह विद्या न सीखना; मुलम्मे की जरूरत सोने को नहीं होती।

मनोरमा—होती है, बाबूजी, होती है। इससे सोने का मूल्य चाहे न बढ़े; पर चमक बढ़ जाती है। आपने महारानी की तीर्थयात्रा का हाल तो सुना ही होगा। अच्छा बताइए, आप इस रहस्य को समझते हैं?

चक्रधर—क्या इसमें भी कोई रहस्य है?

मनोरमा—और नहीं क्या! मैं परसों रात को बड़ी देर तक वहीं थी! हर्षपुर के राजकुमार आए हुए थे। उन्हीं के साथ गई हैं।

चक्रधर—खैर होगा। तुमने क्या काम किया है? लाओ, देखूं।

मनोरमा—एक छोटा-सा लेख लिखा है; पर आपको दिखाते शर्म आती है।

चक्रधर—तुम्हारे लेख बहुत अच्छे होते हैं। शर्म की क्या बात है?

मनोरमा ने सकुचाते हुए अपना लेख उनके सामने रख दिया और वहां से उठकर चली गई। चक्रधर ने लेख पढ़ा, तो दंग रह गए। विषय था—ऐश्वर्य से सुख! वे क्या हैं? काल पर विजय, लोकमत पर विजय, आत्मा पर विजय। लेख में इन्हीं तीनों अंगों की विस्तार के साथ व्याख्या की गई थी। चक्रधर उन विचारों की मौलिकता पर मुग्ध तो हुए; पर इसके साथ ही उन्हें उनकी स्वच्छन्दता पर खेद भी हुआ। ये भाव किसी व्यंग्य में तो उपयुक्त हो सकते थे, लेकिन एक विचारपूर्ण निबंध में शोभा न देते थे। उन्होंने लेख समाप्त करके रखा ही था कि मनोरमा लौट आई और बोली—हाथ जोड़ती हूं बाबूजी, इस लेख के विषय में कुछ न पूछिएगा, मैं इसी के भय से चली गई थी।

चक्रधर—पूछना तो बहुत कुछ चाहता था, लेकिन तुम्हारी इच्छा नहीं है, तो न पूछूंगा। केवल इतना बता दो कि ये विचार तुम्हारे मन में क्यों कर आए। ऐश्वर्य का सुख विहार और विलास तो नहीं, यह तो ऐश्वर्य का दुरुपयोग है। यह तो व्यंग्य मालूम होता है।

मनोरमा—आप जो समझिए।

चक्रधर—तुमने क्या समझकर लिखा है?

मनोरमा—जो कुछ आंखों देखा, वही लिखा।

यह कहकर मनोरमा ने वह लेख उठा लिया और तुरंत फाड़कर खिड़की के बाहर

फेंक दिया। चक्रधर हां-हां करते रह गए। जब वह फिर अपनी जगह पर आकर बैठी, तो चक्रधर ने गंभीर स्वर से कहा—तुम्हारे मन में ऐसे कुत्सित विचारों को स्थान पाता देखकर मुझे दु:ख होता है।

मनोरमा ने सजल नयन होकर कहा—अब मैं ऐसा लेख कभी न लिखूंगी।

चक्रधर—लिखने की बात नहीं है। तुम्हारे मन में ऐसे भाव आने ही न चाहिए। काल पर हम विजय पाते हैं, अपनी सुकीर्ति से, यज्ञ से, व्रत से। परोपकार ही अमरत्व प्रदान करता है। काल पर विजय पाने का अर्थ यह नहीं है कि कृत्रिम साधनों से भोग-विलास में प्रवृत्त हों, वृद्ध होकर जवान बनने का स्वप्न देखें और अपनी आत्मा को धोखा दें। लोकमत पर विजय पाने का अर्थ है, अपने सद्विचारों और सत्कर्मों से जनता का आदर और सम्मान प्राप्त करना। आत्मा पर विजय पाने का आशय निर्लज्जता या विषयवासना नहीं, बल्कि इच्छाओं का दमन करना और कुवृत्तियों को रोकना है। यह मैं नहीं कहता कि तुमने जो कुछ लिखा है, वह यथार्थ नहीं है। उनकी नग्न यथार्थता ही ने उन्हें इतना घृणित बना दिया है। यथार्थ का रूप अत्यंत भयंकर होता है। अगर हम यथार्थ को ही आदर्श मान लें तो संसार नरक के तुल्य हो जाए। हमारी दृष्टि मन की दुर्बलता पर पड़नी चाहिए। बल्कि दुर्बलताओं में भी सत्य और सुंदरता की खोज करनी चाहिए। दुर्बलता की ओर हमारी प्रवृत्ति स्वयं इतनी बलवती है कि उसे उधर ढकेलने की जरूरत नहीं। ऐश्वर्य का एक सुख और है, जिसे तुमने न जाने क्यों छोड़ दिया? जानती हो, वह क्या है?

मनोरमा—अब उसकी और व्याख्या करके मुझे लज्जित न कीजिए।

चक्रधर—तुम्हें लज्जित करने के लिए नहीं, तुम्हारा मनोरंजन करने के लिए बताता हूं। पुरानी बातों को भूल जाना है। ऐश्वर्य पाते ही हमें अपना पूर्व जीवन विस्मृत हो जाता है। हम अपने पुराने हमजोलियों को नहीं पहचानते। ऐसा भूल जाते हैं, मानो कभी देखा ही न था। मेरे जितने धनी मित्र थे, वे मुझे भूल गए। कभी सलाम करता हूं, तो हाथ तक नहीं उठाते। ऐश्वर्य का यह एक खास लक्षण है। कौन कह सकता है कि कुछ दिनों के बाद तुम्हीं मुझे न भूल जाओगी !

मनोरमा—मैं आपको भूल जाऊंगी ! असंभव है। मुझे तो ऐसा मालूम होता है कि पूर्व जन्म में मेरा और आपका किसी-न-किसी रूप में साथ था। पहले ही दिन से मुझे आपसे इतनी श्रद्धा हो गई, मानो पुराना परिचय हो। मैं जब कभी कोई बात सोचती हूं, तो आप उसमें अवश्य पहुंच जाते हैं। अगर ऐश्वर्य पाकर आपको भूल जाने की संभावना हो तो मैं उसकी ओर आंख उठाकर भी न देखूंगी।

चक्रधर ने मुस्कराकर कहा—जब हृदय यही रहे तब तो।

मनोरमा—यही रहेगा। देख लीजिएगा, मैं मरकर भी आपको नहीं भूल सकती।

इतने में ठाकुर हरिसेवक आकर बैठ गए। आज वह बहुत प्रसन्नचित्त मालूम होते थे। अभी थोड़ी ही देर पहले राजभवन से लौटकर आए थे। रात को नशा जमाने का अवसर न मिला था, उसकी कसर इस वक्त पूरी कर ली थी। आंखें चढ़ी हुई थीं। चक्रधर से बोले—आपने

कल महाराजा साहब के यहां उत्सव का प्रबंध जितनी सुंदरता से किया, उसके लिए आपको बधाई देता हूं। आप न होते, तो सारा खेल बिगड़ जाता। महाराजा साहब बड़े ही उदार हैं। अब तक मैं उनके विषय में कुछ और ही समझे हुए था। कल उनकी उदारता और सज्जनता ने मेरा संशय दूर कर दिया। आपसे तो बिल्कुल मित्रों का-सा बर्ताव करते हैं।

चक्रधर—जी हां, अभी तक तो उनके बारे में कोई शिकायत नहीं है।

हरिसेवक—महाराज को एक प्राइवेट सेक्रेटरी की जरूरत तो पड़ेगी ही। आप कोशिश करें; तो आपको अवश्य ही वह जगह मिल जाएगी। आप घर के आदमी हैं; आपके हो जाने से बड़ा इत्मीनान हो जाएगा। एक सेक्रेटरी के बगैर महाराजा साहब का कार्य नहीं चल सकता। कहिए तो जिक्र करूं?

चक्रधर—जी नहीं, अभी तो मेरा इरादा कोई स्थायी नौकरी करने का नहीं है; दूसरे, मुझे विश्वास भी नहीं है कि मैं उस काम को संभाल सकूंगा।

हरिसेवक—अजी, काम करने से सब आ जाता है और आपकी योग्यता मेरे सामने है। मनोरमा को पढ़ाने के लिए कितने ही मास्टर आए, कोई भी दो-चार महीने से ज्यादा न ठहरा। आप जब से आए हैं, इसने बहुत खासी तरक्की कर ली है। मैं अब तक आपकी तरक्की नहीं कर सका, इसका मुझे खेद है। इस महीने से आपको पचास रुपये महीने मिलेंगे, यद्यपि मैं इसे भी आपकी योग्यता और परिश्रम को देखते हुए बहुत कम समझता हूं।

लौंगी देवी भी आ पहुंची। कही-बदी बात थी। ठाकुर साहब का समर्थन करके बोली—देवता रूप हैं, देवता रूप! मेरी तो इन्हें देखकर भूख-प्यास बंद हो जाती है।

हरिसेवक—तो तुम इन्हीं को देख लिया करो, खाने का कष्ट न उठाना पड़े।

लौंगी—मेरे ऐसे भाग्य कहां! क्यों बेटा, तुम नौकरी क्यों नहीं कर लेते?

चक्रधर—जितना आप देती हैं, मेरे लिए उतना ही काफी है।

लौंगी—इसी से शादी-ब्याह नहीं करते? अबकी लाला (वज्रधर) आते हैं, तो उनसे कहती हूं, लड़के को कब तक छूटा रखोगे?

हरिसेवक—शादी यह खुद ही नहीं करते, वह बेचारे क्या करें! यह स्वाधीन रहना चाहते हैं।

लौंगी—तो कोई रोजगार क्यों नहीं करते, बेटा?

चक्रधर—अभी इस चरखे में नहीं पड़ना चाहता।

हरिसेवक—यह और ही विचार के आदमी हैं। माया फांस में नहीं पड़ना चाहते।

लौंगी—धन्य है, बेटा, धन्य है! तुम सच्चे साधु हो।

इस तरह की बातें करके ठाकुर साहब अंदर चले गए। लौंगी भी उनके पीछे-पीछे चली गई। मनोरमा सिर झुकाए दोनों प्राणियों की बातें सुन रही थी और किसी शंका से उसका दिल कांप रहा था। किसी आदमी में स्वभाव के विपरीत आचरण देखकर शंका होती है। आज दादाजी इतने उदार क्यों हो रहे हैं? आज तक इन्होंने किसी को पूरा वेतन भी नहीं दिया, तरक्की करने का जिक्र ही क्या! आज विनय और दया की मूर्ति क्यों बने जाते हैं, इसमें

अवश्य कोई रहस्य है। बाबूजी से कोई कपट लीला तो नहीं करना चाहते हैं? जरूर यही बात है। कैसे इन्हें सचेत कर दूं?

वह यही सोच रही थी कि गुरुसेवकसिंह कंधे पर बंदूक रखे, शिकारी कपड़े पहने एक कमरे से निकल आए और बोले—कहिए, महाशय ! दादाजी तो आज आपसे बहुत प्रसन्न मालूम होते थे।

चक्रधर ने कहा—यह उनकी कृपा है।

गुरुसेवक—कृपा के धोखे में न रहिएगा। ऐसे कृपालु नहीं हैं। इनका मारा पानी भी नहीं मांगता। इस डाइन ने इन्हें पूरा राक्षस बना दिया है। शर्म भी नहीं आती। आपसे जरूर कोई मतलब गांठना चाहते हैं।

चक्रधर ने मुस्कराकर कहा—लौंगी अम्मां से आपका मेल नहीं हुआ?

गुरुसेवक—मेल? मैं उससे मेल करूंगा ! मर जाए, तो कंधा तक न दूं। डाइन है, लंका की डाइन, उसके हथकंडों से बचते रहिएगा। वेतन कभी बाकी न रखिएगा। दादाजी को तो इसने बुद्धू बना छोड़ा है। दादाजी जब किसी पर सख्ती करते हैं, तो तुरंत घाव पर मरहम रखने पहुंच जाती है। आदमी धोखे में आकर समझता है, यह दया और क्षमा की देवी है ! वह क्या जाने कि यही आग लगाने वाली है और बुझाने वाली भी। इसका चरित्र समझने के लिए मनोविज्ञान के किसी बड़े पंडित की जरूरत है।

चक्रधर ने आकाश की ओर देखा, तो घटा घिर आई थी। पानी बरसा ही चाहता था। उठकर बोले—आप इस विद्या में बहुत कुशल मालूम होते हैं।

जब वह बाहर निकल गए, तो गुरुसेवक ने मनोरमा से पूछा—आज दोनों इन्हें क्या पढ़ा रहे थे?

मनोरमा—कोई खास बात तो नहीं थी।

गुरुसेवक—यह महाशय भी बने हुए मालूम होते हैं। सरल जीवन वालों से बहुत घबराता हूं। जिसे यह राग अलापते देखो, समझ जाओ कि या तो उसके लिए अंगूर खट्टे हैं, या स्वांग रचकर कोई बड़ा शिकार मारना चाहता है।

मनोरमा—बाबूजी उन आदमियों में नहीं हैं।

गुरुसेवक—तुम क्या जानो ! ऐसे गुरुघंटालों को मैं खूब पहचानता हूं।

मनोरमा—नहीं भाई साहब, बाबूजी के विषय में आप धोखा खा रहे हैं। महाराजा साहब इन्हें अपना प्राइवेट सेक्रेटरी बनाना चाहते हैं, लेकिन वह मंजूर नहीं करते।

गुरुसेवक—सच ! उस जगह का वेतन तो चार-पांच सौ से कम न होगा।

मनोरमा—इससे क्या कम होगा ! चाहें तो इन्हें अभी वह जगह मिल सकती है। राजा साहब इन्हें बहुत मानते हैं; लेकिन यह कहते हैं, मैं स्वाधीन रहना चाहता हूं। यहां भी अपने घरवालों के बहुत दबाने से आते हैं।

गुरुसेवक—मुझे वह जगह मिल जाय, तो बड़ा मजा आए।

मनोरमा—मैं तो समझती हूं, इसका दुगुना वेतन मिले, तो भी बाबूजी स्वीकार न करेंगे।

सोचिए, कितना ऊंचा आदर्श है।

गुरुसेवक—मुझे किसी तरह वह जगह मिल जाती, तो जिंदगी बड़े चैन से कटती।

मनोरमा—अब गांवों का सुधार न कीजिएगा?

गुरुसेवक—वह भी करता रहूंगा, यह भी करता रहूंगा। राजमंत्री होकर प्रजा की सेवा करने का जितना अवसर मिल सकता है, उतना स्वाधीन रहकर नहीं। कोशिश करके देखूं, इसमें तो कोई बुराई नहीं है।

यह कहते हुए वह कमरे में चले गए।

मेघों का दल उमड़ा चला आता था। मनोरमा खिड़की के सामने खड़ी आकाश की ओर भयातुर नेत्रों से देख रही थी। अभी बाबूजी घर न पहुंचे होंगे। पानी आ गया तो जरूर भीग जाएंगे। मुझे चाहिए था कि उन्हें रोक लेती। भैया न आ जाते, तो शायद वह अभी खुद ही बैठते। ईश्वर करे, वह पहुंच गए हों।

तेरह

मुद्दत के बाद जगदीशपुर के भाग जागे। राजभवन आबाद हुआ। बरसात में मकानों की मरम्मत न हो सकती थी, इसलिए क्वार तक शहर ही में गुजारा करना पड़ा। कार्तिक लगते ही एक ओर जगदीशपुर के राजभवन की मरम्मत होने लगी, दूसरी ओर गद्दी के उत्सव की तैयारियां शुरू हुईं। शहर से सामान लद-लदकर जगदीशपुर जाने लगा। राजा साहब स्वयं एक बार रोज जगदीशपुर आते; लेकिन रहते शहर में ही। रानियां जगदीशपुर चली गई थीं और राजा साहब को अब उनसे चिढ़-सी हो गई थी। घंटे-दो घंटे के लिए भी वहां जाते तो सारा समय गृहकलह सुनने में कट जाता था और कोई काम देखने की मुहलत न मिलती थी। रानियों में पहले ही-सी बमचख मची रहती थी। राजा साहब ने जीवन का नया अध्याय शुरू कर दिया था।

राजा साहब ताकीद करते थे कि प्रजा पर जरा भी सख्ती न होने पाए। दीवान साहब से उन्होंने जोर देकर कह दिया कि बिना पूरी मजदूरी दिए किसी से काम न लीजिए, लेकिन यह उनकी शक्ति के बाहर था कि आठों पहर बैठे रहें। उनके पास अगर कोई शिकायत पहुंचती, तो कदाचित् वह राजकर्मचारियों को फाड़ खाते। लेकिन प्रजा सहनशील होती है, जब तक प्याला भर न जाए, वह जबान नहीं खोलती। फिर गद्दी के उत्सव में थोड़ा-बहुत कष्ट होना स्वाभाविक समझकर और भी कोई न बोलता था। अपना काम तो बारहों मास करते ही हैं, मालिक की भी तो कुछ सेवा होनी चाहिए। यह खयाल करके सभी लोग उत्सव की तैयारियों में लगे हुए थे। सुन रखा था कि राजा साहब बड़े दयालु, प्रजावत्सल हैं, इससे लोग खुशी से इस अवसर पर योग दे रहे थे। समझते थे, महीने-दो-महीने का झंझट है, फिर तो चैन ही चैन है। रानी साहब के समय की-सी धांधली तो उनके समय में न होगी।

तीन महीने तक सारी रियासत के बढ़ई, मिस्त्री, दर्जी, चमार, कहार सब दिल तोड़कर

काम करते रहे। चक्रधर को रोज खबरें मिलती थीं कि प्रजा पर बड़े-बड़े अत्याचार हो रहे हैं, लेकिन वह राजा साहब से शिकायत करके उन्हें असमंजस में न डालना चाहते थे। अक्सर खुद जाकर मजदूरों और कारीगरों को समझाते थे। पंद्रह ही मील का तो रास्ता था। रेलगाड़ी आध घंटे में पहुंचा देती थी। इस तरह तीन महीने गुजर गए। राजभवन का कलेवर नया हो गया। सारे कस्बे में रोशनी के फाटक बन गए, तिलकोत्सव का विशाल पंडाल तैयार हो गया। चारों तरफ भवन में सफाई और सजावट नजर आती थी। कर्मचारियों को नई वर्दियां बनवा दी गईं। प्रांत भर के रईसों के नाम निमंत्रण-पत्र भेज दिए और रसद का सामान जमा होने लगा। वसंत ऋतु थी, चारों तरफ वसंती रंग की बहार नजर आती थी। राजभवन वसंती रंग से पुताया गया था। पंडाल भी वसंती था। मेहमानों के लिए जो कैम्प बनाए गए थे, वे भी वसंती थे। कर्मचारियों की वर्दियां भी वसंती। दो मील के घेरे में वसंती-ही-वसंती था। सूर्य के प्रकाश से सारा कंचनमय हो जाता था। ऐसा मालूम होता था मानो स्वयं ऋतुराज के अभिषेक की तैयारियां हो रही हैं।

लेकिन अब तक बहुत कुछ काम बेगार से चल गया था। मजूरों को भोजन मात्र मिल जाता था, अब नकद रुपये की जरूरत सामने आ रही थी। राजाओं का आदर-सत्कार और अंग्रेज हुक्काम की दावत-तवाजा तो बेगार में न हो सकती थी! कलकत्ते से थिएटर की कंपनी बुलाई गई थी। मथुरा की रासलीला मंडली को नेवता दिया गया था। खर्च का तखमीना पांच लाख से ऊपर था। प्रश्न था, ये रुपये कहां से आएं। खजाने में झंझी कौड़ी न थी। असामियों से छमाही लगान पहले ही वसूल किया जा चुका था। कोई कुछ कहता था; कोई कुछ। मुहूर्त्त आता जाता था और कुछ निश्चय न होता था। यहां तक कि केवल पच्चीस दिन और रह गए।

संध्या का समय था। राजा साहब उस्ताद मेडूखां के साथ सितार का अभ्यास कर रहे थे। राज्य पाकर उन्होंने अब तक केवल यही एक व्यसन पाला था। वह कोई नई बात करते हुए डरते थे कि कहीं लोग कहने लगें कि ऐश्वर्य पाकर मतवाला हो गया, अपने को भूल गया। वह छोटे-बड़े सभी से बोलते और यथाशक्ति किसी पहलू पर भी न बिगड़ते थे। मेडूखां इस वक्त उन्हें डांट रहे थे—सितार बजाना कोई मुंह का नेवाला नहीं है—कि दीवान साहब और मुंशीजी आकर खड़े हो गए।

विशालसिंह ने पूछा—कोई जरूरी काम है?

ठाकुर—जरूरी काम न होता, तो हुजूर को इस वक्त क्यों कष्ट देने आता?

मुंशीजी—दीवान साहब तो आते हिचकते थे। मैंने कहा कि इंतजाम की बात में कैसी हिचक? चलकर साफ-साफ कहिए। तब डरते-डरते आए हैं।

ठाकुर—हुजूर, उत्सव को अब केवल एक सप्ताह रह गया है और अभी तक रुपये की कोई सबील नहीं हो सकी। अगर आज्ञा हो, तो किसी बैंक से पांच लाख कर्ज ले लिया जाय।

राजा—हरगिज नहीं। आपको याद है तहसीलदार साहब, मैंने आपसे क्या कहा था?

मैंने उस वक्त तो कर्ज ही नहीं लिया, जब कौड़ी-कौड़ी का मोहताज था। कर्ज का तो आप जिक्र ही न करें।

मुंशी—हुजूर, कर्ज और फर्ज के रूप में तो केवल जरा-सा अंतर है; पर अर्थ में जमीन और आसमान का फर्क है।

दीवान—तो अब महाराज क्या हुक्म देते हैं?

राजा—ये हीरे-जवाहरात ढेरों पड़े हुए हैं। क्यों न इन्हें निकाल डालिए? किसी जौहरी को बुलाकर उनके दाम लगवाइए!

दीवान—महाराज, इसमें तो रियासत की बदनामी है।

मुंशी—घर के जेवर ही तो आबरू हैं। वे घर से गए और आबरू गई!

राजा—हां, बदनामी तो जरूर है; लेकिन दूसरे उपाय ही क्या हैं?

दीवान—मेरी तो राय है कि असामियों पर हल पीछे दस रुपये चंदा लगा दिया जाय।

राजा—मैं अपने तिलकोत्सव के लिए असामियों पर जुल्म न करूंगा। इससे तो कहीं अच्छा है कि उत्सव ही न हो।

दीवान—महाराज, रियासतों में पुरानी प्रथा है। सब असामी खुशी से देंगे, किसी को आपत्ति न होगी।

मुंशी—गाते-बजाते आएंगे और दे जाएंगे।

राजा—मैं किस मुंह से उनसे रुपये लूं? गद्दी पर बैठ रहा हूं, मेरे उत्सव के लिए असामी क्यों इतना जब्र सहें?

दीवान—महाराज, यह तो परस्पर का व्यवहार है। रियासत भी तो अवसर पड़ने पर हर तरह की सहायता करती है। शादी-गमी में रियासत से लकड़ियां मिलती हैं, सरकारी चरावर में लोगों की गौएं चरती हैं और भी कितनी बातें हैं। जब रियासत को अपना नुकसान उठाकर प्रजा की मदद करनी पड़ती है, तब प्रजा राजा की शादी-गमी में क्यों न शरीक हो?

राजा—अधिकांश असामी गरीब हैं; उन्हें कष्ट होगा।

मुंशी—हुजूर, असामियों को जितना गरीब समझते हैं, उतने गरीब वे नहीं हैं। एक-एक आदमी लड़के-लड़कियों की शादी में हजारों उड़ा देता है। दस रुपये की रकम इतनी ज्यादा नहीं कि किसी को अखर सके। मेरा तो पुराना तजुरबा है। तहसीलदार था, तो हाकिमों को डाली देने के लिए बात-की-बात में हजारों रुपये वसूल कर लेता था।

राजा—मैं असामियों को किसी भी हालत में कष्ट नहीं देना चाहता। इससे तो कहीं अच्छी बात होगी कि उत्सव को कुछ दिनों के लिए स्थगित कर दिया जाय; लेकिन अगर आप लोगों का विचार है कि किसी को कष्ट न होगा और लोग खुशी से मदद देंगे तो आप अपनी जिम्मेदारी पर वह काम कर सकते हैं। मेरे कानों तक कोई शिकायत न आए।

दीवान—हुजूर, शिकायत तो थोड़ी-बहुत हर हालत में होती ही है। इससे बचना असंभव है। अगर कोई शिकायत न होगी, तो यही होगी कि महाराज साहब की गद्दी हो गई और हमारा मुंह भी न मीठा हुआ, कोई जलसा तक न हुआ। अगर किसी से कुछ न लीजिए, केवल

तिलकोत्सव में शरीक होने के लिए बुलाइए, तब भी लोग शिकायत से बाज न आएंगे। नेवते को तलबी समझेंगे और रोएंगे कि हम अपने काम-धंधे छोड़कर कैसे जाएं। रोना तो उनकी घुट्टी में पड़ गया है। रियासत का कोई नौकर जा पड़ता है, उसे उपले तक नहीं मिलते, और कोई धूर्त जटा बढ़ाकर पहुंच जाता है, तो महीनों उसका आदर-सत्कार होता है। राजा और प्रजा का संबंध ही ऐसा है। प्रजाहित के लिए भी कोई काम कीजिए, तो उसमें भी लोगों को शंका होती है। हल पीछे दस रुपये बैठा देने से कोई पांच लाख रुपये हाथ आएंगे। रही रसद; वह तो बेगार में मिलती है। आपकी अनुमति की देर है।

मुंशी—जब सरकार ने यह कह दिया कि आप अपनी जिम्मेदारी पर वसूल कर सकते हैं, तो अनुमति का क्या प्रश्न? इसका मतलब तो इतना गहरा नहीं है कि बहुत डूबने से मिले। आप महाजनों को देखते हैं, मालिक मुनीम को लिखता है कि फलां काम के लिए रुपया दे दो, मुनीम हीले-हवाले करके टाल देता है। हमारी अंग्रेजी सरकार ही को देखिए। ऊपर वाले हुक्काम कितनी मुलायमियत से बातें करते हैं; लेकिन उनके मातहत खूब जानते हैं किसके साथ कैसा बर्ताव करना चाहिए। चलिए, अब हुजूर को तकलीफ न दीजिए। मेडूंखां, बस यही समझ लो कि निहाल हो जाओगे।

राजा—बस, इतना ख्याल रखिए कि किसी को कष्ट न होने पाए। आपको ऐसी व्यवस्था करनी चाहिए कि असामी लोग सहर्ष आकर शरीक हों।

मुंशी—हुजूर का फरमाना बहुत वाजिब है। अगर हुजूर सख्ती करने लगेंगे, तो उन गरीबों के आंसू कौन पोंछेगा, उन्हें तसकीन कौन देगा? हुकूमत करने के लिए तो आपके गुलाम हम हैं। सूरज जलाता भी है, रोशनी भी देता है। जलाने वाले हम हैं, रोशनी देने वाले आप हैं। दुआ का हक आपका है, गालियों का हक हमारा। चलिए, दीवान साहब, अब हुजूर को सितार का शौक करने दीजिए।

दोनों आदमी यहां से चले, तो दीवान साहब ने कहा—ऐसा न हो कि शोरगुल मचे, हमारी जान आफत में फंसे।

मुंशीजी बोले—यह सब बगुलाभगतपन है। मैं तो रुख पहचानता हूं। गरीबों का जिक्र ही क्या, हमें कभी एक पैसे का नुकसान हो जाता है, तो कितना बुरा मालूम होता है। जिससे आप दस रुपये ऐंठ लेंगे, क्या वह खुशी से देगा? इसका मतलब यही है कि धड़ल्ले से रुपये की वसूली कीजिए। किसी राजा ने आज तक न कहा होगा कि प्रजा को सताकर रुपये वसूल कीजिए। लेकिन चंदे जब वसूल होने लगे और शोर मचा, तो किसी ने कर्मचारियों की तम्बीह नहीं की। यही हमेशा से होता है और यही अब भी हो रहा है।

हुक्म मिलने की देर थी। कर्मचारियों के हाथ तो खुजला रहे थे। वसूली का हुक्म पाते ही बाग-बाग हो गए। फिर तो वह अंधेर मचा कि सारे इलाके में कुहराम मच गया। असामियों ने नए राजा साहब से दूसरी आशाएं बांध रखी थीं। यह बला सिर पड़ी, तो झल्ला गए। यहां तक कि कर्मचारियों के अत्याचार देखकर चक्रधर का भी खून उबल पड़ा। समझ गए कि राजा साहब भी कर्मचारियों के पंजे में आ गए। उनसे कुछ कहना-सुनना व्यर्थ है। चारों तरफ

लूट-खसोट हो रही थी। गालियां और ठोंक-पीट तो साधारण बात थी। किसी के बैल खोल लिए जाते थे, किसी की गाय छीन ली जाती थी, कितनों ही के खेत कटवा लिए गए। बेदखली और इजाफे की धमकियां दी जाती थीं। जिसने खुशी से दिए, उसका तो दस रुपये ही से गला छूटा। जिसने हीले-हवाले किए, कानून बघारा, उसे दस रुपये के बदले बीस रुपये, तीस रुपये, चालीस रुपये देने पड़े। आखिर विवश होकर एक दिन चक्रधर ने राजा साहब से शिकायत कर ही दी।

राजा साहब ने त्यौरी बदलकर कहा—मेरे पास तो आज तक कोई असामी शिकायत करने नहीं आया। जब उनको कोई शिकायत नहीं है, तो आप उनकी तरफ से क्यों वकालत कर रहे हैं?

चक्रधर—आपको असामियों का स्वभाव तो मालूम होगा? उन्हें आपसे शिकायत करने का क्योंकर साहस हो सकता है?

राजा—यह मैं नहीं मानता। असामी ऐसे बे-सींग की गाय नहीं होते। जिसको किसी बात की अखर होती है, वह चुपचाप नहीं बैठा रहता। उसका चुप रहना ही इस बात का प्रमाण है कि उसे अखर नहीं, या है तो बहुत कम। आपके पिताजी और दीवान साहब यही दो आदमी कर्ता-धर्ता हैं, आप उनसे क्यों नहीं कहते?

चक्रधर—तो आपसे कोई आशा न रखूं?

राजा—मैं अपने कर्मचारियों से अलग कुछ नहीं हूं।

चक्रधर ने इसका और कुछ जवाब न दिया। दीवान साहब या मुंशीजी से इस मामले में सहायता की याचना करना अंधे के आगे रोना था। क्रोध तो ऐसा आया कि इसी वक्त जगदीशपुर चलूं और सारे आदमियों से कह दूं, अपने घर जाओ। देखूं, लोग क्या करते हैं। समिति के सेवकों के साथ रियासत में दौरा करना शुरू करूं, देखूं, लोग कैसे रुपये वसूल करते हैं; पर राजा साहब की बदनामी का ख्याल करके रुक गए। अभी राजभवन ही में थे कि मुंशीजी अपना पुराना तहसीलदारी के दिनों का ओवरकोट डाले, मोटरकार से उतरे और इन्हें देखकर बोले—तुम यहां क्या करने आए थे? अपने लिए कुछ नहीं कहा?

चक्रधर—अपने लिए क्या कहता? सुनता हूं, रियासत में बड़ा अंधेर मचा हुआ है।

वज्रधर—यह सब तुम्हारे आदमियों की शरारत है। तुम्हारी समिति के आदमी जा-जाकर असामियों को भड़काते रहे हैं। इन्हीं लोगों की शह पाकर वे सब शेर हो गए हैं, नहीं तो किसी की मजाल न थी कि चूं करता। न जाने तुम्हारी अक्ल कहां गई है !

चक्रधर—हम लोग तो केवल इतना ही चाहते हैं कि असामियों पर सख्ती न की जाय और आप लोगों ने इसका वादा भी किया था; फिर मारधाड़ क्यों हो रही है?

वज्रधर—इसीलिए कि असामियों से कह दिया गया है कि राजा साहब किसी पर जब्र नहीं करना चाहते। जिसकी खुशी हो दे, जिसकी खुशी हो न दे। तुम अपने आदमियों को बुला लो, फिर देखो, कितनी आसानी से काम हो जाता है। नशे का जोश ताकत नहीं है। ताकत वह है, जो अपने बदन में हो। जब तक प्रजा खुद न संभलेगी, कोई उसकी रक्षा नहीं

कर सकता। तुम कहां-कहां उन पर हाथ रखते फिरोगे? चौकीदार से लेकर बड़े हाकिम तक सभी उसके दुश्मन हैं। मान लो, हमने छोड़ दिया; मगर थानेदार है, पटवारी है, कानूनगो है, माल के हुक्काम हैं, सभी उनकी जान के गाहक हैं। तुम फकीर बन जाओ, सारी दुनिया तो तुम्हारे लिए संन्यास न लेगी? तुम आज ही अपने आदमियों को बुला लो। अब तक तो हम लोग उनका लिहाज करते आए हैं, लेकिन रियासत के सिपाही उनसे बेतरह बिगड़े हुए हैं। ऐसा न हो कि मार-पीट हो जाय।

चक्रधर यहां से अपने आदमियों को बुला लेने का वादा करके तो चले, लेकिन दिल में आगा-पीछा हो रहा था। कुछ समझ में न आता था कि क्या करना चाहिए। इसी सोच में पड़े हुए मनोरमा के यहां चले गए।

मनोरमा उन्हें उदास देखकर बोली—आप बहुत चिंतित से मालूम होते हैं? घर में तो सब कुशल है?

चक्रधर—हां, कोई बात नहीं। लाओ देखूं, तुमने क्या काम किया है?

मनोरमा—आप मुझसे छिपा रहे हैं। आप जब तक न बताएंगे, मैं कुछ न पढ़ूंगी। आप तो यों कभी मुरझाए न रहते थे।

चक्रधर—क्या करूं मनोरमा, अपनी दशा देखकर कभी-कभी रोना आ जाता है। सारा देश गुलामी की बेड़ियों में जकड़ा हुआ है, फिर भी हम अपने भाइयों की गर्दन पर छुरी फेरने से बाज नहीं आते। इतनी दुर्दशा पर भी हमारी आंखें नहीं खुलतीं। जिनसे लड़ना चाहिए, उनके तो तलुवे चाटते हैं और जिनसे गले मिलना चाहिए, उनकी गर्दन दबाते हैं और यह सारा जुल्म हमारे पढ़े-लिखे भाई ही कर रहे हैं। जिसे कोई अख्तियार मिल गया, वह फौरन दूसरों को पीसकर पी जाने की फिक्र करने लगता है। विद्या ही से विवेक होता है; पर जब रोग असाध य हो जाता है, तो दवा भी उस पर विष का काम करती है। हमारी शिक्षा ने हमें पशु बना दिया है। राजा साहब की जात से लोगों को कैसी-कैसी आशाएं थीं; लेकिन अभी गद्दी पर बैठे छह महीने भी नहीं हुए और इन्होंने भी वही पुराना ढंग अख्तियार कर लिया है। प्रजा से डंडों के जोर से रुपये वसूल किए जा रहे हैं और कोई फरियाद नहीं सुनता। सबसे ज्यादा रोना तो इस बात का है कि दीवान साहब और मेरे पिताजी ही राजा साहब के मंत्री और अत्याचार के मुख्य कारण हैं।

सरल हृदय प्राणी अन्याय की बात सुनकर उत्तेजित हो जाते हैं। मनोरमा ने उद्दंड होकर कहा—आप असामियों से क्यों नहीं कहते कि किसी को एक कौड़ी भी न दें। कोई देगा ही नहीं, तो ये लोग कैसे ले लेंगे?

चक्रधर को हंसी आ गई। बोले—तुम मेरी जगह होतीं, तो असामियों को मना कर देतीं?

मनोरमा—अवश्य। खुल्लमखुल्ला कहती, खबरदार, राजा के आदमियों को कोई एक पैसा भी न दे। मैं तो राजा के आदमियों को इतना पिटवाती कि फिर इलाके में जाने का नाम ही न लेते।

चक्रधर ने फिर हंसकर कहा—और दीवान साहब से क्या कहतीं?

मनोरमा—उनसे भी यही कहती कि आप चुपके से घर चले जाइए, नहीं तो अच्छा न होगा। आप मेरे पूज्य पिता हैं, मैं आपकी सेवा करूंगी; लेकिन आपको दूसरों का खून न चूसने दूंगी। गरीबों को सताकर अपना घर भर लिया तो कौन-सा बड़ा तीर मार लिया। वीर तो तब बखानूं, जब सबलों से ताल ठोंकिए। अभी गोरा आ जाए, तो घर में दुम दबाकर भागेंगे। उस वक्त जबान न खुलेगी। उससे जरा आंखें मिलाइए तो देखिए, ठोकर जमाता है या नहीं! उससे तो बोलने की हिम्मत नहीं, बेचारे दीनों को सताते फिरते हैं। यह तो मरे हुए को मारना हुआ। हुकूमत इसे नहीं कहते। यह चोरी भी नहीं है। यह केवल मुर्दे और गिद्ध का तमाशा है।

चक्रधर ये बातें सुनकर पुलकित हो उठे। मुस्कराकर बोले—अगर दीवान साहब खफा हो जाते?

मनोरमा—तो खफा हो जाते! किसी के खफा होने के डर से सच्ची बात पर पर्दा थोड़ा ही डाला जाता है! अगर आज वह आ गए, तो मैं आज ही जिक्र करूंगी।

यह कहते-कहते मनोरमा कुछ चिंतित-सी हो गई और चक्रधर भी विचार में पड़ गए। दोनों के मन में एक ही भाव उठ रहे थे—इसका फल क्या होगा? वह सोचती थी, कहीं राजाजी ने गुस्से में आकर बाबूजी को अलग कर दिया तो? चक्रधर सोच रहे थे, यह शंका मुझे क्यों इतना भयभीत कर रही है! इस विषय पर फिर कुछ बातचीत न हुई; लेकिन चक्रधर यहां से पढ़ाकर चले, तो उनके मन में प्रश्न हो रहा था—क्या अब यहां मेरा आना उचित है? आज उन्होंने विवेक के प्रकाश में अपने अंतस्तल को देखा तो उसमें कितने ही ऐसे भाव छिपे हुए थे, जिन्हें यहां न रहना चाहिए था। रोग जब तक कष्ट न देने लगे, हम उसकी परवाह नहीं करते! बालक की गालियां हंसी में उड़ जाती हैं; लेकिन सयाने लड़के की गालियां कौन सहेगा?

चौदह

गद्दी के कई दिन पहले ही से मेहमानों का आना शुरू हो गया और तीन दिन बाकी ही थे कि सारा कैम्प भर गया। दीवान साहब ने कैम्प ही में बाजार लगवा दिया था, वहीं रसद-पानी का भी इंतजाम था। राजा साहब स्वयं मेहमानों की खातिरदारी करते रहते थे; किंतु जमघट बहुत बड़ा था। आठों पहर हड़बोंग-सा मचा रहता था।

बड़े-बड़े नरेश आए थे। कोई चुने हुए दरबारियों के साथ, कोई लाव-लश्कर लिए हुए। कहीं ऊदी वर्दियों की बहार थी, तो कहीं केसरिए बाने की। कोई रत्नजटित आभूषण पहने, कोई अंग्रेजी सूट से लैस; कोई इतना विद्वान् कि विद्वानों में शिरोमणि, कोई इतना मूर्ख कि मूर्ख मंडली की शोभा! कोई पांच घंटे स्नान करता था और कोई सात घंटे पूजा। कोई दो बजे रात को सोकर उठता था, कोई दो बजे दिन को। रात-दिन तबले ठनकते रहते थे। कितने महाशय ऐसे भी थे, जिनका दिन अंग्रेजी कैम्प का चक्कर लगाने ही में कटता था। दो-चार

सज्जन प्रजावादी भी थे। चक्रधर और उनकी टुकड़ी के लोग इन लोगों का सेवा-सम्मान विशेष रूप से करते थे; किंतु विद्वान् या मूर्ख, राजसत्ता के स्तम्भ या लोकसत्ता के भक्त, सभी अपने को ईश्वर का अवतार समझते थे, सभी गरूर के नशे के मतवाले, सभी विलासिता में डूबे हुए। एक भी ऐसा नहीं, जिसमें चरित्रबल हो, सिद्धांत प्रेम हो, मर्यादा भक्ति हो।

नरेशों की सम्मान-लालसा पग-पग पर अपना जलवा दिखाती थी। वह मेरे आगे क्यों चले, उन्हें मेरे पीछे रहना चाहिए था। उनका पूर्वज हमारे पुरखाओं का करदाता था। बातें करने में, अभिवादन में, भोजन करने के लिए बैठने में, महफिल में, पान और इलायची लेने में, यही अनैक्य और द्वेष का भाव प्रकट होता रहता था। राजा विशालसिंह और कर्मचारियों का बहुत-सा समय चिरौरी-विनती करने में कट जाता था। कभी-कभी तो इन महान् पुरुषों को शांत करने के लिए राजा साहब को हाथ जोड़ना और उनके पैरों पर सिर रखना पड़ता था। दिल में पछताते थे कि व्यर्थ ही यह आडंबर रचा। भगवान् किसी भांति कुशल से यह उत्सव समाप्त कर दें, अब कान पकड़े कि ऐसी भूल न होगी ! किसी अनिष्ट की शंका उन्हें हरदम उद्विग्न रखती थी। मेहमानों से तो कांपते रहते थे; पर अपने आदमियों से जरा-जरा-सी बात पर बिगड़ जाते थे, जो मुंह में आता, बक डालते थे।

अगर शांति थी तो अंग्रेजी कैम्प में। न नौकरों की तकरार थी, न बाजारवालों से जूती-पैजार थी। सबकी चाय का एक समय, डिनर का एक समय, विश्राम का एक समय, मनोरंजन का एक समय। सब एक साथ थियेटर देखते, एक साथ हवा खाने जाते। न बाहर गंदगी थी, न मन में मलिनता। नरेशों के कैम्प में पराधीनता का राज्य था और अंग्रेजी कैम्प में स्वाधीनता का। स्वाधीनता सद्गुणों को जगाती है, पराधीनता दुर्गुणों को।

उधर रनिवास में भी खूब जमघट था। महिलाओं का रंग-रूप देखकर आंखों में चकाचौंध हो जाती थी। रत्न और कंचन ने उनकी कांति को और भी अलंकृत कर दिया था। कोई पारसी वेश में थी, कोई अंग्रेजी वेश में और कोई अपने ठेठ स्वदेशी ठाट में। युवतियां इधर-उधर चहकती फिरतीं, प्रौढ़ाएं आंखें मटका रही थीं। वासना उम्र के साथ बढ़ती जाती है, इसका प्रत्यक्ष प्रमाण आंखों के सामने था। अंग्रेजी फैशनवालियां औरों को गंवारिनें समझती थीं और गंवारिनें उन्हें कुल्टा कहती थीं। मजा यह था कि सभी महिलाएं ये बातें अपनी महरियों और लौडियों से कहने में भी संकोच न करती थीं। ऐसा मालूम होता था कि ईश्वर ने स्त्रियों को निंदा और परिहास के लिए ही रचा है। मन और तन में कितना अंतर हो सकता है, इसका कुछ अनुमान हो जाता था। मनोरमा को महिलाओं के सेवा-सत्कार का भार सौंपा गया था; किंतु उसे यह चरित्र देखने में विशेष आनंद आता था। उसे उनके पास बैठने में घृणा होती थी। हां, जब रानी रामप्रिया को बैठे देखती, तो उनके पास जा बैठती। इतने कांच के टुकड़ों में उसे वही एक रत्न नजर आता था।

मेहमानों के आदर-सत्कार की तो यह धूम थी और वे मजदूर, जो छाती फाड़-फाड़कर काम कर रहे थे, भूखों मरते थे। कोई उनकी खबर तक न लेता था। काम लेने को सब थे, पर भोजन के लिए पूछने वाला कोई न था। चमार पहर रात रहे, घास छीलने जाते, मेहतर

पहर रात से सफाई करने लगते, कहार पहर रात से पानी खींचना शुरू करते; मगर कोई उनका पुरसांहाल न था। चपरासी बात-बात पर उन्हें गालियां सुनाते, क्योंकि उन्हें खुद बात-बात पर डांट पड़ती थी। चपरासी सहते थे, क्योंकि उन्हें दूसरों पर अपना गुस्सा उतारने का मौका मिल जाता था। बेगारों से न सहा जाता था, इसीलिए कि उनकी आंतें जलती थीं। दिन भर धूप में जलते, रात भर क्षुधा की आग में। रानी के समय में बेगार इससे भी ज्यादा ली जाती थी; लेकिन रानी को स्वयं खिलाने-पिलाने का खयाल रहता था। बेचारे अब उन दिनों को याद कर-करके रोते थे। क्या सोचते थे, क्या हुआ? असंतोष बढ़ा जाता था। न जाने कब सबके-सब जान पर खेल जाएं, हड़ताल कर दें, न जाने कब बारूद में चिनगारी पड़ जाए, दशा ऐसी भयंकर हो गई थी। राजा साहब को नरेशों ही की खातिरदारी से फुर्सत न मिलती थी, यह सत्य है; किंतु राजा के लिए ऐसे बहाने शोभा नहीं देते। उसकी निगाह चारों तरफ दौड़नी चाहिए। अगर उसमें इतनी योग्यता नहीं, तो उसे राज्य करने का कोई अधिकार नहीं।

संध्या का समय था। चारों तरफ चहल-पहल मची हुई थी। तिलक का मुहूर्त निकट आ गया था। हवन की तैयारियां हो रही थीं। सिपाहियों को वर्दी पहनकर खड़े हो जाने की आज्ञा दे दी गई थी कि सहसा मजदूरों के बाड़े से रोने-चिल्लाने की आवाजें आने लगीं। किसी कैम्प में घास न थी और ठाकुर हरिसेवक हंटर लिए हुए चमारों को पीट रहे थे। मुंशी वज्रधर की आंखें मारे क्रोध के लाल हो रही थीं। कितना अनर्थ है ! सारा दिन गुजर गया और अभी तक किसी कैम्प में घास नहीं पहुंची ! चमारों का यह हौसला ! ऐसे बदमाशों को गोली मार देनी चाहिए।

एक चमार बोला—मालिक, आपको अख्तियार है। मार डालिए, मुदा पेट बांधकर काम नहीं होता।

चौधरी ने हाथ बांधकर कहा—हुजूर, घास तो रात ही को पहुंचा दी गई थी, मैं आप जाकर रखवा आया था। हां, इस बेला अभी नहीं पहुंची। आधे आदमी तो मांदे पड़े हुए हैं, क्या करूं?

मुंशी—बदमाश ! झूठ बोलता है, सूअर, डैम फूल, ब्लाडी, रैस्केल, शैतान का बच्चा, अभी पोलो खेल होगा, घोड़े बिना खाए कैसे दौड़ेंगे?

एक युवक ने कहा—हम लोग तो बिना खाए आठ दिन से घास दे रहे हैं, घोड़े क्या, बिना खाए एक दिन भी न दौड़ेंगे? क्या हम घोड़े से भी गए-गुजरे हैं?

चौधरी डंडा लेकर युवक को मारने दौड़ा; पर उसके पहले ही ठाकुर साहब ने झपटकर उसे चार-पांच हंटर सड़ाप-सड़ाप लगा दिए। नंगी देह, चमड़ा फट गया, खून निकल आया।

चौधरी ने युवक और ठाकुर साहब के बीच खड़े होकर कहा—हुजूर, क्या मार ही डालेंगे? लड़का है, कुछ अनुचित मुंह से निकल जाए तो क्षमा करनी चाहिए। राजा को दयावान होना चाहिए।

ठाकुर साहब आपे से बाहर हो रहे थे ! एक चमार का यह हौसला कि उनके सामने मुंह खोल सके। वही हंटर तानकर चौधरी को जमाया। बूढ़ा आदमी, उस पर कई दिन का

भूखा, खड़ा भी मुश्किल से हो सकता था। हंटर पड़ते ही जमीन पर गिर पड़ा। बाड़े में हलचल पड़ गई। हजारों आदमी जमा हो गए। कितने ही चमारों ने मारे डर के खुरपी और रस्सी उठा ली थीं और घास छीलने जा रहे थे। चौधरी पर हंटर पड़ते देखा, तो रस्सी-खुरपी फेंक दी और आकर चौधरी को उठाने लगे।

ठाकुर साहब ने तड़पकर कहा—तुम सब अभी एक घंटे में घास लाओ, नहीं तो एक-एक की हड्डी तोड़ दी जाएगी।

एक चमार बोला—हम यहां काम करने आए हैं, जान देने नहीं आए हैं। एक तो भूखों मरें, दूसरे लात खाएं। हमारा जन्म इसीलिए थोड़े ही हुआ है? जिससे चाहे काम कराइए; हम घर जाते हैं।

ठाकुर साहब फिर हंटर फटकारकर बोले—कहां भागकर जाओगे? गांव में घुसने भी न पाओगे। क्या सरकारी काम को हंसी-खेल समझ लिया है?

चमार—सरकार, अपना गांव ले लें, हम छोड़कर चले जाएंगे।

ठाकुर—खेत छीन लिए जाएंगे। घर गिरा दिए जाएंगे। इस फेर में मत रहना।

चमार—आपको अख्तियार है, जो चाहे करें। हमें अब इस राज्य में नहीं रहना है। कुछ हाथ-पांव थोड़े ही कटाए बैठे हैं। अगर कहीं ठिकाना न लगेगा, तो मिरिच डमरा तो हैं ही।

मुंशी—जिसने बाड़े के बाहर कदम रखा, उसकी शामत आई। तोप पर उड़ा दूंगा।

लेकिन चमारों के सिर पर भूत सवार था। बूढ़े चौधरी को उठाकर सबके सब एक गोल में बाड़े के द्वार की ओर चले। सिपाहियों की कवायद हो रही थी। ठाकुर साहब ने खबर भेजी और बात-की बात में उन सबने आकर बाड़े का द्वार रोक लिया। सभी कैम्पों में खलबली पड़ गई। तरह-तरह की अफवाहें उड़ने लगीं। किसी ने कहा—चमारों ने दीवान साहब को मार डाला। किसी ने उड़ाया—सिपाहियों ने गोली चला दी और पचास चमार जान से मारे गए। चारों तरफ से दौड़-दौड़कर लोग तमाशा देखने आने लगे। बाड़े का द्वार भेड़ों के बाड़े का द्वार बना हुआ था। भीतर भेड़ें थीं, घबराई हुईं। बाहर कुत्ते थे, झल्लाए हुए। भेड़ें लड़ना नहीं जानतीं; पर प्राण भय से भागना जानती हैं। वे उसी रास्ते से निकलेंगी, जो आंखों के सामने है। उस पर कुत्ते हों या शेर, घबराहट में भेड़ों को कुछ नहीं सूझता। सिपाहियों को अपनी वीरता दिखाने का ऐसा अवसर क्यों कभी मिला था ! निहत्थों पर हथियार चलाने से आसान और क्या है? सभी संगीन चढ़ाए तैयार थे कि हुक्म मिले और अपनी निशानेबाजी के जौहर दिखाएं।

राजा साहब अपने खेमे में तिलक के भड़कीले-सजीले वस्त्र धारण कर रहे थे। एक आदमी उनकी पाग संवार रहा था। इन वस्त्रों में उनकी प्रतिभा भी चमक उठी थी। वस्त्रों में तेज बढ़ानेवाली इतनी शक्ति है, इसकी उन्हें कभी कल्पना भी न थी। यह खबर सुनी, तो तिलमिला गए। वह अपनी समझ में प्रजा के सच्चे भक्त थे, उन पर कोई अत्याचार न होने देते थे, उनको लूटना नहीं, उनका पालन करना चाहते थे। जब वह प्रजा पर इतना प्राण देते थे, तो क्या प्रजा का धर्म न था कि वह भी उन पर प्राण देती; और फिर शुभ अवसर

पर ! जो लोग इतने कृतघ्न हैं, उन पर किसी तरह की रियायत करना व्यर्थ है। दयालुता दो प्रकार की होती है—एक में नम्रता होती है, दूसरी में आत्मप्रशंसा। राजा साहब की दयालुता इसी प्रकार की थी। उन्हें यश की बड़ी इच्छा थी; पर यहां इस शुभ अवसर पर इतने राजाओं-रईसों के सामने ये दुष्ट लोग उनका अपमान करने पर तुले हुए थे। यह उन पाजियों की घोर नीचता थी और उसका जवाब इसके सिवा और कुछ नहीं था कि उन्हें खूब कुचल दिया जाता। सच है, सीधे का मुंह कुत्ता चाटता है। मैं जितना ही इन लोगों को संतुष्ट रखना चाहता हूं, उतने ही ये शेर हो जाते हैं। चलकर अभी उन्हें इसका मजा चखाता हूं। क्रोध से बावले होकर वह अपनी बंदूक लिए खेमे से निकल आए और कई आदमियों के साथ बाड़े के द्वार पर आ पहुंचे।

चौधरी इतनी देर में झाड़-पोंछकर उठ बैठा था। राजा को देखते ही रोकर बोला—दुहाई है महाराज की ! सरकार, बड़ा अंधेर हो रहा है। गरीब लोग मारे जाते हैं।

राजा—तुम सब पहले बाड़े के द्वार से हट जाओ, फिर जो कुछ कहना है, मुझसे कहो। अगर किसी ने बाड़े के बाहर पांव रखा, तो जान से मारा जाएगा। दंगा किया, तो तुम्हारी जान की खैरियत नहीं।

चौधरी—सरकार ने हमको काम करने के लिए बुलाया है कि जान लेने के लिए?

राजा—काम न करोगे, तो जान ली जाएगी।

चौधरी—काम तो आपका करें, खाने किसके घर जाएं?

राजा—क्या बेहूदा बातें करता है, चुप रहो। तुम सबके-सब मुझे बदनाम करना चाहते हो। हमेशा से लात खाते आए हो और वही तुम्हें अच्छा लगता है। मैंने तुम्हारे साथ भलमनसी का बर्ताव करना चाहा था; लेकिन मालूम हो गया कि लातों के देवता बातों से नहीं मानते। तुम नीच हो और नीच लातों के बगैर सीधा नहीं होता। तुम्हारी यही मर्जी है, तो यही सही।

चौधरी—जब लात खाते थे, तब खाते थे, अब न खाएंगे।

राजा—क्यों? अब कौन सुरखाब के पर लग गए हैं?

चौधरी—वह समय ही लद गया है। क्या अब हमारी पीठ पर कोई नहीं कि मार खाते रहें और मुंह न खोलें? अब तो सेवा समिति हमारी पीठ पर है। क्या वह कुछ भी न्याय न करेगी? हमारी राय से मेंबर चुने जाते हैं, क्या कोई हमारी फरियाद न सुनेगा।?

राजा—अच्छा? तो तुझे सेवा-समिति वालों का घमंड है?

चौधरी—हई है, वह हमारी रक्षा करती है, तो क्यों न उसका घमंड करें?

राजा साहब होंठ चबाने लगे—तो यह समिति वालों की कारस्तानी है। चक्रधर मेरे साथ कपट चाल चल रहे हैं, लाला चक्रधर ! जिसका बाप मेरी खुशामद की रोटियां खाता है। जिसे मित्र समझता था वही आस्तीन का सांप निकला। देखता हूं, वह मेरा क्या कर लेता है। एक रुक्का बड़े साहब के नाम लिख दूं, तो बचा के होश ठीक हो जाएं। इन मूर्खों के सिर से यह घमंड निकाल ही देना चाहिए। यह जहरीले कीड़े फैल गए तो आफत मचा देंगे।

चौधरी तो ये बातें कर रहा था, उधर बाड़े में घोर कोलाहल मचा हुआ था। सरकारी

आदमियों की सूरत देखकर जिनके प्राण-पखेरू उड़ जाते थे, वे इस समय निःशंक और निर्भय बंदूकों के सामने मरने को तैयार खड़े थे। द्वार से निकलने का रास्ता न पाकर कुछ आदमियों ने बाड़े की लकड़ियां और रस्सियां काट डालीं और हजारों आदमी उधर से भड़भड़ाकर निकल पड़े, मानो कोई उमड़ी हुई नदी बांध तोड़कर निकल पड़े। उसी वक्त एक ओर सशस्त्र पुलिस के जवान और दूसरी ओर से चक्रधर, समिति के कई युवकों के साथ आते हुए दिखाई दिए। चक्रधर ने निश्चय कर लिया था कि राजा साहब के आदमियों को उनके हाल पर छोड़ देंगे, लेकिन यहां की खबरें सुन-सुनकर उनके कलेजे पर सांप-सा लोटता रहता था। ऐसे नाजुक मौके पर खड़े होकर तमाशा देखना उन्हें लज्जाजनक मालूम होता था ! अब तक तो दूर ही से, आदमियों को दिलासा देते रहे; लेकिन आज की खबरों ने उन्हें आने के लिए मजबूर कर दिया।

उन्हें देखते ही हड़तालियों में जान-सी पड़ गई। जैसे अबोध बालक अपनी माता को देखकर शेर हो जाय। हजारों आदमियों ने घेर लिया।

'भैया आ गए ! भैया आ गए !' की ध्वनि से आकाश गूंज उठा।

चक्रधर को यहां की स्थिति उससे कहीं भयावह जान पड़ी, जितना उन्होंने समझा था। राजा साहब को यह जिद कि कोई आदमी यहां से जाने न पाए। आदमियों की यह जिद कि अब हम यहां एक क्षण भी न रहेंगे। सशस्त्र पुलिस सामने तैयार। सबसे बड़ी बात यह कि मुंशी वज्रधर खुद एक बंदूक लिए पैंतरे बदल रहे थे, मानो सारे आदमियों को कच्चा ही खा जाएंगे।

चक्रधर ने ऊंची आवाज से कहा—क्यों भाइयो, तुम मुझे अपना मित्र समझते हो या शत्रु?

चौधरी—भैया, यह भी कोई पूछने की बात है। तुम हमारे मालिक हो, स्वामी हो, सहायक हो ! क्या आज तुम्हें पहली ही बार देखा है?

चक्रधर—तो तुम्हें विश्वास है कि मैं जो कुछ कहूंगा और करूंगा, वह तुम्हारे ही भले के लिए होगा?

चौधरी—मालिक, तुम्हारे ऊपर विश्वास न करेंगे, तो और किस पर करेंगे? लेकिन इतना समझ लीजिए कि हम और सब कर सकते हैं, यहां नहीं रह सकते। यह देखिए (पीठ दिखाकर), कोड़े खाकर यहां किसी तरह न रहूंगा।

चक्रधर इस भीड़ से निकलकर सीधे राजा साहब के पास आए और बोले—महाराज, मैं आपसे कुछ विनय करना चाहता हूं।

राजा साहब ने त्यौरियां बदलकर कहा—मैं इस वक्त कुछ नहीं सुनना चाहता।

चक्रधर—आप कुछ न सुनेंगे, तो पछताएंगे।

राजा—मैं इन सबों को गोली मार दूंगा।

चक्रधर—दीन प्रजा के रक्त से राजतिलक लगाना किसी राजा के लिए मंगलकारी नहीं हो सकता। प्रजा का आशीर्वाद ही राज्य की सबसे बड़ी शक्ति है। मैं आपका सेवक

हूं, आपका शुभचिंतक हूं। इसीलिए आपकी सेवा में आया हूं। मुझे मालूम है कि आपके हृदय में कितनी दया है और प्रजा से आपको कितना स्नेह है। यह सारा तूफान अयोग्य कर्मचारियों का खड़ा किया हुआ है। उन्हीं के कारण आज आप उन लोगों के रक्त के प्यासे बन गए हैं, जो आपकी दया और कृपा के प्यासे हैं। ये सभी आदमी इस वक्त झल्लाए हुए हैं। गोली चलाकर आप उनके प्राण ले सकते हैं; लेकिन उनका रक्त केवल इसी बाड़े में न सूखेगा, यह सारा विस्तृत कैम्प उस रक्त से सिंच जायगा; उसकी लहरों के झोंके से यह विशाल मंडप उखड़ जाएगा और यह आकाश में फहराती हुई ध्वजा भूमि पर गिर पड़ेगी। अभिषेक का दिन दान और दया का है, रक्तपात का नहीं। इस शुभ अवसर पर एक हत्या भी हुई, तो वह सहस्त्रों रूप धारण करके ऐसा भयंकर अभिनय दिखाएगी कि सारी रियासत में हाहाकार मच जाएगा।

राजा साहब अपनी टेक पर अड़ना जानते थे; किंतु इस समय उनका दिल कांप उठा। वही प्राणी, जो दिन भर गालियां बकता था, प्रातःकाल कोई मिथ्या शब्द मुंह से नहीं निकलने देता। वही दुकानदार, जो दिन भर टेनी मारता है, प्रातःकाल ग्राहक से मेलजोल तक नहीं करता। शुभ मुहूर्त पर हमारी मनोवृत्तियां धार्मिक हो जाती हैं। राजा साहब कुछ नरम होकर बोले—मैं खुद नहीं चाहता कि मेरी तरफ से किसी पर अत्याचार किया जाय; लेकिन इसके साथ ही यह भी नहीं चाहता कि प्रजा मेरे सिर पर चढ़ जाय। इन लोगों की अगर कोई शिकायत थी, तो उन्हें आकर मुझसे कहना चाहिए था। अगर मैं न सुनता, तो इन्हें अख्तियार था, जो चाहते करते; पर मुझसे न कहकर इन लोगों ने हेकड़ी करनी शुरू की, रात घोड़ों को घास नहीं दी और इस वक्त भागे जाते हैं। मैं यह घोर अपमान नहीं सह सकता।

चक्रधर—आपने इन लोगों को अपने पास आने का अवसर कब दिया? आपके द्वारपाल इन्हें दूर ही से भगा देते थे। आपको मालूम है कि इन गरीबों को एक सप्ताह से कुछ भोजन नहीं मिला?

राजा—एक सप्ताह से भोजन नहीं मिला ! यह आप क्या कहते हैं? मैंने सख्त ताकीद कर दी थी कि हर मजदूर को इच्छापूर्ण भोजन दिया जाय। क्यों दीवान साहब, क्या बात है?

हरिसेवक—धर्मावतार, आप इन महाशय की बातों में न आइए। यह सारी आग इन्हीं की लगाई हुई है। प्रजा को बहकाना और भड़काना इन लोगों ने अपना धर्म बना रखा है। यहां हर एक आदमी को दोनों वक्त भोजन दिया जाता था।

मुंशी—दीनबन्धु, यह लड़का बिल्कुल नासमझ है। दूसरों ने जो कुछ कह दिया उसे सच समझ लेता है। तुमसे किसने कहा बेटा, कि आदमियों को भोजन नहीं मिलता था? भण्डारी तो मैं हूं, मेरे सामने जिन्स तौली जाती थी। मैं पूछ-पूछकर देता था। बारातियों की भी कोई इतनी खातिर न करता होगा। इतनी बात भी न जानता, तो तहसीलदारी क्या खाक करता?

राजा—मैं इसकी पूछताछ करूंगा।

हरिसेवक—हुजूर, इन्हीं लोगों ने आदमियों को उभारकर सरकश बना दिया है। ये लोग सबसे कहते फिरते हैं कि ईश्वर ने सभी मनुष्यों को बराबर बनाया है, किसी को तुम्हारे ऊपर

राज्य करने का अधिकार नहीं है, किसी को तुमसे बेगार लेने का अधिकार नहीं। प्रजा ऐसी बातें सुन-सुनकर शेर हो गई है।

राजा—इन बातों में तो मुझे कोई बुराई नजर नहीं आती। मैं खुद प्रजा से यही बातें कहना चाहता हूं।

हरिसेवक—हुजूर, ये लोग कहते हैं, जमीन के मालिक तुम हो। जो जमीन से बीज उगाए, वही उसका मालिक है। राजा तो तुम्हारा गुलाम है।

राजा—बहुत ठीक कहते हैं। इसमें मुझे तो बिगड़ने की कोई बात नहीं मालूम होती। वास्तव में मैं प्रजा का गुलाम हूं; बल्कि उसके गुलाम का गुलाम हूं।

हरिसेवक—हुजूर, इन लोगों की बातें कहां तक कहूं। कहते हैं, राजा को इतने बड़े महल में रहने का कोई हक नहीं। उसका संसार में कोई काम नहीं।

राजा—बहुत ही ठीक कहते हैं। आखिर मैं पड़े-पड़े खाने के सिवा और क्या करता हूं।

चक्रधर ने झुंझलाकर कहा—ठाकुर साहब, आप मेरे स्वामी हैं, लेकिन क्षमा कीजिए, आप मेरे साथ बड़ा अन्याय कर रहे हैं। मैंने प्रजा को उनके अधिकार अवश्य समझाए हैं; लेकिन यह कभी नहीं कहा कि राजा को संसार में रहने का कोई हक नहीं; क्योंकि मैं जानता हूं, जिस दिन राजाओं की जरूरत न रहेगी, उस दिन उनका अंत हो जाएगा। देश में उसी की राज्य व्यवस्था होती है, जिसका अधिकार होता है।

राजा—मैं तो बुरा नहीं मानता, जरा भी नहीं। आपने कोई ऐसी बात नहीं कही, जो और लोग न कहते हों। वास्तव में जो राजा प्रजा के प्रति अपने कर्त्तव्य का पालन न करे उसका जीवन व्यर्थ है।

चक्रधर को मालूम हुआ कि राजा साहब मुझे बना रहे हैं। यह अवसर मजाक का न था। हजारों आदमी सांस बंद किए हुए सुन रहे थे कि ये लोग क्या फैसला करते हैं और यहां उन लोगों को मजाक सूझ रहा है। गरम होकर बोले—अगर आपके ये भाव सच्चे होते, तो प्रजा पर यह विपत्ति ही न आती। राजाओं की यह पुरानी नीति है कि प्रजा का मन मीठी-मीठी बातों से भरे और अपने कर्मचारियों को मनमाने अत्याचार करने दें। वह राजा, जिसके कानों तक प्रजा की पुकार न पहुंचने पाए, आदर्श नहीं कहा जा सकता।

राजा—किसी तरह नहीं। उसे गोली मार देनी चाहिए। जीता चुनवा देना चाहिए। प्रजा का गुलाम है कि दिल्लगी है।

चक्रधर यह व्यंग्य न सह सके। उनकी स्वाभाविक सहन-शक्ति ने उनका साथ छोड़ दिया। चेहरा तमतमा उठा। बोले—जिस आदर्श के सामने आपको सर झुकाना चाहिए, उसका मजाक उड़ाना आपको शोभा नहीं देता। समाज की यह व्यवस्था अब थोड़े ही दिनों की मेहमान है और वह समय आ रहा है, जब या तो राजा प्रजा का सेवक होगा या होगा ही नहीं। मैंने कभी यह अनुमान न किया था कि आपके वचन और कर्म में इतनी जल्दी इतना बड़ा भेद हो जाएगा।

क्रोध ने अब अपना यथार्थ रूप धारण किया। राजा साहब अभी तक तो व्यंग्यों से चक्रधर को परास्त करना चाहते थे; लेकिन जब चक्रधर के वार मर्मस्थल पर पड़ने लगे, तो उन्हें भी अपने शस्त्र निकालने पड़े। डपटकर बोले—अच्छा, बाबूजी, अब अपनी जबान बंद करो। मैं जितनी ही तरह देता जाता हूं, उतने ही आप सिर पर चढ़े जाते हैं। मित्रता के नाते जितना सह सकता था, उतना सह चुका। अब नहीं सह सकता। मैं प्रजा का गुलाम नहीं हूं। प्रजा मेरे पैरों की धूल है। मुझे अधिकार है कि उसके साथ जैसा उचित समझूं, वैसा सलूक करूं। किसी को हमारे और हमारी प्रजा के बीच में बोलने का हक नहीं। आप अब कृपा करके यहां से चले जाइए और फिर कभी मेरी रियासत में कदम न रखिएगा; वरना शायद आपको पछताना पड़े। जाइए।

मुंशी वज्रधर की छाती धक्-धक् करने लगी। चक्रधर को हाथों से पीछे हटाकर बोले—हुजूर की कृपा-दृष्टि ने इसे शोख कर दिया है। अभी तक बड़े आदमियों की सोहबत में बैठने का मौका तो मिला नहीं, बात करने की तमीज कहां से आए।

लेकिन चक्रधर भी जवान आदमी थे, उस पर सिद्धान्तों के पक्के, आदर्श पर मिटनेवाले, अधिकार और प्रभुत्व के जानी दुश्मन। वह राजा साहब के उद्दंड शब्दों से जरा भी प्रभावित न हुए। यह उस सिंह की गरज थी, जिनके दांत और पंजे टूट गए हों। यह उस रस्सी की ऐंठन थी, जो जल गई हो। तने हुए सामने आए और बोले—आपको अपने मुख से ये शब्द निकालते हुए शर्म आनी चाहिए थी। अगर सम्पत्ति से इतना पतन हो सकता है तो मैं कहूंगा कि इससे बुरी चीज संसार में कोई नहीं। आपके भाव कितने पवित्र थे ! कितने ऊंचे ! आप प्रजा पर अपने को अर्पण कर देना चाहते थे। आप कहते थे, मैं प्रजा को अपने पास बे-रोकटोक आने दूंगा, उनके लिए मेरे द्वार हरदम खुले रहेंगे। आप कहते थे, मेरे कर्मचारी उनकी ओर टेढ़ी निगाह से भी देखेंगे, तो उनकी शामत आ जाएगी। वे सारी बातें क्या आपको भूल गईं? और इतनी जल्द? अभी तो बहुत दिन नहीं गुजरे। अब आप कहते हैं, प्रजा मेरे पैरों की ध ूल है। ईश्वर आपको सुबुद्धि दे !

राजा साहब कहां तो क्रोध से उन्मत्त हो रहे थे, कहां यह लगती हुई बात सुनकर रो पड़े। क्रोध निरुत्तर होकर पानी हो जाता है या यों कहिए कि आंसू अव्यक्त भावों ही का रूप है। ग्लानि थी या पश्चात्ताप; अपनी दुर्बलता का दुःख था या विवशता का; या इस बात का रंज था कि यह दुष्ट मेरा इतना अपमान कर रहा है और मैं कुछ नहीं कर सकता—इसका निर्णय करना कठिन है।

मगर एक ही क्षण में राजा साहब सचेत हो गए। प्रभुता ने आंसुओं को दबा दिया। अकड़कर बोले—मैं कहता हूं, यहां से चले जाओ !

हरिसेवक—आपको शर्म नहीं आती कि किससे ऐसी बातें कर रहे हैं?

वज्रधर—बेटा, क्यों मेरे मुंह में कालिख लगा रहे हो?

चक्रधर—जब तक आप इन आदमियों को जाने न देंगे, मैं नहीं जा सकता।

राजा—मेरे आदमियों से तुम्हें कोई सरोकार नहीं है। उनमें से अगर एक भी हिला, तो

उसकी लाश जमीन पर होगी।

चक्रधर—तो मेरे लिए इसके सिवा और कोई उपाय नहीं है कि उन्हें यहां से हटा ले जाऊं।

यह कहकर चक्रधर मजदूरों की ओर चले। राजा साहब जानते थे कि इनका इशारा पाते ही सारे मजदूर हवा हो जाएंगे, फिर सशस्त्र सेना भी उन्हें न रोक सकेगी। तिल-मिलाकर बंदूक लिए हुए चक्रधर के पीछे दौड़े और ऐसे जोर से उन पर कुंदा चलाया कि सिर पर लगता तो शायद वहीं ठंडे हो जाते। मगर कुशल हुई। कुंदा पीठ में लगा और उसके झोंके से चक्रधर कई हाथ पर जा गिरे। उनका जमीन पर गिरना था कि पांच हजार आदमी बाड़े को तोड़कर, सशस्त्र सिपाहियों को चीरते, बाहर निकल आए और नरेशों के कैम्प की ओर चले। रास्ते में जो कर्मचारी मिला, उसे पीटा। मालूम होता था, कैम्प में लूट मच गई है। दुकानदार अपनी दुकानें समेटने लगे। दर्शकगण अपनी धोतियां संभालकर भागने लगे। चारों तरफ भगदड़ पड़ गई। जितने बेफिक्रे, शोहदे, लुच्चे तमाशा देखने आए थे, वे सब उपद्रवकारियों में मिल गए। यहां तक कि नरेशों के कैम्प तक पहुंचते-पहुंचते उनकी संख्या दूनी हो गई।

राजा-रईस अपनी वासनाओं के सिवा और किसी के गुलाम नहीं होते। वक्त की गुलामी भी उन्हें पसंद नहीं। वे किसी नियम को अपनी स्वेच्छा में बाधा नहीं डालने देते। फिर उनको इसकी क्या परवा कि सुबह है या शाम। कोई मीठी नींद के मजे लेता था, कोई गाना सुनता था, कोई स्नान-ध्यान में मग्न था और कुछ लोग तिलक-मंडप जाने की तैयारियां कर रहे थे। कहीं भंग घुटती थी, कहीं कवित्त-चर्चा हो रही थी और कहीं नाच हो रहा था। कोई नाश्ता कर रहा था और कोई लेटा नौकरों से चंपी करा रहा था। उत्तरदायित्वहीन स्वतंत्रता अपनी विविध लीलाएं दिखा रही थी। अगर उपद्रवी इस कैम्प में पहुंच जाते, तो महाअनर्थ हो जाता। न जाने कितने राजवंशों का अंत हो जाता। किंतु राजाओं की रक्षा उनका इकबाल करता है ! अंग्रेजी कैम्प में दस-बारह आदमी अभी शिकार खेलकर लौटे थे। उन्होंने जो यह हंगामा सुना, तो बाहर निकल आए और जनता पर अंधाधुंध बंदूकें छोड़ने लगे। पहले तो उत्तेजित जनता ने बंदूकों की परवा न की, उसे अपनी संख्या का बल था। लोग सोचते थे, मरते-मरते हममें से इतने आदमी कैम्प में पहुंच जाएंगे कि नरेशों को कहीं भागने की भी जगह न मिलेगी। हम सारे प्रांत को इन अत्याचारियों से मुक्त कर देंगे ! ये सब भी तो अपनी प्रजा पर ऐसा ही अत्याचार करते होंगे।

जनता उत्तेजित होकर आदर्शवादी हो जाती है।

गोलियों की पहली बाढ़ आई। कई आदमी गिर गए।

चौधरी—देखो भाई, घबराना नहीं। जो गिरता है, उसे गिरने दो; आज ही तो दिल के हौसले निकले हैं। जय हनुमानजी की !

एक मजदूर—बढ़े आओ, बढ़े आओ, अब मार लिया है। आज ही तो——

उसके मुंह से पूरी बात भी न निकलने पाई थी कि गोलियों की दूसरी बाढ़ आई और कई आदमियों के साथ दोनों नेताओं का काम तमाम कर गई। एक क्षण के लिए सबके पैर

रुक गए। जो जहां था, वहीं खड़ा रह गया। समस्या थी कि आगे जाएं या पीछे? सहसा एक युवक ने कहा—मारो, रुक क्यों गए? सामने पहुंचकर हिम्मत छोड़ देते हो! बढ़े चलो। जय दुर्गामाई की!

दूसरा बोला—आज जो मरेगा, वह बैकुण्ठ में जाएगा। बोलो हनुमान जी की जय!—

उसे भी गोली लगी और चक्कर खाकर गिर पड़ा।

इतने में दीवान साहब बंदूक लिए पीछे दौड़ते हुए आ पहुंचे। गुरुसेवक भी उनके साथ थे। दोनों एक दूसरे रास्ते से कैम्प के द्वार पर पहुंच गए थे।

हरिसेवक—तुम मेरे पीछे खड़े हो जाओ और यहीं से निशाना लगाओ।

गुरुसेवक—अभी फैर न कीजिए। मैं जरा इन्हें समझा लूं। समझाने से काम निकल जाए, तो रक्त क्यों बहाया जाए?

हरिसेवक—अब समझाने का मौका नहीं है। अभी दम के दम में सबके-सब अंदर घुस आएंगे, तो प्रलय हो जाएगी।

किंतु गुरुसेवक के हृदय में दया थी। पिता की बात न मानकर वह सामने आ गए और ललकारकर बोले—तुम लोग यहां क्यों आ रहे हो? यह न समझो कि तुम कैम्प के द्वार पर पहुंच गए हो। यहां आते-आते तुम आधे हो जाओगे।

एक मजदूर—कोई चिंता नहीं। मर-मरकर जीने से एक बार मर जाना अच्छा है। मारो, आगे बढ़ो, क्या हिम्मत छोड़ देते हो?

गुरुसेवक—आगे एक कदम भी रखा और गिरे। यह समझ लो कि तुम्हारे आगे मौत खड़ी है।

मजदूर—हम आज मरने के लिए कमर बांधकर—

अंग्रेजी कैंप से फिर गोलियों की बाढ़ आई और कई आदमियों के साथ यह आदमी भी गिर गया, और उसके गिरते ही सारे समूह में खलबली पड़ गई। अभी तक इन लोगों को न मालूम था कि गोलियां किधर से आ रही हैं। समझ रहे थे कि इसी कैंप से आती होंगी। अब शिकारी लोग बढ़ आए थे और साफ नजर आ रहे थे।

एक चमार बोला—साहब लोग गोली चला रहे हैं।

दूसरा—गोरों की फौज है, फौज।

तीसरा—चलो उन्हीं सबों को पथें? मुंर्गी के अंडे खा-खाकर खूब मोटाए हुए हैं।

चौथा—यही सब तो राजाओं को बिगाड़े हुए हैं। दो शिकार भी मिल गए, तो मेहनत सफल हो जाएगी।

लेकिन कायरों की हिम्मत टूटने लगी थी। लोग चुपके-चुपके दाएं-बाएं से सरकने लगे थे। यहां प्राण देने से बाजार में लूट मचाना कहीं आसान था। देखते-देखते पीछे के सभी आदमी खिसक गए। केवल आगे के लोग खड़े रह गए थे। उन्हें क्या खबर थी कि पीछे क्या हो रहा है। वे अंग्रेजों के कैंप की तरफ मुड़े और एक ही हल्ले में अंग्रेजी कैंप के फाटक तक आ पहुंचे। अब तो यहां भी भगदड़ पड़ी। एक ओर नरेशों के कैंप से मोटरें निकल-

निकलकर पीछे की ओर से दौड़ती चली आ रही थीं। इधर अंग्रेजी कैंप से मोटरों का निकलना शुरू हुआ। एक क्षण में सारी लेडियां गायब हो गईं। मर्दों में भी आधे से ज्यादा निकल भागे। केवल वही लोग रह गए, जो मोरचे पर खड़े थे और जिनके लिए भागना मौत के मुंह में जाना था; मगर उन सबों के हाथों में मार्टिन और मॉजर के यंत्र थे। इधर ईश्वर की दी हुई लाठियां थीं; या जमीन से चुने हुए पत्थर। यद्यपि हड़तालियों का दल एक ही हल्ले में इस फाटक तक पहुंच गया; पर यहां तक पहुंचते-पहुंचते कोई बीस आदमी गिर पड़े। अगर इस वक्त पचास गज के अंतर पर भी इतने आदमी गिरे होते, तो शायद सबके पैर उखड़ जाते, लेकिन यह विश्वास कि अब मार लिया है, उनके हौसले बढ़ाए हुए था। विजय के सम्मुख पहुंचकर कायर भी वीर हो जाते हैं, घर के समीप पहुंचकर थके हुए पथिक के पैरों में भी पर लग जाते हैं।

इन मनुष्यों के मुख पर इस समय हिंसा झलक रही थी। चेहरे विकृत हो गए थे। जिसने इन्हें इस दशा में न देखा हो, यह कल्पना भी नहीं कर सकते कि वही दीनता के पुतले हैं, जिन्हें एक काठ की पुतली भी चाहे जो नाच नचा सकती थी। अंग्रेज योद्धा अभी तक तो मोरचे पर खड़े बंदूकें छोड़ रहे थे; लेकिन इस भयंकर दल को सामने देखकर उनके औसान जाते रहे। दो-चार तो भागे, दो-तीन मूर्च्छा खाकर गिर पड़े। केवल पांच फौजी अफसर अपनी जगह पर डटे रहे। उन्हें बचने की कोई आशा न थी और इसी निराशा ने उन्हें अदम्य साहस प्रदान कर दिया था। वे जान पर खेले हुए थे ! क्षण-क्षण पर बंदूकें चलाते थे; मानो बंदूक की कलें हों। जो आगे बढ़ता था, उनके अचूक निशाने का शिकार हो जाता था। इधर ढेले और पत्थरों की वर्षा हो रही थी, जो फाटक तक मुश्किल से पहुंचती थी। अब सामने पहुंचकर लोगों ने आगे बढ़कर पत्थर चलाने शुरू किए। यहां तक कि अंग्रेज चोट खाकर गिर पड़े। एक का सिर फट गया था; दूसरे की बांह टूट गई थी। केवल तीन आदमी रह गए और वही इन आदमियों को रोक रखने के लिए काफी थे। लेकिन उनके पास भी कारतूस न रह गए थे। कठिन समस्या थी। प्राण बचने की कोई आशा नहीं। भागने की कल्पना ही से उन्हें घृणा होती थी। जिन मनुष्यों को हमेशा पैरों से ठुकराया किए, जिन्हें कुली कहते और कुत्तों से भी नीच समझते रहे, उनके सामने पीठ दिखाना ऐसा अपमान था, जिसे वे किसी तरह न सह सकते थे। इधर हड़तालियों के हौसले बढ़ते जाते थे। शिकार, अब बेदम होकर गिरना चाहता था। हिंसा के मुंह से लार टपक रही थी।

एक आदमी ने कहा—हां बहादुरो, बस एक हल्ले की और कसर है; घुस पड़ो। अब कहां जाते हैं।

दूसरा बोला—फांसी तो पड़ेगी ही, अब इन्हें क्यों छोड़ें?

सहसा एक आदमी पीछे से भीड़ को चीरता, बेतहाशा दौड़ा हुआ आकर बोला—बस-बस, क्या करते हो ! ईश्वर के लिए हाथ रोको ! क्या गजब करते हो ! लोगों ने चकित होकर देखा, तो चक्रधर थे। सैकड़ों आदमी उन्मत्त होकर उनकी ओर दौड़े और उन्हें घेर लिया। जय-जयकार की ध्वनि से आकाश गूंजने लगा।

एक मजदूर ने कहा—हमें अपने एक सौ भाइयों के खून का बदला लेना है।

चक्रधर ने दोनों हाथ उठाकर कहा—कोई एक कदम भी आगे न बढ़े। खबरदार !

मजदूर—यारो, बस एक हल्ला और !

चक्रधर—हम फिर कहते हैं, अब एक कदम भी आगे न उठे।

जिले के मैजिस्ट्रेट मिस्टर जिम ने कहा—बाबू साहब, खुदा के लिए हमें बचाइए।

फौज के कप्तान मिस्टर सिम बोले—हम हमेशा आपको दुआ देगा। हम सरकार से आपकी सिफारिश करेगा।

एक मजदूर—हमारे एक सौ जवान भून डाले, तब आप कहां थे? यारो, क्या खड़े हो, बाबूजी का क्या बिगड़ा है? मारे तो हम गए हैं न? मारो बढ़के।

चक्रधर ने उपद्रवियों के सामने खड़े होकर कहा—अगर तुम्हें खून की प्यास है, तो मैं हाजिर हूं। मेरी लाश को पैरों से कुचलकर तुम आगे बढ़ सकते हो।

मजदूर—भैया, हट जाओ, हमने बहुत मार खाई है; बहुत सताए गए हैं, इस वक्त दिल की आग बुझा लेने दो !

चक्रधर—मेरा लहू इस ज्वाला को शांत करने के लिए काफी नहीं है?

मजदूर—भैया, तुम शांत-शांत बका करते हो; लेकिन उसका फल क्या होता है। हमें जो चाहता है, मारता है, जो चाहता है, पीसता है, तो क्या हमीं शांत बैठे रहें? शांत रहने से तो और भी हमारी दुरगत होती है। हमें शांत रहना मत सिखाओ। हमें मारना सिखाओ, तभी हमारा उद्धार कर सकोगे।

चक्रधर—अगर अपनी आत्मा की हत्या करके हमारा उद्धार भी होता हो, तो हम आत्मा की हत्या न करेंगे। संसार को मनुष्य ने नहीं बनाया है, ईश्वर ने बनाया है। भगवान् ने उद्धार के जो उपाय बताए हैं, उनसे काम लो और ईश्वर पर भरोसा रखो।

मजदूर—हमारी फांसी तो हो ही जाएगी। तुम माफी तो न दिला सकोगे।

मिस्टर जिम—हम किसी को सजा न देंगे।

मिस्टर सिम—हम सबको इनाम दिलाएगा।

चक्रधर—इनाम मिले या फांसी, इसकी क्या परवा ! अभी तक तुम्हारा दामन खून के छींटों से पाक है; उसे पाक रखो। ईश्वर की निगाह में तुम निर्दोष हो। अब अपने को कलंकित मत करो, जाओ।

मजदूर—अपने भाइयों का खून कभी हमारे सिर से न उतरेगा, लेकिन तुम्हारी यही मर्जी है, तो लौट जाते हैं। आखिर फांसी पर तो चढ़ना ही है।

चक्रधर कुंदे की चोट से कुछ देर तक तो अचेत पड़े रहे थे। जब होश आया, तो देखा कि दाहिनी ओर हड़तालियों का एक दल अंग्रेजी कैंप के द्वार पर खड़ा है, बाईं ओर बाजार लुट रहा है और सशस्त्र पुलिस के सिपाही हड़तालियों के साथ मिले हुए दुकानें लूट रहे हैं और विशाल तिलक-मंडप से अग्नि की ज्वाला उठ रही है। वह उठे और अंग्रेजी कैंप की ओर भागे। वहीं उनके पहुंचने की सबसे ज्यादा जरूरत थी। बाजार में रक्तपात का भय न

था। रक्षक स्वयं लुटेरे बने हुए थे। उन्हें लूट से कहां फुर्सत थी कि हड़तालियों का शिकार करते? अंग्रेजी कैंप में ही स्थिति सबसे भयावह थी। इस नाजुक मौके पर वह न पहुंच जाते, तो किसी अंग्रेज की जान न बचती, सारा कैंप लुट जाता और खेमे राख के ढेर हो जाते। हड़तालियों की रक्षा करनी तो उन्हें बदी न थी; लेकिन विदेशियों को उन्होंने मौत के मुंह से निकाल लिया। एक क्षण में सारा कैंप साफ हो गया। एक भी मजदूर न रह गया।

इन आदमियों के जाते ही वे लोग भी इनके साथ हो लिए; जो पहले लूट के लालच से चले आए थे। जिस तरह पानी आ जाने से कोई मेला उठ जाता है, ग्राहक, दुकानदार और दुकानें सब न जाने कहां लुप्त हो जाती हैं, उसी भांति एक क्षण में सारे कैंप में सन्नाटा छा गया। केवल तिलक-मंडल से अभी तक आग की ज्वाला निकल रही थी। राजा साहब और उनके साथ के कुछ गिने-गिनाए आदमी उसके सामने चुपचाप खड़े मानो किसी मृतक की दाह-क्रिया कर रहे हों। बाजार लुटा, गोलियां चलीं, आदमी मक्खियों की तरह मारे गए; पर राजा मंडप के सामने ही खड़े रहे। उन्हें अपनी सारी मनोकामनाएं अग्नि-राशि में भस्म होती हुई मालूम होती थीं।

अंधेरा छा गया था। घायलों के कराहने की आवाजें आ रही थीं। चक्रधर और उनके साथ के युवक उन्हें सावधानी से उठा-उठाकर एक वृक्ष के नीचे जमा कर रहे थे। कई आदमी तो उठाते-ही-उठाते सुरलोक सिधारे। कुछ सेवक उन्हें ले जाने की फिक्र करने लगे। कुछ लोग शेष घायलों की देख-भाल में लगे। रियासत का डॉक्टर सज्जन मनुष्य था। यहां से संदेशा जाते ही आ पहुंचा। उसकी सहायता ने बड़ा काम किया। आकाश पर काली घटा छाई हुई थी। चारों तरफ अंधेरा था। तिलक मंडप की आग भी बुझ चुकी थी। उस अंधकार में ये लोग लालटेन लिए घायलों को अस्पताल ले जा रहे थे।

एकाएक कई सिपाहियों ने आकर चक्रधर को पकड़ लिया और अंग्रेज कैंप की तरफ ले चले। पूछा, तो मालूम हुआ कि जिम साहब का यह हुक्म है। चक्रधर ने सोचा—मैंने ऐसा कोई अपराध तो नहीं किया, जिसका यह दंड हो। फिर यह पकड़-धकड़ क्यों? संभव है, मुझसे कुछ पूछने के लिए बुलाया हो, और ये मूर्ख सिपाही उसका आशय न समझकर मुझे यों पकड़े लिए जाते हों। यह सोचते हुए वह मिस्टर जिम के खेमे में दाखिल हुए।

देखा, तो वहां कचहरी लगी हुई है। सशस्त्र पुलिस के सिपाही, जिन्हें अब लूट से फुर्सत मिल चुकी थी, द्वार पर संगीनें चढ़ाए खड़े थे। अंदर मिस्टर जिम और मिस्टर सिम रौद्र रूप धारण किए सिगार पी रहे थे, मानो क्रोधाग्नि मुंह से निकल रही हो। राजा साहब मिस्टर जिम के बगल में बैठे थे। दीवान साहब क्रोध से आंखें लाल किए मेज पर हाथ रखे कुछ कह रहे थे और मुंशी वज्रधर हाथ बांधे एक कोने में खड़े थे।

चक्रधर को देखते ही मिस्टर जिम ने कहा—राजा साहब कहता है कि यह सब तुम्हारी शरारत है। तुम और तुम्हारा साथी लोग बहुत दिनों से रियासत के आदमियों को भड़का रहा है, और आज भी तुम न आता, तो यह दंगा न मचता।

चक्रधर आवेश में आकर बोले—अगर राजा साहब, आपका ऐसा विचार है, तो इसका

मुझे दु:ख है। हम लोग जनता में जागृति अवश्य फैलाते हैं, उनमें शिक्षा का प्रचार करते हैं, उन्हें स्वार्थांध अमलों के फंदों से बचाने का उपाय करते हैं, और उन्हें अपने आत्मसम्मान की रक्षा करने का उपदेश देते हैं। हम चाहते हैं कि वे मनुष्य बनें और मनुष्यों की भांति संसार में रहें। ये स्वार्थ के दास बनकर कर्मचारियों की खुशामद न करें, भयवश अपमान और अत्याचार न सहें। अगर इसे कोई भड़काना समझता है, तो समझे ! हम तो इसे अपना कर्त्तव्य समझते हैं।

जिम—तुम्हारे उपदेश का यह नतीजा देखकर कौन कह सकता है कि तुम उन्हें नहीं भड़काता?

चक्रधर—यहां उन आदमियों पर अत्याचार हो रहा था और उन्हें यहां से चले जाने का या काम न करने का अधिकार था। अगर उन्हें शांति के साथ चले जाने दिया जाता, तो यह नौबत कभी नहीं आती।

राजा—हमें परंपरा से बेगार लेने का अधिकार है और उसे हम नहीं छोड़ सकते। आप आदमियों को बेगार देने से मना करते हैं, और आज के हत्याकांड का सारा भार आपके ऊपर है।

चक्रधर—कोई अन्याय केवल इसलिए मान्य नहीं हो सकता कि लोग उसे परंपरा से सहते आए हैं।

जिम—हम तुम्हारे ऊपर बगावत का मुकदमा चलाएगा। तुम dangerous (खतरनाक) आदमी है।

राजा—हुजूर, मैं इनके साथ कोई सख्ती नहीं करना चाहता, केवल यह प्रतिज्ञा लिखाना चाहता हूं कि यह अथवा इनके सहकारी लोग मेरी रियासत में न जाएं।

चक्रधर—मैं ऐसी प्रतिज्ञा नहीं कर सकता। दीनों पर अत्याचार होते देखकर दूर खड़े रहना वह दशा है, जो हम किसी तरह नहीं सह सकते। अभी बहुत दिन नहीं गुजरे कि राजा साहब के विचार मेरे विचारों से पूरे-पूरे मिलते थे। उन्हें अपने विचारों को बदलने के नए कारण हो गए हों, मेरे लिए कोई कारण नहीं।

राजा—मेरे प्रजा-हित के विचारों में कोई अंतर नहीं हुआ है, मैं अब भी प्रजा का सेवक हूं, लेकिन आप उन्हें राजनीतिक यंत्र बनाना चाहते हैं, और इसी उद्देश्य से आप उनके हितचिंतक बनते हैं। मैं उन्हें राजनीति में नहीं डालना चाहता। आप उनके आत्मसम्मान की रक्षा करते हैं और मैं उनके प्राणों की। बस, आपके और मेरे विचारों में केवल यही अंतर है।

मिस्टर जिम ने सब-इंस्पेक्टर से कहा—इनको हवालात में रखो, कल इजलास पर पेश करो।

वज्रधर ने आगे बढ़कर जिम के पैरों पर पगड़ी रख दी और बोले—हुजूर, यह गुलाम का लड़का है। हुजूर, इसकी जांबख्शी करें। हुजूर का पुराना गुलाम हूं। जब खुरजे में तहसीलदार था, तब हुजूर से सनद अता फरमाई थी, हुजूर !

मिस्टर जिम—ओ ! तहसीलदार साहब, यह तुम्हारा लड़का है? तुमने उसको घर से

निकाल क्यों नहीं दिया? सरकार तुमको इसलिए पेंशन नहीं देता कि तुम बागियों को पालो। हम तुम्हारा पेंशन बंद कर देगा। पेंशन इसलिए दिया जाता है कि तुम सरकार का वफादार नौकर बना रहे।

वज्रधर—हुजूर मेरे मालिक हैं। आज इसका कुसूर माफ कर दिया जाए। आज से मैं इसे घर से निकलने ही न दूंगा।

चक्रधर ने पिता को तिरस्कार भाव से देखकर कहा—आप क्यों ऐसी बातों से मुझे लज्जित करते हैं! मिस्टर जिम और राजा साहब मुझे जेल के बाहर भी कैद करना चाहते हैं। मेरे लिए जेल की कैद इस कैद से कहीं आसान है।

वज्रधर—बेटा, मैं अब थोड़े ही दिनों का मेहमान हूं। मुझे मर जाने दो, फिर तुम्हारे जी में जो आए करना। मैं मना करने न आऊंगा।

हरिसेवक—तहसीलदार साहब, आप व्यर्थ हैरान होते हैं। आपका काम समझा देना है। वह समझदार हैं। अपना भला-बुरा समझ सकते हैं। जब वह खुद आग में कूद रहे हैं, तो आप कब तक उन्हें रोकिएगा?

वज्रधर—मेरी यह अर्ज़ है हुजूर, कि मेरी पेंशन पर रेप न आए।

जिम—तुमको इस मुकदमे में शहादत देना होगा। तुमने अच्छा शहादत दिया, तो तुम्हारा पेंशन बहाल रखा जाएगा।

चक्रधर—लीजिए, आपकी पेंशन बहाल हो गई, केवल मेरे विरुद्ध गवाही भर दे दीजिएगा।

राजा—बाबू चक्रधर, अभी कुछ नहीं बिगड़ा है। आप प्रतिज्ञा लिखकर शौक से घर जा सकते हैं। मैं आपको तंग नहीं करना चाहता। हां, इतना ही चाहता हूं कि ऐसे हंगामे न खड़े हों।

चक्रधर—राजा साहब, क्षमा कीजिएगा, जब तक असंतोष के कारण दूर न होंगे, ऐसी दुर्घटनाएं होंगी और फिर होंगी। मुझे आप पकड़ सकते हैं, कैद कर सकते हैं। इससे चाहे आपको शांति हो, पर वह असंतोष अणुमात्र भी कम न होगा, जिससे प्रजा का जीवन असह्य हो गया है। असंतोष को भड़काकर आप प्रजा को शांत नहीं कर सकते। हां, कायर बना सकते हैं। अगर आप उन्हें कर्महीन, बुद्धिहीन, पुरुषार्थहीन मनुष्य का तन धारण करने वाले सियार और सुअर बनाना चाहते हैं, तो बनाइए, पर इससे न आपकी कीर्ति होगी, न ईश्वर प्रसन्न होंगे और न स्वयं आपकी आत्मा ही तुष्ट होगी।

पंद्रह

राजाओं-महाराजाओं को क्रोध आता है, तो उनके सामने जाने की हिम्मत नहीं पड़ती। जाने क्या गजब हो जाय, क्या आफत आ जाय। विशालसिंह किसी को फांसी न दे सकते थे, यहां तक कि कानून की रू से वह किसी को गालियां भी न दे सकते थे। कानून उनके लिए भी

था, वह भी सरकार की प्रजा थे, किन्तु नौकरी तो छीन सकते थे, जुर्माना तो कर सकते थे। इतना अख्तियार क्या थोड़ा है? सारी रात गुजर गई, पर राजा साहब अपने कमरे से बाहर नहीं निकले। उनकी पलकें तक न झपकी थीं। आधी रात तक तो उनकी तलवार हरिसेवक पर खिंची रही; इसी बुड्ढे खूसट के कुप्रबन्ध ने यह सारा तूफान खड़ा किया। उसके बाद तलवार के वार अपने ऊपर होने लगे। मुझे इस उत्सव की जरूरत ही क्या थी? रियासत मुझे मिल ही चुकी थी। टीके-तिलक की हिमाकत में क्यों पड़ा? पिछले पहर क्रोध ने फिर पहलू बदला और तलवार की चोटें चक्रधर पर पड़ने लगीं। यह सारी शरारत इसी लौंडे की है। न्याय, ध र्म और परोपकार सब बहुत अच्छी बातें हैं; लेकिन हर एक काम के लिए एक अवसर होता है। इसने प्रजा में असंतोष की आग भड़काई। दो-चार दिन आधे ही पेट खाकर रह जाते, तो क्या मजदूरों की जान निकल जाती? अपने घर ही पर उन्हें कौन दोनों वक्त पकवान मिलता है। जब बारहों मास एक वक्त आधे पेट खाकर रहते हैं, तो यहां रसद के लिए दंगा कर बैठना साफ बतला रहा है कि यह दूसरों का मंत्र था। बाप तो तलुवे सहलाता फिरता है और आप परोपकारी बनते फिरते हैं। पांच साल तक चक्की न पिसवाई, तो नाम नहीं !

राजभवन में सन्नाटा छाया हुआ था। रोहिणी ने तो जन्माष्टमी के दिन से ही राजा साहब से बोलना-चालना छोड़ दिया था। यों पड़ी रहती थी, जैसे कोई चिड़िया पिंजरे में। वसुमती को अपने पूजा-पाठ से फुरसत न थी। अब उसे राम और कृष्ण दोनों ही की पूजा-अर्चना करनी पड़ती थी। केवल रामप्रिया घबराती हुई इधर-उधर दौड़ रही थी। कभी चुपके-चुपके कोपभवन के द्वार तक जाती, कभी खिड़की से झांकती; पर राजा साहब की त्योरियां देखकर उलटे पांव लौट आती। डरती थी कि कहीं वह कुछ खा न लें, कहीं भाग न जाएं। निर्बल क्रोध ही तो वैराग्य है।

वह इसी चिन्ता में विकल थी कि मनोरमा आकर सामने खड़ी हो गई। उसकी दोनों आंखें बीरबहूटी हो रही थीं, भंवे चढ़ी हुई, मानो किसी गुण्डे ने सती को छेड़ दिया हो।

रामप्रिया ने पूछा—कहां थी, मनोरमा?

मनोरमा—ऊपर ही तो थी। राजा साहब कहां हैं?

रामप्रिया ने मनारेमा के मुख की ओर तीव्र दृष्टि से देखा। हृदय आंखों में रो रहा था। बोली—क्या करोगी पूछकर?

मनोरमा—उनसे कुछ कहना चाहती हूं।

रामप्रिया—कहीं उनके सामने जाना मत। कोप-भवन में हैं। मैं तो खुद उनके सामने जाते डरती हूं।

मनोरमा—आप बतला तो दें।

रामप्रिया—नहीं, मैं न बताऊंगी। कौन जानता है, इस वक्त उनके हृदय पर क्या बीत रही है। खून का घूंट पी रहे होंगे ! सुनती हूं, तुम्हारे गुरुजी ही की यह सारी करामात है। देखने में तो बड़े ही सज्जन मालूम होते हैं; पर हैं एक छंटे हुए।

मनोरमा तीर की भांति कमरे से निकलकर वसुमती के पास जा पहुंची। वसुमती अभी

स्नान करके आई थी और पूजा करने जा रही थी कि मनोरमा को सामने देखकर चौंक पड़ी। मनोरमा ने पूछा—आप जानती हैं, राजा साहब कहां हैं?

वसुमती ने रुखाई से कहा—होंगे जहां उनकी इच्छा होगी। मैं तो पूछने भी न गई। जैसे राम राधा से, वैसे ही राधा राम से।

मनोरमा—आपको मालूम नहीं?

वसुमती—मैं होती कौन हूं? न सलाह में, न बात में। बेगानों की तरह घर में पड़ी दिन काट रही हूं? वह बैठी हुई हैं। उनसे पूछो, जानती होंगी।

मनोरमा रोहिणी के कमरे में आई। वह गावतकिए लगाए ठस्से से मसनद पर बैठी हुई थी। सामने आईना था। नाइन केश गूंथ रही थी। मनोरमा को देखकर मुस्कराई। पूछा—कैसे चलीं?

मनोरमा—आपको मालूम है, राजा साहब इस वक्त कहां मिलेंगे? मुझे उनसे कुछ कहना है।

रोहिणी—कहीं बैठे अपने नसीबों को रो रहे होंगे। यह मेरी हाय का फल है ! कैसा तमाचा पड़ा है कि याद ही करते होंगे। ईश्वर बड़ा न्यायी है। मैंने तो चिन्ता करनी ही छोड़ दी। जिन्दगी रोने के लिए थोड़े ही है। सच पूछो, तो इतना सुख मुझे कभी न था। घर में आग लगे या वज्र गिरे, मेरी बला से !

मनोरमा—मुझे सिर्फ इतना बता दीजिए कि वह कहां हैं?

रोहिणी—मेरे हृदय में ! उसे बाणों से छेद रहे हैं।

मनोरमा निराश होकर यहां से भी निकली। वह इस राजभवन में पहले ही पहल आई थी। अंदाज से दीवानखाने की तरफ चली। जब रानियों के यहां नहीं, तो अवश्य दीवानखाने में होंगे। द्वार पर पहुंचकर वह जरा ठिठक गई। झांककर अन्दर देखा, राजा साहब कमरे में टहलते थे और मूंछें ऐंठ रहे थे। मनोरमा अन्दर चली गई। पछताई कि व्यर्थ रानियों से पूछती फिरी।

राजा साहब उसे देखकर चौंक पड़े। कोई दूसरा आदमी होता, तो शायद वह उस पर झल्ला पड़ते, निकल जाने को कहते; किन्तु मनोरमा के मान-प्रदीप्त सौन्दर्य ने उन्हें परास्त कर दिया। खौलते हुए पानी ने दहकती हुई आग को शान्त कर दिया। उन्होंने पहले उसे एक बार देखा था। तब वह बालिका थी। आज वही बालिका नवयुवती हो गई थी। यह एक रात की भीषण चिन्ता, दारुण वेदना और दुस्सह तापसृष्टि थी। राजा साहब के सम्मुख आने पर भी उसे जरा भी भय या संकोच न हुआ। सरोष नेत्रों से ताकती हुई बोली-उसका कण्ठ आवेश से कांप रहा था—महाराज, मैं आपसे यह पूछने आई हूं कि क्या प्रभुत्व और पशुता एक ही वस्तु है या उनमें कुछ अन्तर है?

राजा साहब ने विस्मित होकर कहा—मैंने तुम्हारा आशय नहीं समझा, मनोरमा? बात क्या है? तुम्हारी त्योरियां चढ़ी हुई हैं। क्या किसी ने कुछ कहा है या मुझसे नाराज हो? यह भवें क्यों तनी हुई हैं?

मनोरमा—मैं आपके सामने फरियाद करने आई हूं।

राजा—क्या तुम्हें किसी ने कटु वचन कहे हैं?

मनोरमा—मुझे किसी ने कटु वचन कहे होते, तो फरियाद करने न आती। अपने लिए आपको कष्ट न देती; लेकिन आपने-अपने तिलकोत्सव के दिन एक ऐसे प्राणी पर अत्याचार किया, जिस पर मेरी असीम भक्ति है, जिसे मैं देवता समझती हूं, जिसका हृदय कमल के जलसिंचित दल की भांति पवित्र और कोमल है, जिसमें संन्यासियों का-सा त्याग और ऋषियों का-सा सत्य है, जिसमें बालकों की-सी सरलता और योद्धाओं की-सी वीरता है। आपके न्याय और धर्म की चर्चा उसी पुरुष के मुंह से सुना करती थी। अगर यही उसका यथार्थ रूप है, तो मुझे भय है कि इस आतंक के आधार पर बने हुए राजभवन का शीघ्र ही पतन हो जाएगा और आपकी सारी कीर्ति स्वप्न की भांति मिट जाएगी। जिस समय आपके ये निर्दय हाथ बाबू चक्रधर पर उठे, अगर उस समय मैं वहां होती, तो कदाचित् कुन्दे का वह वार मेरी ही गर्दन पर पड़ता। मुझे आश्चर्य होता है कि उन पर आपके हाथ उठे क्योंकर ! उसी समय से मेरे मन में विचार हो रहा है कि क्या प्रभुत्व और पशुता एक ही वस्तु तो नहीं हैं?

मनोरमा के मुख से ये जलते हुए शब्द सुनकर राजा दंग रह गए। उनका क्रोध प्रचण्ड वायु के इस झोंके से आकाश पर छाए हुए मेघ के समान उड़ गया। आवेश में भरी हुई सरल हृदया बालिका से वाद-विवाद करने के बदले उन्हें उस पर अनुराग उत्पन्न हो गया। सौन्दर्य के सामने प्रभुत्व भीगी बिल्ली बन जाता है। आसुरी शक्ति भी सौन्दर्य के सामने सिर झुका देती है। राजा साहब नम्रता से बोले—चक्रधर को तुम कैसे जानती हो?

मनोरमा—वह मुझे अंग्रेजी पढ़ाने आया करते हैं।

राजा—कितने दिनों से?

मनोरमा—बहुत दिन हुए।

राजा—मनोरमा, मेरे दिल में बाबू चक्रधर की इज्जत थी और है, उसकी चर्चा करते हुए शर्म आती है। जब उन पर इन्हीं कठोर हाथों से मैंने आघात किया, तो अब ऐसी बातें सुनकर तुम्हें विश्वास न आएगा। तुमने बहुत ठीक कहा है कि प्रभुत्व और पशुता एक ही वस्तु हैं। एक वस्तु चाहे न हों, पर उनमें फूस और चिनगारी का संबंध अवश्य है। मुझे याद नहीं आता कि कभी मुझे इतना क्रोध आया हो। अब मुझे याद आ रहा है कि मैंने धैर्य से काम लिया होता, तो चक्रधर चमारों को जरूर शांत कर देते। जनता पर उसी आदमी का असर पड़ता है, जिसमें सेवा का गुण हो। यह उनकी सेवा ही है, जिसने उन्हें इतना सर्वप्रिय बना दिया है, अंग्रेजों की प्राण-रक्षा करने में उन्होंने जितनी वीरता से काम लिया, उसे अलौकिक कहना चाहिए। वह द्रोहियों के सामने जाकर न खड़े हो जाते, तो शायद इस वक्त जगदीशपुर पर गोली की वर्षा होती और मेरी जो दशा होती, उसकी कल्पना ही से रोएं खड़े होते हैं। वह वीरात्मा हैं और उनके साथ मैंने जो अन्याय किया है, उसका मुझे जीवन-पर्यन्त दुःख रहेगा।

विनय क्रोध को निगल जाता है। मनोरमा शान्त होकर बोली—केवल दुःख प्रकट करने

से तो अन्याय का घाव नहीं भरता?

राजा—क्या करूं मनोरमा, अगर मेरे वश की बात होती, तो मैं इसी क्षण जाता और चक्रधर को अपने कन्धे पर बैठाकर लाता, पर अब मेरा अख्तियार नहीं है। अगर उनकी जगह मेरा ही पुत्र होता, तो भी मैं कुछ न कर सकता।

मनोरमा—आप मिस्टर जिम से कह सकते हैं?

राजा—हां, कह सकता हूं, पर आशा नहीं कि वह मानें। राजनीतिक अपराधियों के साथ ये लोग जरा भी रिआयत नहीं करते, उनके विषय में कुछ सुनना नहीं चाहते। हां, एक बात हो सकती है, अगर चक्रधर जी यह प्रतिज्ञा कर लें कि अब वह कभी सार्वजनिक कामों में भाग न लेंगे, तो शायद मिस्टर जिम उन्हें छोड़ दें। तुम्हें आशा है कि चक्रधर यह प्रतिज्ञा करेंगे?

मनोरमा ने संदिग्ध भाव से सिर हिलाकर कहा—न, मुझे इसकी आशा नहीं। वह अपनी खुशी से कभी ऐसी प्रतिज्ञा न करेंगे।

राजा—तुम्हारे कहने से न मान जाएंगे?

मनोरमा—मेरे कहने से क्या; वह ईश्वर के कहने से भी न मानेंगे और अगर मानेंगे भी तो उसी क्षण मेरे आदर्श से गिर जाएंगे। मैं यह कभी न चाहूंगी कि वह उन अधिकारों को छोड़ दें, जो उन्हें ईश्वर ने दिए हैं। आज के पहले मुझे उनसे वही स्नेह था, जो किसी को एक सज्जन आदमी से हो सकता है। मेरी भक्ति उन पर न थी। उनकी प्रणवीरता ही ने मुझे उनका भक्त बना दिया है, उनकी निर्भीकता ही ने मेरी श्रद्धा पर विजय पाई है।

राजा ने बड़ी दीनता से पूछा—जब यह जानती हो, तो मुझे क्यों जिम के पास भेजती हो?

मनोरमा—इसलिए कि सच्चे आदमी के साथ सच्चा बर्ताव होना चाहिए। किसी को उसकी सच्चाई का या सज्जनता का दण्ड न मिलना चाहिए। इसी में आपका भी कल्याण है। जब तक चक्रधर के साथ न्याय न होगा, आपके राज्य में शान्ति न होगी। आपके माथे पर कलंक का टीका लगा रहेगा।

राजा—क्या करूं, मनोरमा ! अच्छे सलाहकार न मिलने से मेरी यह दशा हुई। ईश्वर जानता है, मेरे मन में प्रजाहित के लिए कैसे-कैसे हौसले थे। मैं अपनी रियासत में रामराज्य का युग लाना चाहता था, पर दुर्भाग्य से परिस्थिति कुछ ऐसी होती जाती है कि मुझे वे सभी काम करने पड़ रहे हैं जिनसे मुझे घृणा थी। न जाने वह कौन-सी शक्ति है जो मुझे अपनी आत्मा के विरुद्ध आचरण करने पर मजबूर कर देती है। मेरे पास कोई ऐसा मन्त्री नहीं है जो मुझे सच्ची सलाहें दिया करे। मैं हिंसक जन्तुओं से घिरा हुआ हूं। सभी स्वार्थी हैं, कोई मेरा मित्र नहीं। इतने आदमियों के बीच में मैं अकेला, निस्सहाय, मित्रहीन प्राणी हूं। एक भी ऐसा हाथ नहीं, जो मुझे गिरते देखकर संभाल ले। मैं अभी मिस्टर जिम के पास जाऊंगा और साफ-साफ कह दूंगा कि मुझे बाबू चक्रधर से कोई शिकायत नहीं है।

मनोरमा के सौन्दर्य ने राजा साहब पर जो जादू का-सा असर डाला था, वही असर

उनकी विनय और शालीनता ने मनोरमा पर किया। सारी परिस्थिति उसकी समझ में आ गई। नरम होकर बोली—जब उनके पास जाने से आपको कोई आशा ही नहीं है, तो व्यर्थ क्यों कष्ट उठाइएगा? मैं आपसे यह आग्रह करूंगी। मैंने आपका इतना समय नष्ट किया, इसके लिए मुझे क्षमा कीजिएगा। मेरी कुछ बातें अगर कटु और अप्रिय लगी हों....।

राजा ने बात काटकर कहा—मनोरमा, सुधा-वृष्टि भी किसी को कड़वी और अप्रिय लगती है? मैंने ऐसी मधुर वाणी कभी न सुनी थी। तुमने मुझ पर अनुग्रह किया है, उसे कभी न भूलूंगा।

मनोरमा कमरे से चली गई। विशालसिंह द्वार पर खड़े उसकी ओर ऐसे तृषित नेत्रों से देखते रहे, मानो उसे पी जाएंगे। जब वह आंखों से ओझल हो गई, तो वह कुर्सी पर लेट गए। उनके हृदय में एक विचित्र आकांक्षा अंकुरित हो रही थी।

किन्तु वह आकांक्षा क्या थी ! मृगतृष्णा ! मृगतृष्णा !

सोलह

संध्या हो गयी है। ऐसी उमस है कि सांस लेना कठिन है, और जेल की कोठरियों में यह उमस और भी असह्य हो गई है। एक भी खिड़की नहीं; एक भी जंगला नहीं। उस पर मच्छरों का निरन्तर गान कानों के परदे फाड़े डालता है। सबके सब दावत खाने के पहले गा-गाकर मस्त हो रहे हैं। एक आध मरभुक्खे पत्तलों की राह न देखकर कभी-कभी रक्त का स्वाद ले लेते हैं; लेकिन अधिकांश मण्डली उस समय का इन्तजार कर रही है, जब निद्रा देवी उनके सामने पत्तल रखकर कहेंगी—प्यारे, आओ जितना खा सको खाओ, जितना पी सको पिओ। रात तुम्हारी है और भण्डार भरपूर।

यहीं एक कोठरी में चक्रधर को भी स्थान दिया गया है। स्वाधीनता की देवी अपने सच्चे सेवकों को यही पद प्रदान करती है।

वह सोच रहे हैं—यह भीषण उत्पात क्यों हुआ? हमने तो कभी भूलकर भी किसी से यह प्रेरणा नहीं की। फिर लोगों के मन में यह बात कैसे समायी? इस प्रश्न का उन्हें यही उत्तर मिल रहा है कि हमारी नीयत का नतीजा है। हमारी शान्त शिक्षा की तह में द्वेष छिपा हुआ था। हम भूल गए थे कि संगठित शक्ति आग्रहमय होती है, अत्याचार से उत्तेजित हो जाती है। अगर हमारी नीयत साफ होती, तो जनता के मन में कभी राजाओं पर चढ़ दौड़ने का आवेश न होता, लेकिन क्या जनता राजाओं के कैम्प की तरफ न जाती, तो पुलिस उन्हें बिना रोकटोक अपने घर जाने देती? कभी नहीं। सवार के लिए घोड़े का अड़ जाना या बिगड़ जाना एक बात है। जो छेड़-छेड़कर लड़ना चाहे, उससे कोई क्योंकर बचे? फिर अगर प्रजा अत्याचार का विरोध न करे, तो उसके संगठन से फायदा ही क्या? इसीलिए तो उसे सारे उपदेश दिये जाते हैं। कठिन समस्या है। या तो प्रजा को उनके हाल पर छोड़ दूं, उन पर कितने ही जुल्म हों, उनके निकट न जाऊं, या ऐसे उपद्रवों के लिए तैयार रहूं। राज्य पशुबल का

प्रयत्क्ष रूप है। वह साधु नहीं है, जिसका बल धर्म है, वह विद्वान नहीं है, जिसका बल तर्क है। वह सिपाही है, जो डंडे के जोर से अपना स्वार्थ सिद्ध करता है। इसके सिवा उसके पास कोई दूसरा साधन ही नहीं।

यह सोचते-सोचते उन्हें अपना खयाल आया। मैं तो कोई आन्दोलन नहीं कर रहा था। किसी को भड़का नहीं रहा था। जिन लोगों की प्राणरक्षा के लिए अपनी जान जोखिम में डाली, वही मेरे साथ यह सलूक कर रहे हैं। इतना भी नहीं देख सकते कि जनता पर किसी का असर हो। उनकी इच्छा इसके सिवा और क्या है कि सभी आदमी अपनी-अपनी आंखें बन्द कर रखें, उन्हें अपने आगे-पीछे, दाएं-बाएं देखने का हक नहीं। अगर सेवा करना पाप है, तो यह पाप तो मैं उस वक्त तक करता रहूंगा, जब तक प्राण रहेंगे। जेल की क्या चिन्ता? सेवा करने के लिए सभी जगह मौके हैं। जेल में तो और भी ज्यादा। लालाजी को दुःख होगा, अम्मा जी रोएंगी ! लेकिन मजबूरी है। जब बाहर भी जबान और हाथ-पांव बांधे जाएंगे, तो जैसे जेल, वैसे बाहर। हां, ज़रा उसका विस्तार अधिक है। मैं किसी तरह प्रतिज्ञा नहीं कर सकता। वह भी जेल ही है।

वह इसी सोच-विचार में पड़े हुए थे कि एकाएक मुंशी वज्रधर कमरे में दाखिल हुए। उनकी देह पर एक पुरानी अचकन थी, जिसका मैल उसके असली रंग को छिपाए हुए था, नीचे एक पतलून था, जो कमरबन्द न होने के कारण खिसककर इतना नीचा हो गया था कि घुटनों के नीचे एक झोल-सा पड़ गया था। संसार में कपड़े से ज्यादा बेवफा और कोई वस्तु नहीं होती। हमारा घर बचपन से बुढ़ापे तक हर अवस्था में हमारा है। वस्त्र हमारा होते हुए भी हमारा नहीं रहता। आज जो वस्त्र हमारा है, वह कल हमारा न रहेगा। उसे हमारे सुख-दुख की जरा भी चिन्ता नहीं होती, फौरन बेवफाई कर जाता है। हम जरा बीमार हो जाएं, किसी स्थान की जलवायु जरा हमारे अनुकूल हो जाए कि बस, हमारे प्यारे वस्त्र, जिनके लिए हमने दर्जी की दुकान की खाक छान डाली थी, हमारा साथ छोड़ देते हैं। उन्हें अपना बनाओ, अपने नहीं होते। अगर जबरदस्ती गले लगाओ, तो चिल्ला-चिल्लाकर कहते हैं, हम तुम्हारे नहीं। वे केवल हमारी पूर्वावस्था के चिह्न होते हैं।

मुंशी वज्रधर की अचकन भी, जो उनकी अल्पकालीन लेकिन ऐतिहासिक तहसीलदारी की यादगार थी, पुकार-पुकारकर कहती थी—मैं अब इनकी नहीं। किन्तु तहसीलदार साहब हुकूमत के जोर से चिपटाए हुए थे। तुम कितनी ही बेवफाई करो, मेरी कितनी ही बदनामी करो, छोड़ने का नहीं। अच्छे दिनों में तो तुमने हमारे साथ चैन किए, इन बुरे दिनों में तुम्हें क्यों छोडूं? यों भूत और वर्तमान के संग्राम की मूर्ति बने हुए तहसीलदार साहब चक्रधर के पास जाकर बोले—क्या करते हो बेटा? यहां तो बड़ा अंधेरा है। चलो, बाहर इक्का खड़ा है, बैठ लो। इधर ही से साहब के बंगले पर होते चलेंगे। जो कुछ वह कहें, लिख देना। बात ही कौन-सी है? हमें कौन किसी से लड़ाई करनी है। कल ही से दौड़ लगा रहा हूं। बारे आज दोपहर को जाके सीधा हुआ। पहले बहुत यों-त्यों करता रहा, लेकिन मैंने पिण्ड न छोड़ा। मेम साहब के पास पहुंचकर रोने लगा। इस फन में तुम जानो उस्ताद हूं। सरकारी मुलाजिमत

और वह भी तहसीलदारी सब कुछ सिखा देती है। अंग्रेजों को तो तुम जानते ही हो, मेमों के गुलाम होते हैं। मेम ने जाकर हजरत को डांटा—क्यों तहसीलदार साहब को दिक कर रहे हो? अभी उनके लड़के को छोड़ दो, नहीं तो घर से निकल जाओ। वह डांट पड़ी, तो हजरत के होश ठिकाने हुए। बोले—वेल, तहसीलदार साहब, हम आपका बहुत इज्जत करता है। आपको हम नाउम्मेद नहीं करना चाहता, लेकिन जब तक आपका बेटा इस बात का कौल न करे कि वह फिर कभी गोलमाल न करेगा, तब तक हम उसे नहीं छोड़ सकता। हम अभी जेलर को लिखता है कि उससे पूछो राजी है? मैंने कहा—हुजूर, मैं खुद जाता हूं और उसे हुजूर की खिदमत में लाकर हाजिर करता हूं। या वहां न चलना चाहो, तो यहीं एक हलफनामा लिख दो। देर करने से क्या फायदा? तुम्हारी अम्मा रो-रोकर जान दे रही हैं।

चक्रधर ने सिर नीचा करके कहा—अभी तो मैंने कुछ निश्चय नहीं किया। सोच कर जवाब दूंगा। आप नाहक इतने हैरान हुए।

वज्रधर—कैसी बातें करते हो, यहां नाक कटी जा रही है,घर से निकलना मुश्किल हो गया है और तुम कहते हो, सोचकर जवाब दूंगा। इसमें सोचने की बात ही क्या है? इस तहसीलदारी की लाज तो रखनी है। की तो थोड़े ही दिन, लेकिन आज तक लोग याद करते हैं और हमेशा याद करेंगे। कोई हाकिम इलाके में आया नहीं कि उससे मिलने दौड़ा। रसद के ढेर लगा देता था। हाकिमों के नौकर-चाकर तक खाते-खाते ऊब जाते थे। जमींदारों की तो मेरे नाम से जान निकल जाती थी। जिस साहब ने मेरी तारीफी चिट्ठियां पढ़ीं, तो दंग रह गए। इज्जत को तो निभाना ही पड़ेगा। चलो, हलफनामा लिख दो। घर में कल से आग नहीं जली।

चक्रधर—मेरी आत्मा किसी तरह अपने पांव में बेड़ियां डालने पर राजी नहीं होती।

वज्रधर—मौका देखकर सब कुछ किया जाता है, बेटा ! दुनिया में कोई किसी का नहीं होता। यही राजा साहब पहले तुमसे कितनी मुहब्बत से पेश आते थे। अब अपने सिर पर पड़ी, तो कैसे सारी बला तुम्हारे सिर ठेलकर निकल गए। दीवान साहब का लड़का गुरुसेवक पहले जाति के पीछे कैसा लट्ठ लिये फिरता था। कल डिप्टी कलक्टरी में नामजद हो गया। कहां तो हमसे हमदर्दी करता था; कहां अब विद्रोहियों के खिलाफ जलसा करने के लिए दौड़-धूप कर रहा है। जब सारी दुनिया अपना मतलब निकालने की धुन में है, तो तुम्हीं दुनिया की फिक्र में क्यों अपने को बरबाद करो? दुनिया जाय जहन्नुम में। हमें अपने काम से काम है या दुनिया के झगड़ों से?

चक्रधर—अगर और लोग अपने मतलब के बन्दे हो जाएं और स्वार्थ के लिए अपने सिद्धांतों से मुंह मोड़ बैठें तो कोई वजह नहीं कि मैं भी उन्हीं की नकल करूं। मैं ऐसे लोगों को अपना आदर्श नहीं बना सकता। मेरे आदर्श इनसे बहुत ऊंचे हैं।

वज्रधर—बस, तुम्हारी इसी जिद पर मुझे गुस्सा आता है। मैंने भी अपनी जवानी में इस तरह के खिलवाड़ किए हैं, और उन लोगों को कुछ-कुछ जानता हूं जो अपने को जाति के सेवक कहते हैं। बस, मुंह न खुलवाओ। सब अपने-अपने मतलब के बन्दे हैं, दुनिया को

लूटने के लिए यह सारा स्वांग फैला रखा है। हां, तुम्हारे जैसे दो-चार उल्लू भले ही फंस जाते हैं, जो अपने को तबाह कर डालते हैं। मैं तो सीधी-सी बात जानता हूं—जो अपने घरवालों की सेवा न कर सका, वह जाति की सेवा कभी कर ही नहीं सकता, घर सेवा की सीढ़ी का पहला डण्डा है। इसे छोड़कर तुम ऊपर नहीं जा सकते।

चक्रधर जब अब भी प्रतिज्ञापत्र पर हस्ताक्षर करने पर राजी न हुए; तो मुंशीजी निराश होकर बोले—अच्छा बेटा लो, अब कुछ न कहेंगे। जो तुम्हारी खुशी हो, वह करो। मैं जानता था कि तुम जन्म के जिद्दी हो, मेरी एक न सुनोगे, इसीलिए आता ही न था, लेकिन तुम्हारी माता ने मुझे कुरेदकर भेजा। कह दूंगा, नहीं आता। सब कुछ करके हार गया, सब्र करके बैठो, उसे अपनी बात और अपनी शान मां-बाप से प्यारी है। जितना रोना हो, रो लो।

कठोर से कठोर हृदय में भी मातृस्नेह की कोमल स्मृतियां संचित होती हैं। चक्रधर कातर होकर बोले—आप माताजी को समझाते रहिएगा। कह दीजिएगा, मुझे जरा भी तकलीफ नहीं है, मेरे लिए रंज न करें।

वज्रधर ने इतने दिनों तक यों ही तहसीलदारी न की थी। ताड़ गए कि अबकी निशाना ठीक पड़ा। बेपरवाही से बोले—मुझे क्या गरज पड़ी है कि किसी के लिए झूठ बोलूं। बिना किसी मतलब के झूठ बोलना मेरी नीति नहीं। जो आंखों से देख रहा हूं वही कहूंगा। रोएंगी, रोएं; इसमें मेरा क्या अख्तियार है। रोना तो उनकी तकदीर ही में लिखा है। जब से तुम आए हो, एक घूंट पानी तक मुंह में नहीं डाला। इसी तरह दो-चार दिन और रहीं, तो प्राण निकल जाएंगे। तुम्हारे सिर का बोझ टल जाएगा ! यह लो, वॉर्डन मुझे बुलाने आ रहे हैं। वक्त पूरा हो गया।

चक्रधर ने दीन-भाव से कहा—अम्मांजी को एक बार यहां न लाइएगा?

वज्रधर—तुम्हें इस दशा में देखकर तो उन्हें जो दो-चार दिन जीना है, वह भी न जिएंगी। क्या कहते हो? इकरारनामा लिखना हो, तो मेरे साथ दफ्तर में चलो।

चक्रधर करुणा से विह्वल हो गए। बिना कुछ कहे हुए मुंशीजी के साथ दफ्तर की ओर चले। मुंशीजी के चेहरे की झुर्रियां एक क्षण के लिए मिट गईं। चक्रधर को गले लगाकर बोले—जीते रहो बेटा, तुमने मेरी बात मान ली। इससे बढ़कर और क्या खुशी की बात होगी !

दोनों आदमी दफ्तर में आए, तो जेलर ने कहा—कहिए, तहसीलदार साहब, आपकी हार हुई न? मैं कहता न था, वह न सुनेंगे। आजकल के नौजवान अपनी बात के आगे किसी की नहीं सुनते।

वज्रधर—जरा कलम-दवात तो निकालिए। और बातें फिर होंगी।

दारोगा—(चक्रधर से) क्या आप इकरारनामा लिख रहे हैं ! निकल गई सारी शेखी ! इसी पर इतनी दूनकी लेते थे !

चक्रधर पर घड़ों पानी पड़ गया। मन की अस्थिरता पर लज्जित हो गए। जाति-सेवकों से सभी दृढ़ता की आशा रखते हैं, सभी उसे आदर्श पर बलिदान होते देखना चाहते हैं। जातीयता के क्षेत्र में आते ही उसके गुणों की परीक्षा अत्यन्त कठोर नियमों से होने लगती है और दोषों

की सूक्ष्म नियमों से। परले सिरे का कुचरित्र मनुष्य भी साधुवेश रखने वालों से ऊंचे आदर्श पर चलने की आशा रखता है, और उन्हें आदर्श से गिरते देखकर उनका तिरस्कार करने में संकोच नहीं करता ! जेलर के कटाक्ष ने चक्रधर की झपकी हुई आंखें खोल दीं। तुरन्त उत्तर दिया—मैं जरा वह प्रतिज्ञापत्र देखना चाहता हूं।

तहसीलदार साहब ने जेलर की मेज से वह कागज उठा लिया और चक्रधर को दिखाते हुए बोले—बेटा, इसमें कुछ नहीं है। जो कुछ मैं कह चुका हूं, वही बातें जरा कानूनी ढंग से लिखी गई हैं।

चक्रधर ने कागज को सरसरी तौर से देखकर कहा—इसमें तो मेरे लिए कोई जगह ही नहीं रही। घर पर कैदी बना रहूंगा। मेरा ऐसा खयाल न था। अपने हाथों अपने पांवों में बेड़ियां न डालूंगा। जब कैद ही होना है, तो कैदखाना क्या बुरा है? अब या तो अदालत से बरी होकर आऊंगा, या सजा के दिन काटकर।

यह कहकर चक्रधर अपनी कोठरी में चले आए और एकान्त में खूब रोए। आंसू उमड़ रहे थे; पर जेलर के सामने कैसे रोते?

एक सप्ताह बाद मिस्टर जिम के इलजास में मुकद्दमा चलने लगा। तहसीलदार साहब ने न कोई वकील खड़ा किया, न अदालत में आए। यहां तो गवाहों के बयान होते थे, और वह सारे दिन जिम के बंगले पर बैठे रहते थे। साहब बिगड़ते थे, धमकाते थे; पर वह उठने का नाम न लेते। जिम जब बंगले से निकलते, तो द्वार पर मुंशीजी खड़े नजर आते थे। कचहरी से आते, तो भी उन्हें वहीं खड़ा पाते। मारे क्रोध के लाल हो जाते। दो-एक बार घूंसा भी ताना; लेकिन मुंशीजी को सिर नीचा किए देख दया आ गई। अक्सर यह साहब के दोनों बच्चों को खिलाया करते, कन्धे पर लेकर दौड़ते, मिठाइयां ला-लाकर खिलाते और मेम साहब को हंसाने वाले लतीफे सुनाते।

आखिर एक दिन साहब ने पूछा—तुम मुझसे क्या चाहता है?

वज्रधर ने अपनी पगड़ी उतारकर साहब के पैरों पर रख दी और हाथ जोड़कर बोले—हुजूर, सब जानते हैं, मैं क्या अर्ज करूं ! सरकार की खिदमत में सारी उम्र कट गई। मेरे देवता तो, ईश्वर तो, जो कुछ हैं, आप ही हैं। आपके सिवा मैं और किसके द्वार पर जाऊं? किसके सामने रोऊं? इन पके बालों पर तरस खाइए। मर जाऊंगा हुजूर, इतना बड़ा सदमा उठाने की ताकत अब नहीं रही !

जिम—हम छोड़ नहीं सकता, किसी तरह नहीं।

वज्रधर—हुजूर जो चाहें करें। मेरा तो आपसे कहने ही भर का अख्तियार है। हुजूर को दुआ देता हुआ मर जाऊंगा; पर दामन न छोडूंगा।

जिम—तुम अपने लड़के को क्यों नहीं समझाता?

वज्रधर— हुजूर नाखलफ है, और क्या कहूं ! खुदा सताए दुश्मन को भी ऐसी औलाद न दे। जी तो यही चाहता है कि हुजूर, कम्बख्त का मुंह न देखूं; लेकिन कलेजा नहीं मानता। हुजूर, मां-बाप का दिल कैसा होता है, इसे तो हुजूर भी जानते हैं।

अदालत में रोज खासी भीड़ हो जाती। वे सब मजदूर, जिन्होंने हड़ताल की थी, एक बार चक्रधर के दर्शनों को आ जाते; यदि चक्रधर को छोड़ने के लिए एक सौ आदमियों की जमानत मांगी जाती, तो उसके मिलने में बाधा न होती। सब जानते थे कि इन्हें हमारे पापों का प्रायश्चित करना पड़ रहा है। शहर से भी हजारों आदमी आ पहुंचते थे। कभी-कभी राजा विशालसिंह भी आकर दर्शकों की गैलरी में बैठ जाते। लेकिन और कोई आए या न आए, सबेरे या देर से आए, किन्तु मनोरमा रोज ठीक दस बजे कचहरी में आ जाती और अदालत के उठने तक अपनी जगह पर मूर्ति की भांति बैठी रहती। उसके मुख पर अब पहले की-सी अरुण आभा, वह चंचलता, वह प्रफुल्लता नहीं है। उसकी जगह दृढ़ संकल्प, विशाल करुणा, अलौकिक धैर्य और गहरी चिन्ता का फीका रंग छाया हुआ है, मानो कोई वैरागिनी है, जिसके मुख पर हास्य की मृदु-रेखा कभी खिंची ही नहीं। वह न किसी से बोलती है, न मिलती है। उसे देखकर सहसा कोई यह नहीं कह सकता है कि यह वही आमोदप्रिय बालिका है, जिसकी हंसी दूसरों को हंसाती थी।

वहां बैठी हुई मनोरमा कल्पनाओं का संसार रचा करती है। उस संसार में प्रेम ही प्रेम है, आनन्द ही आनन्द है। उसे अनायास कहीं से अतुल धन मिल जाता है, कदाचित् कोई देवी प्रसन्न हो जाती है। इस विपुल धन को वह चक्रधर के चरणों पर अर्पण कर देती है, फिर भी चक्रधर उसके राजा नहीं होते, वह अब भी उसके आश्रयी ही रहते हैं। उन्हें आश्रय ही देने के लिए वह रानी बनती है, अपने लिए वह कोई मंसूबे नहीं बांधती। जो कुछ सोचती है, चक्रधर के लिए। चक्रधर से प्रेम नहीं है, केवल भक्ति है। चक्रधर को वह मनुष्य नहीं, देवता समझती है।

सन्ध्या का समय था। आज पूरे पन्द्रह दिनों की कार्रवाई के बाद मिस्टर जिम ने दो साल की कैद का फैसला सुनाया था। यह कम से कम सजा थी, जो उस धारा के अनुसार दी जा सकती थी।

चक्रधर हंस-हंसकर मित्रों से विदा हो रहे थे। सबकी आंखों में जल भरा हुआ था। मजदूरों का दल इजलास के द्वार पर खड़ा "जय-जय" का शोर मचा रहा था। कुछ स्त्रियां खड़ी रो रही थीं। सहसा मनोरमा आकर चक्रधर के सम्मुख खड़ी हो गई। उसके हाथ में एक फूलों का हार था। वह उसने उनके गले में डाल दिया और बोली—अदालत ने तो आपको सजा दे दी, पर इतने आदमियों में से एक भी ऐसा न होगा, जिसके दिल में आपसे सौगुना प्रेम न हो गया हो। आपने हमें सच्चे साहस, आत्मबल और सच्चे कर्त्तव्य का रास्ता दिखा दिया। जाइए, जिस काम का बीड़ा उठाया है, उसे पूरा कीजिए, हमारी शुभ कामनाएं आपके साथ हैं।

उसने इसी अवसर के लिए कई दिन से वाक्य रट रखे थे। इस भांति उद्गारों को न बांध रखने से वह आवेश में जाने क्या कह जाती।

चक्रधर ने केवल दबी आंखों से मनोरमा को देखा, कुछ बोल न सके। उन्हें शर्म आ रही थी कि लोग दिल में क्या खयाल कर रहे होंगे। सामने राजा विशालसिंह, दीवान साहब,

ठाकुर गुरुसेवक और मुंशी वज्रधर खड़े थे। बरामदे में हजारों आदमियों की भीड़ थी। धन्यवाद के शब्द उनकी जबान पर आकर रुक गए। वह दिखाना चाहते थे कि मनोरमा की यह वीरभक्ति उसकी बालक्रीड़ा मात्र है।

एक क्षण में सिपाहियों ने चक्रधर को बन्द गाड़ी में बिठा दिया और जेल की ओर ले चले। धीरे-धीरे कमरा खाली हो गया। मिस्टर जिम ने भी चलने की तैयारी की। तहसीलदार साहब के सिवा अब कमरे में और कोई न था। जब जिम कटघरे से नीचे उतरे, तो मुंशीजी आंखों में आंसू भरे उनके पास आए और बोले—मिस्टर जिम, मैं तुम्हें आदमी समझता था, पर तुम पत्थर निकले। मैंने तुम्हारी जितनी खुशामद की, उतनी अगर ईश्वर की करता, तो मोक्ष पा जाता। मगर तुम न पसीजे। रिआया का दिल यों मुट्ठी में नहीं आता। यह धांधली उसी वक्त तक चलेगी, जब तक यहां के लोगों की आंखें बन्द हैं। यह मजा बहुत दिनों तक न उठा सकोगे।

यह कहते हुए मुंशीजी कमरे से बाहर चले आये। जिम ने कुपित नेत्रों से देखा, पर कुछ बोला नहीं।

चक्रधर जेल पहुंचे, तो शाम हो गई थी। जाते ही उनके कपड़े उतार लिये गए और जेल के वस्त्र मिले। लोटा और तसला भी दिया गया। गर्दन में लोहे का नम्बर डाल दिया गया। चक्रधर जब ये कपड़े पहनकर खड़े हुए, तो उनके मुख पर विचित्र शान्ति की झलक दिखाई दी, मानो किसी ने जीवन का तत्त्व पा लिया हो। उन्होंने वही किया, जो उनका कर्त्तव्य था और कर्त्तव्य का पालन ही चित्त की शान्ति का मूल मन्त्र है।

रात को जब वह लेटे, तो मनोरमा की सूरत आंखों के सामने फिरने लगी। उसकी एक-एक बात याद आने लगी और हर बात में कोई न कोई गुप्त आशय भी छिपा हुआ मालूम होने लगा। लेकिन इसका अन्त क्या? मनोरमा, तुम क्यों मेरे झोंपड़े में आग लगाती हो? तुम्हें मालूम है, तुम मुझे किधर खींचे लिए जाती हो? ये बातें कल तुम्हें भूल जायेंगी। किसी राजा-रईस से तुम्हारा विवाह हो जाएगा, फिर भूलकर भी न याद करोगी। देखने पर शायद पहचान भी न सको ! मेरे हृदय में क्यों अपने खेल के घरौंदे बना रही हो? तुम्हारे लिए जो खेल है, वह मेरे लिए मौत है। मैं जानता हूं, यह तुम्हारी बालक्रीड़ा है; लेकिन मेरे लिए वह आग की चिनगारी है। तुम्हारी आत्मा कितनी पवित्र है, हृदय कितना सरल ! धन्य होंगे उसके भाग्य, जिसकी तुम हृदयेश्वरी बनोगी; मगर इस अभागे को कभी अपनी सहानुभूति और सहृदयता से वंचित मत करना। मेरे लिए इतना ही बहुत है !

सत्रह

राजा विशालसिंह की जवानी कब की गुजर चुकी थी, किन्तु प्रेम से उनका हृदय अभी तक वंचित था। अपनी तीनों रानियों में केवल वसुमती के प्रेम की कुछ भूली हुई-सी याद उन्हें आती थी। प्रेम वह प्याला नहीं है, जिससे आदमी छक जाय, उसकी तृष्णा सदैव बनी रहती

है। राजा साहब को अब अपनी रानियां गंवारिनें-सी जंचती थीं, जिन्हें इसका जरा भी ज्ञान न था कि अपने को इस नई परिस्थिति के अनुकूल कैसे बनाएं, कैसे जीवन का आनन्द उठाएं। वे केवल आभूषणों ही पर टूट रही थीं। रानी देवप्रिया के बहुमूल्य आभूषणों के लिए तो वह संग्राम छिड़ा कि कई दिन तक आपस में गोलियां-सी चलती रहीं। राजा साहब पर क्या बीत रही है, राज्य की क्या दशा है, इसकी किसी को सुध न थी। उनके लिए जीवन में यदि कोई वस्तु थी, तो वह रत्न और आभूषण थे। यहां तक कि रामप्रिया भी अपने हिस्से के लिए लड़ने-झगड़ने में संकोच न करती थी। इस आभूषण प्रेम के सिवा उनकी रुचि या विचार में कोई विकास न हुआ। कभी-कभी तो उनके मुंह से ऐसी बातें निकल जाती थीं कि रानी देवप्रिया के समय की लौंडिया-बाँदिया मुंह मोड़कर हंसने लगतीं। उनका यह व्यवहार देखकर राजा साहब का दिल उनसे खट्टा होता जाता था।

यों अपने-अपने ढंग पर तीनों ही उनसे प्रेम करती थीं। वसुमती के प्रेम में ईर्ष्या थी, रोहिणी के प्रेम में शासन और रामप्रिया का प्रेम तो सहानुभूति की सीमा के अन्दर ही रह जाता था। कोई राजा के जीवन को सुखमय न बना सकती थी, उनकी प्रेमतृष्णा को तृप्त न करती थी। उन सरोवरों के बीच में यह प्यास से तड़प रहे थे—उस पथिक की भांति, जो गन्दे तालाबों के सामने प्यास से व्याकुल हो। पानी बहुत था, पर पीने लायक नहीं। उसमें दुर्गन्ध थी, विष के कीड़े थे। इसी व्याकुलता की दशा में मनोरमा मीठे, ताजे जल की गागर लिए हुए सामने से आ निकली—नहीं, उसने उन्हें जल पीने को निमन्त्रित किया—और वह उसकी ओर लपके, तो आश्चर्य की कोई बात नहीं।

राजा साहब के हृदय में नई-नई प्रेम-कल्पनाएं अंकुरित होने लगीं। उसकी एक-एक बात उन्हें अपनी ओर खींचती थी। वेश कितना सुन्दर था ! वस्त्रों से सुरुचि झलकती थी, आभूषणों से सुबुद्धि। वाणी कितनी मधुर थी, प्रतिभा में डूबी हुई, एक-एक शब्द हृदय की पवित्रता में रंगा हुआ। कितनी अद्‌भुत रूप छटा है, मानो ऊषा के हृदय से ज्योतिर्मय मधुर संगीत कोमल, सरस, शीतल ध्वनि निकल रही हो। वह अकेली आई थी, पर यह विशाल दीवानखाना भरा-सा मालूम होता था। हृदय कितना उदार है, कितना कोमल ! ऐसी रमणी के साथ जीवन कितना आनन्दमय, कितना कल्याणमय हो सकता है ! जो बालिका एक साध‌ारण व्यक्ति के प्रति इतनी श्रद्धा रख सकती है, वह अपने पति के साथ कितना प्रेम करेगी, कल्पना से उनका चित्त फूल उठता था। जीवन स्वर्ग तुल्य हो जाएगा। और अगर परमात्मा की कृपा से किसी पुत्र का जन्म हुआ, तो कहना ही क्या ! उसके शौर्य और तेज के सामने बड़े-बड़े नरेश कांपेंगे। बड़ा प्रतापी, मनस्वी, कर्मशील राजा होगा, जो कुल को उज्ज्वल कर देगा। राजा साहब को इसकी लेश मात्र भी शंका न थी कि मनोरमा उन्हें वरने की इच्छा भी करेगी या नहीं। उनके विचार में अतुल सम्पत्ति अन्य सभी त्रुटियों को पूरा कर सकती थी।

दीवान साहब से पहले वह खिंचे रहते थे। अब उनका विशेष आदर-सत्कार करने लगे। उनकी इच्छा के विरुद्ध कोई काम न करते। दो-तीन बार उनके मकान पर भी गए और अपनी सज्जनता की छाप लगा आए। ठाकुर साहब की भी कई बार दावत की। आपस में

घनिष्ठता बढ़ने लगी। हर्ष की बात यह थी कि मनोरमा के विवाह की बातचीत और कहीं नहीं हो रही थी। मैदान खाली था। इन अवसरों पर मनोरमा उनके साथ कुछ इस तरह दिल खोलकर मिली कि राजा साहब की आशाएं और भी चमक उठीं। क्या उसका उनसे हंस-हंसकर बातें करना, बार-बार उनके पास आकर बैठ जाना और उनकी बातों को ध्यान से सुनना, रहस्यपूर्ण नेत्रों से उनकी ओर ताकना और नित्य नई छवि दिखाना, उसके मनोभावों को प्रकट न करता था? रहे दीवान साहब, वह सांसारिक जीव थे और स्वार्थ-सिद्धि के ऐसे अच्छे अवसर को कभी न छोड़ सकते थे, चाहे समाज इसका तिरस्कार ही क्यों न करे। हां, अगर शंका थी, तो लौंगी की ओर से थी। वह राजा साहब का आना-जाना पसन्द न करती थी। वह उनके इरादों को भांप गई थी और उन्हें दूर ही रखना चाहती थी। मनोरमा को बार-बार आंखों से इशारा करती थी कि अन्दर जा। किसी-न-किसी बहाने से उसे हटाने की चेष्टा करती रहती थी। उसका मुंह बन्द करने के लिए राजा साहब उससे लल्लो-चप्पो की बातें करते और एक बार एक कीमती साड़ी भी उसको भेंट की, पर उसने उसकी ओर देखे बिना ही उसे लौटा दिया। राजा साहब के मार्ग में यही एक कंटक था और उसे हटाए बिना वह अपने लक्ष्य पर न पहुंच सकते थे। बेचारे इसी उधेड़-बुन में पड़े रहते थे। आखिर उन्होंने मुंशीजी को अपना एक भेदिया बनाना निश्चय किया। वही ऐसे प्राणी थे, जो इस कठिन समस्या को हल कर सकते थे। एक दिन उन्हें एकान्त में बुलाया और राज-सम्बन्धी बातें करने लगे।

राजा—इलाके का क्या हाल है? फसल तो अबकी बहुत अच्छी है?

मुंशी—हुजूर, मैंने अपनी उम्र में ऐसी अच्छी फसल नहीं देखी। अगर पूरब के इलाके में दो सौ कुएं बन जाते, तो फसल दुगुनी हो जाती। पानी का वहां बड़ा कष्ट है।

राजा—मैं खुद इसी फिक्र में हूं। कुएं क्या, मैं तो एक नहर बनवाना चाहता हूं। अरमान तो दिल में बड़े-बड़े थे; मगर सामने अंधेरा देखकर कुछ हौसला नहीं होता। सोचता हूं, किसके लिए यह जंजाल बढ़ाऊं!

इस भूमिका के बाद विवाह की चर्चा अनिवार्य थी।

राजा—मैं अब क्या विवाह करूंगा? जब ईश्वर ने अब तक संतान न दी, तो अब कौन-सी आशा है?

मुंशी—गरीबपरवर, अभी आपकी उम्र ही क्या है। मैंने अस्सी बरस की उम्र में आदमियों के भाग्य जागते देखे हैं।

राजा—फिर मुझसे अपनी कन्या का विवाह कौन करेगा?

मुंशी—अगर आपका जरा-सा इशारा पा गया होता, तो अब तक कभी की बहूजी घर में आ गई होतीं। राजा से अपनी कन्या का विवाह करना किसे बुरा लगता है?

राजा—लेकिन मुझे तो अब ऐसी स्त्री चाहिए, जो सुशिक्षित हो, विचारशील हो, राज्य के मामलों को समझती हो, अंग्रेजी रहन-सहन से परिचित हो। बड़े-बड़े अफसर आते हैं। उनकी मेमों का आदर-सत्कार कर सके। घर अंग्रेजी ढंग से सजा सके। बातचीत करने में चतुर हो। बाहर निकलने में न झिझके। ऐसी स्त्री आसानी से नहीं मिल सकती। मिली भी

तो उसमें चरित्र-दोष अवश्य होंगे। जहां ऐसी स्त्रियों को देखता हूं, भ्रष्ट ही पाता हूं। मैं तो ऐसी स्त्री चाहता हूं, जो इन गुणों के साथ निष्कलंक हो। ऐसी एक कन्या मेरी निगाह में है, लेकिन वहां मेरी रसाई नहीं हो सकती।

मुंशी—क्या इसी शहर में है?

राजा—शहर में ही नहीं, घर ही में समझिए।

मुंशी—अच्छा, समझ गया। मैं तो चकरा गया कि इस शहर में ऐसा कौन राजा रईस है, जहां हुजूर की रसाई नहीं हो सकती। वह तो सुनकर निहाल हो जाएंगे, दौड़ते हुए करेंगे। कन्या सचमुच देवी है। ईश्वर ने उसे रानी बनने ही के लिए बनाया है। ऐसी विचारशील लड़की मेरी नजर से नहीं गुजरी।

राजा—आप जरा घर वालों को आजमाइए तो। आप जानते हैं न, दीवान साहब के घर की स्वामिनी लौंगी है?

मुंशी—वह क्या करेगी?

राजा—वही सब कुछ करेगी। दीवान साहब को तो उसने भेड़ा बना रखा है। और, है भी अभिमानिनी। न उस पर लालच का कुछ दांव चलता है, न खुशामद का।

मुंशी—हुजूर, उसकी कुंजी मेरे पास है। खुशामद से तो उसका मिजाज और भी बढ़ता है। कितने ही बड़े दरजे पर पहुंच जाय, पर है तो वह नीच जात। उसे धमकाकर, मारने का भय दिखाकर, आप उससे जो काम चाहें करा सकते हैं। नीच जात बातों से नहीं, लातों ही से मानती है।

दूसरे दिन प्रात:काल मुंशीजी दीवान साहब के मकान पर पहुंचे। दीवान साहब मनोरमा के साथ गंगास्नान को गए हुए थे। लौंगी अकेली बैठी हुई थी। मुंशी जी फूले न समाए। ऐसा ही मौका चाहते थे। जाते ही जाते विवाह की बात छेड़ दी।

लौंगी ने कहा—तहसीलदार साहब, कैसी बातें करते हो? हमें अपनी रानी को धन के साथ बेचना थोड़े ही है। ब्याह जोड़ का होता है कि ऐसा बेजोड़? लड़की कंगाल को दे, पर बूढ़े को न दे। गरीब रहेगी तो क्या, जन्म भर का रोना-झींकना तो न रहेगा।

मुंशी—तो राजा बूढ़े हैं?

लौंगी—और नहीं क्या छैला जवान हैं?

मुंशी—अगर यह विवाह न हुआ, तो समझ लो कि ठाकुर साहब कहीं के न रहेंगे। तुम नीच जात राजाओं का स्वभाव क्या जानो? राजा लोगों को जहां किसी बात की धुन सवार हो गई, फिर उसे पूरा किए बिना न मानेंगे, चाहे उनका राज्य ही क्यों न मिट जाय। राजाओं की बात को दुलखना हंसी नहीं है, क्रोध में आकर न जाने क्या हुक्म दे बैठें। बात तो समझती ही नहीं हो, सब धान बाईस पसेरी ही तौलना चाहती हो।

लौंगी—यह तो अनोखी बात है कि या तो अपनी बेटी दे, या मेरा गांव छोड़। ऐसी धमकी देकर थोड़े ही ब्याह होता है।

मुंशी—राजाओं-महाराजाओं का काम इसी तरह होता है। अभी तुम इन राजा साहब

को जानती नहीं हो। सैकड़ों आदमियों को भुनवा के रख दिया, किसी ने पूछा तक नहीं। अभी चाहे जिसे लुटवा लें, चाहे जिसके घर में आग लगवा दें। अफसरों से दोस्ती है ही, कोई उनका कर ही क्या सकता है? जहां एक अच्छी-सी डाली भेज दी, काम निकल गया।

लौंगी—तो यों कहो कि पूरे डाकू हैं।

मुंशी—डाकू कहो, लुटेरे कहो, सभी कुछ हैं। बात जो थी, मैंने साफ-साफ कह दी। यह चारपाई पर बैठकर पान चबाना भूल जाइएगा।

लौंगी—तहसीलदार साहब, तुम तो धमकाते हो, जैसे हम राजा के हाथों बिक गए हों। रानी रूठेंगी, अपना सोहाग लेंगी। अपनी नौकरी ही लेंगे, ले जाएं। भगवान् का दिया खाने को बहुत है।

मुंशी—अच्छी बात है, मगर याद रखना, खाली नौकरी से हाथ धोकर गला न छूटेगा। राजा लोग जिसे निकालते हैं, कोई-न-कोई दाग भी जरूर लगा देते हैं। एक झूठा इलजाम भी लगा देंगे, तो कुछ करते-धरते न बनेगा। यही कह दिया कि इन्होंने सरकारी रकम उड़ा ली है, तो बताओ क्या होगा? समझ से काम लो। बड़ों से रार मोल लेने में अपना निबाह नहीं है। तुम अपना मुंह बन्द रखो, हम दीवान साहब को राजी कर लेंगे। अगर तुमने भांजी मारी, तो बला तुम्हारे ही सिर आएगी। ठाकुर साहब चाहे इस वक्त तुम्हारा कहना मान जाएं, पर जब चरखे में फंसेंगे, तो सारा गुस्सा तुम्हीं पर उतारेंगे। कहेंगे, तुम्हीं ने मुझे चौपट किया। सोचो जरा।

लौंगी गहरी सोच में पड़ गई। वह और सब कुछ सह सकती थी, दीवान साहब का क्रोध न सह सकती थी। यह भी जानती थी कि दीवान साहब के दिल में ऐसा खयाल आना असम्भव नहीं है। मनोरमा के रंग-ढंग से भी उसे मालूम हो गया था कि वह राजा साहब को दुतकारना नहीं चाहती। जब वे लोग राजी हैं, तो मैं क्या बोलूं? कहीं पीछे से कोई आफत आई, तो मेरे ही सिर के बाल नोंचे जाएंगे। मुंशीजी ने भले चेता दिया, नहीं तो मुझसे बिना बोले कब रहा जाता?

अभी उसने कुछ जवाब न दिया था कि दीवान साहब स्नान करके लौट आए। उन्हें देखते ही लौंगी ने इशारे से बुलाया और अपने कमरे में ले जाकर उनके कान में बोली—राजा साहब ने मनोरमा के ब्याह के लिए संदेश भेजा है।

ठाकुर—तुम्हारी क्या सलाह है?

लौंगी—जो तुम्हारी इच्छा हो, मेरी सलाह क्या पूछते हो!

ठाकुर—यही मेरी बात का जवाब है? मुझे अपनी इच्छा से करना होता, तो पूछता ही क्यों?

लौंगी—मेरी बात मानोगे तो हई नहीं, पूछने से फायदा?

ठाकुर—कोई बात बता दो, जो मैंने तुम्हारी इच्छा से न की हो?

लौंगी—कोई बात भी मेरी इच्छा से नहीं होती। एक बात हो तो बताऊं। तुम्हीं कोई बात बता दो, जो मेरी इच्छा से हुई हो? तुम करते हो अपने मन की। हां, मैं अपना धर्म समझ के

भूंक लेती हूं।

ठाकुर—तुम्हारी इन्हीं बातों पर मेरा मारने को जी चाहता है। तू क्या चाहती है कि मैं अपनी जबान कटवा लूं?

लौंगी—उसकी परीक्षा तो अभी हुई जाती है। तब पूछती हूं कि मेरी इच्छा से हो रहा है कि बिना इच्छा के। मैं कहती हूं, मुझे यह विवाह एक आंख नहीं भाता। मानते हो?

ठाकुर—हां, मानता हूं! जाकर मुंशीजी से कहे देता हूं।

लौंगी—मगर राजा साहब बुरा मान जाएं, तो?

ठाकुर—कुछ परवा नहीं।

लौंगी—नौकरी जाती रहे, तो?

ठाकुर—कुछ परवा नहीं। ईश्वर का दिया बहुत है, और न भी हो तो क्या? एक बात निश्चय कर ली, तो उसे करके छोड़ेंगे चाहे उसके पीछे प्राण ही क्यों न चले जाएं।

लौंगी—मेरे सिर के बाल तो न नोंचने लगोगे कि तूने ही मुझे चौपट किया? अगर ऐसा करना हो, तो मैं साफ कहती हूं, मंजूर कर लो। मुझे बाल नुचवाने का बूता नहीं है।

ठाकुर—क्या मुझे बिलकुल गया-गुजरा समझती है? मैं जरा झगड़े से बचता हूं, तो तूने समझ लिया कि इनमें कुछ दम ही नहीं है। लत्ते-लत्ते उड़ जाऊं, पर विशालसिंह से लड़की का विवाह न करूं? तूने समझा क्या है? लाख गया-बीता हूं, तो भी क्षत्रिय हूं।

दीवान साहब उसी जोश में उठे, आकर मुंशीजी से बोले—आप राजा साहब से जाकर कह दीजिए कि हमें विवाह करना मंजूर नहीं।

लौंगी भी ठाकुर साहब के पीछे-पीछे आई थी। मुंशीजी ने उसकी तरफ तिरस्कार से देखकर कहा—आप इस वक्त गुस्से में मालूम होते हैं। राजा साहब ने बड़ी मिन्नत करके और बहुत डरते-डरते आपके पास यह संदेशा भेजा है। आपने मंजूर न किया, तो मुझे भय है कि वह जहर न खा लें।

लौंगी—भला, जब जहर खाने लगेंगे, तब देखी जाएगी। इस वक्त आप जाकर यही कह दीजिए।

मुंशी—दीवान साहब, इस मामले में जरा सोच-समझकर फैसला कीजिए।

लौंगी—राजा साहब के पास दौलत के सिवा और क्या है! दौलत ही तो संसार में सब कुछ नहीं।

मुंशी—सब कुछ न हो; लेकिन इतनी तुच्छ भी नहीं।

लौंगी—शादी-ब्याह के मामले में मैं उसे तुच्छ समझती हूं।

मुंशी—यह मैं कब कहता हूं कि दौलत संसार की सब चीजों से बढ़कर है! आप लोगों की दुआ से जानता हूं कि सुख का मूल संतोष है। एक आदमी जल और स्थल के सारे रत्न पाकर गरीब रह सकता है, दूसरा फटे वस्त्रों और रूखी रोटियों में भी धनी हो सकता है।

सहसा मनोरमा आकर खड़ी हो गई। यह वाक्य उसके कान में भी पड़ गया। समझी, धन की निंदा हो रही है। बात काटकर बोली—इसे संतोष नहीं मूर्खता कहना चाहिए।

ठाकुर—अगर सन्तोष मूर्खता है, तो संसार भर के नीतिग्रन्थ, उपनिषदों से लेकर कुरान तक मूर्खता के ढेर लग जाएंगे। सन्तोष से अधिक और किसी तप की महिमा नहीं गाई गई है। धन ही पाप, द्वेष और अन्याय का मूल है।

मनोरमा—संसार के धर्मग्रन्थ, उपनिषदों से लेकर कुरान तक, उन लोगों के रचे हुए हैं, जो रोटियों के मोहताज थे। उन्होंने अंगूर खट्टे समझकर धन की निन्दा की तो कोई आश्चर्य नहीं। अगर कुछ ऐसे आदमी हैं, जो धनी होकर भी धन की निन्दा करते हैं, तो मैं उन्हें ध ूर्त समझती हूं, जिन्हें अपने सिद्धान्त पर व्यवहार करने का साहस नहीं।

ठाकुर साहब ने समझा, मनोरमा ने यह व्यंग्य उन्हीं पर किया है। चिढ़कर बोले—ऐसे लोग भी तो हो गए हैं, जिन्होंने धन ही नहीं, राज-पाट पर भी लात मार दी है।

मनोरमा—ऐसे आदमियों के नाम उगलियों पर गिने जा सकते हैं। मेरी समझ में तो धन ही सुख और कल्याण का मूल है। संसार में जितना परोपकार होता है, धनियों ही के हाथों होता है।

ठाकुर—संसार में जितना अत्याचार होता है, वह भी तो धनियों के हाथों होता है।

मनोरमा—हां मानती हूं, धन से अत्याचार भी होता है; लेकिन कांटे से फूल का आदर कम नहीं होता। संसार में धन सर्वप्रधान वस्तु है। जिन्दगी का कौन-सा काम है, जो धन के बिना चल सके? धर्म भी बिना धन के नहीं हो सकता। यही कारण है कि संसार ने धन को जीवन का लक्ष्य मान लिया है। धन का निरादर करके हमने प्रभुत्व खो दिया और यदि हमें संसार में रहना है, तो हमें धन की उपासना करनी पड़ेगी। इसी से लोक-परलोक में हमारा उद्धार होगा।

मुंशीजी ने विजय गर्व से हंसकर कहा—कहिए, दीवान साहब, मेरी डिग्री हुई कि अब भी नहीं?

ठाकुर—मुझे मालूम होता है, धन के माहात्म्य पर इसने कोई लेख लिखा था और वही पढ़ सुनाया। क्यों मनोरमा, है न यही बात?

मनोरमा—अभी तो मैंने यह लेख नहीं लिखा, लेकिन लिखूंगी तो उसमें यही विचार प्रकट करूंगी। मेरे शब्दों में कदाचित् आपको दुराग्रह का भाव झलकता हुआ मालूम होता हो। इसका कारण यह है कि मैं अभी एक अंग्रेजी किताब पढ़े चली आती हूं, जिसमें संतोष ही का गुणानुवाद किया गया है।

मुंशीजी ने देखा, मनोरमा के मन की थाह लेने का अच्छा अवसर है। ठाकुर साहब की ओर आंखें मारकर बोले—मनोरमा मेरे विचार तुम्हारे विचार से बिलकुल मिलते हैं। ध ान से जितना अधर्म होता है, अगर ज्यादा नहीं, तो उतना ही धर्म भी होता है; लेकिन कभी-कभी ऐसे भी मौके आ जाते हैं, जब धन के मुकाबले में और कितनी ही बातों का लिहाज करना पड़ता है। कन्या का विवाह ऐसा ही मौका है। मेरी कन्या का विवाह होने वाला है। मेरे सामने इस वक्त दो वर हैं। एक तो अधेड़ आदमी है; पर दौलत उसके घर में गुलामी करती रहती है। दूसरा एक सुन्दर युवक है, बहुत ही होनहार लेकिन गरीब। बताओ, किससे कन्या का विवाह करूं?

ठाकुर—अगर कन्या की बात है, तो मैं यही सलाह दूंगा कि आप दौलत पर न जाइए। उसी युवक से विवाह कीजिए।

लौंगी—ऐसा तो होना ही चाहिए। ब्याह जोड़े का अच्छा होता है। ऐसा ब्याह किस काम का कि वह बहू का बाप मालूम हो, बेचारी कन्या के दिन रोते ही बीतें।

मुंशी—और तुम्हारी क्या राय है, मनोरमा?

मनोरमा ने कुछ लजाते हुए कहा—आप जैसा उचित समझें, करें।

मुंशी—नहीं, इस विषय में तुम्हारी राय बुड्ढों की राय से बढ़कर है।

मनोरमा—मैं तो समझती हूं कि जो दिन खाने-पहनने, सैर-तमाशे के होते हैं, अगर वे किसी गरीब आदमी के साथ चक्की चलाने और चौका-बरतन करने में कट गए तो जीवन का सुख ही क्या? हां, इतना मैं अवश्य कहूंगी कि उम्र का एक साल एक लाख से कम मूल्य नहीं रखता।

यह कहकर मनोरमा चली गई। उसके जाने के बाद दीवान साहब कई मिनट तक जमीन की ओर ताकते रहे। अन्त में लौंगी से बोले—तुमने इसकी बातें सुनीं?

लौंगी—सुनी क्यों नहीं, क्या बहरी हूं?

ठाकुर—फिर?

लौंगी—फिर क्या, लड़के हैं, जो मुंह में आया बकते हैं, उनके बकने से क्या होता है। मां-बाप का धर्म है कि लड़कों के हित ही की करें। लड़का माहुर मांगे, तो क्या मां-बाप उसे माहुर दे देंगे? कहिए, मुंशीजी !

मुंशी—हां, यह तो ठीक ही है; लेकिन जब लड़के अपना भला-बुरा समझने लगें, तो उनका रुख देखकर ही काम करना चाहिए।

लौंगी—जब तक मां-बाप जीते हैं, तब तक लड़कों को बोलने का अख्तियार ही क्या है? आप जाकर राजा साहब से यही कह दीजिए।

मुंशी—दीवान साहब, आपका भी यही फैसला है?

ठाकुर—साहब, मैं इस विषय में सोचकर जवाब दूंगा। हां, आप मेरे दोस्त हैं; इस नाते आपसे इतना कहता हूं कि आप कुछ इस तरह गोल-मोल बातें कीजिए कि मुझ पर कोई इल्जाम न आने पाए। आपने तो बहुत दिनों अफसरी की है, और अफसर लोग ऐसी बातें करने में निपुण भी होते हैं।

मुंशीजी मन में लौंगी को गालियां देते हुए यहां से चले। जब फाटक के पास पहुंचे, तो देखा कि मनोरमा एक वृक्ष के नीचे घास पर लेटी हुई है। उन्हें देखते ही वह उठकर खड़ी हो गई। मुंशीजी जरा ठिठक गए और बोले—क्यों मनोरमा रानी, तुमने जो मुझे सलाह दी, उस पर खुद अमल कर सकती हो?

मनोरमा ने शर्म से सुर्ख होकर कहा—यह तो मेरे माता-पिता के निश्चय करने की बात है।

मुंशीजी ने सोचा, अगर जाकर राजा साहब से कहे देता हूं कि दीवान साहब ने साफ

इनकार कर दिया, तो मेरी किरकिरी होती है। राजा साहब कहेंगे, फिर गए ही किस बिरते पर थे? शायद यह भी समझें कि इसे मामला तय करने की तमीज ही नहीं। तहसीलदारी नहीं की, भाड़ झोंकता रहा, इसलिए आपने जाकर दूर की हांकनी शुरू की—हुजूर, बुढ़िया बला की चुड़ैल है, हत्थे पर तो आती ही नहीं, इधर भी झुकती है, उधर भी; और दीवान साहब तो निरे मिट्टी के ढेले हैं।

राजा साहब ने अधीर होकर पूछा—आखिर आप तय क्या कर आए?

मुंशी—हुजूर के इकबाल से फतह हुई, मगर दीवान साहब खुद आपसे शादी की बातचीत करते झेंपते हैं। आपकी तरफ से बातचीत शुरू हो, तो शायद उन्हें इनकार न होगा। मनोरमा रानी तो सुनकर बहुत खुश हुईं।

राजा—अच्छा ! मनोरमा खुश हुई। खूब हंसी होगी। आपने कैसे जाना कि खुश है?

मुंशी—हुजूर, सब कुछ साफ-साफ कह डाला, उम्र का फर्क कोई चीज नहीं, आपस में मुहब्बत होनी चाहिए। मुहब्बत के साथ दौलत भी हो, तो क्या पूछना ! हां, दौलत इतनी होनी चाहिए, जो किसी तरह कम न हो। और कितनी ही बातें इसी किस्म की हुईं। बराबर मुस्कराती रहीं।

राजा—तो मनोरमा को पसन्द है?

मुंशी—उन्हीं की बातें सुनकर तो लौंगी भी चकराई।

राजा—तो मैं आज ही बातचीत शुरू कर दूं? कायदा तो यही है कि उधर से 'श्रीगणेश' होता, लेकिन राजाओं में अक्सर पुरुष की ओर से भी छेड़छाड़ होती है। पश्चिम में तो सनातन से यही प्रथा चली आई है। मैं आज ठाकुर साहब की दावत करूंगा और मनोरमा को भी बुलाऊंगा। आप भी जरा तकलीफ कीजिएगा।

राजा साहब ने बाकी दिन दावत का सामान करने में काटा। हजामत बनवाई। एक भी पका बाल न रहने दिया। उबटन मलवाया। अपनी अच्छी-से-अच्छी अचकन निकाली, केसरिये रंग का रेशमी साफा बांधा, गले में मोतियों की माला डाली, आंखों में सुरमा लगाया, माथे में केसर का तिलक लगाया; कमर में रेशमी कमरबन्द लपेटा, कन्धे पर शाह रूमाल रखा, मखमली गिलाफ में रखी हुई तलवार कमर से लटकाई और यों सज-सजाकर जब वह खड़े हुए, तो खासे छैला मालूम होते थे। ऐसा बांका जवान शहर में किसी ने कम देखा होगा। उनके सौम्य स्वरूप और सुगठित शरीर पर यह वस्त्र और आभूषण खूब खिल रहे थे।

निमंत्रण तो जा ही चुका था। रात के नौ बजते-बजते दीवान साहब और मनोरमा आ गए। राजा साहब उनका स्वागत करने दौड़े। मनोरमा ने उनकी ओर देखा तो मुस्कराई, मानो कह रही थी—ओ हो ! आज तो कुछ और ही ठाट हैं। उसने आज और ही वेश रचा था। उसकी देह पर एक भी आभूषण न था। केवल एक सुफेद साड़ी पहने हुए थी। उसका रूप माधुर्य कभी इतना प्रस्फुटित न हुआ था। अलंकार भावों के अभाव का आवरण है। सुन्दरता को अलंकारों की जरूरत नहीं। कोमलता अलंकारों का भार नहीं सह सकती।

दीवान साहब इस समय बहुत चिन्तित मालूम होते थे। उनकी रक्षा करने के लिए यहां

लौंगी न थी और बहुत जल्द उनके सामने एक भीषण समस्या आनेवाली थी। दावत की मंशा वह खूब समझ रहे थे। कुछ समझ ही में न आता था, क्या कहूंगा। लौंगी ने चलते-चलते उनसे समझा के कह दिया था—हां, न करना। साफ-साफ कह देना, यह बात नहीं हो सकती। मगर ठाकुर साहब उन वीरों में थे, जिनकी पीठ पर पाली में भी हाथ फेरने की जरूरत रहती है। बेचारे बिल-सा ढूंढ़ रहे थे, कि कहां भाग जाऊं ! सहसा मुंशी वज्रधर आ गए। दीवान साहब को आंखें-सी मिल गईं। दौड़े और उन्हें लेकर एक अलग कमरे में सलाह करने लगे। मनोरमा पहले ही झूले-घर में आकर इधर-उधर टहल रही थी। अब न वह हरियाली थी, न वह रौनक, न वह सफाई। सन्नाटा छाया हुआ था। राजा साहब ने उसे इधर आते देख लिया। वह उससे एकान्त में बातें करना चाहते थे। मौका पाया, तो उसके सामने आकर खड़े हो गए।

मनोरमा ने कहा—रानीजी के सामने इस झूले-घर में कितनी रौनक थी ! अब जिधर देखती हूं, सूना-ही-सूना दिखाई देता है।

राजा—अब तुम्हीं से इसकी फिर रौनक होगी, मनोरमा ! यह भी मेरे हृदय की तरह तुम्हारी ओर आंखें लगाए बैठा है।

प्रणय के ये शब्द पहली बार मनोरमा के कानों में पड़े। उसका मुखमंडल लज्जा से आरक्त हो गया। वह सहमी-सी खड़ी रही। कुछ बोल न सकी।

राजा साहब फिर बोले—मनोरमा, यद्यपि मेरे तीन रानियां हैं; पर मेरा हृदय अब तक अक्षुण्ण है, उस पर आज तक किसी का अधिकार नहीं हुआ। कदाचित् वह अज्ञात रूप से तुम्हारी राह देख रहा था। तुमने मेरी रानियों को देखा है, उनकी बातें भी सुनी हैं। उनमें ऐसी कौन है, जिसकी प्रेमोपासना की जाए ! मुझे तो यही आश्चर्य होता है कि इतने दिन उनके साथ कैसे काटे !

मनोरमा ने गम्भीर होकर कहा—मेरे लिए यह सौभाग्य की बात होगी कि आपकी प्रेम-पात्री बनूं; पर....मुझे भय है कि मैं आदर्श पत्नी न बन सकूंगी। कारण तो नहीं बतला सकती, मैं स्वयं नहीं जानती; पर मुझे यह भय अवश्य है। मेरी हार्दिक इच्छा सदैव यही रही है कि किसी बन्धन में न पड़ूं। पक्षियों की भांति स्वाधीन रहना चाहती हूं।

राजा ने मुस्कराते हुए कहा—मनोरमा, प्रेम तो कोई बन्धन नहीं है।

मनोरमा—प्रेम बन्धन न हो; पर धर्म तो बन्धन है। मैं प्रेम के बन्धन से नहीं घबराती, धर्म के बन्धन से घबराती हूं। आपको मुझ पर बड़ी कठोरता से शासन करना होगा। मैं आपको अपनी कुंजी पहले ही से बताए देती हूं। मैं आपको धोखा नहीं देना चाहती। मुझे आपसे प्रेम नहीं है। शायद हो भी न सकेगा। (मुस्कराकर) मैं रानी तो बनना चाहती हूं; पर किसी राजा की रानी नहीं। हां, आपको प्रसन्न रखने की चेष्टा करूंगी। जब आप मुझे भटकते देखें, टोक दें। मुझे ऐसा मालूम होता है कि मैं प्रेम करने के लिए नहीं, केवल विलास करने के लिए ही बनाई गई हूं।

राजा—तुम अपने ऊपर जुल्म कर रही हो, मनोरमा ! तुम्हारा वेष तुम्हारी बातों का विरोध कर रहा है। तुम्हारे हृदय में वह प्रकाश है, जिसकी एक ज्योति मेरे समस्त जीवन के अंध

ाकार का नाश कर देगी।

मनोरमा—मैं दोनों हाथों से धन उड़ाऊंगी। आपको बुरा तो न लगेगा? मैं धन की लौंडी बनकर नहीं, उसकी रानी बनकर रहूंगी।

राजा—मनोरमा, राज्य तुम्हारा है, धन तुम्हारा है, मैं तुम्हारा हूं। सब तुम्हारी इच्छा के दास होंगे।

मनोरमा—मुझे बातें करने की तमीज नहीं है। यह तो आप देख ही रहे हैं। लौंगी अम्मा कहती है कि तू बातें करती है, तो लाठी-सी मारती है।

राजा—मनोरमा, उषा में अगर संगीत होता, तो वह भी इतना कोमल न होता।

मनोरमा—पिताजी से तो अभी आपकी बातें नहीं हुईं?

राजा—अभी तो नहीं, मनोरमा, अवसर पाते ही करूंगा पर कहीं इनकार कर दिया तो?

मनोरमा—मेरे भाग्य का निर्णय वही कर सकते हैं। मैं उनका अधिकार नहीं छीनूंगी।

दोनों आदमी बरामदे में पहुंचे, तो मुंशीजी और दीवान साहब खड़े थे। मुंशीजी ने राजा साहब से कहा—हुजूर को मुबारकबाद देता हूं।

दीवान—मुंशीजी....

मुंशी—हुजूर, आज जलसा होना चाहिए। (मनोरमा से) महारानी, आपका सुहाग सदा सलामत रहे।

दीवान—जरा मुझे सोच....

मुंशी—जनाब, शुभ काम में सोच-विचार कैसा? भगवान जोड़ी सलामत रखें!

सहसा बाग में बैंड बजने लगा और राजा के कर्मचारियों का समूह इधर-उधर से आ-आकर राजा साहब को मुबारकबाद देने लगा। दीवान साहब सिर झुकाए खड़े थे। न कुछ कहते बनता था, न सुनते। दिल में मुंशीजी को हजारों गालियां दे रहे थे कि इसने मेरे साथ कैसी चाल चली! आखिर यह सोचकर दिल को समझाया कि लौंगी से सब हाल कह दूंगा। भाग्य में यही बदा था, तो मैं करता क्या? मनोरमा भी तो खुश है।

बारह बजते-बजते मेहमान लोग सिधारे। राजा साहब के पांव जमीन पर न पड़ते थे। सारे आदमी सो रहे थे, पर वह बगीचे में हरी-हरी घास पर टहल रहे थे। चैत्र की शीतल, सुखद मन्द समीर; चन्द्रमा की शीतल, सुखद मन्द छटा और बाग की शीतल, सुखद, मन्द सुगन्ध में उन्हें कभी ऐसा उल्लास, ऐसा आनन्द न प्राप्त हुआ था। मन्द समीर में मनोरमा थी, चन्द्र की छटा में मनोरमा थी, शीतल सुगन्ध में मनोरमा थी, और उनके रोम-रोम में मनोरमा थी। सारा विश्व मनोरमामय हो रहा था।

अठारह

चक्रधर को जेल में पहुंचकर ऐसा मालूम हुआ कि वह एक नई दुनिया में आ गए, जहां मनुष्य ही मनुष्य हैं, ईश्वर नहीं। उन्हें ईश्वर के दिये हुए वायु और प्रकाश के मुश्किल से दर्शन

होते थे। मनुष्य के रचे हुए संसार में मनुष्य की कितनी हत्या हो सकती है, इसका उज्ज्वल प्रमाण सामने था। भोजन ऐसा मिलता था, जिसे शायद कुत्ते भी सूंघकर छोड़ देते। वस्त्र ऐसे, जिन्हें कोई भिखारी भी पैरों से ठुकरा देता, और परिश्रम इतना करना पड़ता था, जितना बैल भी न कर सके। जेल शासन का विभाग नहीं, पाशविक व्यवसाय है, आदमियों से जबरदस्ती काम लेने का बहाना, अत्याचार का निष्कंटक साधन। दो रुपये रोज का काम लेकर, दो आने का खाना खिलाना ऐसा अन्याय है, जिसकी कहीं नजीर नहीं मिल सकती। जिस परिश्रम से एक कुनबे का पालन होता हो, वह अपना पेट भी नहीं भर सकता। इन्साफ तो हम तब जानें, जब अपराधी को दंड दीजिए, उससे खूब काम लीजिए; लेकिन उसकी मेहनत के पैसे उसके घर पहुंचा दीजिए। अपराधी के साथ उसके घरवालों की प्राण-हत्या न कीजिए। अगर यह कहिए कि अपराधी घरवालों की सलाह से अपराध करता है, तो उसका प्रमाण दीजिए। बहुत-से कुकर्म ऐसे होते हैं, जिनकी घर-वालों को गन्ध तक नहीं मिलती। ऐसी दशा में घरवालों को क्यों दण्ड दिया जाय? फिर नाबालिगों का क्या दोष ! वह तो कुकर्म में शरीक नहीं होते। उनका क्यों खून करते हो? आदि से अन्त तक सारा व्यापार घृणित, जघन्य, पैशाचिक और निंद्य है। अनीति की अक्ल यहां दंग है, दुष्टता भी यहां दांतों तले उंगली दबाती है।

मगर कुछ ऐसे भी भाग्यवान् हैं, जिनके लिए ये जेल कल्पवृक्ष से कम नहीं। बैल अनाज पैदा करता है, तो अनाज का भूसा खाता है। कभी-कभी खली-चोकर और दाना भी उसके कंठ तले पहुंच जाता है। कैदी बैल से भी गया-गुजरा है। वह नाना प्रकार के शाक-भाजी और फल-फूल पैदा करता है; पर उसकी गन्ध भी उसे नहीं मिलती। नित्य प्रति सब्जी, फल और फूलों से भरी हुई डालियां हुक्काम के बंगलों पर पहुंच जाती हैं। कैदी देखता है और किस्मत ठोककर रह जाता है।

चक्रधर को चक्की पीसने का काम दिया गया। प्रातःकाल गेहूं तौलकर दे दिया जाता और संध्या तक उसे पीसना जरूरी था। कोई उज्र या बहाना न सुना जाता था। बीच में केवल एक बार खाने की छुट्टी मिलती थी। इसके बाद फिर चक्की में जुत जाना पड़ता था। वह बराबर सावधान रहते थे कि किसी कर्मचारी को उन्हें कुछ कहने का मौका न मिले, लेकिन गालियों में बात करना जिनकी आदत हो, उन्हें कोई क्योंकर रोकता? प्रायः रोज फटकार और गालियां खानी पड़ती थीं और उनकी रातें सोने के बदले रोने और दिल को शान्त करने में कट जाती थीं।

किन्तु विपत्ति का अन्त यहीं तक न था। कैदी लोग उन पर ऐसी अश्लील, ऐसी अपमानजनक आवाजें कसते थे कि क्रोध और घृणा से उनका रक्त खौल उठता, पर लहू का घूंट पीकर रह जाते थे। न कोई शिकायत सुनने वाला था, न घाव पर मरहम रखने वाला। सबसे बड़ी मुसीबत का सामना रात को होता था, जब दरवाजे बन्द हो जाते थे और अपने आत्म-सम्मान की रक्षा के लिए बाहुबल के सिवा कोई साधन न होता था। उनके कमरे में पांच कैदी रहते थे। उनमें धन्नासिंह नाम का एक ठाकुर भी था, बहुत ही बलिष्ठ और गजब का शैतान। वह उनका नेता था। वे सब इतना शोर मचाते, इतनी गन्दी, घृणोत्पादक बातें करते

कि चक्रधर को कानों में उंगलियां डालनी पड़ती थीं। उन्हें प्रतिक्षण यह भय रहता था कि ये सब न जाने कब मेरी दुर्गति कर डालें। रात को जब तक वे सो न जाएं, वह खुद न सोते थे। हुक्म तो यह था कि कोई कैदी तम्बाकू भी न पीने पाए, पर यहां गांजा, भंग, शराब, अफीम—यहां तक कि कोकेन भी न जाने किस तिकड़म से पहुंच जाते थे। नशे में वे इतने उद्दंड हो जाते, मानो नर-तनधारी राक्षस हों।

धीरे-धीरे चक्रधर को इन आदमियों से सहानुभूति होने लगी। सोचा, इन परिस्थितियों में पड़कर कौन ऐसा प्राणी है, जिसका पतन न हो जाएगा? बहुत दिनों से सेवा-कार्य करते रहने पर भी पहले उनको कैदियों से मिलने-जुलने में झिझक होती थी। उनकी गन्दी बातें सुनकर वह घृणा से मुंह फेर लेते थे। उन्हें सभी श्रेणी के मनुष्यों से साबिका पड़ चुका था; पर ऐसे निर्लज्ज, गालियां खाकर हंसने वाले, दुर्व्यसनों में डूबे हुए, मुंहफट बेहया आदमी उन्होंने अब तक न देखे थे। उन्हें न गालियों की लाज थी, न मार का भय। कभी-कभी उन्हें ऐसी-ऐसी अस्वाभाविक ताड़नाएं मिलती थीं कि चक्रधर के रोएं खड़े हो जाते थे, मगर क्या मजाल कि किसी कैदी की आंखों में आंसू आए। वह व्यापार देख-देखकर चक्रधर अपने कष्टों को भूल जाते थे। कोई कैदी उन्हें गाली देता, तो चुप हो जाते और इस ताक में रहते थे कि कब इसके साथ सज्जनता दिखाने का अवसर मिले।

तहसीलदार साहब का हुक्काम से मेल-जोल था ही। रियासत में नौकर हुए थे, यह मेल-जोल और भी बढ़ गया था। उन लोगों को देहातों से ला-लाकर कोई न कोई सौगात भेजते रहते थे। उसी मुलाहजे की बदौलत उन्हें समय-समय पर चक्रधर के पास खाने-पीने की चीजें भेजने में कोई दिक्कत न होती थी। चक्रधर इन चीजों को पाते ही कैदियों में बांट देते। ऐसी लूट मचती कि कभी-कभी उनको अपने मुंह में जरा-सा भी रखने की नौबत न आती। जेल के छोटे कर्मचारी तो चाहते थे कि हमीं सब कुछ हड़प कर जाएं, इसलिए जब वे चीजें उनके हाथ न लगकर कैदियों को मिल जाती थीं तो वे इसकी कसर चक्रधर से निकालते थे—काम लेने में और भी सख्ती करते, जरा-जरा सी बात पर गालियां देने पर तैयार हो जाते, लेकिन कैदियों पर चक्रधर की सज्जनता का कुछ न कुछ असर अवश्य होता था। चक्रध ार के साथ उनका बर्ताव कुछ नम्र होता जाता था। जहां चक्रधर की हंसी उड़ाते थे, उन्हें मुंह चिढ़ाते थे, वहां अब उनकी बातों की ओर ध्यान देने लगे। आत्मा को आत्मा ही की आवाज जगा सकती है।

चक्रधर का जीवन कभी इतना आदर्श न था। कैदियों को मौका मिलने पर धर्म-कथाएं सुनाते, ईश्वर की दया और क्रोध का स्वरूप दिखाते। ईश्वर अपने भक्तों से कितना प्रसन्न होता है। उनके पापों को कितनी दया से क्षमा कर देता है। ईश्वर भक्तों की कथा इसका उज्ज्वल प्रमाण थी। केवल पश्चात्ताप का भाव मन में आना चाहिए। अजामिल और वाल्मीकि तर गए, तो क्या तुम और हम न तरेंगे? इन कथाओं को कैदी लोग इतने चाव से सुनते, मानो एक-एक शब्द उनके हृदय पर अंकित हो जाता था; किन्तु इनका असर बहुत जल्दी मिट जाता था, इतनी जल्दी कि आश्चर्य होता था। उधर कथा हो रही है और इधर लात-मुक्के

चल रहे हैं। कभी वे इन कथाओं पर अविश्वासपूर्ण टीकाएं करते और बात हंसी में उड़ा देते। एक कहता—लो धन्नासिंह, अब हम लोग बैकुण्ठ चलेंगे, कोई डर नहीं है। भगवान् क्षमा कर ही देंगे, वहां खूब जलसा रहेगा। दूसरा कहता—धन्नासिंह, मैं तुझे न जाने दूंगा, ऊपर से ऐसा ढकेलूंगा कि हड्डियां टूट जाएंगी। भगवान से कह दूंगा कि ऐसे पापी को बैकुण्ठ में रखोगे तो तुम्हारे नरक में सियार लोटेंगे। तीसरा कहता—यार, वहां गांजा मिलेगा कि नहीं? अगर गांजे को तरसना पड़ा, तो बैकुण्ठ ही किस काम का? बैकुण्ठ तो तब जानें कि वहां ताड़ी और शराब की नदियां बहती हों। चौथा कहता—अजी, यहां से बोरियों गांजा और चरस लेते चलेंगे, वहां के रखवाले क्या घूस न खाते होंगे? उन्हें भी कुछ दे-दिलाकर काम निकाल लेंगे। जब यहां जुटा लिया, तो वहां भी जुटा ही लेंगे। पर ऐसी अभक्तिपूर्ण आलोचनाएं सुनकर भी चक्रधर हताश न होते। शनैः-शनैः उनकी भक्ति-चेतना स्वयं दृढ़ होती जाती थी। भक्ति की ऐसी शिक्षा उन्हें कदाचित् और कहीं न मिल सकती।

बलवान् आत्माएं प्रतिकूल दशाओं ही में उत्पन्न होती हैं। कठिन परिस्थितियों में उनका धैर्य और साहस, उनकी सहृदयता और सहिष्णुता, उनकी बुद्धि और प्रतिभा अपना मौलिक रूप दिखाती है। आत्मोन्नति के लिए कठिनाइयों से बढ़कर कोई विद्यालय नहीं। कठिनाइयों ही में ईश्वर के दर्शन होते हैं और हमारी उच्चतम शक्तियां विकास पाती हैं। जिसने कठिनाइयों का अनुभव नहीं किया, उसका चरित्र बालू की भीत है, जो वर्षा के पहले ही झोंके में गिर पड़ती है। उस पर विश्वास नहीं किया जा सकता। महान् आत्माएं कठिनाइयों का स्वागत करती हैं, उनसे घबरातीं नहीं; क्योंकि यहां आत्मोत्कर्ष के जितने मौके मिलते हैं, उतने और किसी दशा में नहीं मिल सकते। चक्रधर इस परिस्थिति को एक शिक्षार्थी की दृष्टि से देखते थे और विचलित न होते थे। उन्हें विश्वास था कि प्रकृति उन्हीं प्राणियों को परीक्षा में डालती है, जिनके द्वारा उसे संसार में कोई महान उद्देश्य पूरा कराना होता है।

इस भांति कई महीने गुजर गए। एक दिन सन्ध्या समय चक्रधर दिन भर के कठिन श्रम के बाद बैठे सन्ध्या कर रहे थे कि कई कैदी आपस में बातें करते हुए निकले—आज इस दारोगा की खबर लेनी चाहिए। जब देखो, गालियां दिया करता है, सीधे मुंह तो बात ही नहीं करता। बात-बात पर मारने दौड़ता है। हम भी तो आदमी हैं। कहां तक सहें! अब आता ही होगा। ऐसा मारो कि जन्म भर को दाग हो जाए! यही न होगा कि साल-दो साल की मीयाद बढ़ जाएगी। बचा की आदत तो छूट जाएगी। चक्रधर इस तरह की बातें अक्सर सुनते थे, इसलिए उन्होंने इस पर कुछ विशेष ध्यान न दिया; मगर भोजन के समय ज्योंही दारोगा साहब आकर खड़े हुए और एक कैदी को देर से आने के लिए मारने दौड़े कि कई कैदी चारों तरफ से दौड़ पड़े और 'मारो-मारो' का शोर मच गया। दारोगाजी की सिट्टी-पिट्टी भूल गई। कहीं भागने का रास्ता नहीं, कोई मददगार नहीं। चारों तरफ दीन नेत्रों से देखा, जैसे कोई बकरा भेड़ियों के बीच में फंस गया हो। सहसा धन्नासिंह ने आगे बढ़कर दारोगाजी की गर्दन पकड़ी और इतनी जोर से दबायी कि उनकी आंखें बाहर निकल आईं। चक्रधर ने देखा, अब अनर्थ हुआ चाहता है, तो तीर की तरह झपटे, कैदियों के बीच में घुसकर धन्नासिंह का हाथ

पकड़ लिया और बोले—हट जाओ, क्या करते हो?

धन्नासिंह का हाथ ढीला पड़ गया; लेकिन अभी तक उसने गर्दन न छोड़ी।

चक्रधर—छोड़ो, ईश्वर के लिए।

धन्नासिंह—जाओ भी, बड़े ईश्वर की पूंछ बने हो। जब यह रोज गालियां देता है, बात-बात पर हंटर जमाता है, तब ईश्वर कहां सोया रहता है, जो इस घड़ी जाग उठा? हट जाओ सामने से नहीं तो सारा बाबूपन निकाल दूंगा। पहले इससे पूछो, अब तो किसी को गालियां न देगा, मारने तो न दौड़ेगा?

दारोगा—कसम कुरान की, जो कभी मेरे मुंह से गाली का एक हरफ भी निकले।

धन्नासिंह—कान पकड़ो।

दारोगा—कान पकड़ता हूं।

धन्नासिंह—जाओ बचा,भले का मुंह देखकर उठे थे, नहीं तो आज जान न बचती; यहां कौन कोई रोनेवाला बैठा हुआ है।

चक्रधर—दारोगाजी, कहीं ऐसा न कीजिएगा कि जाकर वहां से सिपाहियों को चढ़ा लाइए और इन गरीबों को भुनवा डालिए।

दारोगा—लाहौल विला कूबत ! इतना कमीना नही हूं।

दारोगा चलने लगे, तो धन्नासिंह ने कहा—मियां, गारद-सारद बुलाई, तो तुम्हारे हक में बुरा होगा, समझाए देते हैं। हमको क्या ! न जीने की खुशी है, न मरने का रंज; लेकिन तुम्हारे नाम को कोई रोनेवाला न रहेगा।

दारोगाजी तो यहां से जान बचाकर भागे; लेकिन दफ्तर में जाते ही गारद के सिपाहियों को ललकारा, हाकिम-जिला को टेलीफोन किया और खुद बन्दूक लेकर समर के लिए तैयार हुए। दम के दम में सिपाहियों का दल संगीनें चढ़ाए आ पहुंचा और लपक कर भीतर घुस पड़ा। पीछे-पीछे दारोगाजी भी दौड़े । कैदी चारों ओर से घिर गए।

चक्रधर पर चारों ओर से बौछार पड़ने लगी।

धन्नासिंह—अब कहो, भगतजी, छुड़वा तो दिया, जाकर समझाते क्यों नहीं? गोली चली तो?

एक कैदी—गोली चली, तो पहले इन्हीं की चटनी की जाएगी।

चक्रधर—तुम लोग अब भी शान्त रहोगे, तो गोली न चलेगी। मैं इसका जिम्मा लेता हूं।

धन्नासिंह—तुम उन सबों से मिले हुए हो। हमें फंसाने के लिए यह ढोंग रचा है।

दूसरा कैदी—दगाबाज है, मारके गिरा दो।

चक्रधर—मुझे मारने से अगर तुम्हारी भलाई होती हो तो यही सही।

तीसरा कैदी—तुम जैसे सीधे आप हो, वैसे ही सबको समझते हो; लेकिन तुम्हारे कारण हम लोग सेंत-मेंत में पिटे कि नहीं?

धन्नासिंह—सीधा नहीं, उनसे मिला हुआ है। भगत सभी दिल के मैले होते हैं। कितनों

को देख चुका।

तीसरा कैदी—तुम्हारी ऐसी-तैसी, तुम्हें फांसी दिलाकर इन्हें राज ही तो मिल जाएगा। छोटा मुंह बड़ी बात।

चक्रधर ने आगे बढ़कर कहा—दारोगाजी, आखिर आप क्या चाहते हैं? इन गरीबों को क्यों घेर रखा है?

दारोगा ने सिपाहियों की आड़ से कहा—यही उन सब बदमाशों का सरगना है। खुदा जाने, किस हिकमत से उन सबों को मिलाए हुए है। इसे गिरफ्तार कर लो। बाकी जितने हैं, उन्हें खूब मारो, मारते-मारते हलवा निकाल लो सूअर के बच्चों का ! इनकी हिम्मत कि मेरे साथ गुस्ताखी करें।

चक्रधर—आपको कैदियों को मारने का कोई मजाज नहीं है।

धन्नासिंह—जबान संभाल के दारोगाजी !

दारोगा—मारो इन सूअरों को।

सिपाही कैदियों पर टूट पड़े और उन्हें बन्दूकों के कुन्दों से मारना शुरू किया। चक्रध ार ने देखा कि मामला संगीन हुआ चाहता है, तो बोले—दारोगाजी, खुदा के वास्ते यह गजब न कीजिए।

कैदियों में खलबली पड़ गई। कुछ इधर-उधर से फावड़े, कुदालें और पत्थर ला-लाकर लड़ने पर तैयार हो गए। मौका नाजुक था। चक्रधर ने बड़ी दीनता से कहा—मैं आपको फिर समझाता हूं।

दारोगा—चुप रह सूअर का बच्चा !

इतना सुनना था कि चक्रधर बाज की तरह लपककर दारोगाजी पर झपटे। कैदियों पर कुन्दों की मार पड़नी शुरू हो गई थी। चक्रधर को बढ़ते देखकर उन सब ने पत्थरों की वर्षा शुरू की। भीषण संग्राम होने लगा।

एकाएक चक्रधर ठिठक गए। ध्यान आ गया, स्थिति और भंयकर हो जायगी। अभी सिपाही बन्दूक चलाना शुरू कर देंगे, लाशों के ढेर लग जाएंगे। अगर हिंसक भावों को दबाने का कोई मौका हो सकता है, तो वह यही मौका है। ललकारकर बोले—पत्थर न फेंको, पत्थर न फेंको ! सिपाहियों के हाथों से बन्दूक छीन लो।

सिपाहियों ने संगीनें चढ़ानी चाहीं; लेकिन उन्हें इसका मौका न मिल सका। एक-एक सिपाही पर दस-दस कैदी टूट पड़े और दम-के-दम में उनकी बन्दूकें छीन लीं। सिपाहियों ने रोब के बल पर आक्रमण किया था। उन्हें विश्वास था कि कुंदों की मार पड़ते ही कैदी भाग जाएंगे। अब उन्हें मालूम हुआ कि हम धोखे में थे। फिर वे एक साथ में नहीं, इधर-उधर बिखरे खड़े थे। इससे उनकी शक्ति और भी कम हो गई थी। उन पर आगे-पीछे, दाएं-बाएं चारों तरफ से चोट पड़ सकती थी। संगीनें चढ़ाकर भी वे किसी तरह न बच सकते थे। कैदियों में पिल पड़ना उनकी सबसे बड़ी भूल थी। उनके ऐसे हाथ-पांव फूले, होश ऐसे गायब हुए कि कुछ निश्चय न कर सके कि इस समय क्या करना चाहिए। कैदियों ने तुरन्त उनकी

मुश्कें चढ़ा दीं और बन्दूकें ले-लेकर उनके सिर पर खड़े हो गए। यह सब कुछ पांच मिनट में हो गया। ऐसा दांव पड़ा कि वही लोग जो जरा देर पहले हेकड़ी जताते थे, कैदियों को पांव की धूल समझते थे, अब उन्हीं कैदियों के सामने खड़े दया-प्रार्थना कर रहे थे, घिघियाते थे, मत्थे टेकते थे और रोते थे। दारोगाजी की सूरत तो तसवीर खींचने योग्य थी। चेहरा फक, हवाइयां उड़ी हुईं, थर-थर कांप रहे थे कि देखें, जान बचती है या नहीं।

कैदियों ने देखा, इस वक्त हमारा राज्य है, तो पुराने बदले चुकाने पर तैयार हो गए। धन्नासिंह लपका हुआ दारोगा के पास आया और जोर से एक धक्का देकर बोला—क्यों खां साहब, उखाड़ लूं दाढ़ी के एक-एक बाल?

चक्रधर— धन्नासिंह, हट जाओ।

धन्नासिंह—मरना तो है ही, अब इन्हें क्यों छोड़ें ?

चक्रधर—हम कहते हैं, हट जाओ, नहीं तो अच्छा न होगा।

धन्नासिंह—अच्छा हो चाहे बुरा, हमारे साथ इन लोगों ने जो सलूक किए हैं, उसका मजा चखाए बिना न छोड़ेंगे।

एक कैदी—हमारी जान तो जाती ही है, पर इन लोगों को न छोड़ेंगे।

दूसरा कैदी—एक-एक की हड्डियां तोड़ दो। दो-दो, चार-चार साल और सही। अभी कौन सुख भोग रहे हैं, जो सजा को डरें? आखिर घूम-घामके यहीं तो फिर आना है।

चक्रधर—मेरे देखते तो यह अनर्थ न होने पाएगा। हां, मर जाऊं तो जो चाहे करना !

धन्नासिंह—अगर ऐसे बड़े धर्मात्मा हो, तो इनको क्यों नहीं समझाया? देखते नहीं हो, कितनी सांसत होती है। तुम्हीं कौन बचे हुए हो। कुत्तों को भी मारते दया आती है। क्या हम कुत्तों से भी गये बीते हैं?

इतने में सदर फाटक पर शोर मचा। जिला-मैजिस्ट्रेट मिस्टर जिम सशस्त्र पुलिस के सिपाहियों और अफसरों के साथ आ पहुंचे थे। दारोगाजी ने अन्दर आते वक्त किवाड़ बन्द कर लिए थे, जिससे कोई कैदी भागने न पाए। यह शोर सुनते ही चक्रधर समझ गया कि पुलिस आ गई। बोले—अरे भाई, क्यों अपनी जान के दुश्मन हुए हो। बन्दूकें रख दो और फौरन जाकर किवाड़ खोल दो। पुलिस आ गई।

धन्नासिंह—कोई चिन्ता नहीं। हम भी इन लोगों का वारा-न्यारा कर डालते हैं। मरते ही हैं, तो दो-चार को मारके मरें।

कैदियों ने फौरन संगीनें चढ़ाईं और सबसे पहले धन्नासिंह दारोगाजी पर झपटा। करीब था कि संगीन की नोक उनके सीने में चुभे कि चक्रधर यह कहते हुए, 'धन्नासिंह, ईश्वर के लिए ....' दारोगाजी के सामने आकर खड़े हो गए। धन्नासिंह वार कर चुका था। चक्रधर के कन्धे पर संगीन का भरपूर हाथ पड़ा। आधी संगीन धंस गई। दाहिने हाथ से कन्ध ो को पकड़कर बैठ गए। कैदियों ने उन्हें गिरते देखा, तो होश उड़ गए। आ-आकर उनके चारों तरफ खड़े हो गए। घोर अनर्थ की आशंका ने उन्हें स्तंभित कर दिया। भगत को चोट आ गई—ये शब्द उनकी पशु-वृत्तियों को दबा बैठे।

धन्नासिंह ने बन्दूक फेंक दी और फूट-फूटकर रोने लगा। मैंने भगत के प्राण लिए ! जिस भगत ने गरीबों की रक्षा करने के लिए सजा पाई, जो हमेशा उनके लिए अफसरों से लड़ने को तैयार रहता था, जो नित्य उन्हें अच्छे रास्ते पर ले जाने की चेष्टा करता था, जो उसके बुरे व्यवहारों को हंस-हंसकर सह लेता था, वही भगत धन्नासिंह के हाथ जख्मी पड़ा है। धन्नासिंह को कई कैदी पकड़े हुए हैं। ग्लानि के आवेश में वह बार-बार चाहता है कि अपने को उनके हाथों से छुड़ाकर वही संगीन अपनी छाती में चुभा ले; लेकिन कैदियों ने इतने जोर से जकड़ रखा है कि उसका कुछ बस नहीं चलता।

दारोगा ने मौका पाया तो सदर फाटक की तरफ दौड़े कि उसे खोल दूं। धन्नासिंह ने देखा कि यह हजरत, जो सारे फिसाद की जड़ हैं, बेदाग बचे जाते हैं, तो उसकी हिंसक वृत्तियों ने इतना जोर मारा कि एक ही झटके में वह कैदियों के हाथ से मुक्त हो गया और बन्दूक उठाकर उनके पीछे दौड़ा। चक्रधर के खून का बदला लेना जरूरी था। करीब था कि दारोगाजी पर फिर वार पड़े कि चक्रधर फिर संभलकर उठे और एक हाथ से अपना कन्धा पकड़े, लड़खड़ाते हुए चले। धन्नासिंह ने उन्हें आते देखा, तो उसके पांव रुक गए। भगत अभी जीते हैं, इसकी उसे इतनी खुशी हुई कि वह बन्दूक लेकर पीछे की ओर चला और उनके चरणों पर सिर रखकर रोने लगा। ऐसी सच्ची खुशी उसे अपने जीवन में कभी न हुई थी !

चक्रधर ने कहा—सिपाहियों को छोड़ दो।

धन्नासिंह—बहुत अच्छा, भैया ! तुम्हारा जी कैसा है?

चक्रधर—देखना चाहिए, बचता हूं या नहीं।

धन्नासिंह—दारोगा के बच जाने का कलंक रह गया।

सहसा मिस्टर जिम सशस्त्र पुलिस के साथ जेल में दाखिल हुए। उन्हें देखते ही सारे कैदी भर से भागे। केवल दो आदमी चक्रधर के पास खड़े रहे। धन्नासिंह उसमें एक था। सिपाहियों ने छूटते ही अपनी-अपनी बन्दूकें संभालीं और एक कतार में खड़े हो गए।

जिम—वेल दारोगा, क्या हाल है?

दारोगा—हुजूर के अकबाल से फतह हो गई। कैदी भाग गए।

जिम—यह कौन आदमी पड़ा है?

दारोगा—इसी ने हम लोगों की मदद की है, हुजूर ! चक्रधर नाम है।

जिम—अच्छा ! यह चक्रधर है, जो बगावत के मामले में हमारे इजलास से सजा पाया था।

दारोगा—जी हां, हुजूर ! अभी उसी के बदौलत हमारी जान बची। जो जख्म उसके कन्धे में है, यह शायद इस वक्त मेरे सीने में होता।

जिम—इसने कैदियों को भड़काया होगा?

दारोगा—नहीं हुजूर, इसने तो कैदियों को समझा-बुझाकर ठंडा किया।

जिम—तुम कुछ नहीं समझता। यह लोग पहले कैदियों को भड़काता है, फिर उनकी तरफ से हाकिम लोगों से लड़ता है, जिसमें कैदी समझें कि यह हमारी तरफ से लड़ रहा

है। यह कैदियों को मिलाने का हिकमत है। वह कैदियों को मिलाकर जेल का काम बन्द कर देना चाहता है।

दारोगा—देखने में तो हुजूर, बहुत सीधा मालूम होता है, दिल का हाल खुदा जाने !

जिम—खुदा के जानने से कुछ नहीं होगा, तुमको जानना चाहिए। तुमको हर एक कैदी पर निगाह रखनी चाहिए। यही तुम्हारा काम है। यह आदमी कैदियों से मजहब की बातचीत तो नहीं करता?

दारोगा—मजहबी बातें तो बहुत करता है, हुजूर ! इसी से कैदियों ने उसे 'भगत' का लकब दे दिया है।

जिम—ओह ! तब तो यह बहुत ही खतरनाक आदमी है। मजहबवाले आदमी पर बहुत कड़ी निगाह रखनी चाहिए। कोई पढ़ा-लिखा आदमी दिल से मजहब को नहीं मानता। मजहब पढ़े-लिखे आदमियों के लिए नहीं है। उसके लिए तो Ethies काफी है। जब कोई पढ़ा-लिखा आदमी मजहब की बात करे, तो फौरन समझ लो कि वह कोई साजिश करना चाहता है। Religion (धर्म) के साथ Politics (राजनीति) बहुत खतरनाक हो जाता है। यह आदमी कैदियों से बड़ी हमदर्दी करता होगा।

दारोगा—जी हां, हमेशा !

जिम—सरकारी हुक्म को खूब मानता होगा।

दारोगा—जी हां, हमेशा !

जिम—कभी कोई शिकायत न करता होगा। कड़े से कड़े काम खुशी से करता होगा?

दारोगा—जी हां, शिकायत नहीं करता। ऐसा बेजबान आदमी तो मैंने कभी देखा ही नहीं।

जिम—ऐसा आदमी निहायत खौफनाक होता है। उस पर कभी एतबार नहीं करना चाहिए। हम इस पर मुकदमा चलाएगा। इसको बहुत कड़ी सजा देगा। सिपाहियों को दफ्तर में बुलाओ। हम सबका बयान लिखेगा।

दारोगा—हुजूर, पहले तो उसे डॉक्टर साहब को दिखा लूं? ऐसा न हो कि मर जाय, गुलाम को दाग लगे।

जिम—वह मरेगा नहीं। ऐसा खौफनाक आदमी कभी नहीं मरता; और मर भी जाएगा, तो हमारा कोई नुकसान नहीं।

दारोगा—जरा हुजूर उसकी हालत देखें। चेहरा जर्द हो गया है, खून से जमीन लाल हो गई है।

जिम—कुछ परवा नहीं।

यह कहकर साहब दफ्तर की ओर चले। धन्नासिंह अब तक इन्तजार में खड़ा था कि डॉक्टर साहब आते होंगे। जब देखा कि जिम साहब इधर मुखातिब भी न हुए, तो उसने चक्रध‌र को गोद में उठाया और अस्पताल की ओर चला।

उन्नीस

ठाकुर हरिसेवकसिंह दावत खाकर घर पहुंचे, तो डर रहे थे कि लौंगी पूछेगी तो क्या जवाब दूंगा। अगर यह कहूं कि मुंशीजी ने मेरे साथ चाल चली, तो जिन्दा न छोड़ेगी, तानों से कलेजा छलनी कर देगी। जो कहूं कि मनोरमा को पसन्द है, तो मैं क्या करता, तो भी न बचने पाऊंगा। चुड़ैल वकीलों की तरह तो बहस करती है। बस, उसे राजी करने की एक ही तरकीब है। किसी पण्डित को फांसना चाहिए, जो उसके सामने यह कह दे कि राजा साहब की आयु एक सौ पचीस वर्ष की है। जब तक इस बात का उसे विश्वास न आ जाएगा, वह किसी तरह न राजी होगी।

ज्यों ही ठाकुर साहब घर में पहुंचे, लौंगी ने पूछा—वहां क्या बातचीत हुई?

दीवान—शादी ठीक हो गई, और क्या!

लौंगी—और मैंने इतना समझा जो दिया था?

दीवान—भाग्य भी तो कोई चीज है!

लौंगी—भाग्य पर वह भरोसा करता है, जिसमें पौरुष नहीं होता। लड़की को डुबो दिया, ऊपर से शरमाते नहीं, कहते हो भाग्य भी कोई चीज है?

दीवान—तुम मुझे जैसा गधा समझती हो, वैसा गधा नहीं हूं। मैंने राजा साहब की कुंडली एक बड़े विद्वान ज्योतिषी को दिखलाई और जब उसने कह दिया कि राजा साहब की उम्र बहुत बड़ी है, कोई संकट नहीं है, तब जाकर मैने मंजूर कर लिया।

लौंगी—राजा ने किसी पंडित को सिखा-पढ़ाकर खड़ा कर दिया होगा।

दीवान—क्या मुझे बिलकुल अनाड़ी ही समझ लिया है?

लौंगी—अनाड़ी तो तुम हो ही, न जाने किस तरह दीवानी कर लेते हो। अच्छा बताओ, वह कौन पंडित था?

दीवान—इसी शहर का नामी पंडित है। मेरी उनसे पुरानी मुलाकात है। वह मुझे कभी धोखा न देंगे। अगर कोई गड़बड़ होती, तो वह साफ-साफ कह देते। हम और वह अलग एक कमरे में बैठे थे। उन्होंने बड़ी देर तक कुंडली को देखकर कहा—कोई शंका की बात नहीं, आप भगवान का नाम लेकर विवाह स्वीकार कर लीजिए। राजा साहब की आयु एक सौ पच्चीस वर्ष की है।

लौंगी—तुम कल उन पंडितजी को यहां बुला देना। जब तक मेरे सामने न कह देंगे, मुझे विश्वास न आएगा।

दूसरे दिन प्रातःकाल लौंगी ने पंडित की रट लगाई और दीवान साहब को विवश होकर मुंशी वज्रधर के पास जाना पड़ा।

वज्रधर सारी कथा सुनकर बोले—आपने यह बुरा रोग पाल रखा है। एक बार डांटकर कह दीजिए—चुपचाप बैठी रह, तुझे इन बातों से क्या मतलब? फिर देखूं वह कैसे बोलती है!

दीवान—भाई, इतनी हिम्मत मुझमें नहीं है। वह कभी जरा रूठ जाती है, तो मेरे हाथ-पांव फूल जाते हैं। मैं तो कल्पना भी नहीं कर सकता कि उसके बिना मैं जिन्दा कैसे रहूंगा। मैं तो उससे बिना पूछे भोजन भी नहीं कर सकता। वह मेरे घर की लक्ष्मी है। आपकी किसी ज्योतिषी से जान-पहचान है?

मुंशी—जान-पहचान तो बहुतों से है; लेकिन देखना तो यह है कि काम किससे निकल सकता है। कोई सच्चा आदमी तो यह स्वांग भरने न जाएगा। कोई पंडित बनाना पड़ेगा।

दीवान—यह तो बड़ी मुश्किल हुई।

मुंशी—मुश्किल क्या हुई! मैं अभी बनाए देता हूं। ऐसा पंडित बना दूंगा कि कोई भांप न सके। इन बातों में क्या रखा है?

यह कहकर मुंशीजी ने झिनकू को बुलाया। वह एक ही छंटा हुआ था। फौरन तैयार हो गया। घर जाकर माथे पर तिलक लगाया। गले में रामनामी चादर डाली, सिर पर एक टोपी रखी और एक बस्ता बगल में दबाए आ पहुंचा। मुंशीजी उसे देखकर बोले—यार, जरा-सी कसर रह गई। तोंद के बगैर पंडित कुछ जंचता नहीं। लोग यही समझते हैं कि इनको तर माल नहीं मिलते, जभी तो तांत हो रहे हैं। तोंदल आदमी की शान ही और होती है; चाहे पंडित बने, चाहे सेठ, चाहे तहसीलदार ही क्यों न बन जाए। उसे सब कुछ भला मालूम होता है। मैं तोंदल होता तो अब तक न जाने किस ओहदे पर होता। सच पूछो, तो तोंद न रहने के कारण अफसरों पर मेरा रोब न जमा। बहुत घी-दूध खाया पर तकदीर में बड़ा आदमी होना न बदा था, तोंद न निकली; न निकली। तोंद बना लो, नहीं तो उल्लू बनाकर निकाल दिए जाओगे, या किसी तोंदूमल को पकड़ो।

झिनकू—सरकार, तोंद होती, तो आज मारा-मारा क्यों फिरता? मुझे भी न लोग झिनकू उस्ताद कहते! कभी तबला न होता तो तोंद ही बजा देता; मगर तोंद न रहने में कोई हरज नहीं है, यहां कई पंडित बिना तोंद के भी हैं।

मुंशी— कोई बड़ा पंडित भी है बिना तोंद का?

झिनकू—नहीं सरकार, कोई बड़ा पंडित तो नहीं है। तोंद के बिना कोई बड़ा कैसे हो जायगा? कहिए तो कुछ कपड़े लपेटूं?

मुंशी—तुम तो कपड़े लपेटकर पिंडरोगी से मालूम होगे। तकदीर पेट पर सबसे ज्यादा चमकती है, इसमें कोई शक नहीं; लेकिन और अंगों पर भी तो कुछ न कुछ असर होता ही है; यह राग न चलेगा, भाई किसी और को फांसो।

झिनकू—सरकार, अगर मालकिन को खुश न कर दूं तो नाक काट लीजिएगा। कोई अनाड़ी थोड़े ही हूं!

खैर, तीनों आदमी मोटर पर बैठे और एक क्षण में घर जा पहुंचे। दीवान साहब ने जाकर कहा—पंडितजी आ गए, बड़ी मुश्किल से आये हैं।

इतने में मुंशीजी भी आ पहुंचे और बोले—कोई नया आसन बिछाइएगा। कुर्सी पर नहीं बैठते। आज न जाने क्या समझकर इस वक्त आ गए, नहीं तो दोपहर के पहले कोई लाख

रुपये दे, तो नहीं जाते।

पंडितजी बड़े गर्व के साथ मोटर से उतरे और जाकर आसन पर बैठे। लौंगी ने उनकी ओर ध्यान से देखा और तीव्र स्वर में बोली—आप जोतसी हैं? ऐसी ही सूरत होती है जोतसियों की? मुझे तो कोई भांड से मालूम होते हो!

मुंशीजी ने दांतों तले जबान दबा ली; दीवान साहब ने छाती पर हाथ रखा और झिनकू के चेहरे पर तो मुर्दनी छा गई। कुछ जवाब देते ही न बन पड़ा। आखिर मुंशीजी बोले—यह क्या गजब करती हो, लौंगी रानी! अपने घर पर बुलाकर महात्माओं की यह इज्जत की जाती है?

लौंगी—लाला, तुमने बहुत दिनों तहसीलदारी की है, तो मैंने भी धूप में बाल नहीं पकाए हैं। एक बहरूपिए को लाकर खड़ा कर दिया, ऊपर से कहते हैं, जोतसी हैं! ऐसी ही सूरत होती है जोतसी की? मालूम होता है, महीनों से दाने की सूरत नहीं देखी। मुझे क्रोध तो इन दीवान पर आता है, तुम्हें क्या कहूं?

झिनकू—माता, तूने मेरा बड़ा अपमान किया है। अब मैं यहां एक क्षण भी नहीं ठहरूंगा। तुमको इसका फल मिलेगा, अवश्य मिलेगा।

लौंगी—लो, बस चले ही जाओ मेरे घर से! धूर्त, पाखण्डी कहीं का! बड़ा जोतसी है तो बता मेरी उम्र कितनी है? लाला, अगर तुम्हें धन का लोभ हो, तो जितना चाहो, मुझसे ले जाओ। मेरी बिटिया को कुएं में न ढकेलो। क्यों उसके दुश्मन बने हुए हो? जो कुछ कर रहे हो, उसका दोष तुम्हारे ही सिर जाएगा। तुम इतना भी नहीं समझते कि बूढ़े आदमी के साथ कोई लड़की कैसे सुख से रह सकती है! धन से बूढ़े जवान तो नहीं हो जाते।

झिनकू—माताजी राजा साहब की ज्योतिष विद्या के अनुसार—.

लौंगी—तू फिर बोला? चुपका खड़ा क्यों नहीं रहता।

झिनकू—दीवान साहब, अब नहीं ठहर सकता।

लौंगी—क्यों, ठहरोगे क्यों नहीं? दच्छिना तो लेते जाओ!

यह कहते हुए लौंगी ने कोठरी में जाकर कजलौटे से काजल निकाला और तुरन्त बाहर आ, एक हाथ से झिनकू को पकड़, दूसरे से उसके मुंह पर काजल पोत दिया। बहुत उछले-कूदे, बहुत फड़फड़ाए; पर लौंगी ने जौ भर भी न हिलने दिया, मानो बाज ने कबूतर को दबोच लिया हो। दीवान साहब अब अपनी हंसी न रोक सके। मारे हंसी के मुंह से बात तक न निकलती थी। मुंशीजी अभी तक झिनकू की विद्या का राग अलाप रहे थे और लौंगी झिनकू को दबोचे हुए चिल्ला रही थी—थोड़ा चूना लाओ, तो इसे पूरी दच्छिना दे दूं। मेरे धन्य भाग कि आज जोतसीजी के दर्शन हुए!

आखिर मुंशीजी को गुस्सा आ गया। उन्होंने लौंगी का हाथ पकड़कर चाहा कि झिनकू का गला छुडा दें। लौंगी ने झिनकू को तो न छोड़ा; एक हाथ से तो उसकी गर्दन पकड़े हुए थी, दूसरे हाथ से मुंशीजी की गर्दन पकड़ ली और बोली—मुझसे जोर दिखाते हो, लाला? बड़े मर्द हो, तो छुड़ा लो गर्दन! बहुत दूध-घी बेगार में लिया होगा। देखें वह जोर कहां है!

दीवान—मुंशीजी, आप खड़े क्या हैं, छुड़ा लीजिए गर्दन।

मुंशी—मेरी यह सांसत हो रही है और आप खड़े हंस रहे हैं।

दीवान—तो क्या कर सकता हूं। आप भी तो देवनी से जोर अजमाने चले थे। आज आपको मालूम हो जायेगा कि मैं इससे क्यों इतना दबता हूं।

लौंगी—जोतसीजी, अपनी विद्या का जोर क्यों नहीं लगाते? क्यों रे, अब तो कभी जोतसी न बनेगा?

झिनकू—नहीं माताजी, बड़ा अपराध हुआ, क्षमा कीजिए।

लौंगी ने दीवान साहब की ओर सरोष नेत्रों से देखकर कहा—मुझसे यह चाल चली जाती है, क्यों? लड़की को राजा से ब्याहकर तुम्हारा मरतबा बढ़ जाएगा, क्यों? धन और मरतबा सन्तान से भी ज्यादा प्यारा है, क्यों? लगा दो आग घर में। घोंट दो लड़की का गला। अभी मर जाएगी; मगर जन्म-भर के दुःख से तो छूट जायगी। धन और मरतबा अपने पौरुष से मिलता है। लड़की बेचकर धन नहीं कमाया जाता। यह नीचों का काम है, भलेमानसों का नहीं। मैं तुम्हें इतना स्वार्थी न समझती थी, लाला साहब ! तुम्हारे मरने के दिन आ गए हैं, क्यों पाप की गठरी लादते हो? मगर तुम्हें समझाने से क्या होगा ! इसी पाखण्ड में तुम्हारी उम्र कट गई, अब क्या संभलोगे ! अब मरती बार भी पाप करना बदा था। क्या करते ! और तुम भी सुन लो, जोतसीजी ! अब कभी भूलकर भी यह स्वांग न भरना। धोखा करके पेट पालने से मर जाना अच्छा है। जाओ।

यह कहकर लौंगी ने दोनों आदमियों को छोड़ दिया। झिनकू तो बगटुट भागा, लेकिन मुंशीजी वहीं सिर झुकाए खड़े रहे। जरा देर-के बाद बोले—दीवान साहब, अगर आपकी मरजी हो, तो मैं जाकर राजा साहब से कह दूं कि दीवान साहब को मंजूर नहीं है।

दीवान—अब भी आप मुझसे पूछ रहे हैं? क्या अभी कुछ और सांसत कराना चाहते हैं?

मुंशी—सांसत तो मेरी यह क्या करती, मैंने औरत समझकर छोड़ दिया।

दीवान—आप आज जाके साफ-साफ कह दीजिएगा।

लौंगी—क्या साफ-साफ कह दीजिएगा? अब क्या साफ-साफ कहलाते हो? किसी को खाने का नेवता न दो, तो वह बुरा न मानेगा; लेकिन नेवता देकर अपने द्वार से भगा दो, तो तुम्हारी जान का दुश्मन हो जायेगा। अब साफ-साफ कहने का अवसर नहीं रहा। जब नेवता दे चुके, तब तो खिलाना ही पड़ेगा, चाहे लोटा-थाली बेचकर ही क्यों न खिलाओ। कहके मुकरने से बैर हो जायेगा।

दीवान—बैर की चिन्ता नहीं। नौकरी की मैं परवा नहीं करता।

लौंगी—हां, तुमने तो कारूं का खजाना घर में गाड़ रखा है। इन बातों से अब काम न चलेगा। अब तो जो होनी थी, हो चुकी। राम का नाम लेकर ब्याह करो। पुरोहित को बुलाकर साइत-सगुन पूछ-ताछ लो और लगन भेज दो। एक ही लड़की है, दिल खोलकर काम करो।

मुंशीजी को अपनी सांसत का पुरस्कार मिल गया। मारे खुशी के बगलें बजाने लगे।

विरोध की अन्तिम क्रिया हो गई।

आज ही से विवाह की तैयारियां होने लगीं। दीवान साहब स्वभाव से कृपण थे, कम से कम खर्च में काम निकालना चाहते थे; लेकिन लौंगी के आगे उनकी एक न चलती थी। उसके पास रुपये न जाने कहां से निकलते आते थे, मानो किसी रसिक के प्रेमोद्गार हों। तीन महीने तैयारियों में गुजर गए। विवाह का मुहूर्त निकट आ गया।

सहसा एक दिन शाम को खबर मिली कि जेल में दंगा हो गया और चक्रधर के कन्धो में गहरा घाव लगा है। बचना मुश्किल है।

मनोरमा के विवाह की तैयारियां तो हो ही रही थीं और यों भी देखने में वह बहुत खुश नजर आती थी; पर उसका हृदय सदैव रोता रहता था। कोई अज्ञात भय, कोई अलक्षित वेदना, कोई अतृप्त कामना, कोई गुप्त चिन्ता, हृदय को मथा करती थी। अन्धों की भांति इधर-उधर टटोलती थी; पर न चलने का मार्ग मिलता था, न विश्राम का आधार। उसने मन में एक बात निश्चय की थी और उसी में संतुष्ट रहना चाहती थी; लेकिन कभी-कभी वह जीवन इतना शून्य, इतना अंधेरा, इतना नीरस मालूम होता कि घंटों वह मूर्च्छित-सी बैठी रहती; मानो कहीं कुछ नहीं है, अनन्त आकाश में केवल वही अकेली है।

यह भयानक समाचार सुनते ही मनोरमा को हौलदिल-सा हो गया। आकर लौंगी से बोली— लौंगी अम्मा, मैं क्या करूं? बाबूजी को देखे बिना अब नहीं रहा जाता। क्यों अम्मा, घाव अच्छा हो जायगा न?

लौंगी ने करुण नेत्रों से देखकर कहा—अच्छा क्यों न होगा, बेटी ! भगवान चाहेंगे, तो जल्द अच्छा हो जायगा।

लौंगी मनोरमा के मनोभावों को जानती थी। उसने सोचा, इस अबला को कितना दुःख है ! मन-ही-मन तिलमिलाकर रह गई। हाय ! चारे पर गिरनेवाली चिड़िया को मोती चुगाने की चेष्टा की जा रही है। तड़प-तड़पकर पिंजड़े में प्राण देने के सिवा वह और क्या करेगी ! मोती में चमक है, वह अनमोल है; लेकिन उसे कोई खा तो नहीं सकता। उसे गले में बांधा लेने से क्षुधा तो न मिटेगी।

मनोरमा ने फिर पूछा—भगवान् सज्जन लोगों को क्यों इतना कष्ट देते हैं, अम्मा? बाबूजी का-सा सज्जन दूसरा कौन होगा ! उनको भगवान् इतना कष्ट दे रहे हैं ! मुझे कभी कुछ नहीं होता; कभी सिर भी नहीं दुखता। मुझे क्यों कभी कुछ नहीं होता, अम्मा?

लौंगी—तुम्हारे दुश्मन को कुछ हो बेटी, तुम तो कभी घड़ी भर चैन न पाती थीं। तुम्हें गोद में लिये रात भर भगवान् का नाम लिया करती थी।

सहसा मनोरमा के मन में एक बात आई। उसने बाहर आकर मोटर तैयार कराई और दम-के-दम में राजभवन की ओर चली। राजा साहब इसी तरफ आ रहे थे। मनोरमा को देखा, तो चौंके। मनोरमा घबरायी हुई थी।

राजा—तुमने क्यों कष्ट किया? मैं तो आ रहा था।

मनोरमा—आपको जेल के दंगे की खबर मिली?

राजा—हां, मुंशी वज्रधर अभी कहते थे।

मनोरमा—मेरे बाबूजी को गहरा घाव लगा है।

राजा—हां, यह भी सुना।

मनोरमा—तब भी आपने उन्हें जेल से बाहर अस्पताल में लाने के लिए कार्रवाई नहीं की? आपका हृदय बड़ा कठोर है।

राजा ने कुछ चिढ़कर कहा—तुम्हारे जैसा उदार हृदय कहां से लाऊं!

मनोरमा—मुझसे मांग क्यों नहीं लेते? बाबूजी को बहुत गहरा घाव लगा है, और अगर यत्न न किया गया, तो उनका बचना कठिन है। जेल में जैसा इलाज होगा, आप जानते ही हैं। न कोई आगे, न कोई पीछे; न मित्र, न बन्धु। आप साहब को एक खत लिखिए कि बाबूजी को अस्पताल में लाया जाय।

राजा—साहब मानेंगे?

मनोरमा—इतनी जरा-सी बात न मानेंगे?

राजा—न जाने दिल में क्या सोचें।

मनोरमा—आपको अगर बहुत मानसिक कष्ट हो रहा हो तो रहने दीजिए। मैं खुद साहब से मिल लूंगी।

राजा साहब यह तिरस्कार सुनकर कांप उठे। कातर होकर बोले—मुझे किस बात का कष्ट होगा। अभी जाता हूं।

मनोरमा—लौटिएगा कब तक?

राजा—कह नहीं सकता।

यह कहकर राजा साहब मोटर पर जा बैठे और शोफर से मिस्टर जिम के बंगले पर चलने को कहा। मनोरमा की निष्ठुरता से उनका चित्त बहुत खिन्न था। मेरे आराम और तकलीफ का इसे जरा भी खयाल नहीं। चक्रधर से न जाने क्यों इतना स्नेह है। कहीं उससे प्रेम तो नहीं करती? नहीं, यह बात नहीं। सरल हृदय बालिका है। ये कौशल क्या जाने! चक्रधर आदमी ही ऐसा है कि दूसरों को उससे मुहब्बत हो जाती है। जवानी में सहृदयता कुछ अधिक होती ही है। कोई मायाविनी स्त्री होती, तो मुझसे अपने मनोभावों को गुप्त रखती। जो कुछ करना होता, चुपके-चुपके करती; पर इसके निश्छल हृदय में कपट कहां? जो कुछ कहती है, मुझी से कहती है; जो कष्ट होता है, मुझी को सुनाती है। मुझ पर पूरा विश्वास करती है। ईश्वर करे, साहब से मुलाकात हो जाय और वह मेरी प्रार्थना स्वीकार कर लें! जिस वक्त मैं आकर यह शुभ समाचार कहूंगा, कितनी खुश होगी!

यह सोचते हुए राजा साहब मिस्टर जिम के बंगले पर पहुंचे। शाम हो गई थी। साहब बहादुर सैर करने जा रहे थे। उनके बंगले में वह ताजगी और सफाई थी कि राजा साहब का चित्त प्रसन्न हो गया। उनके यहां दर्जनों माली थे, पर बाग इतना हरा-भरा न रहता था। यहां की हवा में आनन्द था। इकबाल हाथ बांधे हुए खड़ा मालूम होता था। नौकर-चाकर कितने सलीकेदार थे, घोड़े कितने समझदार, पौधे कितने सुन्दर, यहां तक कि कुत्तों के चेहरे पर

भी इकबाल की आभा झलक रही थी।

राजा साहब को देखते ही जिम साहब ने हाथ मिलाया और पूछा—आपने जेल में दंगे का हाल सुना?

राजा—जी हां! सुनकर बड़ा अफसोस हुआ।

जिम—सब उसी का शरारत है, उसी बागी नौजवान का।

राजा—हुजूर का मतलब चक्रधर से है?

जिम—हां, उसी से! बहुत ही खौफनाक आदमी है। उसी ने कैदियों को भड़काया है।

राजा—लेकिन अब तो उसको अपने किए की सजा मिल गई। अगर बच भी गया, तो महीनों चारपाई से न उठेगा।

जिम—ऐसे आदमी के लिए इतनी ही सजा काफी नहीं। हम उस पर मुकदमा चलाएगा।

राजा—मैंने सुना है कि उसके कन्धे में गहरा जख्म है और आपसे यह अर्ज करता हूं कि उसे शहर के बड़े अस्पताल में रखा जाय, जहां उसका अच्छा इलाज हो सके। आपकी इतनी कृपा हो जाय तो उस गरीब की जान बच जाय, और जिले में आपका नाम हो जाय। मैं इसका जिम्मा ले सकता हूं कि अस्पताल में उसकी पूरी निगरानी रखी जायगी।

जिम—हम एक बागी के साथ कोई रिआयत नहीं कर सकता। आप जानता है, मुगलों या मरहठों का राज होता, तो ऐसे आदमी को क्या सजा मिलता? उसका खाल खींच लिया जाता, उसके दोनों हाथ काट लिये जाते। हम अपने दुश्मन को कोई रिआयत नहीं कर सकता।

राजा—हुजूर, दुश्मनों के साथ रिआयत करना उनको सबसे बड़ी सजा देना है। आप जिस पर दया करें, वह कभी आपसे दुश्मनी नहीं कर सकता। वह अपने किए पर लज्जित होगा और सदैव के लिए आपका भक्त हो जायगा।

जिम—राजा साहब, आप समझता नहीं। ऐसा सलूक उस आदमी के साथ किया जाता है, जिसमें कुछ आदमियत बाकी रह गया हो। बागी का दिल बालू का मैदान है। उसमें पानी का बूंद भी नहीं होता, और न उसे पानी से सींचा जा सकता है। आदमी में जितना धर्म और शराफत है, उसके मिट जाने पर वह बागी हो जाता है। उसे भलमनसी में आप नहीं जीत सकता।

राजा साहब को आशा थी कि साहब मेरी बात आसानी से मान लेंगे। साहब के पास वह रोज ही कोई-न-कोई तोहफा भेजते रहते थे। उनकी जिद पर चिढ़कर बोले—जब मैं आपको विश्वास दिला रहा हूं कि उस पर अस्पताल में काफी निगरानी रखी जायगी; तो आपको मेरी अर्ज मानने में क्या आपत्ति है?

जिम ने मुस्कराकर कहा—यह जरूरी नहीं कि मैं आपसे अपनी पालिसी बयान करूं।

राजा—मैं उसकी जमानत करने को तैयार हूं।

जिम—(हंसकर) आप उसकी जबान की जमानत तो नहीं कर सकते? हजारों आदमी उसे देखने को रोज आएगा। आप उन्हें रोक तो नहीं सकते? गंवार लोग यही समझेगा कि

सरकार इस आदमी पर बड़ा जुल्म कर रही है। उसे देख-देखकर लोग भड़केगा। इसको आप कैसे रोक सकते हैं?

राजा साहब के जी में आया कि इसी वक्त यहां से चल दूं और फिर इसका मुंह न देखूं। पर खयाल किया, मनोरमा बैठी मेरी राह देख रही होगी। यह खबर सुनकर उसे कितनी निराशा होगी। ईश्वर ! इस निर्दयी के हृदय में थोड़ी-सी दया डाल दो ! बोले—आप यह हुक्म दे सकते हैं कि उनके निकट सम्बन्धियों के सिवा कोई उनके पास न जाने पाए !

जिम—मेरे हुक्म में इतनी ताकत नहीं है कि वह अस्पताल को जेल बना दे।

यह कहते-कहते मिस्टर जिम फिटन पर बैठे और सैर करने चल दिए।

राजा साहब को एक क्षण के लिए मनोरमा पर क्रोध आ गया। उसी के कारण मैं यह अपमान सह रहा हूं, नहीं तो मुझे क्या गरज पड़ी थी कि इसकी इतनी खुशामद करता। जाकर कहे देता हूं कि साहब नहीं मानते, मैं क्या करूं। मगर उसके आंसुओं के भय ने फिर कातर कर दिया। आह ! उसका कोमल हृदय टूट जायगा। आंखों में आंसू की झड़ी लग जायगी। नहीं, मैं कभी इसका पिण्ड न छोड़ूंगा। मेरा अपमान हो, इसकी चिन्ता नहीं। लेकिन उसे दुःख न हो।

थोड़ी देर तक तो राजा साहब बाग में टहलते रहे। फिर मोटर पर जा बैठे और घण्टे भर इधर-उधर घूमते रहे। आठ बजे वह लौटकर आए, तो मालूम हुआ, अभी साहब नहीं आए। फिर लौटे, इसी तरह घण्टे-घण्टे भर के बाद वह तीन बार आए, मगर साहब बहादुर अभी तक न लौटे थे।

सोचने लगे, इतनी रात गए अगर मुलाकात हो भी गई, तो बातचीत करने का मौका कहां? शराब के नशे में चूर होगा। आते-ही-आते सोने चला जायगा। मगर कम-से-कम मुझे देखकर इतना तो समझ जायगा कि यह बेचारे अभी तक खड़े हैं। शायद दया आ जाए।

एक बजे के करीब बग्घी की आवाज आई। राजा साहब मोटर से उतरकर खड़े हो गए। जिम भी फिटन से उतरा। नशे से आंखें सुर्ख थीं। लड़खड़ाता हुआ चल रहा था। राजा को देखते ही बोला—ओ, ओ ! तुम यहां क्यों खड़ा है? बाग जाओ, अभी जाओ, बागो !

राजा—हुजूर, मैं हूं राजा विशालसिंह।

जिम—ओ ! डैम राजा, अबी निकल जाओ। तुम भी बागी है। तुम बागी का सिफारिश करता है, बागी को पनाह देता है। सरकार का दोस्त बनता है। अबी निकल जाओ। राजा और रैयत सब एक है। हम किसी पर भरोसा नहीं करता। अपने जोर का भरोसा है। राजा का काम बागियों को पकड़वाना, उनका पता लगाना है। उनका सिफारिश करना नहीं। अबी निकल जाओ।

यह कहकर वह राजा साहब की ओर झपटा। राजा साहब बहुत ही बलवान् मनुष्य थे। वह ऐसे-ऐसे दो को अकेले काफी थे; लेकिन परिणाम के भय ने उन्हें पंगु बना दिया था। एक घूंसा भी लगाया और पांच करोड़ रुपये की जायदाद हाथ से निकली। वह घूंसा बहुत महंगा पड़ेगा। परिस्थिति भी उनके प्रतिकूल थी। इतनी रात को उसके बंगले पर आना

इस बात का सबूत समझा जायगा कि उनकी नीयत अच्छी नहीं थी। दीन भाव से बोले—साहब, इतना जुल्म न कीजिए। इसका जरा भी खयाल न कीजिएगा कि मैं शाम से अब तक आपके दरवाजे पर खड़ा हूं? कहिए तो आपके पैरों पड़ूं। जो कहिए, करने को हाजिर हूं। मेरी अर्ज कबूल कीजिए।

जिम—कबी नईं होगा, कबी नईं होगा। तुम मतलब का आदमी है। हम तुम्हारी चालों को खूब समझता है।

राजा—इतना तो आप कर ही सकते हैं कि मैं उनका इलाज करने के लिए अपना डॉक्टर जेल के अन्दर भेज दिया करूं?

जिम—ओ डैमिट ! बक-बक मत करो। सुअर, अभी निकल जाओ, नहीं तो हम ठोकर मारेगा।

अब राजा साहब से जब्त न हुआ। क्रोध ने सारी चिन्ताओं को, सारी कमजोरियों को निगल लिया। राज्य रहे या जाय, बला से ! जिम ने ठोकर चलाई ही थी कि राजा साहब ने उसकी कमर पकड़कर इतने जोर से पटका कि वह चारों खाने चित्त जमीन पर गिर पड़ा। फिर उठना चाहता था कि राजा साहब उसकी छाती पर चढ़ बैठे और उसका गला जोर से दबाया। कौड़ी-सी आंखें निकल आईं, मुंह से फिचकुर बहने लगा। सारा नशा, सारा क्रोध ा, सारा रौब, सारा अभिमान, रफूचक्कर हो गया।

राजा ने गला छोड़कर कहा—गला घोंट दूंगा, इस फेर में मत रहना। कच्चा ही चबा जाऊंगा। चपरासी या अहलकर नहीं हूं कि तुम्हारी ठोकरें सह लूंगा।

जिम—राजा साहब, आप सचमुच नाराज हो गया। मैं तो आपसे दिल्लगी करता था। आप तो पहलवान हैं। आप दिल्लगी में बुरा मान गया !

राजा—बिल्कुल नहीं। मैं भी दिल्लगी कर रहा हूं। अब तो आप फिर मेरे साथ दिल्लगी न करेंगे?

जिम—कबी नईं, कबी नईं।

राजा—मैंने जो अर्ज की थी, वह आप मानेंगे या नहीं?

जिम—मानेंगे, मानेंगे; हम सुबह होते ही हुक्म देगा।

राजा—दगा तो न करोगे?

जिम—कबी नई, कभी नईं। आप भी किसी से यह बात न कहना।

राजा—दगा की, तो इसी तरह फिर पटकूंगा, याद रखना। यह कहकर राजा साहब मिस्टर जिम को छोड़कर उठ गये। जिम भी गर्द झाड़कर उठा और राजा साहब से बड़े तपाक के साथ हाथ मिलाकर उन्हें रुखसत किया। जरा भी शोरगुल न हुआ। जिम साहब के साईस के सिवा और किसी ने मल्लयुद्ध नहीं देखा था, और उसकी मारे डर के बोलने की हिम्मत न पड़ी।

राजा साहब दिल में सोचते जाते थे कि देखें, वादा पूरा करता है या मुकर जाता है। कहीं कल कोई शरारत न करे। उंह, देखी जायगी। इस वक्त तो ऐसी पटकनी दी है कि बचा

याद करते होंगे। यह सब वादे के तो सच्चे होते हैं। सुबह को देखूंगा। अगर हुक्म न दिया, तो फिर जाऊंगा। इतना डर तो उसे भी होगा कि मैंने दगा की, तो वह भी कलई खोल देगा। सज्जनता से तो नहीं, पर इस भय से जरूर वादा पूरा करेगा। मनोरमा अपने घर चली गई होगी। तड़के ही जाकर उसे यह खबर सुनाऊंगा। खिल उठेगी। आह ! उस वक्त उसकी छवि देखने ही योग्य होगी !

राजा साहब घर पहुंचे, तो डेढ़ बज गऐ थे; पर अभी तक सोता न पड़ा था। नौकर-चाकर उनकी राह देख रहे थे। राजा साहब मोटर से उतरकर ज्योंही बरामदे में पहुंचे, तो देखा मनोरमा खड़ी है। राजा साहब ने विस्मित होकर पूछा—क्या तुम अभी घर नहीं गईं? तब से यहीं हो? रात तो बहुत बीत गई।

मनोरमा—एक किताब पढ़ रही थी। क्या हुआ?

राजा—कमरे में चलो, बताता हूं।

राजा साहब ने सारी कथा आदि से अन्त तक बड़े गर्व के साथ नमक-मिर्च लगाकर बयान की। मनोरमा तन्मय होकर सुनती रही। ज्यों-ज्यों वह वृत्तान्त सुनती थी, उसका मन राजा साहब की ओर खिंच जाता था। मेरे लिए इन्होंने इतना कष्ट, इतना अपमान सहा। वृत्तान्त समाप्त हुआ, तो वह प्रेम और भक्ति से गद्‌गद होकर राजा साहब के पैरों पर गिर पड़ी और कांपती हुई आवाज से बोली—मैं आपका यह एहसान कभी न भूलूंगी।

आज ज्ञात रूप से उसके हृदय में प्रेम का अंकुर पहली बार जमा। वह एक उपासक की भांति अपने उपास्य देव के लिए बाग में फूल तोड़ने आई थी; पर बाग की शोभा देखकर उस पर मुग्ध हो गई। फूल लेकर चली, तो बाग की सुरम्य छटा उसकी आंखों में समाई हुई थी। उसके रोम-रोम से यही ध्वनि निकलती थी—आपका एहसान कभी न भूंलूंगी। स्तुति के शब्द उसके मुंह तक आकर रह गए।

वह घर चली, तो चारों ओर अंधकार और सन्नाटा था; पर उसके हृदय में प्रकाश फैला हुआ था और प्रकाश में संगीत की मधुर ध्वनि प्रवाहित हो रही थी। एक क्षण के लिए वह चक्रधर की दशा भी भूल गई, जैसे मिठाई हाथ में लेकर बालक अपने छिदे हुए कान की पीड़ा भूल जाता है।

बीस

मिस्टर जिम ने दूसरे दिन हुक्म दिया कि चक्रधर को जेल से निकालकर शहर के बड़े अस्पताल में रखा जाय। वह उन जिद्दी आदमियों में न थे, जो मार खाकर भी बेहयाई करते हैं। सवेरे परवाना पहुंचा। राजा साहब भी तड़के ही उठकर जेल पहुंचे। मनोरमा वहां पहले ही से मौजूद थी; लेकिन चक्रधर ने साफ कह दिया—मैं यहीं रहना चाहता हूं। मुझे और कहीं भेजने की जरूरत नहीं।

दारोगा—आप कुछ सिड़ी तो नहीं हो गए हैं? कितनी कोशिश से तो राजा साहब ने

यह हुक्म दिलाया, और आप सुनते ही नहीं? क्यों जान देने पर तुले हो? यहां इलाज-विलाज खाक न होगा।

चक्रधर—कई आदमियों को मुझसे भी ज्यादा चोट आई है। मेरा मरना-जीना उन्हीं के साथ होगा। उनके लिए ईश्वर है, तो मेरे लिए भी ईश्वर है।

दारोगा ने बहुत समझाया, राजा साहब ने भी समझाया, मनोरमा ने रो-रोकर मिन्नतें कीं; लेकिन चक्रधर किसी तरह राजी न हुए। तहसीलदार साहब को अन्दर आने की आज्ञा न मिली; लेकिन शायद उनके समझाने का भी कुछ असर न होता। दोपहर तक सिरमगजन करने के बाद लोग निराश होकर लौटे।

मुंशीजी ने कहा—दिल नहीं मानता; पर जी यही चाहता है कि इस लौंडे का मुंह न देखूं!

राजा—इसमें बात ही क्या थी! मेरी सारी दौड़-धूप मिट्टी में मिल गई।

मनोरमा कुछ न बोली। चक्रधर जो कुछ कहते या करते थे, उसे उचित जान पड़ता था। भक्त को आलोचना से प्रेम नहीं। चक्रधर का यह विशाल त्याग उसके हृदय में खटकता था; पर उसकी आत्मा को मुग्ध कर रहा था। उसकी आंखें गर्व से मतवाली हो रही थीं।

मिस्टर जिम को यह खबर मिली, तो तिलमिला उठे, मानो किसी रईस ने एक भिखारी को पैसे जमीन पर फेंककर अपनी राह ली हो। कीर्ति का इच्छुक जब दान करता है, तो चाहता है कि नाम हो, यश मिले। दान का अपमान उससे नहीं सहा जाता। जिसने समझा था कि चक्रधर की आत्मा का मैंने दमन कर दिया। अब उसे मालूम हुआ कि मैं धोखे में था। वह आत्मा अभी तक मस्तक उठाए उसकी ओर ताक रही थी। जिम ने मन में ठान लिया कि मैं उसे कुचलकर छोड़ूंगा।

चक्रधर दो महीने अस्पताल में पड़े रहे। दवा-दर्पण तो जैसी हुई, वही जानते होंगे, लेकिन जनता की दुआओं में जरूर असर था। हजारों आदमी नित्य उनके लिए ईश्वर से प्रार्थना करते थे और मनोरमा को तो दान, व्रत और तप के सिवाय और कोई काम न था। जिन बातों को वह पहले ढकोसला समझती थी, उन्हीं बातों में अब उसकी आत्मा को शान्ति मिलती थी। पहली बार उसे प्रार्थना शक्ति का विश्वास हुआ। कमजोरी ही में हम लकड़ी का सहारा लेते हैं।

चक्रधर तो अस्पताल में पड़े थे, इधर उन पर नया अभियोग चलाने की तैयारियां हो रही थीं। ज्यों ही वह चलने-फिरने लगे, उन पर मुकदमा चलने लगा। जेल के भीतर ही इजलास होने लगा। ठाकुर गुरुसेवकसिंह आजकल डिप्टी मैजिस्ट्रेट थे। उन्हीं को यह मुकदमा सुपुर्द किया गया।

हमारे ठाकुर साहब बड़े जोशीले आदमी थे। यह जितने जोश से किसानों का संगठन करते थे, अब उतने ही जोश से कैदियों को सजाएं भी देते थे। पहले उन्होंने निश्चय किया था कि सेवा में ही अपना जीवन बिता दूंगा; लेकिन चक्रधर की दशा देखकर आंखें खुल गईं। समझ गए कि इन परिस्थितियों में सेवा कार्य टेढ़ी खीर है। जीवन का उद्देश्य यही तो

नहीं है कि हमेशा एक पैर जेल में रहे, हमेशा प्राण सूली पर रहें, खुफिया पुलिस हमेशा ताक में बैठी रहे, भगवद्गीता का पाठ करना मुश्किल हो जाय। यह तो न स्वार्थ है, न परमार्थ, केवल आग में कूदना है, तलवार पर गर्दन रखना है। सेवा-कार्य को दूर से सलाम किया और सरकार के सेवक बन बैठे। खानदान अच्छा था ही, सिफारिश भी काफी थी, जगह मिलने में कोई कठिनाई न हुई। अब वह बड़े ठाठ से रहते थे। रहन-सहन भी बदल डाला, खान-पान भी बदल डाला। उस समाज में घुलमिल गए, जिसकी वाणी में, वेश में, व्यवहार में पराधीनता का चोखा रंग चढ़ा होता है। उन्हें लोग अब 'साहब', कहते हैं। 'साहब', हैं भी पूरे 'साहब', बल्कि 'साहबों' से भी दो अंगुल ऊंचे। किसी को छोड़ना तो जानते ही नहीं। कानून की मंशा चाहे कुछ हो, कड़ी से कड़ी सजा देना उनका काम है। उनका नाम सुनकर बदमाशों की नानी मर जाती है। विधाताओं को उन पर जितना विश्वास है, उतना और किसी हाकिम पर नहीं है इसीलिए यह मुकदमा उनके इजलास में भेजा गया है।

ठाकुर साहब सरकारी काम में जरा भी रू-रिआयत न करते थे; लेकिन यह मुकदमा पाकर वह धर्मसंकट में पड़ गए। धन्नासिंह और अन्य अपराधियों के विषय में कोई चिन्ता न थी, उनकी मीयाद बढ़ा सकते थे, काल कोठरी में डाल सकते थे, सेशन सिपुर्द कर सकते थे; पर चक्रधर को क्या करें ! अगर सजा देते हैं, तो जनता में मुंह दिखाने लायक नहीं रहते। मनोरमा तो शायद उनका मुंह न देखे। छोड़ते हैं, तो अपने समाज में तिरस्कार होता है, क्योंकि वहां सभी चक्रधर से खार खाए बैठे थे। ठाकुर साहब के कानों में किसी ने यह बात भी डाल दी थी कि इसी मुकदमे पर तुम्हारे भविष्य का बहुत कुछ दारमदार है।

मुकदमे को पेश हुए आज तीसरा दिन था। गुरुसेवक बरामदे में बैठे सावन की रिमझिम वर्षा का आनन्द उठा रहे थे। आकाश में मेघों की घुड़दौड़-सी हो रही थी। घुड़दौड़ नहीं, संग्राम था। एक दल आगे वेग से भागा चला जाता था और उसके पीछे विजेताओं का काला दल तोपें दागता, भाले चमकाता, गम्भीर भाव से बढ़ रहा था, मानो भगोड़ों का पीछा करना अपनी शान के खिलाफ समझता हो।

सहसा मनोरमा मोटर से उतरकर उनके समीप ही कुर्सी पर बैठ गई।

गुरुसेवक ने पूछा—कहां से आ रही हो?

मनोरमा—घर से ही आ रही हूं। जेलवाले मुकदमे में क्या हो रहा है?

गुरुसेवक—अभी तो कुछ नहीं हुआ। गवाहों के बयान हो रहे हैं।

मनोरमा—बाबूजी पर जुर्म साबित हो गया?

गुरुसेवक—हो भी गया और नहीं भी हुआ।

मनोरमा—मैं नहीं समझी।

गुरुसेवक—इसका मतलब यह है कि जुर्म का साबित होना या न होना दोनों बराबर हैं, मुझे मुलजिमों को सजा करनी पड़ेगी। अगर बरी कर दूं, तो सरकार अपील करके उन्हें फिर सजा दिला देगी। हां, मैं बदनाम हो जाऊंगा। मेरे लिए यह आत्मबलिदान का प्रश्न है, सारी देवता मंडली मुझ पर कुपित हो जायगी।

मनोरमा—तुम्हारी आत्मा क्या कहती है?

गुरुसेवक—मेरी आत्मा क्या कहेगी? मौन है।

मनोरमा—मैं यह न मानूंगी। आत्मा कुछ-न-कुछ जरूर कहती है, अगर उससे पूछा जाय। कोई माने या न माने, यह उसका अख्तियार है। तुम्हारी आत्मा भी अवश्य तुम्हें सलाह दे रही होगी और उसकी सलाह मानना तुम्हारा धर्म है। बाबूजी के लिए सजा का दो-एक साल बढ़ जाना कोई बात नहीं, वह निरपराध हैं और यह विश्वास उन्हें तस्कीन देने को काफी है; लेकिन तुम कहीं के न रहोगे। तुम्हारे देवता तुमसे भले ही सन्तुष्ट हो जायं; पर तुम्हारी आत्मा का सर्वनाश हो जाएगा।

गुरुसेवक—चक्रधर बिल्कुल बेकसूर तो नहीं है। पहले-पहल जेल के दारोगा पर वही गर्म पड़े थे। वह उस वक्त जब्त कर जाते, तो यह फिसाद न खड़ा होता। यह अपराध उनके सिर से कैसे दूर होगा?

मनोरमा—आपके कहने का यह मतलब है कि वह गालियां खाकर चुप रह जाते? क्यों?

गुरुसेवक—जब उन्हें मालूम था कि मेरे बिगड़ने से उपद्रव की सम्भावना है, तो मेरे खयाल में उन्हें चुप ही रह जाना चाहिए था।

मनोरमा—और मैं कहती हूं कि उन्होंने जो कुछ किया, वही उनका धर्म था। आत्मसम्मान की रक्षा हमारा सबसे पहला धर्म है। आत्मा की हत्या करके अगर स्वर्ग भी मिले, तो वह नरक है। आपको अपने फैसले में साफ-साफ लिखना चाहिए कि बाबूजी बेकसूर हैं। आपको सिफारिश करनी चाहिए कि एक महान् संकट में, अपने प्राणों को हथेली पर लेकर, जेल के कर्मचारियों की जान बचाने के बदले में उनकी मीयाद घटा दी जाय। सरकार अपील करे, इससे आपको कोई प्रयोजन नहीं। आपका कर्त्तव्य वही है जो मैं कह रही हूं।

गुरुसेवक ने अपनी नीचता को मुस्कराहट से छिपाकर कहा—आग में कूद पड़ूं?

मनोरमा—धर्म की रक्षा के लिए आग में कूद पड़ना कोई नई बात नहीं है। आखिर आपको किस बात का डर है? यही न, कि आपसे आपके अफसर नाराज हो जाएंगे? आप शायद डरते हों कि कहीं आप अलग न कर दिए जायं। इसकी जरा भी चिन्ता न कीजिए ! मैं आशा करती हूं.....मुझे विश्वास है कि आपका नुकसान न होने पाएगा।

गुरुसेवक अपनी स्वार्थपरता पर झेंपते हुए बोले—नौकरी की मुझे परवाह नहीं है, मनोरमा ! मैं इन लोगों के कमीनेपन से डरता हूं। इनको फौरन खयाल होगा कि मैं भी उसी टुकड़ी में मिला हुआ हूं, और आश्चर्य नहीं कि मैं भी किसी जुल्म में फांस दिया जाऊं। मुझे इनके साथ मिलने-जुलने से इनकी नीचता का कई बार अनुभव हो चुका है। इनमें उदारता और सज्जनता नाम को भी नहीं होती। बस, अपने मतलब के यार हैं। इनका धर्म, इनकी राजनीति, इनका न्याय, इनकी सभ्यता केवल एक शब्द में आ जाती है, और वह शब्द है—'स्वार्थ'। मैं सब कुछ सह सकता हूं, जेल के कष्ट नहीं सह सकता। जानता हूं, यह मेरी कमजोरी है; पर क्या करूं? मुझमें तो इतना साहस नहीं।

मनोरमा—भैयाजी, आपकी यह सारी शंकाएं निर्मूल हैं। मैं आपका जरा भी नुकसान न होने दूंगी। गवाहों के बयान हो गए कि नहीं?

गुरुसेवक—हां, हो गए। अब तो केवल फैसला सुनाना है।

मनोरमा—तो लिखिए, लाऊं कलम-दावात?

गुरुसेवक—लिख लूंगा, जल्दी क्या है?

मनोरमा—मैं बिना लिखवाए यहां से जाऊंगी ही नहीं। यही इरादा करके आज आई हूं।

गुरुसेवक—जरा घर में जाकर लोगों से मिल आओ। शिकायत करती थीं कि अभी से हमें भूल गईं।

मनोरमा—टालमटोल न कीजिए। मैं सब सामान यहीं लाए देती हूं। आपको इसी वक्त लिखना पड़ेगा।

गुरुसेवक—तो तुम कब तक बैठी रहोगी? फैसला लिखना कोई मुंह का कौर थोड़े ही है।

मनोरमा—आधी रात तक खत्म हो जायगा? आज न होगा, कल होगा? मैं फैसला पढ़कर ही यहां से जाऊंगी। तुम दिल से चक्रधर को निर्दोष मानते हो, केवल स्वार्थ और भय तुम्हें दुविधा में डाले हुए हैं! मैं देखना चाहती हूं कि तुम कहां तक सत्य का निर्वाह करते हो।

सहसा दूसरी मोटर आ पहुंची। इस पर राजा साहब बैठे हुए थे। गुरुसेवक बड़े तपाक से उन्हें लेने दौड़े। राजा ने उनकी ओर विशेष ध्यान न दिया। मनोरमा के पास आकर बोले—तुम्हारे घर से चला आ रहा हूं। वहां पूछा तो मालूम हुआ—कहीं गई हो; पर यह किसी को न मालूम था कि कहां! वहां से पार्क गया, पार्क से चौक पहुंचा, सारे जमाने की खाक छानता हुआ यहां पहुंचा हूं। मैं कितनी बार कह चुका हूं कि घर से चला करो, तो जरा बतला दिया करो।

मनोरमा—मैंने समझा था, आपके आने के वक्त तक लौट आऊंगी।

राजा—खैर, अभी कुछ ऐसी देर नहीं हुई। कहिए, डिप्टी साहब, मिजाज तो अच्छे हैं? कभी-कभी भूलकर हमारी तरफ भी आ जाया कीजिए। (मनोरमा से) चलो, नहीं तो शायद जोर से पानी आ जाय।

मनोरमा—मैं तो आज न जाऊँगी।

राजा—नहीं-नहीं, ऐसा न कहो। वे लोग हमारी राह देख रहे होंगे।

मनोरमा—मेरा तो जाने को जी नहीं चाहता।

राजा—तुम्हारे बगैर सारा मजा किरकिरा हो जायगा, और मुझे बहुत लज्जित होना पड़ेगा। मैं तुम्हें जबरदस्ती ले जाऊंगा।

यह कहकर राजा साहब ने मनोरमा का हाथ आहिस्ता से पकड़ लिया और उसे मोटर की तरफ खींचा। मनोरमा ने एक झटके से अपना हाथ छुड़ा लिया और त्योरियां बदलकर बोली—एक बार कह दिया कि मैं न जाऊंगी।

राजा—आखिर क्यों?

मनोरमा—अपनी इच्छा !

गुरुसेवक—हूजूर, यह मुझसे जबरदस्ती जेलवाले मुकदमे का फैसला लिखाने बैठी हुई हैं। कहती हैं, बिना लिखवाए न जाऊंगी।

गुरुसेवक ने तो यह बात दिल्लगी से कही थी, पर समयोचित बात उनके मुंह से कम निकलती थी। मनोरमा का मुंह लाल हो गया। समझी कि यह मुझे राजा साहब के सम्मुख गिराना चाहते हैं। तनकर बोली—हां, इसीलिए बैठी हूं, तो फिर? आपको यह कहते हुए शर्म आनी चाहिए थी। एक निरपराध आदमी को आपके हाथों स्वार्थमय अन्याय से बचाने के लिए मेरी निगरानी की जरूरत है। क्या यह आपके लिए शर्म की बात नहीं है? अगर मैं समझती कि आप निष्पक्ष होकर फैसला करेंगे, तो मेरे बैठने की क्यों जरूरत होती ? आप मेरे भाई हैं, इसलिए मैं आपसे सत्याग्रह कर रही हूं। आपकी जगह कोई दूसरा आदमी बाबूजी पर जान-बूझकर ऐसा घोर अन्याय करता, तो शायद मेरा बस चलता, तो उसके हाथ कटवा लेती। चक्रधर की मेरे दिल में जितनी इज्जत है, उसका आप लोग अनुमान नहीं कर सकते।

एक क्षण के लिए सन्नाटा छा गया। गुरुसेवक का मुंह नन्हा-सा हो गया, और राजा साहब तो मानो रो दिए। आखिर चुपचाप अपनी मोटर की ओर चले। जब वह मोटर पर बैठ गए तो मनोरमा भी धीरे से उनके पास आई और स्नेह सिंचित नेत्रों से देखकर बोली—मैं कल आपके साथ अवश्य चलूंगी।

राजा ने सड़क की ओर ताकते हुए कहा—जैसी तुम्हारी खुशी।

मनोरमा—अगर इस मामले में सच्चा फैसला करने के लिए भैयाजी पर हाकिमों की अकृपा हुई, तो आपको भैयाजी के लिए कुछ फिक्र करनी पड़ेगी।

राजा—देखी जायगी।

मनोरमा तनकर बोली—क्या कहा?

राजा—कुछ तो नहीं।

मनोरमा—भैयाजी को रियासत में जगह देनी होगी।

राजा—तो दे देना, मैं रोकता कब हूं?

मनोरमा—कल चार बजे आने की कृपा कीजिएगा। मुझे आपके साथ आज न चलने का बड़ा दुःख है, पर मजबूर हूं। मैं चली जाऊंगी, तो भैयाजी कुछ का कुछ कर बैठेंगे। आप नाराज तो नहीं हैं?

यह कहते-कहते मनोरमा की आंखें सजल हो गईं। राजा ने मन्त्र-मुग्ध नेत्रों से उसकी ओर ताका और गद्‌गद होकर बोले—तुम इसकी जरा भी चिन्ता न करो। तुम्हारा इशारा काफी है। लो, अब खुश होकर मुस्करा दो। देखो, वह हंसी आई !

मनोरमा मुस्करा पड़ी। पानी में कमल खिल गया। राजा साहब ने उससे हाथ मिलाया और चले गए। तब मनोरमा आकर कुर्सी पर बैठ गई।

इस समय गुरुसेवक की दशा उस आदमी की-सी थी, जिसके सामने कोई महात्मा धूनी रमाए बैठे हों, और बगल में कोई विहसित, विकसित रमणी मधुर संगीत अलाप रही

हो। उसका मन तो संगीत की ओर आकर्षित होता है; लेकिन लज्जावश उधर न देखकर वह जाता है और महात्मा के चरणों पर सिर झुका देता है।

मनोरमा कुर्सी पर बैठी उनकी ओर इस तरह ताक रही थी, मानो किसी बालक ने अपनी कागज की नाव लहरों में डाल दी हो और उसको लहरों के साथ हिलते हुए बहते देखने में मग्न हो। नाव कभी झोंके खाती है, कभी लहरों के साथ बहती है और कभी डगमगाने लगती है। बालक का हृदय भी उसी भांति कभी उछलता है, कभी घबराता है और कभी बैठ जाता है।

कुर्सी पर बैठे-बैठे मनोरमा को एक झपकी आ गई। सावन-भादों की ठंडी हवा निद्रामय होती है। उसका मन स्वप्न-साम्राज्य में जा पहुंचा। क्या देखती है कि उसके बचपन के दिन हैं। वह अपने द्वार पर सहेलियों के साथ गुड़िया खेल रही है। सहसा एक ज्योतिषी पगड़ी बांधे, पोथी-पत्रा बगल में दबाए आता है। सब लड़कियां अपनी गुड़ियों का हाथ दिखाने के लिए दौड़ी हुई ज्योतिषी के पास जाती हैं। ज्योतिषी गुड़ियों के हाथ देखने लगता है। न जाने कैसे गुड़ियों के हाथ लड़कियों के हाथ बन जाते हैं। ज्योतिषी एक बालिका का हाथ देखकर कहता है—तेरा विवाह एक बड़े भारी अफसर से होगा। बालिका हंसती हुई अपने घर चली जाती है। तब ज्योतिषी दूसरी बालिका का हाथ देखकर कहता है—तेरा विवाह एक बड़े सेठ से होगा। तू पालकी में बैठकर चलेगी। वह बालिका भी खुश होकर घर चली जाती है। तब मनोरमा की बारी आती है। ज्योतिषी उसका हाथ देखकर चिन्ता में डूब जाते हैं और अन्त में संदिग्ध स्वर में कहते हैं—तेरे भाग्य में जो कुछ लिखा है, तू उसके विरुद्ध करेगी और दुःख उठाएगी। यह कहकर वह चल पड़ते हैं; पर मनोरमा उनका हाथ पकड़कर कहती है—आपने मुझे तो कुछ नहीं बताया। मुझे उसी तरह बता दीजिए, जैसे आपने मेरी सहेलियों को बताया है। त्योतिषी झुंझलाकर कहते हैं—तू प्रेम को छोड़कर धन के पीछे दौड़ेगी; पर तेरा उद्धार प्रेम ही से होगा। यह कहकर ज्योतिषीजी अन्तर्धान हो गए और मनोरमा खड़ी रोती रह गई।

यही विचित्र दृश्य देखते-देखते मनोरमा की आंखें खुल गईं। उसकी आंखों से अभी तक आंसू बह रहे थे। सामने उसकी भावज खड़ी कह रही थी—घर में चलो, बीबी ! मुझसे क्यों इतना भागती हो? क्या मैं कुछ छीन लूंगी? और गुरुसेवक लैम्प के सामने बैठे तजवीज लिख रहे थे। मनोरमा ने भावज से पूछा—भाभी, क्या मैं सो गई थी? अभी तो शाम हुई है।

गुरुसेवक ने कहा—शाम नहीं हुई है, बारह बज रहे हैं।

मनोरमा—तो आपने तजवीज लिख डाली होगी?

गुरुसेवक—बस, जरा देर में खत्म हुई जाती है।

मनोरमा ने कांपते हुए स्वर में कहा—आप यह तजवीज फाड़ डालिए।

गुरुसेवक ने बड़ी-बड़ी आंखें करके पूछा—क्यों, फाड़ क्यों डालूं?

मनोरमा—यों ही ! आपने इस मुकद्दमे का जिक्र ऐसे बेमौके कर दिया कि राजा साहब नाराज हो गए होंगे। मुझे चक्रधर से कुछ रिश्वत तो लेनी नहीं है। वह तीन वर्ष की जगह

तीस वर्ष क्यों न जेल में पड़े रहें, पुण्य और पाप आपके सिर। मुझसे कोई मतलब नहीं।

गुरुसेवक—नहीं मनोरमा, मैं अब यह तजवीज नहीं फाड़ सकता। बात यह है कि मैंने पहले ही से दिल में एक बात स्थिर कर ली थी, और सारी शहादतें मुझे उसी रंग में रंगी नजर आती थीं। सत्य की मैंने तलाश न की थी, तो सत्य मिलता कैसे? अब मालूम हुआ कि पक्षपात क्योंकर लोगों की आंखों पर परदा डाल देता है। अब जो सत्य की इच्छा से बयानों को देखता हूं, तो स्पष्ट मालूम होता है कि चक्रधर बिलकुल निर्दोष हैं। जान-बूझकर अन्याय न करूंगा।

मनोरमा—आपने राजा साहब की त्योरियां देखीं?

गुरुसेवक—हां, खूब देखीं; पर उनकी अप्रसन्नता के भय से अपनी तजवीज नहीं फाड़ सकता। यह पहली तजवीज है, जो मैंने पक्षपात रहित होकर लिखी है और जितना संतोष आज मुझे अपने फैसले पर है, उतना और कभी न हुआ था। अब तो कोई लाख रुपये भी दे, तो भी इसे न फाड़ूं।

मनोरमा—अच्छा, तो लाइए, मैं फाड़ दूं।

गुरुसेवक—नहीं मनोरमा, औंघते हुए आदमी को मत ठेलो, नहीं तो फिर वह इतने जोर से गिरेगा कि उसकी आत्मा तक चूर-चूर हो जाएगी। मुझे तो विश्वास है कि इस तजवीज से चक्रधर की पहली सजा भी घट जायगी। शायद सत्य कलम को भी तेज कर देता है। मैं इन तीन घंटों में बिना चाय का एक प्याला पिये चालीस पृष्ठ लिख गया, नहीं तो हर दस मिनट में चाय पीनी पड़ती थी। बिना चाय की मदद के कलम ही न चलती थी।

मनोरमा—लेकिन मेरे सिर इसका एहसान न होगा?

गुरुसेवक—सचाई आप ही अपना इनाम है, यह पुरानी कहावत है। सत्य से आत्मा भी बलवान हो जाती है। मैं तुमसे सत्य कहता हूं, अब मुझे जरा भी भय नहीं है।

मनोरमा—अच्छा, अब मैं जाऊंगी। लालाजी घबरा रहे होंगे।

भाभी—हां-हां, जरूर जाओ, वहां माताजी के स्तनों में दूध उतर आया होगा। यहां कौन अपना बैठा हुआ है?

मनोरमा—भाभी, लौंगी अम्मां को तुम जितना नीच समझती हो, उतनी नीच नहीं हैं। तुम लोगों के लिए वह अब भी रोया करती हैं।

भाभी—अब बहुत बखान न करो, जी जलता है। वह तो मरती भी हो, तो भी देखने न जाऊं। किसी दूसरे घर में होती, तो अभी तक बरतन मांजती होती। यहां आकर रानी बन गई। लो उठो चलो; आज तुम्हारा गाना सुनूंगी। बहुत दिनों के बाद पंजे में आयी हो।

मनोरमा घर न जा सकी। भोजन करके भावज के साथ लेटी। बड़ी रात तक दोनों में बातें होती रहीं। आखिर भाभी को नींद आ गई, पर मनोरमा की आंखों में नींद कहां? वह तो पहले ही सो चुकी थी, वही स्वप्न उसके मस्तिष्क में चक्कर लगा रहा था। वह बार-

बार सोचती थी, इस स्वप्न का आशय क्या यही है कि राजा साहब से विवाह करके वह सचमुच अपना भाग्य पलट रही है? क्या वह प्रेम को छोड़कर धन के पीछे भागी जा रही है?वह प्रेम कहां है, जिसे उसने छोड़ दिया है? उसने तो उसे पाया ही नहीं। वह जानती है कि उसे कहां पा सकती है; पर पाए कैसे? वह वस्तु तो उसके हाथ से निकल गई। वह मन में कहने लगी—बाबूजी, तुमने कभी मेरी ओर आंख उठाकर देखा है? नहीं, मुझे इसकी लालसा रह ही गई। तुम दूसरों के लिए मरना जानते हो, अपने लिए जीना भी नहीं जानते। तुमने एक बार मुझे इशारा भी कर दिया होता, तो मैं दौड़कर तुम्हारे चरणों में लिपट जाती। इस धन-दौलत पर लात मार देती, इस बन्धन को कच्चे धागे की भांति तोड़ देती; लेकिन तुम इतने विद्वान होकर भी इतने सरल हृदय हो! इतने अनुरक्त होकर भी इतने विरक्त! तुम समझते हो, तुम्हारे मन का हाल नहीं जानती? मैं सब जानती हूं, एक-एक अक्षर जानती हूं; लेकिन क्या करूं? मैंने अपने मन के भाव उससे अधिक प्रकट कर दिए थे, जितना मेरे लिए उचित था। मैंने बेशर्मी तक की, लेकिन तुमने मुझे न समझा, या समझने की चेष्टा ही न की। अब तो भाग्य मुझे उसी ओर लिये जा रहा है, जिधर मेरी चिता बनी हुई है। उसी चिता पर बैठने जाती हूं। यही हृदयदाह मेरी चिता होगी और यही स्वप्न-सन्देश मेरे जीवन का आध ार होगा। प्रेम से मैं वंचित हो गई और अब मुझे सेवा ही से अपना जीवन सफल करना होगा। वह स्वप्न नहीं, आकाशवाणी है! अभागिनी इससे अधिक और क्या अभिलाषा रख सकती है?

यही सोचते-सोचते वह लेटे-लेटे यह गीत गाने लगी—

करूं क्या, प्रेम समुद्र अपार!
स्नेह सिन्धु में मग्न हुई मैं, लहरें रहीं हिलोर,
हाथ न आए तुम जीवन धन, पाया कहीं न छोर,
करूं क्या, प्रेम समुद्र अपार!
झूम-झूमकर जब इठलायी सुरभित स्निग्ध समीर,
नभ मंडल में लगा विचरने मेरा हृदय अध
ीर।
करूं क्या, प्रेम समुद्र अपार।

इक्कीस

हुक्काम के इशारों पर नाचने वाले गुरुसेवकसिंह ने जब चक्रधर को जेल के दंगे के इलजाम से बरी कर दिया, तो अधिकारी मंडल में सनसनी-सी फैल गई। गुरुसेवक से ऐसे फैसले की किसी को आशा न थी। फैसला क्या था, मानपत्र था, जिसका एक-एक शब्द वात्सल्य के रस में सराबोर था। जनता में धूम मच गई। ऐसे न्यायवीर और सत्यवादी प्राणी विरले ही होते हैं, सबके मुंह से यही बात निकलती थी। शहर के कितने ही आदमी तो गुरुसेवक के

दर्शनों को आए और यह कहते हुए लौटे कि यह हाकिम नहीं, साक्षात् देवता है। अधिकारियों ने सोचा था, चक्रधर को चार-पांच साल जेल में सड़ाएंगे, लेकिन अब तो खूंटा ही उखड़ गया, उछलें किस बिरते पर? चक्रधर इस इल्जाम से बरी ही न हुए, बल्कि उनकी पहली सजा भी एक साल घटा दी गई।

मिस्टर जिम तो ऐसा जामे से बाहर हुए कि बस चलता, तो गुरुसेवक को गोली मार देते। और कुछ न कर सके, तो चक्रधर को तीसरे ही दिन आगरे भेज दिया, लेकिन ईश्वर न करे कि किसी पर हाकिमों की टेढ़ी निगाह हो। चक्रधर की मीयाद घटा दी गई, लेकिन कर्मचारियों को सख्त ताकीद कर दी गयी थी कि कोई कैदी उनसे बोलने तक न पाए, कोई उनके कमरे के द्वार तक भी न जाने पाए, यहां तक कि कोई कर्मचारी भी उनसे न बोले। साल भर में दस साल की कैद का मजा चखाने की हिकमत सोच निकाली गई। मजा यह कि इस धुन में चक्रधर को कोई काम भी न दिया गया। बस, चारों पहर उसी चार हाथ लम्बी और तीन हाथ चौड़ी कोठरी में पड़े रहो।

जेल के विधाताओं में चाहे जितने अवगुण हों, पर वे मनोविज्ञान के पण्डित होते हैं। किस दंड से आत्मा को अधिक से अधिक कष्ट हो सकता है, इसका उन्हें सम्पूर्ण ज्ञान होता है। मनुष्य के लिए बेकारी से बड़ा और कोई कष्ट नहीं है, इसे वे खूब जानते हैं। चक्रधर के कमरे का द्वार दिन में केवल दो बार खुलता था। वार्डन खाना रखकर किवाड़ बन्द कर देता था। आह ! कालकोठरी ! तू मानवी पशुता की सबसे क्रूर लीला, सबसे उज्ज्वल कीर्ति है। तू वह जादू है, जो मनुष्य को आंखें रहते अन्धा, कान रहते बहरा, जीभ रहते गूंगा बना देती है। कहां हैं सूर्य की वे किरणें जिन्हें देखकर आंखों को अपने होने का विश्वास हो? कहां है वह वाणी,जो कानों को जगाए? गंध है, किन्तु ज्ञान तो भिन्नता में है। जहां दुर्गन्ध के सिवा और कुछ नहीं, वहां गंध का ज्ञान कैसे हो? बस, शून्य है, अंधकार है ! वहां पंच भूतों का अस्तित्व ही नहीं। कदाचित् ब्रह्मा ने इस अवस्था की कल्पना ही न की होगी, कदाचित् उनमें यह सामर्थ्य ही न थी। मनुष्य की आविष्कार शक्ति कितनी विलक्षण है ! धन्य हो देवता, धन्य हो !

चक्रधर के विचार और भाव इतनी जल्द बदलते रहते थे कि कभी-कभी उन्हें भ्रम होने लगता था कि मैं पागल तो नहीं हुआ जा रहा हूं? कभी सोचते ईश्वर ने ऐसी सृष्टि की रचना ही क्यों की, जहां इतना स्वार्थ, द्वेष और अन्याय है? क्या ऐसी पृथ्वी न बन सकती थी, जहां सभी मनुष्य, सभी जातियां प्रेम और आनन्द के साथ संसार में रहतीं? यह कौन-सा इंसाफ है कि कोई तो दुनिया के मजे उड़ाए, कोई धक्के खाए? एक जाति दूसरी का रक्त चूसे और मूंछों पर ताव दे? दूसरी कुचली जाए और दाने-दाने को तरसे? ऐसा अन्यायमय संसार ईश्वर की सृष्टि नहीं हो सकता। पूर्व संसार का सिद्धान्त ढोंग मालूम होता है, जो लोगों ने दुखियों और दुर्बलों के आंसू पोंछने के लिए गढ़ लिये हैं। दो-चार दिन यही संशय उनके मन को मथा करता। फिर एकाएक विचारधारा पलट जाती। अंधकार में प्रकाश की ज्योति फैल जाती, कांटों की जगह फूल नजर आने लगते। पराधीनता एक ईश्वरीय विधान का रूप

धारण कर लेती, जिसमें विकास और जागृति का मंत्र छिपा हुआ है। नहीं, पराधीनता दंड नहीं है; यह शिक्षालय है, जो हमें स्वराज्य के सिद्धान्त सिखाता है, हमारे पुराने कुसंस्कारों को मिटाता है; हमारी मुंदी हुई आंखें खोलता है, इसके लिए ईश्वर का गिला करने की जरूरत नहीं। हमें उनको धन्यवाद देना चाहिए।

अन्त को इस अन्तर्द्वन्द्व में उनकी आत्मा ने विजय पाई। सारी मन की अशांति, क्रोध और हिंसात्मक वृत्तियां उसी विजय में मग्न हो गईं। मन पर आत्मा का राज्य हो गया। इसकी परवाह न रही कि ताजी हवा मिलती है या नहीं, भोजन कैसा मिलता है, कपड़े कितने मैले हैं, उनमें कितने चिलवे पड़े हुए हैं कि खुजाते-खुजाते देह में दिदोरे पड़ जाते हैं। इन कष्टों की ओर उनका ध्यान ही न जाता। मन अन्तर्जगत् की सैर करने लगा। यह नई दुनिया, जिसका अभी तक चक्रधर को बहुत कम ज्ञान था, इस लोक से कहीं ज्यादा पवित्र, उज्ज्वल और शांतिमय थी। यहां रवि की मधुर प्रभात किरणों में, इन्दु की मनोहर छटा में, वायु के कोमल संगीत में, आकाश की निर्मल नीलिमा में एक विचित्र ही आनन्द था। वह किसी समाधिस्थ योगी की भांति घंटों इस अन्तर्लोक में विचरते रहते। शारीरिक कष्टों से अब उन्हें विराग-सा होने लगा। उनकी ओर ध्यान देना वह तुच्छ समझते थे। कभी-कभी वह गाते। मनोरंजन के लिए कई खेल निकाले। अंधेरे में अपनी लुटिया लुढ़का देते और उसे एक ही खोज में उठा लाने की चेष्टा करते। अगर उन्हें किसी चीज की जरूरत मालूम होती, तो वह प्रकाश था। इसलिए नहीं कि वह अंधकार से ऊब गये थे, बल्कि इसलिए कि वह अपने मन में उमड़ने वाले भावों को लिखना चाहते थे। लिखने की सामग्रियों के लिए उनका मन तड़पकर रह जाता। धीरे-धीरे उन्हें प्रकाश की भी जरूरत न रही। उन्हें ऐसा विश्वास होने लगा कि मैं अंधेरे में भी लिख सकता हूं। यही न होगा कि पंक्तियां सीधी न होंगी, पर पंक्तियों को दूर-दूर रखकर और शब्दों को अलग-अलग लिखकर वह इस मुश्किल को आसान कर सकते थे। सोचते, कभी यहां से बाहर निकलने पर उस लिखावट को पढ़ने में कितना आनन्द आएगा, कितना मनोरंजन होगा ! लेकिन लिखने का सामान कहां? बस, यही एक ऐसी चीज थी, जिसके लिए वह कभी-कभार विकल हो जाते थे। विचार को ऐसे अथाह सागर में डूबने का मौका फिर न मिलेगा और ये मोती फिर हाथ न आएंगे, लेकिन कैसे मिलें?

चक्रधर के पास कभी-कभी एक बूढ़ा वार्डन भोजन लाया करता था, वह बहुत ही हंसमुख आदमी था। चक्रधर को प्रसन्नमुख देखकर दो-चार बातें कर लेता था। आह ! उससे बातें करने के लिए चक्रधर लालायित रहते थे। उससे उन्हें बन्धुतत्व-सा हो गया था। वह कई बार पूछ चुका था कि बाबूजी चरस-तम्बाकू की इच्छा हो, तो हमसे कहना। चक्रधर को खयाल आया, क्यों न उससे एक पेंसिल और थोड़े-से कागज के लिए कहूं? इस उपकार का बदला कभी मौका मिला तो चुका दूंगा। कई दिनों तक तो वह इसी संकोच में पड़े रहे कि उससे कहूं या नहीं। आखिर एक दिन उनसे न रहा गया, पूछ ही बैठे—क्यों जमादार, यहां कहीं कागज-पेंसिल तो मिलेगी?

बूढ़ा वार्डन उनकी पूर्व कथा सुन चुका था, कुछ लिहाज करता था। मालूम नहीं किस

देवता के आशीर्वाद से उसमें इतनी इंसानियत बच रही थी। और जितने वार्डन भोजन लाते, वे या तो चक्रधर को अनायास दो-चार ऐंड़ी-बेंड़ी सुना देते, या चुपके से खाना रखकर चले जाते। चक्रधर को चरित्र-ज्ञान प्राप्त करने का यह बहुत ही अच्छा अवसर मिलता था। बूढ़े वार्डन ने सतर्क भाव से कहा—मिलने को तो मिल जाएगा, पर किसी ने देख लिया, तो क्या होगा?

इस वाक्य ने चक्रधर को संभाल लिया। उनकी विवेक बुद्धि जो क्षण भर के लिए मोह में फंस गई थी, जाग उठी। बोले—नहीं, मैं यों ही पूछता था। यह कहते-कहते लज्जा से उनकी जबान बन्द हो गई। जरा-सी बात के लिए इतना पतन!

इसके बाद उस वार्डन ने फिर कई बार पूछा—कहो तो पिंसिन-कागद ला दूं, मगर चक्रधर ने हर दफा यही कहा—मुझे जरूरत नहीं।

बाबू यशोदानंदन को ज्यों ही मालूम हुआ कि चक्रधर आगरा जेल में आ गए हैं, वह उनसे मिलने की कई बार चेष्टा कर चुके थे, पर आज्ञा न मिलती थी। साधारणतः कैदियों को छठे महीने अपने घर के किसी प्राणी से मिलने की आज्ञा मिल जाती थी। चक्रधर के साथ इतनी रियायत भी न की गई थी, पर यशोदानंदन अवसर पड़ने पर खुशामद भी कर सकते थे। अपना सारा जोर लगाकर अन्त में उन्होंने आज्ञा प्राप्त कर ही ली—अपने लिए नहीं, अहिल्या के लिए। उस विरहणी की दशा दिनोंदिन खराब होती जाती थी। जब से चक्रध ार ने जेल में कदम रखा, उसी दिन से वह भी कैदियों की-सी जिंदगी बसर करने लगी। चक्रध ार जेल में भी स्वतन्त्र थे, वह भाग्य को अपने पैरों पर झुका सकते थे। अहिल्या घर में भी कैद थी; वह भाग्य पर विजय न पा सकती थी। वह केवल एक बार बहुत थोड़ा-सा खाती और वह भी रूखा-सूखा। वह चक्रधर को अपना पति समझती थी। पति की ऐसी कठिन तपस्या देखकर उसे आप ही आप बनाव-श्रृंगार से, खाने-पीने से, हंसने-बोलने से अरुचि होती थी। कहां पुस्तकों पर जान देती थी, कहां अब उनकी ओर आंख उठाकर न देखती। चारपाई पर सोना भी छोड़ दिया था। केवल जमीन पर एक कंबल बिछाकर पड़ी रहती। बैसाख-जेठ की गरमी का क्या पूछना, घर की दीवारें तवे की तरह तपती हैं। घर भाड़-सा मालूम होता है। रात को खुले मैदान में भी मुश्किल से नींद आती है, लेकिन अहिल्या ने सारी गरमी एक छोटी-सी बन्द कोठरी में सोकर काट दी।

माघ की सरदी का क्या पूछना? प्राण तक कांपते हैं। लिहाफ के बाहर मुंह निकालना मुश्किल होता है। पानी पीने से जूड़ी-सी चढ़ आती है। लोग आग पर पतंगों की भांति गिरते हैं, लेकिन अहिल्या के लिए वही कोठरी की जमीन थी और एक फटा हुआ कंबल। सारा घर समझाता था—क्यों इस तरह प्राण देती हो? तुम्हारे प्राण देने से चक्रधर का कुछ उपकार होता, तो एक बात भी थी। व्यर्थ काया को क्यों कष्ट देती हो? इसका उसके पास यही जवाब था—मुझे जरा भी कष्ट नहीं। आप लोगों को न जाने कैसे मैदान में गरमी लगती है, मुझे तो कोठरी में खूब नींद आती है। आप लोगों को न जाने कैसे सरदी लगती है, मुझे तो कम्बल में ऐसी गहरी नींद आती है कि एक बार भी आंख नहीं खुलती। ईश्वर में पहले भी उसकी

भक्ति कम न थी, अब तो उसकी धर्मनिष्ठा और भी बढ़ गई। प्रार्थना में इतनी शांति है, इसका उसे पहले अनुमान न था। जब वह हाथ जोड़कर आंखें बंद करके ईश्वर से प्रार्थना करती, तो उसे ऐसा मालूम होता कि चक्रधर स्वयं मेरे सामने खड़े हैं। एकाग्रता और निरंतर ध्यान से उसकी आत्मा दिव्य होती जाती थी। इच्छाएं आप ही आप गायब हो गईं। चित्त की वृत्ति ही बदल गई। उसे अनुभव होता था कि मेरी प्रार्थनाएं उस मातृ-स्नेहपूर्ण अंचल की भांति, जो बालक को ढंक लेता है, चक्रधर की रक्षा करती रहती हैं।

जिस दिन अहिल्या को मालूम हुआ कि चक्रधर से मिलने की आज्ञा मिल गई है उसे आनन्द के बदले भय होने लगा—वह न जाने कितने दुर्बल हो गए होंगे, न जाने उनकी सूरत कैसी बदल गई होगी। कौन जाने, हृदय बदल गया हो। यह भी शंका होती थी कि कहीं मुझे उनके सामने जाते ही मूर्च्छा न आ जाय, कहीं मैं चिल्लाकर रोने न लगूं। अपने दिल को बार-बार मजबूत करती थी।

प्रात:काल उसने उठकर स्नान किया और बड़ी देर तक बैठी बंदना करती रही। माघ का महीना था, आकाश में बादल छाए हुए थे। इतना कुहरा पड़ रहा था कि सामने की चीज न सूझती थी। सर्दी के मारे लोगों का बुरा हाल था। घरों की महरियां अंगीठियां लिये ताप रही थीं, धन्धा करने कौन जाय। मजदूरों को फाका करना मंजूर था; पर काम पर जाना मुश्किल मालूम होता था। दुकानदारों को दुकान की परवाह न थी, बैठे आग तापते थे; यमुना में नित्य स्नान करने वाले भक्तजन भी आज तट पर नजर न आते थे। सड़कों पर, बाजार में, गलियों में, सन्नाटा छाया हुआ था। ऐसा ही कोई विपत्ति का मारा दुकानदार था, जिसने दुकान खोली हो। बस, अगर चलते-फिरते नजर आते थे, तो वे दफ्तर के बाबू थे, जो सर्दी से सिकुड़े, जेब में हाथ डाले, कमर टेढ़ी किए, लपके चले जाते थे। अहिल्या इसी वक्त यशोदानन्दनजी के साथ गाड़ी में बैठकर जेल चली। उसे उल्लास न था, शंका और भय से दिल कांप रहा था, मानो कोई अपने रोगी मित्र को देखने जा रहा हो।

जेल में पहुंचते ही एक औरत ने उसकी तलाशी ली और उसे पास के एक कमरे में ले गई, जहां एक टाट का टुकड़ा पड़ा था। उसने अहिल्या को उस टाट पर बैठने का इशारा किया। तब एक कुर्सी मंगवाकर आप उस पर बैठ गई और चौकीदार से कहा—अब यहां सब ठीक है, कैदी को लाओ।

अहिल्या का कलेजा धड़क रहा था। उस स्त्री को अपने समीप बैठे देखकर उसे कुछ ढाढ़स हो रहा था, नहीं तो शायद वह चक्रधर को देखते ही उनके पैरों से लिपट जाती। सिर झुकाए बैठी थी कि चक्रधर दो चौकीदारों के साथ कमरे में आए। उनके सिर पर कनटोप था और देह पर एक आधी आस्तीन का कुरता; पर मुख पर आत्मबल की ज्योति झलक रही थी। उनका रंग पीला पड़ गया था, दाढ़ी के बाल बढ़े हुए थे और आंखें भीतर को घुसी हुई थीं; पर मुख पर एक हल्की-सी मुस्कराहट खेल रही थी। अहिल्या उन्हें देखकर चौंक पड़ी, उसकी आंखों से बे-अख्तियार आंसू निकल आए। शायद कहीं और देखती तो पहचान भी न सकती। घबरायी-सी उठकर खड़ी हो गई। अब दो के दोनों खड़े हैं, दोनों के मन में

हजारों बातें हैं, उद्गार पर उद्गार उठते हैं, दोनों एक-दूसरे को कनखियों में देखते हैं, जिनमें प्रेम, आकांक्षा और उत्सुकता की लहरें-सी उठ रही हैं; पर किसी के मुंह से शब्द नहीं निकलता। अहिल्या सोचती है, क्या पूछूं, इनका एक-एक अंग अपनी दशा आप सुना रहा है। उसकी आंखों में बार-बार आंसू उमड़ आते हैं पर पी जाती है। चक्रधर भी यही सोचते हैं, क्या पूछूं, इसका एक-एक अंग इसकी तपस्या और वेदना की कथा सुना रहा है। बार-बार ठंडी सांसें खींचते हैं, पर मुंह नहीं खुलता। वह माधुर्य कहां है, जिस पर ऊषा की लालिमा बलि जाती थी? वह चपलता कहां है, वह सहास छवि कहां है, जो मुखमंडल की बलाएं लेती थी। मालूम होता है, बरसों की रोगिणी है। आह ! मेरे ही कारण इसकी यह दशा हुई है। अगर कुछ दिन और इसी तरह घुली, तो शायद प्राण ही न बचें। किन शब्दों में दिलासा दूं, क्या कहकर समझाऊं?

इसी असमंजस और कण्ठावरोध की दशा में खड़े-खड़े दोनों को दस मिनट हो गए। शायद उन्हें ख्याल ही न रहा कि मुलाकात का समय केवल बीस मिनट है। यहां तक कि उस लेडी को उनकी दशा पर दया आई, घड़ी देखकर बोली—तुम लोग यों ही कब तक खड़े रहोगे? दस मिनट गुजर गए, केवल दस मिनट और बाकी हैं।

चक्रधर मानो समाधि से जाग उठे। बोले—अहिल्या, तुम इतनी दुबली क्यों हो? बीमार हो क्या?

अहिल्या ने सिसकियों को दबाकर कहा—नहीं तो, मैं बिलकुल अच्छी हूं। आप अलबत्ता इतने दुबले हो गए हैं कि पहचाने नहीं जाते।

चक्रधर—खैर, मेरे दुबले होने के तो कारण हैं; लेकिन तुम क्यों ऐसी घुली जा रही हो? कम-से-कम अपने को इतना तो बनाए रखो कि जब मैं छूटकर आऊं, तो मेरी कुछ मदद कर सको। अपने लिए नहीं, तो मेरे लिए तो तुम्हें अपनी रक्षा करनी ही चाहिए। अगर तुमने इसी भांति घुल-घुलकर प्राण दे दिए, तो शायद जेल से मेरी भी लाश ही निकले। तुम्हें वचन देना पड़ेगा कि तुम अब से अपनी ज्यादा फिक्र रखोगी। मेरी ओर से तुम निश्चिन्त रहो। मुझे यहां कोई तकलीफ नहीं है। बड़ी शांति से दिन कट रहे हैं। मुझे तो ऐसा मालूम होता है कि मेरे आत्म-सुधार के लिए इस तपस्या की बड़ी जरूरत थी। मैंने अंधेरी कोठरी में जो कुछ पाया, वह पहले प्रकाश में रहकर न पाया था। मुझे अगर उसी कोठरी में सारा जीवन बिताना पड़े, तो भी मैं न घबराऊंगा। हमारे साधु-संत अपनी इच्छा से जीवन-पर्यन्त कठिन-से कठिन तपस्या करते हैं। मेरी तपस्या उनसे कहीं सरल और सुसाध्य है। अगर दूसरों ने मुझे इस संयम का अवसर दिया, तो मैं उनसे बुरा क्यों मानूं? मुझे तो उनका उपकार मानना चाहिए। मुझे वास्तव में इस संयम की बड़ी जरूरत थी, नहीं तो मेरे मन की चंचलता मुझे न जाने कहां ले जाती। प्रकृति सदैव हमारी कमी को पूरा करती रहती है, यह बात अब तक मेरी समझ में न आई थी। अब तक मैं दूसरों का उपकार करने का स्वप्न देखा करता था। अब ज्ञात हुआ कि अपना उपकार ही दूसरों का उपकार है ! जो अपना उपकार नहीं कर सकता, वह दूसरों का उपकार क्या करेगा? मैं तुमसे सत्य कहता हूं, यहां बड़े आराम से हूं और इस परीक्षा में पड़ने से प्रसन्न हूं। बाबूजी तो कुशल से हैं?

अहिल्या—हां, आपको बराबर याद किया करते हैं। मेरे साथ वह भी आए हैं; पर यहां न आने पाए। अम्मां और बाबूजी में कई महीनों से खटपट है। वह कहती हैं, बहुत दिन तो समाज की चिंता में दुबले हुए, अब आराम से घर बैठो, क्या तुम्हीं ने समाज का ठेका ले लिया है? बाबूजी कहते हैं, यह काम तो उसी दिन छोड़ूंगा, जिस दिन प्राण शरीर को छोड़ देगा। बेचारे बराबर दौड़ते रहते हैं। एक दिन भी आराम से बैठना नसीब नहीं होता। तार से बुलावे आते रहते हैं। फुरसत मिलती है, तो लिखते हैं। न जाने ऐसी क्या हवा बदल गई है कि नित्य कहीं-न-कहीं से उपद्रव की खबर आती रहती है। आजकल स्वास्थ्य भी बिगड़ गया है; पर आराम करने की तो उन्होंने कसम खा ली है। बूढ़े ख्वाजा महमूद से न जाने किस बात पर अनबन हो गई है। आपके चले जाने के बाद कई महीने तक खूब मेल रहा; लेकिन अब फिर वही हाल है।

अहिल्या ने ये बातें महत्त्व की समझकर न कहीं; बल्कि इसलिए कि वह चक्रधर का ध्यान अपनी तरफ से हटा देना चाहती थी। चक्रधर विरक्त होकर बोले—दोनों आदमी फिर धर्मान्धिता के चक्कर में पड़ गए होंगे। जब तक हम सच्चे धर्म का अर्थ न समझेंगे, हमारी यही दशा रहेगी। मुश्किल यह है कि जिन महान् पुरुषों से अच्छी धर्मनिष्ठा की आशा की जाती है, वे अपने अशिक्षित भाइयों से भी बढ़कर उद्दंड हो जाते हैं। मैं तो नीति ही को ध र्म समझता हूं और सभी सम्प्रदायों की नीति एक-सी है। अगर अन्तर है तो बहुत थोड़ा। हिन्दू, मुसलमान, ईसाई, बौद्ध, सभी सत्कर्म और सद्विचार की शिक्षा देते हैं। हमें कृष्ण, राम, ईसा, मुहम्मद, बौद्ध सभी महात्माओं का समान आदर करना चाहिए। ये मानव जाति के निर्माता हैं। जो इनमें से किसी का अनादर करता है या उनकी तुलना करने बैठता है, वह अपनी मूर्खता का परिचय देता है। बुरे हिन्दू से अच्छा मुसलमान उतना ही अच्छा है, जितना बुरे मुसलमान से अच्छा हिन्दू। देखना यह चाहिए कि वह कैसा आदमी है, न कि यह कि किस धर्म का आदमी है, संसार का भावी धर्म, सत्य, न्याय और प्रेम के आधार पर बनेगा। हमें अगर संसार में जीवित रहना है, तो अपने हृदय में इन्हीं भावों का संचार करना पड़ेगा। मेरे घर का तो कोई समाचार न मिला होगा?

अहिल्या—मिला क्यों नहीं, बाबूजी हाल ही में काशी गये थे। जगदीशपुर के राजा साहब ने आपके पिताजी को पचास रुपये मासिक बांध दिया है, इससे अब उनको धन का कष्ट नहीं है। आपकी माताजी अलबत्ता रोया करती हैं! छोटी रानी साहब की आपके घर वालों पर विशेष कृपा दृष्टि है।

चक्रधर ने विस्मित होकर पूछा—छोटी रानी कौन?

अहिल्या—रानी मनोरमा, जिनसे अभी थोड़े ही दिन हुए, राजा साहब का विवाह हुआ है।

चक्रधर—तो मनोरमा का विवाह राजा साहब से हो गया?

अहिल्या—यही तो बाबूजी कहते थे।

चक्रधर—तुम्हें खूब याद है, भूल तो नहीं रही हो?

अहिल्या—खूब याद है, इतनी जल्दी भूल जाऊंगी!

चक्रधर—यह तो बड़ी दिल्लगी हुई, मनोरमा का विवाह विशालसिंह के साथ! मुझे तो अब भी विश्वास नहीं आता। बाबूजी ने नाम बताने में गलती की होगी।

अहिल्या—बाबूजी को स्वयं आश्चर्य हो रहा था। काशी में भी लोगों को बड़ा आश्चर्य है। मनोरमा ने अपनी खुशी से विवाह किया है, कोई दबाव न था। मनोरमा किसी से दबने वाली है ही नहीं। सुनती हूं, राजा साहब बिलकुल उनकी मुट्ठी में हैं। जो कुछ वह करती है, वही होता है। राजा साहब तो काठ के पुतले बने हुए हैं। बाबूजी चन्दा मांगने गए थे, तो रानीजी ही ने पांच हजार दिए। बहुत प्रसन्न मालूम होती थीं।

सहसा लेडी ने कहा—वक्त पूरा हो गया। वार्डन, इन्हें अन्दर ले जाओ।

चक्रधर क्षण भर भी और न ठहरे। अहिल्या को तृष्णापूर्ण नेत्रों से देखते हुए चले गए। अहिल्या ने सजल नेत्रों से उन्हें प्रणाम किया और उनके जाते ही फूट-फूटकर रोने लगी।

बाईस

फागुन का महीना आया, ढोल-मंजीरे की आवाजें कानों में आने लगीं; कहीं रामायण की मंडलियां बनीं, कहीं फाग और चौताल का बाजार गर्म हुआ। पेड़ों पर कोयल कूकी, घरों में महिलाएं कूकने लगीं। सारा संसार मस्त है; कोई राग में, कोई साग में। मुंशी वज्रधर की संगीत सभा भी सजग हुई। यों तो कभी-कभी बारहों मास बैठक होती थी; पर फागुन आते ही बिना नागा मृदंग पर थाप पड़ने लगी। उदार आदमी थे, फिक्र को कभी पास न आने देते। इस विषय में वह बड़े-बड़े दार्शनिकों से भी दो कदम आगे बढ़े हुए थे। अपने शरीर को वह कभी कष्ट न देते थे। कवि के आदेशानुसार बिगड़ी को बिसार देते थे, हां, आगे की सुधि न लेते थे। लड़का जेल में है,घर में स्त्री रोते-रोते अंधी हुई जाती है, सयानी लड़की घर में बैठी हुई है; लेकिन मुंशीजी को कोई गम नहीं। पहले पच्चीस रुपये में गुजर करते थे, अब पचहत्तर रुपये भी पूरे नहीं पड़ते। जिनसे मिलते हैं हंसकर, सबकी मदद करने को तैयार, मानो उनके मारे अब कोई प्राणी रोगी, दुखी, दरिद्र न रहने पाएगा; मानो वह ईश्वर के दरबार से लोगों के कष्ट दूर करने का ठेका लेकर आये हैं। वादे सबसे करते हैं, किसी ने झुककर सलाम किया और प्रसन्न हो गए। दोनों हाथों से वरदान बांटते फिरते हैं, चाहे पूरा एक भी न कर सकें। अपने मुहल्ले के कई बेफिक्रों को, जिन्हें कोई टके को भी न पूछता था, रियासत में नौकर करा दिया—किसी को चौकीदार, किसी को मुहर्रिर, किसी को कारिन्दा। मगर नेकी करके दरिया में डालने की उनकी आदत नहीं। जिससे मिलते हैं, अपना ही यश गाना शुरू करते हैं और उसमें मनमानी अतिशयोक्ति भी करते हैं। मशहूर हो गया है कि राजा और रानी दोनों इनकी मुट्ठी में हैं। सारा अख्तियार मदार इन्हीं के हाथ में है।

अब मुंशीजी के द्वार पर सायलों की भीड़ लगी रहती है, जैसे क्वार के महीने में वैद्यों के द्वार पर रोगियों की। मुंशीजी किसी को निराश नहीं करते, और न कुछ कर सकें, तो बातों

से ही पेट भर देते हैं। वह लाख बुरे हों, फिर भी उनसे कहीं अच्छे हैं, जो दर पाकर अपने को भूल जाते हैं, जमीन पर पांव ही नहीं रखते। यों तो कामधेनु भी सबकी इच्छा पूरी नहीं कर सकती; पर मुंशीजी की शरण आकर दुःखी हृदय को शांति अवश्य मिलती है, उसे आशा की झलक दिखाई देने लगती है। मुंशीजी कुछ दिनों तक तहसीलदारी कर चुके हैं, अपनी धाक जमाना जानते हैं। जो काम पहुंच से बाहर होता है, उसके लिए भी 'हां-हां' कर देना, आंखें मारना, उड़नघाइयां बताना, इन चालों में वह सिद्ध हैं। स्वार्थ की दुनिया है, वकील, ठीकेदार, बनिये, महाजन, गरज हर तरह के आदमी उनसे कोइ-न-कोई काम निकालने की आशा रखते हैं, और किसी न किसी हीले से कुछ न कुछ दे ही मरते हैं।

मनोरमा का राजा साहब से विवाह होना था कि मुंशीजी का भाग्य-सूर्य चमक उठा। एक ठीकेदार को रियासत के कई मकानों का ठीका दिलाकर अपना मकान पक्का करा लिया, बनिया बोरों अनाज मुफ्त में भेज देता, धोबी कपड़ों की धुलाई नहीं लेता। सारांश यह कि तहसीलदार साहब के 'पौ बारह' हैं। तहसीलदारी में जो मजे न उड़ाए थे, वह अब उड़ा रहे हैं।

रात के आठ बज गए थे। झिनकू अपने समाजियों के साथ आ बैठा। मुंशीजी मसनद पर बैठे पेचवान पी रहे थे। गाना होने लगा।

मुंशीजी—वाह, झिनकू वाह ! क्या कहना ! अब तुम्हें एक दिन दरबार में ले चलूंगा।

झिनकू—जब मर जाऊंगा, तब ले जाइएगा क्या? सौ बार कह चुके, भैया हमारी भी परवरिस कर दो; मगर जब अपनी तकदीर ही खोटी है तो तुम क्या करोगे। नहीं तो क्या गैर-गैर तो तुम्हारी बदौलत मूंछों पर ताव देते और मैं कोरा ही रह जाता। यों तुम्हारी दुआ से सांझ तक रोटियां तो मिल जाती हैं; लेकिन राज दरबार का सहारा हो जाय, तो जिन्दगी का कुछ मजा मिले।

मुंशीजी—क्या बताऊं जी, बार-बार इरादा करता हूं लेकिन ज्यों ही वहां पहुंचा, कभी राजा साहब और कभी रानी साहब कोई ऐसी बात छेड़ देते हैं कि मुझे कुछ कहने की याद ही नहीं रहती। मौका ही नहीं मिलता।

झिनकू—कहो, चाहे न कहो, मैं तो अब तुम्हारे दरवाजे से टलने का नहीं।

मुंशीजी—कहूंगा जी और बदकर। यह समझ लो कि तुम वहां हो गए। बस, मौका मिलने भर की देर है। रानी साहब इतना मानती हैं कि जिसे चाहूं, निकलवा दूं, जिसे चाहूं, रखवा दूं। दीवान साहब भी अब दूर ही से सलाम करते हैं। फिर मुझे अपने काम से काम है, किसी की शिकायत क्यों करूं? मेरे लिए कोई रोकटोक नहीं है; मगर दीवान साहब बाप हैं तो क्या, बिला इत्तला कराए सामने नहीं जा सकते।

झिनकू—रानीजी का क्या पूछना, सचमुच रानी हैं। आज शहर भर में वाह-वाह हो रही है। बुढ़िया के राज में हकीम डॉक्टर लूटते हैं, अब गुनियों की कदर है।

मुंशीजी—पहुंचा नहीं कि सौ काम छोड़कर दौड़ी हुई आकर खड़ी हो जाती हैं। क्या है लालाजी; क्या है लालाजी? जब तक रहता हूं, दिमाग चाट जाती हैं, दूसरों से बात नहीं

करतीं। लल्लू को बहुत याद करती हैं। खोद-खोदकर उन्हीं की बातें पूछती हैं। सब्र करो, होली के दिन तुम्हारी नजर दिला दूंगा; मगर भाई, इतना याद रखो कि यहां पक्का गाना गाया और निकाले गए। 'तूम तनाना' की धुन मत देना।

इतने में महादेव नाम का एक बजाज सामने आया और दूर ही से सलाम करके बोला—मुंशीजी, हुजूर के मिजाज अच्छे तो हैं?

मुंशीजी ने त्यौरियां बदलकर कहा—हुजूर के मिजाज की फिक्र न करो, अपना मतलब कहो।

महादेव—हुजूर को सलाम करने आया था।

मुंशीजी—अच्छा, सलाम।

महादेव—आप हमसे कुछ नाराज मालूम होते हैं। हमसे तो कोई ऐसी बात....

मुंशीजी—बड़े आदमियों से मिलने जाया करो, तो तमीज से बात किया करो। मैं तुम्हें सेठ जी' कहने के बदले 'अरे, ओ बनिये' कहूं, तो तुम्हें बुरा लगेगा या नहीं?

महादेव—हां, हुजूर इतनी खता तो हो गई, अब माफी दी जाय। नया माल आया है, हुक्म हो तो कुछ कपड़े भेजूं।

मुंशीजी—फिर वही बनियेपन की बातें! कभी आज तक और भी आए थे पूछने कि कपड़े चाहिए, हुजूर को? मैं वही हूं या कोई और? अपना मतलब कहो साफ-साफ।

महादेव—हुजूर तो समझते ही हैं, मैं क्या कहूं?

मुंशीजी—अच्छा, तो सुनो लालाजी, घूस नहीं लेता, रिश्वत नहीं लेता। जब तहसीलदारी के जमाने ही में न लिया, तो अब क्या लूंगा? लड़की की शादी होने वाली है, उसमें जितना कपड़ा लगेगा, वह तुम्हारे सिर। बोलो, मंजूर हो तो आज ही नजर दिलवा दूं। साल भर में एक लाख का माल बेचोगे, जो बेचने का शऊर होगा। हां, बुढ़िया रानी का जमाना नहीं है कि एक के चार लो। बस, रुपये में एक आना बहुत है। इससे ज्यादा लिया और गर्दन नापी गई।

महादेव—हुजूर, खर्चा छोड़कर दो पैसे रुपये ही दिला दें। आपके वसीले से जाकर भला ऐसा दगा करूं।

मुंशीजी—अच्छा, तो कल आना, और दो-चार थान ऊंचे दामों के कपड़े भी लेते आना। याद रखना, विदेशी चीज न हो, नहीं तो फटकार पड़ेगी। सच्चा देशी माल हो। विदेशी चीजों के नाम से चिढ़ती हैं।

बजाज चला गया। मुंशीजी झिनकू से बोले—देखा, बात करने की तमीज नहीं और चले हैं सौदा बेचने।

झिनकू—भैया, भिड़ा देना बेचारे को। जो उसकी तकदीर में होगा, वह मिल ही जाएगा। सेंतमेत में जस मिले, तो लेने में क्या हर्ज है?

मुंशीजी—अच्छा, जरा ठेका संभालो, कुछ भगवान् का भजन हो जाय। यह बनिया न जाने कहां से कूद पड़ा।

यह कहकर मुंशीजी ने मीरा का यह पद गाना शुरू किया—

राम की दिवानी, मेरा दर्द न जाने कोइ।
घायल की गति घायल जानै, जो कोई घायल होइ;
शेषनाग पै सेज पिया की, केहि विधि मिलनो होइ।
राम की दिवानी........
दरद की मारी बन-बन डोलूं, बैद मिला नहिं कोइ;
'मीरा' की प्रभु पीर मिटेगी, बैद संवलिया होइ।
राम की दिवानी........

झिनकू—वाह भैया, वाह ! चोला मस्त कर दिया। तुम्हारा गला तो दिन-दिन निखरता जाता है।

मुंशीजी—गाना ऐसा होना चाहिए कि दिल पर असर पड़े। यह नहीं कि तुम तो 'तूम ताना' का तार बांध दो और सुनने वाले तुम्हारा मुंह ताकते रहें। जिस गाने से मन में भक्ति, वैराग्य, प्रेम और आनन्द की तरंगें न उठें, वह गाना नहीं है।

झिनकू—अच्छा, अब की मैं भी कोई ऐसी ही चीज सुनाता हूं; मगर मजा जब है कि हारमोनियम तुम्हारे हाथ में हो।

मुंशीजी सितार, सारंगी, सरोद, इसराज सब कुछ बजा लेते थे, पर हारमोनियम पर तो कमाल ही करते थे। हारमोनियम में सितार की गतों को बजाना उन्हीं का काम था। बाजा लेकर बैठ गए और झिनकू ने मधुर स्वरों से यह असावरी गानी शुरू की।

बसी जिय में तिरछी मुसकान।
कल न परत घड़ि, पल, छिन, निसि दिन रहत उन्हीं का ध्
यान,
भृकुटि धनु-सी देख सखी री, नयना बान समान।

झिनकू संगीत का आचार्य था, जाति का कथक, अच्छे-अच्छे उस्तादों की आंखें देखे हुए, आवाज इस बुढ़ापे में भी ऐसी रसीली कि दिल पर चोट करे, इस पर उनका भाव बताना, जो कथकों की खास सिफत है, और भी गजब ढाता था; लेकिन मुंशी वज्रधर की अब राज-दरबार में रसाई हो गई थी, उन्हें अब झिनकू को शिक्षा देने का अधिकार हो गया था। हारमोनियम बजाते-बजाते नाक सिकोड़कर बोले—ऊंह, क्या बिगाड़ देते हो, बेताल हुए जाते हो। हां, अब ठीक है।

यह कहकर आपने झिनकू के साथ स्वर मिलाकर गाया—

बसी जिय में तिरछी मुसकान।
कल न परत घड़ि, पल, छिन, निसि दिन रहत उन्हीं का ध्
यान;
भृकुटि धनु-सी देख सखी री, नयना बान समान।

इतने में एक युवक कोट-पतलून पहने, ऐनक लगाए, मूंछ मुड़ाए, बाल संवारे आकर

बैठ गया। मुंशीजी ने पूछा—तुम कौन हो, भाई? मुझसे कुछ काम है?

युवक—मैंने सुना है कि जगदीशपुर में किसी एकाउन्टेंट की जगह खाली है, आप सिफारिश कर दें, तो शायद वह जगह मुझे मिल जाय। मैं भी कायस्थ हूं, और बिरादरी के नाते आपके ऊपर मेरा बहुत बड़ा हक है। मेरे पिताजी कुछ दिनों आपकी मातहती में काम कर चुके हैं। आपको मुंशी सुखवासीलाल का नाम तो याद होगा।

मुंशीजी—तो आप बिरादरी और दोस्ती के नाते नौकरी चाहते हैं, अपनी लियाकत के नाते नहीं! यह मेरे अख्तियार के बाहर है। मैं न दीवान हूं, न मुहाफिज, न मुंसरिम। उन लोगों के पास जाइए।

युवक—जनाब, आप सब कुछ हैं। मैं तो आपको अपना मुरब्बी समझता हूं।

मुंशी—कहां तक पढ़ा है आपने?

युवक—पढ़ा तो बी॰ ए॰ तक है; पर पास न कर सका।

मुंशी—कोई हरज नहीं। आपको बाजार के सौदे पटाने का कुछ तजरबा है? अगर आपसे कहा जाय कि जाकर दस हजार की इमारती लकड़ी लाइए, तो आप किफायत से लाएंगे।

युवक—जी, मैंने तो कभी लकड़ी खरीदी नहीं।

मुंशी—न सही, आप कुश्ती लड़ना जानते हैं? कुछ बिनवट-पटे के हाथ सीखे हैं? कौन जाने, कभी आपको राजा साहब के साथ सफर करना पड़े और कोई ऐसा मौका आ जाय कि आपको उनकी रक्षा करनी पड़े!

युवक—कुश्ती लड़ना तो नहीं जानता, हां फुटबाल, हॉकी बगैरह खूब खेल सकता हूं। मुंशी—कुछ गाना-बजाना जानते हो? शायद राजा साहब को सफर में कुछ गाना सुनने का जी चाहे, तो उन्हें खुश कर सकोगे?

युवक—जी नहीं, मैं मुसाहब नहीं होना चाहता, मैं तो एकाउंटेंट की जगह चाहता हूं।

मुंशी—यह तो आप पहले ही कह चुके। मैं यह जानना चाहता हूं कि आप हिसाब-किताब के सिवा और क्या कर सकते हैं? आप तैरना जानते हैं?

युवक—तैर सकता हूं, पर बहुत कम।

मुंशी—आप रईसों के दिलबहलाव के लिए किस्से-कहानियां, चुटकुले-लतीफे कह सकते हैं?

युवक—(हंसकर) आप तो मेरे साथ मजाक कर रहे हैं।

मुंशी—जी नहीं, मजाक नहीं कर रहा हूं, आपकी लियाकत का इम्तहान ले रहा हूं। तो आप सिर्फ हिसाब करना जानते हैं और शायद अंग्रेजी बोल और लिख लेते होंगे। मैं ऐसे आदमी की सिफारिश नहीं करता। आपकी उम्र होगी कोई चौबीस साल की। इतने दिनों में आपने सिर्फ हिसाब लगाना सीखा। हमारे यहां तो कितने ही आदमी छः महीने में ऐसे अच्छे मुनीम हो गए हैं कि बड़ी-बड़ी दुकानें संभाल सकते हैं। आपके लिए यहां जगह नहीं है।

युवक चला गया, तो झिनकू ने कहा—भैया, तुमने बेचारे को बहुत बनाया। मारे शरम के कट गया होगा। कुछ उसके साहबी ठाट की परवाह न की।

मुंशी—उसका साहबी ठाट देखकर ही तो मेरे बदन में आग लग गई। आता तो आपको कुछ नहीं; पर ठाट ऐसा बनाया है, मानो खास विलायत से चले आ रहे हैं। मुझ पर बचा रोब जमाने चले थे। चार हरफ अंग्रेजी पढ़ ली, तो समझ गए कि अब हम फाजिल हो गए। पूछो, जब आप बाजार से धेले का सौदा नहीं ला सकते, तो आप हिसाब-किताब क्या करेंगे।

यही बातें हो रही थीं कि रानी मनोरमा की मोटर आकर द्वार पर खड़ी हो गई। मुंशीजी नंगे सिर, नंगे पांव दौड़े। जरा भी ठोकर खा जाते, तो फिर उठने का नाम न लेते।

मनोरमा ने हाथ उठाकर कहा—दौड़िए नहीं, मैं आप ही के पास आई हूं; कहीं भागी नहीं जा रही हूं। इस वक्त क्या हो रहा है?

मुंशी—कुछ नहीं हुजूर, कुछ ईश्वर का भजन कर रहा हूं।

मनोरमा—बहुत अच्छी बात है, ईश्वर को जरूर मिलाए रहिए, वक्त पर बहुत काम आते हैं; कम से कम दु:ख-दर्द में उनके नाम से कुछ सहारा तो हो ही जाता है। मैं आपको इस वक्त एक बड़ी खुशखबरी सुनाने आई हूं। बाबूजी कल यहां आ जाएंगे।

मुंशी—क्या, लल्लू?

मनोरमा—जी हां, सरकार ने उनकी मीयाद घटा दी है।

इतना सुनना था कि मुंशीजी बेतहाशा दौड़े और घर में जाकर हांफते हुए निर्मला से बोले—सुनती हो, लल्लू कल आएंगे। मनोरमा रानी दरवाजे पर खड़ी हैं।

यह कहकर उल्टे पांव फिर द्वार पर आ पहुंचे।

मनोरमा—अम्मांजी क्या कर रही हैं, उनसे मिलने चलूं?

निर्मला बैठी आटा गूंथ रही थीं। रसोई में केवल एक मिट्टी के तेल की कुप्पी जल रही थी, बाकी सारा घर अंधेरा पड़ा था। मुंशीजी सदा लुटाऊ थे, जो कुछ पाते थे, बाहर ही बाहर उड़ा देते थे। घर की दशा ज्यों-की-त्यों थी। निर्मला को रोने-धोने से फुर्सत ही न मिलती थी कि घर की कुछ फिक्र करती। अब मुंशीजी बड़े असमंजस में पड़े। अगर पहले से मालूम होता कि रानीजी का शुभागमन होगा, तो कुछ तैयारी कर रखते। कम-से-कम घर की सफाई तो करवा देते, दो-चार लालटेनें मांग-जांचकर जला रखते; पर अब क्या हो सकता था?

मनोरमा ने उनके जवाब का इंतजार न किया। तुरंत मोटर से उतर पड़ी और दीवानखाने में आकर खड़ी हो गई। मुंशीजी बदहवास अंदर गए और निर्मला से बोले—बाहर निकल आओ, हाथ-वाथ धो डालो। रानीजी आ रही हैं। यह दुर्दशा देखेंगी, तो क्या कहेंगी। तब तक आटा लेकर क्या बैठ गई ! कोई काम वक्त से नहीं करतीं। बुढ़िया हो गईं; मगर अभी तमीज न आई।

निर्मला चटपट बाहर निकली। मुंशीजी उसके हाथ धुलाने लगे। मंगला चारपाई बिछाने लगी। मनोरमा बरोठे में आकर रुक गई। इतना अंधेरा था कि वह आगे कदम न रख सकी। मरदाने कमरे में एक दीवारगीर जल रही थी। झिनकू उतावली में उसे उतारने लगे, तो वह जमीन पर गिर पड़ी। यहां भी अंधेरा हो गया। मुंशीजी हाथ में कुप्पी लेकर द्वार की ओर चले, तो चारपाई की ठोकर लगी। कुप्पी हाथ से छूट पड़ी; आशा का दीपक भी बुझ गया। खड़े-खड़े तकदीर को कोसने लगे—रोज-रोज लालटेन आती है और रोज तोड़कर फेंक दी जाती

है। कुछ नहीं तो दस लालटेनें ला चुका हूंगा, पर एक का भी पता नहीं मालूम होता है। किसी कुली का घर है, उसके भाग्य की भांति अंधेरा। 'राक्षस के घर ब्याही जोय, भून-भान कलेवा होय।' किसी चीज की हिफाजत करनी तो आती ही नहीं।

मुंशीजी तो अपनी मुसीबत का रोना रो रहे थे, झिनकू दौड़कर अपने घर से लालटेन लाया, और मनोरमा घर में दाखिल हुई ! निर्मला आंखों में प्रेम की नदी भरे, सिर झुकाए खड़ी थी। जी चाहता था, इनके पैरों के नीचे आंखें बिछा दूं। मेरे धन्य भाग !

एकाएक मनोरमा ने झुककर निर्मला के पैरों पर शीश झुका दिया और पुलकित कंठ से बोली—माताजी, धन्य भाग कि आपके दर्शन हुए। जीवन सफल हो गया। निर्मला सारा शिष्टाचार भूल गई, बस, खड़ी रोती रही। मनोरमा के शील और विनय ने शिष्टाचार को तृण की भांति मातृ-स्नेह की तरंग में बहा दिया।

इतने में मंगला आकर खड़ी हो गई। मनोरमा ने उसे गले से लगा लिया और स्नेह-कोमल स्वर में बोली—आज तुम्हें अपने साथ ले चलूंगी, दो-चार दिन तुम्हें मेरे साथ रहना पड़ेगा। हम दोनों साथ-साथ खेलेंगी। अकेले पड़े-पड़े मेरा जी घबराता है। तुमसे मिलने की मेरी बड़ी इच्छा थी।

निर्मला—मनोरमा, तुमने हमें धरती से उठाकर आकाश पर पहुंचा दिया। तुम्हारे शील-स्वभाव का कहां तक बखान करूं !

मनोरमा—माता के मुख से ये शब्द सुनकर मेरा हृदय गर्व से फूला नहीं समाता। मैं बचपन ही से मातृ-स्नेह से वंचित हो गई, पर आज मुझे ऐसा ज्ञात हो रहा है कि अपनी जननी के चरणों को स्पर्श कर रही हूं। मुझे आज्ञा दीजिए कि जब कभी जी घबराए तो आकर आपके स्नेह-कोमल चरणों में आश्रय लिया करूं। कल बाबूजी आ जाएंगे। अवकाश मिला तो मैं भी आऊंगी, पर मैं किसी कारण से न आ सकूं, तो आप कह दीजिएगा कि किसी बात की चिन्ता न करें, मेरे हृदय में उनके प्रति अब भी वही श्रद्धा और अनुराग है। ईश्वर ने चाहा तो मैं शीघ्र ही उनके लिए रियासत में कोई स्थान निकालूंगी। बड़ी दिल्लगी हुई। कई दिन हुए लखनऊ के एक ताल्लुकेदार ने गवर्नर की दावत की थी। मैं भी राजा साहब के साथ दावत में गई थी। गवर्नर साहब शतरंज खेल रहे थे। मुझसे भी खेलने के लिए आग्रह किया। मुझे शतरंज खेलना तो आता नहीं, पर उनके आग्रह से बैठ गई। ऐसा संयोग हुआ कि मैंने ताबड़तोड़ उनको दो मातें दीं। तब आप झल्लाकर बोले—अबकी कुछ बाजी लगाकर खेलेंगे। क्या बदती हो? मैंने कहा—इसका निश्चय बाजी पूरी होने के बाद होगा। तीसरी बाजी शुरू हुई। अबकी वह खूब संभलकर खेल रहे थे और मेरे कई मुहरे पीट लिये। मैंने समझा, अबकी मात हुई, लेकिन सहसा मुझे ऐसी चाल सूझ गई कि हाथ से जाती बाजी लौट पड़ी। मैं तो समझती हूं, ईश्वर ने मेरी सहायता की। फिर तो उन्होंने लाख-लाख सिर पटका, उनके सारे मित्र जोर मारते रहे, पर मात न रोक सके। सारे मुहरे धरे ही रह गए। मैंने हंसकर कहा—बाजी मेरी हुई, अब जो कुछ मैं मांगू, वह आपको देना पड़ेगा।

उन्हें क्या खबर थी कि मैं क्या मांगूंगी, हंसकर बोले—हां-हां, कब फिरता हूं !

मैंने तीन वचन लेकर कहा—आप मेरे मास्टर साहब को बेकुसूर जेल में डाले हुए हैं, उन्हें छोड़ दीजिए।

यह सुनकर सभी सन्नाटे में आ गए, मगर कौल हार चुके थे और स्त्रियों के सामने ये सब जरा सज्जनता का स्वांग भरते हैं, मजबूर होकर गवर्नर साहब को वादा करना पड़ा, पर बार-बार पछताते थे और कहते थे, आपकी जिम्मेदारी पर छोड़ रहा हूं। खैर, मुझे कल मालूम हुआ कि रिहाई का हुक्म हो गया है, और मुझे आशा है कि कल किसी वक्त वह यहां आ जाएंगे।

निर्मला—आपने बड़ी दया की, नहीं तो मैं रोते-रोते मर जाती।

मनोरमा—रोने की क्या बात थी? माताओं को चाहिए कि अपने पुत्रों को साहसी और वीर बनाएं। एक तो यहां लोग यों ही डरपोक होते हैं, उस पर घर वालों का प्रेम उनकी रही-सही हिम्मत भी हर लेता है। तो क्यों बहिन, मेरे यहां चलती हो ! मगर नहीं, कल तो बाबूजी आएंगे, मैं किसी दूसरे दिन तुम्हारे लिए सवारी भेजूंगी।

निर्मला—जब आपकी इच्छा होगी। तभी भेज दूंगी।

मनोरमा—तुम क्यों नहीं बोलतीं, बहिन? समझती होगी कि यह रानी हैं, बड़ी बुद्धिमान और तेजस्वी होंगी। पहले रानी देवप्रिया को देखकर मैं भी यही सोचा करती थी, पर अब मालूम हुआ कि ऐश्वर्य से न बुद्धि बढ़ती है, न तेज। रानी और बांदी में कोई अंतर नहीं होता।

यह कहकर उसने मंगला के गले में बांहे डाल दीं और प्रेम से सने हुए शब्दों में बोली—देख लेना; हम-तुम कैसे मजे से गाती-बजाती हैं। बोलो, आओगी न?

मंगला ने माता की ओर देखा और इशारा पाकर बोली—जब आपकी इतनी कृपा है, तो क्यों न आऊंगी?

मनोरमा—कृपा और दया की बात करने के लिए मैं तुम्हें नहीं बुला रही हूं। ऐसी बातें सुनते-सुनते ऊब गई हूं। सहेलियों की भांति गाने-बजाने, हंसने-बोलने के लिए बुलाती हूं। वहां सारा घर आदमियों से भरा हुआ है, पर एक भी ऐसा नहीं, जिसके साथ बैठकर एक घड़ी हंसूं-बोलूं।

यह कहते-कहते उसने अपने गले से मोतियों का हार निकालकर मंगला के गले में डाल दिया और मुस्कराकर बोली—देखो अम्मांजी, यह हार इसे अच्छा लगता है न?

मुंशीजी बोले—ले, मंगला, तूने तो पहली ही मुलाकात में मोतियों का हार मार लिया, और लोग मुंह ही ताकते रह गए।

मनोरमा—माता-पिता लड़कियों को देते हैं, मुझे तो आपसे मिलना चाहिए। मंगला तो मेरी छोटी बहिन है। जी चाहता है, इसी वक्त लेती चलूं। इसकी सूरत तो बाबूजी से बिलकुल मिलती है, मरदों के कपड़े पहना दिए जाएं तो, तो पहचानना मुश्किल हो जाये। चलो मंगला, कल हम दोनों आ जाएंगी !

निर्मला—कल ही लेती जाइएगा।

मनोरमा—मैं समझ गई। आप सोचती होंगी, ये कपड़े पहने क्या जाएगी। तो क्या वहां

किसी बेगाने घर जा रही है? क्या वहां साड़ियां न मिलेंगी?

उसने मंगला का हाथ पकड़ लिया और उसे लिये द्वार की ओर चली। मंगला हिचकिचा रही थी, पर कुछ कह न सकती थी।

जब मोटर चली गई तो निर्मला ने कहा—साक्षात् देवी है।

मुंशी—लल्लू पर इतना प्रेम करती है कि वह चाहता, तो इससे विवाह कर लेता। धर्म ही खोना था तो कुछ स्वार्थ से खोता। मीठा हो, तो जूठा भी अच्छा, नहीं तो कहां जाकर गिरा उस कंगली पर जिसके मां-बाप का भी पता नहीं।

निर्मला—(व्यंग्य से) वाह-वाह ! क्या लाख रुपये की बात कही है। ऐसी बहू घर में आ जाए, लाला, तो एक दिन न चले। फूल सूंघने में ही अच्छा लगता है, खाने में नहीं ! गरीबों का निर्वाह गरीबों ही में होता है।

मुंशी—प्रेम बड़ों-बड़ों का सिर नीचा कर देता है।

निर्मला—न जी जलाओ। बे-बात की बात करते हो। तुम्हारे लल्लू ऐसे ही तो बड़े खूबसूरत हैं। सिर में एक बाल न रहता। ऐसी औरतों को प्रसन्न रखने के लिए धन चाहिए। प्रभुता पर मरने वाली औरत है।

दस बज रहे थे। मुंशीजी भोजन करने बैठे। मारे खुशी के फूले न समाते थे। लल्लू को रियासत में कोई अच्छी जगह मिल जाएगी, फिर पांचों अंगुली घी में हैं। अब मुसीबत के दिन गए। मारे खुशी के खाया भी नहीं गया। जल्दी से दो-चार कौर खाकर बाहर भागे और अपने इष्ट-मित्रों से चक्रधर के स्वागत के विषय में आधी रात तक बातें करते रहे। निश्चय किया गया कि प्रातःकाल शहर में नोटिस बांटी जाए और सेवा समिति के सेवक स्टेशन पर बैंड बजाते हुए उनका स्वागत करें।

लेकिन निर्मला उदास थी। मनोरमा से उसे न जाने क्यों एक प्रकार का भय हो रहा था।

तेईस

राजा विशालसिंह की मनोवृत्तियां अब एक ही लक्ष्य पर केंद्रित हो गई थीं और वह लक्ष्य था— मनोरमा। वह उपासक थे, मनोरमा उपास्य थी। वह सैनिक थे, मनोरमा सेनापति थी, वह गेंद थे, मनोरमा खिलाड़ी थी। मनोरमा का उनके मन पर, उनकी आत्मा पर सम्पूर्ण आधिपत्य था। वह अब मनोरमा ही की आंखों से देखते, मनोरमा ही के कानों से सुनते और मनोरमा ही के विचार से सोचते थे। उनका प्रेम संपूर्ण आत्म-समर्पण था। मनोरमा ही की इच्छा अब उनकी इच्छा है, मनोरमा ही के विचार अब उनके विचार हैं ! उनके राज्य विस्तार के मंसूबे गायब हो गए। धन से उनको कितना प्रेम था ! वह इतनी किफायत से राज्य का प्रबन्ध करना चाहते थे कि थोड़े दिनों में रियासत के पास एक विराट कोष हो जाय। अब वह हौसला नहीं रहा। मनोरमा के हाथों जो कुछ खर्च होता है, वह श्रेय है। अनुराग चित्त की वृत्तियों की कितनी

कायापलट कर सकता है।

अब तक राजा विशालसिंह का जिन स्त्रियों से साबिका पड़ा था, वे ईर्ष्या, द्वेष, माया-मोह और राग-रंग में लिप्त थीं। मनोरमा उन सबों से भिन्न थी। उसमें सांसारिकता का लेश भी न था। न उसे वस्त्राभूषण से प्रेम, न किसी से ईर्ष्या या द्वेष। ऐसा प्रतीत होता था कि वह स्वर्ग लोक की देवी है। परोपकार में उसका ऐसा सच्चा अनुराग था कि पग-पग पर राजा साहब को अपनी लघुता और क्षुद्रता का अनुभव होता था और उस पर उनकी श्रद्धा और भी दृढ़ होती जाती थी। रियासत के मामलों या निज के व्यवहारों में जब वह कोई ऐसी बात कर बैठते, जिसमें स्वार्थ और अधिकार के दुरुपयोग या अनम्रता की गन्ध आती हो, तो उन्हें यह जानने में देर न लगती थी कि मनोरमा की भृकुटी चढ़ी हुई है और उसने भोजन नहीं किया। फिर उन्हें उस बात के दुहराने का साहस न होता था। मनोरमा की निर्मल कीर्ति अज्ञात रूप से उन्हें परलोक की ओर खींचे लिए जाती थी। उसके समीप आते ही उनकी वासना लुप्त और धार्मिक कल्पना सजग हो जाती थी। उसकी बुद्धि-प्रतिभा पर उन्हें इतना अटल विश्वास हो जाता था कि वह जो कुछ करती थी, उन्हें सर्वोचित और श्रेयस्कर जान पड़ता था। वह अगर उनके देखते हुए घर में आग लगा देती, तो भी वह उसे निर्दोष ही समझते। उसमें भी उन्हें शुभ और कल्याण ही की सुवर्ण रेखा दिखाई देती। रियासत में असामियों से कर के नाम पर न जाने कितनी बेगार ली जाती थी, वह सब रानी के हुक्म से बंद कर दी गई और रियासत को लाखों रुपये की क्षति हुई, पर राजा साहब ने जरा भी हस्तक्षेप नहीं किया। पहले जिले के हुक्काम रियासत में तशरीफ लाते, तो रियासत में खलबली मच जाती थी, कर्मचारी सारे काम छोड़कर हुक्काम को रसद पहुंचाने में मुस्तैद हो जाते थे। हाकिम की निगाह तिरछी देखकर राजा कांप जाते थे। पर अब किसी को चाहे वह सूबे का लाट ही क्यों हो, नियमों के विरुद्ध एक कदम रखने की भी हिम्मत न पड़ती थी। जितनी धांधलियां राज्य-प्रथा के नाम पर सदैव से होती आती थीं, वह एक-एक करके उठती जाती थीं, पर राजा साहब को कोई शंका न थी।

राजा साहब की चिर संचित पुत्र लालसा भी इस प्रेम-तरंग में मग्न हो गई। मनोरमा पर उन्होंने अपनी यह महान् अभिलाषा भी अर्पित कर दी। मनोरमा को पाकर उन्हें किसी वस्तु की इच्छा ही न रही। उसके सामने और सभी चीजें तुच्छ हो गईं। एक दिन, केवल एक दिन उन्होंने मनोरमा से कहा था—मुझे अब केवल एक इच्छा और है। ईश्वर मुझे एक पुत्र प्रदान कर देता, तो मेरे सारे मनोरथ पूरे हो जाते। मनोरमा ने उस समय जिन कोमल शब्दों में उन्हें सांत्वना दी थी, वे अब तक कानों में गूंज रहे थे—नाथ, मनुष्य का उद्धार पुत्र से नहीं, अपने कर्मों से होता है। यश और कीर्ति भी कर्मों ही से प्राप्त होती है। सन्तान वह सबसे कठिन परीक्षा है, जो ईश्वर ने मनुष्यों को परखने के लिए गढ़ी है। बड़ी-बड़ी आत्माएं जो और सभी परीक्षाओं में सफल हो जाती हैं, यहां ठोकर खाकर गिर पड़ती हैं। सुख के मार्ग में इससे बड़ी और कोई बाधा नहीं है। जब इच्छा दुःख का मूल है, तो सबसे बड़े दुःख का मूल क्यों न होगी? ये वचन मनोरमा के मुख से निकलकर अमर हो गए थे।

सबसे विचित्र बात यह थी कि राजा साहब की विषय-वासना सम्पूर्णतः लोप हो गई थी। एकान्त में बैठे हुए वह मन में भांति-भांति की मृदु कल्पनाएं किया करते, लेकिन मनोरमा के सम्मुख आते ही उन पर श्रद्धा का अनुराग छा जाता, मानो किसी देव मंदिर में आ गए हों। मनोरमा उनका सम्मान करती, उन्हें देखते ही खिल जाती, उनसे मीठी-मीठी बातें करती, उन्हें अपने हाथों से स्वादिष्ट पदार्थ बनाकर खिलाती, उन्हें पंखा झलती। उनकी तृप्ति के लिए वह इतना ही काफी समझती थी। कविता में और सब रस थे, केवल श्रृंगार रस न था। वह बांकी चितवन, जो मन को हर लेती है, वह हाव-भाव, जो चित्त को उद्दीप्त कर देता है, यहां कहां? सागर के स्वच्छ निर्मल जल में तारे नाचते हैं, चांद थिरकता है, लहरें गाती हैं। वहां देवता संध्योपासना करते हैं, देवियां स्नान करती हैं, पर कोई मैले कपड़े नहीं धोता। संगमरमर की जमीन पर थूकने की कुरुचि किसमें होगी! आत्मा को स्वयं ऐसे घृणास्पद व्यवहार से संकोच होता है।

इसी भांति छः महीने गुजर गए।

प्रभात का समय था। प्रकृति फागुन के शीतल,उल्लासमय समीर सागर में निमग्न हो रही थी। बाग में नव विकसित पुष्प, किरणों के सुनहरे हार पहने मुस्करा रहे थे। आम के सुगंधित नव पल्लवों में कोयल अपनी मधुर तान अलाप रही थी। और मनोरमा आईने के सामने खड़ी अपनी केश-राशि का जाल सजा रही थी। आज बहुत दिनों के बाद उसने अपने दिव्य, रत्नजटित आभूषण निकाले हैं, बहुत दिन के बाद अपने वस्त्रों में इत्र बसाए हैं ! आज उसका एक-एक अंग मनोल्लास से खिला हुआ है। आज चक्रधर जेल से छूटकर आएंगे और वह उनका स्वागत करने जा रही है।

यों बन-ठनकर मनोरमा ने बगलवाले कमरे का परदा उठाया और दबे पांव अंदर गई। मंगला अभी तक पलंग पर पड़ी मीठी-मीठी नींद ले रही थी। उसके लम्बे-लम्बे केश तकिए पर बिखरे पड़े थे। दोनों सखियां आधी रात तक बातें करती रही थीं। जब मंगला ऊंघ-ऊंघकर गिरने लगी थी, तो मनोरमा उसे सुलाकर अपने कमरे में चली गई थी। मंगला अभी तक पड़ी सो रही थी, मनोरमा की पलकें तक न झपकीं, अपने कल्पना-कुंज में विचरते हुए रात काट दी। मंगला को इतनी देर तक सोते देखकर उसने आहिस्ता से पुकारा—मंगला, कब तक सोएगी? देख तो, कितना दिन चढ़ आया? जब पुकारने से मंगला न जागी, तो उसका कन्धा हिलाकर कहा—क्या दिनभर सोती रहेगी?

मंगला ने पड़े-पड़े कहा—सोने दो, अभी तो सोयी हूं, फिर सिर पर सवार हो गईं?

मनोरमा—तो फिर मैं जाती हूं; यह न कहना, मुझे क्यों नहीं जगाया !

मंगला—(आंखें खोलकर) अरे ! इतना दिन चढ़ आया—मुझे पहले ही क्यों न जगा दिया?

मनोरमा—जगा तो रही हूं, जब तेरी नींद टूटे तब न। स्टेशन चलेगी?

मंगला—मैं स्टेशन कैसे जाऊंगी?

मनोरमा—जैसे मैं जाऊंगी, वैसे ही तू भी चलना। चल, कपड़े पहन ले !

मंगला—न भैया, मैं न जाऊंगी। लोग क्या कहेंगे?

मनोरमा—मुझे जो कहेंगे, वही तुझे भी कहेंगे; मेरी खातिर से सुन लेना !

मंगला—आपकी बात और है, मेरी बात और। आपको कोई नहीं हंसता, मुझे सब हंसेंगे। मगर मैं डरती हूं, कहीं तुम्हें नजर न लग जाए।

मनोरमा—चल-चल उठ, बहुत बातें मत बना। मैं तुझे खींचकर ले जाऊंगी, मोटर में परदा कर दूंगी, अब राजी हुई?

मंगला—हां, यह तो अच्छा उपाय है, लेकिन मैं नहीं जाऊंगी। अम्मांजी सुनेंगी तो बहुत नाराज होंगी।

मनोरमा—और जो उन्हें भी ले चलूं, तब तो तुझे कोई आपत्ति न होगी?

मंगला—वह चलें तो मैं भी चलूं; लेकिन नहीं, वह बड़ी-बूढ़ी हैं, जहां चाहें वहां जा-आ सकती हैं। मैं तो लोगों को अपनी ओर घूरते देखकर कट ही जाऊंगी।

मनोरमा—अच्छा, पड़ी-पड़ी सो, मैं जाती हूं। अभी बहुत-सी तैयारियां करनी हैं।

मनोरमा अपने कमरे में आई और मेज पर बैठकर बड़ी उतावली में कुछ लिखने लगी कि दीवान साहब के आने की इत्तला हुई और एक क्षण में आकर वह एक कुर्सी पर बैठ गए। मनोरमा ने पूछा—रियासत का बैण्ड तैयार है न?

हरिसेवक—हां, उसे पहले ही हुक्म दिया जा चुका है।

मनोरमा—जुलूस का प्रबन्ध ठीक है न? मैं डरती हूं, कहीं भद्द न हो जाय।

हरिसेवक—प्रबन्ध तो मैंने सब कर दिया है, पर इस विषय में रियासत की ओर से जो उत्साह प्रकट हो रहा है, वह शायद इसके लिए हानिकर हो। रियासतों पर हुक्काम की कितनी बड़ी निगाह होती है, यह आपको खूब मालूम है। मैं पहले भी कह चुका हूं और अब भी कहता हूं कि आपको इस मामले में खूब सोच-विचार कर काम करना चाहिए।

मनोरमा—क्या आप समझते हैं कि मैं बिना सोचे-विचारे ही कोई काम कर बैठती हूं? मैंने सोच लिया है, बाबू चक्रधर चोर नहीं, डाकू नहीं, खूनी नहीं, एक सच्चे आदमी हैं। उनका स्वागत करने के लिए हुक्काम हमसे बुरा मानते हैं, तो मानें। हमें इसकी कोई परवा नहीं। जाकर सम्पूर्ण दल को तैयार कीजिए।

हरिसेवक—श्रीमान् राजा साहब की तो राय है कि शहरवालों को जुलूस निकालने दिया जाय, हमारे सम्मिलित होने की जरूरत नहीं।

मनोरमा ने रुष्ट होकर कहा—राजा साहब से मैंने पूछ लिया है। उनकी राय वही है जो मेरी है। अगर सन्मार्ग पर चलने में रियासत जब्त भी हो जाय; तो भी मैं उस मार्ग से विचलित न हूंगी। आपको रियासत के विषय में इतना चिंतित होने की क्या जरूरत है?

दीवान साहब ने सजल नेत्रों से मनोरमा को देखकर कहा—बेटी, तुम्हारे ही भले को कहता हूं। तुम नहीं जानतीं, जमाना कितना नाजुक है।

मनोरमा उत्तेजित होकर बोली—पिताजी, इस सदुपदेश के लिए मैं आपकी बहुत अनुगृहीत हूं, लेकिन मेरी आत्मा उसे ग्रहण नहीं करती। मैंने सर्प की भांति धन-राशि पर बैठकर

उसकी रक्षा करने के लिए यह पद नहीं स्वीकार किया है, बल्कि अपनी आत्मोन्नति और दूसरों के उपकार के लिए ही। अगर रियासत इन दो में से एक काम भी न आये, तो उसका रहना ही व्यर्थ है। अभी सात बजे हैं। आठ बजते-बजते स्टेशन पहुंच जाना चाहिए। मैं ठीक वक्त पर पहुंच जाऊंगी। जाइए।

दीवान साहब के जाने के बाद मनोरमा फिर मेज पर बैठकर लिखने लगी। यह वह भाषण था, जो वह चक्रधर के स्वागत के अवसर पर देना चाहती थी। वह लिखने में इतनी तल्लीन हो गई थी कि उसे राजा साहब के आकर बैठ जाने की उस वक्त तक खबर न हुई, जब तक कि उन्हें उनके फेफड़ों ने खांसने पर मजबूर न कर दिया। कुछ देर तक तो बेचारे खांसी को दबाते रहे, लेकिन नैसर्गिक क्रियाओं को कौन रोक सकता है? खांसी दबकर उत्तरोत्तर प्रचंड होती जाती थी, —यहां तक कि अन्त में वह निकल ही पड़ी—कुछ छींक थी, कुछ खांसी और कुछ इन दोनों का सम्मिश्रण, मानो कोई बन्दर गुर्रा रहा हो। मनोरमा ने चौंककर आंखें उठाईं, तो देखा कि राजा साहब बैठे हुए उसकी ओर प्रेम-विह्वल नेत्रों से ताक रहे हैं। बोली—क्षमा कीजिएगा, मुझे आपकी आहट ही न मिली। क्या आप देर से बैठे हैं?

राजा—नहीं तो, अभी-अभी आया हूं। तुम लिख रही थीं। मैंने छेड़ना उचित न समझा।

मनोरमा—आपकी खांसी बढ़ती ही जाती है, और आप इसकी कुछ दवा नहीं करते।

राजा—आप ही आप अच्छी हो जाएगी। बाबू चक्रधर तो दस बजे की डाक से आ रहे हैं न? उनके स्वागत की तैयारियां पूरी हो गईं?

मनोरमा—जी हां, बहुत कुछ पूरी हो गई हैं।

राजा—मैं चाहता हूं, जुलूस इतनी धूमधाम से निकले कि कम से कम इस शहर के इतिहास में अमर हो जाय।

मनोरमा—यही तो मैं भी चाहती हूं।

राजा—मैं सैनिकों के आगे फौजी वर्दी में रहना चाहता हूं।

मनोरमा ने चिन्तित होकर कहा—आपका जाना उचित नहीं जान पड़ता। आप यहीं उनका स्वागत कीजिएगा। अपनी मर्यादा का निर्वाह तो करना ही पड़ेगा। सरकार यों भी हम लोगों पर सन्देह करती है, तब तो वह सत्तू बांधकर हमारे पीछे पड़ जाएगी।

राजा—कोई चिन्ता नहीं। संसार में सभी प्राणी राजा ही तो नहीं हैं। शान्ति राज्य में नहीं, संतोष में है। मैं अवश्य चलूंगा, अगर रियासत ऐसे महात्माओं के दर्शन में बाधक होती है, तो उससे इस्तीफा दे देना ही अच्छा।

मनोरमा ने राजा की ओर बड़ी करुण दृष्टि से देखकर कहा—यह ठीक है, लेकिन जब मैं जा रही हूं तो आपके जाने की जरूरत नहीं।

राजा—खैर न जाऊंगा, लेकिन यहां मैं अपनी जबान को न रोकूंगा। उनके गुजारे की भी तो कुछ फिक्र करनी होगी?

मनोरमा—मुझे भय है कि वह कुछ लेना स्वीकार न करेंगे। बड़े त्यागी पुरुष हैं।

राजा—यह तो मैं जानता हूं। उनके त्याग का क्या कहना! चाहते तो अच्छी नौकरी

करके आराम से रहते, पर दूसरे के उपकार के लिए प्राणों को हथेली पर लिये रहते हैं। उन्हें धन्य है ! लेकिन उनका किसी तरह गुजर-बसर तो होना ही चाहिए। तुम्हें संकोच होता है, तो मैं कह दूं।

मनोरमा—नहीं, आप न कहिएगा, मैं ही कहूंगी। मान लें, तो है।

राजा—मेरी और उनकी तो बहुत पुरानी मुलाकात है। मैं तो उनकी समिति का मेम्बर था। अब फिर नाम लिखाऊंगा। कितने रुपये तुम्हारे विचार में काफी होंगे? रकम ऐसी होनी चाहिए, जिसमें उन्हें किसी प्रकार का कष्ट न होने पाए।

मनोरमा—मैं तो समझती हूं पचास रुपये बहुत होंगे, उन्हें और जरूरत ही क्या है?

राजा—नहीं जी, उनके लिए दस रुपये काफी हैं। पचास रुपये की थैली लेकर भला वह क्या करेंगे। तुम्हें कहते शर्म न आई? पचास रुपये में आजकल रोटियां भी नहीं चल सकतीं, और बातों का तो जिक्र ही क्या। एक भले आदमी के निर्वाह के लिए इस जमाने में पांच सौ रुपये से कम नहीं खर्च होते।

मनोरमा—पांच सौ ! कभी न लेंगे। पचास रुपये ही ले लें, मैं इसी को गनीमत समझती हूं। पांच सौ का तो नाम ही सुनकर वह भाग खड़े होंगे।

राजा—हमारा जो धर्म है, वह हम कर देंगे, लेने या न लेने का उनको अख्तियार है।

मनोरमा फिर लिखने लगी, और यह राजा साहब को वहां से चले जाने का संकेत था, पर राजा साहब ज्यों के त्यों बैठे रहे। उनकी दृष्टि मकरन्द के प्यासे भ्रमर की भांति मनोरमा के मुख-कमल का माधुर्य रसपान कर रही थी। उसकी बांकी अदा आज उनकी आंखों में खुबी जाती थी। मनोरमा का श्रृंगार-रूप आज तक उन्होंने न देखा था। इस समय उनके हृदय में जो गुदगुदी हो रही थी, वह उन्हें कभी न हुई थी। दिल थाम-थामकर रह जाते थे। मन में बार-बार एक प्रश्न उठता था, पर जल में उछलने वाली मछलियों की भांति फिर मन में विलीन हो जाता था। प्रश्न था—इसका वास्तविक स्वरूप यह है या वह?

सहसा घड़ी में नौ बजे। मनोरमा कुर्सी से उठ खड़ी हुई। राजा साहब भी किसी वृक्ष की छाया में विश्राम करने वाले पथिक की भांति उठे और धीरे-धीरे द्वार की ओर चले। मनोरमा ने करुण कोमल नेत्रों से देखकर कहा—अच्छी बात है, चलिए, लेकिन पिताजी के पास किसी अच्छे डॉक्टर को बिठाते जाइएगा, नहीं तो शायद उनके प्राण न बचें।

राजा—दीवान साहब रियासत के सच्चे शुभचिन्तक हैं।

चौबीस

रेलवे स्टेशन पर कहीं तिल रखने की जगह न थी। अंदर का चबूतरा और बाहर का सहन सब आदमियों से खचाखच भरे थे। चबूतरे पर विद्यालयों के छात्र थे, रंग-बिरंगी वर्दियां पहने हुए, और सेवा-समितियों के सेवक, रंग-बिरंगी झंडियां लिए हुए। मनोरमा नगर की कई महिलाओं के साथ अंचल में फूल भरे सेवकों के बीच में खड़ी थी। उसका एक-एक अंग

आनंद से पुलकित हो रहा था। बरामदे में राजा विशालसिंह, उनके मुख्य कर्मचारी और शहर के रईस और नेता जमा थे। मुंशी वज्रधर इधर-उधर पैंतरे बदलते और लोगों को सावधान रहने की ताकीद करते फिरते थे। कोई घबराहट की बात नहीं, कोई तमाशा नहीं, वह भी तुम्हारे ही जैसा दो हाथ पैर का आदमी है। आएगा, तब देख लेना, धक्कम-धक्का करने की जरूरत नहीं।

दीवान हरिसेवक सिंह सशंक नेत्रों से सरकारी सिपाहियों को देख रहे थे और बार-बार राजा साहब के कान में कुछ कह रहे थे, अनिष्ट भय से उनके प्राण सूखे हुए थे। स्टेशन के बाहर हाथी, घोड़े, बग्घियां, मोटर पैर जमाए खड़ी थीं। जगदीशपुर का बैंड बड़े मनोहर स्वरों में विजय-गान कर रहा था। बार-बार सहस्त्रों कंठों से हर्षध्वनि निकलती थी, जिससे स्टेशन की दीवारें हिल जाती थीं। थोड़ी देर के लिए लोग व्यक्तिगत चिंताओं और कठिनाइयों को भूलकर राष्ट्रीयता के नशे में झूम रहे थे।

ठीक दस बजे गाड़ी दूर से धुआं उड़ाती हुई दिखाई दी। अब तक लोग अपनी जगह पर कायदे के साथ खड़े थे, लेकिन गाड़ी के आते ही सारी व्यवस्था हवा हो गई। पीछे वाले आगे आ पहुंचे, आगे वाले पीछे पड़ गए, झंडियां रक्षास्त्र का काम करने लगीं और फलों की टोकरियां ढालों का। मुंशी वज्रधर बहुत चीखे-चिल्लाए, लेकिन कौन सुनता है? हां, मनोरमा के सामने मैदान साफ था। दीवान साहब ने तुरंत सैनिकों को उसके सामने से भीड़ हटाते रहने के लिए बुला लिया था। गाड़ी आकर रुकी और चक्रधर उतर पड़े। मनोरमा भी अनुराग से उन्मत्त होकर चली, लेकिन तीन-चार पग चली थी कि एक बात ध्यान में आई। ठिठक गई और एक स्त्री की आड़ से चक्रधर को देखा, एक रक्तहीन, मलिन-मुख, क्षीण मूर्ति सिर झुकाए खड़ी थी, मानो जमीन पर पैर रखते डर रही है कि कहीं गिर न पड़े। मनोरमा का हृदय मसोस उठा, आंखों से आंसुओं की धारा बहने लगी, अंचल के फूल अंचल ही में रह गए। उधर चक्रधर पर फूलों की वर्षा हो रही थी, इधर मनोरमा की आंखों से मोतियों की।

सेवा-समिति का मंगल-गान समाप्त हुआ, तो राजा साहब ने आगे बढ़कर नगर के नेताओं की ओर से उनका स्वागत किया। सब लोग उनसे गले मिले और जुलूस जाने लगा। मुंशी वज्रधर जुलूस के प्रबंध में इतने व्यस्त थे कि चक्रधर की उन्हें सुधि ही न थी। चक्रधर स्टेशन के बाहर आए और यह तैयारियां देखीं, तो बोले—आप लोग मेरा इतना सम्मान करके मुझे लज्जित कर रहे हैं। राष्ट्रीय सम्मान किसी महान् राष्ट्रीय उद्योग का पुरस्कार होना चाहिए। मैं इसके सर्वथा अयोग्य हूं। मुझे सम्मानित करके आप लोग सम्मान का महत्त्व खो रहे हैं ! मुझ जैसों के लिए इस धूमधाम की जरूरत नहीं। मुझे तमाशा न बनाइए।

संयोग से मुंशीजी वहीं खड़े थे। ये बातें सुनीं, तो बिगड़कर बोले—तमाशा नहीं बनना था, तो दूसरे के लिए प्राण देने को क्यों तैयार हुए थे। लोग दस-पांच हजार खर्च करके जन्म-भर के लिए 'राय साहब' और 'खां बहादुर' हो जाते हैं। तुम दूसरों के लिए इतनी मुसीबतें झेलकर यह सम्मान पा रहे हो, तो इसमें झेंपने की क्या बात है, भला ! देखता हूं कि कोई एक छोटा-मोटा व्याख्यान देता है, तो पत्रों में देखता है कि मेरी तारीफ हो रही है या नहीं।

अगर दुर्भाग्य से कहीं संपादक ने उसकी प्रशंसा न की, तो जामे से बाहर हो जाता है और तुम दस-पांच हाथी-घोड़े देखकर घबरा गए। आदमी की इज्जत अपने हाथ है। तुम्हीं अपनी इज्जत न करोगे, तो दूसरे क्यों करने लगे? आदमी कोई काम करता है, तो रुपये के लिए या नाम के लिए। अगर दो में से एक भी हाथ न आए, तो वह काम करना ही व्यर्थ है।

यह कहकर उन्होंने चक्रधर को छाती से लगा लिया। चक्रधर का रक्तहीन मुख लज्जा से आरक्त हो गया। यह सोचकर शरमाए कि ये लोग अपने मन में पिताजी की हंसी उड़ा रहे होंगे। और कुछ आपत्ति करने का साहस न हुआ। चुपके से राजा साहब की टुकड़ी पर आ बैठे। जुलूस चला। आगे-आगे पांच हाथी थे, जिन पर नौबत बज रही थीं। उनके पीछे कोतल घोड़ों की लंबी कतार थी, जिन पर सवारों का दल था। बैंड के पीछे जगदीशपुर के सैनिक चार-चार की कतार में कदम मिलाए चल रहे थे। फिर क्रम से आर्य-महिला-मंडल, खिलाफत, सेवा-समिति और स्काउटों के दल थे। उनके पीछे चक्रधर की जोड़ी थी, जिसमें राजा साहब मनोरमा के साथ बैठे हुए थे। इसके बाद तरह-तरह की चौकियां थीं, उनके द्वारा राजनीतिक समस्याओं का चित्रण किया गया था। फिर भांति-भांति की गायन मंडलियां थीं, जिनमें कोई ढोल-मंजीरे पर राजनीतिक गीत गाती थीं, कोई डंडे बजा-बजाकर राष्ट्रीय 'हर गंगा' सुना रही थीं और दो-चार सज्जन 'चने जोर गरम और चूरन अमलबेत' की वाणियों का पाठ कर रहे थे। सबके पीछे बग्घियों, मोटरों और बसों की कतारें थीं, अंत में जनता का समूह था।

जुलूस नदेसर, चेतगंज, दशाश्वमेध और चौक होता हुआ दोपहर होते-होते कबीर चौरे पर पहुंचा। यहां मुंशीजी के मकान के सामने एक बहुत बड़ा शामियाना तना हुआ था। निश्चय हुआ था कि यहीं सभा हो और चक्रधर को अभिनंदन पत्र दिया जाय। मनोरमा स्वयं पत्र पढ़कर सुनाने वाली थी, लेकिन जब लोग आ-आकर पंडाल में बैठे और मनोरमा अभिनंदन पढ़ने को खड़ी हुई, तो उसके मुंह से एक शब्द न निकला। आज एक सप्ताह से उसने जी तोड़कर स्वागत की तैयारियां की थीं, दिन को दिन और रात को रात न समझा था, रियासत के कर्मचारी दौड़ते-दौड़ते तंग आ गए थे। काशी जैसे उत्साहहीन नगर में ऐसे जुलूसों का प्रबंध करना आसान न था। विशेष करके चौकियां और गायन मंडलियों की आयोजना करने में उसे बहुत कष्ट उठाने पड़े थे और कई मंडलियों को दूसरे शहरों से बुलाना पड़ा था। उसकी श्रमशीलता और उत्साह देख-देख कर लोगों को आश्चर्य होता था, लेकिन जब वह शुभ अवसर आया कि वह अपनी दौड़-धूप का मनमाना पुरस्कार ले, तो उसकी वाणी धोखा दे गई। फिटन में वह चक्रधर के सम्मुख बैठी थी। राजा साहब चक्रधर से जेल के संबंध में बात करते रहे पर मनोरमा वहां चुप ही रही। चक्रधर ने उसकी आशा के प्रतिकूल उससे कुछ न पूछा। यह अगर उसका तिरस्कार नहीं तो क्या था? हां, यह मेरा तिरस्कार है, वह समझते हैं कि मैंने विलास के लिए विवाह किया है। इन्हें कैसे अपने मन की व्यथा समझाऊं कि यह विवाह नहीं, प्रेम की बलि-वेदी है।

मनोरमा को असमंजस में देखकर राजा साहब ऊपर आ खड़े हुए और उसे धीरे-से

कुर्सी पर बिठाकर बोले—सज्जनो, रानीजी के भाषण में आपको जो रस मिलता, वह मेरी बातों में कहां? कोयल के स्थान पर कौआ खड़ा हो गया है, शहनाई की जगह नृसिंह ने ले ली है। आप लोगों को ज्ञात न होगा कि पूज्यवर बाबू चक्रधर रानी साहिबा के गुरु रह चुके हैं, और वह उन्हें अब भी उसी भाव से देखती हैं। अपने गुरु का सम्मान करना शिष्य का धर्म है, किंतु रानी साहिबा का कोमल हृदय इस समय नाना प्रकार के आवेगों से इतना भरा हुआ है कि वाणी के लिए जगह ही नहीं रही। इसके लिए वह क्षम्य हैं। बाबू साहब ने जिस धैर्य और साहस से दीनों की रक्षा की, वह आप लोग जानते ही हैं। जेल में भी आपने निर्भीकता से अपने कर्त्तव्य का पालन किया। आपका मन दया और प्रेम का सागर है। जिस अवस्था में और युवक धन की उपासना करते हैं, आपमें धर्म और जाति-प्रेम की उपासना है। मैं भी आपका पुराना भक्त हूं।

एक सज्जन ने टोका—आप ही ने तो उन्हें सजा दिलाई थी?

राजा—हां, मैं इसे स्वीकार करता हूं। राज्य के मद में कुछ दिनों के लिए मैं अपने को भूल गया था। कौन है, जो प्रभुता पाकर फूल न उठा हो? यह मानवीय स्वभाव है और आशा है, आप लोग मुझे क्षमा करेंगे।

राजा साहब बोल ही रहे थे कि मनोरमा पंडाल से निकल आई और मोटर पर बैठकर राजभवन चली गई। रास्ते-भर वह रोती रही। उसका मन चक्रधर से एकांत में बातें करने के लिए विकल हो रहा था। वह उन्हें समझाना चाहती थी कि मैं तिरस्कार योग्य नहीं, दया के योग्य हूं। तुम मुझे विलासिनी समझ रहे हो, यह तुम्हारा अन्याय है। और किस प्रकार मैं तुम्हारी सेवा करती? मुझमें बुद्धि-बल न था, धन-बल न था, विद्या-बल न था, केवल रूप-बल था, और वह मैंने तुम्हें अर्पण कर दिया। फिर भी तुम मेरा तिरस्कार करते हो!

मनोरमा ने दिन तो किसी तरह काटा, पर शाम को वह अधीर हो गई। तुरंत चक्रधर के मकान पर जा पहुंची। देखा, तो वह अकेले द्वार पर टहल रहे थे। शामियाना उखाड़ दिया गया था। कुर्सियां, मेजें, दरियां, गमले, सब वापस किए जा चुके थे। मिलने वालों का तांता टूट चुका था। मनोरमा को इस समय बड़ी लज्जा आई। न जाने वह अपने मन में क्या समझ रहे होंगे। अगर छिपकर लौटना संभव होता, तो वह अवश्य लौट पड़ती । मुझे अभी न आना चाहिए था। दो-चार दिन में मुलाकात हो ही जाती। नाहक इतनी जल्दी की, पर अब पछताने से क्या होता था? चक्रधर ने उसे देख लिया और समीप आकर प्रसन्न भाव से बोले—मैं तो स्वयं आपकी सेवा में आने वाला था। आपने व्यर्थ कष्ट किया।

मनोरमा—मैंने सोचा, चलकर देख लूं, यहां का सामान भेज दिया गया है या नहीं? आइए, सैर कर आएं। अकेले जाने को जी नहीं चाहता। आप बहुत दुबले हो रहे हैं। कोई शिकायत तो नहीं है न?

चक्रधर—नहीं, मैं बिल्कुल अच्छा हूं, कोई शिकायत नहीं है। जेल में कोई कष्ट न था, बल्कि सच पूछिए तो मुझे वहां बहुत आराम था। मुझे अपनी कोठरी से इतना प्रेम हो गया था कि उसे छोड़ते हुए दुःख होता था। आपकी तबीयत अब कैसी है? उस वक्त तो

आपकी तबीयत अच्छी न थी।

मनोरमा—वह कोई बात न थी। यों ही जरा सिर में चक्कर आ गया था।

यों बातें करते-करते दोनों छावनी की ओर जा पहुंचे। मैदान में हरी घास का फर्श बिछा हुआ था। बनारस के रंगीले आदमियों को यहां आने की कहां फुरसत? उनके लिए तो दालमंडी की सैर ही काफी है। यहां बिल्कुल सन्नाटा छाया हुआ था। बहुत दूर पर कुछ लड़के गेंद खेल रहे थे। दोनों आदमी मोटर से उतरकर घास पर जा बैठे। एक क्षण तो दोनों चुप रहे। अंत में चक्रधर बोले—आपको मेरी खातिर बड़े-बड़े कष्ट उठाने पड़े। यहां मालूम हुआ कि आप ही ने मेरी सजा पहले कम करवाई थी और आप ही ने अबकी मुझे जेल से निकलवाया। आपको कहां तक धन्यवाद दूं!

मनोरमा—आप मुझे 'आप' क्यों कह रहे हैं? क्या अब मैं कुछ और हो गई हूं? मैं अब भी अपने को आपकी दासी समझती हूं। मेरा जीवन आपके किसी काम आए, इससे बड़ी मेरे लिए सौभाग्य की और कोई बात नहीं। मुझसे उसी तरह बोलिए, जैसे तब बोलते थे। मैं आपके कष्टों को याद करके बराबर रोया करती थी। सोचती थी, न जाने वह कौन-सा दिन होगा, जब आपके दर्शन पाऊंगी। अब आप फिर मुझे पढ़ाने आया कीजिए। राजा साहब भी आपसे कुछ पढ़ना चाहते हैं। बोलिए, स्वीकार करते हैं?

मनोरमा के इन सरल भावों ने चक्रधर की आंखें खोल दीं। उन्होंने उसे विलासिनी, मायाविनी, छलिनी समझ रखा था। अब ज्ञात हुआ कि यह वही सरल बालिका है, जो निस्संकोच भाव से उनके सामने अपना हृदय खोलकर रख दिया करती थी। चक्रधर स्वार्थांध न थे, विवेक-शून्य भी न थे, कारावास में उन्होंने आत्मचिंतन भी बहुत किया था। परोपकार के लिए वह अपने प्राणों का उत्सर्ग कर सकते थे, पर मन की लीला विचित्र है, वह विश्व-प्रेम से भरा होने पर भी अपने भाई की हत्या कर सकता है, नीति और धर्म के शिखर पर बैठकर भी कुटिल प्रेम में रत हो सकता है। कुबेर का धन रखने पर भी उसे प्रेम का गुप्त दान लेने में संकोच नहीं होता। मनोरमा के ये शब्द सुनकर चक्रधर का मन पुलकित हो उठा। लेकिन संयम वह मित्र है, जो जरा देर के लिए चाहे आंखों से ओझल हो जाय, पर धारा के साथ बह नहीं सकता। संयम अजेय है, अमर है। चक्रधर संभल गए, बोले—नहीं मनोरमा, अब मैं तुम्हें न पढ़ा सकूंगा। मुझे क्षमा करो। मुझे देहातों में बहुत घूमना है। महीनों शहर न आ सकूंगा—तुम्हारे पढ़ने में हर्ज होगा!

मनोरमा—यहां बैठे-बैठे अपने स्वयंसेवकों द्वारा क्या आप काम नहीं करा सकते?

चक्रधर—नहीं, यह संभव नहीं। हमारे नेताओं में यही बड़ा ऐब है कि वे स्वयं देहातों में न जाकर शहरों में जमे रहते हैं, जिससे देहातों की सच्ची दशा उन्हें नहीं मालूम होती, न उन्हें वह शक्ति ही हाथ आती है, न जनता पर उनका वह प्रभाव ही पड़ता है, जिसके बगैर राजनीतिक सफलता हो ही नहीं सकती। मैं उस गलती में न पडूंगा।

मनोरमा—आप बहाने बताकर मुझे टालना चाहते हैं, नहीं तो मोटर पर तो आदमी रोजना एक सौ मील आ-जा सकता है। कोई मुश्किल बात नहीं।

चक्रधर—उड़न-खटोले पर बैठकर संगठन नहीं किया जा सकता। जरूरत है जनता में जागृति फैलाने की, उनमें उत्साह और आत्मबल का संचार करने की। चलती गाड़ी से यह उद्देश्य कभी पूरा नहीं हो सकता।

मनोरमा—अच्छा, तो मैं आपके साथ देहातों में घूमूंगी। इसमें तो आपको आपत्ति नहीं है?

चक्रधर—नहीं मनोरमा, तुम्हारा कोमल शरीर इन कठिनाइयों को न सह सकेगा। तुम्हारे हाथ में ईश्वर ने एक बड़ी रियासत की बागडोर दे दी है। तुम्हारे लिए इतना ही काफी है कि अपनी प्रजा को सुखी और संतुष्ट रखने की चेष्टा करो। यह छोटा काम नहीं है।

मनोरमा—मैं अकेली कुछ न कर सकूंगी। आपके इशारे पर सब कुछ कर सकती हूं। आपसे अलग रहकर मेरे किए कुछ भी न होगा ! कम-से-कम इतना तो कर ही सकते हैं कि अपने कामों में मुझसे धन की सहायता लेते रहें। ज्यादा तो नहीं, पांच हजार रुपये मैं प्रति मास आपको भेंट कर सकती हूं, आप जैसे चाहें उसका उपयोग करें। मेरे संतोष के लिए इतना ही काफी है कि वे आपके हाथों खर्च हों। मैं कीर्ति की भूखी नहीं। केवल आपकी सेवा करना चाहती हूं। इससे मुझे वंचित न कीजिए। आपमें न जाने वह कौन-सी शक्ति है, जिसने मुझे वशीभूत कर लिया है। मैं न कुछ सोच सकती हूं, न समझ सकती हूं, केवल आपकी अनुगामिनी बन सकती हूं।

यह कहते-कहते मनोरमा की आंखें सजल हो गईं। उसने मुंह फेरकर आंसू पोंछ डाले और फिर बोली—आप मुझे दिल में जो चाहें, समझें; मैं इस समय आपसे सब कुछ कह दूंगी। मैं हृदय में आप ही की उपासना करती हूं। मेरा मन क्या चाहता है, यह मैं स्वयं नहीं जानती; अगर कुछ-कुछ जानती भी हूं, तो कह नहीं सकती। हां, इतना कह सकती हूं कि जब मैंने देखा कि आपकी परोपकार कामनाएं धन के बिना निष्फल हुई जाती है। जो कि आपके मार्ग में सबसे बड़ी बाधा है, तो मैंने उसी बाधा को हटाने के लिए यह बेड़ी अपने पैरों में डाली। मैं जो कुछ कह रही हूं, उसका एक-एक अक्षर सत्य है। मैं यह नहीं कहती कि मुझे धन से घृणा है। नहीं, मैं दरिद्रता को संसार की विपत्तियों में सबसे दुःखदाई समझती हूं। लेकिन मेरी सुख लालसा किसी भी भले घर में शांत हो सकती थी। उसके लिए मुझे जगदीशपुर की रानी बनने की जरूरत न थी। मैंने केवल आपकी इच्छा के सामने सिर झुकाया है, और मेरे जीवन को सफल करना अब आपके हाथ है।

चक्रधर ये बातें सुनकर मर्माहत-से हो गए। उफ् ! यहां तक नौबत पहुंच गई ! मैंने इसका सर्वनाश कर दिया। हा विधि ! तेरी लीला कितनी विषम है ! वह इसलिए उससे दूर भागे थे कि वह उसे अपने साथ दरिद्रता के कांटों में घसीटना न चाहते थे। उन्होंने समझा था, उनके हट जाने से मनोरमा उन्हें भूल जाएगी और अपने इच्छानुकूल विवाह करके सुख से जीवन व्यतीत करेगी।

उन्हें क्या मालूम था कि उनके हट जाने का यह भीषण परिणाम होगा और वह राजा विशालसिंह के हाथों में जा पड़ेगी ! उन्हें वह बात याद आई, जो एक बार उन्होंने विनोद-

भाव से कही थी—तुम रानी होकर मुझे भूल जाओगी। उसका जो उत्तर मनोरमा ने दिया था, उसे याद करके चक्रधर एक बार कांप उठे। उन शब्दों में इतना दृढ़ संकल्प था, इसकी वह उस समय कल्पना भी न कर सकते थे। चक्रधर मन में बहुत ही क्षुब्ध हुए। उनके हृदय में एक साथ ही करुणा, भक्ति, विस्मय और शोक के भाव उत्पन्न हो गए। प्रबल उत्कंठा हुई कि इसी क्षण इसके चरणों पर सिर रख दें और रोएं। वह अपने को धिक्कारने लगे। मनोरमा को इस दशा में लाने का, उसके जीवन की अभिलाषाओं को नष्ट करने का भार उनके सिवा और किस पर था?

सहसा मनोरमा ने फिर कहा—आप मन में मेरा तिरस्कार तो नहीं कर रहे हैं?

चक्रधर लज्जित होकर बोले—नहीं मनोरमा, तुमने मेरे हित के लिए जो त्याग किया है, उसका दुनिया चाहे तिरस्कार करे, मेरी दृष्टि में तो वह आत्म-बलिदान से कम नहीं; लेकिन क्षमा करना, तुमने पात्र का विचार नहीं किया। तुमने कुत्ते के गले में मोतियों की माला डाल दी। मैं तुमसे सत्य कहता हूं, अभी तुमने मेरा असली रूप नहीं देखा। देखकर शायद घृणा करने लगो ! तुमने मेरा जीवन सफल करने के लिए अपने ऊपर जो अन्याय किया है, इसका अनुमान करके ही मेरा मस्तिष्क चक्कर खाने लगता है। इससे तो यह कहीं अच्छा था कि मेरा जीवन नष्ट हो जाता, मेरे सारे मंसूबे धूल में मिल जाते। मुझ जैसे क्षुद्र प्राणी के लिए तुम्हें अपने ऊपर यह अत्याचार न करना चाहिए था। अब तो मेरी ईश्वर से यही प्रार्थना है कि मुझे अपने व्रत पर दृढ़ रहने की शक्ति प्रदान करें। वह अवसर कभी न आए कि तुम्हें अपने इस असीम विश्वास और असाधारण त्याग पर पछताना पड़े। अगर वह अवसर आने वाला हो, तो मैं वह दिन देखने के लिए जीवित न रहूं। तुमसे भी मैं एक अनुरोध करने की क्षमा चाहता हूं। तुमने अपनी इच्छा से त्याग का जीवन स्वीकार किया है। इस ऊंचे आदर्श का सदैव पालन करना। राजा साहब के प्रति एक पल के लिए भी तुम्हारे मन में अश्रद्धा का भाव न आने पाए। अगर ऐसा हुआ, तो तुम्हारा यह त्याग निष्फल हो जाएगा।

मनोरमा कुछ देर तक मौन रहने के बाद बोली—बाबूजी, आपका हृदय बड़ा कठोर है।

चक्रधर ने विस्मित होकर मनोरमा की ओर देखा, मानो इसका आशय उनकी समझ में न आया हो।

मनोरमा बोली—मैंने इतना सब कुछ किया, फिर भी आपको मुझसे सहायता लेने में संकोच हो रहा है।

चक्रधर ने दृढ़ भाव से कहा—मनोरमा, मैं नहीं चाहता कि किसी को तुम्हारे विषय में कुछ आक्षेप करने का अवसर मिले।

मनोरमा फिर कुछ देर के लिए मौन रहकर बोली—आपको मेरे विवाह की खबर कहां मिली?

चक्रधर—जेल में अहिल्या ने कही।

मनोरमा—क्या जेल में आपकी भेंट अहिल्या से हुई थी?

चक्रधर—हां, एक बार वह आई थी।

मनोरमा—यह खबर सुनकर आपके मन में क्या विचार आए थे? सच कहिएगा।

चक्रधर—मुझे तो आश्चर्य हुआ था।

मनोरमा—केवल आश्चर्य! सच कहिएगा।

चक्रधर ने लज्जित होकर कहा—नहीं मनोरमा, दुःख भी हुआ और कुछ क्रोध भी।

मनोरमा का मुख विकसित हो उठा। ऐसा ज्ञात हुआ कि उसके पहलू से कोई कांटा निकल गया! एक ऐसी बात, जिसे जानने के लिए वह विकल हो रही थी, अनायास इस प्रश्न द्वारा चक्रधर के मुंह से निकल गई।

मनोरमा यहां से लौटी तो उसका चित्त प्रसन्न था। उसके कान में ये शब्द गूंज रहे थे—हां मनोरमा, दुःख भी हुआ और कुछ क्रोध भी।

पच्चीस

आगरे के हिन्दुओं और मुसलमानों में आए दिन जूतियां चलती रहती थीं। जरा-जरा-सी बात पर दोनों दलों के सिरफिरे जमा हो जाते और दो-चार के अंग-भंग हो जाते। कहीं बनिए ने डंडी मार दी और मुसलमनों ने उसकी दुकान पर धावा कर दिया, कहीं किसी जुलाहे ने किसी हिन्दू का घड़ा छू लिया और मुहल्ले में फौजदारी हो गई। एक मुहल्ले में मोहन ने रहीम का कनकौआ लूट लिया और इसी बात पर मुहल्ले भर के हिन्दुओं के घर लुट गए; दूसरे मुहल्ले में दो कुत्तों की लड़ाई पर सैकड़ों आदमी घायल हुए, क्योंकि एक सोहन का कुत्ता था, दूसरा सईद का। निज के रगड़े-झगड़े साम्प्रदायिक संग्राम के क्षेत्र में खींच लाए जाते थे। दोनों ही दल मजहब के नशे में चूर थे। मुसलमानों ने बजाजे खोले, हिन्दू नैंचे बांधने लगे। सुबह को ख्वाजा साहब हाकिम जिला को सलाम करने जाते, शाम को बाबू यशोदानन्दन। दोनों अपनी-अपनी राजभक्ति का राग अलापते। दोनों के देवताओं के भाग्य जागे जहां कुत्ते निद्रोपासना किया करते, वहां पुजारी जी की भंग घुटने लगी। मसजिदों के दिन फिरे, मुल्लाओं ने अबाबीलों को बेदखल कर दिया। जहां सांड़ जुगाली करता था, वहां पीर साहब की हंड़िया चढ़ी। हिन्दुओं ने 'महावीर दल' बनाया, मुसलमानों ने 'अलीगोल' सजाया। ठाकुरद्वारे में ईश्वर-कीर्तन की जगह नबियों की निंदा होती थी, मसजिदों में नमाज की जगह देवताओं की दुर्गति। ख्वाजा साहब ने फतवा दिया—जो मुसलमान किसी हिंदू औरत को निकाल ले जाय, उसे एक हजार हजों का सबाब होगा। यशोदानन्दन ने काशी के पंडितों की व्यवस्था मंगवाई कि एक मुसलमान का वध एक लाख गोदानों से श्रेष्ठ है।

होली के दिन थे। गलियों में गुलाल के छींटे उड़ रहे थे। इतने जोश से कभी होली न मनाई गई थी। वे नई रोशनी के हिंदू-भक्त, जो रंग को भूखा भेड़िया समझते थे या पागल गीदड़, आज जीते-जागते इन्द्रधनुष बने हुए थे। संयोग से एक मियां साहब मुर्गी हाथ में लटकाए कहीं से चले जा रहे थे। उनके कपड़े पर दो-चार छींटे पड़ गए। बस, गजब ही तो हो गया,

आफत ही तो आ गई। सीधे जामे मस्जिद पहुंचे और मीनार पर चढ़कर बांग दी—'ऐ उम्मते रसूल ! आज एक काफिर के हाथों मेरे दीन का खून हुआ है। उसके छींटे मेरे कपड़ों पर पड़े हुए हैं। या तो काफिर से इस खून का बदला लो, या मैं मीनार से गिरकर नबी की खिदमत में फरियाद सुनाने जाऊं। बोलो, क्या मंजूर है? शाम तक मुझे इसका जवाब न मिला, तो तुम्हें मेरी लाश मस्जिद के नीचे नजर आएगी।'

मुसलमानों ने यह ललकार सुनी और उनकी त्योरियां बदल गईं। दीन का जोश सिर पर सवार हो गया। शाम होते-होते दस हजार आदमी सिरों से कफन लपेटे, तलवारें लिए, जामे मस्जिद के सामने आकर दीन के खून का बदला लेने के लिए जमा हो गए।

सारे शहर में तहलका मच गया। हिंदुओं के होश उड़ गए। होली का नशा हिरन हो गया। पिचकारियां छोड़-छोड़ लोगों ने लाठियां संभालीं, लेकिन यहां कोई जामे मस्जिद न थी, न वह ललकार, न वह दीन का जोश। सबको अपनी-अपनी पड़ी हुई थी।

बाबू यशोदानन्दन कभी इस अफसर के पास जाते, कभी उस अफसर के। लखनऊ तार भेजे, दिल्ली तार भेजे, मुस्लिम नेताओं के नाम तार भेजे, लेकिन कोई फल न निकला। इतनी जल्द कोई इंतजाम न हो सकता था। अगर वह यही समय हिन्दुओं को संगठित करने में लगाते, तो शायद बराबर का जोड़ हो जाता; लेकिन वह हुक्काम पर आशा लगाए बैठे रहे। और अंत में वह निराश होकर उठे, तो मुस्लिम वीर धावा बोल चुके थे। वे 'अली ! अली' का शोर मचाते चले जाते थे कि बाबू साहब सामने नजर आ गए। फिर क्या था। सैकड़ों आदमी 'मारो !' कहते हुए लपके। बाबू साहब ने पिस्तौल निकाली और शत्रुओं के सामने खड़े हो गए। सवाल जवाब कौन करता? उन पर चारों तरफ से वार होने लगे।

पिस्तौल चलाने की नौबत भी न आई, यही सोचते खड़े रह गए कि समझाने से ये लोग शांत हो जाएं तो क्यों किसी की जान लूं। अहिंसा के आदर्श ने हिंसा का हथियार हाथ में होने पर भी उनका दामन न छोड़ा।

यह आहुति पाकर अग्नि और भी भड़की। खून का मजा पाकर लोगों का जोश दूना हो गया। अब फतह का दरवाजा खुला हुआ था। हिन्दू मुहल्लों के द्वार बंद हो गए। बेचारे कोठरियों में बैठे जान की खैर मना रहे थे, देवताओं से विनती कर रहे थे कि यह संकट हरो। रास्ते में जो हिन्दू मिला, वह पिटा; घर लुटने लगे। 'हाय-हाय' का शोर मच गया। दीन के नाम पर ऐसे-ऐसे कर्म होने लगे, जिन पर पशुओं को भी लज्जा आती, पिशाचों के भी रोएं खड़े हो जाते।

लेकिन बाबू यशोदानन्दन के मरने की खबर पाते ही सेवादल के युवकों का खून खौल उठा। आसन पर चोट पहुंचते ही अड़ियल टट्टू और गरियाल बैल भी संभल जाते हैं। घोड़ा कनौतियां खड़ी करता है, बैल उठ बैठता है। यशोदानन्दन का खून हिन्दुओं के लिए आसन की चोट थी। सेवादल के दो सौ युवक तलवारें लेकर निकल पड़े और मुसलमान मुहल्लों में घुसे। दो-चार पिस्तौल और बंदूकें भी खोज निकाली गईं। हिन्दू मुहल्लों में जो कुछ मुसलमान कर रहे थे, मुसलमान मुहल्लों में वही हिन्दू करने लगे। अहिंसा ने हिंसा के आगे सिर झुका

दिया। वे ही सेवा-व्रतधारी युवक, जो दीनों पर जान देते थे, अनाथों को गले लगाते थे और रोगियों की शुश्रुषा करते थे, इस समय निर्दयता के पुतले बने हुए थे। पाशविक वृत्तियों ने कोमल वृत्तियों का संहार कर दिया था। उन्हें न तो दीनों पर दया आती थी, न अनाथों पर। हंस-हंसकर भाले और छुरे चलाते थे, मानो लड़के गुड़ियां पीट रहे हों। उचित तो यह था कि दोनों दलों के योद्धा आमने-सामने खड़े हो जाते और खूब दिल के अरमान निकालते; लेकिन कायरों की वीरता और वीरों की वीरता में बड़ा अंतर है।

सहसा खबर उड़ी कि यशोदानन्दन के घर में आग लगा दी गई है और दूसरे घरों में आग लगाई जा रही है। सेवादल वालों के कान खड़े हुए। यहां उनकी पैशाचिकता ने भी हार मान ली। तय हो गया कि अब या तो वे ही रहेंगे, या हमीं रहेंगे। दोनों अब इस शहर में नहीं रह सकते। अब निपट ही लेना चाहिए, जिससे हमेशा के लिए बाधा दूर हो जाए। दो-ढाई हजार आदमियों का दल डबल मार्च करता हुआ उस स्थान को चला, जहां यह बड़वानल दहक रहा था। मिनटों की राह पलों में कटी। रास्तें में सन्नाटा था। दूर ही से ज्वाला-शिखर आसमान से बातें करता दिखाई दिया। चाल और भी तेज की और एक क्षण में लोग अग्नि-कुंड के सामने जा पहुंचे। देखा, तो वहां किसी मुसलमान का पता नहीं, आग लगी है; लेकिन बाहर की ओर। अंदर जाकर देखा तो घर खाली पड़ा हुआ था। वागीश्वरी एक कोठरी में द्वार बंद किए बैठी थी। इन्हें देखते ही वह रोती हुई बाहर निकल आई और बोली—हाय मेरी अहिल्या ! अरे दौड़ो, उसे ढूंढ़ो, पापियों ने न जाने उसकी क्या दुर्गति की। हाय ! मेरी बच्ची !

एक युवक ने पूछा—क्या अहिल्या को उठा ले गए?

वागीश्वरी—हां भैया ! उठा ले गए। मना कर रही थी कि एरी बाहर मत निकल; अगर मरेंगे तो साथ ही मरेंगे; लेकिन न मानी। ज्यों ही दुष्टों ने घर में कदम रखा, बाहर निकलकर उन्हें समझाने लगी। हाय ! उसकी बातों को न भूलूंगी। आप तो गए ही थे, उसका भी सर्वनाश किया। नित्य समझाती रही; इन झगड़ों में न पड़ो ! न मुसलमानों के लिए दुनिया में कोई दूसरा ठौर-ठिकाना है, न हिन्दुओं के लिए। दोनों इसी देश में रहेंगे और इसी देश में मरेंगे। फिर आपस में क्यों लड़े मरते हो, क्यों एक-दूसरे को निगल जाने पर तुले हुए हो? न तुम्हारे निगले वे निगले जाएंगे, न उनके निगले तुम निगले जाओगे, मिल-जुलकर रहो, उन्हें बड़े होकर रहने दो, तुम छोटे ही होकर रहो, मगर मेरी कौन सुनता है। स्त्रियां तो पागल हो जाती हैं, यों ही भूंका करती हैं। मान गए होते, तो आज क्यों यह उपद्रव होता ! आप जान से गए, बच्ची भी हर ली गई, और न जाने क्या होना है? जलने दो घर, घर लेकर क्या करना है, तुम जाकर मेरी बच्ची को तलाश करो। जाकर ख्वाजा महमूद से कहो, उसका पता लगाएं। हाय ! एक दिन वह था कि दोनों आदमियों में दांत-काटी रोटी थी। ख्वाजा साहब उनके साथ प्रयाग गए थे और अहिल्या को उन्होंने पाया था। आज यह हाल है ! कहना, तुम्हें लाज नहीं आती? जिस लड़की को बेटी बनाकर मेरी गोद में सौंपा था, जिसके विवाह में पांच हजार खर्च करने वाले थे, उसकी उन्हीं के पिछलगुओं के हाथों यह दुर्गति। हमसे अब उनकी क्या दुश्मनी ! उनका दुश्मन तो परलोक सिधारा ! हाय भगवान् ! बहुत-से आदमी मत जाओ।

चार आदमी काफी हैं। उनकी लाश भी ढूंढ़ो। कहीं आस-पास होगी। घर से निकलते ही तो दुष्टों से उनका सामना हो गया था।

वागीश्वरी तो यह विलाप कर रही थी, बाहर अग्नि को शांत करने का यत्न किया जा रहा था, लेकिन पानी के छींटे उस पर तेल का काम करते थे। बारे फायर इंजिन समय पर आ पहुंचा और अग्नि का वेग कम हुआ। फिर भी लपटें किसी सांप की तरह जरा देर के लिए छिपकर फिर किसी दूसरी जगह जा पहुंचती थीं। संध्या समय जाकर आग बुझी।

उधर लोग ख्वाजा साहब के पास पहुंचे, तो क्या देखते हैं कि मुंशी यशोदानन्दन की लाश रखी हुई है और ख्वाजा साहब बैठे रो रहे हैं। इन लोगों को देखते ही बोले—तुम समझते होंगे, यह मेरा दुश्मन था। खुदा जानता है, मुझे अपना भाई और बेटा भी इससे ज्यादा अजीज नहीं। अगर मुझ पर किसी कातिल का हाथ उठता, तो यशोदानन्दन उस वार को अपनी गर्दन पर रोक लेता। शायद मैं भी उसे खतरे में देखकर अपनी जान की परवा न करता। फिर भी हम दोनों की जिंदगी के आखिरी साल मैदानबाजी में गुजरे और आज उसका यह अंजाम हुआ। खुदा गवाह है, मैंने हमेशा इत्तहाद की कोशिश की। अब भी मेरा यह ईमान है कि इत्तहाद ही से इस बदनसीब कौम की नजात होगी। यशोदानन्दन भी इत्तहाद का उतना ही हामी था जितना मैं। शायद मुझसे भी ज्यादा, लेकिन खुदा जाने वह कौन-सी ताकत थी, जो हम दोनों को बरसरेजंग रखती थी। हम दोनों दिल से मेल करना चाहते थे पर हमारी मर्जी के खिलाफ कोई दैवी ताकत हमको लड़ाती रहती थी। आप लोग नहीं जानते हो, मेरी इससे कितनी गहरी दोस्ती थी। दोनों एक ही मकतब में पढ़े, एक ही स्कूल में तालीम पाई, एक ही मैदान में खेले। यह मेरे घर पर आता था, मेरी अम्मांजान इसको मुझसे ज्यादा चाहती थीं, इसकी अम्मांजान मुझे इससे ज्यादा। उस जमाने की तस्वीर आज आंखों के सामने फिर रही है। कौन जानता था, उस दोस्ती का यह अंजाम होगा। यह मेरा प्यारा यशोदा है, जिसकी गर्दन में बाहें डालकर मैं बागों की सैर किया करता था। हमारी सारी दुश्मनी पसे-पुश्त होती थी। रूबरू मारे शर्म के हमारी आंखें ही न उठती थीं। आह ! काश, मालूम हो जाता कि किस बेरहम ने मुझ पर यह कातिल वार किया ! खुदा जानता है, इन कमजोर हाथों से उसकी गर्दन मरोड़ देता।

एक युवक—हम लोग लाश को क्रिया-कर्म के लिए ले जाना चाहते हैं।

ख्वाजा—ले जाओ भई, ले जाओ, मैं भी साथ चलूंगा। मेरे कंधा देने में कोई हर्ज है ! इतनी रियायत तो मेरे साथ करनी ही पड़ेगी। मैं पहले मरता, तो यशोदा सिर पर खाक उड़ाता हुआ मेरी मजार तक जरूर जाता।

युवक—अहिल्या को भी लोग उठा ले गए। माताजी आपसे....

ख्वाजा—क्या, अहिल्या ! मेरी अहिल्या को ! कब?

युवक—आज ही। घर में आग लगाने से पहले।

ख्वाजा—कलामे मजीद की कसम, जब तक अहिल्या का पता न लगा लूंगा, मुझे दाना-पानी हराम है। तुम लोग लाश ले जाओ, मैं अभी आता हूं। सारे शहर की खाक छान

डालूंगा, एक-एक घर में जाकर देखूंगा, अगर किसी बेदीन ने मार नहीं डाला, तो जरूर खोज निकालूंगा। हाय मेरी बच्ची ! उसे मैंने मेले में पाया था ! खड़ी रो रही थी। कैसी भोली-भोली, प्यारी-प्यारी बच्ची थी ! मैंने उसे छाती से लगा लिया था और लाकर भाभी की गोद में डाल दिया था। कितनी बातमीज, बाशऊर, हसीन लड़की थी। तुम लोग लाश को ले जाओ, मैं शहर का चक्कर लगाता हुआ जमुना किनारे आऊंगा। भाभी से मेरी तरफ से अर्ज कर देना, मुझसे मलाल न रखें। यशोदा नहीं है, लेकिन महमूद है। जब तक उसके दम में दम है, उन्हें कोई तकलीफ न होगी। कह देना, महमूद या तो अहिल्या को खोज निकालेगा, या मुंह में कालिख लगाकर डूब मरेगा।

यह कहकर ख्वाजा साहब उठ खड़े हुए, लकड़ी उठाई और बाहर निकल गए।

छब्बीस

चक्रधर ने उस दिन लौटते ही पिता से आगरे जाने की अनुमति मांगी। मनोरमा ने उनके मर्मस्थल में जो आग लगा दी थी, वह आगरे ही में अहिल्या के सरल, स्निग्ध स्नेह की शीतल छाया में शांत हो सकती थी। उन्हें अपने ऊपर विश्वास न था। वह जिंदगी-भर मनोरमा को देखा करते और मन में कोई बात न आती; लेकिन मनोरमा ने पुरानी स्मृतियों को जगाकर उनके अंतस्थल में तृष्णा, उत्सुकता और लालसा को जागृत कर दिया था। इसलिए अब वह मन को ऐसी दृढ़ रस्सी से बांधना चाहते थे कि वह हिल भी न सके। वह अहिल्या की शरण लेना चाहते थे।

मुंशीजी ने जरा त्योरी चढ़ाकर कहा—तुम्हारे सिर अब तक वह नशा सवार है? यों तुम्हारी इच्छा सैर करने की हो तो रुपये-पैसे की कमी नहीं; लेकिन तुम्हें वादा करना पड़ेगा कि तुम मुंशी यशोदानन्दन से न मिलोगे।

चक्रधर—मैं उनसे मिलने ही तो जा रहा हूं।

वज्रधर—मैं कहे देता हूं, अगर तुमने वहां शादी की बातचीत की, तो बुरा होगा, तुम्हारे लिए भी और मेरे लिए भी।

चक्रधर और कुछ न बोल सके। आते-ही-आते माता-पिता को कैसे अप्रसन्न कर देते।

लेकिन जब होली के तीसरे दिन उन्हें आगरे में उपद्रव, बाबू यशोदानन्दन की हत्या और अहिल्या के अपहरण का शोक समाचार मिला, तो उन्होंने व्यग्रता में आकर पिता को वह पत्र सुना दिया और बोले—मेरा वहां जाना बहुत जरूरी है।

वज्रधर ने निर्मला की ओर ताकते हुए कहा—क्या अभी जेल से जी नहीं भरा जो फिर चलने की तैयारी करने लगे। वहां गए और पकड़े गए, इतना समझ लो। वहां इस वक्त अनीति का राज्य है, अपराध कोई न देखेगा। हथकड़ी पड़ जाएगी। और फिर जाकर करोगे ही क्या? जो कुछ होना था, हो चुका; अब जाना व्यर्थ है।

चक्रधर—कम-से-कम अहिल्या का पता तो लगाना ही होगा।

वज्रधर—यह भी व्यर्थ है। पहले तो उसका पता लगाना ही मुश्किल है और लग भी गया तो तुम्हारा अब उससे क्या संबंध? जब वह मुसलमानों के साथ रह चुकी, तो कौन हिन्दू उसे पूछेगा?

चक्रधर—इसीलिए तो मेरा जाना और भी जरूरी है।

निर्मला—लड़की को मर्यादा की कुछ लाज होगी, तो वह अब तक जीती ही न होगी; अगर जीती है तो समझ लो कि भ्रष्ट हो गई।

चक्रधर—अम्मां, कभी-कभी आप ऐसी बात कह देती हैं, जिस पर हंसी आती है। प्राण भय से बड़े-बड़े शूर वीर भूमि पर मस्तक रगड़ते हैं, एक अबला की हस्ती ही क्या ! भ्रष्ट वह होती है, जो दुर्वासना से कोई कर्म करे। जो काम हम प्राण भय से करें, वह हमें भ्रष्ट नहीं कर सकता।

वज्रधर—मैं तुम्हारा मतलब समझ रहा हूं, लेकिन तुम उसे चाहे सती समझो, हम उसे भ्रष्ट ही समझेंगे। ऐसी बहू के लिए हमारे घर में स्थान नहीं है।

चक्रधर ने निश्चयात्मक भाव से कहा—वह आपके घर में न आएगी।

वज्रधर ने भी उतने ही निर्दय शब्द में उत्तर दिया—अगर तुम्हारा खयाल हो कि पुत्रस्नेह के वश होकर मैं उसे अंगीकार कर लूंगा, तो तुम्हारी भूल है। अहिल्या मेरी कुलदेवी नहीं हो सकती, चाहे इसके लिए मुझे पुत्र-वियोग ही सहना पड़े। मैं भी जिद्दी हूं।

चक्रधर पीछे घूमे ही थे कि निर्मला ने उनका हाथ पकड़ लिया और स्नेहपूर्ण तिरस्कार करती हुई बोली—बच्चा, तुमसे ऐसी आशा न थी। अब भी हमारा कहना मानो, हमारे कुल के मुंह में कालिख न लगाओ।

चक्रधर ने हाथ छुड़ाकर कहा—मैंने आपकी आज्ञा कभी भंग नहीं की; लेकिन इस विषय में मजबूर हूं।

वज्रधर ने श्लेष के भाव से कहा—साफ-साफ क्यों नहीं कह देते कि हम आप लोगों से अलग रहना चाहते हैं।

चक्रधर—अगर आप लोगों की यही इच्छा है तो मैं क्या करूं?

वज्रधर—यह तुम्हारा अंतिम निश्चय है?

चक्रधर—जी हां, अंतिम !

यह कहते हुए चक्रधर बाहर निकल आए और कुछ कपड़े साथ लेकर स्टेशन की ओर चल दिए।

थोड़ी देर के बाद निर्मला ने कहा—लल्लू किसी भ्रष्ट स्त्री को खुद ही न लाएगा। तुमने व्यर्थ उसे चिढ़ा दिया।

वज्रधर ने कठोर स्वर में कहा—अहिल्या के भ्रष्ट होने में अभी कुछ कसर है?

निर्मला—यह तो मैं नहीं जानती; पर इतना जानती हूं कि लल्लू को अपने धर्म-अध र्म का ज्ञान है। वह कोई ऐसी बात न करेगा, जिसमें निंदा हो।

वज्रधर—तुम्हारी बात समझ रहा हूं। बेटे का प्यार खींच रहा हो, तो जाकर उसी के साथ रहो। मैं तुम्हें रोकना नहीं चाहता। मैं अकेले भी रह सकता हूं।

निर्मला—तुम तो जैसे म्यान से तलवार निकाले बैठे हो। वह विमन होकर कहीं चला गया तो?

वज्रधर—तो मेरा क्या बिगड़ेगा? मेरा लड़का मर जाए, तो भी गम न हो!

निर्मला—अच्छा, बस मुंह बंद करो, बड़े धर्मात्मा बनकर आए हो। रिश्वतें ले-लेकर हड़पते हो, तो धर्म नहीं जाता; शराबें उड़ाते हो, तो मुंह में कालिख नहीं लगती; झूठ के पहाड़ खड़े करते हो, तो पाप नहीं लगता। लड़का एक अनाथिनी की रक्षा करने जाता है, तो नाक कटती है। तुमने कौन-सा कुकर्म नहीं किया? अब देवता बनने चले हो!

निर्मला के मुख से मुंशीजी ने ऐसे कठोर शब्द कभी न सुने थे। वह तो शील, स्नेह और पतिभक्ति की मूर्ति थी, आज कोप और तिरस्कार का रूप धारण किए हुए थी। उनकी शासक वृत्तियां उत्तेजित हो गईं। डांटकर बोले—सुनो जी, मैं ऐसी बातें सुनने का आदी नहीं हूं। बातें तो नहीं सुनीं मैंने अपने अफसरों की, जो मेरे भाग्य के विधाता थे। तुम किस खेत की मूली हो! जबान तालू से खींच लूंगा, समझ गई? समझती हो न कि बेटा जवान हुआ। अब इस बुड्ढे की क्यों परवा करने लगीं। तो जाकर उसी भ्रष्ट के साथ रहो। इस घर में तुम्हारी जरूरत नहीं।

यह कहकर मुंशीजी बाहर चले गए और सितार पर एक गत छेड़ दी।

चक्रधर आगरे पहुंचे तो सबेरा हो गया था। प्रभात के रक्तरंजित मर्मस्थल में सूर्य यों मुंह छिपाए बैठे थे, जैसे शोक-मंडित नेत्र में अश्रु-बिंदु। चक्रधर का हृदय भांति-भांति की दुर्भावनाओं से पीड़ित हो रहा था। एक क्षण तक वह खड़े सोचते रहे, कहां जाऊं! बाबू यशोदानन्दन के घर जाना व्यर्थ था। अंत को उन्होंने ख्वाजा महमूद के घर चलना निश्चय किया। ख्वाजा साहब पर अब भी उनकी असीम श्रद्धा थी। तांगे पर बैठकर चले, तो शहर में सैनिक चक्कर लगाते दिखाई दिए। दुकानें सब बंद थीं।

ख्वाजा साहब के द्वार पर पहुंचे, तो देखा कि हजारों आदमी एक लाश को घेरे खड़े हैं और उसे कब्रिस्तान ले चलने की तैयारियां हो रही हैं! चक्रधर तुरंत तांगे से उतर पड़े और लाश के पास जाकर खड़े हो गए! कहीं ख्वाजा साहब तो नहीं कत्ल कर दिए गए। वह किसी से पूछने ही जा रहे थे कि सहसा ख्वाजा साहब ने आकर उनका हाथ पकड़ लिया और आंखों में आंसू भरकर बोले—खूब आए बेटा, तुम्हें आंखें ढूंढ़ रही थीं। अभी-अभी तुम्हारा ही जिक्र था, खुदा तुम्हारी उम्र दराज करे। मातम के बाद खुशी का दौर आएगा। जानते हो, यह किसकी लाश है? यह मेरी आंखों का नूर, मेरे दिल का सरूर, मेरा लख्तेजिगर, मेरा इकलौता बेटा है, जिस पर जिंदगी की सारी उम्मीदें कायम थीं। अब तुम्हें उसकी सूरत याद आ गई होगी। कितना खुशरू जवान था। कितना दिलेर! लेकिन खुदा जानता है, उसकी मौत पर मेरी आंखों से एक बूंद आंसू भी न निकला। तुम्हें हैरत हो रही होगी; मगर मैं बिल्कुल सच कह रहा हूं। एक घंटा पहले तक मैं उस पर निसार होता था। अब उसके नाम से नफरत

हो रही है। उसने वह फैल किया, जो इंसानियत के दर्जे से गिरा हुआ था। तुम्हें अहिल्या के बारे में तो खबर मिली होगी?

चक्रधर—जी हां, शायद बदमाश लोग पकड़ ले गए।

ख्वाजा—यह वही बदमाश है, जिसकी लाश तुम्हारे सामने पड़ी हुई है। वह इसी की हरकत थी। मैं तो सारे शहर में अहिल्या को तलाश करता फिरता था और वह मेरे ही घर में कैद थी। यह जालिम उस पर जब्र करना चाहता था। जरूर किसी ऊंचे खानदान की लड़की है। काश, इस मुल्क में ऐसी और लड़कियां होतीं! आज उसने मौका पाकर इसे जहन्नुम का रास्ता दिखा दिया—छुरी सीने में भोंक दी। जालिम तड़प-तड़पकर मर गया। कम्बख्त जानता था कि अहिल्या मेरी लड़की है फिर भी अपनी हरकत से बाज न आया। ऐसे लड़के की मौत पर कौन बाप रोएगा? तुम बड़े खुशनसीब हो, जो ऐसी पारसा बीवी पाओगे।

चक्रधर—मुझे यह सुनकर बहुत अफसोस हुआ। मुझे आपके साथ कामिल हमदर्दी है, आपका-सा इंसाफपरवर, हकपरस्त आदमी इस वक्त दुनिया में न होगा। अहिल्या अब कहां है?

ख्वाजा—इसी घर में। सुबह से कई बार कह चुका हूं कि चल तुझे तेरे घर पहुंचा आऊं। जाती ही नहीं। बस, बैठी रो रही है।

चक्रधर का हृदय भय से कांप उठा। अहिल्या पर अवश्य ही हत्या का अभियोग चलाया जायगा और न जाने क्या फैसला हो। चिंतित स्वर में पूछा—अहिल्या पर तो अदालत में....

ख्वाजा—हरगिज नहीं। उसने हर एक लड़की के लिए नमूना पेश कर दिया। खुदा और रसूल दोनों उसे दुआ दे रहे हैं। फरिश्ते उसके कदमों का बोसा ले रहे हैं। उसने खून नहीं किया, कत्ल नहीं किया, अपनी असमत की हिफाजत की, जो उसका फर्ज था। यह खुदाई कहर था, जो छुरी बनकर उसके सीने में चुभा। मुझे जरा भी मलाल नहीं है। खुदा की मरजी में इंसान का क्या दखल?

लाश उठाई गई। शोक समाज पीछे-पीछे चला। चक्रधर भी ख्वाजा साहब के साथ कब्रिस्तान तक गए। रास्ते में किसी ने बातचीत न की। जिस वक्त लाश कब्र में उतारी गई, ख्वाजा साहब रो पड़े। हाथों से मिट्टी दे रहे थे और आंखों से आंसू की बूंदें मरने वाले की लाश पर गिर रही थीं। यह क्षमा के आंसू थे। पिता ने पुत्र को क्षमा कर दिया था। चक्रधर भी आंसुओं को न रोक सके। आह! इस देवता स्वरूप मनुष्य पर इतनी घोर विपत्ति!

दोपहर होते-होते लोग घर लौटे। ख्वाजा साहब जरा दम लेकर बोले—आओ बेटा, तुम्हें अहिल्या के पास ले चलूं। उसे जरा तस्कीन दो। मैंने जिस दिन से उसे भाभी को सौंपा, यह अहद किया था कि इसकी शादी मैं करूंगा। मुझे मौका दो कि अपना अहद पूरा करूं।

यह कहकर ख्वाजा साहब ने चक्रधर का हाथ पकड़ लिया और अंदर चले। चक्रधर का हृदय बांसों उछल रहा था। अहिल्या के दर्शनों के लिए वह इतने उत्सुक कभी न थे। उन्हें ऐसा अनुमान हो रहा था कि अब उसके मुख पर माधुर्य की जगह तेजस्विता का आभास होगा, कोमल नेत्र कठोर हो गए होंगे, मगर जब उस पर निगाह पड़ी, तो देखा—वही सरल,

मधुर छवि थी, वही करुण कोमल नेत्र, वही शीतल मधुर वाणी। वह एक खिड़की के सामने खड़ी बगीचे की ओर ताक रही थी। सहसा चक्रधर को देखकर वह चौंक पड़ी और घूंघट में मुंह छिपा लिया। फिर एक ही क्षण के बाद वह उनके पैरों को पकड़कर अश्रुधारों से ध ोने लगी। उन चरणों पर सिर रखे हुए उसे स्वर्गीय सांत्वना, एक दैवी शक्ति, एक धैर्यमय छवि का अनुभव हो रहा था।

चक्रधर ने कहा—अहिल्या, तुमने जिस वीरता से आत्मरक्षा की, उसके लिए तुम्हें बध ाई देता हूं। तुमने वीर क्षत्राणियों की कीर्ति को उज्ज्वल कर दिया। दुःख है, तो इतना ही कि ख्वाजा साहब का सर्वनाश हो गया।

अहिल्या ने उत्तर न दिया। चक्रधर के चरणों पर सिर झुकाए बैठी रही। चक्रधर फिर बोले—मुझे लज्जित न करो, अहिल्या ! मुझे तुम्हारे चरणों पर सिर झुकाना चाहिए, तुम बिल्कुल उल्टी बात कर रही हो। कहां है वह छुरी जरा उसके दर्शन तो कर लूं।

अहिल्या ने उठकर कांपते हुए हाथों से फर्श का कोना उठाया और नीचे से छुरी निकालकर चक्रधर के सामने रख दी। उस पर रुधिर जमकर काला हो गया था।

चक्रधर ने पूछा—यह छुरी यहां कैसे मिल गई, अहिल्या? क्या साथ लेती आई थीं?

अहिल्या ने सिर झुकाए हुए जवाब दिया—उसी की है।

चक्रधर—तुम्हें कैसे मिल गई?

अहिल्या ने सिर झुकाए ही जवाब दिया—यह न पूछिए। अबला के पास कौशल के सिवाय आत्मरक्षा का कौन-सा साधन है?

चक्रधर—यही तो सुनना चाहता हूं, अहिल्या !

अहिल्या ने सिर उठाकर चक्रधर की ओर मानपूर्ण नेत्रों से देखा और बोली—सुनकर क्या कीजिएगा?

चक्रधर—कुछ नहीं, यों ही पूछ रहा था।

अहिल्या—नहीं, आप यों ही नहीं पूछ रहे हैं, आपका इसमें कोई प्रयोजन अवश्य है। अगर भ्रम है, तो मेरी अग्नि-परीक्षा ले लीजिए।

चक्रधर ने देखा, बात बिगड़ रही है। इस एक असामयिक प्रश्न ने इसके हृदय के टूटे हुए तार को चोट पहुंचा दी। वह समझ रही है, मैं इस पर संदेह कर रहा हूं। संभावना की कल्पना ने इसे सशंक बना दिया है ! बोले—तुम्हारी अग्नि-परीक्षा तो हो चुकी अहिल्या और तुम उसमें खरी निकलीं। अब भी अगर किसी के मन में संदेह हो, तो यही कहना चाहिए कि वह अपनी बुद्धि खो बैठा है। तुम नवकुसुमित पुष्प की भांति स्वच्छ, निर्मल और पवित्र हो; तुम पहाड़ की चोटी पर जमी हुई हिम की भांति उज्ज्वल हो। मेरे मन में संदेह का लेश भी होता, तो मुझे यहां खड़ा न देखतीं ! वह प्रेम और अखंड विश्वास, जो अब तक मेरे मन में था, कल प्रत्यक्ष हो जाएगा। अहिल्या, मैं कब का तुम्हें अपने हृदय में बिठा चुका। वहां तुम सुरक्षित बैठी हुई हो, संदेह और कलंक का घातक हाथ उसी वक्त पहुंचेगा, जब (छाती पर हाथ रखकर) यह अस्थि दुर्ग विध्वंश हो जाएगा। चलो, चलें। माताजी घबरा रही होंगी !

यह कहकर उन्होंने अहिल्या का हाथ पकड़ लिया और चाहा कि हृदय से लगा लें; लेकिन वह हाथ छुड़ाकर हट गई और कांपते हुए स्वर में बोली—नहीं-नहीं, मेरे अंग को मत स्पर्श कीजिए। सूंघा हुआ फूल देवताओं पर नहीं चढ़ाया जाता। मेरी आत्मा निष्कलंक है; लेकिन मैं अब वहां न जाऊंगी, कहीं न जाऊंगी। आपकी सेवा करना मेरे भाग्य में न था, मैं जन्म से अभागिनी हूं, आप जाकर अम्मां को समझा दीजिए। मेरे लिए अब दुःख न करें। मैं निर्दोष हूं, लेकिन इस योग्य नहीं कि आपकी प्रेमपात्री बन सकूं।

चक्रधर से अब न रहा गया। उन्होंने फिर अहिल्या का हाथ पकड़ लिया और जबरदस्ती छाती से लगाकर बोले—अहिल्या, जिस देह में पवित्र और निष्कलंक आत्मा रहती है, वह देह भी पवित्र और निष्कलंक रहती है। मेरी आंखों में तुम आज उससे कहीं निर्मल और पवित्र हो, जितनी पहले थीं। तुम्हारी अग्नि-परीक्षा हो चुकी है। अब विलंब न करो। ईश्वर ने चाहा, तो कल हम उस प्रेम-सूत्र में बंध जाएंगे, जिसे काल भी नहीं तोड़ सकता, जो अमर और अभेद्यहै।

अहिल्या कई मिनट तक चक्रधर के कंधे पर सिर रखे रोती रही। फिर बोली—एक बात पूछना चाहती हूं, बताओगे? सच्चे दिल से कहना?

चक्रधर—क्या पूछती हो, पूछो?

अहिल्या—तुम केवल दयाभाव से और मेरा उद्धार करने के लिए यह कालिमा सिर चढ़ा रहे हो या प्रेमभाव से?

इस प्रश्न से स्वयं लज्जित होकर उसने फिर कहा—बात बेढंगी-सी है; लेकिन मैं मूर्ख हूं, क्षमा करना, यह शंका मुझे बार-बार होती है। पहले भी हुई थी और आज और भी बढ़ गई है।

चक्रधर का दिल बैठ गया। अहिल्या की सरलता पर उन्हें दया आ गई। यह अपने को ऐसी अभागिनी और दीन समझ रही है कि इसे विश्वास ही नहीं आता, मैं इससे शुद्ध प्रेम कर रहा हूं—तुम्हें क्या जान पड़ता है, अहिल्या?

अहिल्या—मैं जानती, तो आपसे क्यों पूछती?

चक्रधर—अहिल्या, तुम इन बातों से मुझे धोखा नहीं दे सकतीं। चील को चाहे मांस की बोटी न दिखाई दे, चिऊंटी को चाहे शक्कर की सुगंध न मिले, लेकिन रमणी का एक-एक रोयां पंचेंद्रियों की भांति प्रेम के रूप, रस, शब्द, स्पर्श का अनुभव किए बिना नहीं रहता। मैं एक गरीब आदमी हूं। दया और धर्म और उद्धार के भावों का मुझमें लेश भी नहीं। केवल इतना ही कह सकता हूं कि तुम्हें पाकर मेरा जीवन सफल हो जाएगा।

अहिल्या ने मुस्कराकर कहा—तो आपके कथन के अनुसार मैं आपके हृदय का हाल जानती हूं।

चक्रधर—अवश्य, उससे ज्यादा, जितना मैं स्वयं जानता हूं।

अहिल्या—तो साफ कह दूं?

चक्रधर ने कातर भाव से कहा—कहो, सुनूं।

अहिल्या—तुम्हारे मन में प्रेम से अधिक दया का भाव है।

चक्रधर—अहिल्या, तुम मुझ पर अन्याय कर रही हो।

अहिल्या—जिस वस्तु को लेने की सामर्थ्य ही मुझमें नहीं है, उस पर हाथ न बढ़ाऊंगी। मेरे लिए वही बहुत है, जो आप दे रहे हैं। मैं इसे भी अपना धन्य भाग समझती हूं।

चक्रधर—मगर यही प्रश्न मैं तुमसे करता, तो तुम क्या जवाब देतीं, अहिल्या?

अहिल्या—तो साफ-साफ कह देती कि मैं प्रेम से अधिक आपका आदर करती हूं, आपमें श्रद्धा रखती हूं।

चक्रधर का मुख मलिन हो गया। सारा प्रेमोत्साह, जो उनके हृदय में लहरें मार रहा था, एकाएक लुप्त हो गया। वन-वृक्षों-सा लहलहाता हुआ हृदय मरुभूमि-सा दिखाई दिया। निराश भाव से बोले—मैं तो और ही सोच रहा था, अहिल्या !

अहिल्या—तो आप भूल कर रहे थे। मैंने किसी पुस्तक में देखा था कि प्रेम हृदय के समस्त सद्भावों का शांत, स्थिर, उद्गारहीन समावेश है। उसमें दया और क्षमा, श्रद्धा और वात्सल्य, सहानुभूति और सम्मान, अनुराग और विराग, अनुग्रह और उपकार सभी मिले होते हैं। संभव है, आज के दस वर्ष बाद मैं आपकी प्रेम-पात्री बन जाऊं, किंतु इतनी जल्दी संभव नहीं। इनमें से कोई एक भाव प्रेम को अंकुरित कर सकता है। उसका विकास अन्य भावों के मिलने ही से होता है। आपके हृदय में अभी केवल दया का भाव अंकुरित हुआ है, मेरे हृदय में सम्मान और भक्ति का। हां, सम्मान और भक्ति दया की अपेक्षा प्रेम से कहीं निकटतर हैं, बल्कि यों कहिए कि ये ही भाव सरस होकर प्रेम का बाल रूप धारण कर लेते हैं।

अहिल्या के मुख से प्रेम की यह दार्शनिक व्याख्या सुनकर चक्रधर दंग हो गए। उन्होंने कभी यह अनुमान ही न किया था कि उसके विचार इतने उन्नत और उदार हैं। उन्हें यह सोचकर आनंद हुआ कि इसके साथ जीवन कितना सुखमय हो जाएगा, किंतु अहिल्या का हाथ उनके हाथ से आप ही आप छूट गया और उन्हें उसकी ओर ताकने का साहस न हुआ। इसके प्रेम का आदर्श कितना ऊंचा है ! इसकी दृष्टि में यह व्यवहार वासनामय जान पड़ता होगा। इस विचार ने उनके प्रेमोद्गारों को शिथिल कर दिया। अवाक् से खड़े रह गए।

सहसा अहिल्या ने कहा—मुझे भय है कि आश्रय देकर आप बदनाम हो जाएंगे। कदाचित् आपके माता-पिता तिरस्कार करें। मेरे लिए इससे बड़ी सौभाग्य की बात नहीं हो सकती कि आपकी दासी बनूं, लेकिन आपके तिरस्कार और आपमान का खयाल करके जी में यही आता है कि क्यों न इस जीवन का अंत कर दूं। केवल आपके दर्शनों की अभिलाषा ने मुझे अब तक जीवित रखा है। मैं आपको अपनी कालिमा से कलुषित करने के पहले मर जाना ही अच्छा समझती हूं।

चक्रधर की आंखें करुणार्द्र हो गईं। बोले—अहिल्या, ऐसी बातें न करो। अगर संसार में अब भी कोई ऐसा क्षुद्र प्राणी है, जो तुम्हारी उज्ज्वल कीर्ति के सामने सिर न झुकाए, तो वह स्वयं नीच है। वह मेरा अपमान नहीं कर सकता। अपनी आत्मा की अनुमति के सामने मैं माता-पिता के विरोध की परवाह नहीं करता। तुम इन बातों को भूल जाओ। हम और तुम प्रेम का आनंद भोग करते हुए संसार के सब कष्टों और संकटों का सामना कर सकते हैं।

ऐसी कोई विपत्ति नहीं है, जिसे प्रेम न टाल सके। मैं तुमसे विनती करता हूं, अहिल्या, कि ये बातें फिर जबान पर न लाना।

अहिल्या ने अबकी स्नेह-सजल नेत्रों से चक्रधर को देखा। शंका की वह दाह, जो उसके मर्मस्थल को जलाए डालती थी, इन शीतल आर्द्र शब्दों से शांत हो गई। शंका की ज्वाला शांत होते ही उसकी यह चंचल दृष्टि स्थिर हो गई और चक्रधर की सौम्य मूर्ति, प्रेम की आभा से प्रकाशमान, आंखों के सामने खड़ी दिखाई दी। उसने अपना सिर उसके कंधों पर रख दिया, उस आलिंगन में उसकी सारी दुर्भावनाएं विलीन हो गईं जैसे कोई आर्त्तध्वनि सरिता के शांत, मंद प्रवाह में विलीन हो जाती है।

संध्या समय अहिल्या वागीश्वरी के चरणों पर सिर झुकाए रो रही थी। चक्रधर खड़े, नेत्रों से उस घर को देख रहे थे, जिसकी आत्मा निकल गई थी। दीपक वही थे, पर उनका प्रकाश मंद था। घर वही था, पर उसकी दीवारें नीची मालूम होती थीं। वागीश्वरी वही थी, पर लुटी हुई, जैसे किसी ने प्राण हर लिए हों।

सत्ताईस

बाबू यशोदानन्दन का क्रिया-कर्म हो गया, पर धूम-धाम से नहीं। बाबू साहब ने मरते-मरते ताकीद कर दी थी कि मृतक संस्कारों में धन का अपव्यय न किया जाय। यदि कुछ धन जमा हो, तो वह हिन्दूसभा को दान दे दिया जाय। ऐसा ही किया गया।

इसके तीसरे ही दिन चक्रधर का अहिल्या से विवाह हो गया। चक्रधर तो अभी कुछ दिन और टालना चाहते थे, लेकिन वागीश्वरी ने बड़ा आग्रह किया। पति-रक्षा से वंचित होकर वह पराई कन्या की रक्षा का भार लेते हुए डरती थी। इस उपद्रव ने उसे सशंक कर दिया था। विवाह में कुछ धूम-धाम नहीं हुई। हां, शहर के कई रईसों ने कन्यादान में बड़ी-बड़ी रकमें दीं और सबसे बड़ी रकम ख्वाजा साहब की थी। अहिल्या के विवाह के लिए उन्होंने पांच हजार रुपये अलग कर रखे थे। यह सब कन्यादान में दे दिए। कई संस्थाओं ने भी इस पुण्य कर्म में अपनी उदारता का परिचय दिया। वैमनस्य का भूत नेताओं का बलिदान पाकर शांत हो गया।

जिस दिन चक्रधर अहिल्या को विदा कराके काशी चले, हजारों आदमी स्टेशन पर पहुंचाने आए। वागीश्वरी का रोते-रोते बुरा हाल था। जब अहिल्या आकर पालकी पर बैठी, तो वह दुखिया पछाड़ खाकर गिर पड़ी। संसार उसकी आंखों में सूना हो गया। पति-शोक में भी उसके जीवन का एक आधार रह गया था। अहिल्या के जाने से वह सर्वथा निराधार हो गई। जी में आता था, अहिल्या को पकड़ लूं। उसे कोई क्यों लिए जाता है? उस पर किसका अधिकार है, वह जाती ही क्यों है? उसे मुझ पर जरा भी दया नहीं आती? क्या इतनी निष्ठुर हो गई है? वह इस शोक के आवेश में लपककर द्वार पर आई, पर पालकी का पता नहीं था। तब वह द्वार पर बैठ गई। ऐसा जान पड़ा, मानो चारों ओर शून्य, निस्तब्ध, अंधकारमय

श्मशान है। मानो, कहीं कुछ रहा ही नहीं।

अहिल्या भी रो रही थी, लेकिन शोक से नहीं, वियोग में। वह घर छोड़ते हुए उसका हृदय फटा जाता था। प्राण देह से निकलकर घर से चिमट जाते और फिर छोड़ने का नाम न लेते थे। एक-एक वस्तु को देखकर मधुर स्मृतियों के समूह आंखों के सामने आ खड़े होते थे। वागीश्वरी की गर्दन में तो उसके करपाश इतने सुदृढ़ हो गए कि दूसरी स्त्रियों ने बड़ी मुश्किल से छुड़ाया, मानो जीव देह से चिमटा हो। मरणासन्न रोगी भी अपनी विलास की सामग्रियों को इतने तृषित, इतने नैराश्यपूर्ण नेत्रों से न देखता होगा। घर से निकलकर उसकी वही दशा हो रही थी, जो किसी नवजात पक्षी की घोंसले से निकलकर होती है।

लेकिन चक्रधर के सामने एक दूसरी ही समस्या उपस्थित हो रही थी। वह घर तो जा रहे थे, पर उस घर के द्वार बंद थे। उस द्वार में हृदय की गांठ से भी सुदृढ़ ताले पड़े हुए थे, जिनके खुलने की तो क्या, टूटने की भी आशा न थी। नव-वधू को लिए हुए वर के हृदय में जो अभिलाषाएं; जो मृदु-कल्पनाएं प्रदीप्त होती हैं, उनका यहां नाम भी न था। उनकी जगह चिंताओं का अंधकार छाया हुआ था। घर जाते थे, पर नहीं जानते थे कि कहां जा रहा हूं। पिता का क्रोध, माता का तिरस्कार, संबंधियों की अवहेलना, इन सभी शंकाओं से चित्त उद्विग्न हो रहा था। सबसे विकट समस्या यह थी कि गाड़ी से उतरकर जाऊंगा कहां। मित्रों की कमी न थी, लेकिन स्त्री को लिए हुए किसी मित्र के घर जाने के खयाल से ही लज्जा आती थी। अपनी तो चिंता न थी। वह इन सभी बाधाओं को सह सकते थे, लेकिन अहिल्या उनको कैसे सहन करेगी ! उसका कोमल हृदय इन आघातों से टूट न जाएगा ! उन्होंने सोचा—मैं घर जाऊं ही क्यों? क्यों न प्रयाग ही उतर पडूं और कोई मकान लेकर सबसे अलग रहूं? कुछ दिनों के बाद यदि घर वालों का क्रोध शांत हो गया, तो चला जाऊंगा, नहीं तो प्रयाग ही सही। बेचारी अहिल्या जिस वक्त गाड़ी से उतरेगी और मेरे साथ शहर की गलियों में मकान ढूंढ़ती फिरेगी, उस वक्त उसे कितना दुःख होगा। इन चिंताओं से उनकी मुखमुद्रा इतनी मलिन हो गई कि अहिल्या ने उनसे कुछ कहने के लिए उनकी ओर देखा तो चौंक पड़ी। उसकी वियोगव्यथा अब शांत हो गई थी और हृदय में उल्लास का प्रवाह होने लगा था, लेकिन पति की उदास मुद्रा देखकर घबरा गई, बोली—आप इतने उदास क्यों हैं? क्या अभी से मेरी फिक्र सवार हो गई?

चक्रधर ने झेंपते हुए कहा—नहीं तो, उदास क्यों होने लगा? यह उदास होने का समय है या आनंद मनाने का?

अहिल्या—यह तो आप अपने मुख से पूछें, जो उदास हो रहा है।

चक्रधर ने हंसने की विफल चेष्टा करके कहा—यह तुम्हारा भ्रम है। मैं तो इतना खुश हूं कि डरता हूं, लोग मुझे ओछा न समझने लगें।

मगर चक्रधर जितना ही अपनी चिंता को छिपाने का प्रयत्न करते, उतना ही वह और भी प्रत्यक्ष होती जाती थी, जैसे दरिद्र अपनी साख बनाए रखने की चेष्टा में और भी दरिद्र हो जाता है।

अहिल्या ने गंभीर भाव से कहा—तुम्हारी इच्छा है, न बताओ, लेकिन यही इसका आशय

है कि तुम्हें मुझ पर विश्वास नहीं।

यह कहते-कहते अहिल्या की आंखें सजल हो गईं। चक्रधर से अब जब्त न हो सका। उन्होंने संक्षेप में सारी बातें कह सुनाईं और अंत में प्रयाग उतर जाने का प्रस्ताव किया।

अहिल्या ने गर्व से कहा—अपना घर रहते प्रयाग क्यों उतरें? मैं घर चलूंगी। माता-पिता की अप्रसन्नता के भय से कोई अपना घर नहीं छोड़ देता। वे कितने ही नाराज हों, हैं तो हमारे माता-पिता ! हम लोगों ने कितना ही अनुचित किया हो, हैं तो उन्हीं के बालक। इस नाते को कौन तोड़ सकता है? आप इन चिंताओं को दिल से निकाल डालिए।

चक्रधर—निकालना तो चाहता हूं, पर नहीं निकलती। बाबूजी यों तो आदर्श पिता हैं, लेकिन उनके सामाजिक विचार इतने संकीर्ण हैं कि उनमें धर्म का स्थान भी नहीं। मुझे भय है कि वह मुझे घर में जाने ही न देंगे। इसमें हरज ही क्या है कि हम लोग प्रयाग उतर पड़ें और जब तक घर के लोग हमारा स्वागत करने को तैयार न हों, यहीं पड़े रहें।

अहिल्या—आपको कोई हरज न मालूम होता हो, मुझे तो माता-पिता से अलग स्वर्ग में रहना भी अच्छा न लगेगा। आखिर उनकी सेवा करने का और कौन अवसर मिलेगा? वे कितना ही रूठें, हमारा यही धर्म है कि उनका दामन न छोड़ें। बचपन में अपने स्वार्थ के लिए तो हम कभी माता-पिता की अप्रसन्नता की परवाह नहीं करते, मचल-मचलकर उनकी गोद में बैठते हैं, मार खाते हैं, घुड़के जाते हैं, पर उनका गला नहीं छोड़ते तो अब उनकी सेवा करने के समय उनकी अप्रसन्नता से मुंह फुला लेना हमें शोभा नहीं देता। आप उनको प्रसन्न करने का भार मुझ पर छोड़ दें, मुझे विश्वास है कि उन्हें मना लूंगी।

चक्रधर ने अहिल्या को गद्‌गद नेत्रों से देखा और चुप हो रहे।

रात को दस बजते-बजते गाड़ी बनारस पहुंची। अहिल्या के आश्वासन देने पर भी चक्रधर बहुत चिंतित हो रहे थे कि कैसे क्या होगा। कहीं पिताजी ने जाते ही जाते घुड़कियां देनी शुरू कीं और अहिल्या को घर में न जाने दिया, तो डूब मरने की बात होगी। लेकिन उन्हें कितना आश्चर्य हुआ, जब उन्होंने मुंशीजी को दो आदमियों के साथ स्टेशन पर उनकी राह देखते हुए पाया। पिता के इस असीम, अपार, अलौकिक वात्सल्य ने उन्हें इतना पुलकित किया कि वह जाकर पिता के पैरों पर गिर पड़े। मुंशीजी ने दौड़कर छाती से लगा लिया और उनके श्रद्धाश्रुओं को रूमाल से पोंछते हुए स्नेहकोमल शब्दों में बोले—कम-से-कम एक तार तो दे देते कि मैं किस गाड़ी से आ रहा हूं। खत तक न लिखा। यहां बराबर दस दिन से दो बार स्टेशन पर दौड़ा आता हूं, और एक आदमी हरदम तुम्हारे इंतजार में बिठाए रहता हूं कि जाने कब, किस गाड़ी से आ जाओ। कहां है बहू? चलो, उतार लाएं। बहू के साथ यहीं ठहरो। स्टेशन मास्टर से कहकर वेटिंग रूम खुलवाए देता हूं। मैं दौड़कर जरा बाजे-गाजे, रोशनी-सवारी की फिक्र करूं। बहू का स्वागत तो करना ही होगा। यहां लोग क्या जानेंगे कि बहू आई है। वहां की बात और थी, यहां की बात और है। भाई-बंदों के साथ रस्म-रिवाज मानना ही पड़ता है।

यह कहकर मुंशीजी चक्रधर के साथ अहिल्या की गाड़ी के द्वार पर खड़े हो गए।

अहिल्या ने धीरे से उतरकर उनके चरणों पर सिर रख दिया। उनकी आंखों से श्रद्धा और आनंद के आंसू बहने लगे। मुंशीजी ने उसके सिर पर हाथ रखकर आशीर्वाद दिया और दोनों प्राणियों को वेटिंग रूम में बैठाकर बोले—किसी को अंदर मत आने देना। मैंने साहब से कह दिया है। मैं कोई घंटे भर में आऊंगा। तुमसे बड़ी भूल हुई कि मुझे एक तार न दे दिया। अब बेचारी यहां परदेशियों की तरह घंटों बैठी रहेगी। तुम्हारा कोई काम लड़कपन से खाली ही नहीं होता। रानी कई बार आ चुकी हैं। आज चलते-चलते ताकीद कर गई थीं कि बाबूजी आ जाएं तो मुझे खबर दीजिएगा। मैं स्टेशन पर उनका स्वागत करूंगी और बाबूजी को साथ लाऊंगी। सोचो, उन्हें कितनी तकलीफ होगी !

चक्रधर ने दबी जबान से कहा—उन्हें तो आप इस वक्त तकलीफ न दीजिएगा और आपको भी धूमधाम करने के लिए तकलीफ उठाने की जरूरत नहीं। सवेरे तो सबको मालूम हो ही जाएगा।

मुंशीजी ने लकड़ी संभालते हुए कहा—सुनती हो बहू, इसकी बातें? सवेरे लोग जानकर क्या करेंगे? दुनिया क्या जानेगी कि बहू कब आई?

मुंशीजी चले गए, तो अहिल्या ने चक्रधर को आड़े हाथों लिया। ऐसे देवता-पुरुष के साथ तुम अकारण ही कितना अनर्थ कर रहे थे। मेरा तो जी चाहता था कि घंटों उनके चरणों पर पड़ी हुई रोया करूं।

चक्रधर लज्जित हो गए। इसका प्रतिवाद तो न किया, पर उनका मन कह रहा था कि इस वक्त दुनिया को दिखाने के लिए पिताजी कितना ही धूम-धाम क्यों न कर लें, घर में कोई-न-कोई गुल खिलेगा जरूर। उन्हें यहां बैठते अनकूस मालूम होता था। सारी रात का बखेड़ा हो गया। शहर का चक्कर लगाना पड़ेगा, घर पहुंचकर न जाने कितनी रस्में अदा करनी पड़ेंगी, तब जा के कहीं गला छूटेगा। सबसे ज्यादा उलझन की बात यह थी कि कहीं मनोरमा भी राजसी ठाठ-बाट से न आ पहुंचे। इस शोरगुल से फायदा ही क्या?

मुंशीजी को गए अभी आधा घंटा भी न हुआ था कि मनोरमा कमरे के द्वार पर आकर खड़ी दिखाई दी। चक्रधर सहसा चौंक पड़े और कुर्सी से उठकर खड़े हो गए। मनोरमा के सामने ताकने की उनकी हिम्मत न पड़ी, मानो कोई अपराध किया हो। मनोरमा ने उन्हें देखते ही कहा—बाबूजी, आप चुपके-चुपके बहू को उड़ा लाए और मुझे खबर तक न दी ! मुंशीजी न कहते, तो मुझे मालूम ही न होता। आपने अपना घर बसाया, मेरे लिए भी कोई सौगात लाए?

चक्रधर ने मनोरमा की ओर लज्जित होकर देखा, तो उसका मुख उड़ा हुआ था। वह मुस्करा रही थी, पर आंखों में आंसू झलक रहे थे। इन नेत्रों में कितनी विनय थी, कितना वैराग्य, कितनी तृष्णा, कितना तिरस्कार ! चक्रधर को उसका जवाब देने को शब्द न मिले ! मनोरमा ने सिर झुकाकर फिर कहा—आपको मेरी सुधि ही न रही होगी, सौगात कौन लाता? बहू से बातें करने में दूसरों की सुधि क्यों आती ! बहिन, आप उतनी दूर क्यों खड़ी हैं। आइए, आइए, आपसे गले तो मिल लूं। आपसे तो मुझे कोई शिकायत नहीं।

यह कहकर वह अहिल्या के पास गई और दोनों गले मिलीं। मनोरमा ने रूमाल से

एक जड़ाऊ कंगन निकालकर अहिल्या के हाथ में पहना दिया और छत की ओर ताकने लगी; जैसे एकाएक कोई बात याद आ गई हो, सहसा उसकी दृष्टि आईने पर जा पड़ी। अहिल्या का रूपचन्द्र अपनी संपूर्ण कलाओं के साथ उसमें प्रतिबिंबित हो रहा था। मनोरमा उसे देखकर अवाक् हो गई। मालूम हो रहा था, किसी देवता का आशीर्वाद मूर्तिमान होकर आकाश से उतर आया है। उसकी सरल, शांत, शीतल छवि के सामने उसका विशाल सौंदर्य ऐसा मालूम होता था, मानो कुटी के सामने कोई भवन खड़ा हो। यह उन्नत भवन इस समय शांति-कुटी के सामने झुक गया। भवन सूना था, कुटी में एक आत्मा शयन कर रही थी।

इतने में अहिल्या ने उसे कुर्सी पर बिठा दिया और पान-इलायची देते हुए बोली—आपको मेरे कारण बड़ी तकलीफ हुई। यह आपके आराम करने का समय था। मैं जानती थी कि आप आएंगी, तो यहां किसी दूसरे वक्त....

चक्रधर मौका देखकर बाहर चले गए थे। उनके रहने से दोनों ही को संकोच होता, बल्कि तीनों चुप रहते।

मनोरमा ने क्षुधित नेत्रों से अहिल्या को देखकर कहा—नहीं बहिन, मुझे जरा भी तकलीफ नहीं हुई। मैं तो यों भी बारह-एक के पहले नहीं सोती। तुमसे मिलने की बहुत दिनों से इच्छा थी। मैंने अपने मन में तुम्हारी जो कल्पना की थी, तुम ठीक वैसी ही निकलीं। तुम ऐसी न होतीं, तो बाबूजी तुम पर रीझते ही क्यों? अहिल्या, तुम बड़ी भाग्यवान हो ! तुम्हारी जैसी भाग्यशाली स्त्रियां बहुत कम होंगी। तुम्हारा पति मनुष्यों में रत्न है, सर्वथा निर्दोष एवं सर्वथा निष्कलंक।

अहिल्या पति-प्रशंसा से गर्वोन्नत होकर बोली—आपके लिए कोई सौगात तो नहीं लाए।

मनोरमा—मेरे लिए तुमसे बढ़कर और क्या सौगात लाते? मैं संसार में अकेली थी, तुम्हें पाकर दुकेली हो जाऊंगी। मंगला से मैंने प्रेम नहीं बढ़ाया। कल को वह पराए घर चली जाएगी। कौन उसके नाम पर बैठकर रोता ! तुम कहीं न जाओगी, तुम्हें सहेली बनाने में कोई खटका नहीं। आज से तुम मेरी सहेली हो। ईश्वर से मेरी यही प्रार्थना है कि हम और तुम चिरकाल तक स्नेह के बंधन में बंधे रहें।

अहिल्या—मैं इसे अपना सौभाग्य समझूंगी। आपके शील स्वभाव की चर्चा करते उनकी जबान न थकती।

मनोरमा ने उत्सुक होकर पूछा—सच ! मेरी चर्चा भी करते हैं?

अहिल्या—बराबर बात-बात पर आपका जिक्र करने लगते हैं। मैं नहीं जानती कि आपकी वह कौन-सी आज्ञा है, जिसे वह टाल सकें।

इतने में बाजों की धों-धों-पों-पों सुनाई दी। मुंशीजी बारात जमाए चले आ रहे थे। सामान तो पहले ही से जमा कर रखे थे, जाकर ले आना था। पटाखे, बाजों की तीन-चार चौकियां, कई सवारी गाड़ियां, दो हाथी, दर्जनों घोड़े, एक सुंदर सुखपाल, ये सब स्टेशन के सामने आ पहुंचे।

अहिल्या के हृदय में आनंद की तरंगें उठ रही थीं। उसने जिन बातों की स्वप्न में भी

आशा न की थी वे सब पूरी हुई जाती थीं। कभी उसका स्वागत इस ठाठ से होगा, कभी एक बड़ी रानी उसकी सहेली बनेगी, कभी उसका इतना आदर-सम्मान होगा, उसने कल्पना भी न की थी।

मनोरमा ने उसे धीरे-धीरे ले जाकर सुखपाल में बिठा दिया। बारात चली। चक्रधर एक सुरंग घोड़े पर सवार थे।

एक क्षण में सन्नाटा हो गया, लेकिन मनोरमा अभी तक अपनी मोटर के पास खड़ी थी, मानो रास्ता भूल गई हो।

अठाईस

ठाकुर गुरुसेवक सिंह जगदीशपुर के नाजिम हो गए थे। इस इलाके का सारा प्रबंध उनके हाथ में था। तीनों पहली रानियां वहीं राजभवन में रहती थीं। उनकी देखभाल करते रहना, उनके लिए जरूरी चीजों का प्रबंध करना भी नाजिम का काम था। यह कहिए कि मुख्य काम यही था। नजामत तो केवल नाम का पद था। पहले यह पद न था। राजा साहब ने रानियों को आराम से रखने के लिए इस नए पद की सृष्टि की थी। ठाकुर साहब जगदीशपुर में राजा साहब के प्रतिनिधि स्वरूप थे।

तीनों रानियों में अब वैर-विरोध कम होता था। अब हर एक को अख्तियार था, जितने नौकर चाहें रखें, जितना चाहें खर्च करें, जितने गहने चाहें बनवाएं, जितने धर्मोत्सव चाहें मनाएं, फिर कलह होता ही क्यों? यदि राजा साहब किसी एक रानी पर विशेष प्रेम रखते और अन्य रानियों की परवाह न करते, तो ईर्ष्यावश लड़ाई होती; पर राजा साहब ने जगदीशपुर में आने की कसम-सी खा ली थी। फिर किस बात पर लड़ाई होती?

ठाकुर साहब ने दीवानखाने में अपना दफ्तर बना लिया था। जब कोई जरूरत होती, तुरंत रनिवास में पहुंच जाते। रानियां उनसे परदा तो करती थीं, पर परदे की ओट से बातचीत कर लेती थीं। रानी वसुमती इस ओट को भी अनावश्यक समझती थीं। कहतीं—जब बातें ही कीं, तो पर्दा कैसा ? ओट क्यों ? गुड़ खाएं गुलगुले का परहेज। उन्हें अब संसार से विराग-सा हो गया था। सारा समय भगवत्-पूजन और भजन में काटती थीं। हां, आभूषणों से अभी उनका जी न भरा था और अन्य स्त्रियों की भांति वह गहने बनवाकर जमा न करती थीं, उनका नित्य व्यवहार करती थीं। रोहिणी को आभूषणों से घृणा हो गई थी, मांग-चोटी की भी परवा न करती ! यहां तक कि उसने मांग में सिंदूर डालना छोड़ दिया था। कहती, मुझमें और विधवा में क्या अंतर है, बल्कि विधवा हमसे हजार दर्जे अच्छी; उसे एक यही रोना है कि पुरुष नहीं। जलन तो नहीं ! यहां तो जिंदगी रोने और कुढ़ने में ही कट रही है। मेरे लिए पति का होना, न होना दोनों बराबर है, सोहाग लेकर चाटूं? रहीं रानी रामप्रिया, उनका विद्या-व्यसन अब बहुत कुछ शिथिल हो गया था, गाने की धुन सवार थी, भांति-भांति के बाजे मंगाती रहती थीं। ठाकुर साहब को भी गाने का कुछ शौक था या अब हो गया हो। किसी-न-किसी

तरह समय निकालकर जा बैठते और उठने का नाम न लेते। रात को अक्सर भोजन भी वहीं कर लिया करते। रामप्रिया उनके लिए स्वयं थाली परस लाती थी। ठाकुर साहब की जो इतनी खातिर होने लगी, तो मिजाज आसमान पर चढ़ गया। नए-नए स्वप्न देखने लगे। समझे, सौभाग्य-सूर्य उदय हो गया। नौकरों पर अब ज्यादा रोब जमाने लगे। सोकर देर में उठते और इलाके का दौरा भी बहुत कम करते। ऐसा जान पड़ता था, मानो इस इलाके के राजा वही हैं। दिनों-दिन यह विश्वास होता जाता था कि रामप्रिया मेरे नयन-बाणों का शिकार हो गई है, उसके हृदय-पट पर मेरी तस्वीर खिंच गई है। रोज कोई-न-कोई ऐसा प्रमाण मिल जाता था, जिससे यह भावना और भी दृढ़ हो जाती थी।

एक दिन आपने रामप्रिया की प्रेम-परीक्षा लेने की ठानी। कमरे में लिहाफ ओढ़ कर पड़ रहे। रामप्रिया ने किसी काम के लिए बुलाया तो कहला भेजा, मुझे रात से जोरों का बुखार है, मारे दर्द के सिर फटा पड़ता है। रामप्रिया यह सुनते ही दीवानखाने में आ पहुंची और उनके सिर पर हाथ रखकर देखा, माथा ठंडा था। नाड़ी भी ठीक चल रही थी। समझी, कुछ सिर भारी हो गया होगा, कुछ परवाह न की। हां, अंदर जाकर कोई तेल सिर में लगाने को भिजवा दिया।

ठाकुर साहब को इस परीक्षा से संतोष न हुआ। उसे प्रेम है, यह तो सिद्ध था, नहीं तो वह देखने दौड़ी आती ही क्यों, लेकिन प्रेम कितना है, इसका कुछ अनुमान न हुआ। कहीं वह केवल शिष्टाचार के अंतर्गत न हो। वह केवल शिष्टाचार कर रही हो और मैं प्रेम के भ्रम में पड़ा रहूं। रामप्रिया के अधरों पर, नेत्रों में, बातों में तो उन्हें भ्रम की झलक नजर आती थी, पर डरते थे कि मुझे भ्रम न हो। अबकी उन्होंने कड़ी परीक्षा लेने की ठानी। क्वार का महीना था। धूप तेज होती थी। मलेरिया फैला हुआ था। आप एक दिन दिनभर पैदल खेतों में घूमते रहे, कई बार तालाब का पानी भी पिया। ज्वर का पूरा सामान करके आप घर लौटे। नतीजा उनके इच्छा-नुकूल ही हुआ। दूसरे दिन प्रातःकाल उन्हें ज्वर चढ़ आया और ऐसे जोर से आया कि दोपहर तक बक-झक करने लगे। मारे दर्द के सिर फटने लगा। सारी देह टूट रही थी और सिर में चक्कर आ रहा था। अब तो बेचारे को लेने के देने पड़े। प्रेम-परीक्षा में धैर्य परीक्षा होने लगी और इसमें वह कच्चे निकले। कभी रोते कि बाबूजी को बुला दो। कभी कहते, स्त्री को बुला दो। इतना चीखे-चिल्लाए कि नौकरों का नाकोंदम हो गया। रामप्रिया ने आकर देखा तो होश उड़ गए। देह तवा हो रही थी और नाड़ी घोड़े की भांति सरपट दौड़ रही थी। बेचारी घबरा उठी। तुरंत डॉक्टर को लाने के लिए आदमी को शहर दौड़ाया और ठाकुर साहब के सिरहाने बैठकर पंखा झलने लगी। द्वार पर चिक डाल दी और एक आदमी को द्वार पर बिठा दिया कि किसी अपरिचित मनुष्य को अंदर न जाने दे। ठाकुर साहब को सुधि होती और रामप्रिया की विकलता देखते, तो फूले न समाते, पर वहां तो जान के लाले पड़े हुए थे।

एक सप्ताह तक गुरुसेवक का ज्वर न उतरा। डॉक्टर रोज आते और देख-भाल कर चले जाते। कोई दवा देने की हिम्मत न पड़ती। रामप्रिया को सोना और खाना हराम हो गया।

दिन के दिन और रात की रात रोगी के पास बैठी रहती। पानी पिलाना होता तो खुद पिलाती; सिर में तेल डालना होता, तो खुद डालती, पथ्य देना होता, तो खुद बनाकर देती। किसी नौकर पर विश्वास न था।

अब लोगों को चिंता होने लगी। रोगी को यहां से उठाकर ले जाने में जोखिम था। सारा परिवार यहीं आ पहुंचा। हरिसेवक ने बेटे की सूरत देखी, तो रो पड़े। देह सूखकर कांटा हो गई थी। पहचानना कठिन था। राजा साहब भी दिन में दो बार मनोरमा के साथ रोगी को देखने आते; पर इस तरह भागते मानो किसी शत्रु के घर आए हों। रामप्रिया तो रोगी की सेवा-शुश्रूषा में लगी रहती, उसे इसकी परवाह न थी कि कौन आता है और कौन जाता है; लेकिन रोहिणी को राजा साहब की निष्ठुरता असह्य मालूम होती थी। वह उन पर दिल का गुबार निकालने के लिए अवसर ढूंढ़ती रहती थी; पर राजा साहब भूलकर भी अंदर न आते थे। आखिर एक दिन वह मनोरमा ही पर पिल पड़ी। बात कोई न थी। मनारेमा ने सरल भाव से कहा—यहां आप लोगों का जीवन बड़ी शांति से कटता होगा। शहर में तो रोज एक-न-एक झंझट सिर पर सवार रहता है। कभी इनकी दावत करो, कभी उनकी दावत में जाओ, आज क्लब में जलसा है, आज अमुक विद्वान् का व्याख्यान है। नाकों दम रहता है!

रोहिणी तो भरी बैठी ही थी। ऐंठकर बोली—हां, बहिन, क्यों न हो! ऐसे प्राणी भी होते हैं, जिन्हें पड़ोसी के उपवास देखकर जलन होती है। तुम्हें पकवान बुरे मालूम होते हैं, हम अभागिनी के लिए सत्तू में भी बाधा! किसी को भोग, किसी को जोग, यह पुराना दस्तूर चला आ रहा है, तुम क्या करोगी?

मनोरमा ने फिर उसी सरल भाव से कहा—अगर तुम्हें वहां सुख ही सुख मालूम होता है, तो चली क्यों नहीं आतीं? क्या तुम्हें किसी ने मना किया है? अकेले मेरा जी भी घबराया करता है। तुम रहोगी, तो मजे से दिन कट जाएगा।

रोहिणी नाक सिकोड़कर बोली—भला, मुझमें वह हाव-भाव कहां है कि इधर राजा साहब को मुट्ठी में किए रहूं, उधर हाकिमों को मिलाए रहूं। यह तो कुछ पढ़ी-लिखी शहर वालियों को ही आता है, हम गंवारिनें यह त्रियाचरित्र क्या जानें! यहां तो एक ही की होकर रहना जानती हैं।

मनोरमा खड़ी सन्न रह गई। ऐसा मालूम हुआ कि ज्वाला पैरों से उठी और सिर से निकल गई। ऐसी भीषण मर्मवेदना हुई, मानो किसी ने सहस्र शूलोंवाला भाला उसके कलेजे में चुभो दिया हो। संज्ञाशून्य-सी हो गई। आंखें खुली थीं, पर कुछ दिखाई न देता था; कानों में कोई आवाज न आती थी, इसका ज्ञान ही न रहा कि कहां आई हूं: क्या कर रही हूं: रात है या दिन? वह दस-बारह मिनट तक इसी भांति स्तम्भित खड़ी रही। राजा साहब मोटर के पास खड़े उसकी राह देख रहे थे। जब उसे देर हुई तो बुला भेजा। लौंडी ने आकर मनोरमा से संदेशा कहा; पर मनोरमा ने सुना ही नहीं। लौंडी ने एक मिनट के बाद फिर आकर कहा, फिर भी मनोरमा ने कोई उत्तर न दिया। तब लौंडी चली गई। उसे तीसरी बार कुछ कहने का साहस न हुआ। राजा साहब ने दो मिनट और इंतजार किया तब स्वयं अंदर आए, तो देखा

कि मनोरमा चुपचाप मूर्ति की भांति खड़ी है। दूर ही से पुकारा—नोरा, क्या कर रही हो? चलो देर हो रही है, सात बजे लेडी काक ने आने का वादा किया है और छः यहीं बज गए। मनोरमा ने इसका भी कुछ जवाब न दिया। तब राजा साहब ने मनोरमा के पास आकर उसका हाथ पकड़ लिया और कुछ कहना ही चाहते थे कि उसका चेहरा देखकर चौंक पड़े। वह सर्प-दंशित मनुष्य की भांति निर्निमेष नेत्रों से दीवार की ओर टकटकी लगाए ताक रही थी, मानो आंखों की राह प्राण निकल रहे हों।

राजा साहब ने घबराकर पूछा—नोरा, कैसी तबीयत है?

अब मनोरमा को होश आया। उसने राजा साहब के कंधे पर सिर रख दिया और इस तरह फूट-फूटकर रोने लगी, मानो पानी का बांध टूट गया हो। यह पहला अवसर था कि राजा साहब ने मनोरमा को रोते देखा। व्यग्र होकर बोले—क्या बात है, मनोरमा, किसी ने कुछ कहा है? इस घर में किसकी ऐसी मजाल है कि तुम्हारी ओर टेढ़ी निगाह से भी देख सके? उसका खून पी जाऊं। बताओ, किसने क्या कहा है? तुमने कुछ कहा है, रोहिणी? साफ-साफ बता दो।

रोहिणी पहले तो मनोरमा की दशा देखकर सहम उठी थी पर राजा साहब के खून पी जाने की धमकी ने उत्तेजित कर दिया। जी में तो आया, कह दूं, हां, मैंने कहा है, और जो बात यथार्थ थी, वह कहा है, जो कुछ करना हो कर लो। खून पी के यों न खड़े रहोगे। लेकिन राजा साहब का विकराल रौद्र रूप देखकर बोली—उन्हीं से क्यों नहीं पूछते? मेरी बात का विश्वास ही क्या?

राजा—नहीं, मैं तुमसे पूछता हूं!

रोहिणी—उनसे पूछते क्या डर लगता है?

मनोरमा ने सिसकते हुए कहा—अब मैं यहीं रहूंगी; आप जाइए। मेरी चीजें यहीं भिजवा दीजिएगा।

राजा साहब ने अधीर होकर पूछा—आखिर बात क्या है, कुछ मालूम भी तो हो?

मनोरमा—बात कुछ भी नहीं है। मैं अब यहीं रहूंगी। आप जाएं।

राजा—मैं तुम्हें छोड़कर नहीं जा सकता; अकेले मैं एक दिन भी जिंदा नहीं रह सकता।

मनोरमा—मैंने तो निश्चय कर लिया है, इस घर से बाहर न जाऊंगी।

राजा साहब समझ गए कि रोहिणी ने अवश्य कोई व्यंग्य शर चलाया है। उसकी ओर लाल आंखें करके बोले—तुम्हारे कारण यहां से जान लेकर भागा, फिर भी तुम पीछे पड़ी हुई हो? वहां भी शांत नहीं रहने देती। मेरी खुशी है, जिससे जी चाहता है, बोलता हूं; जिससे जी नहीं चाहता, नहीं बोलता। तुम्हें उसकी जलन क्यों होती है?

रोहिणी—जलन होगी मेरी बला को। तुम यहां ही थे तो कौन-सी फूलों की सेज पर सुला दिया था? यहां तो जैसे कन्ता घर रहे, वैसे रहे विदेश। भाग्य में रोना बदा था, रोती हूं।

राजा—अभी तो नहीं रोई; मगर शौक है तो रोओगी।

रोहिणी—तो इस भरोसे भी न रहिएगा। यहां ऐसी रोने वाली नहीं हूं कि सेंतमेंत आंखें

फोड़ूं। पहले दूसरे को रुलाकर तब रोऊंगी।

राजा साहब ने दांत पीसकर कहा—शर्म और हया छू नहीं गई। कुंजड़िनों को भी मात कर दिया।

रोहिणी—शर्म और हयावाली तो एक वह हैं, जिन्हें छाती से लगाए खड़े हो, हम गंवारिनें भला शर्म और हया क्या जानें!

राजा साहब ने जमीन पर पैर पटककर कहा—उसकी चर्चा न करो। इतना बतलाए देता हूं, तुम एक लाख जन्म लो, तब भी उसको नहीं पा सकतीं। भूलकर भी उसकी चर्चा मत करो।

रोहिणी—तुम तो ऐसी डांट बता रहे हो, मानो मैं कोई लौंडी हूं। क्यों न उसकी चर्चा करूं? वह सीता और सावित्री होगी, तो तुम्हारे लिए होगी, यहां क्यों पर्दा डालने लगी? जो बात देखूंगी-सुनूंगी, वह कहूंगी भी, किसी को अच्छा लगे या बुरा।

राजा—अच्छा! तुम अपने को रानी समझे बैठी हो। रानी बनने के लिए जिन गुणों की जरूरत है वे तुम्हें छू भी नहीं गए। तुम विशालसिंह ठाकुर से ब्याही गई थीं और अब भी वही हो।

रोहिणी—यहां रानी बनने की साध ही नहीं। मैं तो ऐसी रानियों का मुंह देखना भी पाप समझती हूं, जो दूसरों से हाथ मिलाती और आंखें मटकाती फिरें।

राजा साहब का क्रोध बढ़ता जाता था; पर मनोरमा के सामने वह अपना पैशाचिक रूप दिखाते हुए शर्माते थे। पर कोई लगती बात कहना चाहते थे, जो रोहिणी की जबान बंद कर दे, वह अवाक् रह जाए। मनोरमा को कटु वचन सुनाने के दंडस्वरूप रोहिणी को कितनी ही कड़ी बात क्यों न कही जाए, वह क्षम्य थी। बोले—तुम्हें तो जहर खाकर मर जाना चाहिए। कम-से-कम तुम्हारी जली-कटी बातें तो न सुनने में आएंगी।

रोहिणी ने आग्नेय नेत्रों से राजा साहब की ओर देखा, मानो वह उसकी ज्वाला से उन्हें भस्म कर देगी, मानो उसके शरों से उन्हें वेध डालेगी और लपककर पानदान को ठुकराती, लोटे का पानी गिराती, वहां से चली गई।

मनोरमा ने सहृदय भाव से कहा—आप व्यर्थ ही इनके मुंह लगे। मैं आपके साथ न जाऊंगी।

राजा—नोरा, कभी-कभी मुझे तुम्हारे ऊपर भी क्रोध आता है। भला, इन गंवारिनों के साथ रहने में क्या आनंद आएगा? यह सब मिलकर तुम्हारा जीना दूभर कर देंगी।

राजा साहब ने बहुत देर तक समझाया, पर मनोरमा ने एक न मानी। रोहिणी की बातें अभी तक उसके हृदय के एक-एक परमाणु में व्याप्त थीं। उसे शंका हुई कि ये भाव केवल रोहिणी के नहीं हैं, यहां सभी लोगों के मन में यही भाव होंगे। रोहिणी केवल उन भावों को प्रकट कर देने की अपराधिनी है। इस संदेह और लांछन का निवारण यहां सबके सम्मुख रहने से ही हो सकता था और यही उसके संकल्प का कारण था। अंत में राजा साहब ने हताश होकर कहा—तो फिर मैं भी काशी छोड़ देता हूं। तुम जानती हो कि मुझसे अकेले वहां एक

दिन भी न रहा जाएगा।

मनोरमा ने निश्चयात्मक भाव से कहा—जैसी आपकी इच्छा।

एकाएक मुंशी वज्रधर लाठी टेकते आते दिखाई दिए। चेहरा उतरा हुआ था, पाजामे का इजारबंद नीचे लटकता हुआ, आंगन में खड़े होकर बोले—रानीजी, आप कहां हैं? जरा कृपा करके आइएगा, या हुक्म हो, तो मैं ही आऊं?

राजा साहब ने कुछ चिढ़कर कहा—क्या है, यहीं चले आइए। आपको इस वक्त आने की क्या जरूरत थी? सब लोग यहीं चले आए, कोई वहां भी तो चाहिए।

मुंशीजी कमरे में आकर बड़े दीन-भाव से बोले—क्या करूं, हुजूर, घर तबाह हुआ जा रहा है। हुजूर से न रोऊं, तो किससे रोऊं ! घर तबाह हुआ जाता है। लल्लू न जाने क्या करने पर तुला है।

मनोरमा ने सशंक होकर पूछा—क्या बात है, मुंशीजी? अभी तो आज बाबूजी वहां मेरे पास आए थे, कोई नई बात नहीं कही।

मुंशी—वह अपनी बात किसी से कहता है कि आपसे कहेगा? मुझसे भी कभी कुछ नहीं कहा; लेकिन आज प्रयाग जाने को तैयार बैठा हुआ है। बहू को भी साथ लिए जाता है। कहता है, अब यहां न रहूंगा।

मनोरमा—आपने पूछा नहीं कि क्यों जा रहे हो ! जरूर उन्हें किसी बात से रंज पहुंचा होगा, नहीं तो वह बहू को लेकर न जाते। बहू ने तो कहीं उनके कान नहीं भर दिए?

मुंशी—नहीं हुजूर, वह तो साक्षात् लक्ष्मी है। मैंने तो अपनी जिंदगी भर में ऐसी औरत देखी ही नहीं। एक महीना से ज्यादा हो गया; पर ऐसा कभी नहीं हुआ कि अपनी सास की देह दबाए बगैर सोई हो। सबसे पहले उठती है और सबके पीछे सोती है। उसको तो मैं कुछ कह नहीं सकता। यह सब लल्लू की शरारत है। जो उसके मन में आता है, वही करता है। मुझे तो कुछ समझता ही नहीं। आगरे में जाकर शादी की। कितना समझाया, पर न माना। मैंने दरगुजर किया। बहू को धूमधाम से घर लाया। सोचा, जब लड़के से इसका संबंध हो गया, तो अब बिगड़ने और रूठने से नहीं टूट सकता। लड़की का दिल क्यों दुखाऊं; लेकिन लल्लू का मुंह फिर भी सीधा नहीं होता। अब न जाने मुझसे क्या करवाना चाहता है।

मनोरमा—जरूर कोई-न-कोई बात होगी। घर में किसी ने ताना तो नहीं मारा?

मुंशी—इल्म की कसम खाकर कहता हूं, हुजूर, जो किसी ने चूं तक की हो। ताना उसे दिया जाता है, जो टर्राए। वह तो सेवा और शील की देवी है; उसे कौन ताना दे सकता है? हां, इतना जरूर है कि हम दोनों आदमी उसका छुआ नहीं खाते।

मनोरमा ने सिर हिलाकर कहा—अच्छा, यह बात है ! भला बाबूजी यह कब बर्दाश्त करने लगे। मैं अहिल्या की जगह होती, तो उस घर में एक क्षण भी न रहती। वह न जाने कैसे इतने दिन रह गई।

मुंशी—उससे तो कभी इस बात की चर्चा तक नहीं की, हुजूर। (आप बार-बार मना करती हैं कि मुझे हुजूर न कहा करो; पर जबान से निकल ही आता है।) इसीलिए तो मैंने

उसके आते ही एक महाराजिन रख ली, जिसमें खाने-पीने का सवाल ही न पैदा हो। संयोग की बात है, कल महराजिन ने बहू से तरकारी बघारने के लिए घी मांगा। बहू घी लिए हुए चौके में चली गई। चौका छूत हो गया। लल्लू ने तो खाना खाया और सबके लिए बाजार से पूरियां आईं। बहू तभी से पड़ रही है और लल्लू घर छोड़कर उसे लिए चला जा रहा है।

मनोरमा ने विरक्त भाव से कहा—तो मैं क्या कर सकती हूं?

मुंशी—आप सब कुछ कर सकती हैं। आप जो कर सकती हैं, वह दूसरा नहीं कर सकता। आप जरा चलकर उसे समझा दें। मुझ पर इतनी दया करें। सनातन से जिन बातों को मानते आए हैं, वे सब छोड़ी नहीं जातीं।

मनोरमा—तो न छोड़िए, आपको कोई मजबूर नहीं करता। आपको अपना धर्म प्यारा है और होना भी चाहिए। उन्हें भी अपना सम्मान प्यारा है और होना भी चाहिए। मैं जैसे आपको बहू के हाथ का भोजन ग्रहण करने को मजबूर नहीं कर सकती, उसी भांति उन्हें भी यह अपमान सहने के लिए नहीं दबा सकती। आप जानें और वह जानें, मुझे बीच में न डालिए।

मुंशी—हुजूर, इतना निराश न करें। यदि बच्चा चले गए, तो हम दोनों प्राणी तो रोते-रोते मर जाएंगे।

मनोरमा—तो इसकी क्या चिंता? एक दिन तो सभी को मरना है, यहां अमर कौन है? इतने दिन तो जी लिए; दो-चार साल और जिए तो क्या?

मुंशी—रानीजी, आप जले पर नमक छिड़क रही हैं। इतना तो नहीं होता कि चलकर समझा दें, ऊपर से और ताने देती हैं। बहू का आदर-सत्कार करने में कोई बात हम उठा नहीं रखते, एक उसका छुआ न खाया, तो इसमें रूठने की क्या बात है? हम कितनी ही बातों से दब गए, तो क्या उन्हें एक बात में भी नहीं दबना चाहिए ?

मनोरमा—तो जाकर दबाइए न, मेरे पास क्यों दौड़े आए हैं ! मेरी राय अगर पूछते हैं, तो जाकर चुपके से बहू के हाथ से खाना पकवाकर खाइए। दिल से यह भाव बिल्कुल निकाल डालिए कि वह नीची है और आप ऊंचे हैं। इस भाव का लेश भी दिल में न रहने दीजिए। जब वह आपकी बहू हो गई, तो बहू ही समझिए। अगर यह छुआछूत का बखेड़ा करना था, तो बहू को लाना ही न चाहिए था। आपकी बहू रूप-रंग में व शील-गुण में किसी से कम नहीं। मैं तो कहती हूं कि आपकी बिरादरी भर में ऐसी एक भी स्त्री न होगी। अपने भाग्य को सराहिए कि ऐसी बहू पाई। अगर खान-पान का ढोंग करना है तो जरूर कीजिए। मैं इस विषय में बाबूजी से कुछ नहीं कह सकती। कुछ कहना ही नहीं चाहती। वह वही कर रहे हैं, जो इस दशा में उन्हें करना चाहिए।

मुंशीजी बड़ी आशा बांधकर यहां दौड़े आए थे। यह फैसला सुना तो कमर टूट-सी गई। फर्श पर बैठ गए और अनाथ भाव से माथे पर हाथ रखकर सोचने लगे, अब क्या करूं? राजा साहब अभी तक इन दोनों आदमियों की बातें सुन रहे थे। अब उन्हें अपनी विपत्ति-कथा कहने का अवसर मिला। बोले—आपकी बात तो तय हो गई। अब जरा मेरी भी सुनिए। मैं तो गुरुसेवक के पास बैठा हुआ था, यहां नोरा और रोहिणी से किसी बात पर झड़प हो

गई। रोहिणी का स्वभाव तो आप जानते ही हैं। क्रोध उसकी नाक पर रहता है। न जाने इन्हें क्या कहा कि अब यह कह रही हैं कि मैं काशी जाऊंगी ही नहीं। कितना समझा रहा हूं, पर मानती ही नहीं।

मुंशीजी ने मनोरमा की ओर देखकर कहा—इन्हें भी तो लल्लू ने शिक्षा दी है। न वह किसी की मानता है, न यह किसी की मानती हैं।

मनोरमा ने मुस्कराकर कहा—आपको एक देवी के अपमान करने का दण्ड मिल रहा है।

राजा साहब ने कहा—और मुझे?

मनोरमा ने मुंह फेरकर कहा—आपको बहुत से विवाह करने का।

मनोरमा यह कहती हुई वहां से चली गई। उसे अभी अपने लिए कोई स्थान ठीक करना था, शहर से अपनी आवश्यक वस्तुएं मंगवानी थीं। राजा साहब मुंशीजी को लिए हुए बाहर आए और सामने वाले बाग में बेंच पर जा बैठे। मुंशीजी घर जाना चाहते थे, जी घबरा रहा था; पर राजा साहब से आज्ञा मांगते हुए डरते थे। राजा साहब बहुत ही चिंतित दिखलाई देते थे। कुछ देर तक तो वह सिर झुकाए बैठे रहे, तब गंभीर भाव से बोले—मुंशीजी, आपने नोरा की बातें सुनीं? कितनी मीठी चुटकियां लेती है। सचमुच बहुत से विवाह करना अपनी जान आफत में डालना है। मैंने समझा था, अब दिन आनंद से कटेंगे और इन चुड़ैलों से पिंड छूट जाएगा; पर नोरा ने मुझे फिर उसी विपत्ति में डाल दिया। यहां रहकर मैं बहुत दिन जी नहीं सकता। रोहिणी मुझे जीता न छोड़ेगी। आज उसने जिस दृष्टि से मेरी ओर देखा, वह साफ कहे देती थी कि वह ईर्ष्या के आवेश में जो कुछ न कर बैठे, वह थोड़ा है। उसकी आंखों से ज्वाला-सी निकल रही थी। शायद उसका बस होता, तो मुझे खा जाती। कोई ऐसी तरकीब नहीं सूझती, जिससे नोरा का विचार पलट सकूं।

मुंशी—हुजूर, वह खुद यहां बहुत दिनों तक न रहेंगी। आप देख लीजिएगा। उनका जी यहां से बहुत जल्दी ऊब जाएगा।

राजा—ईश्वर करे, आपकी बात सच निकले। आपको देर हो रही हो, तो जाइए। मेरी डाक वहां से बराबर भेजते रहिएगा, मैं शायद वहां रोज न आ सकूंगा। यहां तो अब नए सिरे से सारा प्रबंध करना है।

आधी रात से ज्यादा बीत चुकी थी, पर मनोरमा की आंखों में नींद न आई थी। उस विशाल भवन में, जहां सुख और विलास की सामग्रियां भरी हुई थीं, उसे अपना जीवन शून्य जान पड़ता था। एक निर्जन, निर्मम वन में वह अकेली खड़ी थी। एक दीपक सामने बहुत दूर पर अवश्य जल रहा था; पर वह जितना ही चलती थी, उतना ही वह दीपक भी उससे दूर होता जाता था। उसने मुंशीजी के सामने तो चक्रधर को समझाने से इंकार कर दिया था, पर अब ज्यों-ज्यों रात बीतती थी, उनसे मिलने के लिए तथा उन्हें रोकने के लिए उसका मन अधीर हो रहा था। उसने सोचा-क्या अहिल्या के साथ विवाह होने से वह उसके हो जाएंगे? क्या मेरा उन पर कोई अधिकार नहीं? वह जाएंगे कैसे? मैं उनका हाथ पकड़ लूंगी।

खींच लाऊंगी। अगर अपने घर में नहीं रह सकते, तो मेरे यहां रहने में उन्हें क्या आपत्ति हो सकती है? मैं उनके लिए अपने यहां प्रबंध कर दूंगी; मगर बड़े निष्ठुर प्रकृति के मनुष्य हैं। आज मेरे पास इतनी देर बैठे अपनी समिति का रोना रोते रहे, फटे मुंह से भी न कहा कि मैं प्रयाग जा रहा हूं; मानो मेरा उनसे कोई नाता ही नहीं। मुझसे मिलने के लिए इच्छुक तो वह होंगे, पर कुछ न कर सकते होंगे। वह भी मजबूर होकर जा रहे होंगे। वह अहिल्या सचमुच भाग्यवती है। उसके लिए वह कितना कष्ट झेलने को तैयार हैं। प्रयाग में न कोई अपना न पराया, सारी गृहस्थी जुटानी पड़ेगी।

यह सोचते ही उसे खयाल आया कि चक्रधर बिल्कुल खाली हाथ हैं। पत्नी साथ, खाली हाथ, नई जगह, न किसी से राह, न रस्म; संकोची प्रकृति, उदार हृदय, उन्हें प्रयाग में कितना कष्ट होगा ! मैंने बड़ी भूल की। मुंशीजी के साथ मुझे चला जाना चाहिए था। बाबूजी मेरा इंतजार कर रहे होंगे।

उसने घड़ी की ओर देखा। एक बज गया था। चैत की चांदनी खिली हुई थी। चारपाई से उठकर आंगन में आई। उसके मन में प्रश्न उठा—क्यों न इसी वक्त चलूं? घंटे भर में पहुंच जाऊंगी। चांदनी छिटकी हुई है, डर किस बात का? राजा साहब नींद में हैं। उन्हें जगाना व्यर्थ है। सबेरे तक तो मैं लौट ही आऊंगी।

लेकिन फिर खयाल आया, इस वक्त जाऊंगी, तो लोग क्या कहेंगे। जाकर इतनी रात गए सबको जगाना कितना अनुचित होगा। वह फिर आकर लेट रही और सो जाने की चेष्टा करने लगी। पांच घंटे इसी प्रतीक्षा में जागते रहना कठिन परीक्षा थी। उसने चक्रधर को रोक लेने का निश्चय कर लिया था।

बारे अबकी उसे नींद आ गई। पिछले पहर चिंता भी थककर सो जाती है। सारी रात करवटें बदलने वाला प्राणी भी इस समय निद्रा में मग्न हो जाता है; लेकिन देर से सोकर भी मनोरमा को उठने में देर नहीं लगी। अभी सब लोग सोते ही थे कि वह उठ बैठी और तुरंत मोटर तैयार करने का हुक्म दिया। फिर अपने हैंडबेग में कुछ चीजें रखकर वह रवाना हो गई।

चक्रधर भी प्रातःकाल उठे और चलने की तैयारियां करने लगे। उन्हें माता-पिता को छोड़कर जाने का दुःख हो रहा था। पर उस घर में अहिल्या की जो दशा थी, वह उनके लिए असह्य थी। अहिल्या ने कभी शिकायत न की थी। वह चक्रधर के साथ सब कुछ झेलने को तैयार थी; लेकिन चक्रधर को यह किसी तरह गवारा न था कि अहिल्या मेरे घर में पराई बनकर रहे। माता-पिता से भी कुछ कहना-सुनना उन्हें व्यर्थ मालूम होता था; मगर केवल यही कारण उनके यहां से प्रस्थान करने का न था। एक कारण और भी था, जिसे वह गुप्त रखना चाहते थे, जिसकी अहिल्या को खबर न थी ! यह कारण मनोरमा थी। जैसे कोई रोगी रुचि रखते हुए भी स्वादिष्ट वस्तुओं से बचता है कि कहीं उनसे रोग और न बढ़ जाए, उसी भांति चक्रधर मनोरमा से भागते थे।

आजकल मनोरमा दिन में एक बार उनके घर जरूर आ जाती। अगर खुद न आ सकती

थी, तो उन्हीं को बुला भेजती। उसके सम्मुख आकर चक्रधर को अपना संयम, विचार और मानसिक स्थिति ये सब बालू की मेंड़ की भांति पैर पड़ते ही खिसकते मालूम होते। उसके सौंदर्य से कहीं अधिक उसका आत्मसमर्पण घातक था। उन्हें प्राण लेकर भाग जाने ही में कुशल दिखाई देती थी। गाड़ी सात बजे छूटती थी। वह अपना बिस्तर और पुस्तकें बाहर निकाल रहे थे। भीतर अहिल्या अपनी सास और ननद के गले मिलकर रो रही थी, कि इतने में मनोरमा की मोटर आती हुई दिखाई दी। चक्रधर मारे शर्म के गड़ गए। उन्हें मालूम हुआ था कि पिताजी ने मनोरमा को मेरे जाने की खबर दे दी है; और वह जरूर आएगी; पर वह उसके आने के पहले ही रवाना हो जाना चाहते थे। उन्हें भय था कि उसके आग्रह को न टाल सकूंगा, घर छोड़ने का कोई कारण न बता सकूंगा और विवश होकर मुझे यहीं रहना पड़ेगा। मनोरमा को देखकर वह सहम उठे; पर मन में निश्चय कर लिया कि इस समय निष्ठुरता का स्वांग भरूंगा, चाहे वह अप्रसन्न ही क्यों न हो जाय।

मनोरमा ने मोटर से उतरते हुए कहा—बाबूजी, अभी जरा ठहर जाइए। यह उतावली क्यों? आप तो ऐसे भागे जो रहे हैं, मानो घर से रूठे जाते हों। बात क्या है, कुछ मालूम भी तो हो?

चक्रधर ने पुस्तकों का गट्ठर संभालते हुए कहा—बात कुछ नहीं है। भला, कोई बात होती तो आपसे कहता न। यों ही जरा इलाहाबाद रहने का विचार है। जन्म भर पिता की कमाई खाना तो उचित नहीं।

मनोरमा—तो प्रयाग में कोई अच्छी नौकरी मिल गई है?

चक्रधर—नहीं, अभी मिली तो नहीं है; पर तलाश कर लूंगा।

मनोरमा—आप ज्यादा से ज्यादा कितने की नौकरी पाने की आशा रखते हैं?

चक्रधर को मालूम हुआ कि मुझसे बहाना न करते बना। इस काम में बहुत सावधानी रखने की जरूरत है। बोले—नौकरी ही का खयाल नहीं है, और भी बहुत से कारण हैं। गाड़ी सात ही बजे जाती है और मैंने वहां मित्रों को सूचना दे दी है नहीं तो मैं आपसे सारी रामकथा सुनाता।

मनोरमा—आप इस गाड़ी से नहीं जा सकते। जब तक मुझे मालूम न हो जाएगा कि आप किस कारण से और वहां क्या करने के इरादे से जाते हैं, मैं आपको न जाने दूंगी।

चक्रधर—मैं दस-पांच दिन में एक दिन के लिए आकर आपसे सब कुछ बता दूंगा; पर इस वक्त गाड़ी छूट जाएगी। मेरे मित्र स्टेशन पर मुझे लेने आएंगे। सोचिए, उन्हें कितना कष्ट होगा !

मनोरमा—मैंने कह दिया, आप इस गाड़ी से नहीं जा सकते।

चक्रधर—आपको सारी स्थिति मालूम होती, तो आप मुझे रोकने की चेष्टा न करतीं। आदमी विवश होकर ही अपना घर छोड़ता है। मेरे लिए अब यहां रहना असंभव हो गया है।

मनोरमा—तो क्या यहां कोई दूसरा मकान नहीं मिल सकता?

चक्रधर—मगर एक ही जगह अलग घर में रहना कितना भद्दा मालूम होता है। लोग यही समझेंगे कि बाप-बेटे या सास-बहू में नहीं बनती।

मनोरमा—आप तो दूसरों के कहने की बहुत परवा न करते थे।

चक्रधर—केवल सिद्धांत के विषय में। माता-पिता से अलग रहना तो मेरा सिद्धांत नहीं।

मनोरमा—तो क्या अकारण घर से भाग जाना आपका सिद्धांत है? सुनिए, मुझे आपके घर की दशा थोड़ी मालूम है। ये लोग अपने संस्कारों से मजबूर हैं। न तो आप ही उन्हें दबाना पसंद करेंगे। क्यों न अहिल्या को कुछ दिनों के लिए मेरे साथ रहने देते? मैंने जगदीशपुर ही में रहने का निश्चय किया है। आप वहां रह सकते हैं। मेरी बहुत दिनों से इच्छा है कि कुछ दिन आप मेरे मेहमान हों। वह भी तो आप ही का घर है। मैं अपना सौभाग्य समझूंगी। मैंने आपसे कभी कुछ नहीं मांगा। आज मेरी इतनी बात मान लीजिए। वह कोई आदमी आता है। मैं जरा घर में जाती हूं। यह बिस्तर वगैरह खोलकर रख दीजिए। यह सब सामान देखकर मेरा हृदय जाने कैसा हुआ जाता है।

चक्रधर—नहीं मनोरमा, मुझे जाने दो।

मनोरमा—आप न मानेंगे?

चक्रधर—यह बात न मानूंगा।

मनोरमा—मुझे रोते देखकर भी नहीं?

मनोरमा की आंखों से आंसू गिरने लगे। चक्रधर की आंखें भी डबडबा गईं। बोले—मनोरमा, मुझे जाने दो। मैं वादा करता हूं कि बहुत जल्द लौट आऊंगा।

मनोरमा—अच्छी बात है, जाइए लेकिन एक बात आपको माननी पड़ेगी। मेरी यह भेंट स्वीकार कीजिए।

यह कहकर उसने अपना हैंडबेग चक्रधर की तरफ बढ़ाया।

चक्रधर ने पूछा—इमसें क्या है?

मनोरमा—कुछ भी हो।

चक्रधर—अगर न लूं तो?

मनोरमा—तो मैं अपने हाथों से आपका बोरिया-बंधना उठाकर घर में रख आऊंगी।

चक्रधर—आपको इतना कष्ट न उठाना पड़ेगा। मैं इसे लिए लेता हूं। शायद वहां भी मुझे कोई काम करने की जरूरत न पड़ेगी। इस बैग का वजन ही बतला रहा है।

मनोरमा घर में गई, तो निर्मला बोली—माना कि नहीं बेटी?

मनोरमा—नहीं मानते। मनाकर हार गई।

मुंशी—आपके कहने से न माना, तो फिर किसके कहने से मानेगा !

तांगा आ गया। चक्रधर और अहिल्या उस पर जा बैठे, तो मनोरमा भी अपनी मोटर पर बैठकर चली गई। घर के बाकी तीनों प्राणी द्वार पर खड़े रह गए।

उनतीस

सार्वजनिक काम के लिए कहीं भी क्षेत्र की कमी नहीं, केवल मन में निःस्वार्थ सेवा का भाव होना चाहिए। चक्रधर प्रयाग में अभी अच्छी तरह जमने भी न पाए थे कि चारों ओर से उनके लिए खींचतान होने लगी। थोड़े ही दिन में वह नेताओं की श्रेणी में आ गए। उनमें देश का अनुराग था, काम करने का उत्साह था और संगठन करने की योग्यता थी। सारे शहर में एक भी ऐसा प्राणी न था, जो उनकी भांति निःस्पृह हो। और लोग अपना फालतू समय ही सेवा कार्य के लिए दे सकते थे, द्रव्योपार्जन उनका मुख्य उद्देश्य था। चक्रधर के लिए इस समय काम के सिवा और कोई फिक्र न थी। यह कोई न पूछता कि आपको कोई तकलीफ तो नहीं है? काम लेने वाले बहुतेरे थे। सवारी करने वाले सब थे, पर घास-चारा देने वाला कोई भी न था। उन्होंने शहर के निकास पर एक छोटा-सा मकान किराए पर ले लिया था और बड़ी किफायत से गुजर करते थे। आगरे में उन्हें जितने रुपए मिले थे, वे मुंशी वज्रधर की भेंट कर दिए थे। वहां रुपये का नित्य अभाव रहता था। कम मिलने पर कम तंगी रहती थी, क्योंकि जरूरतें घटा ली जाती थीं। अधिक मिलने पर तंगी भी अधिक हो जाती थी क्योंकि जरूरतें बढ़ा ली जाती थीं।

चक्रधर को अब ज्ञात होने लगा था कि गृहस्थी में पड़कर कुछ न कुछ आमदनी होनी ही चाहिए। अपने लिए उन्हें कोई चिंता न थी, लेकिन अहिल्या को वह दरिद्रता की परीक्षा में डालना न चाहते थे। वह अब बहुधा चिंतित दिखाई देती; यों वह कभी शिकायत न करती थी, पर यह देखना कठिन न था कि वह अपनी दशा से संतुष्ट नहीं है। वह गहने-कपड़े की भूखी न थी, सैर-तमाशे का उसे चस्का नहीं था, पर खाने-पीने की तकलीफ उससे न सही जाती थी ! वह सब कुछ सह सकती थी। उसकी सहन शक्ति का वारापार न था। चक्रधर को इस दशा में देखकर उसे दुःख होता था। जब और लोग पहले अपने घर में चिराग जलाकर मस्जिद में जलाते हैं, तो वही क्यों अपने घर को अंधेरा छोड़कर मस्जिद में चिराग जलाने जाएंगे? औरों को अगर मोटर-फिटन चाहिए, तो क्या यहां पैरगाड़ी भी न हो? दूसरों को पक्की हवेलियां चाहिएं, तो क्या यहां साफ-सुथरा मकान भी न हो? दूसरे जायदाद पैदा करते हैं, तो क्या यहां भोजन भी न हो? आखिर प्राण देकर तो सेवा नहीं की जाती। अगर इस उत्सर्ग के बदले चक्रधर को यश का बड़ा भाग मिलता, तो शायद अहिल्या को संतोष हो जाता, आंसू पुंछ जाते, लेकिन जब वह औरों को बिना कष्ट उठाए चक्रधर के बराबर या उनसे अधिक यश पाते देखती थी, तो उसे धैर्य न रहता था। जब खाली ढोल पीटकर भी, अपना घर भरकर भी यश कमाया जा सकता है, तो इस त्याग और विराग की जरूरत ही क्या ! जनता धनियों का जितना मान-सम्मान करती है, उतना सेवकों का नहीं। सेवा-भाव के साथ धन भी आवश्यक है। दरिद्र सेवक, चाहे वह कितने ही सच्चे भाव से क्यों न काम करे, चाहे वह जनता के लिए प्राण ही क्यों न दे दे, उतना यश नहीं पा सकता, जितना एक धनी आदमी अल्प-सेवा करके पा जाता है। अहिल्या को चक्रधर का आत्म-दमन इसीलिए बुरा लगता

था और वह मुंह सें कुछ न कहकर भी दुखी रहती थी। सेवा स्वयं अपना बदला है, यह आदर्श उसकी समझ में न आता था।

अगर चक्रधर को अपना ही खर्च संभालना होता, तो शायद उन्हें बहुत कष्ट न होता, क्योंकि उनके लेख बहुत अच्छे होते थे और दो-तीन समाचार-पत्रों में लिखकर वह अपनी जरूरत-भर को पैदा कर लेते थे। पर मुंशी वज्रधर के तकाजों के मारे उनकी नाक में दम था। मनोरमा जगदीशपुर जाकर संसार से विरक्त-सी हो गई थी। न कहीं आती, न कहीं जाती और न रियासत के किसी मामले में बोलती। धन से उसे घृणा ही हो गई थी। सब कुछ छोड़कर वह अपनी कुटी में जा बैठी थी, मानो कोई संन्यासिनी हो, इसलिए अब मुंशीजी को केवल वेतन मिलता था और उसमें उनका गुजर न होता था। चक्रधर को बार-बार तंग करते, और उन्हें विवश होकर पिता की सहायता करनी पड़ती।

अगहन का महीना था। खासी सर्दी पड़ रही थी, मगर अभी तक चक्रधर जाड़े के कपड़े न बनवा पाए थे। अहिल्या के पास तो पुराने कपड़े थे, पर चक्रधर के पुराने कपड़े मुंशीजी के मारे बचने ही न पाते। या तो खुद पहन डालते, या किसी को दे देते। वह इसी फिक्र में थे कि कहीं से रुपये आ जाएं, तो एक कंबल ले लूं। आज बड़े इंतजार के बाद लखनऊ से एक मासिक पत्र के कार्यालय से पच्चीस रुपये का मनीआर्डर आया था और वह अहिल्या के पास बैठे हुए कपड़ों का प्रोग्राम बना रहे थे।

अहिल्या ने कहा, मुझे अभी कपड़ों की जरूरत नहीं है। तुम अपने लिए एक अच्छा-सा कंबल कोई पंद्रह रुपये में ले लो। बाकी रुपयों में अपने लिए ऊनी कुरता और एक जूता ले लो। जूता बिल्कुल फट गया है।

चक्रधर—पंद्रह रुपये का कंबल क्या होगा? मेरे लायक तीन-चार रुपये में अच्छा-सा कंबल मिल जाएगा। बाकी रुपयों से तुम्हारे लिए एक अलवान ला देता हूं। सवेरे उठकर तुम्हें कामकाज करना पड़ता है, कहीं सर्दी खा जाओ, तो मुश्किल पड़े। ऊनी कुरते की जरूरत नहीं। हां, तुम एक सलूका बनवा लो। मैं तगड़ा आदमी हूं, ठंड सह सकता हूं।

अहिल्या—खूब तगड़े हो, क्या कहना है ! जरा आईने में जाकर सूरत तो देखो। जब से यहां आए हो, आधी देह भी नहीं रही। मैं जानती कि यहां आकर तुम्हारी यह दशा हो जाएगी, तो कभी घर से कदम न निकालती। मुझसे लोग छूत माना करते, क्या परवाह थी ! तुम तो आराम से रहते। अलवान-सलवान न लूंगी, तुम आज एक कंबल लाओ, नहीं तो मैं सच कहती हूं, यदि बहुत दिक करोगे तो मैं आगरे चली जाऊंगी।

चक्रधर—तुम्हारी यही जिद तो मुझे अच्छी नहीं लगती। मैं कई साल से अपने को इसी ढंग के जीवन के लिए साध रहा हूं। मैं दुबला हूं तो क्या, गर्मी-सर्दी खूब सह सकता हूं। तुम्हें यहां नौ-दस महीने हुए, बताओ मेरे सिर में एक दिन भी दर्द हुआ? हां, तुम्हें कपड़े की जरूरत है। तुम अभी ले लो अब की रुपये आएंगे, तो मैं बनवा लूंगा।

इतने में डाकिये ने पुकारा। चक्रधर ने जाकर खत ले लिया और उसे पढ़ते हुए अंदर आए। अहिल्या ने पूछा—लालाजी का खत है? लोग अच्छी तरह हैं न?

चक्रधर—मेरे आते ही न जाने उन लोगों पर क्या साढ़ेसाती सवार हो गई कि जब देखो, एक न एक विपत्ति सवार ही रहती है। अभी मंगला बीमार थी। अब अम्मां बीमार हैं। बाबूजी को खांसी आ रही है। रानी साहब के यहां से अब वजीफा नहीं मिलता है। लिखा है कि इस वक्त पचास रुपये अवश्य भेजो।

अहिल्या—क्या अम्मांजी बहुत बीमार हैं?

चक्रधर—हां, लिखा तो है।

अहिल्या—तो जाकर देख ही क्यों न आओ?

चक्रधर—तुम्हें अकेली छोड़कर?

अहिल्या—डर क्या है?

चक्रधर—चलो। रात को कोई आकर लूट ले, तो चिल्ला भी न सको। कितनी बार सोचा कि चलकर अम्मां को देख आऊं, पर कभी इतने रुपये ही नहीं मिलते। अब बताओ, इन्हें रुपये कहां से भेजूं?

अहिल्या—तुम्हीं सोचो, जो बैरागी बनकर बैठे हो। तुम्हें बैरागी बनना था, तो नाहक गृहस्थी के जंजाल में फंसे। मुझसे विवाह करके तुम सचमुच बला में फंस गए। मैं न होती, तो क्यों तुम यहां आते और क्यों यह दशा होती? सबसे अच्छा है, तुम मुझे अम्मां के पास पहुंचा दो। अब वह बेचारी अकेली रो-रोकर दिन काट रही होंगी। जाने से निहाल हो जाएंगी।

चक्रधर—हम और तुम दोनों क्यों न चले चलें?

अहिल्या—जी नहीं, दया कीजिए। आप वहां भी मेरे प्राण खाएंगे और बेचारी अम्मांजी को रुलाएंगे! मैं झूठों भी लिख दूं कि अम्मांजी, मैं तकलीफ में हूं, तो तुरंत किसी को भेजकर मुझे बुला लें।

चक्रधर—मुझे बाबूजी पर बड़ा क्रोध आता है। व्यर्थ मुझे तंग करते हैं। अम्मां की बीमारी तो बहाना है, सरासर बहाना।

अहिल्या—यह बहाना हो या सच हो, ये पच्चीस रुपये भेज दो। बाकी के लिए लिख दो कोई फिक्र करके जल्दी ही भेज दूंगा। तुम्हारी तकदीर में इस साल जड़ावल नहीं लिखा है।

चक्रधर—लिखे देता हूं, मैं खुद तंग हूं, आपके पास कहां से भेजूं?

अहिल्या—ए हटो भी, इतने रुपयों के लिए मुंह चुराते हो, भला वह अपने दिल में क्या कहेंगे! ये रुपये चुपके से भेज दो!

चक्रधर कुछ देर तक मौन धारण किए बैठे रहे, मानो किसी गहरी चिंता में हों। एक क्षण के बाद बोले—किसी से कर्ज लेना पड़ेगा, और क्या।

अहिल्या—नहीं, तुम्हारे हाथ जोड़ती हूं, कर्ज मत लेना। इससे तो इंकार कर देना ही अच्छा है।

चक्रधर—किसी ऐसे महाजन से लूंगा, जो तकादे न करेगा। अदा करना बिल्कुल मेरी इच्छा पर होगा।

अहिल्या—ऐसा कौन महाजन है, भई? यहीं रहता है? कोई दोस्त होगा? दोस्त से तो कर्ज लेना ही न चाहिए। इससे तो महाजन कहीं अच्छा। कौन हैं, जरा उसका नाम तो सुनूं?

चक्रधर—अजी, एक पुराना दोस्त है, जिसने मुझसे कह रखा है तुम्हें जब रुपये की कोई जरूरत आ पड़े, जो टाले न टल सके, तो तुम हमसे मांग लिया करना, फिर जब चाहे दे देना।

अहिल्या—कौन है, बताओ, तुम्हें मेरी कसम !

चक्रधर—तुमने कसम रखा दी, यह बड़ी मुश्किल आ पड़ी। वह मित्र रानी मनोरमा हैं। उन्होंने मुझे घर से चलते समय एक छोटा-सा बैग दिया था। मैंने उस वक्त तो खोला नहीं, गाड़ी में बैठकर खोला, तो उसमें पांच हजार रुपये के नोट निकले। सब रुपये ज्यों-के-त्यों रखे हुए हैं।

अहिल्या—और तो कभी नहीं निकाला?

चक्रधर—कभी नहीं, यह पहला मौका है।

अहिल्या—तो भूलकर भी न निकालना।

चक्रधर—लालाजी जिंदा न छोड़ेंगे, समझ लो।

अहिल्या—साफ कह दो, मैं खाली हाथ हूं, बस। रानीजी की अमानत किसी मौके से लौटानी होगी। अमीरों का एहसान कभी न लेना चाहिए, कभी-कभी उसके बदले में अपनी आत्मा तक बेचनी पड़ती है। रानीजी तो हमें बिल्कुल भूल ही गईं। एक खत न लिखा।

चक्रधर—आजकल उनको अपने घर के झगड़ों ही से फुरसत न मिलती होगी। राजा साहब से विवाह करके अपना जीवन ही नष्ट कर दिया।

अहिल्या—हृदय बड़ा उदार है।

चक्रधर—उदार ! यह क्यों नहीं कहतीं कि अगर उनकी मदद न हो, तो प्रांत की कितनी ही सेवा-संस्थाओं का अंत हो जाय। प्रांत में यदि ऐसे लगभग दस प्राणी हो जाएं तो बड़ा काम हो जाय।

अहिल्या—ये रुपये लालाजी के पास भेज दो, तब तक और सरदी का मजा उठा लो।

अहिल्या उसी दिन बड़ी रात तक चिंता में पड़ी रही कि जड़ावल का क्या प्रबंध हो। चक्रधर ने सेवा-कार्य का इतना भारी बोझ अपने सिर ले लिया था कि उनसे अधिक धन कमाने की आशा न की जा सकती थी। बड़ी मुश्किलों से रात को थोड़ा-सा समय निकालकर बेचारे कुछ लिख-पढ़ लेते थे। धन की उन्हें चेष्टा ही न थी। इसे वह केवल जीवन का उपाय समझते थे। अधिक धन कमाने के लिए उन्हें मजबूर करना उन पर अत्याचार करना था। उसने सोचना शुरू किया, मैं कुछ काम कर सकती हूं या नहीं। सिलाई और बूटे-कसीदे का काम वह खूब कर सकती थी, पर चक्रधर को यह कब मंजूर हो सकता था कि वह पैसे के लिए यह काम करे? एक दिन उसने एक मासिक पत्रिका में अपनी एक सहेली का लेख देखा। दोनों आगरे में साथ-साथ पढ़ती थीं। अहिल्या हमेशा उससे अच्छा नंबर पाती थी। यह लेख पढ़ते ही अहिल्या की वही दशा हुई, जो किसी असील घोड़े को चाबुक पड़ने पर होती है।

वह कलम लेकर बैठ गई और उसी विषय की आलोचना करने लगी, जिसपर उसकी सहेली का लेख था। वह इतनी तेजी से लिख रही थी, मानो भागते हुए विचारों को समेट रही हो। शब्द और वाक्य आप ही आप निकलते चले आते थे। आध घंटे में उसने चार-पांच पृष्ठ लिख डाले। जब उसने उसे दुहराया, तो उसे ऐसा जान पड़ा कि मेरा लेख सहेली के लेख से अच्छा है। फिर भी उसे सम्पादक के पास भेजते हुए उसका जी डरता था कि कहीं अस्वीकृत न हो जाय। उसने दोनों लेखों को दो-तीन बार मिलाया और अंत को तीसरे दिन भेज ही दिया। तीसरे दिन जवाब आया। लेख स्वीकृत हो गया था, फिर भेजने की प्रार्थना की थी और शीघ्र ही पुरस्कार भेजने का वादा था। तीसरे दिन डाकिये ने एक रजिस्ट्री चिट्ठी लाकर दी। अहिल्या ने खोला, तो दस रुपये का नोट था। अहिल्या फूली न समाई। उसे इस बात का संतोषमय गर्व हुआ कि गृहस्थी में मैं भी मदद कर सकती हूं। उसी दिन उसने एक दूसरा लेख लिखना शुरू किया, पर अबकी जरा देर लगी। तीसरे दिन लेख भेज दिया गया।

पूस का महीना लग गया। जोरों की सर्दी पड़ने लगी। स्नान करते समय ऐसा मालूम होता था कि पानी काट खाएगा, पर अभी तक चक्रधर जड़ावल न बनवा सके। एक दिन बादल हो आए और ठंडी हवा चलने लगी। चक्रधर दस बजे रात को अछूतों की किसी सभा से लौट रहे थे, तो मारे सर्दी के कलेजा कांप उठा। चाल तेज की, पर सर्दी कम न हुई। तब दौड़ने लगे। घर के समीप पहुंचकर थक गए। सोचने लगे—अभी से यह हाल है भगवान्, तो रात कैसे कटेगी? और मैं तो किसी तरह काट भी लूंगा, अहिल्या का क्या हाल होगा? इस बेचारी को मेरे कारण बड़ा कष्ट हो रहा है। सच पूछो, तो मेरे साथ विवाह करना इसके लिए कठिन तपस्या हो गई। कल सबसे पहले कपड़ों की फिक्र करूंगा। यह सोचते हुए वह घर आए, तो देखा कि अहिल्या अंगीठी में कोयले भरे ताप रही है। आज वह बहुत प्रसन्न दिखाई देती थी। रात को रोज रोटी और कोई साग खाया करते थे। आज अहिल्या ने पूरियां पकाई थीं, और सालन भी कई प्रकार का था। खाने में बड़ा मजा आया। भोजन करके लेटे तो दिखाई दिया, चारपाई पर एक बहुत अच्छा कंबल पड़ा हुआ है। विस्मित होकर पूछा—यह कंबल कहां था?

अहिल्या ने मुस्कराकर कहा—मेरे पास ही रखा था। अच्छा है कि नहीं?

चक्रधर—तुम्हारे पास कंबल कहां था? सच बताओ, कहां मिला? बीस रुपये से कम का न होगा।

अहिल्या—तुम मानते ही नहीं, तो क्या करूं। अच्छा, तुम्हीं बताओ कहां था?

चक्रधर—मोल लिया होगा। सच बताओ रुपये कहां थे?

अहिल्या—तुम्हें आम खाने से मतलब है या पेड़ गिनने से?

चक्रधर—जब तक यह न मालूम हो जाय कि आम कहां से आए, तब तक मैं उनमें हाथ भी न लगाऊं।

अहिल्या—मैंने कुछ रुपये बचा के रखे थे। आज कंबल मंगवा लिया।

चक्रधर—मैंने तुम्हें इतने रुपये कब दिए कि खर्च करके बच जाते? कितने का है?

अहिल्या—पच्चीस रुपये का। मैं थोड़ा-थोड़ा बचाती गई थी।

चक्रधर—मैं यह मानने का नहीं। बताओ, रुपये कहां मिले?

अहिल्या—बता ही दूं। अबकी मैंने 'आर्य जगत्' को दो लेख भेजे थे। उसी के पुरस्कार के तीस रुपये मिले थे। आजकल एक और लेख लिख रही हूं।

अहिल्या ने समझा था, चक्रधर यह सुनते ही खुशी से उछल पड़ेंगे और प्रेम से मुझे गले लगा लेंगे, लेकिन यह आशा पूरी न हुई। चक्रधर ने उदासीन भाव से पूछा—कहां हैं लेख, जरा 'आर्य जगत्' देखूं?

अहिल्या ने दोनों 'अंक' लाकर उनको दे दिए और लजाते हुए बोली—कुछ है नहीं; ऊटपटांग जो जी में आया, लिख डाला।

चक्रधर ने सरसरी निगाह से लेखों को देखा। ऐसी सुंदर भाषा वह खुद न लिख सकते थे। विचार भी बहुत गंभीर और गहरे थे। अगर अहिल्या ने खुद कहा होता तो वह लेखों पर उसका नाम देखकर भी यही समझते कि इस नाम की कोई दूसरी महिला होगी। उन्हें कभी खयाल ही न हो सकता था कि अहिल्या इतनी विचारशील है, मगर यह जानकर भी वह खुश नहीं हुए। उनके अहंकार को धक्का-सा लगा। उनके मन में गृहस्वामी होने का जो गर्व अलक्षित रूप से बैठा हुआ था, वह चूर-चूर हो गया। वह अज्ञात भाव से बुद्धि में, विद्या में एवं व्यावहारिक ज्ञान में अपने को अहिल्या से ऊंचा समझते थे। रुपये कमाना उनका काम था। यह अधिकार उनके हाथ से छिन गया। विमन होकर बोले—तुम्हारे लेख बहुत अच्छे हैं और पहली ही कोशिश में तुम्हें पुरस्कार भी मिल गया, यह और खुशी की बात है, मुझे तो कंबल की जरूरत न थी। कम से कम मैं इतना कीमती कंबल न चाहता था, लेकिन इसे तुम्हीं ओढ़ो। आखिर तुम्हारे पास तो वही एक पुरानी चादर है। मैं अपने लिए दूसरा कंबल ले लूंगा।

अहिल्या समझ गई कि यह बात इन्हें बुरी लगी। बोली—मैंने पुरस्कार के इरादे से तो लेख न लिखे थे। अपनी एक सहेली का लेख पढ़कर मुझे भी दो-चार बातें सूझ गईं। लिख डालीं। अगर तुम्हारी इच्छा नहीं, तो अब न लिखूंगी।

चक्रधर—नहीं, नहीं, मैं तुम्हें लिखने को मना नहीं करता। तुम शौक से लिखो, मगर मेरे लिए तुम्हें यह कष्ट उठाने की जरूरत नहीं। मुझे ऐश करना होता, तो सेवा क्षेत्र में आता ही क्यों? मैं सब सोच-समझकर इधर आया हूं, मगर अब देख रहा हूं कि 'माया और राम' दोनों साथ नहीं मिलते। मुझे राम को त्यागकर माया की उपासना करनी पड़ेगी।

अहिल्या ने कातर भाव से कहा—मैंने तो तुमसे किसी बात की शिकायत नहीं की। अगर तुम जो हो, वह न होकर धनी होते, तो शायद मैं अब तक क्वांरी ही रहती। धन की मुझे लालसा न तब थी, न अब है। तुम जैसा रत्न पाकर अगर मैं धन के लिए रोऊं, तो मुझसे बढ़कर अभागिनी कोई संसार में न होगी। तुम्हारी तपस्या में योग देना मैं अपना सौभाग्य समझती हूं। मैंने केवल यह सोचा कि जब मैंने मेहनत की है, तो उसकी मजूरी ले लेने में क्या हरज है! यह कंबल तो कोई शाल नहीं है, जिसे ओढ़ने से संकोच हो। मेरे लिए चादर काफी है।

तुम्हें जब रुपये मिलें, तो मेरे लिए लिहाफ बनवा देना।

कंबल रात भर ज्यों-का-त्यों तह किया हुआ पड़ा रहा। सर्दी के मारे चक्रधर को नींद न आती थी, पर कंबल को छुआ तक नहीं। उसका एक-एक रोयां सर्प की भांति काटने दौड़ता था। एक बार उन्होंने अहिल्या की ओर देखा। वह हाथ-पांव सिकोड़े, चादर सिर से ओढ़े एक गठरी की तरह पड़ी हुई थी, पर उन्होंने उसे भी वह कंबल न ओढ़ाया। उनका स्नेह-करुण हृदय रो पड़ा। ऐसा मालूम होता था, मानो कोई फूल तुषार से मुरझा गया हो। उनकी अंतरात्मा सहस्त्रों जिह्वाओं से उनका तिरस्कार करने लगी। समस्त संसार उन्हें धिक्कारता हुआ जान पड़ा—तेरी लोक सेवा केवल भ्रम है, कोरा प्रमाद है। जब तू उस रमणी की रक्षा नहीं कर सकता, जो तुझ पर अपने प्राण तक अर्पण कर सकती है, तो तू जनता का उपकार क्या करेगा? त्याग और भोग में दिशाओं का अंतर है। चक्रधर उन्मत्तों की भांति चारों ओर देखने लगे कि कोई ऐसी चीज मिले जो इसे ओढ़ा सकूं, लेकिन पुरानी धोतियों के सिवा उन्हें और कोई चीज न नजर आई। उन्हें इस समय भीषण मर्म-वेदना हो रही थी। अपना व्रत और संयम, अपना समस्त जीवन शुष्क और निरर्थक जान पड़ता था। जिस दरिद्रता का उन्होंने सदैव आह्वान किया था, वह इस समय भयंकर शाप की भांति उन्हें भयभीत कर रही थी। जिस रमणी-रत्न की ज्योति से रनिवास में उजाला हो जाता था, उसको मेरे हाथों यह यंत्रणा मिल रही है। सहसा अहिल्या ने आंखें खोल दीं और बोली—तुम खड़े क्या कर रहे हो? मैं अभी स्वप्न देख रही थी कि कोई पिशाच मुझे नदी के शीतल जल में डुबाए देता है। अभी तक छाती धड़क रही है।

चक्रधर ने ग्लानित होकर कहा—वह पिशाच मैं ही हूं, अहिल्या! मेरे हाथों तुम्हें यह कष्ट मिल रहा है।

अहिल्या ने पति का हाथ पकड़कर चारपाई पर सुला दिया और वही कंबल ओढ़ाकर बोली—तुम मेरे देवता हो, जिसने मुझे मझधार से निकाला है। पिशाच मेरा मन है, जो मुझे डुबाने की चेष्टा कर रहा है।

इतने में पड़ोस के एक मुर्गे ने बांग दी। अहिल्या ने किवाड़ खोलकर देखा, तो प्रभात-कुसुम खिल रहा था। चक्रधर को आश्चर्य हुआ कि इतनी जल्दी रात कैसे कट गई।

आज वह नाश्ता करते ही कहीं बाहर न गए, बल्कि कमरे में जाकर कुछ लिखते-पढ़ते रहे। शाम को उन्हें कुमार सभा में एक वक्तृता देनी थी। विषय था 'समाजसेवा'। इस विषय को छोड़कर वह पूरे घंटे-भर तक ब्रह्मचर्य की महिमा गाते रहे। सात बजते-बजते वह फिर लौट आए और दस बजे तक लिखते रहे। आज से यही उनका नियम हो गया। नौकरी तो वह कर न सकते थे। चित्त को इससे घृणा होती थी, लेकिन अधिकांश समय पुस्तकें और लेख लिखने में बिताते। उनकी विद्या और बुद्धि अब सेवा के अधीन नहीं, स्वार्थ के अधीन हो गई। भाव के साथ उनके जीवन-सिद्धांत भी बदल गए। बुद्धि का उद्देश्य केवल तत्व-निरूपण और विद्या-प्रसार न रहा, वह धनोपार्जन का मंत्र बन गया। उस मकान में अब उन्हें कष्ट होने लगा। दूसरा मकान लिया, जिसमें बिजली के पंखे और रोशनी थी। इन नए सांध

नों से उन्हें लिखने-पढ़ने में और भी आसानी हो गई। बरसात में मच्छरों के मारे कोई मानसिक काम न कर सकते थे। गर्मी में तो नन्हें से आंगन में बैठना भी मुश्किल था, काम करने का जिक्र ही क्या? अब वह खुली हुई छत पर बिजली के पंखे के सामने शाम ही से बैठकर काम करने लगते थे। अहिल्या खुद तो कुछ न लिखती, पर चक्रधर की सहायता करती रहती थी। लेखों को साफ करना, अन्य पुस्तकों और पत्रों से अवतरणों की नकल करना उसका काम था। पहले ऊसर की खेती करते थे, जहां न धन था, न कीर्ति। अब धन भी मिलता था और कीर्ति भी। पत्रों के सम्पादक उनसे आग्रह करके लेख लिखवाते थे। लोग इन लेखों को बड़े चाव से पढ़ते थे। भाषा भी अलंकृत होती थी, भाव भी सुंदर, विषय भी उपयुक्त ! दर्शन से उन्हें विशेष रुचि थी। उनके लेख भी अधिकांश दार्शनिक होते थे।

पर चक्रधर को अब अपने कृत्यों पर गर्व न था। उन्हें काफी धन मिलता था। योरप और अमरीका के पत्रों में भी उनके लेख छपते थे। समाज में उनका आदर भी कम न था, पर सेवा-कार्य में जो संतोष और शांति मिलती थी, वह अब मयस्सर न थी। अपने दीन, दुखी एवं पीड़ित बंधुओं की सेवा करने में जो गौरव-युक्त आनंद मिलता था, वह सभ्य समाज की दावतों में न प्राप्त होता था। मगर अहिल्या सुखी थी। वह अब सरल बालिका नहीं, गौरवशाली युवती थी—गृह-प्रबंध में कुशल, पति सेवा में प्रवीण, उदार, दयालु और नीति-चतुर। मजाल न थी कि नौकर उसकी आंख बचाकर एक पैसा भी खा जाए। उसकी सभी अभिलाषाएं पूरी होती जाती थीं। ईश्वर ने उसे एक सुंदर बालक भी दे दिया। रही-सही कसर भी पूरी हो गई।

इस प्रकार पांच साल गुजर गए।

एक दिन काशी से राजा बिशालसिंह का तार आया। लिखा था—'मनोरमा बहुत बीमार है। तुरंत आइए। बचने की कम आशा है।' चक्रधर के हाथ से कागज छूट कर गिर पड़ा। अहिल्या संभाल न लेती, तो शायद वह खुद भी गिर पड़ते। ऐसा मालूम हुआ, मानो मस्तक पर किसी ने लाठी मार दी हो। आंखों के सामने तितलियां-सी उड़ने लगीं। एक क्षण के बाद संभलकर बोले—मेरे कपड़े बक्स में रख दो, मैं इसी गाड़ी से जाऊंगा।

अहिल्या—यह हो क्या गया है? अभी तो लालाजी ने लिखा था कि वहां सब कुशल है।

चक्रधर—क्या कहा जाए? कुछ नहीं, यह सब गृह-कलह का फल है। मनोरमा ने राजा साहब से विवाह करके बड़ी भूल की। सौतों ने तानों से छेद-छेदकर उसकी जान ले ली। राजा साहब उस पर जान देते थे। यही सारे उपद्रव की जड़ है। अहिल्या ! वह स्त्री नहीं, देवी है।

अहिल्या—हम लोगों के यहां चले आने से शायद नाराज हो गई। इतने दिनों में केवल मुन्नू के जन्मोत्सव पर एक पत्र लिखा था।

चक्रधर—हां, उनकी यही इच्छा थी कि हम सब उनके साथ रहें।

अहिल्या—कहो तो मैं भी चलूं ? देखने को जी चाहता है। उनका शील और स्नेह

कभी न भूलेगा।

चक्रधर—योगेन्द्र बाबू को साथ लेते चलें। इनसे अच्छा तो यहां और कोई डॉक्टर नहीं है।

अहिल्या—अच्छा तो होगा। डॉक्टर साहब से तुम्हारी दोस्ती है, खूब दिल लगाकर दवा करेंगे।

चक्रधर—मगर तुम मेरे साथ लौट न सकोगी, यह समझ लो। मनोरमा तुम्हें इतनी जल्दी न आने देगी।

अहिल्या—वह अच्छी तो हो जाएं। लौटने की बात पीछे देखी जाएगी। तो तुम जाकर डॉक्टर साहब को तैयार करो। मैं यहां सब सामान तैयार कर रही हूं।

दस बजते-बजते ये लोग यहां से डाक पर चले। अहिल्या खिड़की से पावस का मनोहर दृश्य देखती थी, चक्रधर व्यग्र हो होकर घड़ी देखते थे कि पहुंचने में कितनी देर है और मुन्नू खिड़की से बाहर कूद पड़ने के लिए जोर लगा रहा था।

तीस

चक्रधर जगदीशपुर पहुंचे, तो रात के आठ बज गए थे। राजभवन के द्वार पर हजारों आदमियों की भीड़ थी। अन्न-दान दिया जा रहा था और कंगले एक पर एक टूटे पड़ते थे। सिपाही धक्के पर धक्के देते थे, पर कंगलों का रेला कम न होता था। शायद वे समझते थे कि कहीं हमारी बारी आने से पहले ही सारा अन्न समाप्त न हो जाय, अन्न कम हो जाने पर थोड़ा-थोड़ा देकर ही टरका दें। मुंशी वज्रधर बार-बार चिल्ला रहे थे—क्यों एक-दूसरे पर गिरे पड़ते हो? सबको मिलेगा, कोई खाली न जाएगा, सैकड़ों बोरे भरे हुए हैं। लेकिन उनके आश्वासन का कोई असर न दिखाई देता था। छोटी-सी बस्ती में इतने आदमी भी मुश्किल से होंगे! इतने कंगाल न जाने कहां से फट पड़े थे।

सहसा मोटर की आवाज सुनकर सामने देखा, तो भीड़ को हटाकर दौड़े और चक्रधर को गले लगा लिया। पिता और पुत्र दोनों रो रहे थे, पिता में पुत्र-स्नेह था, पुत्र में पितृ-भक्ति थी, किसी के दिल में जरा भी मैल न था, फिर भी वे आज पांच साल के बाद मिल रहे हैं। कितना घोर अनर्थ है।

अहिल्या पति के पीछे खड़ी थी। मुन्नू उसकी गोद में बैठा बड़े कौतूहल से दोनों आदमियों का रोना देख रहा था। उसने समझा, इन दोनों में मार-पीट हुई है, शायद दोनों ने एक-दूसरे का गला पकड़कर दबाया है, तभी तो यों रो रहे हैं। बाबूजी का गला दुख रहा होगा। यह सोचकर उसने भी रोना शुरू किया। मुंशीजी उसे रोते देखकर प्रेम से बढ़े कि उसको गोद में लेकर प्यार करूं, तो बालक ने मुंह फेर लिया। जिसने अभी-अभी बाबूजी को मारकर रुलाया है, वह क्या मुझे न मारेगा? कैसा विकराल रूप है? अवश्य मारेगा।

अभी दोनों आदमियों में कोई बात न होने पाई थी कि राजा साहब दौड़ते हुए भीतर से आते दिखाई दिए। सूरत से नैराश्य और चिंता झलक रही थी। शरीर भी दुर्बल था। आते

ही आते उन्होंने चक्रधर को गले लगाकर पूछा—मेरा तार कब मिल गया था?

चक्रधर—कोई आठ बजे मिला होगा। पढ़ते ही मेरे होश उड़ गए। रानीजी की क्या हालत है?

राजा—वह तो अपनी आंखों देखोगे, मैं क्या कहूं। अब भगवान् ही का भरोसा है। अहा ! यह शंखधर महाशय हैं।

यह कहकर उन्होंने बालक को गोद में ले लिया और स्नेहपूर्ण नेत्रों से देखकर बोले—मेरी सुखदा बिल्कुल ऐसी ही थी। ऐसा जान पड़ता है, यह उसका छोटा भाई है। उसकी सूरत अभी तक मेरी आंखों में है। मुख से बिल्कुल ऐसी ही थी।

अंदर जाकर चक्रधर ने मनोरमा को देखा। वह मोटे गद्दों में ऐसे समा गई थी कि मालूम होता था पलंग खाली है, केवल चादर पड़ी है। चक्रधर की आहट पाकर उसने मुंह चादर से बाहर निकाला। दीपक के क्षीण प्रकाश में किसी दुर्बल की आह असहाय नेत्रों से आकाश की ओर ताक रही थी !

राजा साहब ने आहिस्ता से कहा—नोरा, तुम्हारे बाबूजी आ गए !

मनोरमा ने तकिए का सहारा लेकर कहा—मेरे धन्य भाग ! आइए बाबूजी, आपके दर्शन भी हो गए। तार न जाता, तो आप क्यों आते ?

चक्रधर—मुझे तो बिल्कुल खबर ही न थी। तार पहुंचने पर हाल मालूम हुआ।

मनोरमा—खैर, आपने बड़ी कृपा की। मुझे तो आपके आने की आशा ही न थी।

राजा—बार-बार कहती थी कि वह न आएंगे, उन्हें इतनी फुर्सत कहां, पर मेरा मन कहता था, आप यह समाचार पाकर रुक ही नहीं सकते। शहर के सब चिकित्सकों को दिखा चुका। किसी से कुछ न हो सका। अब तो ईश्वर ही का भरोसा है।

चक्रधर—मैं भी एक डॉक्टर को साथ लाया हूं। बहुत ही होशियार आदमी है।

मनोरमा—(बालक को देखकर) अच्छा ! अहिल्या देवी भी आई हैं? जरा यहां तो लाना, अहिल्या ! इसे छाती से लगा लूं।

राजा—इसकी सूरत सुखदा से बहुत मिलती है, नोरा ! बिल्कुल उसका छोटा भाई मालूम होता है !

'सुखदा' का नाम सुनकर अहिल्या पहले भी चौंकी थी। अबकी वही शब्द सुनकर फिर चौंकी। बाल-स्मृति किसी भूले हुए स्वप्न की भांति चेतना क्षेत्र में आ गई। उसने घूंघट की आड़ से राजा साहब की ओर देखा। उसे अपनी स्मृति पर ऐसा ही आकार खिंचा हुआ मालूम पड़ा।

बालक को स्पर्श करते ही मनोरमा के जर्जर शरीर में एक स्फूर्ति-सी दौड़ गई। मानो किसी ने बुझते हुए दीपक की बत्ती उकसा दी हो ! बालक को छाती से लगाए हुए उसे अपूर्व आनंद मिल रहा था, मानो बरसों के तृषित कंठ को शीतल जल मिल गया हों और उसकी प्यास न बुझती हो। वह बालक को लिए हुए उठ बैठी और बोली—अहिल्या, मैं अब यह लाल तुम्हें न दूंगी। यह मेरा है। तुमने इतने दिनों तक मेरी सुधि न ली, यह उसी की सजा है।

राजा साहब ने मनोरमा को संभालकर कहा—लेट जाओ। लेट जाओ। देह में हवा लग रही है। क्या करती हो?

किंतु मनोरमा बालक को लिए हुए कमरे के बाहर निकल गई। राजा साहब भी उसके पीछे-पीछे दौड़े कि कहीं गिर न पड़े। कमरे में केवल चक्रधर और अहिल्या रह गए। अहिल्या धीरे से बोली—मुझे अब याद आ रहा है कि मेरा भी नाम सुखदा था। जब मैं बहुत छोटी थी, तो मुझे लोग सुखदा कहते थे।

चक्रधर ने बेपरवाही से कहा—हां, यह कोई नया नाम नहीं।

अहिल्या—मेरे बाबूजी की सूरत राजा साहब से बहुत मिलती है।

चक्रधर ने उसी लापरवाही से कहा—हां, बहुत से आदमियों की सूरत मिलती है।

अहिल्या—नहीं, बिल्कुल ऐसे ही थे।

चक्रधर—हो सकता है। बीस वर्ष की सूरत अच्छी तरह ध्यान में भी तो नहीं रहती।

अहिल्या—जरा तुम राजा साहब से पूछो तो कि आपकी सुखदा कब खोई थी?

चक्रधर ने झुंझलाकर कहा—चुपचाप बैठो, तुम इतनी भाग्यवान् नहीं हो। राजा साहब की सुखदा कहीं खोई नहीं, मर गई होगी।

राजा साहब इसी वक्त बालक को गोद में लिए मनोरमा के साथ कमरे में आए। चक्रधर के अंतिम शब्द उनके कान में पड़ गए। बोले—नहीं बाबूजी, मेरी सुखदा मरी नहीं, त्रिवेणी के मेले में खो गई थी। आज बीस साल हुए, जब मैं पत्नी के साथ त्रिवेणी-स्नान करने प्रयाग गया था, वहीं सुखदा खो गई थी। उसकी उम्र कोई चार साल की रही होगी। बहुत ढूंढ़ा, पर कुछ पता न चला। उसकी माता उसके वियोग में स्वर्ग सिधारी। मैं भी बरसों तक पागल बना रहा। अंत में सब्र करके बैठ रहा।

अहिल्या ने सामने आकर निस्संकोच भाव से कहा—मैं भी तो त्रिवेणी के स्नान में खो गई थी। आगरा की सेवा समिति वालों ने मुझे कहीं रोते पाया और मुझे आगरे ले गए। बाबू यशोदानन्दन ने मेरा पालन-पोषण किया।

राजा—तुम्हारी क्या उम्र होगी, बेटी?

अहिल्या—चौबीसवां लगा है।

राजा—तुम्हें अपने घर की कुछ याद है? तुम्हारे द्वार पर किस चीज का पेड़ था?

अहिल्या—शायद बरगद का पेड़ था। मुझे याद आता है कि मैं उसके गोदे चुनकर खाया करती थी।

राजा—अच्छा, तुम्हारी माता कैसी थीं? कुछ याद आता है?

अहिल्या—हां, याद क्यों नहीं आता। उनका सांवला रंग था, दुबली-पतली, लेकिन बहुत लंबी थीं। दिन भर पान खाती रहती थीं।

राजा—घर में कौन-कौन लोग थे?

अहिल्या—मेरी एक बुढ़िया दादी थी, जो मुझे गोद में लेकर कहानी सुनाया करती थीं। एक बूढ़ा नौकर था, जिसके कंधे पर रोज सवार हुआ करती थी। द्वार पर एक बड़ा-सा घोड़ा

बंधा रहता था। मेरे द्वार पर एक कुआं था और पिछवाड़े एक बुढ़िया चमारिन का मकान था।

राजा ने सजल नेत्र होकर कहा—बस-बस, बेटी तुझे छाती से लगा लूं। तू ही मेरी सुखदा है। मैं बालक को देखते ही ताड़ गया था। मेरी सुखदा मिल गई ! मेरी सुखदा मिल गई !

चक्रधर—अभी शोर न कीजिए। संभव है, आपको भ्रम हो रहा हो।

राजा—जरा भी नहीं, जौ भर भी नहीं, मेरी सुखदा यही है। इसने जितनी बातें बताईं, सभी ठीक हैं। मुझे लेश मात्र भी संदेह नहीं। आह ! आज तेरी माता होती तो उसे कितना आनंद होता ! क्या लीला है भगवान् की ! मेरी सुखदा घर बैठे मेरी गोद में आ गई। जरा-सी गई थी, बड़ी-सी आई। अरे ! मेरा शोक-संताप हरने को एक नन्हा-मुन्ना बालक भी लाई। आओ, भैया चक्रधर, तुम्हें छाती से लगा लूं। अब तक तुम मेरे मित्र थे, अब मेरे पुत्र हो। याद है, मैंने तुम्हें जेल भिजवाया था? नोरा, ईश्वर की लीला देखी? सुखदा घर में थी और मैं उसके नाम को रो बैठा था। अब मेरी अभिलाषा पूरी हो गई। जिस बात की आशा तक मिट गई थी, वह आज पूरी हो गई।

चक्रधर विमन भाव से खड़े थे, मनोरमा अंगों फूली न समाती थी। अहिल्या अभी तक खड़ी रो रही थी। सहसा रोहिणी कमरे के द्वार से जाती हुई दिखाई दी। राजा साहब उसे देखते ही बाहर निकल आए और बोले—कहां जाती हो, रोहिणी? मेरी सुखदा मिल गई। आओ, देखो, यह उसका लड़का है।

रोहिणी, वहीं ठिठक गई और संदेहात्मक भाव से बोली—क्या स्वर्ग से लौट आई है, क्या?

राजा—नहीं-नहीं आगरे में थी। देखो, यह उसका लड़का है। मेरी सूरत इससे कितनी मिलती है ! आओ, सुखदा को देखो। मेरी सुखदा खड़ी है।

रोहिणी ने वहीं खड़े-खड़े उत्तर दिया—यह आपकी सुखदा नहीं, रानी मनोरमा की माया मूर्ति है, जिसके हाथों में आप कठपुतली की भाँति नाच रहे हैं।

राजा ने विस्मित होकर कहा—क्या यह मेरी सुखदा नहीं है? कैसी बात कहती हो? मैंने खूब परीक्षा करके देख लिया है।

रोहिणी—ऐसे मदारी के खेल बहुत देख चुकी हूं। मदारी भी आपको ऐसी बातें बता देता है, जो आपको आश्चर्य में डाल देती हैं। यह सब माया लीला है।

राजा—क्यों व्यर्थ किसी पर आक्षेप करती हो, रोहिणी? मनोरमा को भी तो वे बातें नहीं मालूम हैं, जो सुखदा ने मुझसे बता दीं। भला किसी गैर लड़की को मनोरमा क्यों मेरी लड़की बनाएगी? इसमें उसका क्या स्वार्थ हो सकता है?

रोहिणी—वह हमारी जड़ खोदना चाहती है। क्या आप इतना भी नहीं समझते? चक्रधर को राजा बनाकर वह आपको कोने में बैठा देगी। यही बालक, जो आपकी गोद में है; एक दिन आपका शत्रु होगा। यह सब सधी हुई बातें हैं। जिसे आप मिट्टी की गऊ समझते हैं, वह आप जैसों को बाजार में बेच सकती है। किसकी बुद्धि इतनी ऊंची उड़ेगी !

राजा ने व्यग्र होकर कहा—अच्छा, अब चुप रहो, रोहिणी ! मुझे मालूम हो गया कि

तुम्हारे हृदय में मेरे अमंगल के सिवा और किसी भाव के लिए स्थान नहीं है ! आज न जाने किसके पुण्य-प्रताप से ईश्वर ने मुझे यह शुभ दिन दिखाया है और तुम मुंह से ऐसे कुवचन निकाल रही हो, ईश्वर ने मुझे वह सब कुछ दे दिया, जिसकी मुझे स्वप्न में भी आशा न थी। यह बाल-रत्न मेरी गोद में खेलेगा, इसकी किसे आशा थी ! और ऐसे शुभ अवसर पर तुम यह विष उगल रही हो ! मनोरमा के पैर की धूल की बराबरी भी तुम नहीं कर सकती। जाओ, मुझे तुम्हारा मुख देखते हुए रोमांच होता है। तुम स्त्री के रूप में पिशाचिनी हो।

यह कहते हुए राजा साहब उसी आवेश में दीवानखाने में जा पहुंचे। द्वार पर अभी तक कंगालों की भीड़ लगी हुई थी। दो-चार अमले अभी तक बैठे दफ्तर में काम कर रहे थे। राजा साहब ने बालक को कंधे पर बिठाकर उच्च स्वर में कहा—मित्रो ! यह देखो; ईश्वर की असीम कृपा से मेरा नवासा घर बैठे मेरे पास आ गया। तुम लोग जानते हैं कि बीस साल हुए, मेरी पुत्री सुखदा त्रिवेणी के स्नान में खो गई थी ? वही सुखदा आज मुझे मिल गई है और यह बालक उसी का पुत्र है। आज से तुम लोग इसे अपना युवराज समझो। मेरे बाद यही मेरी रियासत का स्वामी होगा। गारद से कह दो, अपने युवराज को सलामी दे। नौबतखाने में कह दो, नौबत बजे। आज के सातवें दिन राजकुमार का अभिषेक होगा। अभी से उसकी तैयारी शुरू करो।

यह हुक्म देकर राजा साहब बालक को गोद में लिए ठाकुरद्वारे में जा पहुंचे। वहां इस समय ठाकुरजी के भोग की तैयारियां हो रही थीं। साधु-संतों की मंडली जमा थी। एक पंडित कोई कथा कह रहे थे, लेकिन श्रोताओं के कान उसी घंटी की ओर लगे थे, जो ठाकुरजी की पूजा की सूचना देगी और जिसके बाद तर माल के दर्शन होंगे। सहसा राजा साहब ने आकर ठाकुरजी के सामने बालक को बैठा दिया और खुद साष्टांग दंडवत् करने लगे। इतनी श्रद्धा से उन्होंने अपने जीवन में कभी ईश्वर की प्रार्थना न की थी। आज उन्हें ईश्वर से साक्षात्कार हुआ। उस अनुराग में उन्हें समस्त संसार आनंद से नाचता हुआ मालूम हुआ। ठाकुरजी स्वयं अपने सिंहासन से उतरकर बालक को गोद में लिए हुए हैं। आज उनकी चिरसंचित कामना पूरी हुई, और इस तरह पूरी हुई, जिसकी उन्हें कभी आशा भी न थी। यह ईश्वर की दया नहीं तो और क्या है?

पुत्र-रत्न के सामने संसार की संपदा क्या चीज है? अगर पुत्र-रत्न न हो, तो संसार की संपदा का मूल्य ही क्या है ! जीवन की सार्थकता ही क्या है? कर्म का उद्देश्य ही क्या है? अपने लिए कौन दुनिया के मनसूबे बांधता है? अपना जीवन तो मनसूबों में ही व्यतीत हो जाता है, यहां तक कि जब मनसूबे पूरे होने के दिन आते हैं, तो हमारी संसार यात्रा समाप्त हो चुकी होती है। पुत्र ही आकांक्षाओं का स्रोत, चिंताओं का आगार, प्रेम का बंधन और जीवन का सर्वस्व है। वही पुत्र आज विशाल सिंह को मिल गया था। उसे देख-देखकर उनकी आंखें आनंद से उमड़ी आती थीं, हृदय पुलकित हो रहा था। इधर अबोध बालक को छाती से लगाकर उन्हें अपना बल शतगुण होता हुआ ज्ञात होता था। अब उनके लिए संसार ही स्वर्ग था।

पुजारी ने कहा—भगवान् राजकुंवर को चिरंजीवी करें !

राजा ने अपनी हीरे की अंगूठी उसे दे दी। एक बाबाजी को इसी आशीर्वाद के लिए सौ बीघे जमीन मिल गई।

ठाकुरद्वारे से जब वह घर में आए, तो देखा कि चक्रधर आसन पर बैठे भोजन कर रहे हैं और मनोरमा सामने खड़ी खाना परस रही है। उसके मुख-मंडल पर हार्दिक उल्लास की कांति झलक रही थी। कोई यह अनुमान ही न कर सकता था कि यह वही मनोरमा है, जो अभी दस मिनट पहले मृत्यु-शैया पर पड़ी हुई थी।

इकतीस

यौवन काल जीवन का स्वर्ग है। बाल्य काल में यदि हम कल्पनाओं के राग गाते हैं, तो यौवन काल में उन्हीं कल्पनाओं का प्रत्यक्ष स्वरूप देखते हैं, और वृद्धावस्था में उसी स्वरूप का स्वप्न। कल्पना पंगु होती है, स्वप्न मिथ्या, जीवन का सार केवल प्रत्यक्ष में है। हमारी दैहिक और मानसिक शक्ति का विकास यौवन है। यदि समस्त संसार की संपदा एक ओर रख दी जाय और यौवन दूसरी ओर, तो ऐसा कौन प्राणी है, जो उस विपुल धनराशि की ओर आंख उठा कर भी देखे। वास्तव में यौवन ही जीवन का स्वर्ग है, और रानी देवप्रिया की-सी सौभाग्यवती और कौन होगी, जिसके लिए यौवन के द्वार फिर से खुल गए थे?

संध्या का समय था। देवप्रिया एक पर्वत की गुफा में एक शिला पर अचेत पड़ी हुई थी। महेन्द्र उसके मुख की ओर आशापूर्ण नेत्रों से देख रहे थे। उनका शरीर बहुत दुर्बल हो गया है, मुख पीला पड़ गया है और आंखें भीतर घुस गई हैं, जैसे कोई यक्ष्मा का रोगी हो। यहां तक कि उन्हें सांस लेने में भी कष्ट होता है। जीवन का कोई चिह्न है, तो उनके नेत्रों में आशा की झलक है। आज उनकी तपस्या का अंतिम दिन है, आज देवप्रिया का पुनर्जन्म होगा, सूखा हुआ वृक्ष नव पल्लवों से लहराएगा, आज फिर उसके यौवन-सरोवर में लहरें उठेंगी ! आकाश में कुसुम खिलेंगे। वह बार-बार उसके चेतना-शून्य हृदय पर हाथ रखकर देखते हैं कि रक्त का संचार होने में कितनी देर है और जीवन का कोई लक्षण न देखकर व्यग्र हो उठते हैं। इन्हें भय हो रहा है, मेरी तपस्या निष्फल तो न हो जाएगी।

एकाएक महेन्द्र चौंककर उठ खड़े हुए। आत्मोल्लास से मुख चमक उठा। देवप्रिया की हृत्तन्त्रियों में जीवन के कोमल संगीत का कम्पन हो रहा था। जैसे वीणा के अस्फुट स्वरों से शनैः शनैः गान का स्वरूप प्रस्फुटित होता है, जैसे मेघ-मंडल से शनैः-शनैः इन्दु की उज्ज्वल छवि प्रकट होती हुई दिखाई देती है, उसी भांति देवप्रिया के श्रीहीन, संज्ञाहीन, प्राणहीन मुखमंडल पर जीवन का स्वरूप अंकित होने लगा। एक क्षण में उसके नीले अधरों पर लालिमा छा गई, आंखें खुल गईं, मुख पर जीवन श्री का विकास हो गया। उसने एक अंगड़ाई ली और विस्मित नेत्रों से इधर-उधर देखकर शिला-शैय्या से उठ बैठी ! कौन कह सकता था कि वह महानिद्रा की गोद से निकलकर आई है? उसका मुखचंद्र अपनी सोलहों कलाओं से आलोकित हो रहा था। वह वही देवप्रिया थी, जो आशा और भय से कांपता हुआ हृदय

लिए आज से चालीस वर्ष पहले, पतिगृह में आई थी। वही यौवन का माधुर्य था, वही नेत्रों को मुग्ध करने वाली छवि थी, वही सुधामय मुस्कान, वही सुकोमल गात ! उसे अपने पोर-पोर में नए जीवन का अनुभव हो रहा था, लेकिन कायाकल्प हो जाने पर भी उसे अपने पूर्व जीवन की सारी की सारी बातें याद थीं। वैधव्य काल की विलासिता भीषण रूप धारण करके उसके सामने खड़ी थी। एक क्षण तक लज्जा और ग्लानि के कारण वह कुछ बोल न सकी। अपने पति की इस प्रेममय तपस्या के सामने उसका विलासमय जीवन कितना घृणित, कितना लज्जास्पद था !

महेन्द्र ने मुस्कराकर कहा—प्रिये, आज मेरा जीवन सफल हो गया। अभी एक क्षण पहले तुम्हारी दशा देखकर मैं अपने दुस्साहस पर पछता रहा था।

देवप्रिया ने महेन्द्र को प्रेम मुग्ध नेत्रों से देखकर कहा—प्राणनाथ, तुमने मेरे साथ जो उपकार किया है, उसका धन्यवाद देने के लिए मेरे पास शब्द ही नहीं हैं।

देवप्रिया की प्रबल इच्छा हुई कि स्वामी के चरणों पर सिर रख दूं और कहूं, कि तुमने मेरा उद्धार कर दिया, मुझे वह अलभ्य वस्तु प्रदान कर दी, जो आज तक किसी ने न पाई थी, जो सर्वदा से मानव-कल्पना का स्वर्ण-स्वप्न रही है, पर संकोच ने जबान बंद कर दी।

महेन्द्र—सच कहना, तुम्हें विश्वास था कि मैं तुम्हारा कायाकल्प कर सकूंगा?

देवप्रिया—प्रियतम, यह तुम क्यों पूछते हो? मुझे तुम्हारे ऊपर विश्वास न होता, तो आती ही क्यों?

देवप्रिया को अपनी मुख छवि देखने की बड़ी तीव्र इच्छा हो रही थी। एक शीशे के टुकड़े के लिए इस समय वह क्या कुछ न दे डालती?

सहसा महेन्द्र फिर बोले—तुम्हें मालूम है, इस क्रिया में कितने दिन लगे?

देवप्रिया—मैं क्या जानूं कि कितने दिन लगे?

महेन्द्र—पूरे तीन साल !

देवप्रिया—तीन साल ! तीन साल से तुम मेरे लिए यह तपस्या कर रहे हो?

महेन्द्र—तीन क्या, अगर तीस साल भी यह तपस्या करनी पड़ती, तो भी मैं न घबराता।

देवप्रिया ने सकुचाते हुए पूछा—ऐसा तो न होगा कि कुछ ही दिनों में यह 'चार दिन की चटक चांदनी फिर अंधेरा पाख' हो जाए?

महेन्द्र—नहीं प्रिये, इसकी कोई शंका नहीं।

देवप्रिया—और हम इस वक्त हैं कहां?

महेन्द्र—एक पर्वत की गुफा में। मैंने अपने राज्याधिकार मंत्री को सौंप दिए और तुम्हें लेकर यहां चला आया। राज्य की चिंताओं में पड़कर मैं यह सिद्धि कभी न प्राप्त कर सकता था। तुम्हारे लिए मैं ऐसे-ऐसे कई राज्य त्याग सकता था।

देवप्रिया को अब ऐसी वस्तु मिल गई थी, जिसके सामने राज्य वैभव की कोई हस्ती न थी। वन्य जीवन की कल्पना उसे अत्यन्त सुखद जान पड़ी। प्रेम का आनंद भोगने के लिए, स्वामी के प्रति अपनी भक्ति दिखाने के लिए यहां जितने मौके थे, उतने राजभवन में कहां

मिल सकते थे? उसे विलास की लेशमात्र भी आकांक्षा न थी, वह पतिप्रेम का आनंद उठाना चाहती थी। प्रसन्न होकर बोली—यह तो मेरे मन की बात हुई।

महेन्द्र ने चकित होकर पूछा—मुझे खुश करने के लिए यह बात कह रही हो या दिल से? मुझे तो इस विषय में बड़ी शंका थी।

देवप्रिया—नहीं प्राणनाथ, दिल से कह रही हूं। मेरे लिए जहां तुम हो, वहीं सब कुछ है।

महेन्द्र ने मुस्कराकर कहा—अभी तुमने इस जीवन के कष्टों का विचार नहीं किया। ज्येष्ठ-वैशाख की लू और लपट, शीतकाल की हड्डियों में चुभने वाली हवा और वर्षा की मूसलाधार वृष्टि की कल्पना तुमने नहीं की। मुझे भय है, शायद तुम्हारा कोमल शरीर उन कष्टों को न सह सकेगा।

देवप्रिया ने निःशंक भाव से कहा—तुम्हारे साथ मैं सब कुछ आनंद से सह सकती हूं।

उसी वक्त देवप्रिया ने गुफा से बाहर निकलकर देखा, तो चारों ओर अंधकार छाया हुआ था, लेकिन एक ही क्षण में उसे वहां की सब चीजें दिखाई देने लगीं। अंधकार वही था, पर उसकी आंखें उसमें प्रवेश कर गई थीं। सामने ऊंची पहाड़ियों की श्रेणियां अप्सराओं के विशाल भवनों की-सी मालूम होती थीं। दाहिनी ओर वृक्षों के समूह साधुओं की कुटियों के समान दीख पड़ते थे और बाईं ओर एक रत्नजटित नदी किसी चंचल पनिहारिन की भांति मीठे राग गाती, इठलाती चली जाती थी। फिर उसे गुफा से नीचे उतरने का मार्ग साफ-साफ दिखाई देने लगा। अंधकार वही था, पर उसमें कितना प्रकाश आ गया था।

उसी क्षण देवप्रिया के मन में एक विचित्र शंका उत्पन्न हुई—मेरा यह निकृष्ट जीवन कहीं फिर तो सर्वनाश न कर देगा?

बत्तीस

राजा विशालसिंह ने इधर कई साल से राजकाज छोड़-सा रखा था ! मुंशी वज्रधर और दीवान साहब की चढ़ बनी थी। गुरुसेवक सिंह भी अपने रागरंग में मस्त थे। सेवा और प्रेम का आवरण उतारकर अब वह पक्के विलायती हो गए थे। प्रजा के सुख-दुःख की चिंता अगर किसी को थी, तो वह मनोरमा को थी। राजा साहब के सत्य और न्याय का उत्साह ठंडा पड़ गया था। मनोरमा को पाकर उन्हें किसी चीज की सुधि न थी। उन्हें एक क्षण के लिए भी मनोरमा से अलग होना असह्य था। जैसे कोई दरिद्र प्राणी कहीं से विपुल धन पा जाय और रात-दिन उसकी की चिंता में पड़ा रहे; वह दशा राजा साहब की थी। मनोरमा उनका जीवन ध ान थी। उसी दृष्टि में मनोरमा फूल की पंखुड़ी से भी कोमल थी, उसे कुछ हो न जाय, यही भय उन्हें बना रहता था। अन्य रानियों की अब वह खुशामद करते रहते थे, जिसमें वे मनोरमा को कुछ कह न बैठें। मनोरमा को बात कितनी लगती है, इसका अनुभव उन्हें हो चुका था।

रोहिणी के एक व्यंग्य ने उसे काशी छोड़कर इस गांव में ला बिठाया था। वैसा दूसरा व्यंग्य उसके प्राण ले सकता था। इसलिए वह, रानियों को खुश रखना चाहते थे, विशेषकर रोहिणी को, हालांकि वह मनोरमा को जलाने का कोई अवसर हाथ से न जाने देती थी।

लेकिन इस बालक ने आकर राजा साहब के जीवन में एक नवीन उत्साह का संचार कर दिया। अब तक उनके जीवन का कोई लक्ष्य न था। मन में प्रश्न होता था, किसके लिए करूं? कौन रोने वाला बैठा हुआ है? प्रतिमा ही न थी, तो मंदिर की रचना कैसे होती? अब वह प्रतिमा आ गई थी, जीवन का लक्ष्य मिल गया था। वह राज-काज से क्यों विरत रहते? मुंशीजी अब तक दीवान साहब से मिलकर अपना स्वार्थ साधते रहते थे, पर अब वह कब किसी को गिनने लगे थे। ऐसे मालूम होता था कि वही राजा साहब हैं। दीवान साहब अगर मनोरमा के पिता थे, तो मुंशीजी राजकुमार के दादा थे। फिर दोनों में कौन दबता? कर्मचारियों पर कभी ऐसी फटकारें न पड़ी थीं, मुंशीजी को देखते ही बेचारे थर-थर कांपने लगते थे। भाग्य किसी का चमके, तो ऐसे चमके ! कहां पेंशन के पच्चीस रुपयों पर गुजर-बसर होती थी, कहां अब रियासत के मालिक थे। राजा साहब भी उनका अदब करते थे। अगर कोई अमला उनके हुक्म की तामील करने में देर करता, जामे से बाहर हो जाते। बात पीछे करते, निकालने की धमकी पहले देते— यहां तुम्हारे हथकंडे एक न चलेंगे, याद रखना। जो तुम आज कह रहे हो, वह सब किए बैठा हूं। एक-एक को निगल जाऊंगा। अब वह मुंशीजी नहीं हैं, जिनकी बात इस कान से सुनकर उस कान से उड़ा दिया करते थे। अब मुंशीजी रियासत के मालिक हैं।

इसमें भला किसको आपत्ति करने का साहस हो सकता था? हां, सुनने वालों को ये बातें जरूर बुरी मालूम होती थीं। चक्रधर के कानों में कभी ये बातें पड़ जातीं, तो वह जमीन में गड़-से जाते थे। मारे लज्जा के उनकी गर्दन झुक जाती थी। वह आजकल मुंशीजी से बहुत कम बोलते थे। अपने घर भी केवल एक बार गए थे। वहां माता की बातें सुनकर उनको फिर जाने की इच्छा न होती थी। मित्रों से मिलना-जुलना उन्होंने कम कर दिया था, हालांकि अब उनकी संख्या बहुत बढ़ गई थी। वास्तव में यहां का जीवन उनके लिए असह्य हो गया था। वह फिर अपनी शांति-कुटीर को लौट जाना चाहते थे। यहां आए दिन कोई-न-कोई बात हो ही जाती थी, जो दिन-भर उनके चित्त को व्यग्र रखने को काफी होती थी। कहीं कर्मचारियों में जूती-पैजार होती थी, कहीं गरीब असामियों पर डांट-फटकार, कहीं रनिवास में रगड़-झगड़ होती थी, तो कहीं इलाके में दंगा-फिसाद। उन्हें स्वयं कभी-कभी कर्मचारियों को तंबीह करनी पड़ती, कई बार उन्हें विवश होकर नौकरों को मारना भी पड़ा था। सबसे कठिन समस्या यही थी कि यहां उनके पुराने सिद्धांत भंग होते चले जाते थे। वह बहुत चेष्टा करते थे कि मुंह से एक भी अशिष्ट शब्द न निकले, पर प्रायः नित्य ही ऐसे अवसर आ पड़ते कि उन्हें विवश होकर दंडनीति का आश्रय लेना ही पड़ता था।

लेकिन अहिल्या इस जीवन का चरम सुख भोग कर रही थी। बहुत दिनों तक दुःख झेलने के बाद उसे यह सुख मिला था और उनमें मग्न थी। अपने पुराने दिन उसे बहुत जल्द

भूल गए थे और उनकी याद दिलाने में उसे दु:ख होता था। उसका रहन-सहन बिल्कुल बदल गया था। वह अच्छी-खासी अमीरजादी बन गई थी। सारे दिन आमोद-प्रमोद के सिवा उसे दूसरा काम न था। पति के दिल पर क्या गुजर रही है, यह सोचने का कष्ट क्यों उठाती? जब वह खुश थी, तब उसके स्वामी भी अवश्य खुश होंगे। राज्य पाकर कौन रोता है ! उसकी मुख छवि अब पूर्ण चन्द्र की भांति तेजोमय हो गई थी। उसकी सरलता, वह नम्रता, वह कर्मशीलता गायब हो गई थी। चतुर गृहिणी अब एक सगर्वा, यौवनवाली कामिनी थी, जिसकी आंखों से मद छलका पड़ता था। चक्रधर ने जब उसे पहली बार देखा था, तब वह एक मुर्झाती हुई कली थी और मनोरमा एक खिले हुए प्रभात की स्वर्णमयी किरणों से विहसित फूल। अब मनोरमा अहिल्या हो गई थी और अहिल्या मनोरमा। अहिल्या पहर दिन चढ़े अंगड़ाइयां लेती हुई शयनागार से निकलती। मनोरमा पहर रात ही से घर या राज्य का कोई-न-कोई काम करने लगती थी। शंखधर अब मनोरमा ही के पास रहता था, वही उसका लालन-पालन करती थी। अहिल्या केवल कभी-कभी उसे गोद में लेकर प्यार कर लेती, मानो किसी दूसरे का बालक हो। बालक भी अब उसकी गोद में आते हुए झिझकता। मनोरमा ही अब उसकी माता थी। मनोरमा की जान अब उसमें थी और उसकी मनोरमा में। कभी-कभी एकांत में मनोरमा बालक को गोद में लिए घंटों मुंह छिपाकर रोती। उसके अंतस्तल में अहर्निश एक शूल-सा होता रहता था, हृदय में नित्य एक अग्निशिखा प्रज्ज्वलित रहती थी और जब किसी कारण से वेदना और जलन बढ़ जाती, तो उसके मुख से एक आह और आंखों से आंसू की चार बूंदें निकल पड़ती थीं। बालक भी उसे देखकर रोने लगता। तब मनोरमा आंसुओं को पी जाती और हंसने की चेष्टा करके बालक को छाती से लगा लेती। उसकी तेजस्विता गहन चिंता और गंभीर विचार में रूपांतरित हो गई थी। वह अहिल्या से दबती थी। पर अहिल्या उससे खिंची-सी रहती। कदाचित् वह मनोरमा के अधिकारों को छीनना चाहती थी, उसके प्रबंध में दोष निकालती रहती। पर रानी मनोरमा अपने अधिकारों से जी-जान से चिमटी हुई थी। उनका अल्पांश भी न त्यागना चाहती थी, बल्कि दिनों-दिन उन्हें बढ़ाती जाती थी। यही उसके जीवन का आधार था।

अब चक्रधर अहिल्या से अपने मन की बातें कभी न कहते थे। यह संपदा उनका सर्वनाश किए डालती थी। क्या अहिल्या यह सुख-विलास छोड़कर मेरे साथ चलने पर राजी होगी? उन्हें शंका होती थी कि कहीं वह इस प्रस्ताव को हंसी में न उड़ा दे या मुझे रुकने के लिए मजबूर न करे। अगर वह दृढ़ भाव से एक बार कह देगी कि तुम मुझे छोड़कर नहीं जा सकते, तो वह कैसे जाएंगे? उन्हें इसका क्या अधिकार है कि उसे अपने साथ विपत्ति झेलने के लिए कहें? उन्होंने अगर कहा और वह धर्मसंकट में पड़कर उनके साथ चलने पर तैयार भी हो गई, तो मनोरमा शंखधर को कब छोड़ेंगी? क्या शंखधर को छोड़कर अहिल्या उनके साथ जाएगी? जाकर प्रसन्न रहेगी? अगर बालक को मनोरमा ने दे भी दिया, तो क्या वह इस वियोग की वेदना सह लेंगी? इसी प्रकार के कितने ही प्रश्न चक्रधर के मन में उठते रहते थे और वह किसी भांति अपने कर्त्तव्य का निश्चय न कर सकते थे। केवल एक बात

निश्चित थी—वह इन बंधनों में पड़कर अपना जीवन नष्ट न करना चाहते थे, संपत्ति पर अपने सिद्धांतों को भेंट न कर सकते थे।

एक दिन चक्रधर बैठे कुछ पढ़ रहे थे कि मुंशीजी ने आकर कहा—बेटा, जरा एक बार रियासत का दौरा नहीं कर आते? आखिर दिन-भर पड़े ही रहते हो? मेरी समझ में नहीं आता, तुम किस रंग के आदमी हो। बेचारे राजा साहब अकेले कहां-कहां देखेंगे और क्या-क्या देखेंगे? रहा मैं, सो किसी मसरफ का नहीं। मुझसे किसी दावत या बारात या मजलिस का प्रबंध करने के सिवा और क्या हो सकता है? गांव-गांव दौड़ना अब मुझसे नहीं हो सकता। अब तो ईश्वर की दया से रियासत अपनी है ! तुम्हीं इतनी लापरवाही करोगे, तो कैसे काम चलेगा? हाथी, घोड़े, मोटरें सब कुछ मौजूद हैं। कभी-कभी इधर-उधर चक्कर लगा आया करो। इसी तरह धाक बैठेगी, घर में बैठे-बैठे तुम्हें कौन जानता है?

चक्रधर ने उदासीन भाव से कहा—मैं इस झंझट में नहीं पड़ना चाहता। मैं तो यहां से जाने को तैयार बैठा हुआ हूं।

मुंशीजी चक्रधर का मुंह ताकने लगे। बात इतनी अश्रुत-पूर्व थी कि उनकी समझ ही में न आई। पूछा—क्यों अब भी वही सनक सवार है?

चक्रधर—आप उसे सनक, पागलपन—जो चाहें, समझें, पर मुझे तो उसमें जितना आनंद आता है, उतना इस हरबोंग में नहीं आता। आपको तो मेरी यही सलाह है, आराम से घर में बैठकर भगवान् का भजन कीजिए। मुझसे जो कुछ बन पड़ेगा, आपकी मदद करता रहूंगा।

मुंशी—बेटा, मुझे मालूम होता है, तुम अपने होश में नहीं हो। बिस्वे-बिस्वे के लिए तो खून की नदियां बह जाती हैं और तुम इतनी बड़ी रियासत पाकर ऐसी बातें करते हो ! तुम्हें क्या हो गया है? बेटा, इन बातों में कुछ नहीं रखा है। अब तुम समझदार हुए, इन पुरानी बातों को दिल से निकाल डालो। भगवान् ने तुम्हारे ऊपर कृपादृष्टि फेरी है। उसको धन्यवाद दो और राज्य का इंतजाम अपने हाथ में लो। तुम्हें करना ही क्या है, करने वाले तो कर्मचारी हैं। बस, जरा डांट-फटकार करते रहो, नहीं तो कर्मचारी लोग शेर हो जाएंगे, तो फिर काबू में न आएंगे।

चक्रधर को अब मालूम हुआ कि मैं शांत बैठने भी न पाऊंगा। आज लालाजी ने यह उपदेश दिया है। संभव है, कल अहिल्या को भी मेरा एकांतवास बुरा मालूम हो। वह भी मुझे उपदेश करे, राजा साहब भी कोई काम गले मढ़ दें। अब जल्दी ही यहां से बोरिया-बंधना संभालना चाहिए, मगर इसी सोच-विचार में एक महीना और गुजर गया और वह कुछ निश्चय न कर सके। उस हलचल की कल्पना करके उनकी हिम्मत छूट जाती थी, जो उनका प्रस्ताव सुनकर अंदर से बाहर तक मच जाएगा। अहिल्या रोएगी, मनोरमा कुढ़ेगी, पर मुंह से कुछ न कहेगी, लालाजी जामे से बाहर हो जाएंगे और राजा साहब एक ठंडी सांस लेकर सिर झुका लेंगे।

एक दिन चक्रधर मोटर पर हवा खाने निकले। गर्मी के दिन थे। जी बेचैन था। हवा लगी, तो देहात की तरफ जाने का जी चाहा। बढ़ते ही गए, यहां तक कि अंधेरा हो गया।

शोफर को साथ न लिया था—ज्यों-ज्यों आगे बढ़ते थे, सड़क खराब आती जाती थी। सहसा उन्हें रास्ते में एक बड़ा सांड़ दिखाई दिया। उन्होंने बहुत शोर मचाया पर सांड़ न हटा। जब समीप आने पर भी सांड़ राह में खड़ा ही रहा, तो उन्होंने कतराकर निकल जाना चाहा, पर सांड़ सिर झुकाए फों-फों करता फिर सामने आ खड़ा हुआ। चक्रधर छड़ी हाथ में लेकर उतरे कि उसे भगा दें, पर वह भागने के बदले उनके पीछे दौड़ा। कुशल यह हुई कि सड़क के किनारे एक पेड़ मिल गया, नहीं तो जान जाने में कोई संदेह ही न था। जी छोड़कर भागे और छड़ी फेंक, पेड़ की शाख पकड़कर लटक गए। सांड़ एक मिनट तक तो पेड़ से टक्कर लेता रहा, पर जब चक्रधर न मिले, तो वह मोटर के पास लौट गया और उसे सींगों से पीछे को ठेलता हुआ दौड़ा। कुछ देर के बाद मोटर सड़क से हटकर एक वृक्ष से टकरा गई। अब सांड़ पूंछ उठा-उठाकर कितना ही जोर लगाता है, पीछे हट-हटकर उसमें टक्करें मारता है, पर वह जगह से नहीं हिलती। तब उसने बगल में जाकर इतनी जोर से टक्कर लगाई कि मोटर उलट गई। फिर भी उसका पिंड न छोड़ा। कभी उसके पहियों से टक्कर लेता, कभी पीछे की तरफ जोर लगाता। मोटर के पहिए फट गए, कई पुर्जे टूट गए, पर सांड़ बराबर उस पर आघात किए जाता था। चक्रधर शाख पर बैठे तमाशा देख रहे थे। मोटर की तो फिक्र न थी, फिक्र यह थी कि वह कैसे लौटेंगे। चारों ओर सन्नाटा था। कोई आदमी न आता-जाता था। अभी मालूम नहीं, सांड़ कितनी देर तक मोटर से लड़ेगा और कितनी देर तक उन्हें वृक्ष पर टंगे रहना पड़ेगा। अगर उनके पास इस वक्त बंदूक होती, तो सांड़ को मार ही डालते। दिल में सांड़ छोड़ने की प्रथा पर झुंझला रहे थे। अगर मालूम हो जाय कि किसका सांड़ है, तो सारी जायदाद बिकवा लूं। पाजी ने सांड़ छोड़ रखा है !

सांड़ ने जब देखा कि शत्रु की धज्जियां उड़ गईं और अब वह शायद फिर न उठे, तो डंकारता हुआ एक तरफ चला गया। तब चक्रधर नीचे उतरे और मोटर के समीप जाकर देखा, तो वह उल्टी पड़ी थी। जब तक सीधी न हो जाय, यह पता कैसे चले कि क्या-क्या चीजें टूट गई हैं और अब चलने योग्य है या नहीं। अकेले मोटर को सीधी करना एक आदमी का काम न था। सोचने लगे कि आदमियों को कहां से लाऊं ! इधर से तो शायद अब रात भर कोई न निकलेगा। पूर्व की ओर थोड़ी ही दूर पर एक गांव था। चक्रधर उसी तरफ चले। रास्ते में इधर-उधर ताकते जाते थे कि कहीं सांड़ न आता हो, नहीं तो यहां सपाट मैदान में कहीं वृक्ष भी नहीं है, मगर सांड़ न मिला और वह एक गांव में पहुंचे। बहुत छोटा-सा 'पुरवा' था। किसान लोग अभी थोड़ी ही देर पहले ऊख की सिंचाई करके आए थे। कोई बैलों को सानी-पानी दे रहा था, कोई खाने जा रहा था, कोई गाय दुह रहा था। सहसा चक्रधर ने जाकर पूछा—यह कौन गांव है?

एक आदमी ने जवाब दिया—भैंसोर।

चक्रधर—किसका गांव है?

किसान—महाराज का। कहां से आते हो?

चक्रधर—हम महाराज ही के यहां से आते हैं। वह बदमाश सांड़ किसका है, जो इस

वक्त सड़क पर घूमा करता है?

किसान—यह तो नहीं जानते साहब, पर उसके मारे नाकों दम है, उधर से किसी को निकलने ही नहीं देता। जिस गांव में चला जाता है, दो-एक बैलों को मार डालता है। बहुत तंग कर रहा है।

चक्रधर ने सांड़ के आक्रमण का जिक्र करके कहा—तुम लोग मेरे साथ चलकर मोटर को उठा दो।

इस पर दूसरा किसान अपने द्वार पर से बोला—सरकार, भला रात को मोटर उठाकर क्या कीजिएगा? वह चलने लायक तो होगी नहीं।

चक्रधर—तो तुम लोगों को उसे ठेलकर ले चलना पड़ेगा।

पहला किसान—सरकार, रात भर यहीं ठहरें, सवेरे चलेंगे। न चलने लायक होगी, तो गाड़ी पर लादकर पहुंचा देंगे।

चक्रधर ने झल्लाकर कहा—कैसी बातें करते हो जी ! मैं रात भर यहां पड़ा रहूंगा ! तुम लोगों को इसी वक्त चलना होगा।

चक्रधर को उन आदमियों में कोई न पहचानता था। समझे, राजाओं के यहां सभी तरह के लोग आते-जाते हैं, होगा कोई। फिर वे सभी जाति के ठाकुर थे और ठाकुर से सहायता के नाम से जो काम चाहे ले लो, बेगार के नाम से उनकी त्योरियां बदल जाती हैं। किसान ने कहा— साहब, इस बखत तो हमारा जाना न होगा। अगर बेगार चाहते हों, तो वह उत्तर की ओर दूसरा गांव है, चले जाइए! बहुत चमार मिल जाएंगे।

चक्रधर ने गुस्से में आकर कहा—मैं कहता हूं, तुमको चलना पड़ेगा।

किसान ने दृढ़ता से कहा—तो साहब, इस ताव पर हम न जाएंगे। पासी चमार नहीं हैं, हम भी ठाकुर हैं।

यह कहकर वह घर में जाने लगा।

चक्रधर को ऐसा क्रोध आया कि उसका हाथ पकड़कर घसीट लूं और ठोकर मारते हुए ले चलूं, मगर उन्होंने जब्त करके कहा—मैं सीधे से कहता हूं, तो तुम लोग उड़नघाइयां बताते हो। अभी कोई चपरासी आकर दो घुड़कियां जमा देता, तो सारा गांव भेड़ की भांति उसके पीछे चला जाता।

किसान वहीं खड़ा हो गया और बोला—सिपाही क्यों घुड़कियां जमाएगा, कोई चोर हैं? हमारी खुशी, नहीं जाते। आपको जो करना हो, कर लीजिएगा।

चक्रधर से जब्त न हो सकता। छड़ी हाथ में थी ही, वह बाज की तरह किसान पर टूट पड़े और एक धक्का देकर कहा—चलता है या जमाऊं दो-चार हाथ? तुम लात के आदमी बात से क्यों मानने लगे !

चक्रधर कसरती आदमी थे। किसान धक्का खाकर गिर पड़ा। यों वह भी करारा आदमी था। उलझ पड़ता, तो चक्रधर आसानी से उसे न गिरा सकते, पर वह रोब में आ गया। सोचा, कोई हाकिम है, नहीं तो उसकी हिम्मत न पड़ती कि हाथ उठाए। संभलकर उठने लगा। चक्रधर

ने समझा, शायद यह उठकर मुझ पर वार करेगा। लपककर फिर एक धक्का दिया। सहसा सामने वाले घर में से एक आदमी लालटेन लिए बाहर निकल आया और चक्रधर को देखकर बोला—अरे भगतजी ! तुमने यह भेस कब से धारण किया? मुझे पहचानते हो? हम भी तुम्हारे साथ जेहल में थे।

चक्रधर उसे तुरंत पहचान गए। यह उनका जेल का साथी धन्नासिंह था। चक्रधर का सारा क्रोध हवा हो गया। लजाते हुए बोले—क्या तुम्हारा घर इसी गांव में है, धन्ना?

धन्नासिंह—हां साहब, यह आदमी, जिसे आप ठोकरें मार रहे हैं, मेरा सगा भाई है। खा रहा था। खाना छोड़कर जब तक उठूं, तब तक तो तुम गरमा ही गए। तुम्हारा मिजाज इतना कड़ा कब से हो गया? जेहल में तो तुम दया और धर्म के देवता बने हुए थे। क्या दिखावा ही दिखावा था? निकला तो कुछ और ही सोचकर, मगर तुम अपने पुराने साथी निकले। कहां तो दारोगा को बचाने के लिए अपनी छाती पर संगीन रोक ली थी, कहां आज जरा-सी बात पर इतने तेज पड़ गए।

चक्रधर पर घड़ों पानी पड़ गया। मुंह से बात न निकली। वह अपनी सफाई में एक शब्द भी न बोल सके। उनके जीवन की सारी कमाई, जो उन्होंने न जाने कौन-कौन से कष्ट सहकर बटोरी थी, यहां लुट गई। उनके मन की सारी सद्वृत्तियां आहत होकर तड़पने लगीं। एक ओर उनकी न्याय बुद्धि मंदित होकर किसी अनाथ बालक की भांति दामन से मुंह छिपाकर रो रही थी, दूसरी ओर लज्जा किसी पिशाचिनी की भांति उन पर आग्नेय बाणों का प्रहार कर रही थी।

धन्नासिंह ने अपने भाई का हाथ पकड़कर बैठाना चाहा, तो वह जोर से 'हाय ! हाय !' करके चिल्ला उठा। दूसरी बार गिरते समय उसका दाहिना हाथ उखड़ गया था। धन्नासिंह ने समझा, उसका हाथ टूट गया है। चक्रधर के प्रति उसकी रही-सही भक्ति भी गायब हो गई। उनकी ओर आरक्त नेत्रों से देखकर बोला—सरकार, आपने तो इसका हाथ ही तोड़ दिया। (ओठ चबाकर) क्या कहें, अपने द्वार पर आए हो और कुछ पुरानी बातों का खयाल है, नहीं तो इस समय क्रोध तो ऐसा आ रहा है कि इसी तरह तुम्हारे हाथ भी तोड़ दूं। यह तुम इतने कैसे बदल गए ! अगर आंखों से न देखता होता, तो मुझे कभी विश्वास न आता। जरूर तुम्हें कोई ओहदा या जायदाद मिल गई, मगर यह न समझो कि हम अनाथ हैं। अभी जाकर महाराज के द्वार पर फरियाद करें, तो तुम खड़े-खड़े बंध जाओ ! बाबू चक्रधरसिंह का नाम तो तुमने सुना ही होगा? अब किसी सरकारी आदमी की मजाल नहीं कि बेगार ले सके, तुम बेचारे किस गिनती में हो? ओहदा पाकर अपने दिन भूल न जाना चाहिए। तुम्हें मैंने अपना गुरु और देवता समझा था। तुम्हारे ही उपदेश से मेरी पुरानी आदतें छूट गईं। गांजा और चरस तभी से छोड़ दिया, जुए के नगीच नहीं जाता। जिस लाठी से सैकड़ों सिर फोड़ डाले होंगे, अब वह टूटी हुई पड़ी है। मुझे तो तुमने यह उपदेश दिया और आप लगे गरीबों को कुचलने। मन्नासिंह ने इतना ही न कहा था कि रात को यहीं ठहर जाओ, सबेरे हम चलकर तुम्हारी मोटर पहुंचा देंगे। इसमें क्या बुराई थी? अगर मैं उसकी जगह होता, तो कह देता कि तुम्हारा गुलाम नहीं

हूं, जैसे चाहो अपनी मोटर ले जाओ, मुझसे मतलब नहीं। मगर उसने तो तुम्हारे साथ भलमनसी की और तुम उसे मारने लगे। अब बताओ, इसके हाथ की क्या दवा की जाय? सच है, पद पाकर सबको मद हो जाता है।

चक्रधर ने ग्लानि वेदना से व्यथित स्वर में कहा—धन्नासिंह, मैं बहुत लज्जित हूं, मुझे क्षमा करो। जो दंड चाहो दो, सिर झुकाए हुए हूं, जरा भी सिर न हटाऊंगा, एक शब्द भी मुंह से न निकालूंगा।

यह कहते-कहते उनका गला फंस गया। धन्नासिंह भी गद्‌गद हो गया। बोला—अरे भगतजी, ऐसी बातें न कहो। तुम मेरे गुरु हो, तुम्हें मैं अपना देवता समझता हूं। क्रोध में आदमी के मुंह से दो-चार कड़ी बातें निकल ही जाती हैं, उनका खयाल न करो। भैया, भाई का नाता बड़ा गहरा होता है। भाई चाहे अपना शत्रु हो, लेकिन कौन आदमी है, जो भाई को मार खाते देखकर क्रोध को रोक सके? मुझे अपना वैसा ही दास समझो, जैसे जेहल में समझते थे। तुम्हारी मोटर कहां है? चलो, मैं उसे उठाए देता हूं या हुक्म हो तो गाड़ी जोत लूं?

चक्रधर ने रोकर कहा—जब तक इसका हाथ अच्छा न हो जाएगा, तब तक मैं कहीं न जाऊंगा, धन्नासिंह ! हां, कोई आदमी ऐसा मिले, जो यहां से जगदीशपुर जा सके, तो उसे मेरी एक चिट्ठी दे दो।

धन्नासिंह—जगदीशपुर में तुम्हारा कौन है, भैया? क्या रियासत में नौकर हो गए हो?

चक्रधर—नौकर नहीं हूं, मैं मुंशी वज्रधर का लड़का हूं।

धन्नासिंह ने विस्मित होकर कहा—सरकार ही बाबू चक्रधर सिंह हैं। धन्य भाग थे कि सरकार के आज दर्शन हुए।

यह कहते हुए वह दौड़कर घर में गया और एक चारपाई लाकर द्वार पर डाल दी। फिर लपककर गांव में खबर दे आया। एक क्षण में गांव के सब आदमी आकर चक्रधर को नजरें देने लगे। चारों ओर हलचल-सी मच गई। सब-के-सब उनके यश गाने लगे। जब से सरकार आए हैं, हमारे दिन फिर गए हैं, आपका शील-स्वभाव जैसा सुनते थे, वैसा ही पाया। आप साक्षात् भगवान् हैं।

धन्ना ने कहा—मैंने तो पहचाना ही नहीं। क्रोध में न जाने क्या-क्या बक गया !

दूसरा ठाकुर बोला—सरकार अपने को बोल देते, तो हम मोटर को कंधों पर लादकर ले चलते। हुजूर के लिए जान हाजिर है। मन्नासिंह मरद आदमी, हाथ झटक कर उठ खड़े हो, तुम्हारे तो भाग्य खुल गए।

मन्नासिंह ने कराहकर मुस्कराते हुए कहा—सरकार देखने में तो दुबले-पतले हैं पर आपके हाथ-पांव लोहे के हैं। मैंने सरकार से भिड़ना चाहा, पर आपने एक ही अड़ंगे में मुझे दे पटका।

धन्नासिंह—अरे पागल, भाग्यवानों के हाथ-पांव में ताकत नहीं होती, अकबाल में ताकत होती है। उससे देवता तक कांपते हैं।

चक्रधर को इन ठकुरसुहाती बातों में जरा भी आनंद न आता था। उन्हें उन पर दया

आ रही थी। वह प्राणी, जिसे उन्होंने अपने कोप का लक्ष्य बनाया था, उनके शौर्य और शक्ति की प्रशंसा कर रहा है। अपमान को निगल जाना चरित्र-पतन की अंतिम सीमा है और यही खुशामद सुनकर हम लट्टू हो जाते हैं। जिस वस्तु से घृणा होनी चाहिए, उस पर हम फूले नहीं समाते। चक्रधर को अब आश्चर्य हो रहा था कि मुझे इतना क्रोध आया कैसे? आज से साल भर पहले भी मुझे कभी किसी पर इतना क्रोध नहीं आया। साल भर पहले कदाचित् वह मन्नासिंह के पास आकर सहायता के लिए मिन्नत-समाजत करते। अगर रात भर रहना भी पड़ता, तो रह जाते, इसमें उनकी हानि ही क्या थी! शायद उन्हें देहातियों के साथ एक रात काटने का अवसर पाकर खुशी होती। आज उन्हें अनुभव हुआ कि रियासत की बू कितनी गुप्त और अलक्षित रूप से उनमें समाती जाती है। कितने गुप्त और अलक्षित रूप से उनकी मनुष्यता, चरित्र और सिद्धांत का ह्रास हो रहा है।

सहसा सड़क की ओर प्रकाश दिखाई दिया। जरा देर में दो मोटरें सड़क पर धीरे-धीरे जाती हुई दिखाई दीं, जैसे किसी को खोज रही हों। एकाएक दोनों उसी स्थान पर पहुंचकर रुक गईं, जहां चक्रधर की मोटर टूटी पड़ी थी। फिर कई आदमी मोटर से उतरते दिखाई दिए। चक्रधर समझ गए कि मेरी तलाश हो रही है। तुरंत उठ खड़े हुए। उनके साथ गांव के लोग भी चले। समीप आकर देखा, तो सड़क की तरफ से लोग इसी गांव की तरफ चले आ रहे थे। उनके पास बिजली की बत्तियां थीं। समीप आने पर मालूम हुआ कि रानी मनोरमा पांच सशस्त्र सिपाहियों के साथ चली आ रही हैं। चक्रधर उसे देखते ही लपककर आगे बढ़ गए। रानी उन्हें देखते ही ठिठक गईं और घबराई हुई आवाज में बोलीं—बाबूजी, आपको चोट तो नहीं आई? मोटर टूटी देखी, तो जैसे मेरे प्राण ही सन्न हो गए। अब मैं आपको अकेले कभी न घूमने दिया करूंगी।

तैंतीस

देवप्रिया को उस गुफा में रहते कई महीने गुजर गए। वह तन-मन से पतिसेवा में रत रहती। प्रातःकाल नीचे जाकर नदी से पानी लाती; पहाड़ी वृक्षों से लकड़ियां तोड़ती और जंगली फलों को उबालती। बीच-बीच में महेन्द्र कुमार कई-कई दिनों के लिए कहीं चले जाते थे। देवप्रिया अकेले गुफा में बैठी उनकी राह देखा करती, पर महेन्द्र को वन-वन घूमने से इतना अवकाश ही न मिलता कि दो-चार पल के लिए उसके पास भी बैठ जाएं। रात को वह योगाभ्यास किया करते थे। न-जाने कब कहां चले जाते; न जाने कब कैसे चले आते, इसका देवप्रिया को कुछ भी पता न चलता। उनके जीवन का रहस्य उसकी समझ में न आता था। उस गुफा में भी उन्होंने न जाने कहां से वैज्ञानिक यंत्र जमा कर लिए थे और दिन को जब घर पर रहते, तो उन्हीं यंत्रों से कोई-न-कोई प्रयोग किया करते। उनके पास सभी कामों के लिए समय था। अगर समय न था, तो केवल देवप्रिया से बातचीत करने का! देवप्रिया की समझ में कुछ न आता कि इनका हृदय इतना कठोर क्यों हो गया है। वह प्रेम भाव कहां गया? अब

तो उससे सीधे मुंह बोलते तक नहीं। उससे कौन-सा अपराध हुआ?

देवप्रिया पति को वन के पक्षियों के साथ विहार करते, हिरणों के साथ खेलते, सर्पों को नचाते, नदी में जलक्रीड़ा करते देखती। प्रेम की इस अमोघ राशि से उसके लिए मुट्ठी भर भी नहीं? उसने कौन-सा अपराध किया है? उससे तो वह बोलते तक नहीं।

ऐसी अनिंद्य सुंदरी उसने स्वयं न देखी थी। उसने एक-से-एक रूपवती रमणियां देखी थीं, पर अपने सामने कोई उसकी निगाह में न जंचती थी। वह जंगली फूलों के गहने बना-बनाकर पहनती, आंखों से हंसती, हाव-भाव, कटाक्ष सब कुछ करती, पर पति के हृदय में प्रवेश न कर सकती थी। तब वह झुंझला पड़ती कि अगर यों जलाना था, तो यौवन दान क्यों किया? यह बला क्यों मेरे सिर मढ़ी? जिस यौवन को पाकर उसने एक दिन अपने को संसार में सबसे सुखी समझा था, उसी यौवन से अब उसका जी जलता था। वह रूपविहीन होकर स्वामी के चरणों में आश्रय पा सकती, तो इस अनुपम सौंदर्य को बासी हार की भांति उतारकर फेंक देती, पर कौन इसका विश्वास दिलाएगा?

एक दिन देवप्रिया ने महेन्द्र से कहा—तुमने काया तो बदल दी, पर मेरा मन क्यों न बदल दिया?

महेन्द्र ने गंभीर भाव से उत्तर दिया—जब तक पूर्व संस्कारों का प्रायश्चित न हो जाए, मन की भावनाएं नहीं बदल सकतीं।

इन शब्दों का आशय जो कुछ हो, पर देवप्रिया ने यह समझा कि यह मुझसे केवल मेरे पूर्व संस्कारों के कारण घृणा करते हैं। उसका पीड़ित हृदय इस अन्याय से विकल हो उठा। आह ! यह इतने कठोर हैं ! इनमें क्षमा का नाम तक नहीं, तो क्या इन्होंने मुझे उन संस्कारों का दंड देने के लिए मेरा कायाकल्प किया? प्रलोभनों में घिरी हुई अबला के प्रति इन्हें जरा भी सहानुभूति नहीं ! वह वाक्य शर के समान उसके हृदय में चुभने लगा। पति में वह श्रद्धा न रही। जीवन से विरक्त हो गई। पतिप्रेम का सुख भोगने के लिए ही उसने अपना राज-त्याग किया था, पूर्व संस्कारों का दंड भोगने के लिए नहीं। उसने समझा था, स्वामी मुझ पर दया करके मेरा उद्धार करने ले जा रहे हैं। उनके हाथों यह दंड सहना उसे स्वीकार न था। अपने पूर्व जीवन पर लज्जा थी। पश्चात्ताप था, पति के मुख से यह व्यंग्य न सुनना चाहती थी। वह संसार की सारी विपत्ति सह सकती थी, केवल पतिप्रेम से वंचित रहना उसे असह्य था। उसने सोचना शुरू किया, क्यों न चली जाऊं? पति से दूर हटकर कदाचित् वह शांत रह सकती थी। दुखती हुई आंखों की अपेक्षा फूटी आंखें ही अच्छी, पर इस वियोग की कल्पना ही से उसका मन भयभीत हो जाता था।

आखिर उसने यहां से प्रस्थान करने का निश्चय कर लिया। रात का समय था। महेन्द्र गुफा के बाहर एक शिला पर पड़े हुए थे। देवप्रिया आकर बोली—आप सो रहे हैं क्या?

महेन्द्र उठकर बैठ गए और बोले—नहीं, सो नहीं रहा हूं, मैं एक ऐसे यंत्र की कल्पना कर रहा हूं जिससे मनुष्य अपनी इंद्रियों का दमन कर सके। संयम, साधन और विराग पर मुझे अब विश्वास नहीं रहा।

देवप्रिया—ईश्वर आपकी कल्पना सफल करें। मैं आपसे यह कहने आई हूं कि जब आप मुझे त्याज्य समझते हैं, तो क्यों हर्षपुर या कहीं और नहीं भेज देते?

महेन्द्र ने पीड़ित होकर कहा—मैं तुम्हें त्याज्य नहीं समझ रहा हूं। प्रिये, तुम मेरी चिरसंगिनी हो और सदा रहोगी। अनंत में दस-बीस या सौ-पचास वर्ष का वियोग 'नहीं' के बराबर है। तुम अपने को उतना नहीं जानतीं, जितना मैं जानता हूं। मेरी दृष्टि में तुम पवित्र, निर्दोष और धवल के समान उज्ज्वल हो। इस विश्व-प्रेम के साम्राज्य में त्याज्य कोई वस्तु नहीं है, न कि तुम, जिसने मेरे जीवन को सार्थक बनाया है। मैं तुम्हारी प्रेम शक्ति का विकास मात्र हूं।

देवप्रिया ये प्रेम से भरे हुए शब्द सुनकर गद्‌गद हो गई। उसका सारा संताप, सारा क्रोध ा, सारी वेदना इस भांति शांत हो गई, जैसे पानी पड़ते ही धूल बैठ जाती है। वह उसी शिला पर बैठ गई और महेन्द्र के गले में बांहें डालकर बोली—फिर आप मुझसे बोलते क्यों नहीं? मुझसे क्यों भागे-भागे फिरते हैं? मुझे इतने दिन यहां रहते हो गए, आपने कभी मेरी ओर प्रेम की दृष्टि से देखा भी नहीं। आप जानते हैं, पति-प्रेम नारी जीवन का आधार है। इससे वंचित होकर अबला निराधार हो जाती है।

महेन्द्र ने करुण स्वर से कहा—प्रिये, बहुत अच्छा होता यदि तुम मुझसे यह प्रश्न न करतीं। मैं जो कुछ कहूंगा, उससे तुम्हारा चित्त और भी दुखी होगा। मेरे अंदर की आग बाहर नहीं निकलती, इससे यह न समझो कि उसमें ज्वाला नहीं है। आह ! उस अनंत प्रेम की स्मृतियां अभी हरी हैं, जिसका आनंद उठाने का सौभाग्य बहुत थोड़े ही दिनों के लिए प्राप्त हुआ था। उसी सुख की लालसा मुझे तुम्हारे द्वार का भिक्षुक बनाकर ले गई थी। उसी लालसा ने मुझसे ऐसी कठिन तपस्याएं कराईं, जहां प्रतिक्षण प्राणों का भय था। क्या जानता था कि कौशलमय विधि मेरी साधनाओं का उपहास कर रहा है। जिस वक्त मैं तुम्हारी ओर लालसापूर्ण नेत्रों से ताकता हूं, तो मेरी आंखें जलने लगती हैं, जब तुम्हें प्रातःकाल अंचल में फूल भरे उषा की भांति स्वर्ण छटा की वर्षा करते आते देखता हूं, तो मेरे मन में अनुराग का जो भीषण विप्लव होने लगता है, उसकी तुम कल्पना भी नहीं कर सकतीं, लेकिन तुम्हारे समीप जाते ही मेरे समस्त शरीर में ऐसी जलन होने लगती है, मानो अग्निकुंड में घुसा जा रहा हूं। तुम्हें याद है, एक दिन मैंने तुम्हारा हाथ पकड़ लिया था। मुझे ऐसा जान पड़ा कि जलते तवे पर हाथ पड़ गया। इसका क्या कारण है? विधि क्यों हमारे प्रेम-मिलन में बाधक हो रहा है, यह मैं नहीं जानता, पर ऐसा अनुमान करता हूं कि यह मेरी लालसा का दंड है।

नारी-बुद्धि तीक्ष्ण होती है। महेन्द्र की समझ में जो बात न आई थी, वह देवप्रिया समझ गई। उस दिन से वह तपस्विनी बन गई। पति के साए से भी भागती। अगर वह उसके कमरे में आ जाते, तो उनकी ओर आंखें उठाकर भी न देखती, पर वह इस दशा में प्रसन्न थी। रमणी का हृदय सेवा के सूक्ष्म परमाणुओं से बना होता है। उसका प्रेम भी सेवा है, उसका अधि ाकार भी सेवा है, यहां तक कि उसका क्रोध भी सेवा है। विडम्बना तो यह थी कि यहां सेवा क्षेत्र में भी वह स्वाधीन न थी। उसके लिए सेवा की सीमा वहीं तक थी, जहां अनुराग का आरंभ होता है। उसकी सेवा में पत्नी भाव का अल्पांश भी न आने पाए, यही चेष्टा वह करती

रहती थी। अगर विधि को उसके सौभाग्य से आपत्ति है, अगर वह इस अपराध के लिए उसके पति को दंड देना चाहता है, तो देवप्रिया यह साक्षी देने को तैयार थी कि उसने पति प्रेम का उतना ही आनंद उठाया है, जितना एक विधवा भी उठा सकती है।

एक दिन महेन्द्र ने आकर कहा—प्रिये, चलो, आज तुम्हें आकाश की सैर करा लाऊं। मेरा हवाई जहाज तैयार हो गया है।

महेन्द्र ने सात वर्ष के अनवरत परिश्रम से यह वायुयान बनाया था। इसमें विशेषता यह थी कि तूफान और मेह में भी स्थिर रूप से चला जाता था, मानो नैसर्गिक शक्तियों पर विजय का डंका बजा रहा हो। उसमें जरा भी शोर न होता था। गति घंटे में एक हजार मील की थी। इस पर बैठकर वह पृथ्वी की प्रत्येक वस्तु को उसके यथार्थ रूप में देख सकते थे, दूर से दूर देशों के विद्वानों के भाषण और गाने वालों के गीत सुन सकते थे। उस पर बैठते ही मानसिक शक्तियां दिव्य और नेत्रों की ज्योति सहस्त्र गुणी हो जाती थी। यह एक अद्‌भुत यंत्र था। महेन्द्र ने अब तक कभी देवप्रिया से उस पर बैठने का अनुरोध न किया था। उनके मुंह से उसके गुण सुनकर उसका जी तो चाहता था कि उसमें एक बार बैठूं, इसकी बड़ी तीव्र उत्कंठा होती थी, पर वह संवरण कर जाती थी। आज यह प्रस्ताव करने पर भी उसने अपनी उत्सुकता को दबाते हुए कहा—आप जाइए, आकाश की सैर कीजिए, मैं अपनी कुटिया में ही मगन हूं।

महेन्द्र—मानव बुद्धि ने अब तक जितने आविष्कार किए हैं, उनका पूर्ण विकास देख लोगी।

देवप्रिया—आप जाइए, मैं नहीं जाती।

महेन्द्र—मैं तो आज तुम्हें जबरदस्ती ले चलूंगा।

यह कहकर उन्होंने देवप्रिया का हाथ पकड़ लिया और अपनी ओर खींचा। देवप्रिया का चित्त डावांडोल हो गया। जैसे नटखट बालक के बुलाने पर कुत्ता डरता-डरता जाता है कि मालूम नहीं, भोजन मिलेगा या डंडे, उसी भांति देवप्रिया भी महेन्द्र के साथ चली गई।

गुफा के बाहर स्वर्ण की वर्षा हो रही थी। आकाश, पर्वत और उन पर विहार करने वाले पक्षी और पशु सोने में रंगे थे। विश्व स्वर्णमय हो रहा था। शांति का साम्राज्य छाया हुआ था। पृथ्वी विश्राम करने जा रही थी।

यान एक पल में दोनों आरोहियों को लेकर अनंत आकाश में विचरने लगा। वह सीध ा चन्द्रमा की ओर चला जाता था, ऊपर-ऊपर और भी ऊपर, यहां तक कि चन्द्रमा का दिव्य प्रकाश देखकर देवप्रिया भयभीत हो गई।

सहसा देवप्रिया संगीत की मधुर ध्वनि सुनकर चौंक पड़ी और बोली—यहां कौन गा रहा है?

महेन्द्र ने मुस्कराकर कहा—हमारे स्वामीजी ईश्वर की स्तुति कर रहे हैं। मैं अभी उनसे बातें करता हूं। सुनो—स्वामीजी, क्या हो रहा है?

"बच्चा, भगवान् की स्तुति कर रहा हूं। अच्छा, तुम्हारे साथ तो देवप्रियाजी भी हैं।

उन्हें जापानी सिनेमा की सैर नहीं कराई?''

सहसा देवप्रिया को एक जापानी नौका डूबती हुई दिखाई दी। एक क्षण में एक जापानी युवक कगार पर से समुद्र में कूद पड़ा और लहरों को चीरता हुआ नौका की ओर चला।

देवप्रिया ने कांपते हुए कहा—कहीं यह बेचारा भी न डूब जाए !

महेन्द्र ने कहा—यह किसी प्रेम-कथा का अंतिम दृश्य है।

यान और भी ऊपर उड़ता चला जाता था, पृथ्वी पर से जो तारे टिमटिमाते हुए ही नजर आते थे, अब चन्द्रमा की भांति ज्योतिर्मय हो गए थे और चन्द्रमा अपने आकार से दस गुना बड़ा दिखाई देता था। विश्व पर अखंड शांति छाई हुई थी। केवल देवप्रिया का हृदय धड़क रहा था। वह किसी अज्ञात शंका से विकल हो रही थी। जापानी सिनेमा का अंतिम दृश्य उसकी आंखों में नाच रहा था।

तब महेन्द्र ने वीणा उठा ली और देवप्रिया से बोले—प्रिये, तुम्हारा मधुर गान सुने बहुत दिन बीत गए। याद है, तुमने पहले जो गीत गाया था, वही गीत आज फिर गाओ। देखो, तारागण तान लगाए बैठे हैं।

देवप्रिया स्वामी की बात न टाल सकी। उसे ऐसा प्रतीत हुआ कि वह स्वामी का अंतिम आदेश है, मैं इन कानों से स्वामी की बातें फिर न सुनूंगी। उसने कांपते हुए हाथों में वीणा ले ली और कांपते हुए स्वरों में गाने लगी—

'पिया मिलन है कठिन बावरी !'

प्रेम, करुणा और नैराश्य से डूबी हुई वह ध्वनि सुनते ही महेन्द्र की आंखों से अश्रुध ारा बहने लगी। आह ! वियोग-व्यथा से पीड़ित यह हृदय स्वर उनके अंतस्तल पर शर जैसी चोटें करने लगा। बार-बार हृदय थामकर रह जाते थे। सहसा उनका मन एक अत्यंत प्रबल आवेग से आंदोलित हो उठा। लालसा-विह्वल मन ने कहा—यह संयम कब तक? इस जीवन का भरोसा ही क्या? जाने कब इसका अंत हो जाए और ये चिरसंचित अभिलाषाएं भी धूल में मिल जाएं। अब जो होना है, सो हो !

अनंत शांति का साम्राज्य था, यान प्रतिक्षण और ऊपर चढ़ता जाता था। महेन्द्र ने देवप्रिया का कोमल हाथ पकड़कर कहा—प्रिये, अनंत वियोग से तो अनंत विश्राम ही अच्छा !

वीणा देवप्रिया के हाथ से छूटकर गिर पड़ी। उसने देखा, महेन्द्र के कामप्रदीप्त अध ार उसके मुख के पास आ गए हैं और उनके दोनों हाथ, उससे आलिंगित होने के लिए खुले हुए हैं। देवप्रिया एक क्षण, केवल एक क्षण के लिए सब कुछ भूल गई। उसके दोनों हाथ महेन्द्र के गले में जा पड़े।

एकाएक धमाके की आवाज हुई। देवप्रिया चौंक पड़ी। उसे मालूम हुआ, यान बड़े वेग से नीचे चला जा रहा है। उसने अपने को महेन्द्र के कर-पाश से मुक्त कर लिया और घबराकर बोली—प्राणनाथ, यान नीचे चला जा रहा है।

महेन्द्र ने कुछ उत्तर न दिया।

देवप्रिया ने फिर कहा—ईश्वर के लिए इसे रोकिए। देखिए, कितने वेग से नीचे गिर

रहा है।

महेन्द्र ने व्यथित कंठ से कहा—प्रिये ! अब इसे मैं नहीं रोक सकता। मेरे पैर कांप रहे हैं। मालूम होता है, जीवन का अंत हो रहा है। आह ! आह ! प्रिये ! मैं गिर रहा हूं।

देवप्रिया उन्हें संभालने चली थी कि महेन्द्र गिर पड़े। उनके मुंह से केवल ये शब्द निकले—डरो मत, यान भूमि से टक्कर न खाएगा, तुम हर्षपुर जाकर राज्याधिकार अपने हाथ में लेना। मैं फिर आऊंगा, हम और तुम फिर मिलेंगे, अवश्य मिलेंगे, अतृप्त तृष्णा फिर मुझे तुम्हारे पास लाएगी, विधि का निर्दय हाथ भी उसमें बाधक नहीं हो सकता। इस प्रेम की स्मृति देवलोक में भी मुझे विकल करती रहेगी। आह ! इस अनंत विश्राम की अपेक्षा अनंत वियोग कितना सुखकर था !

देवप्रिया खड़ी रो रही थी और यान वेग से नीचे उतरता जाता था !

चौंतीस

चक्रधर को रात भर नींद न आई। उन्हें बार-बार पश्चात्ताप होता था कि मैं क्रोध के आवेग में क्यों आ गया। जीवन में यह पहला ही अवसर था कि उन्होंने एक निर्बल प्राणी पर हाथ उठाया था। जिसका समस्त जीवन दीन जनों की सहायता में गुजरा हो, उसमें यह कायापलट नैतिक पतन से कम न था। आह ! मुझ पर भी प्रभुता का जादू चल गया। इतने संयत रहने पर भी मैं उसके जाल में फंस गया। कितना चतुर शिकारी है ! अब मुझे अनुभव हो गया है कि इस वातावरण में रहकर मेरे लिए अपनी मनोवृत्तियों को स्थिर रखना असम्भव है। ध ान में धर्म है, उदारता है, लेकिन इसके साथ ही गर्व भी है, जो इन गुणों को मटियामेट कर देता है।

चक्रधर तो इस विचार में पड़े हुए थे और अहिल्या अपने सजे हुए शयनागार में मखमली गद्दों पर लेटी अंगड़ाइयां ले रही थी। चारपाई के सामने ही दीवार में एक बड़ा-सा आईना लगा हुआ था। वह उस आईने में अपना स्वरूप देख-देखकर मुग्ध हो रही थी। सहसा शंखध ार एक रेशमी कुर्ता पहने लुढ़कता हुआ आकर उसके पास खड़ा हो गया। अहिल्या ने हाथ फैलाकर कहा—बेटा, जरा मेरी गोद में आ जाओ।

शंखधर अपना खोया हुआ घोड़ा ढूंढ़ रहा था। बोला—अम नई....

अहिल्या—देखो, मैं तुम्हारी अम्मां हूं ना?

शंखधर—तुम अम्मां नईं। अम्मां लानी है।

अहिल्या—क्या मैं रानी नहीं हूं?

शंखधर ने उसे कुतूहल से देखकर कहा—तुम लानी नईं। अम्मां लानी है।

अहिल्या ने चाहा कि बालक को पकड़ ले, पर वह तुम लानी नईं, तुम लानी नईं ! कहता हुआ कमरे से निकल गया। बात कुछ न थी, लेकिन अहिल्या ने कुछ और ही आशय समझा। यह भी उसकी समझ में मनोरमा की कूटनीति थी। वह उससे राजमाता का अधि

ıकार भी छीनना चाहती है। वह बालक को पकड़ लाने के लिए उठी ही थी कि चक्रधर ने कमरे में कदम रखा। उन्हें देखते ही अहिल्या ठिठक गई और त्योरियां चढ़ाकर बोली—अब तो रात भर आपके दर्शन ही नहीं होते।

चक्रधर—कुछ तुम्हें खबर भी है। आध घंटे तक जगाता रहा, जब तुम न जागीं तो चला गया। यहां आकर तुम सोने में कुशल हो गईं!

अहिल्या—बातें बनाते हो। तुम रात को यहां थे ही नहीं। बारह बजे तक जागती रही। मालूम होता है, तुम्हें भी सैर-सपाटे की सूझने लगी। अब मुझे यह एक और चिंता हुई।

चक्रधर—अब तक जितनी चिंताएं हैं, उनमें तो तुम्हारी नींद का यह हाल है, यह चिंता और हुई, तो शायद तुम्हारी आंख ही न खुले।

अहिल्या—क्या मैं सचमुच बहुत सोती हूं?

चक्रधर—अच्छा, अभी तुम्हें इसमें संदेह भी है! घड़ी में देखो! आठ बज गए हैं। तुम पांच बजे उठकर घर का धंधा करने लगती थीं।

अहिल्या—तब की बातें जाने दो। अब उतने सवेरे उठने की जरूरत ही क्या है?

चक्रधर—तो क्या तुम उम्र-भर यहां मेहमानी खाओगी?

अहिल्या ने विस्मित होकर कहा—इसका क्या मतलब?

चक्रधर—इसका मतलब यही है कि हमें आए हुए बहुत दिन गुजर गए। अब अपने घर चलना चाहिए?

अहिल्या—अपना घर कहां है?

चक्रधर—अपना घर वही है, जहां अपने हाथों की कमाई है।

अहिल्या ने एक मिनट सोचकर कहा—लल्लू कहां रहेगा?

चक्रधर—लल्लू को यहीं छोड़ सकती हो। वह रानी मनोरमा से खूब हिल गया है। तुम्हारी तो शायद उसे याद भी न आए।

अहिल्या—अच्छा, तो अब समझ में आया। इसीलिए रानीजी उससे इतना प्रेम करती हैं। यह बात तुमने स्वयं सोची है, या रानीजी ने कुछ कहा है?

चक्रधर—भला, वह क्या कहेंगी? मैं खुद यहां रहना नहीं चाहता। ससुराल की रोटियां बहुत खा चुका। खाने में तो वह बहुत मीठी मालूम होती हैं, पर उनसे बुद्धि भ्रष्ट हो जाती है। औरों को हजम होती होंगी, पर मुझे तो नहीं पचतीं, और शायद तुम्हें भी नहीं पचतीं। इतने ही दिनों में हम दोनों कुछ के कुछ हो गए। यहां कुछ दिन और रहा, तो कम से कम मैं तो कहीं का न रहूंगा। कल मैंने एक गरीब किसान को मारते-मारते अधमुआ कर दिया। उसका कसूर केवल यह था कि वह मेरे साथ आने पर राजी न होता था।

अहिल्या—यह कोई बात नहीं। गंवारों के उजड्डपन पर कभी-कभी क्रोध आ ही जाता है। मैं ही यहां दिन भर लौंडियों पर झल्लाती रहती हूं, मगर मुझे तो कभी यह खयाल ही नहीं आया कि घर छोड़कर भाग जाऊं।

चक्रधर—तुम्हारा घर है, तुम रह सकती हो, लेकिन मैंने तो जाने का निश्चय कर

लिया है।

अहिल्या ने अभिमान से सिर उठाकर कहा—तुम न रहोगे, तो मुझे यहां रहकर क्या लेना है। मेरे राज-पाट तो तुम हो, जब तुम्हीं न रहोगे, तो अकेली पड़ी-पड़ी मैं क्या करूंगी? जब चाहे, चलो! हां, पिताजी से पूछ लो। उनसे बिना पूछे तो जाना उचित नहीं, मगर एक बात अवश्य कहूंगी। हम लोगों के जाते ही यहां का सारा कारोबार चौपट हो जाएगा। रानी मनोरमा का हाल देख ही रहे हो। रुपये को ठीकरा समझती हैं। दादाजी उनसे कुछ कह नहीं सकते। थोड़े दिनों में रियासत जेरबार हो जाएगी और एक दिन बेचारे लल्लू को ये सब पापड़ बेलने पड़ेंगे।

अहिल्या के मनोभाव इन शब्दों से साफ टपकते थे। कुछ पूछने की जरूरत न थी। चक्रधर समझ गए कि अगर मैं आग्रह करूं, तो यह मेरे साथ जाने पर राजी हो जाएगी। जब ऐश्वर्य और पति-प्रेम, दो में से एक को लेने और दूसरे को त्याग करने की समस्या पड़ जाएगी, तो अहिल्या किस ओर झुकेगी, इसमें लेशमात्र भी संदेह नहीं था, लेकिन वह उसे इस कठोर धर्म संकट में डालना उचित न समझते थे। आग्रह से विवश होकर वह उनके साथ चली गई तो क्या? जब उसे कोई कष्ट होगा, मन ही मन झुंझलाएगी और बात-बात पर कुढ़ेगी, तब लल्लू को यहां छोड़ना ही पड़ेगा। मनोरमा उसे एक क्षण के लिए भी नहीं छोड़ सकती। राजा साहब तो शायद वियोग में प्राण ही त्याग दें। पुत्र को छोड़कर अहिल्या कभी जाने पर तैयार न होगी और गई भी, तो बहुत जल्द लौट आएगी।

चक्रधर बड़ी देर तक इन्हीं विचारों में मग्न बैठे रहे। अहिल्या पति के साथ जाने पर सहमत तो हो गई थी, पर दिल में डर रही थी कि कहीं सचमुच न जाना पड़े। वह राजा साहब को पहले ही सचेत कर देना चाहती थी, जिसमें वह चक्रधर की नीति और धर्म की बातों में न आ जाएं! उसे इसका पूरा विश्वास था कि चक्रधर राजा साहब से बिना पूछे कदापि न जाएंगे! वह क्या जानती थी कि जिन बातों से उसके दिल पर जरा भी असर नहीं होता, वही बातें चक्रधर के दिल पर तीर की भांति लगती हैं। चक्रधर ने अकेले, बिना किसी से कुछ कहे-सुने चले जाने का संकल्प किया। इसके सिवा उन्हें गला छुड़ाने का कोई उपाय ही न सूझता था।

इस वक्त वह उस मनहूस घड़ी को कोस रहे थे, जब मनोरमा की बीमारी की खबर पाकर अहिल्या के साथ वह यहां आए थे। वह अहिल्या को यहां लाए ही क्यों थे? अहिल्या ने आने के लिए आग्रह न किया था। उन्होंने खुद गलती की थी। उसी का यह भीषण परिणाम था कि आज उनको अपनी स्त्री और पुत्र दोनों से हाथ धोना पड़ता था। उन्होंने लाठी के सहारे से दीपक का काम लिया था, लेकिन हा दुर्भाग्य! आज वह लाठी भी उनके हाथ से छीनी जाती थी। पत्नी और पुत्र के वियोग की कल्पना ही से उनका जी घबराने लगा। कोई समय था, जब दाम्पत्य जीवन से उन्हें उलझन होती थी। मृदुल हास्य और तोतले शब्दों का आनंद उठाने के बाद अब एकांतवास असह्य प्रतीत होता था, कदाचित् अकेले घर में वह कदम ही न रख सकेंगे, कदाचित् वह उस निर्जन वन को देखकर रो पड़ेंगे।

मनोरमा इस वक्त शंखधर को लिए हुए बगीचे की ओर जाती हुई इधर से निकली। चक्रधर को देखकर वह एक क्षण के लिए ठिठक गई। शायद वह देखना चाहती थी कि अहिल्या है या नहीं। अहिल्या होती, तो वह यहां दम भर भी न ठहरती, अपनी राह चली जाती। अहिल्या को न पाकर वह कमरे के द्वार पर आ खड़ी हुई और बोली—बाबूजी, रात को सोए नहीं क्या? आंखें चढ़ी हुई हैं!

चक्रधर—नींद ही नहीं आयी। इसी उधेड़बुन में पड़ा था कि रहूं या जाऊं? अंत में यही निश्चय किया कि यहां और रहना अपना जीवन नष्ट करना है।

मनोरमा—क्यों लल्लू! यह कौन हैं?

शंखधर ने शरमाते हुए कहा—बाबूजी।

मनोरमा—इनके साथ जाएगा?

बालक ने आंचल से मुंह छिपाकर कहा—लानी अम्मां छाथ?

चक्रधर हंसकर बोले—मतलब की बात समझता है। रानी अम्मां को छोड़कर किसी के साथ न जाएगा।

शंखधर ने अपनी बात का अनुमोदन किया—अम्मां लानी।

चक्रधर—जभी तो चिमटे हो—बैठे-बिठाए मुफ्त का राज्य पा गए। घाटे में तो हमीं रहे कि अपनी सारी पूंजी खो बैठे।

मनोरमा ने कहा—कब तक लौटिएगा?

चक्रधर—कह नहीं सकता, लेकिन बहुत जल्द लौटने का विचार नहीं है। इस प्रलोभन से बचने के लिए मुझे बहुत दूर जाना पड़ेगा।

रानी ने मुस्कराकर कहा—मुझे भी लेते चलिए।

यह कहते-कहते रानी की आंखें सजल हो गईं।

चक्रधर ने गंभीर भाव से कहा—यह तो होना ही नहीं था, मनोरमा रानी। जब तुम बालिका थीं, तब भी मेरे लिए देवी की प्रतिमा थीं, और अब भी देवी की प्रतिमा हो।

मनोरमा—बातें न बनाओ, बाबूजी! तुम मुझे हमेशा धोखा देते आए हो और अब भी वही नीति निभा रहे हो! सच कहती हूं, मुझे भी लेते चलिए। अच्छा, मैं राजा साहब को राजी कर लूं, तब तो आपको कोई आपत्ति न होगी?

चक्रधर—मनोरमा, दिल्लगी कर रही हो, या दिल से कहती हो?

मनोरमा—दिल से कहती हूं, दिल्लगी नहीं।

चक्रधर—मैं आपको अपने साथ न ले जाऊंगा।

मनोरमा—क्यों?

चक्रधर—बहुत-सी बातों का अर्थ बिना कहे ही स्पष्ट होता है।

मनोरमा—तो आपने, मुझे अब भी नहीं समझा। मुझे भी बहुत दिनों से कुछ सेवा करने की इच्छा है। मैं भोग-विलास करने के लिए यहां नहीं आई थी। ईश्वर को साक्षी देकर कहती हूं, मैं कभी भोग-विलास में लिप्त न हुई थी। धन से मुझे प्रेम है, लेकिन केवल इसलिए

कि उससे मैं कुछ सेवा कर सकती, और सेवा करने वालों की कुछ मदद कर सकती। सच कहा है, पुरुष कितना ही विद्वान और अनुभवी हो, पर स्त्री को समझने में असमर्थ ही रहता है। खैर, न ले जाइए। अहिल्या देवी ने तप किया है।

चक्रधर—वह तो साथ जाने को कहती है।

मनोरमा—कौन ! अहिल्या ! वह आपके साथ नहीं जा सकती, और आप ले भी गए तो आज के तीसरे दिन यहां पहुंचाना पड़ेगा। मैं वही हूं जो तब थी, किंतु वह अपने दिन भूल गईं।

यह कहते हुए मनोरमा ने बालक को गोद में उठा लिया और मंद गति से बगीचे की ओर चली गई। चक्रधर खड़े सोच रहे थे, क्या वास्तव में मैंने इसे नहीं समझा? अवश्य ही मेरा इसे विलासिनी समझना भ्रम है। हम क्यों ऐसा समझते हैं कि स्त्रियों का जन्म केवल भोग-विलास के लिए ही होता है? क्या उनका हृदय ऊंचे और पवित्र भावों से शून्य होता है? हमने उन्हें कामिनी, रमणी, सुंदरी आदि विलास-सूचक नाम दे-देकर वास्तव में उन्हें वीरता, त्याग और उत्सर्ग से शून्य कर दिया है। अगर सभी पुरुष वासना प्रिय नहीं होते, तो सभी स्त्रियां क्यों वासनाप्रिय होने लगीं। अगर मनोरमा जो कुछ कहती है, वह सत्य है, तो मैंने उसे हकीकत में नहीं समझा ! हा, मंदबुद्धि !

सहसा चक्रधर को एक बात याद आ गई। तुरंत मनोरमा के पास जाकर बोले—मैं आपसे एक विनय करने आया हूं ! धन्नासिंह के साथ मैंने जो अत्याचार किया है, उसका कुछ प्रायश्चित करना आवश्यक है।

मनोरमा ने मुस्कराकर कहा—बहुत देर में इसकी सुधि आई ! मैंने उसकी कुल जोत मुआफी कर दी है।

चक्रधर ने चकित होकर कहा—आप सचमुच देवी हैं ! तो मैं जाकर उन सबों को इसकी इत्तिला दे दूं?

मनोरमा—आपका जाना आपकी शान के खिलाफ है। इस जरा-सी बात की सूचना देने के लिए भला, आप क्या जाइएगा? तो आपने कब जाने का विचार किया है?

चक्रधर—आज ही रात को।

मनोरमा ने मुस्कराते हुए कहा—हां, उस वक्त अहिल्या देवी सोती भी होंगी।

एक क्षण के बाद फिर बोली—मैं अहिल्या होती, तो सब कुछ छोड़कर आपके साथ चलती।

यह कहते-कहते मनोरमा ने लज्जा से सिर झुका लिया। जो बात वह ध्यान में भी न लाना चाहती थी, वह उसके मुंह से निकल गई। उसने उसी वक्त शंखधर को उठा लिया और बाग के दूसरी तरफ चली गई, मानो उनसे पीछा छुड़ाना चाहती है, या शायद डरती है कि कहीं मेरे मुंह से कोई और असंगत बात न निकल जाए।

चक्रधर कुछ देर वहां खड़े रहे, फिर बाहर चले गए। किसी काम में जी न लगा। सोचने लगे, जरा शहर चलकर अम्मांजी से मिलता जाऊं, मगर डरे कि कहीं अम्मां शिकायतों का

दफ्तर न खोल दें। निर्मला एक बार यहां आई थी, मगर एक ही सप्ताह में ऊबकर चली गई थी। अहिल्या की रुखाई से उसका दिल खट्टा हो गया था। जो अहिल्या शील और विनय की पुतली थी, वह यहां सीधे मुंह बात भी न करती थी।

ज्यों-ज्यों संध्या निकट आती थी, उनका जी उचाट होता जाता था। पहले कहीं बाहर जाने में जो उत्साह होता था, उसका अब नाम भी न था। जानते थे कि छलके हुए दूध पर आंसू बहाना व्यर्थ है, किंतु इस वक्त बार-बार स्वर्गवासी मुंशी यशोदानन्दन पर क्रोध आ रहा था। अगर उन्होंने मेरे गले में फंदा न डाला होता, तो आज मुझे क्यों हर विपत्ति झेलनी पड़ती? मैं तो राजा की लड़की से विवाह न करना चाहता था। मुझे तो धनी कुल की कन्या से भी डर लगता था। विधाता को मेरे ही साथ यह क्रीड़ा करनी थी !

संध्या समय वह राजा साहब से पूछने गए। राजा साहब ने आंखों में आंसू भरकर कहा—बाबूजी, आप धुन के पक्के आदमी हैं, मेरी बात आप क्यों मानने लगे, मगर मैं इतना कहता हूं कि अहिल्या रो-रोकर प्राण दे देगी और आपको बहुत जल्द लौटकर आना पड़ेगा। अगर आप उसे ले गए, तो शंखधर भी जाएगा और मेरी सोने की लंका धूल में मिल जाएगी। आखिर आपको यहां क्या कष्ट है?

चक्रधर को बार-बार एक ही बात का दुहराना बुरा मालूम होता था। कुछ झुंझलाकर बोले—इसी से तो मैं जाना चाहता हूं कि यहां मुझे कोई कष्ट नहीं है। विलास में पड़कर अपना जीवन नष्ट नहीं करना चाहता।

राजा—और इस राज्य को कौन संभालेगा?

चक्रधर—राज्य संभालना मेरे जीवन का आदर्श नहीं है। फिर आप तो हैं ही।

राजा—तुम समझते हो, मैं बहुत दिन जीऊंगा? सुखी आदमी बहुत दिन नहीं जीता, बेटा ! यह सब मेरे मरने के समान है। मैं मिथ्या नहीं कहता। मुझे ऐसा आभास हो रहा है कि मेरे दिन निकट आ गए हैं। शंखधर मेरा शत्रु बनकर आया है। यह लो, वह तलवार लिए दौड़ा भी आ रहा है। क्यों शंखधर, तलवार क्यों लाए हो?

शंखधर—तुमको मालेंगे।

राजा—क्यों भाई, मैंने तुम्हारा क्या बिगाड़ा है?

शंखधर—अम्मां लानी लोती हैं, तुमने उनको क्यों माला है?

राजा—लो साहब, यह नया अपराध मेरे सिर पर मढ़ा जा रहा है। चलो, जरा देखूं तो तुम्हारी लानी अम्मां को किसने मारा है। क्या सचमुच रोती हैं?

शंखधर—बली देल से लोती हैं।

राजा साहब तो तुरंत अंदर चले गए। मनोरमा के रोने की खबर सुनकर वह व्याकुल हो उठे। अंदर जाकर देखा, तो मनोरमा सचमुच रो रही थी। कमल पुष्प में ओस की बूंदें झलक रही थीं। राजा साहब ने आतुर होकर पूछा—क्या बात है, नोरा? कैसा जी है?

मनोरमा ने आंसू पोंछते हुए कहा—अच्छी तो हूं।

राजा—तो आंखें क्यों लाल हैं?

मनोरमा—आंखें तो लाल नहीं हैं। (जरा रुककर) अहिल्या देवी बाबूजी के साथ जा रही हैं। लल्लू को भी ले जाएंगी।

राजा—यह तुमसे किसने कहा?

मनोरमा—अहिल्या देवी ने।

राजा—अहिल्या नहीं जा सकती।

मनोरमा—आप बाबूजी को क्यों नहीं समझाते?

राजा—वह मेरे समझाने से न मानेंगे। किसी के समझाने से न मानेंगे।

मनोरमा—तो फिर?

राजा—तो उन्हें जाने दो। वह बहुत दिन बाहर नहीं रहेंगे। उन्हें थोड़े ही दिनों में लौटकर आना पड़ेगा।

मनोरमा की आंखों से अश्रुवर्षा होने लगी। उसने अवरुद्ध कंठ से कहा—वह अब यहां न आएंगे। आप उन्हें नहीं जानते?

राजा—मेरा मन कहता है, वह थोड़े ही दिनों में आएंगे। शंखधर उन्हें खींच लाएगा। अभी माया ने उन पर केवल एक अस्त्र चलाया है।

चक्रधर ने सोचा, इस तरह तो शायद मैं यहां से मरकर भी छुट्टी न पाऊं। इनसे पूछूं, उनसे पूछूं। मुझे किसी से पूछने की जरूरत ही क्या है। जब अकेले ही जाना है, तो क्यों यह सब झंझट करूं? अपने कमरे में जाकर दो-चार कपड़े और किताबें समेटकर रख दीं। कुल इतना ही सामान था, जिसे एक आदमी आसानी से हाथ में लटकाए लिए जा सकता था। उन्होंने रात को चुपके से बकुचा उठाकर चले जाने का निश्चय किया।

आज उन्हें भोजन से जरा भी रुचि न हुई। वह अहिल्या से भी न मिलना चाहते थे। उसे संपत्ति प्यारी है, तो संपत्ति लेकर रहे। मेरे साथ वह क्यों जाने लगी? मेरा मन रखने को मीठी-मीठी बातें करती है। जी में मनाती होगी, किसी तरह यहां से टल जाएं। अगर मुझे पहले मालूम होता कि वह इतनी विलास-लोलुप है, तो उससे कोसों दूर रहता। लेकिन फिर दिल को समझाया, मेरा अहिल्या से रूठना अन्याय है। वह अगर अपने पुत्र को छोड़कर नहीं जाना चाहती, तो कोई अनुचित बात नहीं करती! ऐसे क्षुद्र विचार मेरे मन में क्यों आ रहे हैं? मैं यदि अपना कर्त्तव्य पालन करने जा रहा हूं, तो किसी पर एहसान नहीं कर रहा हूं।

यात्रा की तैयारी करके और अपने मन को अच्छी तरह समझाकर चक्रधर ने संदेह को दूर करने के लिए अपने शयनागार में विश्राम किया। अहिल्या ने कहा—दादाजी तो राजी न हुए।

चक्रधर—न जाऊंगा, और क्या! उनको नाराज भी तो नहीं करना चाहता।

अहिल्या प्रसन्न होकर बोली—यही उचित भी है। सोचो, उन्हें कितना बड़ा दुःख होगा। मैंने तुम्हारे साथ जाने का निश्चय कर लिया था। शंखधर को भी अपने साथ ले ही जाती। फिर बेचारे किसका मुंह देखकर रहते?

चक्रधर ने इसका कुछ जवाब न दिया। वह चुप साध गए। नींद का बहाना करने लगे।

वह चाहते थे कि यह सो जाए, तो मैं चुपके से अपना बकुचा उठाऊं और लंबा हो जाऊं, मगर निद्रा-विलासिनी अहिल्या की आंखों से आज नींद कोसों दूर थी। वह कोई न कोई प्रसंग छेड़कर बातें करती जाती थी। यहां तक कि जब आधी रात से अधिक बीत गई, तो चक्रध ार ने कहा—भाई, अब मुझे सोने दो, आज तुम्हारी नींद कहां भाग गई?

उन्होंने चादर ओढ़ ली और मुंह फेर लिया। गर्मी के दिन थे। कमरे में पंखा चल रहा था। फिर भी गर्मी मालूम होती थी। रोज किवाड़ खुले रहते थे। जब अहिल्या को विश्वास हो गया कि चक्रधर सो गए, तो उसने दरवाजे अंदर से बंद कर दिए और बिजली की बत्ती ठंडी करके सोयी। आज वह न जाने क्यों इतनी सावधान हो गई थी। पगली ! जाने वालों को किसने रोका है?

रात भीग ही चुकी थी। अहिल्या को नींद आते देर न लगी। चक्रधर का प्रेमकातर हृदय अहिल्या के यों सावधान होने पर एक बार विचलित हो उठा। वह अपने आंसुओं के वेग को न रोक सके। यह सोचकर उनका कलेजा फटा जाता था कि जब प्रातःकाल यह मुझे न पाएगी, तो इसकी क्या दशा होगी। इधर कुछ दिनों से अहिल्या को विलास-प्रमोद में मग्न देखकर चक्रधर समझने लगे कि इसका प्रेम अब शिथिल हो गया है। यहां तक कि शंखध ार को भी गोद में उठाकर प्यार न करती थी, पर आज उसकी व्यग्रता देखकर उनका भ्रम जाता रहा, उन्हें ज्ञात हुआ कि इसका विलासी हृदय अब भी प्रेम में रत है ! जब कोई वस्तु हमारे हाथ से जाने लगती है, तभी उसके प्रति हमारे सच्चे मनोभाव प्रकट होते हैं। निःशंक दशा में सबसे प्यारी वस्तुओं की भी हमें सुध नहीं रहती, हम उनकी ओर से उदासीन-से रहते हैं।

चारों तरफ सन्नाटा छाया हुआ था। सारा राजभवन शांति में विलीन हो रहा था। चक्रध ार ने उठकर द्वारों को टटोलना शुरू किया, पर ऐसा दिशा-भ्रम हो गया था कि कभी सपाट दीवार हाथ में आती कभी कोई खिड़की, कभी कोई मेज। याद करने की चेष्टा करते थे कि मैं किस तरफ मुंह करके सोया था। द्वार ठीक चारपाई के सामने था, पर बुद्धि कुछ काम न देती थी। उन्होंने एक क्षण शांत चित्त होकर विचार किया, पर द्वार का ज्ञान फिर भी न हुआ। यहां तक कि अपनी चारपाई भी न मिलती थी। आखिर उन्होंने दीवारों को टटोल-टटोलकर बिजली का बटन खोज निकाला और बत्ती जला दी। देखा, अहिल्या सुख-निद्रा में मग्न है ! क्या छवि थी, मानो उज्ज्वल पुष्प राशि पर कमल-दल बिखरे पड़े हों, मानो हृदय में प्रेम स्मृति विश्राम कर रही हो।

चक्रधर के मन में एक बार यह आवेश उठा कि अहिल्या को जगा दें और उसे गले लगाकर कहें—प्रिये ! मुझे प्रसन्न मन से विदा करो, मैं बहुत जल्द-जल्द आया करूंगा। इस तरह चोरों की भांति जाते हुए उन्हें असीम मर्मवेदना हो रही थी, किंतु जिस भांति किसी बूढ़े आदमी को फिसलकर गिरते देख, हम अपनी हंसी के वेग को रोकते हैं, उसी भांति उन्होंने मन की इस दुर्बलता को दबा दिया और आहिस्ता से किवाड़ खोला। मगर प्रकृति को गुप्त व्यापार से कुछ बैर है। किवाड़ को उन्होंने कुछ रिश्वत तो दी नहीं थी, जो वह अपनी जबान

बंद करता, खुला, पर प्रतिरोध की एक दबी हुई ध्वनि के साथ। अहिल्या सोई थी, पर उसे खटका लगा हुआ था। यह आहट पाते ही उसकी संचित निद्रा टूट गई। वह चौंककर उठ बैठी और चक्रधर को पास की चारपाई पर न पाकर घबराई हुई कमरे के बाहर निकल आई। देखा तो चक्रधर दबे पांव उस जीने पर चढ़ रहे थे, जो रानी मनोरमा के शयनागार को जाता था।

उसने घबराई हुई आवाज में पुकारा—कहां भागे जाते हो?

चक्रधर कमरे से निकले, तो उनके मन में बलवती इच्छा हुई कि शंखधर को देखते चलें, इस इच्छा को वह संवरण न कर सके। वह तेजस्वी बालक मानो उनका रास्ता रोककर खड़ा हो गया हो। वह ऊपर कमरे में रानी मनोरमा के पास सोया हुआ था। इसीलिए चक्रध ार ऊपर जा रहे थे कि उसे आंख भरके देख लूं। यह बात उनके ध्यान में न आई कि रानी को इस वक्त कैसे जगाऊंगा। शायद वह बरामदे ही में खड़े खिड़की से उसे देखना चाहते हों। इच्छा वेगवती होकर विचार-शून्य हो जाती है। सहसा अहिल्या की आवाज सुनकर वह स्तंभित-से हो गए। ऊपर न जाकर नीचे उतर आए और अत्यंत सरल भाव से बोले—क्या तुम्हारी भी नींद खुल गई?

अहिल्या—मैं सोयी कब थी ! मैं जानती थी कि तुम आज जाओगे। तुम्हारा चेहरा कहे देता था कि तुमने आज मुझे छलने का इरादा कर लिया है, मगर मैं कहे देती हूं कि मैं तुम्हारा साथ न छोड़ूंगी। अपने शंखधर को भी साथ ले चलूंगी। मुझे राज्य की परवा नहीं है। राज्य रहे या जाए। तुम मुझे छोड़कर नहीं जा सकते। तुम इतने निर्दयी हो, यह मुझे न मालूम था। तुम तो छल करना न जानते थे। यह विद्या कब से सीख ली? बोलो, मुझे छोड़कर जाते हुए जरा भी दया नहीं आती?

चक्रधर ने लज्जित होकर कहा—तुम्हें मेरे साथ बहुत कष्ट होगा, अहिल्या ! मुझे प्रसन्नचित्त जाने दो। ईश्वर ने चाहा तो जल्द ही लौटूंगा।

अहिल्या—क्यों प्राणेश, मैंने तुम्हारे साथ कौन-से कष्ट नहीं झेले और वह ऐसा कौन-सा कष्ट है, जो मैं झेल नहीं चुकी हूं। अनाथिनी क्या पान-फूल से पूजी जाती है? मैं अनाथिनी थी, तुमने मेरा उद्धार किया। क्या वह बात भूल जाऊंगी? मैं विलास की चेरी नहीं हूं। हां, यह सोचती थी कि ईश्वर ने जो सुख अनायास दिया है, उसे क्यों न भोगूं? लेकिन नारी के लिए पुरुष-सेवा से बढ़कर और कोई श्रृंगार, कोई विलास, कोई भोग नहीं है।

चक्रधर—और शंखधर?

अहिल्या—उसे भी ले चलूंगी।

चक्रधर—रानीजी उसे जाने देंगी? जानती हो, राजा साहब का क्या हाल होगा?

अहिल्या—यह सब तो तुम भी जानते हो। मुझ पर क्यों भार रखते हो?

चक्रधर—सारांश यह है कि तुम मुझे न जाने दोगी !

अहिल्या—हां, मुझे छोड़कर तुम नहीं जा सकते, और न मैं ही लल्लू को छोड़ सकती हूं। किसी को दुःख हो, तो हुआ करे।

इन बातों की कुछ भनक मनोरमा के कानों में भी पड़ी। वह भी अभी तक न सोयी थी। उसने दरबान से ताकीद कर दी थी कि रात को चक्रधर बाहर जाने लगें, तो मुझे इत्तला देना। वह अपने मन की दो-चार बातें चक्रधर से कहना चाहती थी। यह बोलचाल सुनकर नीचे उतर आई। अहिल्या के अंतिम शब्द उसके कानों में पड़ गए। उसने देखा कि चक्रध ार बड़े हतबुद्धि-से खड़े हैं, अपने कर्त्तव्य का निश्चय नहीं कर सकते, कुछ जवाब भी नहीं दे सकते। उसे भय हुआ कि इस दुविधा में पड़कर कहीं वह अपने कर्त्तव्य मार्ग से न हट जाएं, मेरा चित्त दुखी न हो जाए, इस भय से वह विरक्त होकर कहीं बैठ न रहें। वह चक्रध ार को आत्मोत्सर्ग की मूर्ति समझती थी। उसे निश्चय था कि चक्रधर इस राज्य की तृण बराबर भी परवाह नहीं करते, उन्हें तो सेवा की धुन लगी हुई है, यहां रहकर अपने ऊपर बड़ा जब्र कर रहे हैं। वह यह भी जानती थी कि चक्रधर किसी तरह रुकने वाले नहीं, अब यह दशा उनके लिए असह्य हो गई है। तो क्या वह शंखधर के मोह में पड़कर उनकी स्वतंत्रता में बाधक होगी? अपनी पुत्रतृष्णा को तृप्त करने के लिए उनके पैर की बेड़ी बनेगी? नहीं, वह इतनी स्वार्थिनी नहीं है। जिस बालक से उसे नाम का नाता होने पर इतना प्रेम है, उसे वह कितना चाहते होंगे, इसका वह भली-भांति अनुमान कर सकती थी। वह शंखधर के लिए रोएगी, तड़पेगी, लेकिन अपने पास रखकर चक्रधर को पुत्र-वियोग का दुःख न देगी। यह उनके दीपक से अपना घर न उजाला करेगी। यही उसने स्थिर किया। बाबूजी, आप मेरा खयाल न कीजिए, शंखधर को ले जाइए। आखिर आपका दिल वहां कैसे लगेगा? मुझे कौन, जैसे पहले रहती थी, वैसे ही फिर रहने लगूंगी। हां, इतनी दया कीजिएगा कि कभी-कभी उसे लाकर मुझे दिखा दिया कीजिएगा, मगर अभी तो दो-चार दिन रहिएगा ! बेटियां क्या यों रातों-रात विदा हुआ करती हैं? दो-चार दिन तो शंखधर को प्यार कर लेने दीजिए।

यह कहते-कहते मनोरमा की आंखें डबडबा आईं। चक्रधर ने गद्गद कंठ से कहा—वह भला आपको छोड़, मेरे साथ क्यों जाने लगा? आपके बगैर तो वह एक दिन भी न रहेगा।

मनोरमा—यह मैं कैसे कहूं? माता-पिता बालक के साथ जितना प्रेम कर सकते हैं, उतना दूसरा कौन कर सकता है?

अहिल्या यह बात सुनकर तिलमिला उठी। पति को रोकने का उसके पास यही एक बहाना था। वह न यहां से जाना चाहती थी, न पति को जाने देना चाहती थी। शंखधर की आड़ में वह अपने मनोभाव को छिपाए हुए थी। उसे विश्वास था कि रानी शंखधर को कभी न जाने देंगी और न चक्रधर उनसे इस विषय में कुछ कह सकेंगे, पर जब रानी ने यह शस्त्र उसके हाथ से छीन लिया, तो उसे शंका हुई कि इसमें जरूर कोई न कोई रहस्य है, उसने तीव्र स्वर से कहा—तो क्या वह सब दिखावे ही का प्रेम था? आप तो कहती थीं, यह मेरा प्राण है, यह मेरा जीवन-आधार है, क्या वह सब केवल बातें थीं? क्या हमारी आंखों में ध ूल डालने के लिए ही सारा स्वांग रचा था? आप हम लोगों को दूध की मक्खी की भांति निकालकर अखंड राज्य करना चाहती हैं? यह न होगा। दादाजी को आप कोई दूसरा मंत्र न पढ़ा सकेंगी। मेरे पुत्र का अहित आप न कर सकेंगी। मैं अब यहां से टलने वाली नहीं।

यह समझ लीजिएगा। अगर आपने समझ रखा हो कि इन सबों को भगाकर अपने भाई-भतीजे को यहां ला बिठाऊंगी, तो उस धोखे में न रहिएगा!

यह कहते-कहते अहिल्या उसी क्रोध से भरी हुई राजा साहब के शयनगृह की ओर चली। मनोरमा स्तंभित-सी खड़ी रह गई। उसकी आंखों से टप-टप आंसू गिरने लगे।

चक्रधर मनोरमा को क्या मुंह दिखाते? अहिल्या के इन वज्रकठोर शब्दों ने मनोरमा को इतनी पीड़ा नहीं पहुंचाई थी, जितनी उनको। मनोरमा दो-एक बार और भी ऐसी ही बातें अहिल्या के मुख से सुन चुकी थी और उसके स्वभाव से परिचित हो गई थी। चक्रधर को ऐसी बातें सुनने का यह पहला अवसर था। वही अहिल्या, जिसे वह नम्रता, मधुरता, शालीनता की देवी समझते थे, आज पिशाचिनी के रूप में उन्हें दिखाई दी। मारे ग्लानि के उनकी ऐसी इच्छा हुई कि धरती फट जाय और मैं समा जाऊं, फिर न इसका मुंह देखूं, न अपना मुंह दिखाऊं। जिस रमणी के उपकारों से उनका एक-एक रोयां आभारी था, उसके साथ यह व्यवहार! उसके उपकारों का यह उपहार! यह तो नीचता की चरम सीमा है! उन्हें ऐसा मालूम हुआ, मेरे मुंह में कालिख लगी हुई है। वह मनोरमा की ओर ताक भी न सके। उनके मन में विराग की एक तरंग-सी उठी। मन ने कहा—यही तुम्हारी भोग-लिप्सा का दण्ड है, तुम इसी के भूखे थे। जिस दिन तुम्हें मालूम हुआ कि अहिल्या राजा की पुत्री है, क्यों न उसी दिन यहां से मुंह में कालिख लगाकर चले गए? इस विचार से क्यों अपनी आत्मा को धोखा देते रहे कि जब मैं जाने लगूंगा, अहिल्या अवश्य साथ चलेगी? तुम समझते थे कि स्त्री की दृष्टि में पति-प्रेम ही संसार की सबसे अमूल्य वस्तु है? यह तुम्हारी भूल थी। आज उसी स्त्री ने पति-प्रेम को कितनी निर्दयता से ठुकरा दिया, तुम्हारे हवाई किलों को विध्वंस कर दिया और तुम्हें कहीं का न रखा।

मनोरमा अभी सिर झुकाए खड़ी ही थी कि चक्रधर चुपके से बाहर के कमरे में आए, अपना हैंडबैग उठाया और बाहर निकले। दरबान ने पूछा—सरकार इस वक्त कहां जा रहे हैं?

चक्रधर ने मुस्कराकर कहा—जरा मैदान की हवा खाना चाहता हूं। भीतर बड़ी गर्मी है, नींद नहीं आती।

दरबान—मैं भी सरकार के साथ चलूं?

चक्रधर—नहीं, कोई जरूरत नहीं।

बाहर आकर चक्रधर ने राजभवन की ओर देखा। असंख्य खिड़कियों और दरीचों से बिजली का दिव्य प्रकाश दिखाई दे रहा था। उन्हें वह दिव्य भवन सहस्त्र नेत्रों वाले पिशाच की भांति जान पड़ा, जिसने उनका सर्वनाश कर दिया था। उन्हें ऐसा जान पड़ा कि वह मेरी ओर देखकर हंस रहा है और कह रहा है, तुम क्या समझते हो कि तुम्हारे चले जाने से यहां किसी को दुःख होगा? इसकी चिंता न करो। यहां यही बहार रहेगी, यों ही चैन की वंशी बजेगी। तुम्हारे लिए कोई दो बूंद आंसू भी न बहाएगा। जो लोग मेरे आश्रय में आते हैं, उनका मैं कायाकल्प कर देता हूं, उनकी आत्मा को महानिद्रा की गोद में सुला देता हूं।

अभी चक्रधर सोच ही रहे थे कि किधर जाऊं, सहसा उन्हें राजद्वार से दो-तीन आदमी लालटेन लिए निकलते दिखाई दिए। समीप आने पर मालूम हुआ कि मनोरमा है। वह दो सिपाहियों के साथ लपकी हुई सड़क की ओर चली आ रही थी। चक्रधर समझ गए, यह मुझे ढूंढ़ रही है। उनके जी में एक बार प्रबल इच्छा हुई कि उसके चरणों पर गिर कर कहे—देवी, मैं तुम्हारी कृपाओं के योग्य नहीं हूं। मैं नीच, पामर, अभागा हूं। मुझे जाने दो, मेरे हाथों तुम्हें सदा कष्ट मिला है और मिलेगा।

मनोरमा अपने आदमियों से कह रही थी—अभी कहीं दूर न गए होंगे। तुम लोग पूर्व की ओर जाओ, मैं एक आदमी के साथ इधर जाती हूं। बस इतना ही कहना कि रानीजी ने कहा है, जहां चाहें जाएं, पर मुझसे मिलकर जाएं।

राजभवन के सामने एक मनोहर उद्यान था। चक्रधर एक वृक्ष की आड़ में छिप गए। मनोरमा सामने से निकल गई। चक्रधर का कलेजा धड़क रहा था कि कहीं पकड़ न लिया जाऊं। दोनों तरफ के रास्ते बंद थे। बारे उन्हें ज्यादा देर तक न रहना पड़ा। मनोरमा कुछ दूर जाकर लौट आई। उसने निश्चय किया कि इधर-उधर खोजना व्यर्थ है। रेलवे स्टेशन पर जाकर रोकना चाहिए। स्टेशन के सिवा और कहां जा सकते हैं? चक्रधर की जान में जान आई, ज्योंही रानी इधर आई, वह कुंज से निकलकर कदम बढ़ाते हुए आगे चले। वह दिन निकलने से पहले इतनी दूर निकल जाना चाहते थे कि फिर कोई उन्हें पा न सके। दिन निकलने में अब बहुत देर भी न थी। तारों की ज्योति मंद पड़ चली थी—चक्रधर ने और तेजी से कदम बढ़ाया।

सहसा उन्हें सड़क के किनारे एक कुएं के पास कई आदमी बैठे दिखाई दिए। उनके बीच में एक लाश रखी हुई थी। कई आदमी लकड़ी के कुंदे लिए पीछे आ रहे थे। चक्रध
ार पूछना चाहते थे—कौन मर गया है? धन्नासिंह की आवाज पहचानकर सड़क ही पर ठिठक गए। इसने पहचान लिया तो मुश्किल पड़ेगी।

धन्नासिंह कह रहा था—कजा आ गई, तो कोई क्या कर सकता है। बाबूजी के हाथ कोई डंडा भी तो न था। दो-चार घूंसे मारे होंगे और क्या? मगर उस दिन से फिर बेचारा उठा नहीं।

दूसरे आदमी ने कहा—ठांव-कुठांव की बात है। एक घूंसा पीठ पर मारो, तो कुछ न होगा, केवल 'धम्म' की आवाज होगी। लेकिन वही घूंसा पसली में या नाभि के पास पड़ जाय, तो गोली का काम कर सकता है। ठांव-कुठांव की बात है। मन्ना को कुठांव चोट लग गई।

धन्नासिंह—बाबूजी सुनेंगे, तो उन्हें बहुत रंज होगा। उस दिन न जाने उनके सिर कैसे क्रोध का भूत सवार हो गया था। बड़े दयावान हैं, किसी को कड़ी निगाह से देखते तक नहीं। जेहल में हम लोग उन्हें भगतजी कहा करते थे। सुनेंगे तो बहुत पछताएंगे।

एक बूढ़ा आदमी बोला—भैया, जेहल की बात दूसरी थी। तब दयावान रहे होंगे। तब राजा ठाकुर तो नहीं थे। राज पाकर दयावान रहें, तो जानो।

धन्नासिंह—दादा, वह राज पाकर फूल उठने वाले आदमी नहीं हैं। तुमने देखा, यहां से जाते ही जाते माफी दिला दी।

बूढ़ा—अरे पागल, जान का बदला कहीं माफी से चुकता है? जान का बदला जान है, मन्ना की अभागिनी विधवा माफी लेकर चाटेगी, उसके अनाथ बालक माफी की गोद में खेलेंगे, या माफी को दादा कहेंगे? तुम बाबूजी को दयावान कहते हो। मैं उन्हें सौ हत्यारों का एक हत्यारा कहता हूं। राजा हैं, इससे बचे जाते हैं, दूसरा होता, तो फांसी पर लटकाया जाता। मैं तो बूढ़ा हो गया हूं, लेकिन उन पर इतना क्रोध आ रहा है कि मिल जाएं, तो खून चूस लूं।

चक्रधर को ऐसा मालूम हुआ कि मन्नासिंह की लाश कफन में लिपटी हुई उन्हें निगलने के लिए दौड़ी चली आती है। चारों ओर से दानवों की विकराल ध्वनि सुनाई देती थी—यह हत्यारा है! सौ हत्यारों का एक हत्यारा है ! समस्त आकश मंडल में, देह के एक-एक अणु में, यही शब्द गूंज रहे थे—यह हत्यारा है ! सौ हत्यारों का हत्यारा है !

चक्रधर वहां एक क्षण भी और खड़े न रह सके। उन आदमियों के सामने जाने की हिम्मत न पड़ी। मन्नासिंह की लाश सामने हड्डी की एक गदा लिए उनका रास्ता रोके खड़ी थी। नहीं, वह उनका पीछा करती थी। वह ज्यों-ज्यों पीछे खिसकते थे, लाश आगे बढ़ती थी। चक्रधर ने मन को शांत करके विचार का आह्वान किया, जिसे मन की दुर्बलता ने एक क्षण के लिए शिथिल कर दिया था। वाह ! यह मेरी क्या दशा है? मृतदेह भी कहीं चल सकती है? यह मेरी भय-विकृत कल्पना का दोष है। मेरे सामने कुछ नहीं है, अब तक तो मैं डर ही गया होता। मन को यों दृढ़ करते ही उन्हें फिर कुछ न दिखाई दिया। वह आगे बढ़े, लेकिन उनका मार्ग अब अनिश्चित न था, उनके रास्ते में अब अंधकार न था, वह किसी लक्ष्यहीन पथिक की भांति इधर-उधर भटकते न थे। उन्हें अपने कर्त्तव्य का मार्ग साफ नजर आने लगा।

सहसा उन्होंने देखा कि पूर्व दिशा प्रकाश से आच्छन्न होती चली जाती है।

पैंतीस

पांच साल गुजर गए, पर चक्रधर का कुछ पता नहीं। फिर वही गर्मी के दिन हैं, दिन को लू चलती है, रात को अंगारे बरसते हैं, मगर अहिल्या को न अब पंखे की जरूरत है, न खस की टट्टियों की। उस वियोगिनी को अब रोने के सिवा दूसरा काम नहीं है। विलास की किसी बात से अब उसे प्रेम नहीं है। जिन वस्तुओं के प्रेम में फंसकर उसने अपने प्रियतम से हाथ धोया, वे सभी उसकी आंखों में कांटे की भांति खटकती और हृदय में शूल की भांति चुभती हैं। मनोरमा से अब उसका वह बर्ताव नहीं रहा। मनोरमा ही क्यों, लौंडियों तक से वह नम्रता के साथ बोलती और शंखधर के बिना तो अब वह एक क्षण नहीं रह सकती। पति को खोकर उसने अपने को पा लिया है। अगर वह विलासिता में पड़कर अपने को भूल न गई होती,

तो पति को खोती ही क्यों? वह अपने को बार-बार धिक्कारती है कि चक्रधर के साथ क्यों न चली गई।

शंखधर उससे पूछता रहता है—अम्मां, बाबूजी कब आएंगे? वह क्यों चले गए, अम्मांजी? आते क्यों नहीं? तुमने उनको क्यों जाने दिया, अम्मांजी? तुमने हमको उनके साथ क्यों नहीं जाने दिया? तुम उनके साथ क्यों नहीं गईं, अम्मां? बताओ, बेचारे अकेले न जाने कहां पड़े होंगे! मैं भी उनके साथ जंगलों में घूमता? क्यों अम्मां, उन्होंने बहुत विद्या पढ़ी है? रानी अम्मां कहती हैं, वह आदमी नहीं, देवता हैं। क्यों अम्मांजी, क्या वह देवता हैं? फिर तो लोग उनकी पूजा करते होंगे। अहिल्या के पास इन प्रश्नों का उत्तर रोने के सिवा और कुछ नहीं है। शंखधर कभी-कभी अकेले बैठकर रोता है! कभी-कभी अकेले बैठा सोचा करता है कि पिताजी कैसे आएंगे।

शंखधर का जी अपने पिता की कीर्ति सुनने से कभी नहीं भरता। वह रोज अपनी दादी के पास जाता है और वहां उनकी गोद में बैठा हुआ घंटों उनकी बातें सुना करता है। चक्रधर की पुस्तकों को वह उलट-पलटकर देखता है और चाहता है कि मैं भी जल्दी से बड़ा हो जाऊं और ये किताबें पढ़ने लगूं। निर्मला दिन भर उसकी राह देखा करती है। उसे देखते ही निहाल हो जाती है। शंखधर ही अब उसके जीवन का आधार है। अहिल्या का मुंह भी वह नहीं देखना चाहती। कहती है, उसी ने मेरे लाल को घर से विरक्त कर दिया। बेचारा न जाने कहां मारा-मारा फिरता होगा। भोला-भाला गरीब लड़का इस विलासिनी के पंजे में फंसकर कहीं का न रहा। अब भले रोती है! मुंशी वज्रधर उससे बार-बार अनुरोध करते हैं कि चलकर जगदीशपुर में रहो, पर वह यहां से जाने पर राजी नहीं होती। उससे अपना वह छोटा-सा घर नहीं छोड़ा जाता।

मुंशीजी को अब रियासत से एक हजार रुपये महीना वजीफा मिलता है। राजा साहब ने उन्हें रियासत के कामों से मुक्त कर दिया है, इसलिए मुंशीजी अब अधिकांश घर ही पर रहते हैं। शराब की मात्रा तो धन के साथ नहीं बढ़ी, बल्कि और घट गई है, लेकिन संगीत-प्रेम बहुत बढ़ गया है। सारे दिन उनके विशाल कमरे में गायनाचार्यों की बैठक रहती है। मुहल्ले में अब कोई गरीब नहीं रहा। मुंशीजी ने सबको कुछ-न-कुछ महीना बांध दिया है। उनके हाथ में पैसा नहीं टिका। अब तो और भी नहीं टिकता। उनकी मनोवृत्ति भक्ति की ओर नहीं है, दान को दान समझकर वह नहीं देते, न इसलिए कि उस जन्म में इसका कुछ फल मिलेगा। वह इसलिए देते हैं कि उनकी यह आदत है। यह भी उनका राग है, इसमें उन्हें आनंद मिलता है। वह अपनी कीर्ति भी नहीं सुनना चाहते, इसलिए जो कुछ देते हैं, गुप्त रूप से देते हैं। अब भी प्राय: खाली रहते हैं और रुपयों के लिए मनोरमा की जान खाते रहते हैं, बिगड़-बिगड़कर पत्र पर पत्र लिखते हैं, जाकर खरी-खोटी सुना आते हैं और कुछ न कुछ ले ही आते हैं। मनोरमा को भी शायद उनकी कड़वी बातें मीठी लगती हैं। वह उनकी इच्छा तो पूरी करती है, पर चार बातें सुनकर। इतने पर भी उन्हें कर्ज लेना पड़ता है। उनके लिए सबसे आनंद का समय वह होता है, जब वह शंखधर को गोद में लिए मुहल्ले भर के बालकों को

मिठाइयां और पैसे बांटने लगते हैं। इससे बड़ी खुशी की वह कल्पना ही नहीं कर सकते।

एक दिन शंखधर नौ बजे ही आ पहुंचा। गुरुसेवक सिंह उनके साथ थे। यह महाशय रियासत जगदीशपुर के तसले थे। जिस अवसर पर जो काम जरूरी समझा जाता था, वही उनसे लिया जाता था। निर्मला उस समय स्नान करके तुलसी को जल चढ़ा रही थी। जब वह चल चढ़ाकर आई, तो शंखधर ने पूछा—दादीजी, तुम पूजा क्यों करती हो?

निर्मला ने शंखधर को गोद में लेकर कहा—बेटा, भगवान् से मांगती हूं कि मेरी मनोकामना पूर्ण करें।

शंखधर—भगवान् सबके मन की बात जानते हैं?

निर्मला—हां बेटा, भगवान् सब कुछ जानते हैं?

शंखधर—दादीजी, तुम्हारी क्या मनोकामना है?

निर्मला—यही बेटा, कि तुम्हारे बाबूजी आ जाएं और तुम जल्दी से बड़े हो जाओ।

शंखधर बाहर मुंशीजी के पास चला गया और उनके पास बैठकर सितार की गतें सुनता रहा।

दूसरे दिन प्रातःकाल शंखधर ने स्नान किया, लेकिन स्नान करके वह जलपान करने न आया। गुरुसेवक सिंह के पास पढ़ने भी न गया। न जाने कहां चला गया। अहिल्या इध ार-उधर देखने लगी, कहां चला गया। मनोरमा के पास आकर देखा, वहां भी न था। अपने कमरे में भी न था। छत पर भी नहीं। दोनों रमणियां घबराईं कि स्नान करके कहां चला गया। लौंडियों से पूछा तो उन सबों ने भी कहा—हमने तो उन्हें नहाकर आते देखा। फिर कहां चले गए, यह हमें नहीं मालूम। चारों ओर तलाश होने लगी। दोनों बगीचे की ओर दौड़ी गईं। वहां वह न दिखाई दिया। सहसा बगीचे के पल्ले सिरे पर, जहां दिन को भी सन्नाटा रहता था, उसकी झलक दिखाई दी। दोनों चुपके-चुपके वहां गईं और एक पेड़ की आड़ में खड़ी होकर देखने लगीं। शंखधर तुलसी के चबूतरे के सामने आसन मारे, आंख बंद किए, ध्यान-सा लगाए बैठा था। उसके सामने कुछ फूल पड़े हुए थे। एक क्षण के बाद उसने आंखें खोलीं। कई बार चबूतरे की परिक्रमा और तुलसी की वंदना करके धीरे से उठा। दोनों महिलाएं आड़ से निकलकर उसके सामने खड़ी हो गईं। शंखधर उन्हें देखकर कुछ लज्जित हो गया और बिना कुछ बोले आगे बढ़ा।

मनोरमा—वहां क्या करते थे, बेटा?

शंखधर—कुछ तो नहीं। ऐसे ही घूमता था।

मनोरमा—नहीं, कुछ तो कर रहे थे।

शंखधर—जाइए, आपसे क्या मतलब?

अहिल्या—तुम्हें न बताएंगे। मैं इसकी अम्मां हूं, मुझे बता देगा। मेरा लाल मेरी कोई बात नहीं टालता। हां बेटे, बता क्या कर रहे थे? मेरे कान में कह दो मैं किसी से न कहूंगी।

शंखधर ने आंखों में आंसू भरकर कहा—कुछ नहीं, मैं बाबूजी के जल्दी से लौट आने की प्रार्थना कर रहा था। भगवान् पूजा करने से सबकी मनोकामना पूरी करते हैं।

सरल बालक की यह पितृभक्ति और श्रद्धा देखकर दोनों महिलाएं रोने लगीं। इस बेचारे को कितना दुख है। शंखधर ने फिर पूछा—क्यों अम्मां, तुम बाबूजी के पास कोई चिट्ठी क्यों नहीं लिखतीं?

अहिल्या ने कहा—कहां लिखूं बेटा, उनका पता भी तो नहीं जानती?

छत्तीस

इधर कुछ दिनों से लौंगी तीर्थ करने चली गई थी। गुरुसेवक सिंह ही के कारण उसके मन में यह धर्मोत्साह हुआ था। इस यात्रा के शुभ फल में उनको भी कुछ हिस्सा मिलेगा, यह तो नहीं कहा जा सकता, पर उनके पिता को अवश्य मिलने की संभावना थी। जब से वह गई थी, दीवान साहब दीवाने हो गए थे। यहां तक कि गुरुसेवक को भी कभी-कभी यह मानना पड़ता था कि लौंगी का घर में होना पिताजी की रक्षा के लिए जरूरी है। घर में अब कोई नौकर एक सप्ताह से ज्यादा न टिकता था, कितने ही पहली ही फटकार में छोड़कर भागते थे। रियासत से पकड़कर भेजे जाते थे, तब कहीं जाकर काम चलता था। गुरुसेवक के सद्व्यवहार और मिष्ट भाषण का कोई असर न होता था। शराब की मात्रा भी दिनों-दिन बढ़ती जाती थी, जिससे भय होता था कि कोई भयंकर रोग न खड़ा हो जाए। भोजन वह अब बहुत थोड़ा करते थे। लौंगी दिन भर में दो-ढाई सेर दूध उनके पेट में भर दिया करती थी, आध पाव के लगभग घी भी किसी-न-किसी तरह पहुंचा ही देती थी। इस कला में वह निपुण थी। पति-सेवा का वह अमर सिद्धांत, जो चालीस साल की अवस्था के बाद भोजन की योजना ही पर विशेष आग्रह करता है, सदैव उसकी आंखों के सामने रहता था। वह कहा करती थी, घोड़े और मर्द कभी बूढ़े नहीं होते, केवल उन्हें रातिब मिलना चाहिए।

ठाकुर साहब लौंगी की अब सूरत भी नहीं देखना चाहते थे, इसी आशय के पत्र उसको लिखा करते हैं। लिखते हैं, तुमने मेरी जिंदगी चौपट कर दी। मेरा लोक और परलोक दोनों बिगाड़ दिया। शायद लौंगी को जलाने ही के लिए ठाकुर साहब सभी काम उसकी इच्छा के विरुद्ध करते थे—खाना कम, शराब अधिक, नौकरों पर क्रोध, नौ बजे दिन तक सोना। सारांश यह कि जिन बातों को वह रोकती थी, वही आजकल की दिनचर्या बनी हुई थी। दीवान साहब इसकी सूचना भी दे देते और पत्र के अंत में यह भी लिख देते थे—अब तुम्हारे यहां आने की बिल्कुल जरूरत नहीं। मेरी बहू तुमसे कहीं अच्छी तरह मेरी सेवा कर रही है। उसने मासिक खर्च में से कोई दो सौ रुपये की बचत निकाल दी है। तुम्हारे लिए वही आमदनी पूरी न पड़ती थी। हर एक पत्र में वह अपने स्वास्थ्य का विवरण अवश्य करते थे। उनकी पाचन-शक्ति अब बहुत अच्छी हो गई थी, रुधिर के बढ़ जाने से जितने रोग उत्पन्न होते हैं, उनकी अब कोई संभावना न थी।

दीवान साहब की पाचन-शक्ति अच्छी हो गई हो, पर विचार-शक्ति तो जरूर क्षीण हो गई थी। निश्चय करने की अब उनमें सामर्थ्य ही न थी। ऐसी-ऐसी गलतियां करते थे कि

राजा साहब को उनका बहुत लिहाज करने पर भी बार-बार एतराज करना पड़ता था। वह कार्यदक्षता, वह तत्परता, वह विचारशीलता, जिसने उन्हें चपरासी से दीवान बनाया था, अब उनका साथ छोड़ गई थी। वह बुद्धि भला जगदीशपुर का शासन-भार क्या संभालती? लोगों को आश्चर्य होता था कि इन्हें क्या हो गया है। गुरुसेवक को भी शायद मालूम होने लगा कि पिताजी की आड़ में कोई दूसरी शक्ति रियासत का संचालन करती थी।

एक दिन उन्होंने पिता से कहा—लौंगी कब तक आएगी?

दीवान साहब ने उदासीनता से कहा—उसका दिल जाने? यहां आने की तो कोई खास जरूरत नहीं मालूम होती। अच्छा है, अपने कर्मों का प्रायश्चित ही कर ले। यहां आकर क्या करेगी?

उसी दिन भाई-बहिन में भी इसी विषय पर बातें हुईं। मनोरमा ने कहा—भैया, क्या तुमने लौंगी अम्मां को भुला ही दिया? दादाजी की दशा देख रहे हो कि नहीं? सूखकर कांटा हो गए हैं।

गुरुसेवक—भोजन तो करते ही नहीं। कोई क्या करे? बस, जब देखो, शराब-शराब।

मनोरमा—उन्हें लौंगी अम्मां ही कुछ ठीक रख सकती हैं। उन्हीं को किसी तरह बुलाओ और बहुत जल्द ! दादाजी की दशा देखकर मुझे तो भय हो रहा है। राजा साहब तो कहते हैं, तुम्हारे पिताजी सठिया गए हैं।

गुरुसेवक—तो मैं क्या करूं? बार-बार कहता हूं कि बुला लीजिए, पर वह सुनते ही नहीं। उलटे उसे चिढ़ाने को और लिख देते हैं कि यहां तुम्हारे आने की जरूरत नहीं। वह एक हठिन है। भला, इस तरह क्यों आने लगी?

मनोरमा—नहीं भैया, वह लाख हठिन हो, पर दादाजी पर जान देती है। वह केवल तुम्हारे भय से नहीं आ रही हैं। तीर्थयात्रा में उसकी श्रद्धा कभी न थी। वहां रो-रोकर उसके दिन कट रहे होंगे। पिताजी जितना ही उसे आने के लिए रोकते हैं, उतना ही उसे आने की इच्छा होती है, पर तुमसे डरती है।

गुरुसेवक—नोरा, मैं सच कहता हूं, मैं दिल से चाहता हूं कि वह आ जाए, पर सोचता हूं कि जब पिताजी मना करते हैं, तो मेरे बुलाने से क्यों आने लगी। रुपये-पैसे की कोई तकलीफ है ही नहीं।

मनोरमा—तुम समझते हो, दादाजी उसे मना करते हैं? उनकी दशा देखकर भी ऐसा कहते हो ! जब से अम्मां जी का स्वर्गवास हुआ, दादाजी ने अपने को उसके हाथों बेच दिया। लौंगी ने न संभाला होता, तो अम्मांजी के शोक में दादाजी प्राण दे देते। मैंने किसी विवाहित स्त्री में इतनी पति-भक्ति नहीं देखी। अगर दादाजी को बचाना चाहते हो, तो जाकर लौंगी अम्मां को अपने साथ लाओ !

गुरुसेवक—मेरा जाना तो बहुत मुश्किल है, नोरा !

मनोरमा—क्यों? क्या इसमें आपका अपमान होगा?

गुरुसेवक—वह समझेगी, आखिर इन्हीं को गरज पड़ी। आकर और भी सिर चढ़ जाएगी।

उसका मिजाज और भी आसमान पर जा पहुंचेगा।

मनोरमा—भैया, ऐसी बातें मुंह से न निकालो। लौंगी देवी है, उसने तुम्हारा और मेरा पालन किया है। उस पर तुम्हारा यह भाव देखकर मुझे दुःख होता है।

गुरुसेवक—मैं अब उससे कभी न बोलूंगा, उसकी किसी बात में भूलकर भी दखल न दूंगा, लेकिन उसे बुलाने न जाऊंगा।

मनोरमा—अच्छी बात है, तुम न जाओ, लेकिन मेरे जाने में तो कोई आपत्ति नहीं है।

गुरुसेवक—तुम जाओगी?

मनोरमा—क्यों, मैं क्या हूं! क्या मैं भूल गई हूं कि लौंगी अम्मां ही ने मुझे गोद में लेकर पाला है? अगर वह इस घर में आकर रहती, तो मैं अपने हाथों से उसके पैर धोती और चरणामृत आंखों से लगाती। जब मैं बीमार पड़ी थी, तो वह रात की रात मेरे सिरहाने बैठी रहती थी। क्या मैं इन बातों को कभी भूल सकती हूं? माता के ऋण से उऋण होना चाहे संभव हो, उसके ऋण से मैं कभी उऋण नहीं हो सकती, चाहे ऐसे-ऐसे दस जन्म लूं। आजकल वह कहां है?

गुरुसेवक लज्जित हुए। घर आकर उन्होंने देखा कि दीवान साहब लिहाफ ओढ़े पड़े हुए हैं। पूछा—आपका जी कैसा है?

दीवान साहब की लाल आंखें चढ़ी हुई थीं। बोले—कुछ नहीं जी, जरा सर्दी लग रही थी।

गुरुसेवक—आपकी इच्छा हो, तो मैं जाकर लौंगी को बुला लाऊं?

हरिसेवक—तुम! नहीं, तुम उसे बुलाने क्यों जाओगे! कोई जरूरत नहीं। उसका जी चाहे, आए या न आए। हुंह! उसे बुलाने जाओगे! ऐसी कहां की अमीरजादी है?

गुरुसेवक—यह आप कहें। हम तो उसकी गोद में खेले हुए हैं, हम ऐसा कैसे कह सकते हैं। नोरा आज मुझ पर बहुत बिगड़ रही थी, वह खुद उसे बुलाने जा रही है। उसकी जिद तो आप जानते ही हैं। जब धुन सवार हो जाती है, तो उसे कुछ नहीं सूझता।

हरिसेवक सजल नेत्र होकर बोले—नोरा जाने को कहती है? नोरा जाएगी? नहीं, मैं, उसे न जाने दूंगा। लौंगी को बुलाने नोरा नहीं जा सकती। मैं उसे समझा दूंगा।

गुरुसेवक क्या जानते थे, इन शब्दों में कोई गूढ़ आशय भरा हुआ है। वहां से चले गए।

दूसरे दिन दीवान साहब को ज्वर हो आया। गुरुसेवक ने थर्मामीटर लगाकर देखा, तो ज्वर एक सौ चार डिग्री का था। घबराकर डॉक्टर को बुलाया। मनोरमा यह खबर पाते ही दौड़ी हुई आई। उसने आते ही गुरुसेवक से कहा—मैंने आपसे कल ही कहा था, जाकर लौंगी अम्मां को बुला लाइए, लेकिन आप न गए। अब तक तो आप हरिद्वार से लौटते होते।

गुरुसेवक—मैं तो जाने को तैयार था, लेकिन जब कोई जाने भी दे। दादाजी से पूछा, तो वह मुझको बेवकूफ बनाने लगे। मैं कैसे चला जाता?

मनोरमा—तुम्हें उनसे पूछने की क्या जरूरत थी? इनकी दशा देख नहीं रहे हो। अब भी मौका है। मैं इनकी देखभाल करती रहूंगी, तुम इसी गाड़ी से चले जाओ और उसे साथ लाओ। वह इनकी बीमारी की खबर सुनकर एक क्षण भी न रुकेगी। वह केवल तुम्हारे भय

से नहीं आ रही है।

दीवान साहब मनोरमा को देखकर बोले—आओ नोरा, मुझे तो आज ज्वर आ गया। गुरुसेवक कह रहा था कि तुम लौंगी को बुलाने जा रही हो। बेटी, इसमें तुम्हारा अपमान है। उसकी हजार दफा गरज हो आए, या न आए। भला, तुम उसे बुलाने जाओगी, तो दुनिया क्या कहेगी ! सोचो, कितनी बदनामी की बात है !

मनोरमा—दुनिया जो चाहे कहे, मैंने भैयाजी को भेज दिया है। वह तो स्टेशन पहुंच गए होंगे। शायद गाड़ी पर सवार भी हो गए हों।

हरिसेवक—सच ! यह तुमने क्या किया? लौंगी कभी न आएगी।

मनोरमा—आएगी क्यों नहीं। न आएगी, तो मैं जाऊंगी और उसे मना लाऊंगी।

हरिसेवक—तुम उसे मनाने जाओगी? रानी मनोरमा लौंगी कहारिन को मनाने जाएगी?

मनोरमा—मनोरमा लौंगी कहारिन का दूध पीकर बड़ी न होती, तो आज रानी मनोरमा कैसे होती?

हरिसेवक का मुरझाया हुआ चेहरा खिल उठा, बुझी हुई आंखें जगमगा उठीं, प्रसन्नमुख होकर बोले—नोरा, तुम सचमुच दया की देवी हो। देखो, अगर लौंगी आए और मैं न रहूं, तो उसकी खबर लेती रहना। उसने मेरी बड़ी सेवा की है। मैं कभी उसके एहसानों का बदला नहीं चुका सकता। गुरुसेवक उसे सताएगा, उसे घर से निकालेगा, लेकिन तुम उस दुखिया की रक्षा करना। मैं चाहूं, तो अपनी सारी संपत्ति उसके नाम लिख सकता हूं। यह सब जायदाद मेरी पैदा की हुई है। मैं अपना सब कुछ लौंगी को दे सकता हूं, लेकिन लौंगी कुछ न लेगी। वह दुष्टा मेरी जायदाद का एक पैसा भी न छुएगी। वह अपने गहने-पाते भी काम पड़ने पर इस घर में लगा देगी। बस, वह सम्मान चाहती है। कोई उससे आदर के साथ बोले और उसे लूट ले। वह घर की स्वामिनी बनकर भूखों मर जाएगी, लेकिन दासी बनकर सोने का कौर भी न खाएगी। यह उसका स्वभाव है। गुरुसेवक ने आज तक उसका स्वभाव न जाना। नोरा, जिस दिन से वह गई है, मैं कुछ और ही हो गया हूं। जान पड़ता है, मेरी आत्मा कहीं चली गई है। मुझे अपने ऊपर जरा भी भरोसा नहीं रहा। मुझमें निश्चय करने की शक्ति ही नहीं रही ! अपने कर्त्तव्य का ज्ञान ही नहीं रहा। तुम्हें अपने बचपन की याद आती है, नोरा?

मनोरमा—बहुत पहले की बातें तो नहीं याद हैं, लेकिन लौंगी अम्मां का मुझे गोद में खिलाना खूब याद है। अपनी बीमारी भी याद आती है, जब लौंगी अम्मां मुझे पंखा झला करती थीं।

हरिसेवक ने अवरुद्ध कंठ से कहा—उससे पहले की बात है, नोरा, जब गुरुसेवक तीन वर्ष का था और तुम्हारी माता तुम्हें साल भर का छोड़कर चल बसी थी। मैं पागल हो गया था। यही जी में आता था कि आत्महत्या कर लूं। नोरा, जैसे तुम हो वैसी ही तुम्हारी माता भी थी। उसका स्वभाव भी तुम्हारे जैसा था। मैं बिल्कुल पागल हो गया था। उस दशा में इसी लौंगी ने मेरी रक्षा की। उसकी सेवा ने मुझे मुग्ध कर दिया। उसे तुम लोगों पर प्राण देते देखकर उस पर मेरा प्रेम हो गया। मैं उसके स्वरूप और यौवन पर न रीझा ! तुम्हारी माता

के बाद किसका स्वरूप और यौवन मुझे मोहित कर सकता था? मैं लौंगी के हृदय पर मुग्ध ा हो गया। तुम्हारी माता भी तुम लोगों का लालन-पालन इतना तन्मय होकर न कर सकती थी। गुरुसेवक की बीमारी की याद तुम्हें क्या आएगी ! न जाने उसे कौन-सा रोग हो गया था। खून के दस्त आते थे और तिल-तिल पर। छः महीने तक उसकी दशा यही रही। जितनी दवा-दारू उस समय कर सकता था, वह सब करके हार गया। झाड़-फूंक, दुआ-ताबीज सब कुछ कर चुका। इसके बचने की कोई आशा न थी। गलकर कांटा हो गया। रोता तो इस तरह, मानो कराह रहा है। यह लौंगी ही थी, जिसने उसे मौत के मुंह से निकाल लिया। कोई माता अपने बालक की इतनी सेवा नहीं कर सकती। जो उसके त्यागमय स्नेह को देखता, दांतों तले उंगली दबाता था। क्या वह लोभ के वश अपने को मिटाए देती थी? लोभ में भी कहीं त्याग होता है? और आज गुरुसेवक उसे घर से निकाल रहा है, समझता है कि लौंगी मेरे धन के लोभ से मुझे घेरे हुए है। मूर्ख यह नहीं सोचता कि जिस समय लौंगी उसका पंजर गोद में लेकर रोया करती थी, उस समय धन कहां था? सच पूछो, तो यहां लक्ष्मी लौंगी के समय ही आई; बल्कि लक्ष्मी ही लौंगी के रूप में आई। लौंगी ही ने मेरे भाग्य को रचा। जो कुछ किया, उसी ने किया, मैं तो निमित्त मात्र था। क्यों नोरा, मेरे सिरहाने कौन खड़ा है? कोई बाहरी आदमी है? कह दो, यहां से जाय।

मनोरमा—यहां तो मेरे सिवा कोई नहीं है। आपको कोई कष्ट हो रहा है? फिर डॉक्टर को बुलाऊं?

हरिसेवक—मेरा जी घबरा रहा है, रह-रहकर डूबा जाता है। कष्ट कोई नहीं, कोई पीड़ा नहीं। बस, ऐसा मालूम होता है कि दीपक में तेल नहीं रहा। गुरुसेवक शाम तक पहुंच जाएगा?

मनोरमा—हां, कुछ रात जाते-जाते पहुंच जाएंगे।

हरिसेवक—कोई तेज मोटर हो, तो मैं शाम तक पहुंच जाऊं।

मनोरमा—इस दशा में इतना लंबा सफर आप कैसे कर सकते हैं?

हरिसेवक—हां, यह ठीक कहती हो, बेटी ! मगर मेरी दवा लौंगी के पास है। उस सती का कैसा प्रताप था ! जब तक वह रही, मेरे सिर में कभी दर्द भी न हुआ। मेरी मूर्खता देखो कि जब उसने तीर्थयात्रा की बात कही तो, मेरे मुंह से एक बार भी न निकला—तुम मुझे किस पर छोड़कर जाती हो? अगर मैं यह कह सकता, तो वह कभी न जाती। एक बार भी नहीं रोका। मैं उसे निष्ठुरता का दंड देना चाहता था। मुझे उस वक्त यह न सूझ पड़ा कि....

यह कहते-कहते दीवान साहब फिर चौंक पड़े और द्वार की ओर आशंकित नेत्रों से देखकर बोले—यह कौन अंदर आया, नोरा? ये लोग क्यों मुझे घेरे हुए हैं?

मनोरमा ने घबराते हुए हृदय से उमड़ने वाले आंसुओं को दबाकर पूछा—क्या आपका जी फिर घबरा रहा है?

हरिसेवक—वह कुछ नहीं था, नोरा ! मैंने अपने जीवन में अच्छे काम कम किए, बुरे काम बहुत किए। अच्छे काम जितने किए वे लौंगी ने किए। बुरे काम जितने किए, वे मेरे हैं। उनके दंड का भागी मैं हूं। लौंगी के कहने पर चलता, तो आज मेरी आत्मा शांत होती।

एक बात तुमसे पूछूं, नोरा, बताओगी?

मनोरमा—खुशी से पूछिए।

हरिसेवक—तुम अपने भाग्य से संतुष्ट हो?

मनोरमा—यह आप क्यों पूछते हैं? क्या मैंने आपसे कभी कोई शिकायत की है?

हरिसेवक—नहीं नोरा, तुमने कभी शिकायत नहीं की और न करोगी, लेकिन मैंने तुम्हारे साथ जो घोर अत्याचार किया है, उसकी व्यथा से आज मेरा अंत:करण पीड़ित हो रहा है। मैंने तुम्हें अपनी तृष्णा की भेंट चढ़ा दिया, तुम्हारे जीवन का सर्वनाश कर दिया। ईश्वर ! तुम मुझे इसका कठिन से कठिन दंड देना ! लौंगी ने कितना विरोध किया, लेकिन मैंने एक न सुनी। तुम निर्धन होकर सुखी रहतीं। मुझे तृष्णा ने अंधा बना दिया था। फिर जी डूबा जाता है ! शायद उस देवी के दर्शन न होंगे। तुम उससे कह देना नोरा कि वह स्वार्थी, नीच, पापी जीव अंत समय तक उसकी याद में तड़पता रहा....

मनोरमा—दादाजी, आप ऐसी बातें क्यों करते हैं? लौंगी अम्मां कल शाम तक आ जाएंगी।

हरिसेवक हंसे, वह विलक्षण हंसी, जिसमें समस्त जीवन की आशाओं और अभिलाषाओं का प्रतिवाद होता है। फिर संदिग्ध भाव से बोले—कल शाम तक? हां शायद।

मनोरमा आंसुओं के वेग को रोके हुए थी। उसे उस चिर परिचित स्थान में आज एक विचित्र शंका का आभास हो रहा था। ऐसा जान पड़ता था कि सूर्य-प्रकाश कुछ क्षीण हो गया है, मानो संध्या हो गई है। दीवान साहब के मुख की ओर ताकने की हिम्मत न पड़ती थी।

दीवान साहब छत की ओर टकटकी लगाए हुए थे, मानो उनकी दृष्टि अनंत के उस पार पहुंच जाना चाहती हो। सहसा उन्होंने क्षीण स्वर में पुकारा—नोरा !

मनोरमा ने उनकी ओर करुण नेत्रों से देखकर कहा—खड़ी हूं, दादाजी !

दीवान—जरा कलम-दवात लेकर मेरे समीप आ जाओ। कोई और तो यहां नहीं है? मेरे दानपत्र लिख लो। गुरुसेवक की लौंगी से न पटेगी। मेरे पीछे उसे बहुत कष्ट होगा। मैं अपनी सब जायदाद लौंगी को देता हूं। जायदाद के लोभ से गुरुसेवक उससे दबेगा। तुम यह लिख लो और तुम्हीं इसकी साक्षी देना। जरा बहू को बुला लो, मैं उसे भी समझा दूं। यह वसीयत तुम अपने ही पास रखना। जरूरत पड़ने पर इससे काम लेना।

मनोरमा अंदर जाकर रोने लगी। आंसुओं का वेग उसके रोके न रुका। उसकी भाभी ने पूछा—क्या है, दीदी ! दादाजी का जी कैसा है?

यह कहते हुए वह घबराई हुई दीवान साहब के सामने आकर खड़ी हो गई। उसकी आंखों में आंसू भर आए। कमरे में वह निस्तब्धता छाई हुई थी, जिसका आशय सहज ही समझ में आ जाता है। उसने दीवान साहब के पैरों पर सिर रख दिया और रोने लगी।

दीवान साहब ने उसके सिर पर हाथ रखकर आशीर्वाद देते हुए कहा—बेटी? यह मेरा अंतिम समय है। यात्रा के सामान कर रहा हूं? गुरुसेवक के आने तक क्या होगा, नहीं जानता।

मेरे पीछे लौंगी बहुत दिन न रहेगी। उसका दिल न दुखाना। मेरी तुमसे यही याचना है। तुम बड़े घर की बेटी हो। जो कुछ करना, उसकी सलाह से करना। इसी में वह प्रसन्न रहेगी। ईश्वर तुम्हारा सौभाग्य अमर करें!

यह कहते-कहते दीवान साहब की आंखें बंद हो गईं। कोई आध घंटे के बाद उन्होंने आंखें खोलीं और उत्सुक नेत्रों से इधर-उधर देखकर बोले—अभी नहीं आई? अब भेंट न होगी।

मनोरमा ने रोते हुए कहा—दादाजी, मुझे भी कुछ कहते जाइए। मैं क्या करूं?

दीवान साहब ने आंखें बंद किए हुए कहा—लौंगी को देखो!

थोड़ी देर में राजा साहब आ पहुंचे। अहिल्या भी उनके साथ थी। मुंशी वज्रधर को भी उड़ती हुई खबर मिली। दौड़े आए। रियासत के सैकड़ों कर्मचारी जमा हो गए। डॉक्टर भी आ पहुंचा। किंतु दीवान साहब ने आंखें न खोलीं।

संध्या हो गई थी। कमरे में सन्नाटा छाया हुआ था। सब लोग सिर झुकाए बैठे थे, मानो श्मशान में भूतगण बैठे हों। सबको आश्चर्य हो रहा था कि इतनी जल्द यह क्या हो गया। अभी कल तक तो मजे में रियासत का काम करते रहे। दीवान साहब अचेत पड़े हुए थे, किंतु आंखों से आंसू की धारें बह-बहकर गालों पर आ रही थीं। उस वेदना का कौन अनुमान कर सकता है!

एकाएक द्वार पर एक बग्घी आकर रुकी और उसमें से एक स्त्री उतरकर घर में दाखिल हुई। शोर मच गया—आ गई, आ गई। यह लौंगी थी।

लौंगी आज ही हरिद्वार से चली थी। गुरुसेवक से उसकी भेंट न हुई थी। इतने आदमियों को जमा देखकर उसका हृदय दहल उठा। उसके कमरें में आते ही और लोग हट गए। केवल मनोरमा, उसकी भाभी और अहिल्या रह गईं।

लौंगी ने दीवान साहब के सिर पर हाथ रखकर भर्रायी हुई आवाज में कहा—प्राणनाथ! क्या मुझे छोड़कर चले जाओगे?

दीवान साहब की आंखें खुल गईं। उन आंखों में कितनी अपार वेदना थी, किंतु कितना अपार प्रेम!

उन्होंने दोनों हाथ फैलाकर कहा—लौंगी और पहले क्यों न आईं?

लौंगी ने दोनों फैले हुए हाथों के बीच में अपना सिर रख दिया और उस अंतिम प्रेमालिंगन के आनंद में विह्वल हो गई। इस निर्जीव, मरणोन्मुख प्राणी के आलिंगन में उसने उस आत्मबल, विश्वास और तृप्ति का अनुभव किया, जो उसके लिए अभूतपूर्व था। इस आनंद में वह शोक भूल गई। पच्चीस वर्ष के दाम्पत्य जीवन में उसने कभी इतना आनंद न पाया था। निर्दय अविश्वास रह-रहकर उसे तड़पाता रहता था। उसे सदैव यह शंका बनी रहती थी कि यह डोंगी पार लगाती है या मंझधार ही में डूब जाती है। वायु का हल्का-सा वेग, लहरों का हल्का-सा आंदोलन, नौका का हल्का-सा कंपन उसे भयभीत कर देता था। आज उन सारी शंकाओं और वेदनाओं का अंत हो गया। आज उसे मालूम हुआ कि जिसके चरणों पर मैंने अपने को समर्पित किया था, वह अंत तक मेरा रहा। यह शोकमय कल्पना भी कितनी मधुर और

शांतिदायिनी थी।

वह इसी विस्मृति की दशा में थी कि मनोरमा का रोना सुनकर चौंक पड़ी और दीवान साहब के मुख की ओर देखा। तब उसने स्वामी के चरणों पर सिर रख दिया और फूट-फूटकर रोने लगी। एक क्षण में सारे घर में कुहराम मच गया। नौकर-चाकर भी रोने लगे। जिन नौकरों को दीवान के मुख से नित्य घुड़कियां मिलती थीं, वह भी रो रहे थे। मृत्यु में मानसिक प्रवृत्तियों को शांत करने की विलक्षण शक्ति होती है। ऐसे विरले ही प्राणी संसार में होंगे, जिनके अंतःकरण मृत्यु के प्रकाश से आलोकित न हो जाएं। अगर कोई ऐसा मनुष्य है, तो उसे पशु समझो। हरिसेवक की कृपणता, कठोरता, संकीर्णता, धूर्तता एवं सारे दुर्गुण, जिनके कारण वह अपने जीवन में बदनाम रहे, इस विशाल प्रेम के प्रवाह में बह गए।

आधी रात बीत चुकी थी। लाश अभी तक गुरुसेवक के इंतजार में पड़ी हुई थी। रोने वाले रो-धोकर चुप हो गए थे। लौंगी शोकगृह से निकलकर छत पर गई और सड़क की ओर देखने लगी। सैर करने वालों की सैर तो खत्म हो चुकी थी, मगर मुसाफिरों की सवारियां कभी-कभी बंगले के सामने से निकल जाती थीं। लौंगी सोच रही थी, गुरुसेवक अब तक लौटे क्यों नहीं? गाड़ी तो यहां दो बजे आ जाती है। क्या अभी दो नहीं बजे? आते ही होंगे। स्टेशन की ओर से आने वाली हर सवारी गाड़ी को वह उस वक्त तक ध्यान से देखती थी, जब तक वह बंगले के सामने से न निकल जाती। तब वह अधीर होकर कहती, अब भी नहीं आए!

और मनोरमा बैठी दीवान साहब के अंतिम उपदेश का आशय समझने की चेष्टा कर रही थी। उसके कानों में ये शब्द गूंज रहे थे लौंगी को देखो!

सैंतीस

जगदीशपुर के ठाकुरद्वारे में नित्य साधु-महात्मा आते रहते थे। शंखधर उनके पास जा बैठता और उनकी बातें बड़े ध्यान से सुनता। उसके पास चक्रधर की जो तस्वीर थी, उससे मन-ही-मन साधुओं की सूरत का मिलान करता, पर उस सूरत का साध ु उसे न दिखाई देता था। किसी की भी बातचीत से चक्रधर की टोह न मिलती थी।

एक दिन मनोरमा के साथ शंखधर भी लौंगी के पास गया। लौंगी बड़ी देर तक अपनी तीर्थयात्रा की चर्चा करती रही। शंखधर उसकी बातें गौर से सुनने के बाद बोला—क्यों दाई, तुम्हें तो साधु-संन्यासी बहुत मिले होंगे?

लौंगी ने कहा—हां बेटा, मिले क्यों नहीं। एक संन्यासी तो ऐसा मिला था कि हूबहू, तुम्हारे बाबूजी से सूरत मिलती थी। बदले हुए भेस में ठीक तो न पहचान सकी, लेकिन मुझे ऐसा मालूम होता था कि वही हैं।

शंखधर ने बड़ी उत्सुकता से पूछा—जटा बड़ी-बड़ी थीं?

लौंगी—नहीं, जटा-सटा तो नहीं थी, न वस्त्र ही गेरुआ रंग के थे। हां, कमंडल अवश्य

लिए हुए थे। जितने दिन मैं जगन्नाथपुरी में रही, वह एक बार रोज मेरे पास आकर पूछ जाते—क्यों माताजी, आपको किसी बात का कष्ट तो नहीं है? और यात्रियों से भी वह यही बात पूछते थे। जिस धर्मशाला में मैं टिकी थी, उसी में एक दिन एक यात्री को हैजा हो गया। संन्यासी जी उसे उठवाकर अस्पताल ले गए और दवा कराई। तीसरे दिन मैंने उस यात्री को फिर देखा। वह घर लौटता था। मालूम होता था, संन्यासी जी अमीर हैं। दरिद्र यात्रियों को भोजन करा देते और जिनके पास किराए के रुपये न होते, उन्हें रुपये भी देते थे। वहां तो लोग कहते थे कि यह कोई बड़े राजा संन्यासी हो गए हैं। नोरा, तुमसे क्या कहूं, सूरत बिल्कुल बाबूजी से मिलती थी। मैंने नाम पूछा, तो सेवानन्द बताया। घर पूछा, तो मुस्कराकर बोले—सेवानगर। एक दिन मैं मरते-मरते बची। सेवानन्द न पहुंच जाते, तो मर ही गई थी। एक दिन मैंने उनको नेवता दिया। जब वह खाने बैठे, तो मैंने यहां का जिक्र छेड़ दिया। मैं देखना चाहती थी कि इन बातों से उनके दिल पर क्या असर होता है, मगर उन्होंने कुछ भी न पूछा। मालूम होता था, मेरी बातें उन्हें अच्छी नहीं लग रही थीं। आखिर मैं चुप रही। उस दिन से वह फिर न दिखाई दिए। जब लोगों से पूछा, तो मालूम हुआ कि रामेश्वर चले गए। एक जगह जमकर नहीं रहते, इधर-उधर विचरते ही रहते हैं। क्यों नोरा, बाबूजी होते, तो जगदीशपुर का नाम सुनकर कुछ तो कहते?

मनोरमा ने तो कुछ उत्तर न दिया, न जाने क्या सोचने लगी थी, पर शंखधर बोला—दाई, तुमने यहां तार क्यों न दे दिया? हम लोग फौरन पहुंच जाते।

लौंगी—अरे तो कोई बात भी तो हो बेटा, न जाने कौन था, कौन नहीं था। बिना जाने-बूझे क्यों तार देती?

मनोरमा ने गंभीर भाव से कहा—मान लो वही होते, तो क्या तुम समझते हो कि वह हमारे साथ आते? कभी नहीं। आना होता, तो जाते ही क्यों?

शंखधर—किस बात पर नाराज होकर चले गए थे, अम्मां? कोई-न-कोई बात जरूर हुई होगी? अम्मांजी से पूछता हूं, तो रोने लगती हैं, तुमसे पूछता हूं, तो तुम बताती ही नहीं।

मनोरमा—मैं किसी के मन की बात क्या जानूं? किसी से कुछ कहा-सुना थोड़े ही।

शंखधर—मैं यदि उन्हें एक बार देख पाऊं, तो फिर कभी साथ ही न छोड़ूं। क्यों दाई, आजकल वह संन्यासीजी कहां होंगे?

मनोरमा—अब दाई यह क्या जाने? संन्यासी कहीं एक जगह रहते हैं, जो वह बता दे।

शंखधर—अच्छा दाई, तुम्हारे खयाल में संन्यासीजी की उम्र क्या रही होगी?

लौंगी—मैं समझती हूं, उनकी उम्र कोई चालीस वर्ष की होगी।

शंखधर ने कुछ हिसाब करके कहा—रानी अम्मां, यही तो बाबूजी की भी उम्र होगी।

मनोरमा ने बनावटी क्रोध से कहा—हां, हां, वही संन्यासी तुम्हारे बाबूजी हैं। बस, अब माना। अभी उम्र चालीस वर्ष की कैसे हो जाएगी?

शंखधर समझ गए कि मनोरमा को यह जिक्र बुरा लगता है। इस विषय में फिर मुंह

से एक शब्द न निकाला; लेकिन वहां रहना अब उसके लिए असंभव था। रामेश्वर का हाल तो उसने भूगोल में पढ़ा था, लेकिन अब उस अल्पज्ञान से उसे संतोष न हो सकता था। वह जानना चाहता था कि रामेश्वर को कौन रेल जाती है, वहां लोग जाकर ठहरते कहां हैं? घर के पुस्तकालय में शायद कोई ऐसा ग्रंथ मिल जाय, यह सोचकर वह बाहर आया और शोफर से बोला—मुझे घर पहुंचा दो।

शोफर—महारानीजी न चलेंगी?

शंखधर—मुझे कुछ जरूरी काम है, तुम पहुंचाकर लौट आना। रानी अम्मां से कह देना, वह चले गए।

वह घर आकर पुस्तकालय में जा ही रहा था कि गुरुसेवक सिंह मिल गए। आजकल वह महाशय दीवानी के पद के लिए जोर लगा रहे थे, हर एक काम बड़ी मुस्तैदी से करते, पर मालूम नहीं, राजा साहब क्यों उन्हें स्वीकार न करते थे। मनोरमा कह चुकी थी, अहिल्या ने भी सिफारिश की, पर राजा साहब अभी तक टालते जाते थे। शंखधर उन्हें देखते ही बोला—गुरुजी, जरा कृपा करके मुझे पुस्तकालय से कोई ऐसी पुस्तक निकाल दीजिए, जिसमें तीर्थस्थानों का पूरा-पूरा हाल लिखा हो।

गुरुसेवक ने कहा—ऐसी तो कोई किताब पुस्तकालय में नहीं है।

शंखधर—अच्छा, तो मेरे लिए कोई ऐसी किताब मंगवा दीजिए।

यह कहकर वह लौटा ही था कि कुछ सोचकर बाहर चला गया और एक मोटर को तैयार कराके शहर चला। अभी उसका तेरहवां ही साल था, लेकिन चरित्र में इतनी दृढ़ता थी कि जो बात मन में ठान लेता, उसे पूरा ही करके छोड़ता। शहर जाकर उसने अंग्रेजी पुस्तकों की कई दुकानों से तीर्थयात्रा संबंधी पुस्तकें देखीं और किताबों का एक बंडल लेकर घर आया।

राजा साहब भोजन करने बैठे, तो शंखधर वहां न था। अहिल्या ने जाकर देखा, तो वह अपने कमरे में बैठा कोई किताब देख रहा था।

अहिल्या ने कहा—चलकर खाना खा लो, दादाजी बुला रहे हैं।

शंखधर—अम्मांजी, आज मुझे बिल्कुल भूख नहीं है।

अहिल्या—कोई नई किताब लाए हो क्या? अभी भूख क्यों नहीं है? कौन-सी किताब है?

शंखधर—नहीं अम्मांजी, मुझे भूख नहीं लगी।

अहिल्या ने उसके सामने से खुली हुई किताब उठा ली और दो-चार पंक्तियां पढ़कर बोली—इसमें तो तीर्थों का हाल लिखा हुआ है—जगन्नाथ, बद्रीनाथ, काशी और रामेश्वर। यह किताब कहां से लाए?

शंखधर—आज ही तो बाजार से लाया हूं। दाई कहती थी कि बाबूजी की सूरत का एक संन्यासी उन्हें जगन्नाथ में मिला था और वह वहां से रामेश्वर चला गया।

अहिल्या ने शंखधर को दया-सजल नेत्रों से देखा, पर उसके मुख से कोई बात न निकली। आह ! मेरे लाल ! तुझमें इतनी पितृभक्ति क्यों है? तू पिता के वियोग में क्यों इतना पागल हो गया है? तुझे तो पिता की सूरत भी याद नहीं। तूझे तो इतना भी याद नहीं कि कब

पिता की गोद में बैठा था, कब उनकी प्यार की बातें सुनी थीं। फिर भी तुझे उन पर इतना प्रेम है? और वह इतने निर्दयी हैं कि न जाने कहां बैठे हुए हैं, सुधि ही नहीं लेते। वह मुझसे अप्रसन्न हैं, लेकिन तूने क्या अपराध किया है? तुझसे क्यों रुष्ट हैं? नाथ ! तुमने मेरे कारण अपने आंखों के तारे पुत्र को क्यों त्याग दिया? तुम्हें क्या मालूम कि जिस पुत्र की ओर से तुमने अपना हृदय पत्थर कर लिया है, वह तुम्हारे नाम की उपासना करता है, तुम्हारी मूर्ति की पूजा करता है। आह ! यह वियोगाग्नि उसके कोमल हृदय को क्या जला डालेगी? क्या इस राज्य को पाने का यह दंड है? इस अभागे राज्य ने हम दोनों को अनाथ कर दिया।

अहिल्या का मातृहृदय करुणा से पुलकित हो उठा। उसने शंखधर को छाती से लगा लिया और आंसुओं के वेग को दबाती हुई बोली—बेटा, तुम्हारा उठने को जी न चाहता हो, तो यहीं लाऊं? बैठे-बैठे कुछ थोड़ा-सा खा लो।

शंखधर—अच्छा खा लूंगा अम्मां, किसी से खाना भिजवा दो, तुम क्यों लाओगी।

अहिल्या एक क्षण में छोटी-सी थाली में भोजन लेकर आई और शंखधर के सामने रखकर बैठ गई।

शंखधर को इस समय खाने की रुचि न थी, यह बात नहीं थी। अब तक उसे निश्चित रूप से अपने पिता के विषय में कुछ न मालूम था। वह जानता था कि वह किसी दूसरी जगह आराम से होंगे। आज उसे यह मालूम हुआ था कि संन्यासी हो गए हैं, अब वह राजसी भोजन कैसे करता? इसीलिए उसने अहिल्या से कहा था कि भोजन किसी के हाथ भेज देना, तुम न आना। अब यह थाल देखकर वह बड़े धर्मसंकट में पड़ा। अगर नहीं खाता, तो अहिल्या दुःखी होती है और खाता है, तो कौर मुंह में नहीं जाता। उसे खयाल आया, मैं यहां चांदी के थाल में मोहनभोग उड़ाने बैठा हूं और बाबूजी पर इस समय न जाने क्या गुजर रही होगी। बेचारे किसी पेड़ के नीचे पड़े होंगे, न जाने आज कुछ खाया भी है या नहीं। वह थाली पर बैठा, लेकिन कौर उठाते ही फूट-फूटकर रोने लगा। अहिल्या उसके मन का भाव ताड़ गई और स्वयं रोने लगी। कौन किसे समझाता?

आज से अहिल्या को हरदम यही संशय रहने लगा कि शंखधर पिता की खोज में कहीं भाग न जाय। वह उसे अकेले कहीं खेलने तक न जाने देती, बाजार भी आना-जाना बंद हो गया। उसने सबको मना कर दिया कि शंखधर के सामने उसके पिता की चर्चा न करें। यह भय किसी भयंकर जंतु की भांति उसे नित्य घूरा करता था कि कहीं शंखधर अपने पिता के गृहत्याग का कारण न जान ले, कहीं वह यह न जान जाय कि बाबूजी को राजपाट से घृणा है, नहीं तो फिर इसे कौन रोकेगा?

उसे अब हरदम यही पछतावा होता रहता कि मैं शंखधर को लेकर स्वामी के साथ क्यों न चली गई? राज्य के लोभ में वह पति को पहले ही खो बैठी थी, कहीं पुत्र को भी तो न खो बैठेगी? सुख और विलास की वस्तुओं से शंखधर की दिन-दिन बढ़ने वाली उदासीनता देख-देखकर वह चिंता के मारे और भी घुली जाती थी।

अड़तीस

ठाकुर हरिसेवकसिंह का क्रिया-कर्म हो जाने के बाद एक दिन लौंगी ने अपना कपड़ा-लत्ता बांधना शुरू किया। उसके पास रुपये-पैसे जो कुछ थे, सब गुरुसेवक को सौंपकर बोली—भैया, अब किसी गांव में जाकर रहूंगी, यहां मुझसे नहीं रहा जाता।

वास्तव में लौंगी से अब इस घर में न रहा जाता था। घर की एक-एक चीज उसे काटने दौड़ती थी। पचीस वर्ष तक वह घर की स्वामिनी बने रहने के बाद अब वह किसी की आश्रिता न बन सकती थी। सब कुछ उसी के हाथों का किया हुआ था, पर अब उसका न था। वह घर उसी ने बनवाया था। उसने घर बनवाने पर जोर न दिया होता, तो ठाकुर साहब अभी तक किसी किराए के घर में पड़े होते। घर का सारा सामान उसी का खरीदा हुआ था, पर अब उसका कुछ न था। सब कुछ स्वामी के साथ चला गया। वैधव्य के शोक के साथ यह भाव कि मैं किसी दूसरे की रोटियों पर पड़ी हूं, उसके लिए असह्य था। हालांकि गुरुसेवक पहले से अब कहीं ज्यादा उसका लिहाज करते थे और कोई ऐसी बात न होने देते थे, जिससे उसे रंज हो। फिर भी कभी-कभी ऐसी बातें हो ही जाती थीं, जो उसकी पराधीनता की याद दिला देती थीं। कोई नौकर अब उससे अपनी तलब मांगने न आता था, रियासत के कर्मचारी अब उसकी खुशामद करने न आते थे। गुरुसेवक और उसकी स्त्री के व्यवहार में तो किसी तरह की त्रुटि न थी।

लौंगी को उन लोगों से जैसी आशा था, उससे कहीं अच्छा बर्ताव उसके साथ किया जाता था, लेकिन महरियां अब खड़ीं जिसका मुंह जोहती हैं, वह कोई और ही है, नौकर जिसका हुक्म सुनते ही दौड़कर आते हैं, वह भी और ही कोई है। देहात के असामी नजराने या लगान के रुपये अब उसके हाथ में नहीं देते, शहर की दुकानों के किरायेदार भी अब उसे किराया देने नहीं आते। गुरुसेवक ने अपने मुंह से किसी से कुछ नहीं कहा। प्रथा और रुचि ने आप ही आप सारी व्यवस्था उलट-पलट कर दी है। पर ये ही वे बातें हैं, जिनसे उसके आहत हृदय को ठेस लगती है और उसकी मधुर स्मृतियों में एक क्षण के लिए ग्लानि की छाया आ पड़ती है। इसलिए अब वह यहां से जाकर किसी देहात में रहना चाहती है। आखिर जब ठाकुर साहब ने उसके नाम कुछ नहीं लिखा, उसे दूध की मक्खी की भांति निकालकर फेंक दिया, तो वह यहां क्यों पड़ी दूसरों का मुंह जोहे? उसे अब एक टूटे-फूटे झोंपड़े और एक टुकड़े रोटी के सिवा और कुछ नहीं चाहिए। इसके लिए वह अपने हाथों से मेहनत कर सकती है। जहां रहेगी, वह अपने गुजर भर को कमा लेगी। उसने जो कुछ किया, यह उसी का तो फल है। वह अपनी झोंपडी में पड़ी रहती, तो आज क्यों यह अनादर और अपमान होता? झोंपड़ी छोड़कर महल के सुख भोगने का ही यह दंड है।

गुरुसेवक ने कहा—आखिर सुनें तो, कहां जाने का विचार कर रही हो?

लौंगी—जहां भगवान् ले जाएंगे, वहां चली जाऊंगी, कोई नैहर या दूसरी ससुराल है, जिसका नाम बता दूं?

गुरुसेवक—सोचती हो, तुम चली जाओगी, तो मेरी कितनी बदनामी होगी? दुनिया यही कहेगी कि इनसे एक बेवा का पालन न हो सका। उसे घर से निकाल दिया। मेरे लिए कहीं मुंह दिखाने की जगह न रहेगी। तुम्हें इस घर में जो शिकायत हो, वह मुझसे कहो, जिस बात की जरूरत हो, मुझसे बतला दो। अगर मेरी तरफ से उसमें जरा भी कोर-कसर देखो, तो फिर तुम्हें अख्तियार है, जो चाहे करना। यों मैं कभी न जाने दूंगा।

लौंगी—क्या बांधकर रखोगे?

गुरुसेवक—हां, बांधकर रखेंगे।

अगर उम्रभर में लौंगी को गुरुसेवक की कोई बात पसंद आई, तो उनका यही दुराग्रहपूर्ण वाक्य था। लौंगी का हृदय पुलकित हो गया। इस वाक्य में उसे आत्मीयता भरी हुई जान पड़ी। उसने जरा तेज होकर कहा—बांधकर क्यों रखोगे? क्या तुम्हारी बेसाही हूं?

गुरुसेवक—हां, बेसाही हो! मैंने नहीं बेसाहा, मेरे बाप ने तो बेसाहा है। बेसाही न होतीं, तो तुम तीस साल यहां रहतीं कैसे? कोई और आकर क्यों न रह गई? दादाजी चाहते, तो एक दर्जन ब्याह कर सकते थे, कौड़ियों रखेलियां रख सकते थे। यह सब उन्होंने क्यों नहीं किया? जिस वक्त मेरी माता का स्वर्गवास हुआ, उस वक्त उनकी जवानी की उम्र थी, मगर उनका कट्टर से कट्टर शत्रु भी आज यह कहने का साहस नहीं कर सकता कि उनके आचरण खराब थे। यह तुम्हारी ही सेवा की जंजीर थी, जिसने उन्हें बांध रखा, नहीं तो आज हम लोगों का कहीं पता न होता। मैं सत्य कहता हूं, अगर तुमने घर के बाहर कदम निकाला, तो चाहे दुनिया मुझे बदनाम ही करे, मैं तुम्हारे पैर तोड़कर रख दूंगा। क्या तुम अपने मन की हो कि जो चाहोगी, करोगी और जहां चाहोगी, जाओगी और कोई न बोलेगा? तुम्हारे नाम के साथ मेरी और मेरे पूज्य बाप की इज्जत बंधी हुई है।

लौंगी के जी में आया कि गुरुसेवक के चरणों पर सिर रखकर रोऊं और छाती से लगाकर कहूं—बेटा, मैंने तो तुझे गोद में खिलाया है, तुझे छोड़कर भला मैं कहां जा सकती हूं! लेकिन उसने क्रुद्ध भाव से कहा—यह तो अच्छी दिल्लगी हुई। यह मुझे बांध कर रखेंगे!

गुरुसेवक तो झल्लाए हुए बाहर चले गए और लौंगी अपने कमरे में जाकर खूब रोई। गुरुसेवक क्या किसी महरी से कह सकते थे—हम तुम्हें बांधकर रखेंगे? कभी नहीं, लेकिन अपनी स्त्री से वह यह बात कह सकते हैं, क्योंकि उसके साथ उनकी इज्जत बंधी हुई है। थोड़ी देर के बाद वह उठकर एक महरी से बोली—सुनती है रे, मेरे सिर में दर्द हो रहा है। जरा आकर दबा दे।

आज कई महीने के बाद लौंगी ने सिर दबाने का हुक्म दिया था। इधर उसे किसी से कुछ कहते हुए संकोच होता था कि कहीं टाल न जाय। नौकरों के दिल में उसके प्रति वही श्रद्धा थी, जो पहले थी। लौंगी ने स्वयं उनसे कुछ काम लेना छोड़ दिया था। इन झगड़ों की भनक भी नौकरों के कानों में पड़ गई थी। उन्होंने अनुमान किया था कि गुरुसेवक ने लौंगी को किसी बात पर डांटा है, इसलिए स्वभावतः उनकी सहानुभूति लौंगी के साथ हो गई थी। वे आपस में इस विषय पर मनमानी टिप्पणियां कर रहे थे। महरी उसका हुक्म सुनते ही तेल

लाकर उसका सिर दबाने लगी। उसे अपने मनोभावों को प्रकट करने के लिए यह अवसर बहुत ही उपयुक्त जान पड़ा। बोली—आज छोटे बाबू किस बात पर बिगड़ रहे थे, मालकिन? कमरे के बाहर सुनाई दे रहा था। तुम यहां से चली गईं मालकिन, तो एक नौकर भी न रहेगा। सबों ने सोच लिया है कि जिस दिन मालकिन यहां से चली जाएंगी, हम सब भी भाग खड़े होंगे। अन्याय हम लोगों से नहीं देखा जाता।

लौंगी ने दीन-भाव से कहा—नसीब ही खोटा है, नहीं तो क्यों किसी की झिड़कियां सुननी पड़तीं?

महरी—नहीं मालकिन, नसीबों को न खोटा कहो। नसीब तो जैसा तुम्हारा है, वैसा किसी का क्या होगा ! ठाकुर साहब मरते दम तक तुम्हारा नाम रटा किए। तुम क्यों जाती हो ! किसी की मजाल क्या है कि तुमसे कुछ कह सके? यह सारी संपदा तो तुम्हारी जोड़ी हुई है। इसे कौन ले सकता है? ठाकुर साहब को जो तुमसे सुख मिला, वह क्या किसी ब्याहता से मिल सकता था?

सहसा मनोरमा ने कमरे में प्रवेश किया और लौंगी को सिर में तेल डलवाते देखकर बोली—कैसा जी है, अम्मां! सिर में दर्द है क्या?

लौंगी—नहीं बेटा, जी तो अच्छा है। आओ, बैठो।

मनोरमा ने महरी से कहा—तुम जाओ, मैं दबाए देती हूं। दरवाजे पर खड़ी होकर कुछ सुनना नहीं, दूर चली जाना।

महरी इस समय यहां की बातें सुनने के लिए अपना सर्वस्व दे सकती थी, यह हुक्म सुनकर मन में मनोरमा को कोसती हुई चली गई। मनोरमा सिर दबाने बैठी, तो लौंगी ने उसका हाथ पकड़ लिया और बोली—नहीं बेटा, तुम रहने दो। दर्द नहीं था, यों ही बुला लिया था। नहीं, मैं न दबवाऊंगी। यह उचित नहीं है। कोई देखे तो कहे कि बुढ़िया पगला गई है, रानी से सिर दबवाती है।

मनोरमा ने सिर दबाते हुए कहा—रानी जहां हूं, वहां हूं, यहां तो तुम्हारी गोद की खिलाई नोरा हूं। आज तो भैयाजी यहां से जाकर तुम्हारे ऊपर बहुत बिगड़ते रहे। मैं उसकी टांग तोड़ दूंगा, गर्दन काट लूंगा। कितना पूछा, कुछ बताओ तो, बात क्या है? पर गुस्से में कुछ सुनें ही न। भाई हैं तो क्या, पर उनका अन्याय मुझसे भी नहीं देखा जाता। वह समझते होंगे कि इस घर का मालिक हूं, दादाजी मेरे नाम सब छोड़ गए हैं। मैं जिसे चाहूं, रखूं, जिसे चाहूं, निकालूं। मगर दादाजी उनकी नीयत को पहले ही ताड़ गए थे। मैंने अब तक तुमसे नहीं कहा अम्मांजी, कुछ तो मौका न मिला और कुछ भैया का लिहाज था, पर आज उनकी बातें सुनकर कहती हूं कि पिताजी ने अपनी सारी जायदाद तुम्हारे नाम लिख दी है।

लौंगी पर इस सूचना का जरा भी असर न हुआ। किसी प्रकार का उल्लास, उत्सुकता या गर्व उसके चेहरे पर न दिखाई दिया। वह उदासीन भाव से चारपाई पर पड़ी रही।

मनोरमा ने फिर कहा—मेरे पास उनकी लिखाई हुई वसीयत रखी हुई है और मुझी को उन्होंने उसका साक्षी बनाया है। जब यह महाशय वसीयत देखेंगे, तो आंखें खुलेंगी।

लौंगी ने गंभीर स्वर में कहा—नोरा, यह वसीयतनामा ले जाकर उन्हीं को दे दो। तुम्हारे दादाजी ने व्यर्थ ही वसीयत लिखाई। मैं उनकी जायदाद की भूखी न थी। उनके प्रेम की भूखी थी। और ईश्वर को साक्षी देकर कहती हूं, बेटी, कि इस विषय में मेरा जैसा भाग्य बहुत कम स्त्रियों का होगा। मैं उनका प्रेम-धन पाकर ही संतुष्ट हूं। इसके सिवा अब मुझे और किसी धन की इच्छा नहीं है। अगर मैं अपने सत पर हूं, तो मुझे रोटी-कपड़े का कष्ट कभी न होगा। गुरुसेवक को मैंने गोद में खिलाया है, उसे पालापोसा है। वह मेरे स्वामी का बेटा है। उसका हक मैं किस तरह छीन सकती हूं? उसके सामने की थाली कैसे खींच सकती हूं? वह कागज फाड़कर फेंक दो। यह कागज लिखकर उन्होंने अपने साथ और गुरुसेवक के साथ अन्याय किया है। गुरुसेवक अपने बाप का बेटा है, तो मुझे उसी आदर से रखेगा। वह मुझे माने या न माने, मैं उसे अपना ही समझती हूं। तुम सिरहाने बैठी मेरा सिर दबा रही हो, क्या धन में इतना सुख कभी मिल सकता है। गुरुसेवक के मुंह से 'अम्मां' सुनकर मुझे वह खुशी होगी, जो संसार की रानी बनकर भी नहीं हो सकती, तुम उनसे इतना ही कह देना।

यह कहते-कहते लौंगी की आंखें सजल हो गईं। मनोरमा उसकी ओर प्रेम, श्रद्धा, गर्व और आश्चर्य से ताक रही थी, मानो वह कोई देवी हो।

उनतालीस

रानी वसुमती बहुत दिनों से स्नान, व्रत, ध्यान तथा कीर्तन में मग्न रहती थीं, रियासत से उन्हें कोई सरोकार ही न था। भक्ति ने उनकी वासनाओं को शांत कर दिया था। बहुत सूक्ष्म आहार करतीं और वह भी केवल एक बार। वस्त्राभूषण से भी उन्हें विशेष रुचि न थी। देखने से मालूम होता था कि कोई तपस्विनी हैं। रानी रामप्रिया उसी एक रस पर चली जाती थीं। इध‌र उन्हें संगीत से विशेष अनुराग हो गया था। सबसे अलग अपनी कविता कुटीर में बैठी संगीत का अभ्यास करती रहती थीं। पुराने सिक्के, देश-देशांतरों के टिकट और इसी तरह की अनोखी चीजों का संग्रह करने की उन्हें धुन थी। उनका कमरा एक छोटा-मोटा अजायबखाना था। उन्होंने शुरू ही से अपने को दुनिया के झमेलों से अलग रखा था। इधर कुछ दिनों से रानी रोहिणी का चित्त भी भक्ति की ओर झुका हुआ नजर आता था। वही, जो पहले ईर्ष्या की अग्नि में जला करती थी, अब वह साक्षात् क्षमा और दया की देवी बन गई थी। अहिल्या से उसे बहुत प्रेम था, कभी-कभी आकर घंटों बैठी रहती। शंखधर भी उससे बहुत हिल गया था। राजा साहब तो उसी के दास थे, जो शंखधर को प्यार करे। रोहिणी ने शंखधर को गोद में खिला-खिलाकर उनका मनोमालिन्य मिटा दिया। एक दिन रोहिणी ने शंखधर को एक सोने की घड़ी इनाम दी। शंखधर को पहली बार इनाम का मजा मिला, फूला न समाया, लेकिन मनोरमा अभी तक रोहिणी से चौंकती रहती थी। वह कुछ साफ-साफ तो न कह सकती थी, पर शंखधर का रोहिणी के पास आना-जाना उसे अच्छा न लगता था।

जिस दिन मनोरमा अपने पिता की वसीयत लेकर लौंगी के पास गई थी, उसी दिन

की बात है—संध्या का समय था। राजा साहब पाईबाग में हौज के किनारे बैठे मछलियों को आटे की गोलियां खिला रहे थे। एकाएक पांव की आहट पाकर सिर उठाया तो देखा, रोहिणी आकर खड़ी हो गई है। आज रोहिणी को देखकर राजा साहब को बड़ी करुणा आई! वह नैराश्य और वेदना की सजीव मूर्ति-सी दिखाई देती थी, मानो कह रही थी—तुमने मुझे क्यों यह दंड दे रखा है? मेरा क्या अपराध है? क्या ईश्वर ने मुझे संतान न दी, तो इसमें मेरा कोई दोष था? तुम अपने भाग्य का बदला मुझसे लेना चाहते हो? अगर मैंने कटु वचन ही कहे थे, तो क्या उसका यह दंड था?

राजा साहब ने कातर स्वर में पूछा—कैसे चली रोहिणी? आओ, यहां बैठो।

रोहिणी—आपको यहां बैठे देखा, चली आई। मेरा आना बुरा लगा हो, तो चली जाऊं?

राजा साहब ने व्यथित कंठ से कहा—रोहिणी, क्यों लज्जित करती हो? मैं तो स्वयं लज्जित हूं। मैंने तुम्हारे साथ बड़ा अन्याय किया है और नहीं जानता, मुझे उसका क्या प्रायश्चित्त करना पड़ेगा।

रोहिणी ने सूखी हंसी हंसकर कहा—आपने मेरे साथ कोई अन्याय नहीं किया। आपने वही किया, जो सभी पुरुष करते हैं। और लोग छिपे-छिपे करते हैं, राजा लोग वही काम खुले-खुले करते हैं। स्त्री कभी पुरुषों का खिलौना है, कभी उनके पांव की जूती। इन्हीं दो अवस्थाओं में उसकी उम्र बीत जाती है। यह आपका दोष नहीं, हम स्त्रियों को ईश्वर ने इसीलिए बनाया ही है। हमें यह सब चुपचाप सहना चाहिए। गिला या मान करने का दंड बहुत कठोर होता है और विरोध करना तो जीवन का सर्वनाश करना है।

यह व्यंग्य न था, बल्कि रोहिणी की दशा की सच्ची व निष्पक्ष आलोचना थी। राजा साहब सिर झुकाए सुनते रहे। उनके मुंह से कोई जवाब न निकला। उनकी दशा उसी शराबी की-सी थी, जिसने नशे में तो हत्या कर डाली हो किंतु अब होश में आने पर लाश को देखकर पश्चात्ताप और वेदना से उसका हृदय फटा जाता हो।

रोहिणी फिर बोली—आज सोलह वर्ष हुए, जब मैं रूठकर घर से बाहर निकल भागी थी। बाबू चक्रधर के आग्रह से लौट आई। वह दिन है और आज का दिन है, कभी आपने भूलकर भी पूछा कि तू मरती है या जीती? इससे तो यह कहीं अच्छा होता कि आपने मुझे चले जाने दिया होता। क्या आप समझते हैं कि मैं कुमार्ग की ओर जाती? यह कुलटाओं का काम है। मैं गंगा की गोद के सिवा और कहीं न जाती। एक युग तक घोर मानसिक पीड़ा सहने से तो एक क्षण का कष्ट कहीं अच्छा होता, लेकिन आशा! हाय आशा! इसका बुरा हो। यही मुझे लौटा लाई। चक्रधर का तो केवल बहाना था। यही अभागिन आशा मुझे लौटा लाई और इसी ने मुझे फुसला-फुसलाकर एक युग कटवा दिया, लेकिन आपको कभी मुझ पर दया न आई। आपको कुछ खबर है, यह सोलह वर्ष के दिन मैंने कैसे काटे हैं? किसी को संगीत में आनंद मिलता हो, मुझे नहीं मिलता। किसी को पूजा-भक्ति में संतोष होता हो, मुझे नहीं होता। मैं नैराश्य की उस सीमा तक नहीं पहुंची। मैं पुरुष के रहते वैधव्य की कल्पना नहीं कर सकती। मन की गति तो विचित्र है। वही पीड़ा, जो बाल-विधवा सहती है और

सहने में अपना गौरव समझती है, परित्यक्ता के लिए असह्य हो जाती है। मैं राजपूत की बेटी हूं, मरना भी जानती हूं। कितनी बार मैंने आत्मघात करने का निश्चय किया, वह आप न जानेंगे। लेकिन हर दफे यही सोचकर रुक गई कि मर जाने से तो आप और भी सुखी होंगे। अगर यह विश्वास होता कि आप मेरी लाश पर आकर आंसू की चार बूंदे गिरा देंगे, तो शायद मैं कभी की प्रस्थान कर चुकी होती। मैं इतनी उदार नहीं। मैंने हिंसात्मक भावों को मन से निकालने की कितनी चेष्टा की है, यह भी आप न जानेंगे, लेकिन अपनी सीताओं की दुर्दशा ही ने मुझे धैर्य दिया है, नहीं तो अब तक मैं न जाने क्या कर बैठती ! ईर्ष्या से उन्मत्त स्त्री जो कुछ कर सकती है, उसकी अभी आप शायद कल्पना नहीं कर सकते, अगर सीता भी अपनी आंख से वह सब देखती, जो मैं आज सोलह वर्ष से देख रही हूं, तो सीता न रहतीं। सीता बनाने के लिए राम जैसा पुरुष चाहिए।

राजा साहब ने अनुताप से कंपित स्वर में कहा—रोहिणी, क्या सारा अपराध मेरा ही है?

रोहिणी—नहीं, आपका कोई अपराध नहीं है, सारा अपराध मेरे ही कर्मों का है। वह स्त्री सचमुच पिशाचिनी है, जो अपने पुरुष का अनभल सोचे। मुझे आपका अनभल सोचते हुए सोलह वर्ष हो गए। मेरी हार्दिक इच्छा यह रही कि आपका बुरा हो और मैं देखूं, लेकिन इसलिए नहीं कि आपको दु:खी देखकर मुझे आनंद होता है। नहीं, अभी मेरा इतना अध:पतन नहीं हुआ। मैं आपका अनभल केवल इसीलिए चाहती थी कि आपकी आंखें खुलें, आप खोटे और खरे को पहचानें। शायद तब आपको मेरी याद आती, शायद तब मुझे अपना खोया हुआ स्थान पाने का अवसर मिलता। तब मैं सिद्ध कर देती कि आप मुझे जितनी नीच समझ रहे हैं, उतनी नीच नहीं हूं। मैं आपको अपनी सेवा से लज्जित करना चाहती थी, लेकिन वह अवसर भी न मिला।

राजा साहब को नारी-हृदय की तह तक पहुंचने का ऐसा अवसर कभी न मिला था। उन्हें विश्वास था कि अगर मैं मर जाऊं, तो रोहिणी की आंखों में आंसू न आएंगे। वह अपने हृदय से उसके हृदय को परखते। उनका हृदय रोहिणी की ओर से वज्र हो गया था। वह अगर मर जाती, तो निस्संदेह उनकी आंखों से आंसू न आते, पर आज रोहिणी की बातें सुनकर उनका पत्थर-सा हृदय नरम पड़ गया। आह ! इस हिंसा में कितनी कोमलता है ! मुझे परास्त भी करना चाहती है, तो सेवा के अस्त्र से। इससे तीक्षण उसके पास कोई अस्त्र नहीं !

उन्होंने गद्‌गद कंठ से कहा—क्या कहूं रोहिणी, अगर मैं जानता कि मेरे अनभल ही से तुम्हारा उद्धार होगा, तो इसके लिए ईश्वर से प्रार्थना करता।

अहिल्या को आते देखकर रोहिणी ने कुछ उत्तर न दिया। जरा देर वहां खड़ी रहकर दूसरी तरफ चली गई। राजा साहब के दिल पर से एक बोझा-सा उठ गया। उन्हें अपनी निष्ठुरता पर पछतावा हो रहा था। आज उन्हें मालूम हुआ कि रोहिणी का चरित्र समझने में उनसे कैसी भयंकर भूल हुई। यहां उनसे न रहा गया। जी यही चाहता था कि चलकर रोहिणी से अपना अपराध क्षमा कराऊं। बात क्या थी और मैं क्या समझे बैठा था। यही बातें अगर इसने और

पहले कही होतीं, तो हम दोनों में क्यों इतना मनोमालिन्य रहता? उसके मन की बात तो नहीं जानता, पर मुझसे तो इसने एक बार भी हंसकर बात की होती, एक बार भी मेरा हाथ पकड़कर कहती कि मैं तुम्हें न छोड़ूंगी, तो मैं कभी उसकी उपेक्षा न कर सकता, लेकिन स्त्री मानिनी होती है, वह मेरी खुशामद क्यों करती? सारा अपराध मेरा है। मुझे उसके पास जाना चाहिए था।

सहसा उनके मन में प्रश्न उठा—आज रोहिणी ने क्यों मुझसे ये बातें कीं? जो काम करने के लिए वह अपने को बीस वर्ष तक राजी न कर सकी, वह आज क्यों किया? इस प्रश्न के साथ ही राजा साहब के मन में शंका होने लगी। आज उसके मुख पर कितनी दीनता थी। बातें करते-करते उसकी आंखें भर-भर आती थीं। उसका कंठ स्वर भी कांप रहा था। उसके मुख पर इतनी दीनता कभी न दिखाई देती थी। उसके मुखमंडल पर तो गर्व की आभा झलकती रहती थी। मुझे देखते ही वह अभिमान से गर्दन उठाकर मुंह फेर लिया करती थी। आज यह कायापलट क्यों हो गया।

राजा साहब ज्यों-ज्यों इस विषय की मीमांसा करते थे, त्यों-त्यों उनकी शंका बढ़ती जाती थी। रात आधी से अधिक बीत गई थी ! रनिवास में सन्नाटा छाया हुआ था। नौकर-चाकर भी सभी सो गए थे, पर उनकी आंखों में नींद न थी। वह शंका उन्हें उद्विग्न कर रही थी।

आखिर राजा साहब से लेटे न रहा गया। वह चारपाई से उठे और आहिस्ता-आहिस्ता रोहिणी के कमरे की ओर चले। उसकी ड्योढ़ी पर चौकीदारिन से भेंट हुई। उन्हें इस समय यहां देखकर वह अवाक् रह गई। जिस भवन में इन्होंने बीस वर्ष तक कदम नहीं रखा, उध ार आज कैसे भूल पड़े? उसने राजा साहब के मुख की ओर देखा, मानो पूछ रही थी—आप क्या चाहते हैं?

राजा साहब ने पूछा—छोटी रानी क्या कर रही हैं?

चौकीदारिन ने कहा—इस समय तो सरकार सो रही होंगी। महाराज का कोई संदेश हो, तो पहुंचा दूं।

राजा ने कहा—नहीं, मैं खुद जा रहा हूं, तू यहीं रह।

राजा साहब ने कमरे के द्वार पर खड़े होकर भीतर की ओर झांका। रोहिणी मसहरी के अंदर चादर ओढ़े सो रही थी। वह अंदर कदम रखते हुए झिझके। भय हुआ कि कहीं रोहिणी उठकर कह न बैठे—आप यहां क्यों आए? वह इसी दुविधा में आधे घंटे तक वहां खड़े रहे। कई बार धीरे-धीरे पुकारा भी, पर रोहिणी न मिनकी। इतनी देर में उसने एक बार भी करवट न ली। यहां तक कि उसकी सांस भी न सुनाई दी। ऐसा मालूम हो रहा था कि वह मक्र किए पड़ी है और देख रही है कि राजा साहब क्या करते हैं। शायद परीक्षा ले रही है कि अब भी इनका दिल साफ हुआ या नहीं। गाफिल नींद में पड़े हुए प्राणी की श्वांस-क्रिया इतनी निःशब्द नहीं हो सकती। जरूर बहाना किए पड़ी हुई है, मेरी आहट पाकर चादर ओढ़ ली होगी। मान के साथ ही इसके स्वभाव में विनोद भी तो बहुत है ! पहले भी तो इस

तरह की नकलें किया करती थी। मुझे आते देखकर कहीं छिप जाती और जब मैं निराश होकर बाहर जाने लगता, तो हंसती हुई न जाने किधर से निकल आती। उसके चुहल और दिल्लगी की कितनी ही पुरानी बातें राजा साहब को याद आ गईं। उन्होंने साहस करके कमरे में कदम रखा, पर अब भी किसी तरह का शब्द न सुनकर उन्हें खयाल आया, कहीं रोहिणी ने झूठमूठ चादर तो नहीं तान दी। मुझे चक्कर में डालने के लिए चारपाई पर चादर तान दी हो और आप किसी जगह छिपी हो। वह उसके धोखे में नहीं आना चाहते थे। उन्हें एक पुरानी बात याद आ गई, जब रोहिणी ने उनके साथ इसी तरह की दिल्लगी की थी, और यह कहकर उन्हें खूब आड़े हाथों लिया था कि आपकी प्रिया तो वह हैं, जिन्हें आपने जगाया है, मैं आपकी कौन होती हूं? जाइए, उन्हीं से बोलिए–हंसिए। वह विनोदिनी आज फिर वही अभिनय कर रही है। इस अवसर के लिए कोई चुभती हुई बात गढ़ रखी होगी—बीस बरस के बाद सूरत क्या याद रह सकती है? राजा साहब का साठवां साल था, लेकिन इस वक्त उन्हें इस क्रीड़ा में यौवन काल का–सा आनंद और कुतूहल हो रहा था। वह दिखाना चाहते थे कि वह उसका कौशल ताड़ गए, वह उन्हें धोखा न दे सकेगी। लेकिन जब लगभग आधे घंटे तक खड़े रहने पर भी कोई आवाज या आहट न मिली, तो उन्होंने चारों तरफ चौकन्नी आंखों से देखकर धीरे–से चादर हटा दी। रोहिणी सोई हुई थी, लेकिन जब झुककर उसके मुख की ओर देखा, तो चौंककर पीछे हट गए। वह रोहिणी न थी, रोहिणी का शव था। बीस वर्ष की चिंता, दुःख, ईर्ष्या और नैराश्य के संताप से जर्जर शरीर आत्मा के रहने योग्य कब रह सकता था ! उन निर्जीव, स्थिर, अनिमेष नेत्रों में अभी भी अतृप्त आकांक्षा झलक रही थी। उनमें तिरस्कार था, व्यंग्य था, गर्व था। दोनों ज्योतिहीन आंखें परित्यक्ता के जीवन की ज्वलंत आलोचनाएं थीं। जीवन की सारी व्यथाएं उनमें सार रूप से व्यक्त हो रही थीं। वे तीक्ष्ण बाणों के समान राजा साहब के हृदय में चुभी जा रही थीं, मानो कह रही थीं—अब तो तुम्हारा कलेजा ठंडा हुआ। अब मीठी नींद सोओ, मुझे परवा नहीं है।

राजा साहब ने दोनों आंखें बंद कर लीं और रोने लगे। उनकी आत्मा इस अमानुषीय निष्ठुरता पर उन्हें धिक्कार रही थी। किसी प्राणी के प्रति अपने कर्त्तव्य का ध्यान हमें उसके मरने के बाद ही आता है—हाय ! हमने इसके साथ कुछ न किया ! हमने इसे उम्र भर जलाया, रुलाया, बेधा। हाय! यह मेरी रानी, जिस पर एक दिन मैं अपने प्राण न्यौछावर करता था, इस दीन दशा में पड़ी हुई है, न कोई आगे, न पीछे ! कोई एक घूंट पानी देने वाला न था। कोई मरते समय परितोष देने वाला भी न था। राजा साहब को ज्ञात हुआ कि रोहिणी आज क्यों उनके पास गई थी ! वह मुझे सूचना दे रही थी, लेकिन बुद्धि पर पत्थर पड़ गया था। उस समय भी मैं कुछ न समझा। आह ! अगर उस वक्त उसका आशय समझ जाता, तो यह नौबत क्यों आती? उस वक्त भी यदि मैंने एक बार शुद्ध हृदय से कहा होता—प्रिये, मेरा अपराध क्षमा करो, तो इसके प्राण बच जाते। अंतिम समय वह मेरे पास क्षमा का संदेश ले गई थी और मैं कुछ न समझा ! आशा का अंतिम आदेश उसे मेरे पास ले गया; पर शोक !

सहसा राजा को खयाल आया—शायद अभी प्राण बच जाएं। उन्होंने चौकीदारिन को

पुकारा और बोले—जरा जाकर दरबान से कह दे, डॉक्टर साहब को बुला लाए। इनकी दशा अच्छी नहीं है। चौकीदारिन रानी देवप्रिया के समय की स्त्री थी। रोहिणी के मुख की ओर देखकर बोली—डॉक्टर को बुलाकर क्या कीजिएगा? अगर अभी कुछ कसर रह गई हो, तो वह भी पूरी कर दीजिए। अभागिनी मरजाद ढोती रह गई ! उसके ऊपर क्या बीती, तुम क्या जानोगे? तुम तो बुढ़ापे में विवाह करके बुद्धि और लज्जा दोनों ही खो बैठे। उसके ऊपर जो बीती, वह मैं जानती हूं। हाय ! रक्त के आंसू रो-रोकर बेचारी मर गई और तुम्हें दया न आई? क्या समझते हो, इसने विष खा लिया? इस ढांचे से प्राण को निकालने के लिए विष का क्या काम था? उसके मरने का आश्चर्य नहीं, आश्चर्य यह है कि वह इतने दिन जीती कैसे रही ! खैर, जीते-जी जो अभिलाषा न पूरी की, वह मरने पर तो पूरी कर दी। इतनी ही दया अगर पहले की होती, तो इसके लिए वह अमृत हो जाती !

दम-के-दम में रनिवास में शोर मच गया और रानियां-बांदियां सब आकर जमा हो गईं।

मगर मनोरमा न आई।

चालीस

रोहिणी के बाद राजा जगदीशपुर न रह सके। मनोरमा का भी जी वहां घबराने लगा। उसी के कारण मनोरमा को वहां रहना पड़ता था। जब वही न रही, तो किस पर रीस करती? उसे अब दुःख होता था कि मैं नाहक यहां आई। रोहिणी के कटु वाक्य सह लेती, तो आज उस बेचारी की जान पर क्यों बनती? मनोरमा इस ग्लानि को मन से न निकाल सकती थी कि मैं ही रोहिणी की अकाल मृत्यु का हेतु हुई। राजा साहब की निगाह भी अब उसकी ओर से फिरी हुई मालूम होती थी। अब खजांची उतनी तत्परता से उसकी फरमाइशें नहीं पूरी करता। राजा साहब भी अब उसके पास बहुत कम आते हैं। यहां तक कि गुरुसेवक सिंह को भी जवाब दे दिया है, और उन्हें रनिवास में आने की मनाही कर दी गई है। रोहिणी ने प्राण देकर मनोरमा पर विजय पाई है। अब वसुमती और रामप्रिया पर राजा साहब की कुछ विशेष कृपा हो गई है। दूसरे-तीसरे दिन जगदीशपुर चले जाते हैं और कभी-कभी दिन का भोजन भी यहीं करते हैं। वह अब अपने पापों का प्रायश्चित्त कर रहे हैं। रियासत में अब अंधेर भी ज्यादा होने लगा है। मनोरमा की खोली हुई शालाएं बंद होती जा रही हैं। मनोरमा सब देखती है और समझती है, पर मुंह नहीं खोल सकती। उसके सौभाग्य-सूर्य का पतन हो रहा है। वही राजा साहब, जो उससे बिना कहे, सैर करने भी न जाते थे, अब हफ्तों उसकी तरफ झांकते तक नहीं। नौकरों-चाकरों पर भी अब उसका प्रभाव नहीं रहा। वे उसकी बातों की परवाह नहीं करते। इन गंवारों को हवा का रुख पहचानते देर नहीं लगती। रोहिणी का आत्म-बलिदान निष्फल नहीं हुआ।

शंखधर को अब एक नई चिंता हो गई। राजा साहब के रूठने से छोटी नानीजी मर

गईं। क्या पिताजी के रूठने से अम्मांजी का भी यही हाल होगा? अम्मांजी भी तो दिन-दिन घुलती जाती हैं। जब देखो, तब रोया करती हैं। उसका नाम स्कूल में लिखा दिया है। स्कूल से छुट्टी पाकर वह सीधे लौंगी के पास जाता है और उससे तीर्थयात्रा की बातें पूछता है। यात्री लोग कहां ठहरते हैं, क्या खाते हैं। जहां रेलें नहीं हैं, वहां लोग कैसे जाते हैं, चोर तो नहीं मिलते? लौंगी उसके मनोभावों को ताड़ती है, लेकिन इच्छा न होते हुए भी उसे सारी बातें बतानी पड़ती हैं। वह झुंझलाती है, घुड़क बैठती है; लेकिन जब वह किशोर आग्रह करके उसकी गोद में बैठ जाता है, तो उसे दया आ जाती है। छुट्टियों के दिन शंखधर पितृगृह के दर्शन करने अवश्य जाता है। वह घर उसके लिए तीर्थ है, वह भक्त की श्रद्धा और उपासक के प्रेम से उस घर में कदम रखता है और जब तक वहां रहता है उस पर भक्ति-गर्व का नशा-सा छाया रहता है। निर्मला की आंखें उसे देखने से तृप्त ही नहीं होतीं। उसके घर में आते ही प्रकाश-सा फैल जाता है। वस्तुओं की शोभा बढ़ जाती है, दादा और दादी दोनों उसकी बालोत्साह से भरी बातें सुनकर मुग्ध हो जाते हैं, उनके हृदय पुलकित हो उठते हैं। ऐसा जान पड़ता है, मानो चक्रधर स्वयं बालरूप धारण करके उनका मन हरने आ गया है।

एक दिन निर्मला ने कहा—बेटा, तुम यहीं आकर क्यों नहीं रहते? तुम चले जाते हो, तो यह घर काटने दौड़ता है।

शंखधर ने कुछ सोचकर गंभीर भाव से कहा—अम्मांजी तो आती ही नहीं। वह क्यों कभी यहां नहीं आतीं, दादीजी?

निर्मला—क्या जाने बेटा, मैं उनके मन की बात क्या जानूं? तुम कभी कहते नहीं। आज कहना, देखो क्या कहती हैं।

शंखधर—नहीं दादीजी, वह रोने लगेंगी। जब थोड़े दिनों में मैं गद्दी पर बैठूंगा, तो यही मेरा राजभवन होगा। तभी अम्मांजी आएंगी।

निर्मला—जल्दी से बैठो बेटा, हम भी देख लें।

शंखधर—मैं बाबूजी के नाम से एक स्कूल खोलूंगा, देख लेना। उसमें किसी लड़के से फीस न ली जाएगी।

वज्रधर—और हमारे लिए क्या करोगे, बेटा?

शंखधर—आपके लिए अच्छे-अच्छे सितारिए बुलाऊंगा। आप उनका गाना सुना कीजिएगा। आपको गाना किसने सिखाया, दादाजी?

वज्रधर—मैंने तो एक साधु से यह विद्या सीखी, बेटा! बरसों उनकी खिदमत की, तब कहीं जाकर वह प्रसन्न हुए। उन्होंने मुझे ऐसा आशीर्वाद दिया कि थोड़े ही दिनों में मैं गाने-बजाने में पक्का हो गया। तुम भी सीख लो बेटा, मैं बड़े शौक से सिखाऊंगा। राजाओं-महाराजाओं के लिए तो यह विद्या ही है बेटा, वही तो गुणियों का गुण परखकर उनका आदर कर सकते हैं। जिन्हें यह विद्या आ गई, बस, समझ लो कि उन्हें किसी बात की कमी न रहेगी। वह जहां रहेगा, लोग उसे सिर-आंखों पर बिठाएंगे। मैंने तो एक बार इसी विद्या की बदौलत बदरीनाथ की यात्रा की थी। पैदल चलता था। जिस गांव में शाम हो जाती, किसी भले आदमी के द्वार

पर चला जाता और दो-चार चीजें सुना देता। बस, मेरे लिए सभी बातों का प्रबंध हो जाता था।

शंखधर ने विस्मित होकर कहा—सच ! तब तो मैं जरूर सीखूंगा।

वज्रधर—जरूर सीख लो बेटा ! लाओ आज ही से आरंभ कर दूं।

शंखधर को संगीत से स्वाभाविक प्रेम था। ठाकुरद्वारे में जब गाना होता, वह बड़े चाव से सुनता। खुद भी एकांत में बैठा गुनगुनाया करता था। ताल-स्वर का ज्ञान उसे सुनने ही से हो गया था। एक बार भी कोई राग सुन लेता, तो उसे याद हो जाता। योगियों के कितने ही गीत उसे याद थे। खंजरी बजाकर वह सूर, कबीर, मीरा आदि संतों के पद गाया करता था। इस वक्त जो उसने कबीर का एक पद गाया, तो मुंशीजी उसके संगीत-ज्ञान और स्वर-लालित्य पर मुग्ध हो गए। बोले—बेटा, तुम तो बिना सिखाए ही ऐसा गा लेते हो। तुम्हें तो मैं थोड़े ही दिनों में ऐसा बना दूंगा कि अच्छे-अच्छे उस्ताद कानों पर हाथ धरेंगे। आखिर मेरे ही पोते तो हो। बस, तुम मेरे नाम पर एक संगीतालय खोल देना।

शंखधर—जी हां, उसमें यही विद्या सिखाई जाएगी।

निर्मला—अपनी बुढ़िया दादीजी के लिए क्या करोगे, बेटा?

शंखधर—तुम्हारे लिए एक डोली रख दूंगा, जिसे दो कहार ढोएंगे। उसी पर बैठकर तुम नित्य गंगास्नान करने जाना।

निर्मला—मैं डोली पर न बैठूंगी। लोग हंसेंगे कि नहीं, कि राजा साहब की दादी डोली पर बैठी जा रही है।

शंखधर—वाह ! ऐसे आराम की सवारी और कौन होगी?

इस तरह दोनों प्राणियों का मनोरंजन करके जब वह चलने लगा, तो निर्मला द्वार पर खड़ी हो गई, जहां से वह मोटर को दूर तक जाते हुए देखती रहें।

सहसा शंखधर ड्योढ़ी में खड़ा हो गया और बोला—दादीजी, आपसे कुछ मांगना चाहता हूं।

निर्मला ने विस्मित होकर सजल नेत्रों से उसे देखा और गद्‌गद होकर बोली—क्या मांगते हो, बेटा?

शंखधर—मुझे आशीर्वाद दीजिए कि मेरी मनोकामना पूरी हो !

निर्मला ने पोते को कंठ से लगाकर कहा—भैया, मेरा तो रोयां-रोयां तुम्हें आशीर्वाद दिया करता है ! ईश्वर तुम्हारी मनोकामनाएं पूरी करें।

शंखधर ने उनके चरणों पर सिर झुकाया और मोटर पर जा बैठा। निर्मला चौखट पर खड़ी, मोटर कार को निहारती रहीं। मोड़ पर आते ही मोटर तो आंखों से ओझल हो गई, लेकिन उस समय तक वहां से न हटीं, जब तक उसकी ध्वनि क्षीण होते-होते आकाश में विलीन न हो गई। अंतिम ध्वनि इस तरह कान में आई, मानो अनंत की सीमा पर बैठे किसी प्राणी के अंतिम शब्द हों। जब यह आधार भी न रह गया, तो निर्मला रोती हुई अंदर चली गईं।

शंखधर घर पहुंचा, तो अहिल्या ने पूछा—आज इतनी देर कहां लगाई, बेटा? मैं कब

से तुम्हारी राह देख रही हूं।

शंखधर—अभी तो ऐसी बहुत देर नहीं हुई, अम्मां! जरा दादीजी के पास चला गया था। उन्होंने तुम्हें आज एक संदेशा कहला भेजा है।

अहिल्या—क्या संदेशा है, सुनूं? कुछ तुम्हारे बाबूजी की खबर तो नहीं मिली है?

शंखधर—नहीं! बाबूजी की खबर नहीं मिली। तुम कभी-कभी वहां क्यों नहीं चली जातीं?

अहिल्या—क्या इस विषय में कुछ कहती थीं?

शंखधर—कहती तो नहीं थीं, पर उनकी इच्छा ऐसी मालूम होती है। क्या इसमें कोई हर्ज है?

अहिल्या ने ऊपरी मन से यह तो कह दिया—हर्ज तो कुछ नहीं, हर्ज क्या है, घर तो मेरा वही है, यहां तो मेहमान हूं, लेकिन भाव से साफ मालूम होता था कि वह वहां जाना उचित नहीं समझती। शायद वह कह सकती, तो कहती—वहां से तो एक बार निकाल दी गई, अब कौन मुंह लेकर जाऊं? क्या अब मैं कोई दूसरी हो गई हूं? बालक से यह बात कहनी मुनासिब न थी।

अहिल्या तश्तरी में मिठाइयां और मेवे लाई और एक लौंडी से पानी लाने को कहकर बेटे से बोली—वहां तो कुछ जलपान न किया होगा, खा लो। आज तुम इतने उदास क्यों हो?

शंखधर ने तश्तरी की ओर बिना देखे ही कहा—इस वक्त तो खाने का जी नहीं चाहता, अम्मां!

एक क्षण के बाद उसने कहा—क्यों अम्मांजी, बाबूजी को हम लोगों की याद भी कभी आती होगी?

अहिल्या ने सजल नेत्र होकर कहा—क्या जाने बेटा, याद आती तो काले कोसों बैठे रहते।

शंखधर—क्या वह बड़े निष्ठुर हैं, अम्मां?

अहिल्या रो रही थी, कुछ न बोल सकी।

शंखधर—मुझे देखें, तो पहचान जाएं कि नहीं, अम्मांजी?

अहिल्या फिर भी कुछ न बोली—उसका कंठ-स्वर अश्रुप्रवाह में डूबा जा रहा था।

शंखधर ने फिर कहा—मुझे तो मालूम होता है अम्मांजी, कि वह बहुत ही निर्दयी हैं, इसी से उन्हें हम लोगों का दुःख नहीं जान पड़ा। अगर वह भी इसी तरह रोते, तो जरूर आते। मुझे एक दफा मिल जाते, तो मैं उन्हें कायल कर देता। आप न जाने कहां बैठे हैं, किसी का क्या हाल हो रहा है, इसकी सुधि ही नहीं। मेरा तो कभी-कभी ऐसा चित्त होता है कि देखूं तो प्रणाम तक न करूं, कह दूं—आप मेरे होते कौन हैं, आप ही ने तो हम लोगों को त्याग दिया है।

अब अहिल्या चुप न रह सकी, कांपते हुए स्वर में बोली—बेटा, उन्होंने हमें त्याग नहीं दिया है। वहां उनकी जो दशा हो रही होगी, उसे मैं ही जानती हूं। हम लोगों की याद एक

क्षण के लिए भी उनके चित्त से न उतरती होगी। खाने-पीने का ध्यान भी न रहता होगा। हाय ! यह सब मेरा ही दोष है, बेटा ! उनका कोई दोष नहीं।

शंखधर ने कुछ लज्जित होकर कहा—अच्छा अम्मांजी, यदि मुझे देखें, तो वह पहचान जाएं कि नहीं?

अहिल्या—तुझे? मैं तो जानती हूं, न पहचान सकें। तब तू बिल्कुल जरा-सा बच्चा था। आज उनको गए दसवां साल है। न जाने कैसे होंगे। मैं तो तुम्हें देख-देखकर जीती हूं, वह किसको देखकर दिल को ढाढ़स देते होंगे। भगवान् करें, जहां रहें, कुशल से रहें। बदा होगा, तो कभी भेंट हो ही जाएगी।

शंखधर अपनी ही धुन में मस्त था, उसने यह बातें सुनीं ही नहीं। बोला—लेकिन अम्मांजी, मैं तो उन्हें देखकर फौरन पहचान जाऊं। वह जाने किसी भेष में हों, मैं पहचान लूंगा।

अहिल्या—नहीं बेटा, तुम भी उन्हें न पहचान सकोगे। तुमने उनकी तस्वीरें ही देखी हैं। ये तस्वीरें बारह साल पहले की हैं। फिर उन्होंने केश भी बढ़ा लिए होंगे।

शंखधर ने कुछ जवाब न दिया। बगीचे में जाकर दीवारों को देखता रहा। फिर अपने कमरे में आया और चुपचाप बैठकर सोचने लगा। उसका मन भक्ति और उल्लास से भरा हुआ था। क्या मैं ऐसा बहुत छोटा हूं? मेरा तेरहवां साल है। छोटा नहीं हूं। इसी उम्र में कितने ही आदमियों ने बड़े-बड़े काम कर डाले हैं। मुझे करना ही क्या है? दिन भर गलियों में घूमना और संध्या समय कहीं पड़ रहना। यहां लोगों की क्या दशा होगी, इसकी उसे चिंता न थी। राजा साहब पागल हो जाएंगे, मनोरमा रोते-रोते अंधी हो जाएगी, अहिल्या शायद प्राण देने पर उतारू हो जाय, इसकी उसे इस वक्त बिल्कुल फिक्र न थी। वह यहां से भाग निकलने के लिए विकल हो रहा था।

एकाएक उसे खयाल आया, ऐसा न हो कि लोग मेरी तलाश में निकलें, थाने में हुलिया लिखाएं, खुद भी परेशान हों, मुझे भी परेशान करें, इसीलिए उन्हें इतना बतला देना चाहिए कि मैं कहां और किस काम के लिए जा रहा हूं। अगर किसी ने मुझे जबरदस्ती लाना चाहा, तो अच्छा न होगा। हमारी खुशी है, जब चाहेंगे आएंगे, हमारा राज्य तो कोई नहीं उठा ले जाएगा। उसने एक कागज पर यह पत्र लिखा और अपने बिस्तरे पर रख दिया—

'सबको प्रणाम्, मेरा कहा-सुना माफ कीजिएगा। मैं आज अपनी खुशी से पिताजी को खोजने जाता हूं। आप लोग मेरे लिए जरा भी चिंता न कीजिएगा, न मुझे खोजने के लिए ही आइएगा, क्योंकि मैं किसी भी हालत में बिना पिताजी का पता लगाए न आऊंगा। जब तक एक बार दर्शन न कर लूं और पूछ न लूं कि मुझे किस तरह से जिंदगी बसर करनी चाहिए, तब तक मेरा जीना व्यर्थ है। मैं पिताजी को अपने साथ लाने की चेष्टा करूंगा। या तो उनके दर्शनों से कृतार्थ होकर लौटूंगा या इसी उद्योग में प्राण दे दूंगा। अगर मेरे भाग्य में राज्य करना लिखा है, तो राज्य करूंगा, भीख मांगना लिखा है, तो भीख मांगूंगा, लेकिन पिताजी के चरणों की रज माथे पर बिना लगाए, उनकी कुछ सेवा किए बिना मैं घर न लौटूंगा। मैं फिर कहता हूं कि मुझे वापस लाने की कोई चेष्टा न करे, नहीं तो मैं वहीं प्राण दे दूंगा। मेरे लिए यह

कितनी लज्जा की बात है कि मेरे पिताजी तो देश-विदेश मारे-मारे फिरें और मैं चैन करूं। यह दशा अब मुझसे नहीं सही जाती। कोई यह न समझे कि मैं छोटा हूं, भूल-भटक जाऊंगा। मैंने ये सारी बातें अच्छी तरह सोच ली हैं। रुपये-पैसे की भी मुझे जरूरत नहीं। अम्मांजी, मेरी आपसे यही प्रार्थना है कि आप दादाजी की सेवा कीजिएगा, और समझाइएगा कि वह मेरे लिए चिंता न करें। रानी अम्मां को प्रणाम, बाबाजी को प्रणाम।'

आधी रात बीत चुकी थी। शंखधर एक कुर्ता पहने हुए कमरे से निकला। बगल के कमरे में राजा साहब आराम कर रहे थे। वह पिछवाड़े की तरफ बाग में गया और एक अमरूद के पेड़ पर चढ़कर बाहर की तरफ कूद पड़ा। अब उसके सिर पर तारिकामंडित नीला आकाश था, सामने विस्तृत मैदान और छाती में उल्लास, शंका और आशा से धड़कता हुआ हृदय। वह बड़ी तेजी से कदम बढ़ाता हुआ चला; कुछ नहीं मालूम कि किधर जा रहा है, तकदीर कहां लिए जाती है।

ऐसी ही अंधेरी रात थी, जब चक्रधर ने इस घर से गुप्त रूप से प्रस्थान किया था। आज भी वही अंधेरी रात है, और भागने वाला चक्रधर का आत्मज है। कौन जानता है, चक्रधर पर क्या बीती? शंखधर पर क्या बीतेगी, इसे भी कौन जान सकता है? इस घर में उसे कौन-सा सुख नहीं था? उसके मुख से कोई बात निकलने भर की देर थी, पूरा होने में देर न थी। क्या ऐसी भी कोई वस्तु है, जो इस ऐश्वर्य, भोग-विलास और राजपाट से प्यारी है?

अभागिनी अहिल्या ! तू पड़ी सो रही है। एक बार तूने अपना प्यारा पति खोया और अभी तक तेरी आंखों में आंसू नहीं थमे। आज फिर तू अपना प्यारा पुत्र, अपना प्राणाधार, अपना दुखिया का धन खोए देती है। जिस संपत्ति के निमित्त तूने अपने पति की उपेक्षा की थी, वही संपत्ति क्या आज तुझे अजीर्ण नहीं हो रही है?

इकतालीस

पांच वर्ष व्यतीत हो गए ! पर न शंखधर का कहीं पता चला, न चक्रधर का। राजा विशालसिंह ने दया और धर्म को तिलांजलि दे दी है और खूब दिल खोलकर अत्याचार कर रहे हैं। दया और धर्म से जो कुछ होता है, उसका अनुभव करके अब वह यह अनुभव करना चाहते हैं कि अधर्म और अविचार से क्या होता है। रियासत में धर्मार्थ जितने काम होते थे, वे सब बंद कर दिए गए हैं। मंदिरों में दिया नहीं जलता, साधु-संत द्वार से खड़े-खड़े निकाल दिए जाते हैं और प्रजा पर नाना प्रकार के अत्याचार किए जा रहे हैं। उनकी फरियाद कोई नहीं सुनता। राजा साहब को किसी पर दया नहीं आती। अब क्या रह गया है, जिसके लिए वह धर्म का दामन पकड़ें? वह किशोर अब कहां है, जिसके दर्शन मात्र से हृदय में प्रकाश का उदय हो जाता था? वह जीवन और मृत्यु की सभी आशाओं का आधार कहां चला गया? कुछ पता नहीं। यदि विधाता ने उनके ऊपर यह निर्दय आघात किया है, तो वह भी उसी के बनाए हुए मार्ग पर चलेंगे। इतने प्राणियों में केवल एक मनोरमा है, जिसने अभी तक धैर्य का आश्रय

नहीं छोड़ा, लेकिन उसकी अब कोई नहीं सुनता। राजा साहब अब उसकी सूरत भी नहीं देखना चाहते। वह उसी को सारी विपत्ति का मूल कारण समझते हैं। वही मनोरमा, जो उनकी हृदयेश्वरी थी, जिसके इशारे पर रियासत चलती थी, अब भवन में भिखारिन की भांति रहती है, कोई उसकी बात तक नहीं पूछता। वह इस भीषण अंधकार में अब भी दीपक की भांति जल रही है। पर उसका प्रकाश केवल अपने ही तक रह जाता है, अंधकार में प्रसारित नहीं होता।

आह अबोध बालक ! अब तूने देखा कि जिस अभीष्ट के लिए तूने जीवन की सभी आकांक्षाओं का परित्याग कर दिया, वह कितना असाध्य है ! इस विशाल प्रदेश में जहां तीस करोड़ प्राणी बसते हैं, तू एक प्राणी को कैसे खोज पाएगा? कितना अबोध साहस था, बालोचित सरल उत्साह की कितनी अलौकिक लीला !

संध्या हो गई। सूर्यदेव पहाड़ियों की आड़ में छिप गए हैं, इसीलिए संध्या से पहले ही अंधेरा हो चला है। रमणियां जल भरने के लिए कुएं पर आ गई हैं। इसी समय एक युवक हाथ में एक खंजरी लिए, आकर कुएं की जगत पर बैठ गया। यही शंखधर है। उसके वर्ण, रूप और वेश में इतना परिवर्तन हो गया है कि शायद अहिल्या भी उसे देखकर चौंक पड़ती। यह वह तेजस्वी किशोर नहीं, उसकी छाया मात्र है। उसका मांस गल गया है, केवल अस्थिपंजर मात्र रह गया है, मानो किसी भयंकर रोग से ग्रस्त रहने के बाद उठा हो। मानसिक ताप, वेदना और विषाद की उसके मुख पर एक ऐसी गहरी रेखा है कि मालूम होता है, उसके प्राण अब निकलने के लिए अधीर हो रहे हैं। उसकी निस्तेज आंखों में आकांक्षा और प्रतीक्षा की झलक की जगह अब घोर नैराश्य प्रतिबिंबित हो रहा था—वह नैराश्य जिसका परितोष नहीं। वह सजीव प्राणी नहीं, किसी अनाथ का रोदन या किसी वेदना की प्रतिध्वनि मात्र है। पांच वर्ष के कठोर जीवन-संग्राम ने उसे इतना हताश कर दिया है कि कदाचित् इस समय अपने उपास्यदेव को सामने देखकर भी उसे अपनी आंखों पर विश्वास न आएगा।

एक रमणी ने उसकी ओर देखकर पूछा—कहां से आते हो परदेशी, बीमार मालूम होते हो?

शंखधर ने आकाश की ओर अनिमेष नेत्रों से देखते हुए कहा—बीमार तो नहीं हूं माता, दूर से आते-आते थक गया हूं।

यह कहकर उसने अपनी खंजरी उठा ली और उसे बजाकर यह पद गाने लगा—

बहुत दिनों तक मौन-मंत्र
मन-मंदिर में जपने के बाद।
पाऊंगी जब उन्हें प्रतीक्षा
के तप में तपने के बाद।
ले तब उन्हें अंक में नयनों
के जल से नहलाऊंगी।
सुमन चढ़ाकर प्रेम पुजारिन
मैं उनकी कहलाऊंगी।

ले अनुराग आरती उनकी

तभी उतारूंगी सप्रेम।

स्नेह सुधा नैवेद्य रूप में

सम्मुख रक्खूंगी कर प्रेम।

ले लूंगी वरदान भक्ति-वेदी

पर बलि हो जाने पर।

साध तभी मन की साधूंगी

प्राणनाथ के आने पर।

इस क्षीणकाय युवक के कंठ में इतना स्वर-लालित्य, इतना विकल अनुराग था कि रमणियां चित्रवत् खड़ी रह गईं। कोई कुएं में कलसा डाले हुए उसे खींचना भूल गई, कोई कलसे से रस्सी का फंदा लगाते हुए उसे कुएं में डालना भूल गई और कोई कूल्हे पर कलसा रखे आगे बढ़ना भूल गई—सभी मंत्र-मुग्ध-सी हो गईं। उनकी हृदय वीणा से भी वही अनुरक्त ध्वनि निकलने लगी।

एक युवती ने पूछा—बाबाजी, अब तो बहुत देर हो गई है; यहीं ठहर जाओ न। आगे तो बहुत दूर तक कोई गांव नहीं है।

शंखधर—आपकी इच्छा है माता, तो यहीं ठहर जाऊंगा। भला, माताजी, यहां कोई महात्मा तो नहीं रहते?

युवती—नहीं, यहां तो कोई साधु-संत नहीं हैं। हां, देवालय है।

दूसरी रमणी ने कहा—अभी कई दिन हुए, एक महात्मा आकर टिके थे, पर वह साधुओं के वेश में न थे। वह यहां एक महीने भर रहे। तुम एक दिन पहले यहां आ जाते, तो उनके दर्शन हो जाते।

एक वृद्धा बोली—साधु-संत तो बहुत देखे, पर ऐसा उपकारी जीव नहीं देखा। तुम्हारा घर कहां है, बेटा?

शंखधर—कहां बताऊं माता, यों ही घूमता-फिरता हूं।

वृद्धा—अभी तुम्हारे माता-पिता हैं न, बेटा?

शंखधर—कुछ मालूम नहीं, माता ! पिताजी तो बहुत दिन हुए, कहीं चले गए। मैं तब दो-तीन वर्ष का था। माताजी का हाल नहीं मालूम।

वृद्धा—तुम्हारे पिता क्यों चले गए? तुम्हारी माता से कोई झगड़ा हुआ था?

शंखधर—नहीं माताजी, झगड़ा तो नहीं हुआ। गृहस्थी के माया-मोह में नहीं पड़ना चाहते थे।

वृद्धा—तो तुम्हें घर छोड़े कितने दिन हुए?

शंखधर—पांच साल हो गए, माता ! पिताजी को खोजने निकल पड़ा था, पर अब तक कहीं पता नहीं चला।

एक युवती ने अपनी सहेली के कंधे से मुंह छिपाकर कहा—इनका ब्याह तो हो गया होगा?

सहेली ने उसे कुछ उत्तर न दिया। वह शंखधर के मुंह की ओर ध्यान से देख रही थी। सहसा उसने वृद्धा से कहा—अम्मां, इनकी सूरत महात्मा से मिलती है कि नहीं, कुछ तुम्हें दिखाई देता है?

वृद्धा—हां रे, कुछ-कुछ मालूम तो होता है। (शंखधर से) क्यों बेटा, तुम्हारे पिताजी की क्या अवस्था होगी?

शंखधर—चालीस वर्ष के लगभग होगी और क्या।

वृद्धा—आंखें खूब बड़ी-बड़ी हैं?

शंखधर—हां, माताजी, उतनी बड़ी आंखें तो मैंने किसी की देखीं ही नहीं।

वृद्धा—लंबे-लंबे गोरे आदमी हैं?

शंखधर का हृदय धक-धक करने लगा। बोला—हां माताजी, उनका रंग बहुत गोरा है।

वृद्धा—अच्छा, दाहिनी ओर माथे पर किसी चोट का दाग है?

शंखधर—हो सकता है, माताजी मैंने तो केवल उनका चित्र देखा है। मुझे तो वह दो वर्ष का छोड़कर घर से निकल गए थे।

वृद्धा—बेटा, जिन महात्मा की मैंने तुमसे चर्चा की है, उनकी सूरत तुमसे बहुत मिलती है।

शंखधर—माता, कुछ बता सकती हो, वह यहां से किधर गए?

वृद्धा—यह तो कुछ नहीं कह सकती, पर वह उत्तर ही की ओर गए हैं। तुमसे क्या कहूं बेटा, मुझे तो उन्होंने प्राणदान दिया है, नहीं तो अब तक मेरा न जाने क्या हाल होता! नदी में स्नान करने गई थी। पैर फिसल गया। महात्माजी तट पर बैठे ध्यान कर रहे थे। डुबकियां खाते देखा, तो चट पानी में तैर गए और मुझे निकाल लाए। वह न निकालते, तो प्राण जाने में कोई संदेह न था। महीने भर यहां रहे। इस बीच में कई जानें बचाईं। कई रोगियों को तो मौत के मुंह से निकाल लिया!

शंखधर ने कांपते हुए हृदय से पूछा—उनका नाम क्या था, माताजी?

वृद्धा—नाम तो उनका था भगवानदास, पर यह उनका असली नाम नहीं मालूम होता था, असली नाम कुछ और ही था।

एक युवती ने कहा—यहां उनकी तस्वीर भी तो रखी हुई है!

वृद्धा—हां बेटा, इसकी तो हमें याद ही नहीं रही थी। इस गांव का एक आदमी बंबई में तस्वीर बनाने का काम करता है। वह यहां उन दिनों आया हुआ था। महात्माजी तो 'नहीं-नहीं' करते रहे, पर उसने झट से अपनी डिबिया खोलकर उनकी तस्वीर उतार ही ली। न जाने उस डिबिया में क्या जादू है कि जिसके सामने खोल दो, उसकी तस्वीर उसके भीतर खिंच जाती है।

शंखधर का हृदय शतगुण वेग से धड़क रहा था। बोले-जरा वह तस्वीर मुझे दिखा दीजिए, आपकी बड़ी कृपा होगी।

युवती लपकी हुई घर गई और एक क्षण में तस्वीर लिए हुए लौटी ! आह ! शंखध ार की इस समय विचित्र दशा थी ! उसकी हिम्मत न पड़ी कि तस्वीर देखे। कहीं यह चक्रध ार की तस्वीर न हो ! अगर उन्हीं की तस्वीर हुई, तो शंखधर क्या करेगा? वह अपने पैरों पर खड़ा रह सकेगा? उसे मूर्च्छा तो न आ जाएगी। अगर यह वास्तव में चक्रधर ही का चित्र है, तो शंखधर के सामने एक नई समस्या खड़ी हो जाएगी। उसे अब क्या करना होगा? अब तक वह एक निश्चित मार्ग पर चलता आया था, लेकिन अब उसे एक ऐसे मार्ग पर चलना पड़ेगा, जिससे वह बिल्कुल परिचित न था। क्या वह चक्रधर के पास जाएगा? जाकर क्या कहेगा? उसे देखकर वह प्रसन्न होंगे, या सामने से दुतकार देंगे? उसे वह पहचान भी सकेंगे? कहीं पहचान लिया और उससे अपना पीछा छुड़ाने के लिए कहीं और चले गए तो?

सहसा वृद्धा ने कहा—देखो बेटा ! यह तस्वीर है।

शंखधर ने दोनों हाथों से हृदय को संभालते हुए तस्वीर पर एक भय-कंपित दृष्टि डाली और पहचान गया। हां, चक्रधर ही की तस्वीर थी। उसकी देह शिथिल पड़ गई, हृदय का धड़कना शांत हो गया। आशा, भय, चिंता और अस्थिरता से व्यग्र होकर वह हतबुद्धि-सा खड़ा रह गया, मानो किसी पुरानी बात को याद कर रहा है।

वृद्धा ने उत्सुकता से पूछा—बेटा कुछ पहचान रहे हो?

शंखधर ने कुछ उत्तर न दिया।

वृद्धा ने फिर पूछा—चुप कैसे हो भैया, तुमने अपने पिताजी की जो सूरत देखी है, उससे यह तस्वीर कुछ मिलती है?

शंखधर ने अब भी कुछ उत्तर न दिया, मानो उसने कुछ सुना ही नहीं।

सहसा उसने निद्रा से जागे हुए मनुष्य की भांति पूछा—वह उधर उत्तर ही की ओर गए हैं? आगे कोई गांव पड़ेगा?

वृद्धा—हां, बेटा, पांच कोस पर गांव है ! भला-सा उसका नाम है, हां साईंगंज, साईंगंज, लेकिन आज तो तुम यहीं रहोगे?

शंखधर ने केवल इतना कहा—नहीं माता, आज्ञा दीजिए, और खंजरी उठाकर चल खड़ा हुआ। युवतियां ठगी-सी खड़ी रह गईं। जब तक वह निगाहों से छिप न गया, सबकी सब उसकी ओर टकटकी लगाए ताकती रहीं, लेकिन शंखधर ने एक बार भी पीछे फिरकर न देखा।

सामने गगनचुंबी पर्वत अंधकार में विशालकाय राक्षस की भांति खड़ा था। शंखधर बड़ी तीव्र गति से पतली पगडंडी पर चला जा रहा था। उसने अपने आपको उसी पगडंडी पर छोड़ दिया है। वह कहां ले जाएगी, वह नहीं जानता। हम भी इस जीवन रूपी पतली मिटी-मिटी पगडंडी पर क्या उसी भांति तीव्र गति से दौड़े नहीं चले जा रहे हैं? क्या हमारे सामने उनसे भी ऊंचे अंधकार के पर्वत नहीं खड़े हैं?

बयालीस

रात्रि के उस अगम्य अंधकार में शंखधर भागा चला जा रहा था ! उसके पैर पत्थर के टुकड़ों से चलनी हो गए थे। सारी देह थककर चूर हो गई थी, भूख के मारे आंखों के सामने अंधेरा छाया जाता था, प्यास के मारे कंठ में कांटे पड़ रहे थे, पैर कहीं रखता था, पड़ते कहीं थे, पर वह गिरता-पड़ता भागा चला जाता था। अगर वह प्रातःकाल तक साईंगंज न पहुंचा, तो संभव है, चक्रधर कहीं चले जाएं, और फिर उस अनाथ की पांच साल की मेहनत और दौड़-धूप पर पानी न फिर जाय। सूर्य निकलने के पहले उसे वहां पहुंच जाना था, चाहे इसमें प्राण ही क्यों न चले जाएं।

हिंस्र पशुओं का भयंकर गर्जन सुनाई देता था, अंधेरे में खड्ड और खाई का पता न चलता था, पर उसे अपने प्राणों की चिंता न थी। उसे केवल धुन थी—"मुझे सूर्योदय से पहले साईंगंज पहुंच जाना चाहिए।"। आह ! लाड़-प्यार में पले हुए बालक, तुझे मालूम नहीं कि तू कहां जा रहा है ! साईंगंज की राह भूल गया। इस मार्ग से तू और जहां चाहे पहुंच जाय, पर साईंगंज नहीं पहुंच सकता।

गगन मंडल पर ऊषा का लोहित प्रकाश छा गया। तारागण किसी थके हुए पथिक की भांति अपनी उज्ज्वल आंखें बंद करके विश्राम करने लगे। पक्षीगण वृक्षों पर चहकने लगे, पर साईंगंज का कहीं पता न चला।

सहसा एक बहुत दूर की पहाड़ी पर कुछ छोटे-छोटे मकान बालिकाओं के घरौंदे की तरह दिखाई दिए। दो-चार आदमी भी गुड़ियों के सदृश चलते-फिरते नजर आए। वह साईंगंज आ गया। शंखधर का कलेजा धक-धक करने लगा। उसके जीर्ण-शरीर में अद्भुत स्फूर्ति का संचार हो गया, पैरों में न जाने कहां से दुगुना बल आ गया। वह और वेग से चला। वह सामने मुसाफिर की मंजिल है। वह उसके जीवन का लक्ष्य दिखाई दे रहा है ! वह इसके जीवन यज्ञ की पूर्णाहुति है ! आह ! भ्रांत बालक ! वह साईंगंज नहीं है।

पहाड़ी की चढ़ाई कठिन थी ! शंखधर को ऊपर चढ़ने का रास्ता न मालूम था, न कोई आदमी ही दिखाई देता था, जिससे रास्ता पूछ सके। वह कमर बांधकर चढ़ने लगा।

गांव के एक आदमी ने ऊपर से आवाज दी—इधर से कहां आते हो, भाई? रास्ता तो पश्चिम की ओर से है ! कहीं पैर फिसल जाय, तो दो सौ हाथ नीचे जाओ।

लेकिन शंखधर को इन बातों के सुनने की फुरसत कहां थी? वह इतनी तेजी से ऊपर चढ़ रहा था कि उस आदमी को आश्चर्य हो गया। दम के दम में वह ऊपर पहुंच गया।

किसान ने शंखधर को सिर से पांव तक कुतूहल से देखकर कहा—देखने में तो एक हड्डी के आदमी हो, पर हो बड़े हिम्मती। इधर से आने की आज तक किसी की हिम्मत नहीं पड़ती थी। कहां घर है?

शंखधर ने दम लेकर कहा—बाबा भगवानदास अभी यही हैं न?

किसान—कौन बाबा भगवानदास? यहां तो वह नहीं आए। तुम कहां से आते हो?

शंखधर—बाबा भगवानदास को नहीं जानते? वह इसी गांव में तो आए हैं। साईंगंज यही है न?

किसान—साईंगंज ! अ-र-र ! साईंगंज तो तुम पूरब छोड़ आए। इस गांव का नाम बेंदो है।

शंखधर ने हताश होकर कहा—तो साईंगंज यहां से कितनी दूर है?

किसान—साईंगंज तो पड़ेगा यहां से कोई पांच कोस, मगर रास्ता बहुत बीहड़ है।

शंखधर कलेजा थामकर बैठ गया ! पांच कोस की मंजिल, उस पर रास्ता बीहड़। उसने आकाश की ओर एक बार नैराश्य में डूबी हुई आंखों से देखा और सिर झुकाकर सोचने लगा—यह अवसर फिर हाथ न आएगा ! अगर आराध्य देव के दर्शन आज न किए, तो फिर न कर सकूंगा। सारा जीवन दौड़ते ही बीत जाएगा। भोजन करने का समय नहीं और विश्राम करने का समय भी नहीं। बैठने का समय फिर आएगा। आज या तो इस तपस्या का अंत हो जाएगा, या इस जीवन का ही ! वह उठा खड़ा हुआ।

किसान ने कहा—क्या चल दिए, भाई? चिलम-विलम तो पी लो।

लेकिन शंखधर इसके पहले ही चल चुका था। वह कुछ नहीं देखता, कुछ नहीं सुनता, चुपचाप किसी अंध शक्ति की भांति चला जा रहा है। वसंत का शीतल एवं सुगंध से लदा हुआ समीर पुत्र-वत्सला माता की भांति वृक्षों को हिंडोले में झुला रहा है, नवजात पल्लव उसकी गोद में मुस्कराते और प्रसन्न हो-होकर ठुमकते हैं, चिड़ियां उन्हें गा-गाकर लोरियां सुना रही हैं, सूर्य की स्वर्णमयी किरणें उनका चुम्बन कर रही हैं। सारी प्रकृति वात्सल्य के रंग में डूबी हुई है, केवल एक ही प्राणी अभागा है, जिस पर इस प्रकृति-वात्सल्य का जरा भी असर नहीं! वह शंखधर है।

शंखधर सोच रहा है, अब की फिर कहीं रास्ता भूला, तो सर्वनाश ही हो जाएगा। तब वह समझ जाएगा, मेरा जीवन रोने ही के लिए बनाया गया है। रोदन—अनंत रोदन ही उसका काम है। अच्छा, कहीं पिताजी मिल गए? उनके सम्मुख वह जा भी सकेगा या नहीं? वह उसे देखकर क्रुद्ध तो न होंगे? जिसे दिल से भुला देने के लिए ही उन्होंने यह तपस्या व्रत लिया है, उसे सामने देखकर वह प्रसन्न होंगे?

अच्छा, वह उनसे क्या कहेगा? अवश्य ही उनसे घर चलने का अनुरोध करेगा। क्या माता की दारुण दशा पर उन्हें दया न आएगी? क्या जब वह सुनेंगे कि रानी अम्मां गलकर कांटा हो गई हैं, नानाजी रो रहे हैं, दादीजी रात-दिन रोया करती हैं, तो क्या उनका हृदय द्रवित न हो जाएगा? वह हृदय, जो पर दुःख से पीड़ित होता है, क्या अपने घर वालों के दुःख से दुखी न होगा? जब वह नयनों में अश्रुजल भरे उनके चरणों पर गिरकर कहेगा कि अब घर चलिए, तो क्या उन्हें उस पर दया न आएगी? अम्मां कहती हैं, वह मुझे बहुत प्यार करते थे, क्या अपने प्यारे पुत्र की यह दयनीय दशा देखकर उनका हृदय मोम न हो जाएगा? होगा क्यों नहीं? वह जाएंगे कैसे नहीं? उन्हें वह खींचकर ले जाएगा। अगर वह उसके साथ न आएंगे, तो वह भी लौटकर घर न जाएगा, उन्हीं के साथ रहेगा, उनकी ही सेवा में रहकर

अपना जीवन सफल करेगा।

इन्हीं कल्पनाओं में डूबा हुआ वह अंधकार पर धावा मारे चला जा रहा था। रास्ते में जो मिलता, उससे वह पूछता, साईंगंज कितनी दूर है? जवाब मिलता—बस, साईंगंज ही है। लेकिन जब आगे वाली बस्ती में पहुंचकर पूछता—क्या यही साईंगंज है, तो फिर यही जवाब मिलता— बस, आगे साईंगंज है। आखिर दोपहर होते-होते उसे दूर से एक मंदिर का कलश दिखाई दिया ! एक चरवाहे से पूछा—यह कौन गांव है? उसने कहा—साईंगंज। साईंगंज आ गया ! वह गांव, जहां उसकी किस्मत का फैसला होने वाला था, जहां इस बात का निश्चय होगा कि वह राजा बनकर राज्य करेगा या रंक बनकर भीख मांगेगा।

लेकिन ज्यों-ज्यों गांव निकट आता था, शंखधर के पांव सुस्त पड़ते जाते थे। उसे यह शंका होने लगी कि वह यहां से चले न गए हों। अब उनसे भेंट न होगी। वह इस शंका को कितना ही दिल से निकालना चाहता था, पर वह अपना आसन न छोड़ती थी।

अच्छा ! अगर उनसे यहां भेंट न हुई, तो क्या वह और आगे जा सकेगा? नहीं, अब उससे एक पग भी न चला जाएगा। अगर भेंट होगी, तो यहीं होगी, नहीं तो फिर कौन जाने क्या होगा। अच्छा, अगर भेंट हुई और उन्होंने उसे पहचान लिया तो? पहचान कर वह उसकी ओर से मुंह फेर लें तो? तब वह क्या करेगा? उस दशा में क्या वह उनके पैरों पड़ सकेगा? उनके सामने रो सकेगा, अपनी विपत्ति-कथा कह सकेगा? कभी नहीं। उसका आत्मसम्मान उसकी जबान पर मुहर लगा देगा। वह फिर एक शब्द भी मुंह से न निकाल सकेगा। आंसू की एक बूंद भी क्या उसकी आंखों से निकलेगी? वह जबर्दस्ती उनसे आत्मीयता न जताएगा, 'मान न मान, मैं तेरा मेहमान' न बनेगा। तो क्या वह इतने निर्दयी, इतने निष्ठुर हो जाएंगे? नहीं, वह ऐसे नहीं हो सकते। हां, यह हो सकता है कि उन्होंने कर्त्तव्य का जो आदर्श अपने सामने रखा है और जिस निःस्वार्थ कर्म के लिए राजपाट को त्याग दिया है, वह उनके मनोभावों को जबान पर न आने दे, अपने प्रिय को हृदय से लगाने के लिए विकल होने पर भी छाती पर पत्थर की शिला रखकर उसकी ओर से मुंह फेर लें। तो क्या इस दशा में उसका उनके पास जाना, उन्हें इतनी कठिन परीक्षा में डालना, उन्हें आदर्श से हटाने की चेष्टा करना उचित है? कुछ भी हो, इतनी दूर आकर अब उनके दर्शन किए बिना वह न लौटेगा। उसने ईश्वर से प्रार्थना की कि वह उसे पहचान न सकें। वह अपने मुंह से एक शब्द भी ऐसा न निकालेगा, जिससे उन्हें उसका परिचय मिल सके। वह उसी भांति दूर से उनके दर्शन करके अपने को कृतार्थ समझेगा, जैसे उनके और भक्त करते हैं।

साईंगंज दिखाई देने लगा। स्त्री-पुरुष खेतों में अनाज काटते नजर आने लगे। अब वह गांव के डांड़ पर पहुंच गया। कई आदमी उसके सामने से होकर निकल भी गए, पर उसने किसी से कुछ नहीं पूछा। अगर किसी ने कह दिया—बाबाजी हैं, तो वह क्या करेगा? इसी असमंजस में पड़ा हुआ वह मंदिर के सामने चबूतरे पर बैठ गया। सहसा मंदिर में से एक आदमी को निकलते देखकर वह चौंक पड़ा, अनिमेष नेत्रों से उसकी ओर एक क्षण देखा, फिर उठा कि उस पुरुष के चरणों पर गिर पड़े, पर पैर थरथरा गए। मालूम हुआ, कोई नदी

उसकी ओर बही चली आती है—वह मूर्च्छित होकर गिर पड़ा।

वह पुरुष कौन था? वही जिसकी मूर्ति उसके हृदय में बसी हुई थी, जिसका वह उपासक था।

तैंतालीस

अभागिनी अहिल्या के लिए संसार सूना हो गया। पति को पहले ही खो चुकी थी। जीवन का एकमात्र आधार पुत्र रह गया था, उसे भी खो बैठी। अब वह किसका मुंह देखकर जिएगी। वह राज्य उसके लिए किसी ऋषि का अभिशाप हो गया। पति और पुत्र को पाकर अब वह टूटे-फूटे झोंपड़े में कितने सुख से रहेगी। तृष्णा का उसे बहुत दंड मिल चुका। भगवान्, इस अनाथिनी पर दया करो!

अहिल्या को अब वह राजभवन फाड़े खाता था। वह अब उसे छोड़कर कहीं चली जाना चाहती थी। कोई सड़ा-गला झोंपड़ा, किसी वृक्ष की छांह, पर्वत की गुफा, किसी नदी का तट उसके लिए इस भवन से सहस्रों गुना अच्छा था। वे दिन कितने अच्छे थे, जब वह अपने स्वामी के साथ पुत्र को हृदय से लगाए एक छोटे से मकान में रहती थी। वे दिन फिर न आएंगे। वह मनहूस घड़ी थी, जब उसने इस भवन में कदम रखा था। वह क्या जानती थी कि इसके लिए उसे अपने पति और पुत्र से हाथ धोना पड़ेगा? आह! जब उसका पति जाने लगा, तो वह भी उसके साथ ही क्यों न चली गई? रह-रहकर उसको अपनी भोग-लिप्सा पर क्रोध आता था, जिसने उसका सर्वनाश कर दिया था। क्या उस पाप का कोई प्रायश्चित नहीं है? क्या इस जीवन में स्वामी के दर्शन न होंगे? अपने प्रिय पुत्र की मोहिनी मूर्ति फिर वह न देख सकेगी? कोई ऐसी युक्ति नहीं है?

राजभवन अब भूतों का डेरा हो गया है। उसका अब कोई स्वामी नहीं रहा। राजा साहब अब महीनों नहीं आते। वह अधिकतर इलाके ही में घूमते रहते हैं। उनके अत्याचार की कथाएं सुनकर लोगों के रोएं खड़े हो जाते हैं। सारी रियासत में हाहाकार मचा हुआ है। कहीं किसी गांव में आग लगाई जाती है, किसी गांव में कुएं भ्रष्ट किए जाते हैं। राजा साहब को किसी पर दया नहीं। उनके सारे सद्भाव शंखधर के साथ चले गए। विधाता ने अकारण ही उन पर इतना कठोर आघात किया है। वह उस आघात का बदला दूसरों से ले रहे हैं। जब उनके ऊपर किसी को दया नहीं आती, तो वह किसी पर क्यों दया करें? अगर ईश्वर ने उनके घर में आग लगाई है, तो वह भी दूसरों के घर में आग लगाएंगे। ईश्वर ने उन्हें रुलाया है, तो वह दूसरों को रुलाएंगे। लोगों को ईश्वर की याद आती है, तो उनकी धर्मबुद्धि जागृत हो जाती है, लेकिन किन लोगों की? जिनके सर्वनाश में कुछ कसर रह गई हो, जिनके पास रक्षा करने के योग्य कोई वस्तु रह गई हो, लेकिन जिसका सर्वनाश हो चुका है, उसे किस बात का डर?

अब राजा साहब के पास जाने का किसी को साहस नहीं होता। मनोरमा को देख-देखकर तो वह जामे से बाहर हो जाते हैं। अहिल्या भी उनसे कुछ कहते हुए थर-थर कांपती

है। अपने प्यारों को खोजने के लिए वह तरह-तरह के मनसूबे बांधा करती है, लेकिन कहे किससे? उसे ऐसा विदित होता है कि ईश्वर ने उसकी भोग-लिप्सा का यह दंड दिया है। यदि वह अपने पति के घर जाकर इसका प्रायश्चित करे, तो कदाचित् ईश्वर उसका अपराध क्षमा कर दें। उसका डूबता हुआ हृदय इस तिनके के सहारे को जोरों से पकड़े हुए है, लेकिन हाय रे मानव हृदय ! इस घोर विपत्ति में भी मान का भूत सिर से नहीं उतरता। जाना तो चाहती है, लेकिन उसके साथ यह शर्त है कि कोई बुलाए। अगर राजा साहब मुंशीजी से इस विषय में कुछ संकेत कर दें, तो उसके लिए अवश्य बुलावा आ जाए, पर राजा साहब से तो भेंट ही नहीं होती और भेंट भी होती है, तो कुछ कहने की हिम्मत नहीं पड़ती।

इसमें संदेह नहीं कि वह अपने मन की बात मनोरमा से कह देती, तो बहुत आसानी से काम निकल जाता, लेकिन अहिल्या का मन मनोरमा से न पहले कभी मिला था, न अब मिलता था। उससे यह बात कैसे कहती? जो मनोरमा अब गाने-बजाने और सैर-सपाटे में मग्न रहती है, उससे वह अपनी व्यथा कैसे कह सकेगी? वह कहे भी, तो मनोरमा क्यों उसके साथ सहानुभूति करने लगी? वह दिन के दिन और रात की रात पड़ी रोया करती है। मनोरमा कभी भूलकर भी उसकी बात नहीं पूछती, अपने रंग में मस्त रहती है। वह भला, अहिल्या की पीर क्या जानेगी?

तो मनोरमा सचमुच राग-रंग में मस्त रहती है? हां, देखने में तो यही मालूम होता है। लेकिन उसके हृदय पर क्या बीत रही है, यह कौन जान सकता है? वह आशा और नैराश्य, शान्ति और अशान्ति, गम्भीरता और उच्छृंखलता, अनुराग और विराग की एक विचित्र समस्या बन गई है ! अगर वह सचमुच हंसती और गाती है, तो उसके मुख की वह कांति कहां है, जो चन्द्र को लजाती थी, वह चपलता कहां है, जो हिरन को हराती थी ! उसके मुख और उसके नेत्रों को जरा सूक्ष्म दृष्टि से देखो, तो मालूम होगा कि उसकी हंसी उसका आर्त्तनाद है और उसका राग-प्रेम, मर्मान्तक व्यथा का चिह्न। वह शोक की उस चरम सीमा को पहुंच गई है, जब चिंता और वासना दोनों ही का अंत हो जाता है, लज्जा और आत्मसम्मान का लोप हो जाता है, जब शोक रोग का रूप धारण कर लेता है। मनोरमा ने कच्ची बुद्धि में यौवन जैसा अमूल्य रत्न देकर जो सोने की गुड़िया खरीदी थी, वह अब किसी पक्षी की भांति उसके हाथों से उड़ गई थी। उसने सोचा था, जीवन का वास्तविक सुख धन और ऐश्वर्य में है, किंतु अब बहुत दिनों से उसे ज्ञात हो रहा था कि जीवन का वास्तविक सुख कुछ और ही है, और वह उससे आजीवन वंचित रही। सारा जीवन गुड़िया खेलने ही में कट गया और अंत में वह गुड़िया भी हाथ से निकल गई। यह भाग्य-व्यंग्य रोने की वस्तु नहीं, हंसने की वस्तु है। हम उससे कहीं ज्यादा हंसते हैं, जितना परम आनंद में हंस सकते हैं। प्रकाश जब हमारी सहन-शक्ति से अधिक हो जाता है, तो अन्धकार बन जाता है, क्योंकि हमारी आंखें ही बंद हो जाती हैं।

एक दिन अहिल्या का चित्त इतना उद्विग्न हुआ कि वह संकोच और झिझक छोड़कर मनोरमा के पास आ बैठी। मनोरमा के सामने प्रार्थी के रूप में आते हुए उसे जितनी मानसिक

वेदना हुई, उसका अनुमान इसी से किया जा सकता है, कि अपने कमरे से यहां तक आने में उसे कम-से-कम दो घंटे लगे। कितनी ही बार द्वार तक आकर लौट गई। जिसकी सदैव अवहेलना की, उसके सामने अब अपनी गरज लेकर जाने में उसे लज्जा आती थी, लेकिन जब भगवान् ने ही गर्व तोड़ दिया था, तो अब झूठी ऐंठ से क्या हो सकता था?

मनोरमा ने उसे देखकर कहा—क्या, रो रही थी, अहिल्या? यों कब तक रोती रहोगी?

अहिल्या ने दीन-भाव से कहा—जब तक भगवान् रुलावें!

कहने को तो अहिल्या ने यह कहा, पर इस प्रश्न से उसका गर्व जाग उठा और वह पछताई कि यहां नाहक आई। उसका मुख तेज से आरक्त हो गया।

मनोरमा ने उपेक्षा-भाव से कहा—तब तो और हंसना चाहिए। जिसमें दया नहीं, उसके सामने रोकर अपना दीदा क्यों खोती हो? भगवान् अपने घर का भगवान् होगा। कोई उसके रुलाने से क्यों रोए? मन में एक बार निश्चय कर लो कि अब न रोऊंगी, फिर देखूं कि कैसे रोना आता है!

अहिल्या से अब जब्त न हो सका, बोली—तुम तो जले पर नमक छिड़कती हो, रानीजी! तुम्हारा जैसा हृदय कहां से लाऊं? और फिर रोता भी वह है, जिस पर पड़ती है। जिस पर पड़ी ही नहीं, वह क्यों रोएगा?

मनोरमा हंसी—वह हंसी, जो या तो मूर्ख ही हंस सकता है या ज्ञानी ही। बोली—अगर भगवान् किसी को रुलाकर ही प्रसन्न होता है, तब तो वह विचित्र ही जीव है। अगर कोई माता या पिता अपनी संतान को रोते देखकर प्रसन्न हों, तो तुम उसे क्या कहोगी—बोलो? तुम्हारा जी चाहेगा कि ऐसे प्राणी का मुंह न देखूं। क्या ईश्वर हमसे और तुमसे भी गया-बीता है? आओ, बैठकर गावें। इससे ईश्वर प्रसन्न होगा। वह जो कुछ करता है, सबके भले के लिए करता है। इसलिए जब वह देखता है कि उसे लोग अपना शत्रु समझते हैं, तो उसे दुःख होता है। तुम अपने पुत्र को इसीलिए तो ताड़ना देती हो कि वह अच्छे रास्ते पर चले। अगर तुम्हारा पुत्र इस बात पर तुमसे रूठ जाय और तुम्हें अपना शत्रु समझने लगे, तो तुम्हें कितना दुःख होगा? आओ, तुम्हें एक भैरवी सुनाऊं। देखो, मैं कैसा अच्छा गाती हूं।

अहिल्या ने गाना सुनने के प्रस्ताव को अनसुना करके कहा—माता-पिता संतान को इसीलिए तो ताड़ना देते हैं कि वह बुरी आदतें छोड़ दे, अपने बुरे कामों पर लज्जित हो और उसका प्रायश्चित करे? हमें भी जब ईश्वर ताड़ना देता है, तो उसकी भी यही इच्छा होती है। विपत्ति ताड़ना ही तो है। मैं भी प्रायश्चित करना चाहती हूं और आपसे उसके लिए सहायता मांगने आई हूं। मुझे अनुभव हो रहा है कि यह सारी विडंबना मेरे विलास-प्रेम का फल है, और मैं इसका प्रायश्चित करना चाहती हूं। मेरा मन कहता है कि यहां से निकलकर मैं अपना मनोरथ पा जाऊंगी। यह सारा दंड मेरी विलासांधता का है। आप जाकर अम्मांजी से कह दीजिए, मुझे बुला लें। इस घर में आकर मैं अपना सुख खो बैठी और इस घर से निकलकर ही उसे पाऊंगी।

मनोरमा को ऐसा मालूम हुआ, मानो उसकी आंखें खुल गईं। क्या वह भी इस घर से

निकलकर सच्चे आनंद का अनुभव करेगी? क्या उसे भी ऐश्वर्य-प्रेम ही का दंड भोगना पड़ रहा है? क्या वह सारी अंतर्वेदना इसी विलास प्रेम के कारण है?

उसने कहा—अच्छा, अहिल्या, मैं आज ही जाती हूं।

इसके चौथे दिन मुंशी वज्रधर ने राजा साहब के पास रुखसती का संदेशा भेजा। राजा साहब इलाके पर थे। संदेशा पाते ही जगदीशपुर आए। अहिल्या का कलेजा धक-धक करने लगा कि राजा साहब कहीं आ न जाएं। इधर-उधर छिपती-फिरती थी कि उनका सामना न हो जाय। उसे मालूम होता था कि राजा साहब ने रुखसती मंजूर कर ली है, पर अब जाने के लिए वह बहुत उत्सुक न थी। यहां से जाना तो चाहती थी, पर जाते दु:ख होता था। यहां आए उसे चौदह साल हो गए। वह इसी घर को अपना घर समझने लगी थी। ससुराल उसके लिए बिरानी जगह थी। कहीं निर्मला ने कोई बात कह दी तो वह क्या करेगी? जिस घर से मान करके निकली थी, वहीं अब विवश होकर जाना पड़ रहा था। इन बातों को सोचते-सोचते आखिर उसका दिल इतना घबराया कि वह राजा साहब के पास जाकर बोली—आप मुझे क्यों विदा करते हैं? मैं नहीं जाना चाहती।

राजा साहब ने हंसकर कहा—कोई लड़की ऐसी भी है, जो खुशी से ससुराल जाती हो? और कौन पिता ऐसा है, जो लड़की को खुशी से विदा करता हो? मैं कब चाहता हूं कि तुम जाओ, लेकिन मुंशी वज्रधर की आज्ञा है; और यह मुझे शिरोधार्य करनी पड़ेगी। वह लड़के के बाप हैं, मैं लड़की का बाप हूं, मेरी और उनकी क्या बराबरी? और बेटी, मेरे दिल में भी अरमान हैं, उसके पूरा करने का और कौन अवसर आएगा? शंखधर होता, तो उसके विवाह में वह अरमान पूरा होता। अब वह तुम्हारे गौने में पूरा होगा।

अहिल्या इसका क्या जवाब देती?

दूसरे दिन से राजा साहब ने विदाई की तैयारियां करनी शुरू कर दीं। सारे इलाके के सुनार पकड़ बुलाए गए और गहने बनने लगे। इलाके ही के दर्जी कपड़े सीने लगे। हलवाइयों के कढ़ाह चढ़ गए और पकवान बनने लगे। घर की सफाई और रंगाई होने लगी। राजाओं, रईसों और अफसरों को निमंत्रण भेजे जाने लगे। सारे शहर की वेश्याओं को बयाने दे दिए गए। बिजली की रोशनी का इंतजाम होने लगा। ऐसा मालूम होता था, मानो किसी बड़ी बारात के स्वागत और सत्कार की तैयारी हो रही है। अहिल्या यह सामान देख-देखकर दिल में झुंझलाती और शरमाती थी। सोचाती—कहां से कहां मैंने यह विपत्ति मोल ले ली। अब इस बुढ़ापे में मेरा गौना ! मैं मरने की राह देख रही हूं, यहां गौने की तैयारी हो रही है। कौन जाने, यह अंतिम विदाई ही हो। राजा साहब ऐसे व्यस्त थे कि किसी से बात करने की भी फुर्सत उन्हें न थी। कहीं सुनारों के पास बैठे अच्छी नक्काशी करने की ताकीद कर रहे हैं। कहीं जौहरियों के पास बैठे जवाहरात परख रहे हैं। उनके अरमानों का पारावार ही न था। मन की मिठाई घी-शक्कर की मिठाई से कम स्वादिष्ट नहीं होती।

चवालीस

शंखधर को होश आया, तो अपने को मंदिर के बरामदे में चक्रधर की गोद में पड़ा हुआ पाया। चक्रधर चिंतित नेत्रों से उसके मुंह की ओर ताक रहे थे। गांव के कई आदमी आस-पास खड़े पंखा झल रहे थे। आह ! आज कितने दिनों के बाद शंखधर को यह सौभाग्य प्राप्त हुआ है। वह पिता की गोद में लेटा हुआ है ! आकाश के निवासियो, तुम पुष्प की वर्षा क्यों नहीं करते?

शंखधर ने फिर आंखें बंद कर लीं। उसकी चिर सन्तप्त आत्मा एक अलौकिक शीतलता, एक अपूर्व तृप्ति, एक स्वर्गीय आनंद का अनुभव कर रही थी। इस अपार सुख को वह इतनी जल्द न छोड़ना चाहता था। उसे अपनी वियोगिनी माता की याद आई। वह उस दिन का स्वप्न देखने लगा, जब वह अपनी माता को भी इस परम आनंद का अनुभव कराएगा, उसका जीवन सफल करेगा।

चक्रधर ने स्नेह-मधुर स्वर में पूछा—क्यों बेटा, अब कैसी तबीयत है?

कितने स्नेह-मधुर शब्द थे। किसी के कानों ने कभी इतने कोमल शब्द सुने हैं? भगवान् इन्द्र भी आकर उससे बोलते, तो क्या वह इतना गौरवान्वित हो सकता था?

'क्यों बेटा, कैसी तबीयत है'—वह इसका क्या जबाव दे? अगर कहता है—अब मैं अच्छा हूं, तो इस सुख से वंचित होना पड़ेगा। उसने कोई उत्तर नहीं दिया। देना भी चाहता, तो उसके मुंह से शब्द न निकलते। उसका जी चाहा, इन चरणों पर सिर रखकर खूब रोए। इससे बढ़कर और किसी सुख की वह कल्पना ही न कर सकता था। संसार की कोई वस्तु कभी इतनी सुंदर थी? वायु और प्रकाश, वृक्ष और वन, पृथ्वी और पर्वत कभी इतने प्यारे न लगते थे। उनकी छटा ही कुछ और हो गई थी, उनमें कितना वात्सल्य था, कितनी आत्मीयता।

चक्रधर ने फिर पूछा—क्यों बेटा, कैसी तबीयत है?

शंखधर ने कातर स्वर से कहा—अब तो अच्छा हूं। आप ही का नाम बाबा भगवानदास है?

चक्रधर—हां मुझी को भगवानदास कहते हैं।

शंखधर—मैं आप ही के दर्शनों के लिए आया हूं। बहुत दूर से आया हूं। मैंने बेंदों में आपकी खबर पाई थी। वहां मालूम हुआ कि आप साईंगंज चले गए हैं। वहां से साईंगंज चला। सारी रात चलता रहा, पर साईंगंज न मिला। एक दूसरे गांव में जा पहुंचा—वह जो पर्वत के ऊपर बसा हुआ है। वहां मालूम हुआ कि मैं रास्ता भूल गया था। उसी वक्त इधर चला।

चक्रधर—रात को कहीं ठहरे नहीं?

शंखधर—यही भय था कि शायद आप कहीं और आगे न बढ़ जाएं?

चक्रधर—कुछ भोजन भी न किया होगा?

शंखधर—भोजन की तो ऐसी इच्छा न थी। आपके दर्शन हुए, मैं कृतार्थ हो गया। अब मेरे संकट कट जाएंगे। मैं आपका यश सुनकर आया हूं। आप ही मेरा उद्धार कर सकते हैं।

चक्रधर—बेटा, संकट काटने वाला ईश्वर है, मैं तो उनका क्षुद्र सेवक हूं, लेकिन पहले कुछ भोजन कर लो और आराम से सो रहो। मुझे कई रोगियों को देखने जाना है। मैं शाम को लौटूंगा, तो तुमसे बातें होंगी। क्या कहूं, मेरे कारण तुम्हें इतना कष्ट उठाना पड़ा।

शंखधर ने मन में कहा—इस परम आनंद के लिए मैं क्या नहीं सह सकता था ! अगर मुझे मालूम हो जाता कि अग्नि-कुंड में जाने से आपके दर्शन होंगे, तो क्या मैं एक क्षण का भी विलंब करता? कदापि नहीं। प्रकट में उसने कहा—मुझे तो यह स्वर्ग यात्रा-सी मालूम होती थी। भूख, प्यास, थकान कुछ भी नहीं थी।

चक्रधर का चित्त अस्थिर हो गया। उस युवक के रूप में और वाणी में न जाने कौन-सी बात थी, जो उनके मन में उससे बातचीत करने की प्रबल इच्छा हो रही थी। रोगियों को देखने न जाना चाहते थे, मन बहाना खोजने लगा। रोगियों को दवा तो दे ही आया हूं, उनकी चेष्टा भी कुछ ऐसी चिंताजनक नहीं। जाना व्यर्थ है। जरा पूछना चाहिए कि यह युवक कौन है? क्यों मुझसे मिलने के लिए उत्सुक है? कितना सुशील बालक है ! इसकी वाणी में कितना विनय है और स्वरूप तो देवकुमारों का-सा है। किसी उच्च कुल का युवक है।

लेकिन फिर उन्होंने सोचा—मेरे न जाने से रोगियों को कितनी निराशा होगी? कौन जाने, उनकी दशा बिगड़ गई हो। जाना ही चाहिए। तब तक यह बालक भी तो आराम कर लेगा ! बेचारा सारी रात चलता रहा। मैं जानता, तो बेंदों में टिक गया होता।

एक आदमी पानी लाया। शंखधर ने मुंह-हाथ धोया और चाहता था कि खाली पेट पानी पी ले, लेकिन चक्रधर ने मना किया—हां-हां, यह क्या? अभी पानी न पियो। रात भर कुछ खाया नहीं और पानी पीने लगे। आओ, कुछ भोजन कर लो।

शंखधर—बड़ी प्यास लगी है।

चक्रधर—पानी कहीं भागा तो नहीं जाता। कुछ खाकर पीना, और वह भी इतना नहीं कि पेट में पानी डोलने लगे।

शंखधर—दो ही घूंट पी लूं। नहीं रहा जाता।

चक्रधर ने आकर उसके हाथ से लोटा छीन लिया और कठोर स्वर में कहा—अभी तुम एक बूंद भी पानी नहीं पी सकते। क्या जान देने पर उतारू हो गए हो?

शंखधर को इस भर्त्सना में जो आनंद मिल रहा था, वह कभी माता की प्रेम-भरी बातों में भी न मिला था। पांच वर्ष हुए, जब से वह अपने मन की करता आया है। वह जो पाता है, खाता है, जब चाहता है, पानी पीता है, जहां जगह पाता है, पड़ रहता है। किसी को इसकी कुछ परवा नहीं होती। लोटा हाथ से न छीना गया होता तो वह बिना दो-चार घुड़कियां खाए न मानता।

मंदिर के पीछे छोटा-सा बाग और कुआं था। वहीं एक वृक्ष के नीचे चक्रधर की रसोई बनी थी। चक्रधर अपना भोजन आप पकाते थे, बर्तन भी आप ही धोते थे, पानी भी खुद खींचते थे। शंखधर उनके साथ भोजन करने गया, तो देखा कि रसोई में पूरी, मिठाई, दूध, दही सब कुछ है। उसकी राल टपकने लगी। इन पदार्थों का स्वाद चखे हुए उसे एक युग बीत गया

था, मगर उसे कितना आश्चर्य हुआ, जब उसने देखा कि ये सारे पदार्थ उसी के लिए मंगवाए गए हैं। चक्रधर ने उसके लिए तो खाना एक पत्तल में रख दिया और आप कुछ मोटी रोटियां और भाजी लेकर बैठे, जो खुद उन्होंने बनाई थीं।

शंखधर ने कहा—आप तो सब मुझी को दिए जाते हैं, अपने लिए कुछ रखा ही नहीं?

चक्रधर—मेरे लिए तो यह रोटियां हैं। मेरा भोजन यही है।

शंखधर—तो फिर मुझे भी रोटियां ही दीजिए।

चक्रधर—मैं तो बेटा, रोटियों के सिवा और कुछ नहीं खाता। मेरी पाचन-शक्ति अच्छी नहीं है। दिन में एक बार खा लिया करता हूं।

शंखधर—मेरा भोजन तो थोड़ा-सा सत्तू या चबेना है। मैंने तो बरसों से इन चीजों की सूरत तक नहीं देखी। अगर आप न खाएंगे, तो मैं भी न खाऊंगा।

आखिर शंखधर के आग्रह से चक्रधर को अपना नियम तोड़ना पड़ा। सोलह वर्षों का पाला हुआ नियम, बड़े-बड़े रईसों और राजाओं का भक्तिमय आग्रह भी न तोड़ सका, आज इस अपिरिचित बालक ने तोड़ दिया। उन्होंने झुंझलाकर कहा—भाई, तुम बड़े जिद्दी मालूम होते हो। अच्छा, लो, मैं भी खाता हूं। अब तो खाओगे, या अब भी नहीं?

उन्होंने सब चीजों में से जरा-जरा-सा निकालकर अपनी पत्तल में रख लिया और बाकी चीजें शंखधर के आगे रख दीं। शंखधर ने अब भी भोजन में हाथ नहीं लगाया।

चक्रधर ने पूछा—अब क्या बैठे हो, खाते क्यों नहीं? तुम्हारे मन की बात हो गई? या अब भी कुछ बाकी है?

शंखधर—आपने तो केवल उलाहना छुड़ाया है। लाइए, मैं परस दूं।

चक्रधर—अगर तुम इस तरह जिद करोगे, तो मैं तुम्हारी दवा न करूंगा। तुम्हें अपने साथ रखूंगा भी नहीं।

शंखधर—मुझे क्या, न दवा कीजिएगा, तो यहीं पड़ा-पड़ा मर जाऊंगा। कौन कोई रोने वाला बैठा हुआ है?

यह कहते-कहते शंखधर की आंखें सजल हो गईं। चक्रधर ने विकल होकर कहा—अच्छा लाओ, तुम्हीं अपने हाथ से दे दो। अपशब्द क्यों मुंह से निकालते हो? लाओ, कितना देते हो? अब से मैं तुम्हें अलग भोजन मंगवा दिया करूंगा।

शंखधर ने सभी चीजों में से आधी से अधिक उनके सामने रख दीं और आप एक पंखा लेकर उन्हें झलने लगा। चक्रधर ने वात्सल्यपूर्ण कठोरता से कहा—मालूम होता है, आज तुम मुझे बीमार करोगे। भला, इतनी चीजें मैं खा सकूंगा?

शंखधर—इसीलिए तो मैंने थोड़ी-थोड़ी दी हैं।

चक्रधर—यह थोड़ी-थोड़ी हैं। तो क्या तुम सबकी सब मेरे ही पेट में ठूंस देना चाहते हो? अब भी बैठोगे या नहीं? मुझे पंखे की जरूरत नहीं।

शंखधर—आप खाएं, मैं पीछे से खा लूंगा।

चक्रधर—भाई, तुम विचित्र जीव हो। तीन दिन के भूखे हो और मुझसे कहते हो, आप

खाइए, मैं फिर खा लूंगा।

शंखधर—मैं तो आपका जूठन खाऊंगा।

उसकी आंखें फिर सजल हो गईं! चक्रधर ने तिरस्कार के भाव से कहा—क्यों भाई, मेरा जूठन क्यों खाओगे? अब तो सब बातें तुम्हारे ही मन की हो रही हैं।

शंखधर—मेरी बहुत दिनों से यही आकांक्षा थी। जब से आपकी कीर्ति सुनी, तभी से यह अवसर खोज रहा था।

चक्रधर—तुम न आप खाओगे, न मुझे खाने दोगे।

शंखधर—मैं तो आपका जूठन ही खाऊंगा।

चक्रधर को फिर हार माननी पड़ी। वह एकांतवासी, संयमी, व्रतधारी योगी आज इस अपरिचित दीन बालक के दुराग्रहों को किसी भांति न टाल सकता था।

शंखधर को आज खड़े होकर पंखा झलने में जो आनंद, जो आत्मोल्लास, जो गर्व हो रहा था, उसका कौन अनुमान कर सकता है। इस आनंद के सामने वह त्रिलोक के राज्य पर भी लात मार सकता था। आज उसे यह सौभग्य प्राप्त हुआ कि अपने पूज्य पिता की कुछ सेवा कर सके। कठिन तपस्या के बाद आज उसे यह वरदान मिला है। उससे बढ़कर सुखी और कौन हो सकता है! आज उसे अपना जीवन सार्थक मालूम हो रहा है—वह जीवन, जिसका अब तक कोई उद्देश्य न था। आनंद के आंसू उसकी आंखों से बहने लगे।

चक्रधर जब भोजन करके उठ गए तो उसने उसी पत्तल में अपनी पत्तल की चीजें डाल लीं और भोजन करने बैठा। ओह! इस भोजन में कितना स्वाद था! क्या सुधा में इतना स्वाद हो सकता है? उसने आज से कई साल पहले उत्तम से उत्तम पदार्थ खाए थे, लेकिन उनमें यह अलौकिक स्वाद कहां था?

चक्रधर हाथ-मुंह धोकर गद्गद कंठ से बोले—तुमने आज मेरे दो नियम भंग कर दिए। बिना जाने-बूझे किसी को मेहमान बना लेने का यही फल होता है। अब मैं आज कहीं न जाऊंगा। तुम भोजन कर लो और मुझसे जो कुछ कहना हो, कहो। मैं ऐसे जिद्दी लड़के को अपने साथ और न रखूंगा। तुम्हारा घर कहां है? यहां से कितनी दूर है?

शंखधर—मेरे तो कोई घर ही नहीं।

चक्रधर—माता-पिता तो होंगे? वह किस गांव में रहते हैं?

शंखधर—यह मुझे कुछ नहीं मालूम। पिताजी तो मेरे बचपन ही में घर से चले गए और माताजी का पांच साल से मुझे कोई समाचार नहीं मिला।

चक्रधर को ऐसा मालूम हुआ, मानो पृथ्वी नीचे खिसकी जा रही है, मानो वह जल में बहे जा रहे हैं। पिता बचपन ही में घर से चले गए और माताजी का पांच साल से कुछ समाचार नहीं मिला? भगवान्, क्या यह वही नन्हा-सा बालक है! वही, जिसे अपने हृदय से निकालने की चेष्टा करते हुए आज सोलह वर्षों से अधिक हो गए।

उन्होंने हृदय को संभालते हुए पूछा—तुम पांच साल तक कहां रहे बेटा, जो घर नहीं गए?

शंखधर—पिताजी को खोजने निकला था और अब जब तक वह न मिलेंगे, लौटकर

घर न जाऊंगा।

चक्रधर को ऐसा मालूम हुआ, मानो पृथ्वी डगमगा रही है, मानो समस्त ब्रह्माण्ड एक प्रलयंकारी भूचाल से आंदोलित हो रहा है। वह सायबान के स्तम्भ के सहारे बैठ गए और एक ऐसे स्वर में बोले, जो आशा और भय के वेगों को दबाने के कारण क्षीण हो गया था। यह प्रश्न न था, बल्कि एक जानी हुई बात का समर्थन मात्र था। तुम्हारा नाम क्या है बेटा? इस प्रश्न का उत्तर क्या वही होगा, जिसकी संभावना चक्रधर को विकल और पराभूत कर रही थी? संसार में क्या ऐसा एक ही बालक है, जिसे उसका बाप बचपन में छोड़कर चला गया हो? क्या ऐसा एक ही किशोर है, जो अपने बाप को खोजने निकला हो? यदि उसका उत्तर वही हुआ, जिसका उन्हें भय था, तो वह क्या करेंगे? उनके सामने एक कठिन समस्या उपस्थित हो गई। वह धड़कते हुए हृदय से उत्तर की ओर कान लगाए थे, जैसे कोई अपराध ी अपना कर्मदंड सुनने के लिए न्यायाधीश की ओर कान लगाए खड़ा हो ।

शंखधर ने जवाब दिया—मेरा तो नाम शंखधर सिंह है।

चक्रधर—और तुम्हारे पिता का क्या नाम है?

शंखधर—मुंशी चक्रधर कहते हैं।

चक्रधर—घर कहां है?

शंखधर—जगदीशपुर !

सर्वनाश ! चक्रधर को ऐसा ज्ञात हुआ कि उनकी देह से प्राण निकल गए हैं, मानो उनके चारों ओर शून्य है ! 'शंखधर' बस यही एक शब्द उस प्रशस्त शून्य में किसी पक्षी की भाँति चक्कर लगा रहा था। 'शंखधर !' यही एक स्मृति थी, जो उस प्राण-शून्य दशा में चेतना को संस्कारों में बांधे हुई थी।

पैंतालीस

राजा विशालसिंह ने जिस हौसले से अहिल्या का गौना किया, वह राजाओं-रईसों में भी बहुत कम देखने में आता है। तहसीलदार साहब के घर में इतनी चीजों के रखने की जगह भी न थी। बर्तन, कपड़े, शीशे के समान, लकड़ी की अलभ्य वस्तुएं, मेवे, मिठाइयां, गायें, भैसें—इनका हफ्तों तक तांता लगा रहा। दो हाथी और पांच घोड़े भी मिले, जिनके बांधने के लिए घर में जगह न थी। पांच लौंडियां अहिल्या के साथ आईं। यद्यपि तहसीलदार साहब ने नया मकान बनवाया था, पर वह क्या जानते थे कि एक दिन यहां रियासत जगदीशपुर की आधी संपत्ति आ पहुंचेगी? घर का कोना-कोना सामानों से भरा हुआ था। कई पड़ोसियों के मकान भी अंट उठे। उस पर लाखों रुपये नकद मिले, वह अलग। तहसीलदार साहब लाने को तो सब कुछ ले आए, पर अब उन्हें देख-देख रोते और कुढ़ते। कोई भोगने वाला नहीं ! अगर यही संपत्ति आज से पचीस साल पहले मिली होती, तो उनका जीवन सफल हो जाता, जिंदगी का कुछ मजा उठा लेते, अब बुढ़ापे में इनको लेकर क्या करें? चीजों को

बेचना अपमान की बात थी। हां, यार-दोस्तों को जो कुछ भेंट कर सकते थे, किया। अनाज की कई गाड़ियां मिली थीं, वह सब उन्होंने लुटा दीं। कई महीने सदाव्रत-सा चलता रहा। नौकरों को हुक्म दे दिया कि किसी आदमी को कोई चीज मंगनी देने से इंकार मत करो। सहालग के दिनों में रोज ही हाथी, घोड़े, पालकियां, फर्श आदि सामान मंगनी जाते। सारे शहर में तहसीलदार साहब की कीर्ति छा गई। बड़े-बड़े रईस उनसे मुलाकात करने आने लगे। नसीब जगे, तो इस तरह जगे। कहां रोटियां भी न मयस्सर होती थीं, आज द्वार पर हाथी झूमता है। सारे शहर में यही चर्चा थी।

मगर मुंशीजी के दिल पर जो कुछ बीत रही थी, वह कौन जान सकता है? दिन में बीसों ही बार चक्रधर पर बिगड़ते—नालायक। आप तो आप गया, अपने साथ लड़के को भी ले गया। न जाने कहां मारा-मारा फिरता होगा, देश का उपकार करने चला है। सच कहा है—घर की रोएं, बन की सोएं। घर के आदमी मरें, परवा नहीं, दूसरों के लिए जान देने को तैयार। अब बताओ, इन हाथी, घोड़े, मोटरों और गाड़ियों को लेकर क्या करूं। अकेले किस-किस पर बैठूं? बहू है, उसे रोने से फुर्सत नहीं। बच्चा की मां है, उनसे अब मारे शोक से रहा नहीं जाता। कौन बैठे? यह सामान तो मेरे जी का जंजाल हो गया। पहले बेचारे शाम-सबेरे कुछ गा-बजा लेते थे, कुछ सरूर भी जमा लिया करते थे अब इन चीजों की देखभाल ही में भोर जो जाता। क्षण भर भी आराम से बैठने की मुहलत न मिलती। निर्मला किसी चीज की ओर आंख उठाकर भी न देखती, मुंशीजी ही को सबकी निगरानी करनी पड़ती थी।

अहिल्या यहां आकर और भी पछताने लगी। वह रनिवास के विलासमय जीवन से विरक्त होकर यहां प्रायश्चित्त करने के इरादे से आई थी, पर वह विपत्ति उसके साथ यहां भी आई। वहां उसे घर-गृहस्थी से कोई मतलब न था, यहां वह विपत्ति भी सिर पड़ी। जिन वस्तुओं से उसे जरा भी मोह न था, उन्हीं के खो जाने की खबर हो जाने पर उसे दुःख होता था। वह माया को जीतना चाहती थी, पर माया ने उसी को परास्त कर दिया। संपत्ति से गला छुड़ाना चाहती थी, पर संपत्ति उससे और चिमट गई थी। वहां कुछ देर शांति से बैठ सकती थी, कुछ देर हंस-बोलकर जी बहला लेती थी, किसी के ताने-मेहने न सुनने पड़ते थे, यहां निर्मला बाणों से छेदती और घाव पर नमक छिड़कती रहती थी। बहू के कारण वह अपने पुत्र से वंचित हुई। बहू के ही कारण पोता भी हाथ से गया। ऐसी बहू को वह पान-फूल से न पूज सकती थी। संपत्ति लेकर वह क्या करे? चाटे? पुत्र और पौत्र के बदले में इस अतुल धन का क्या मूल्य था? भोजन वह अब भी अपने हाथों से ही पकाती थी। अहिल्या के साथ जो महराजिनें आई थीं, उनका पकाया हुआ भोजन ग्रहण न कर सकती थी। अहिल्या से भी वह छूत मानती थी। इन दिनों मंगला भी आई हुई थी। उसका जी चाहता था कि यहां की सारी चीजें समेट ले जाऊं। अहिल्या अपनी चीजों को तीन-तेरह न होने देना चाहती थी। इससे ननद-भावज में कभी-कभी खटपट हो जाती थी।

बर्तनों में कई बड़े-बड़े कंडाल भी थे। एक कंडाल इतना बड़ा था कि उसमें ढाई सौ कलसे पानी आ जाता था। मंगला ने एक दिन यह कंडाल अपने घर भिजवा दिया। कई दिन

बाद अहिल्या को यह खबर मिली, तो उसने जाकर सास से पूछा—अम्मांजी, वह बड़ा कंडाल कहां है, दिखाई नहीं देता?

निर्मला ने कहा—बाबा, मैं नहीं जानती, कैसा कंडाल था। घर में है, तो कहां जा सकता है?

अहिल्या—जब घर में हो तब न?

निर्मला—घर में से कहां गायब हो जाएगा?

अहिल्या—घर की चीज घर के आदमियों के सिवा और कौन छू सकता है?

निर्मला—तो क्या इस घर में सब चोर ही बसते हैं?

अहिल्या—यह तो मैं नहीं कहती, लेकिन चीज का पता तो लगना ही चाहिए।

निर्मला—तुम चीजें लादकर ले जाओगी, तुम्हीं पता लगाती फिरो। यहां चीजों को लेकर क्या करना है? इना चीजों को देखकर मेरी तो आंखें फूटती हैं। इन्हीं के लिए तो तुमने मेरे बच्चे को बनवास दे दिया। इन्हीं के पीछे अपने बेटे से हाथ धो बैठी। तुम्हें ये सारी चीजें प्यारी होंगी। मुझे तो नहीं प्यारी हैं।

बात कड़वी थी, पर यथार्थ थी। अगर धन-मद ने अहिल्या की बुद्धि पर पर्दा न डाल दिया होता तो आज उसे क्यों यह दिन देखना पड़ता? दरिद्र रहकर भी सुखी होती। मोह ने उसका सर्वनाश कर दिया। फिर भी वह मोह को गले लगाए हुए है। नैहर से उसकी आई हुई चीज अपनी न थी, सब कुछ अपना होते हुए भी उसका कुछ न था। जो कुछ अधिकार था, वह पुत्र के नाते। जब पुत्र की कोई आशा न रही, तो अधिकार भी न रहा, पर यहां की सब चीजें उसी की थीं। उन पर उसका नाम खुदा हुआ था। अधिकार में स्वयं एक आनंद है, जो उपयोगिता की परवा नहीं करता। उन वस्तुओं को देख-देखकर उसे गर्व होता था।

लेकिन आज निर्मला के कठोर शब्दों ने उसमें ग्लानि और विवेक का संचार कर दिया। उसने निश्चय किया, अब इन चीजों के लिए कभी न बोलूंगी। अगर अम्मांजी को किसी चीज का मोह नहीं है, तो मैं ही क्यों करूं? कोई आग लगा दे, मेरी बला से।

जब घर में कोई किसी चीज की चौकसी करने वाला न रहा, तो चारों ओर लूट मच गई। कुछ मालूम न होता कि घर में कौन लुटेरा आ बैठा है, पर चीजें एक-एक करके निकलती जाती थीं। अहिल्या देखकर अनदेखी और सुनकर अनसुनी कर जाती थी, पर अपनी चीजों को तहस-नहस होते देखकर उसे दुःख होता था। उसका विराग मोह का दूसरा रूप था—वास्तविक रूप से भी भयंकर और दाहक।

इस तरह कई महीने गुजर गए, अहिल्या का आशा-दीपक दिन-दिन मंद होता गया। वह कितना ही चाहती थी कि मोह-बंधन से अपने को छुड़ा ले, पर मन पर कोई वश न चलता था। उसके मन में बैठा हुआ कोई नित्य कहा करता था—जब तक मोह में पड़ी रहोगी, पति-पुत्र के दर्शन न होंगे। पर इसका विश्वास कौन दिला सकता था कि मोह टूटते ही उसके मनोरथ पूरे हो जाएंगे? तब क्या वह भिखारिणी होकर जीवन व्यतीत करेगी? संपत्ति के हाथ से निकल जाने पर फिर उसके लिए कौन आश्रय रह जाएगा? क्या वह फिर अपने पिता

के घर जा सकती थी? कदापि नहीं। पिता ने इतनी धूमधाम से उसे विदा किया, इसका अर्थ ही यह था कि अब तुम इस घर से सदा के लिए जा रही हो।

अहिल्या बार-बार व्रत करती कि अब अपने सारे काम अपने हाथ से करूंगी, अब सदा एक ही जून भोजन किया करूंगी, मोटा से मोटा अन्न खाकर जीवन व्यतीत करूंगी, लेकिन उसमें किसी व्रत पर स्थिर रहने की शक्ति न रह गई थी। जब उसके स्नान कर चुकने पर लौंडी उसकी साड़ी छांटने चलती, तो वह उसे मना न कर सकती थी। जो काम आज सोलह वर्षों से करती आ रही थी, उसके विरुद्ध आचरण करना उसे अब अस्वाभाविक जान पड़ता था, मोटा अनाज खाने का निश्चय रहते हुए भी वह स्वादिष्ट भोजन को सामने से हटा न सकती थी। विलासिता ने उसकी क्रिया-शक्ति को निर्बल कर दिया था।

यहां रहकर वह अपने उद्धार के लिए कुछ न कर सकेगी, यह बात शनैः-शनैः अनुभव से सिद्ध हो गई।

लेकिन अब कहां जाए? जब तक मन की वृत्ति न बदल जाए, तीर्थयात्रा पाखंड-सी जान पड़ती थी। किसी दूसरी जगह अकेले रहने के लिए कोई बहाना न था, पर यह निश्चय था कि अब वह यहां न रहेगी, यहां तो वह बंधन में और भी जकड़ गई थी।

अब उसे वागीश्वरी की याद आई। सुख के दिन वही थे, जो उसके साथ कटे। असली मौका न होने पर भी जीवन का जो सुख वहां मिला, वह फिर न नसीब हुआ। अब उसे याद आता था कि मैं वहां से दुःख झेलने के लिए आई थी। वह स्नेह-सुख स्वप्न हो गया। सास मिली वह इस तरह की, ननद मिली वह इस ढंग की। मां थी ही नहीं, केवल बाप को पाया; मगर उसके बदले में क्या-क्या देना पड़ा। जिस दिन मालूम हुआ कि वह राजा की बेटी है, वह फूली न समाई थी। उसके पांव जमीन पर न पड़ते थे, पर आह ! क्या मालूम था कि उस क्षणिक आनंद के लिए उसे सारी उम्र रोना पड़ेगा।

अब अहिल्या को रात-दिन यही धुन रहने लगी कि किसी तरह वागीश्वरी के पास चलूं, मानो वहां उसके सारे दुःख दूर हो जाएंगे। इधर कई महीनों से वागीश्वरी का पत्र न आया था; पर मालूम हुआ कि वह आगरे ही में है। अहिल्या ने कई बार बुलाया था; पर वागीश्वरी ने लिखा था—मैं बड़े आराम से हूं; मुझे अब यहीं पड़ी रहने दो। अब अहिल्या का मन वागीश्वरी के पास जाने के लिए अधीर हो उठा। वागीश्वरी भी उसी की भांति दुःखिनी है। सारी आशाओं एवं सारे माया-मोह से मुक्त हो चुकी है। वही उसके साथ सच्ची सहानुभूति कर सकती है, वही अपने मातृस्नेह से उसका क्लेश हर सकती है।

आखिर एक दिन अहिल्या ने सास से यह चर्चा कर ही दी। निर्मला ने कुछ भी आपत्ति नहीं की। शायद वह खुश हुई कि किसी तरह यहां से टले। मंगला तो उसके जाने का प्रस्ताव सुनकर हर्षित हो उठी। जब वह चली जाएगी, तो घर में मंगला का राज हो जाएगा। जो चीज चाहेगी, उठा ले जाएगी, कोई हाथ पकड़ने वाला या टोकने वाला न रहेगा। दो महीने भी अहिल्या वहां रह गई तो मंगला अपना घर भर लेगी। ज्यादा नहीं, तो आधी संपदा तो अपने घर पहुंचा ही देगी।

अहिल्या जब यात्रा की तैयारियां करने लगी, तो मंगला ने कहा—भाभी तुम चली जाओगी, तो यहां बिल्कुल अच्छा न लगेगा। वहां कब तक रहोगी?

अहिल्या—अभी क्या कहूं बहिन, यह तो वहां जाने पर मालूम होगा।

मंगला—इतने दिनों के बाद जा रही हो, दो-तीन महीने तो रहना ही पड़ेगा। तुम चली जा रही हो, तो मैं भी चली जाऊंगी। अब तो रानी साहिबा से भी भेंट नहीं होती, अकेले कैसे रहा जाएगा। तुम्हीं दोनों जनों से मिलने तो आई थी। रानी साहिबा ने तो भुला ही दिया, तुम छोड़े चली जाती हो।

यह कहकर मंगला रोने लगी।

दूसरे दिन अहिल्या यहां से चली। अपने साथ कोई साज-सामान न लिया। साथ की लौंडियां चलने को तैयार थीं, पर उसने किसी को साथ न लिया। केवल एक बुड्ढे कहार को पहुंचाने के लिए ले लिया। और उसे भी आगरे पहुंचने के दूसरे ही दिन विदा कर दिया।

आज बीस साल के बाद अहिल्या ने इस घर में फिर प्रवेश किया था, पर आह ! इस घर की दशा ही कुछ और थी। सारा घर गिर पड़ा था। न आंगन का पता था, न बैठक का। चारों ओर मलवे का ढेर जमा हो रहा था। उस पर मदार और धतूरे के पौधे उगे हुए थे। एक छोटी-सी कोठरी बच रही थी। वागीश्वरी उसी में रहती थी। उसकी सूरत भी उस घर के समान ही बदल गई थी। न मुंह में दांत, न आंखों में ज्योति, सिर के बाल सन हो गए थे, कमर झुककर कमान हो गई थी। दोनों गले मिलकर खूब रोईं। जब आंसुओं का वेग कम हुआ तो वागीश्वरी ने कहा—बेटी, तुम अपने साथ समान नहीं लाईं—क्या दूसरी ही गाड़ी से जाने का विचार है? इतने दिनों के बाद आई भी, तो इस तरह ! बुढ़िया को बिल्कुल भूल ही गई ! खंडहर में तुम्हारा जी क्यों लगेगा?

अहिल्या—अम्मां, महल में रहते-रहते जी ऊब गया, अब कुछ दिन इस खंडहर में ही रहूंगी और तुम्हारी सेवा करूंगी। जब से तुम्हारे घर से गई, तब से एक दिन भी सुख नहीं पाया। तुम समझती होगी कि मैं वहां बड़े आनंद से रहती हूंगी, लेकिन अम्मां, मैने वहां दुःख ही दुःख पाया, आनंद के दिन तो इसी घर में बीते थे।

वागीश्वरी—लड़के का अभी कुछ पता न चला?

अहिल्या—किसी का पता नहीं चला, अम्मां ! मैं राज्य-सुख पर लट्टू हो गई थी। उसी का दंड भोग रही हूं। राज्य-सुख भोगकर तो जो कुछ मिलता है, वह देख चुकी, अब उसे छोड़कर देखूंगी कि क्या जाता है, मगर तुम्हें तो बड़ा कष्ट हो रहा है, अम्मां?

वागीश्वरी—कैसा कष्ट बेटी? जब तक स्वामी जीते रहे, उनकी सेवा करने में सुख मानती थी। तीर्थ, व्रत, पुण्य, धर्म सब कुछ उनकी सेवा ही में था। अब वह नहीं हैं, तो उनकी मर्यादा की सेवा कर रही हूं। आज भी उनके कितने ही भक्त मेरी मदद करने को तैयार हैं, लेकिन क्यों किसी की मदद लूं। तुम्हारे दादाजी सदैव दूसरों की सेवा करते रहे। इसी में अपनी उम्र काट दी। तो फिर मैं किस मुंह से सहायता के लिए हाथ फैलाऊं?

यह कहते-कहते वृद्धा का मुखमंडल गर्व से चमक उठा। उसकी आंखों में एक विचित्र

स्फूर्ति झलकने लगी ! अहिल्या का सिर लज्जा से झुक गया। माता, तुझे धन्य है ! तू वास्तव में सती है, तू अपने ऊपर जितना गर्व करे, वह थोड़ा है।

वागीश्वरी ने फिर कहा—ख्वाजा महमूद ने बहुत चाहा कि मैं कुछ महीना ले लिया करूं। मेरे मैके वाले कई बार मुझे बुलाने आए। यह भी कहा कि महीने में कुछ ले लिया करो। भैया बड़े भारी वकील हैं, लेकिन मैंने किसी का एहसान नहीं लिया। पति की कमाई को छोड़कर और किसी की कमाई पर स्त्री का अधिकार नहीं होता। चाहे कोई मुंह से न कहे, पर मन में जरूर समझेगा कि मैं इन पर एहसान कर रहा हूं। जब तक आंखें थीं, सिलाई करती रही। जब से आंखें गईं, दलाई करती हूं। कभी-कभी उन पर जी झुंझलाता है। जो कुछ कमाया, उड़ा दिया। तुम तो देखती ही थीं। ऐसा कौन-सा दिन जाता था कि द्वार पर चार मेहमान न आ जाते हों? लेकिन फिर दिल को समझाती हूं कि उन्होंने किसी बुरे काम में तो धन नहीं उड़ाया ! जो कुछ किया, दूसरों के उपकार ही के लिए किया। यहां तक कि अपने प्राण भी दे दिए। फिर मैं क्यों पछताऊं और क्यों रोऊं? यश सेंत में थोड़े ही मिलता है, मगर मैं तो अपनी बातों में लग गई। चल, हाथ-मुंह धो डालो, कुछ खा-पी लो, फिर बातें करूं।

लेकिन अहिल्या हाथ-मुंह धोने न उठी। वागीश्वरी की आदर्श पति-भक्ति देखकर उसकी आत्मा उसका तिरस्कार कर रही थी। अभागिनी ! इसे पति-भक्ति कहते हैं ! सारे कष्ट झेलकर स्वामी की मर्यादा का पालन कर रही है। नैहर वाले बुलाते हैं और नहीं जाती, हालांकि इस दशा में मैके चली जाती, तो कोई बुरा न कहता। सारे कष्ट झेलती है और खुशी से झेलती है। एक तू है कि मैके की संपत्ति देखकर फूल उठी, अंधी हो गई। राजकुमारी और पीछे चलकर राजमाता बनने की धुन में तुझे पति की परवाह ही न रही, तूने संपत्ति के सामने पति को कुछ न समझा, उसकी अवहेलना की। वह तुझे अपने साथ ले जाना चाहते थे, तू न गई, राज्य-सुख तुझसे न छोड़ा गया ! रो, अपने कर्मों को।

वागीश्वरी ने फिर कहा—अभी तक तू बैठी ही है। हां, लौंडी पानी नहीं लाई न, कैसे उठेगी! ले, मैं पानी लाए देती हूं, हाथ-मुंह धो डाल। तब तक मैं तेरे लिए गरम रोटियां सेकती हूं। देखूं, तुझे अभी भी भाती हैं कि नहीं। तू मेरी रोटियों का बहुत बखान करके खाती थी।

अहिल्या स्नेह में सने ये शब्द सुनकर पुलकित हो उठी। इस 'तू' में जो सुख था वह आप और सरकार में कहां? बचपन के दिन आंखों में फिर गए। एक क्षण के लिए उसे अपने सारे दुःख विस्मृत हो गए। बोली—अभी तो भूख-प्यास नहीं है अम्मांजी, बैठिए कुछ बातें कीजिए। मैं आपसे अपने दुःख की कथा कहने के लिए व्याकुल हो रही हूं। बताइए, मेरा उद्धार कैसे होगा?

वागीश्वरी ने गंभीर भाव से कहा—पति-प्रेम से वंचित होकर स्त्री के उद्धार का कौन उपाय है, बेटी? पति ही स्त्री का सर्वस्व है। जिसने अपना सर्वस्व खो दिया, उसे सुख कैसे मिलेगा? जिसको लेकर तूने पति का त्याग किया, उसको त्याग कर ही पति को पाएगी। तू इतनी कर्त्तव्य-भ्रष्ट कैसे हो गई, यह मेरी समझ में ही नहीं आया। यहां तो धन पर इतना जान न देती थी। ईश्वर ने तेरी परीक्षा ली और तू उसमें चूक गई। जब तक धन और राज्य का मोह

न छोड़ेगी, तुझे उस त्यागी पुरुष के दर्शन न होंगे।

अहिल्या—अम्मांजी, सत्य कहती हूं, मैं केवल शंखधर के हित का विचार करके उनके साथ न गई।

वागीश्वरी—उस विचार में क्या तेरी भोग-लालसा न छिपी थी ! खूब ध्यान करके सोच, तू इससे इनकार नहीं कर सकती !

अहिल्या ने लज्जित होकर कहा—हो सकता है, अम्मांजी, मैं इनकार नहीं कर सकती।

वागीश्वरी—संपत्ति यहां भी तेरा पीछा करेगी, देख लेना।

अहिल्या—अब तो उससे जी भर गया, अम्मांजी !

वागीश्वरी—जभी तो वह फिर तेरा पीछा करेगी। जो उससे भागता है, उसके पीछे दौड़ती है। मुझे शंका होती है कि कहीं तू फिर लोभ में न पड़ जाय। एक बार चूकी, तो चौदह वर्ष रोना पड़ा, अब की चूकी तो बाकी उम्र ही गुजर जाएगी !

छियालीस

शंखधर को अपने पिता के साथ रहते एक महीना हो गया। न वह जाने का नाम लेता है, न चक्रधर ही जाने को कहते हैं। शंखधर इतना प्रसन्नचित्त रहता है, मानो अब उसके सिवा संसार में कोई दुःख, कोई बाधा नहीं है। इतने ही दिनों में उसका रंग-रूप कुछ और हो गया है। मुख पर यौवन-तेज झलकने लगा और जीर्ण शरीर भर आया है। मालूम होता है, कोई अखंड ब्रह्मचर्य व्रतधारी ऋषिकुमार है।

चक्रधर को अब अपने हाथों कोई काम नहीं करना पड़ता। वह जब एक गांव से दूसरे गांव जाते हैं, तो उनका सामान शंखधर उठा लेता है, उन्हें अपना भोजन तैयार मिलता है, बर्तन मंजे हुए, साफ-सुथरे। शंखधर कभी उन्हें अपनी धोती भी नहीं छांटने देता। दोनों प्राणियों के जीवन का वह समय सबसे आनंदमय होता है, जब एक प्रश्न करता और दूसरा उसका उत्तर देता है। शंखधर को बाबाजी की बातों से अगर तृप्ति नहीं होती, तो अल्पभाषी बाबाजी को भी बातें करने से तृप्ति नहीं होती। वह अपने जीवन के सारे अनुभव, दर्शन, विज्ञान, इतिहास की सारी बातें घोलकर पिला देना चाहते हैं। उन्हें इसकी परवाह नहीं होती कि शंखधर उन बातों को ग्रहण भी कर रहा है या नहीं, शिक्षा देने में वह इतने तल्लीन हो जाते हैं। जड़ी-बूटियों का जितना ज्ञान उन्होंने बड़े-बड़े महात्माओं से बरसों में प्राप्त किया था, वह सब शंखध‌र को सिखा दिया। वह उसे कोई नई बात बताने का अवसर खोजा करते हैं, उसकी एक-एक बात पर उनकी सूक्ष्म-दृष्टि पड़ती है। दूसरों से उसकी सज्जनता और सहनशीलता का बखान सुनकर उन्हें कितना गर्व होता है। वह मारे आनंद के गद्गद हो जाते हैं, उनकी आंखें सजल हो जाती हैं। सब जगह यह बात खुल गई कि यह युवक उनका पुत्र है। दोनों की सूरत इतनी मिलती है कि चक्रधर के इनकार करने पर भी किसी को विश्वास नहीं आता। जो बात सब जानते हैं, उसे वह स्वयं नहीं जानते और न जानना ही चाहते हैं।

एक दिन वह एक गांव में पहुंचे, तो वहां दंगल हो रहा था। शंखधर भी अखाड़े के पास जाकर खड़ा हो गया। एक पट्ठे ने शंखधर को ललकारा। वह शंखधर का ड्योढ़ा था, पर शंखधर ने कुश्ती मंजूर कर ली। चक्रधर बहुत कहते रहे—यह लड़का लड़ना क्या जाने, कभी लड़ा हो तो जाने। भला, यह क्या लड़ेगा, लेकिन शंखधर लंगोट कसकर उखाड़े में उतर ही तो पड़ा! उस समय चक्रधर की सूरत देखने योग्य थी। चेहरे पर एक रंग जाता था, एक रंग आता था। अपनी व्यग्रता को छिपाने के लिए अखाड़े से दूर जा बैठे थे, मानो वह इस बात से बिल्कुल उदासीन हैं। भला, लड़कों के खेल से बाबाजी का क्या संबंध? लेकिन किसी न किसी बहाने अखाड़े की ओर आ ही जाते थे। जब उस पट्ठे ने पहली ही पकड़ में शंखध ार को धर दबाया, तो बाबाजी आवेश में आकर स्वयं झुक गए। शंखधर ने जोर मारकर उस पट्ठे को ऊपर उठाया, तो बाबाजी भी सीधे हो गए और जब शंखधर ने कुश्ती मार ली, तब तो चक्रधर उछल पड़े और दौड़कर शंखधर को गले लगा लिया। मारे गर्व के उनकी आंखें उन्मत्त-सी हो गईं। उस दिन अपने नियम के विरुद्ध उन्होंने रात को बड़ी देर तक गाना सुना।

शंखधर को कभी-कभी प्रबल इच्छा होती थी कि पिताजी के चरणों पर गिर पड़ूं और साफ-साफ कह दूं। वह मन में कल्पना किया करता कि अगर ऐसा करूं, तो वह क्या कहेंगे? कदाचित् उसी दिन मुझे सोता छोड़कर किसी ओर की राह लेंगे। इस भय से बात उसके मुंह तक आके रुक जाती थी, मगर उसी के मन में यह इच्छा नहीं थी। चक्रधर भी कभी-कभी पुत्र-प्रेम से विकल हो जाते और चाहते कि उसे गले लगाकर कहूं—बेटा, तुम मेरी ही आंखों के तारे हो, तुम मेरे ही जिगर के टुकड़े हो, तुम्हारी याद दिल से कभी न उतरती थी, सब कुछ भूल गया, पर तुम न भूले। वह शंखधर के मुख से उसकी माता की विरह-व्यथा, दादी के शोक और दादा के क्रोध की कथाएं सुनते कभी न थकते थे। रानीजी उससे कितना प्रेम करती थीं, यह चर्चा सुनकर चक्रधर बहुत दुःखी हो जाते। जिन बाबाजी की रूखे-सूखे भोजन से तुष्टि होती थी, यहां तक कि भक्तों के बहुत आग्रह करने पर भी खोये और मक्खन को हाथ से न छूते थे, वही बाबाजी इन पदार्थों को पाकर प्रसन्न हो जाते थे। वह स्वयं अब भी वही रूखा-सूखा भोजन ही करते थे, पर शंखधर को खिलाने में जो आनंद मिलता था, वह क्या कभी आप खाने में मिल सकता था?

इस तरह एक महीना गुजर गया और अब शंखधर को यह फिक्र हुई कि इन्हें किस बहाने से घर ले चलूं। अहा, कैसे आनंद का समय होगा, जब मैं इनके साथ घर पहुंचूंगा!

लेकिन बहुत सोचने से भी उसे कोई बहाना न मिला। तब उसने निश्चय किया कि माताजी को पत्र लिखकर यहीं क्यों न बुला लूं? माताजी पत्र पाते ही सिर के बल दौड़ी आएंगी। सभी आएंगे। तब देखूं, यह किस तरह निकलते हैं? वह पछताया कि मैंने व्यर्थ ही इतनी देर लगाई। अब तक तो अम्मांजी पहुंच गई होतीं। उसी रात को उसने अपनी माता के नाम पत्र डाल दिया। वहां का पता-ठिकाना, रेल का स्टेशन, सभी बातें स्पष्ट करके लिख दीं! अंत में यह लिखा—आप आने में विलंब करेंगी, तो पछताएंगी। यह आशा छोड़ दीजिए कि मैं जगदीशपुर राज्य का स्वामी बनूंगा। पिताजी के चरणों की सेवा छोड़कर मैं राज्य का सुख

नहीं भोग सकता। यह निश्चय है। इन्हें यहां से ले जाना असंभव है। इन्हें यदि मालूम हो जाय कि मैं इन्हें पहचानता हूं, तो आज ही अंतर्धान हो जाएं। मैंने इनको अपना परिचय दे दिया है, आप लोगों की बातें भी सुनाया करता हूं, पर मुझे इनके मुख पर जरा भी आवेश का चिह्न नहीं दिखाई देता, भावों पर इन्होंने अधिकार प्राप्त कर लिया है। आप जल्द से जल्द आवें।

वह सारी रात इस कल्पना में मग्न रहा कि अम्मांजी आ जाएंगी, तो पिताजी को झुककर प्रणाम करूंगा और पूछूंगा—अब भागकर कहां जाइएगा? फिर हम दोनों उनका पल्ला न छोड़ेंगे, मगर मन की सोची हुई बात कभी पूरी हुई है?

सैंतालीस

एक महीना पूरा गुजर गया और न अहिल्या ही आई, न कोई दूसरा ही। शंखधर दिन भर उसकी बाट जोहता रहता। रेल का स्टेशन वहां से पांच मील पर था। रास्ता भी साफ था फिर भी कोई नहीं आया। चक्रधर जब कहीं चले जाते, तो वह चुपके से स्टेशन की राह लेता और निराश होकर लौट आता। आखिर एक महीने के बाद तीसरे दिन उसे एक पत्र मिला, जिसे पढ़कर उसके शोक की सीमा न रही। अहिल्या ने लिखा था—मैं बड़ी अभागिनी हूं। तुम इतनी कठिन तपस्या करके जिस देवता के दर्शन कर पाए, उनके दर्शन करने की परम अभिलाषा होने पर भी मैं हिल नहीं सकती। एक महीने से बीमार हूं, जीने की आशा नहीं, अगर तुम आ जाओ, तो तुम्हें देख लूं, नहीं तो यह अभिलाषा भी साथ जाएगी ! मैं कई महीने हुए, आगरे में पड़ी हूं। जी घबराया करता है। अगर किसी तरह स्वामीजी को ला सको, तो अंत समय उनके चरणों के दर्शन भी कर लूं। मैं जानती हूं, वह न आएंगे। व्यर्थ ही उनसे आग्रह न करना, मगर तुम आने में एक क्षण का भी विलंब न करना।

शंखधर डाकखाने के सामने खड़ा देर तक रोता रहा। माताजी बीमार हैं। पुत्र और स्वामी के वियोग से ही उनकी यह दशा हुई। क्या वह माता को इस दशा में छोड़कर एक क्षण भी यहां विलंब कर सकता है? उसने पांच साल तक अपना कोई समाचार न लिखकर माता के साथ जो अन्याय किया था, उसकी व्यथा से वह अधीर हो उठा।

उसका मुख उतरा हुआ देखकर चक्रधर ने पूछा—क्यों बेटा, आज उदास क्यों मालूम होते हो?

शंखधर—माताजी का पत्र आया है, वह बहुत बीमार हैं। मैं पिताजी को खोजने निकला था। वह तो न मिले, माताजी भी चली जा रही हैं। पिताजी इस समय मिल जाते, तो मैं उनसे अवश्य कहता....

चक्रधर—क्या कहते, कहो न?

शंखधर—कह देता कि....कि....आप ही माताजी के प्राण ले रहे हैं। आपका विराग और तप किस काम का, जब अपने घर के प्राणी की रक्षा नहीं कर सकते? आपके पास बड़ी-बड़ी आशाएं लेकर आया था, पर आपने भी अनाथ पर दया न की। आपको परमात्मा ने योगबल

दिया है, आप चाहते, तो पिताजी की टोह लगा देते।

चक्रधर ने गंभीर स्वर में कहा—बेटा, मैं योगी नहीं हूं, पर तुम्हारे पिताजी की टोह लगा चुका हूं। उनसे मिल भी चुका हूं। तुम नहीं जानते, पर वे गुप्त रीति से तुम्हें देख भी चुके हैं। आह ! उन्हें तुमसे जितना प्रेम है, उसकी कल्पना नहीं कर सकते। तुम्हारी माता को वह नित्य याद किया करते हैं, लेकिन उन्होंने अपने जीवन का जो मार्ग निश्चित कर लिया है, उसे छोड़ नहीं सकते और न स्वयं किसी के साथ जबरदस्ती कर सकते हैं। तुम्हारी माताजी अपनी ही इच्छा से वहां रह गई थीं। वह तो उन्हें अपने साथ लाने को तैयार थे।

शंखधर—आजकल तो माताजी आगरे में हैं। वागीश्वरी देवी से मिलने आई थीं, वहीं बीमार पड़ गईं, लेकिन आपने पिताजी से भेंट की और मुझसे कुछ न कहा। इससे तो यह प्रकट होता है कि आपको भी मुझ पर दया नहीं आती।

चक्रधर ने कुछ जवाब न दिया। जमीन की ओर ताकते रहे। वह अत्यंत कठिन परीक्षा में पड़े हुए थे। बहुत दिन के बाद, अनायास ही उन्हें पुत्र का मुख देखने का सौभाग्य प्राप्त हो गया था। वे सारी भावनाएं, सारी अभिलाषाएं, जिन्हें वह दिल से निकाल चुके थे, जाग उठी थीं और इस समय वियोग के भय से आर्त्तनाद कर रही थीं। वह मोह-बंधन, जिसे वह बड़ी मुश्किल से ढीला कर पाए थे, अब उन्हें शतगुण वेग से अपनी ओर खींच रहा था, मानो उसका हाथ उनके अस्थिपंजर को चीरता हुआ उनके अंतस्तल तक पहुंच गया है।

सहसा शंखधर ने अवरुद्ध कंठ से कहा—तो मैं निराश हो जाऊं?

चक्रधर ने हृदय से निकलते उच्छ्वास को दबाते हुए कहा—नहीं बेटा, संभव है, कभी वह स्वयं पुत्र-प्रेम से विकल होकर तुम्हारे पास दौड़े जाएं। इसका निश्चय तुम्हारे आचरण करेंगे। अगर तुम अपने जीवन में ऊंचे आदर्श का पालन कर सके, तो तुम उन्हें अवश्य खींच लोगे। यदि तुम्हारे आचरण भ्रष्ट हो गए, तो कदाचित् इस शोक में वह अपने प्राण दे दें।

शंखधर—आपके दर्शन मुझे फिर कब होंगे? आपका पता कैसे मिलेगा? यद्यपि मुझे पिताजी के दर्शनों का सौभाग्य नहीं प्राप्त हुआ; लेकिन पिता के पुत्र-प्रेम की मेरे मन में जो कल्पना थी, जिसकी तृष्णा मुझे पांच साल तक वन-वन घुमाती रही, वह आपकी दया से पूरी हो गई। मैंने आपको पिता-तुल्य ही समझा है और जीवन-पर्यंत समझता रहूंगा। यह स्नेह, यह वात्सल्य, यह अपार करुणा मुझे कभी न भूलेगी। इन चरण-कमलों की भक्ति मेरे मन में सदैव बनी रहेगी। आपके दर्शनों के लिए मेरी आत्मा सदैव विकल रहेगी और माताजी के स्वस्थ होते ही मैं फिर आपकी सेवा में आऊंगा।

चक्रधर ने आर्द्र कंठ से कहा—नहीं बेटा, तुम यह कष्ट न करना। मैं स्वयं कभी-कभी तुम्हारे पास आया करूंगा ! मैंने भी तुमको पुत्र-तुल्य समझा है और सदैव समझता रहूंगा। मेरा आशीर्वाद सदैव तुम्हारे साथ रहेगा।

संध्या समय शंखधर अपने पिता से विदा होकर चला। चक्रधर को ऐसा मालूम हो रहा था, मानो उनका हृदय वक्ष-स्थल को तोड़कर शंखधर के साथ चला जा रहा है। जब वह आंखों से ओझल हो गया तो उन्होंने एक लंबी सांस ली और बालकों की भांति बिलख-

बिलखकर रोने लगे। ऐसा मालूम हुआ, मानो चारों ओर शून्य है। चला गया ! वह तेजस्वी कुमार चला गया, जिसको देखकर छाती गज भर की हो जाती थी, और जिसके जाने से अब जीवन निरर्थक, व्यर्थ जान पड़ता था !

उन्हें ऐसी भावना हुई कि फिर उस प्रतिभा-संपन्न युवक के दर्शन न होंगे !

अड़तालीस

अहिल्या के आने की खबर पाकर मुहल्ले की सैकड़ों औरतें टूट पड़ीं। शहर के बड़े-बड़े घरों की स्त्रियां भी आ पहुंचीं। शाम तक तांता लगा रहा। कुछ लोग डेपुटेशन बनाकर संस्थाओं के लिए चंदे मांगने आ पहुंचे। अहिल्या को इन लोगों से जान बचानी मुश्किल हो गई। किस-किससे अपनी विपत्ति कहे? अपनी गरज के बावले अपनी कहने में मस्त रहते हैं, किसी की सुनते ही कब हैं? इस वक्त अहिल्या को फटे हालों यहां आने पर बड़ी लज्जा आई। वह जानती कि यहां यह हरबोंग मच जाएगा, तो साथ दस-बीस हजार के नोट लेती आती। उसे अब इस टूटे-फूटे मकान में ठहरते भी लज्जा आती थी। जब से देश ने जाना कि वह राजकुमारी है, तब से वह कहीं बाहर न गई थी। कभी काशी रहना हुआ, कभी जगदीशपुर। दूसरे शहर में आने का यह पहला ही अवसर था। अब उसे मालूम हुआ कि धन केवल भोग की वस्तु नहीं है, उससे यश और कीर्ति भी मिलती है। भोग से तो उसे घृणा हो गई थी, लेकिन यश का स्वाद उसे पहली ही बार मिला। शाम तक उसने पंद्रह-बीस हजार के चंदे लिख दिए और मुंशी वज्रधर को रुपये भेजने के लिए पत्र लिख दिया। खत पहुंचने की देर थी। रुपये आ गए। फिर तो उसके द्वार पर भिक्षुकों का जमघट रहने लगा। लंगड़ों-अंधों से लेकर जोड़ी और मोटर पर बैठने वाले भिक्षुक भिक्षा दान मांगने आने लगे। कहीं से किसी अनाथालय के निरीक्षण करने का निमंत्रण आता, कहीं से टी-पार्टी में सम्मिलित होने का। कुमारी-सभा, बालिका विद्यालय, महिला क्लब आदि संस्थाओं ने उसे मानपत्र दिए और उसने ऐसे सुंदर उत्तर दिए कि उसकी योग्यता और विचारशीलता का सिक्का बैठ गया। 'आए थे हरिभजन को, ओटन लगे कपास' वाली कहावत हुई। तपस्या करने आई थी, यहां सभ्य समाज की क्रीड़ाओं में मग्न हो गई। अपने अभीष्ट का ध्यान ही न रहा।

ख्वाजा महमूद को भी खबर मिली। बेचारे आंखों से माजूर थे। मुश्किल से चल-फिर सकते थे। उन्हें आशा थी कि रानीजी मुझे जरूर सरफराज फरमाएंगी, लेकिन जब एक हफ्ता गुजर गया और अहिल्या ने उन्हें सरफराज न किया, तो एक दिन तामजान पर बैठकर स्वयं आए और लाठी टेकते हुए द्वार पर खड़े हो गए। उनकी खबर पाते ही अहिल्या निकल आई और बड़ी नम्रता से बोली—ख्वाजा साहब, मिजाज तो अच्छे हैं? मैं खुद ही हाजिर होने वाली थी, आपने नाहक तकलीफ की।

ख्वाजा—खुदा का शुक्र है। जिंदा हूं। हुजूर तो खैरियत से रहीं?

अहिल्या—आपकी दुआ है, मगर आप मुझसे यों बातें कर रहे हैं, गोया मैं कुछ और

हो गई हूं। मैं आपकी पाली हुई वही लड़की हूं, जो आज से पंद्रह साल पहले थी, और आपको उसी निगाह से देखती हूं।

ख्वाजा साहब अहिल्या की नम्रता और शील पर मुग्ध हो गए। वल्लाह ! क्या इन्कसार है, कितनी खाकसारी है ! इसी को शराफत कहते हैं कि इंसान अपने को भूल न जाए। बोले —बेटी, तुम्हें खुदा ने यह दरजा अता किया, मगर तुम्हारा मिजाज वही है, वरना किसे अपने दिन याद रहते हैं। प्रभुता पाते ही लोगों की निगाहें बदल जाती हैं, किसी को पहचानते तक नहीं, जमीन पर पांव तक नहीं रखते। कसम खुदा की, मैंने जिस वक्त तुम्हें नाली में रोते पाया था, उसी वक्त समझ गया था कि यह किसी बड़े घर का चिराग है। मैं यशोदानन्दन मरहूम से भी बराबर यह बात कहता रहा। इतनी हिम्मत, इतनी दिलेरी, अपनी असमत के लिए जान पर खेल जाने का यह जोश, राजकुमारियों ही में हो सकता है। खुदा आपको हमेशा खुश रखे। आपको देखकर आंखें मसरूर हो गईं। आपकी अम्मांजान तो अच्छी तरह हैं? क्या करूं, पड़ोस में रहता हूं, मगर बरसों आने की नौबत नहीं आती। उनकी सी पाकीजा सिफत खातून दुनिया में कम होंगी?

अहिल्या—आप उन्हें समझाते नहीं, क्यों इतना कष्ट झेलती हैं?

ख्वाजा—अरे बेटा, एक बार नहीं, हजार बार समझा चुका, मगर जब वह खुदा की बंदी मानें भी। कितना कहा कि मेरे पास जो कुछ है, वह तुम्हारा है ! यशोदानन्दन मरहूम से मेरा बिरादराना रिश्ता है। सच पूछो तो मैं उन्हीं का बनाया हुआ हूं। मेरी जायदाद में तुम्हारा भी हिस्सा है, लेकिन मेरी बातों का मुतलक लिहाज न किया। यह तवक्कुल खुदा की देन है। आपको इस मकान में तकलीफ होती होगी। मेरा बंगला खाली है, अगर कोई हरज न समझो, तो उसी में कयाम करो।

वास्तव में अहिल्या को उस घर में बड़ी तकलीफ होती थी। रात में नींद ही न आती। आदमी अपनी आदतों को एकाएक नहीं बदल सकता। पंद्रह साल से वह उस महल में रहने की आदी हो रही थी, जिसका सानी बनारस में न था। इस तंग, गंदे एवं टूटे-फूटे अंधेरे मकान में, जहां रात भर मच्छरों की शहनाई बजती रहती थी, उसे कब आराम मिल सकता था? उसे चारों तरफ से बदबू आती हुई मालूम होती थी। सांस लेना मुश्किल था, पर ख्वाजा साहब के निमंत्रण को वह स्वीकार न कर सकी, वागीश्वरी से अलग वह वहां न रह सकती थी। बोली—नहीं ख्वाजा साहब, यहां मुझे कोई तकलीफ नहीं है। आदमी को अपने दिन न भूलने चाहिए। इसी में सोलह साल रही हूं। जिंदगी में जो कुछ सुख देखा, वह इसी घर में देखा। पुराने साथी का साथ कैसे छोड़ दूं !

ख्वाजा—बाबू चक्रधर का अब तक कुछ पता न चला?

अहिल्या—इसी लिहाज से तो मैं बड़ी बदनसीब हूं, ख्वाजा साहब ! उनको गए पंद्रह साल गुजर गए। पांच साल से लड़का भी गायब है। उन्हीं की तलाश में निकला हुआ है। लोग समझते होंगे कि इसकी-सी सुखी औरत दुनिया में न होगी ! और मैं अपनी किस्मत को रोती हूं। इरादा था कुछ दिनों अम्मांजी के साथ अकेली पड़ी रहूंगी, पर अमीरी की बला

यहां भी सिर से न टली। कहिए, अब यहां तो आपस में दंगा-फिसाद नहीं होता?

ख्वाजा—जी नहीं, अभी तक तो खुदा का फजल है, लेकिन यह देखता हूं कि आपस में पहले की-सी मुहब्बत नहीं है। दोनों कौमों में कुछ ऐसे लोग हैं, जिनकी इज्जत और सरवत दोनों को लड़ाते रहने पर ही कायम है। बस, वह एक न एक शिगूफा छोड़ा करते हैं। मेरा तो यह कौल है कि हिन्दू रहो, चाहे मुसलमान, खुदा के सच्चे बंदे रहो। सारी खूबियां किसी एक ही कौम के हिस्से में नहीं आईं। न सब मुसलमान पाकीजा हैं, न सब हिन्दू देवता हैं, इसी तरह न सभी हिन्दू काफिर हैं, न सभी मुसलमान मोमिन। जो आदमी दूसरी कौम से जितनी नफरत करता है, समझ लीजिए कि वह खुदा से उतनी दूर है। मुझे आपसे कमाल हमदर्दी है, मगर चलने-फिरने से मजबूर हूं, वर्ना बाबू साहब जहां होते, वहां से खींच लाता।

ख्वाजा साहब जाने लगे, तो अहिल्या ने इस्लामी यतीमखाने के लिए पांच हजार रुपये दान दिए। इस दान से मुसलमानों के दिलों पर भी उसका सिक्का बैठ गया। चक्रधर की याद फिर ताजी हो गई। मुसलमान महिलाओं ने भी उसकी दावत की।

अहिल्या को अब रोज ही किसी-न-किसी जलसे में जाना पड़ता, और वह बड़े शौक से जाती। दो ही सप्ताह में उसका कायापलट-सा हो गया। यश-लालसा ने धन की उपेक्षा का भाव उसके दिल से निकाल दिया ! वास्तव में वह समारोहों में अपनी मुसीबतें भूल गई। अच्छे-अच्छे व्याख्यान तैयार करने में वह इतना तत्पर रहने लगी, मानो उसे नशा हो गया है। वास्तव में यह नशा ही था। यह लालसा से बढ़कर दूसरा नशा नहीं।

वागीश्वरी पुराने विचारों की स्त्री थी। उसे अहिल्या का यों घूम-घूमकर व्याख्यान देना और रुपये लुटाना अच्छा न लगता था। एक दिन उसने कह ही डाला—क्यों री अहिल्या, तू अपनी संपत्ति लुटाकर ही रहेगी?

अहिल्या ने गर्व से कहा—और है ही किसलिए, अम्मांजी? धन में यही बुराई है। कि इससे विलासिता बढ़ती है, लेकिन इसमें परोपकार करने की सामर्थ्य भी है।

वागीश्वरी ने परोपकार के नाम से चिढ़कर कहा—तू जो कर रही है, यह परोपकार नहीं, यश-लालसा है। अपने पुरुष और पुत्र का उपकार तो तू कर न सकी, संसार का उपकार करने चली है !

अहिल्या—तुम तो अम्मांजी आपे से बाहर हो जाती हो।

वागीश्वरी—अगर तू धन के पीछे अंधी न हो जाती, तो तुझे यह दंड न भोगना पड़ता। तेरा चित्त कुछ-कुछ ठिकाने पर आ रहा था, तब तक तुझे यह नई सनक सवार हो गई। परोपकार तो तब समझती, जब तू वहीं बैठे-बैठे गुप्त रूप से चंदे भिजवा देती। मुझे शंका हो रही है कि इस वाह-वाह से तेरा सिर न फिर जाय। धन का भूत तेरे पीछे बुरी तरह पड़ा हुआ है और अभी तेरा कुछ और अनिष्ट करेगा।

अहिल्या ने नाक सिकोड़कर कहा—जो कुछ करना था, कर चुका, अब क्या करेगा? जिंदगी ही कितनी रह गई है, जिसके लिए रोऊं?

दूसरे दिन प्रातःकाल डाकिया शंखधर का पत्र लेकर पहुंचा, जो जगदीशपुर और काशी

से घूमता हुआ आया था। अहिल्या पत्र पढ़ते ही उछल पड़ी और दौड़ी हुई वागीश्वरी के पास जाकर बोली—अम्मां, देखो, लल्लू का पत्र आ गया। दोनों जने एक ही जगह हैं। मुझे बुलाया है।

वागीश्वरी—ईश्वर को धन्यवाद दो बेटी। कहां हैं?

अहिल्या—दक्षिण की ओर हैं, अम्मांजी ! पता-ठिकाना सब लिखा हुआ है।

वागीश्वरी—तो बस, अब तू चली जा। चल, मैं भी तेरे साथ चलूंगी।

अहिल्या—आज पूरे पांच साल के बाद खबर मिली है, अम्मांजी ! मुझे आगरे आना फल गया। यह तुम्हारे आशीर्वाद का फल है, अम्मांजी।

वागीश्वरी—मैं तो उस लड़के के जीवट को बखानती हूं कि बाप का पता लगाकर ही छोड़ा।

अहिल्या—इस आनंद में आज उत्सव मनाना चाहिए, अम्मांजी।

वागीश्वरी—उत्सव पीछे मनाना, पहले वहां चलने की तैयारी करो। कहीं और चले गए, तो हाथ मलकर रह जाओगी।

लेकिन सारा दिन गुजर गया और अहिल्या ने यात्रा की कोई तैयारी न की। वह अब यात्रा के लिए उत्सुक न मालूम होती थी। आनंद का पहला आवेश समाप्त होते ही वह इस दुविधा में पड़ गई थी कि वहां जाऊं या न जाऊं? वहां जाना केवल दस-पांच दिन या महीने के लिए जाना न था, वरन् राजपाट से हाथ धो लेना और शंखधर के भविष्य को बलिदान करना था। वह जानती थी कि पितृभक्त शंखधर पिता को छोड़कर किसी भांति न आएगा और मैं भी प्रेम के बंधन में फंस जाऊंगी। उसने यही निश्चय किया कि शंखधर को किसी हीले से बुला लेना चाहिए। उसका मन कहता था कि शंखधर आ गया, तो स्वामी के दर्शन भी उसे अवश्य होंगे। शंखधर ने पत्र में लिखा था कि पिताजी को मुझसे अपार स्नेह है। क्या यह पुत्र-प्रेम उन्हें खींच न लाएगा? वह चाहे संन्यासी ही के रूप में आएं, पर आएंगे जरूर, और जब अबकी वह उनके चरणों को पकड़ लेगी, तो फिर वह नहीं छुड़ा सकेंगे। शंखध ार के राजसिंहासन पर बैठ जाने के बाद यदि स्वामीजी की इच्छा हुई, तो वह उनके साथ चली जाएगी और शेष जीवन उनके चरणों की सेवा में काटेगी। इस वक्त वहां जाकर वह अपनी प्रेमाकांक्षाओं की वेदी पर अपने पुत्र के जीवन को बलिदान न करेगी। जैसे इतने दिनों पति-वियोग में जली है, उसी तरह कुछ दिन और जलेगी। उसने मन में यह निश्चय करके शंखधर के पत्र का उत्तर दे दिया। लिखा—'मैं बहुत बीमार हूं, बचने की कोई आशा नहीं, बस, एक बार तुम्हें देखने की अभिलाषा है। तुम आ जाओ, तो शायद जी उठूं, लेकिन न आए तो समझ लो अम्मां मर गई।' अहिल्या को विश्वास था कि यह पत्र पढ़कर शंखधर दौड़ा चला आएगा और स्वामी भी यदि उसके साथ न आएंगे, तो उसे आने से रोकेंगे भी नहीं।

अभागिनी अहिल्या ! तू फिर धन-लिप्सा के जाल में फंस गई। क्या इच्छाएं भी राक्षसों की भांति अपने ही रक्त से उत्पन्न होती हैं? वे कितनी अजेय हैं ! जब ऐसा ज्ञात होने लगा कि वे निर्जीव हो गई हैं, तो सहसा वे फिर जी उठीं और संख्या में पहले से शतगुण होकर।

पंद्रह वर्ष की दारुण वेदना एक क्षण में विस्मृत हो गई। धन्य रे तेरी माया !

संध्या समय वागीश्वरी ने पूछा—क्या जाने का इरादा नहीं है?

अहिल्या ने शरमाते हुए कहा—अभी तो अम्मांजी मैंने लल्लू को बुलाया है। अगर वह न आवेगा, तो चली जाऊंगी।

वागीश्वरी—लल्लू के साथ क्या चक्रधर भी आ जाएंगे? तू ऐसा अवसर पाकर भी छोड़ देती है। न जाने तुझ पर क्या आने वाली है !

अहिल्या अपने सारे दुःख भूलकर शंखधर के राज्याभिषेक की कल्पना में विभोर हो गई।

उनचास

गाड़ी अंधकार को चीरती हुई चली जाती थी। सहसा शंखधर 'हर्षपुर' का नाम सुनकर चौंक पड़ा। वह भूल गया, मैं कहां जा रहा हूं, किस काम से जा रहा हूं और मेरे रुक जाने से कितना बड़ा अनर्थ जो जाएगा? किसी अज्ञात शक्ति ने उसे गाड़ी छोड़कर उतर आने पर मजबूर कर दिया। उसने स्टेशन को गौर से देखा। उसे जान पड़ा, मानो उसने इसे पहले भी देखा है। वह एक क्षण तक आत्मविस्मृति की दशा में खड़ा रहा। फिर टहलता हुआ स्टेशन के बाहर चला गया।

टिकट बाबू ने पूछा—आपका टिकट तो आगरे का है?

शंखधर ने लापरवाही से कहा—कोई हरज नहीं।

वह स्टेशन से बाहर निकला, तो उस समय अंधकार में भी वह स्थान परिचित मालूम हुआ। ऐसा जान पड़ा, मानो बहुत दिनों तक यहां रहा है। वह सड़कों पर हो लिया और आबादी की ओर चला। ज्यों-ज्यों बस्ती निकट आती थी, उसके पांव तेज होते जाते थे। उसे एक विचित्र उत्साह हो रहा था, जिसका आशय वह स्वयं कुछ न समझ सकता था। एकाएक उसके सामने एक विशाल भवन दिखाई दिया। भवन के सामने एक छोटा-सा बाग था। वह बिजली की रोशनी से जगमगा रहा था। उस दिव्य प्रकाश में भवन की शुभ्र छटा देखकर शंखधर उछल पड़ा। उसे ज्ञात हुआ, यही उसका पुराना घर है, यहीं उसका बालपन बीता है। भवन के भीतर का एक-एक कमरा उसकी आंखों में फिर गया ! ऐसी इच्छा हुई कि उड़कर अंदर चला जाऊं। बाग के द्वार पर एक चौकीदार संगीन चढ़ाए खड़ा था। शंखधर को अंदर कदम रखते देखकर बोला—तुम कौन हो?

शंखधर ने डांटकर कहा—चुप रहो, महारानीजी के पास जा रहे हैं।

वह रानी कौन थी, वह क्यों उसके पास जा रहा था, और उसका रानी से कब परिचय हुआ था, यह सब शंखधर को कुछ याद न आता था। दरबान को उसने जो जवाब दिया था, वह भी अनायास ही उसके मुंह से निकल गया था। जैसे नशे में आदमी का अपनी चेतना पर कोई अधिकार नहीं रहता, उसकी वाणी, उसके अंग, उसकी कर्मेंद्रियां उसके काबू के

बाहर हो जाती हैं, वही दशा शंखधर की भी हो रही थी। चौकीदार उसका उत्तर सुनकर रास्ते से हट गया और शंखधर ने बाग में प्रवेश किया। बाग का एक-एक पौधा, एक-एक क्यारी, एक-एक कुंज, एक-एक मूर्ति, हौज, संगमरमर का चबूतरा उसे जाना-पहचाना-सा मालूम हो रहा था। वह निःशंक भाव से राजभवन में जा पहुंचा।

एक सेविका ने पूछा—तुम कौन हो?

शंखधर ने कहा—साधु हूं। जाकर महारानी को सूचना दे दें।

सेविका—महारानीजी इस समय पूजा पर हैं। उनके पास जाने का हुक्म नहीं है।

शंखधर—क्या बहुत देर तक पूजा करती हैं?

सेविका—हां, कोई तीन बजे रात को पूजा से उठेंगी। उसी वक्त नाम मात्र को पारण करेंगी और घंटे भर आराम करके स्नान करने चली जाएंगी। फिर तीन बजे रात तक एक क्षण के लिए भी आराम न करेंगी। यही उनका जीवन है।

शंखधर—बड़ी तपस्या कर रही हैं!

सेविका—और कैसी तपस्या होगी, महाराज? न कोई शौक है, न श्रृंगार है, न किसी से हंसना, न बोलना। आदमियों की सूरत से कोसों भागती हैं। दिन-रात जप-तप के सिवा और कोई काम ही नहीं। जब से महाराज का स्वर्गवास हुआ है, तभी से तपस्विनी बन गई हैं। आप कहां से आए हैं और उनसे क्या काम है?

शंखधर—साधु-संतों को किसी से क्या काम? महारानी की साधु-सेवा की चर्चा सुनकर चला आया।

सेविका—आपकी आवाज तो मालूम होता है, कहीं सुनी है, लेकिन आपको देखा नहीं।

यह कहते-कहते वह सहसा कांप उठी। शंखधर की तेजमयी मूर्ति में उसे उस आकृति का प्रतिबिंब अमानुषीय प्रकाश से दीप्त दिखाई दिया, जिसे उसने बीस वर्ष पूर्व देखा था! वह सादृश्य प्रतिक्षण प्रत्यक्ष होता जाता था, यहां तक कि वह भयभीत होकर वहां से भागी और रानी कमला के कमरे में जाकर सहमी हुई खड़ी हो गई।

रानी कमलावती ने आग्नेय नेत्रों से देखकर पूछा—तू यहां क्या करने आई? इस समय तेरा यहां क्या काम है?

सेविका—महारानीजी, क्षमा कीजिए। प्राणदान मिले तो कहूं। आंगन में एक तेजस्वी पुरुष खड़ा आपको पूछ रहा है। मैं क्या कहूं महारानीजी, उसका कंठ-स्वर और आकृति हमारे महाराज से इतनी मिलती है कि मालूम होता है, वही खड़े हैं। न जाने, कैसी दैवी लीला है! अगर मैंने कभी किसी का अहित चेता हो, तो मैं सौ जन्म नरक भोगूं।

रानी कमला पूजा पर से उठ खड़ी हुई और गंभीर भाव से बोली—डर मत, डर मत, उन्होंने तुझसे क्या कहा?

सेविका—सरकार, मेरा तो कलेजा कांप रहा है। उन्होंने सरकार का नाम लेकर कहा कि उन्हें द्वारे आने की सूचना दे दे।

रानी—उनकी क्या अवस्था है?

सेविका—सरकार, अभी तो मसें भीग रही हैं।

रानी कमला देर तक विचार में मग्न खड़ी रहीं। क्या हो सकता है। क्या इस जीवन में अपने प्राणाधार के दर्शन फिर हो सकते हैं? बीस ही वर्ष तो हुए उन्हें शरीर त्याग किए हुए। क्या ऐसा कभी हो सकता है?

उसकी पूर्व स्मृतियां जागृत हो गईं। एक पर्वत की गुफा में महेन्द्र के साथ रहना याद आया। उस समय भी वह ब्रह्मचर्य का पालन कर रहे थे। उनके कितने ही अलौकिक कृत्य याद आ गए, जिनका मर्म वह अब तक न समझ सकी थी। फिर वायुयान पर उनके साथ बैठकर उड़ने की याद आई। आह ! वह गीत याद आया, जो उस समय उसने गाया था। उस समय प्राणनाथ कितने प्रेमविह्वल हो रहे थे। उनकी प्रेम-प्रदीप्त छवि उसके सामने छा गई। हाय ! उन नेत्रों में कितनी तृष्णा थी, कितनी अतृप्त लालसा ! उस अपार सुखमय अशांति, उस मधुर व्यथापूर्ण उल्लास को याद करके वह पुलकित हो उठी। आह ! वह भीषण अंत ! उसे ऐसा जान पड़ा, वह खड़ी न रह सकेगी।

सेविका ने कातर स्वर में पूछा—सरकार, क्या आज्ञा है?

रानी ने चौंककर कहा—चल, देखूं तो कौन है?

वह हृदय को संभालती हुई आंगन में आई। वहीं बिजली के उज्ज्वल प्रकाश में उसे शंखधर की दिव्य मूर्ति ब्रह्मचर्य के तेज से चमकती हुई खड़ी दिखाई दी; मानो उसका सौभाग्य सूर्य उदित हो गया हो। क्या अब भी कोई संदेह हो सकता था? लेकिन संस्कारों को मिटाना भी तो आसान नहीं। संसार में कितना कपट है, क्या इसका उसे काफी अनुभव न था ! यद्यपि उसका हृदय उन चरणों से दौड़कर लिपट जाने के लिए अधीर हो रहा था, फिर भी मन को रोककर उसने दूर ही से पूछा—महाराज, आप कौन हैं और मुझे क्यों याद किया है?

शंखधर ने रानी के समीप जाकर कहा—क्या मुझे इतनी जल्द भूल गईं, कमला? क्या इस रूपान्तर ही से तुम्हें यह भ्रम हो रहा है? मैं वही हूं, जिसने न जाने कितने दिन हुए, तुम्हारे हृदय में प्रेम के रूप में जन्म लिया था, और तुम्हारे प्रियतम के रूप में तुम्हारे सत्, व्रत और सेवा में अमर होकर आज तक उसी अपार आनंद की खोज में भटकता फिरता हूं। क्या कुछ और परिचय दूं? वह पर्वत की गुफा तुम्हें याद है? वह वायुयान पर बैठकर आकाश में भ्रमण करना याद है? आह ! तुम्हारे उस स्वर्गीय संगीत की ध्वनि अभी तक कानों में गूंज रही है। प्रिये, कह नहीं सकता, कितनी बार तुम्हारे हृदय-मंदिर के द्वार पर भिक्षुक बनकर आया, लेकिन दो बार आना याद है। मैंने उसे खोलकर अंदर जाना चाहा, पर दोनों ही बार असफल रहा। वही अतृप्त आकांक्षा मुझे फिर खींच लाई है, और....

रानी कमला ने उन्हें अपना वाक्य पूरा न करने दिया। वह दौड़कर उनके चरणों पर गिर पड़ी और उन्हें अपने आंसुओं से पखारने लगी। यह सौभाग्य किसको प्राप्त हुआ है? जिस पवित्र मूर्ति की वह बीस वर्ष से उपासना कर रही थी, वही उसके सम्मुख खड़ी थी। वह अपना सर्वस्य त्याग देगी, इस ऐश्वर्य को तिलांजलि दे देगी और अपने प्रियतम के साथ पर्वतों में रहेगी। वह सब कुछ झेलकर अपने स्वामी के चरणों से लगी रहेगी। इसके सिवा

अब उसे कोई आकांक्षा, कोई इच्छा नहीं है।

लेकिन एक ही क्षण में उसे अपनी शारीरिक अवस्था की याद आ गई। उसके उन्मत्त हृदय को ठोकर-सी लगी। यौवन काल के रूप-लावण्य के लिए उसका मन लालायित हो उठा, वे काले-काले लंबे केश, वह पुष्प के समान विकसित कपोल, वे मदभरी आंखें, वह कोमलता, वह माधुर्य अब कहां? क्या इस दशा में वह अपने स्वामी की प्राणेश्वरी बन सकेगी?

सहसा शंखधर बोले—कमला, कभी तुम्हें मेरी याद आती थी?

रानी ने उनका हाथ पकड़कर कहा—स्वामी, आज बीस वर्ष से तुम्हारी उपासना कर रही हूं। आह ! आप उस समय आए हैं, जब मेरे पास प्रेम नहीं, केवल श्रद्धा और भक्ति है। आइए, मेरे हृदय-मंदिर में विराजिए।

शंखधर—ऐसा क्यों कहती हो, कमला?

कमला ने सजल नेत्रों से शंखधर की ओर देखा, पर मुंह से कुछ न बोली। शंखधर ने उसके मन का भाव ताड़कर कहा—प्रिये, मेरी दृष्टि में तुम वही हो, जो आज से बीस वर्ष पहले थीं। नहीं, तुम्हारा आत्मस्वरूप उससे कहीं सुंदर, कहीं मनोहर हो गया है, लेकिन तुम्हें संतुष्ट करने के लिए मैं तुम्हारा कायाकल्प कर दूंगा। विज्ञान में इतनी विभूति है कि काल के चिह्नों को भी मिटा दे?

कमला ने कातर स्वर में कहा—प्राणनाथ, क्या यह संभव है?

शंखधर—हां प्रिये, प्रकृति जो कुछ कर सकती है, वह सब विज्ञान के लिए संभव है। यह ब्रह्मांड एक विराट् प्रयोगशाला के सिवा और क्या है?

कमला के मनोल्लास का अनुमान कौन कर सकता है? आज बीस वर्ष के बाद उसके होठों पर मधुर हास्य क्रीड़ा करता हुआ दिखाई दिया। दान, व्रत और तप के प्रभाव का उसे आज अनुभव हुआ। इसके साथ ही उसे अपने सौभाग्य पर भी गर्व हो उठा। यह मेरी तपस्या का फल है ! मैं अपनी तपस्या से प्राणनाथ को देवलोक से खींच लायी हूं ! दूसरा कौन इतना तप कर सकता है? कौन इन्द्रिय सुखों को त्याग सकता है?

यह भाव मन में आया ही था कि कमला चौंक पड़ी ! हाय ! यह क्या हुआ? उसे ऐसा मालूम हुआ कि उसकी आंखों की ज्योति क्षीण हो गई है। शंखधर का तेजमय स्वरूप उसे मिटा-मिटा-सा दिखाई दिया और सभी वस्तुएं साफ नजर न आती थीं, केवल शंखधर दूर-दूर होते जा रहे थे।

कमला ने घबराकर कहा—प्राणनाथ, क्या आप मुझे छोड़कर चले जा रहे हैं ! हाय ! इतनी जल्द?

शंखधर ने गंभीर स्वर में कहा—नहीं प्रिये, प्रेम का बंधन इतना निर्बल नहीं होता।

कमला—तो आप मुझे जाते हुए क्यों दीखते हैं?

शंखधर—इसका कारण अपने मन में देखो !

प्रात:काल शंखधर ने कहा—प्रिये, मेरी प्रयोगशाला की दशा क्या है?

कमला—चलिए, आपको दिखाऊं।

शंखधर—उस कठिन परीक्षा के लिए तैयार हो?

कमला—आपके रहते मुझे क्या भय है?

लेकिन प्रयोगशाला में पहुंचकर सहसा कमला का दिल बैठ गया। जिस सुख की लालसा उसे माया के अंधकार में लिए जाती है, क्या वह सुख स्थायी होगा? पहले ही की भांति क्या फिर दुर्भाग्य की एक कुटिल क्रीड़ा उसे इस सुख से वंचित न कर देगी? उसे ऐसा आभास हुआ कि अनंत काल से वह सुख-लालसा के इसी चक्र में पड़ी हुई यातनाएं झेल रही है। हाय रे ईश्वर! तूने ऐसा देवतुल्य पुरुष देकर भी मेरी सुख-लालसा को तृप्त न होने दिया।

इतने में शंखधर ने कहा—प्रिये, तुम इस शिला पर लेट जाओ और आंखें बंद कर लो।

कमला ने शिला पर बैठकर कातर स्वर में पूछा—प्राणनाथ, तब मुझे ये बातें याद रहेंगी?

शंखधर ने मुस्कराकर कहा—सब याद रहेंगी प्रिये, इससे निश्चिंत रहो।

कमला—मुझे यह राजपाट त्याग करना पड़ेगा?

शंखधर ने देखा, अभी तक कमला मोह में पड़ी हुई है। अनंत सुख की आशा भी उसके मोह-बंधन को नहीं तोड़ सकी। दुःखी होकर बोले—हां, कमला, तुम इससे बड़े राज्य की स्वामिनी बन जाओगी। राज्य सुख में बाधक नहीं होता, यदि विलास की ओर न ले जाए।

पर कमला ने ये शब्द न सुने। शिला से प्रवाहित विद्युत शक्ति ने उसे अचेत कर दिया था। केवल उसकी आंखें खुली थीं। उनमें अब भी तृष्णा चमक रही थी।

पचास

राजा विशालसिंह की हिंसा-वृत्ति किसी प्रकार शांत न होती थी। ज्यों-ज्यों अपनी दशा पर उन्हें दुःख होता था, उनके अत्याचार और भी बढ़ते थे। उनके हृदय में अब सहानुभूति, प्रेम और धैर्य के लिए जरा भी स्थान न था। उनकी संपूर्ण वृत्तियां 'हिंसा-हिंसा!' पुकार रही थीं। जब उन पर चारों ओर से दैवी आघात हो रहे थे, उनकी दशा पर दैव को लेशमात्र भी दया न आती थी, तो वह क्यों किसी पर दया करें? अगर उनका वश चलता तो इन्द्रलोक को भी विध्वंस कर देते। देवताओं पर ऐसा आक्रमण करते कि वृत्रासुर की याद भूल जाती। स्वर्ग का रास्ता बंद पाकर वह अपनी रियासत को ही खून के आंसू रुलाना चाहते थे। इधर कुछ दिनों से उन्होंने प्रतिकार का एक और ही शस्त्र खोज निकाला था। उन्हें निःसंतान रखकर मिली हुई संतान उनकी गोद से छीनकर, दैव ने उनके साथ सबसे बड़ा अन्याय किया था। दैव के शस्त्रालय में उनका दमन करने के लिए यही सबसे कठोर शस्त्र था। इसे राजा साहब उनके हाथों से छीन लेना चाहते थे। उन्होंने सातवां विवाह करने का निश्चय कर लिया था। राजाओं के लिए कन्याओं की क्या कमी? ब्राह्मणों ने राशि, वर्ण और विधि मिला दी थी। बड़े-बड़े पंडित इस काम के लिए बुलाए गए थे। उन्होंने व्यवस्था दे दी थी कि यह विवाह कभी निष्फल नहीं जा सकता, अतएव कई महीने से इस सातवें विवाह की तैयारियां बड़े जोरों से हो रही थीं। कई राजवैद्य रात-दिन बैठे भांति-भांति के रस बनाते रहते। पौष्टिक

औषधियां चारों ओर से मंगाई जा रही थीं। राजा साहब यह विवाह इतनी धूमधाम से करना चाहते थे कि देवताओं के कलेजे पर सांप लोटने लगें।

रानी मनोरमा ने इधर बहुत दिनों से घर या रियासत के किसी मामले में बोलना छोड़ दिया था। वह बोलती भी, तो सुनता कौन? कहां तो यह हाल था कि राजा साहब को उसके बगैर एक क्षण भी चैन न आता था, उसे पाकर मानो वह सब कुछ पा गए थे। रियासत का सियाह-सुफेद सब कुछ उसी के हाथों में था, यहां तक कि उसके प्रेम-प्रवाह में राजा साहब की संतान-लालसा भी विलीन हो गई थी। वही मनोरमा अब दूध की मक्खी बनी हुई थी। राजा साहब को उसकी सूरत से घृणा हो गई थी। मनोरमा के लिए अब यह घर नरक-तुल्य था। चुपचाप सारी विपत्ति सहती थी। उसे बड़ी इच्छा होती थी कि एक बार राजा साहब के पास जाकर पूछूं, मुझसे क्या अपराध हुआ है, पर राजा साहब उसे इसका अवसर ही न देते थे। उनके मन में एक धारणा बैठ गई थी और किसी तरह न हटती थी। उन्हें विश्वास था कि मनोरमा ही ने रोहिणी को विष देकर मार डाला। इसका कोई प्रमाण हो या न हो, पर यह बात उनके मन में बैठ गई थी। इस हत्यारिन से वह कैसे बोलते?

मनोरमा को आए दिन कोई न कोई अपमान सहना पड़ता था। उसका गर्व चूर करने के लिए रोज कोई न कोई षड्यंत्र रचा जाता था। पर वह उद्दंड प्रकृति वाली मनोरमा अब धैर्य और शांति का अथाह सागर है, जिसमें वायु के हल्के-हल्के झोंकों से कोई आंदोलन नहीं होता। वह मुस्कराकर सब कुछ शिरोधार्य करती जाती है। यह विकट मुस्कान उसका साथ कभी नहीं छोड़ती। इस मुस्कान में कितनी वेदना, विडम्बनाओं की कितनी अवहेलना छिपी हुई है, इसे कौन जानता है? वह मुस्कान नहीं, 'वह भी देखा, यह भी देखा' वाली कहावत का यथार्थ रूप है। नई रानी साहिबा के लिए सुंदर भवन बनवाया जा रहा था। उसकी सजावट के लिए एक बड़े आईने की जरूरत थी। शायद बाजार में इतना बड़ा आईना न मिल सका। हुक्म हुआ—छोटी रानी के दीवनखाने का बड़ा आईना उतार लाओ। मनोरमा ने यह हुक्म सुना और मुस्करा दी। फिर कालीन की जरूरत पड़ी। फिर वही हुआ—छोटी रानी के दीवानखाने से लाओ। मनोरमा ने मुस्कराकर सारी कालीनें दे दीं। इसके कुछ दिनों बाद हुक्म हुआ—छोटी रानी की मोटर नए भवन में लाई जाय। मनोरमा इस मोटर को बहुत पसंद करती थी, उसे खुद चलाती थी। यह हुक्म सुना, तो मुस्करा दी। मोटर चली गई।

मनोरमा के पास पहले बहुत-सी सेविकाएं थी। इधर घटते-घटते उनकी संख्या तीन तक पहुंच गई थी। एक दिन हुक्म हुआ कि तीन सेविकाओं में से दो नए महल में नियुक्त की जायें। उसके एक सप्ताह बाद वह एक भी बुला ली गई। मनोरमा के यहां अब कोई सेविका न रही। इस हुक्म का भी मनोरमा ने मुस्कराकर स्वागत किया।

मगर अभी सबसे कठोर आघात बाकी था। नई रानी के लिए तो नया महल बन ही रहा था; उसकी माताजी के लिए एक दूसरे मकान की जरूरत पड़ी। माताजी को अपनी पुत्री का वियोग असह्य था। राजा साहब ने नए महल में उनका निवास उचित न समझा। माता के रहने से नई रानी की स्वाधीनता में विघ्न पड़ेगा, इसलिए हुक्म हुआ कि छोटी रानी का महल खाली करा लिया जाय। रानी ने यह हुक्म सुना और मुस्करा दी ! महल खाली करा

दिया गया। जिस हिस्से में पहले महरियां रहती थीं, उसी को उसने अपना निवास स्थान बना लिया। द्वार पर टाट के परदे लगवा दिए। यहां पर भी उतनी ही प्रसन्न थी, जितनी अपने महल में।

एक दिन गुरुसेवक मनोरमा से मिलने आए। राजा साहब की अप्रसन्नता का पहला वार उन्हीं पर हुआ था। वह दरबार से अलग कर दिए गए थे। वह अपनी जमींदारी की देखभाल करते थे। अधिकार छीने जाने पर वह अधिकार के शत्रु हो गए थे। अब फिर वह किसानों का संगठन करने लगे थे, बेगार के विरुद्ध अब फिर उनकी आवाज उठने लगी थी। मनोरमा पर ये सब अत्याचार देख-देखकर उनकी क्रोधाग्नि भड़कती रहती थी। जिस दिन उन्होंने सुना कि मनोरमा अपने महल से निकाल दी गई है, उनके क्रोध का पारावार न रहा। उनकी सारी वृत्तियां इस अपमान का बदला लेने के लिए तिलमिला उठीं।

मनोरमा ने उनका तमतमाया हुआ चेहरा देखा, तो कांप उठी।

गुरुसेवक ने आते ही पूछा—तुमने महल क्यों छोड़ दिया?

मनोरमा—कोई किसी से जबरदस्ती मान करा सकता है? मुझे वहीं कौन-सा ऐसा बड़ा सुख था, जो महल छोड़ने का दुःख होता? मैं यहां भी खुश हूं।

गुरुसेवक—मैं देख रहा हूं, बुड्ढा दिन-दिन सठियाता जाता है। विवाह के पीछे अंधा हो गया है।

मनोरमा—भैया, आप मेरे सामने ऐसे शब्द मुंह से न निकालें। आपके पैरों पड़ती हूं।

गुरुसेवक—तुम शब्दों को कहती हो, मैं इनकी मरम्मत करने की फिक्र में हूं। जरा विवाह का मजा चख लें।

मनोरमा ने त्योरियां बदलकर कहा—भैया, मैं फिर कहती हूं कि आप मेरे सामने ऐसी बातें न करें। मुझे उनसे कोई शिकायत नहीं। वह इस समय अपने होश में नहीं हैं। यही क्या, कोई आदमी शोक के ऐसे निर्दय आघात सहकर अपने होश में नहीं रह सकता। मैं या आप उनके मन के भावों का अनुमान नहीं कर सकते। जिस प्राणी ने चालीस वर्ष तक एक अभिलाषा को हृदय में पाला हो, उसी एक अभिलाषा के लिए उचित-अनुचित, सब कुछ किया हो और चालीस वर्ष के बाद जब उस अभिलाषा के पूरे होने के सब सामान हो गए हों, एकाएक उसके गले पर छुरी चल जाय, तो सोचिए कि उस प्राणी की क्या दशा होगी? राजा साहब ने सिर पटक कर प्राण नहीं दे दिए, यही क्या कम है? कम से कम मैं तो इतना धैर्य न रख सकती। मुझे इस बात का दुःख है कि उनके साथ मुझे जितनी सहानुभूति होनी चाहिए, मैं नहीं कर रही हूं।

गुरुसेवक ने गंभीर भाव से कहा—अच्छा, प्रजा पर इतना जुल्म क्यों हो रहा है? यह भी बेहोशी है?

मनोरमा—बेहोशी नहीं तो और क्या है। जो आदमी पैंसठ वर्ष की उम्र में संतान के लिए विवाह करे, वह बेहोश ही है। चाहे उसमें बेहोशी का कोई लक्षण न भी दिखाई दे।

गुरुसेवक लज्जित और निराश होकर यहां से चलने लगे, तो मनोरमा खड़ी हो गई और आंखों में आंसू भरकर बोली—भैया, अगर कोई शंका की बात हो, तो मुझे बतला दो।

गुरुसेवक ने आंखें नीची करके कहा—शंका की कोई बात नहीं। शंका की कौन बात हो सकती है, भला?

मनोरमा—मेरी ओर ताक नहीं रहे हो, इससे मुझे शक होता है। देखो भैया, अगर राजा साहब पर जरा भी आंच आई, तो बुरा होगा। जो बात हो, साफ-साफ कह दो।

गुरुसेवक—मुझसे राजा साहब से मतलब ही क्या? अगर तुम खुश हो, तो मुझे उनसे कौन-सी दुश्मनी है? रही प्रजा। वह जाने और राजा साहब जानें। मुझसे कोई सरोकार नहीं, मगर बुरा न मानो, तो एक बात पूछूं। वह तो तुम्हें ठोकरें मारते हैं और तुम उनके पांव सहलाती हो। क्या समझती हो कि तुम्हारी इस भक्ति से राजा साहब फिर तुमसे खुश हो जाएंगे?

मनोरमा ने भाई को तिरस्कार की दृष्टि से देखकर कहा—अगर ऐसा समझती हूं तो क्या बुराई करती हूं। उनकी खुशी की परवा नहीं, तो फिर किसकी खुशी की परवा करूंगी? जो स्त्री अपने पति से दिल में कीना रखे, उसे विष खाकर प्राण दे देना चाहिए। हमारा ध ार्म कीना रखना नहीं, क्षमा करना है। मेरा विवाह हुए बीस वर्ष से अधिक हुए। बहुत दिनों तक मुझ पर उनकी कृपादृष्टि रही। अब वह मुझसे तने हुए हैं। शायद मेरी सूरत से भी घृणा हो। लेकिन आज तक उन्होंने मुझे एक भी कठोर शब्द नहीं कहा। संसार में ऐसे कितने पुरुष हैं, जो अपनी जबान को इतना संभाल सकते हों? मेरी यह दशा जो हो रही है, मान के कारण हो रही है। अगर मैं मान को त्याग कर उनके पास जाऊं, तो मुझे विश्वास है कि इस समय भी मुझसे वह हंसकर बोलेंगे और जो कुछ कहूंगी, उसे स्वीकार करेंगे। क्या इन बातों को मैं कभी भूल सकती हूं? मैं तुम्हारे पैरों पड़ती हूं, अगर कोई शंका की बात हो तो मुझे बतला दो।

गुरुसेवक ने बंगलें झांकते हुए कहा—मैं तो कह चुका, मुझसे इन बातों से कोई मतलब नहीं।

यह कहते हुए गुरुसेवक ने आगे कदम बढ़ाया। मगर मनोरमा ने उनका हाथ पकड़ लिया और अपनी ओर खींचती हुई बोली—तुम्हारे मुख का भाव कहे देता है कि तुम्हारे मन में कोई न कोई बात अवश्य है, जिसे तुम मुझसे छिपा रहे हो। जब तक मुझे न बताओगे, मैं तुम्हें जाने न दूंगी।

गुरुसेवक—नोरा ! तुम नाहक जिद करती हो।

मनोरमा—अच्छी बात है, न बताइए। जाइए, अब न पूछूंगी। आज से समझ लीजिएगा कि नोरा मर गई।

गुरुसेवक ने हारकर कहा—अगर मैं कोई बात अनुमान से बता ही दूं, तो तुम क्या कर लोगी?

मनोरमा—अगर रोक सकूंगी, तो रोकूंगी।

गुरुसेवक—उसको तुम नहीं रोक सकतीं, मनोरमा ! और न मैं ही रोक सकता हूं।

मनोरमा कुछ उत्तेजित होकर बोली—कुछ मुंह से कहिए भी तो।

गुरुसेवक—प्रजा राजा साहब की अनीति से तंग आ गई है।

मनोरमा—यह तो मैं बहुत पहले से जानती हूं ! भारत भी तो अंग्रेजों की अनीति से

तंग आ गया है। फिर इससे क्या?

गुरुसेवक—मैं विश्वासघात नहीं कर सकता।

मनोरमा—भैया, बता दीजिए, नहीं तो पछताइएगा।

गुरुसेवक—मैं इतना नीच नहीं हूं। बस, बस, इतना ही बता देता हूं कि राजा साहब से कह देना, विवाह के दिन सावधान रहें।

गुरुसेवक लपककर बाहर चले गए ! मनोरमा स्तम्भित-सी खड़ी रह गई, मानो हाथ के तोते उड़ गए हों। इस वाक्य का आशय उसकी समझ में न आया। हां, इतना समझ गई कि बारात के दिन कुछ न कुछ उपद्रव अवश्य होने वाला है !

कल ही विवाह का दिन था। सारी तैयारियां हो चुकी थीं। संध्या हो गई थी। प्रातःकाल बारात यहां से चलेगी। ज्यादा सोचने-विचारने का समय नहीं था। इसी वक्त राजा साहब को सचेत कर देना चाहिए। कल फिर अवसर हाथ से निकल जाएगा। उसने राजा साहब के पास जाने का निश्चय किया, मगर पुछवाए किससे कि राजा साहब हैं या नहीं? इस वक्त तो वह रोज सैर करने जाते हैं, आज शायद सैर करने न गए हों, मगर तैयारियों में लगे होंगे !

मनोरमा उसी वक्त राजा साहब के दीवानखाने की ओर चली। इस संकट में वह मान कैसे करती? मान करने का समय नहीं है। चार वर्ष के बाद आज उसने पति के शयनागार में प्रवेश किया। जगह वही थी, पर कितनी बदली हुई। पौधों के गमले सूखे पड़े थे, चिड़ियों के पिंजरे खाली। द्वार पर चिक पड़ी हुई थी। राजा साहब कहीं बाहर जाने के लिए कपड़े पहने तैयार थे। मेज पर बैठे जल्दी-जल्दी कोई पत्र लिख रहे थे, मनोरमा को देखते ही कुर्सी से चौंककर उठ बैठे और बाहर की ओर चले, मानो कोई भयंकर जन्तु सामने आ गया हो।

मनोरमा ने सामने खड़े होकर कहा—मैं आपसे एक बहुत जरूरी बात कहने आई हूं। एक क्षण के लिए ठहर जाइए।

राजा साहब कुछ झिझककर खड़े हो गए। जिस अत्याचारी के आंतक से सारी रियासत त्राहि-त्राहि कर रही थी, जिसके भय से लोगों के रक्त सूखे जाते थे, जिसके सम्मुख जाने का साहस किसी को नहीं होता था, उसे ही देखकर दया आती थी। वह भवन जो किसी समय आसमान से बातें करता था, इस समय पृथ्वी पर मस्तक रगड़ रहा था। यह निराशा की सजीव मूर्ति थी, दलित अभिलषाओं की जीती-जागती तस्वीर, पराजय की करुण प्रतिमा, मर्दित अभिमान का आर्त्तनाद। और वह मोह का उपासक विवाह करने जा रहा था। मनोरथों पर पड़ी हुई तुषार सिर, मूंछ और भौंहों को संपूर्ण रूप से ग्रस चुकी थी, जिनकी ठंडी सांसों से दांत तक गल गए थे वही अपनी झुकी हुई कमर और कांपती हुई टांगों से प्रणय मंदिर की ओर दौड़ा जा रहा था। वाह रे, मोह की कुटिल क्रीड़ा!

मनोरमा ने आग्रहपूर्ण स्वर से कहा—जरा बैठ जाइए, मैं आपका बहुत समय न लूंगी।

राजा—बैठूंगा नहीं, मुझे फुरसत नहीं है। जो बात कहनी है, वह कह दो, मगर मुझे ज्ञान का उपदेश मत देना।

मनोरमा—ज्ञान का उपदेश मैं भला आपको क्या दूंगी? केवल इतना ही कहती हूं कि कल बारात में सावधान रहिएगा।

राजा—क्यों?

मनोरमा—उपद्रव हो जाने का भय है।

बस—बस, इतना ही कहना है या कुछ और?

मनोरमा—बस इतना ही।

राजा—तो तुम जाओ, मैं उपद्रवों की परवा नहीं करता। लुटेरों का भय उसे होता है, जिसके पास सोने की गठरी हो। मेरे पास क्या है, जिसके लिए डरूं?

एकाएक उनकी मुखाकृति कठोर हो गई। आंखों में अस्वाभाविक प्रकाश दिखाई दिया। उद्दंडता से बोले—मुझे किसी का भय नहीं है। अगर किसी ने चूं भी किया तो रियासत में आग लगा दूंगा। खून की नदी बहा दूंगा। विशालसिंह रियासत का मालिक है, उसका गुलाम नहीं। कौन है जो मेरे सामने खड़ा हो सके —मेरी एक तेज निगाह शत्रुओं का पित्ता पानी कर देने के लिए काफी है।

मनोरमा का हृदय करुणा से व्याकुल हो उठा। इन शब्दों में कितनी मानसिक वेदना भरी हुई थी, वे होश की बातें नहीं, बेहोशी की बाढ़ थी। आग्रह करके बोली—फिर भी सावध ाान रहने में तो कोई बुराई नहीं। मैं आपके साथ रहूंगी।

राजा ने मनोरमा को घोर सशंक नेत्रों से देखकर कहा—नहीं, नहीं, तुम मेरे साथ नहीं रह सकतीं, किसी तरह नहीं। मैं तुमको खूब जानता हूं।

यह कहते हुए राजा साहब बाहर चले गए। मनोरमा खड़ी सोचती रह गई कि इन बातों का क्या आशय है? इन शब्दों में जो शंका और दुश्चिंता छिपी हुई थी, यदि इनकी गंध भी उसे मिल जाती, तो शायद उसका हृदय फट जाता, वह वहीं खड़ी-खड़ी चिल्लाकर रो पड़ती। उसने समझा, शायद राजा साहब को उसे अपने साथ रखने में वही संकोचमय आपत्ति है, जो प्रत्येक पुरुष को स्त्रियों से सहायता लेने में होती है। इस वक्त लौट गई, लेकिन वह खटका उसे बराबर लगा हुआ था।

रात अधिक बीत गई थी। बाहर बारात की तैयारियां हो रही थीं। ऐसा शानदार जुलूस निकालने की आयोजना की जा रही थी, जैसा इस नगर में कभी न निकला हो। गोरी फौज थी, काली फौज थी, रियासत की फौज थी। फौजी बैंड था, कोतल घोड़े, सजे हुए हाथी, फूलों की संवारी हुई सवारी गाड़ियां, सुंदर पालकियां—इतनी जमा की गई थीं कि शाम से घड़ी रात तक उनका तांता ही न टूटे। बैंड से लेकर डफले और नृसिंहे तक सभी प्रकार के बाजे थे। सैकड़ों ही विमान सजाए गए थे और फुलवारियों की तो गिनती ही नहीं थी। सारी रात द्वार पर चहल-पहल रही। और सारी रात राजा साहब सजावट का प्रबंध करने में व्यस्त रहे। मनोरमा कई बार उनके दीवानखाने में आई और उन्हें वहां न देखकर लौट गई। उसके जी में बार-बार आता था कि बाहर ही चलकर राजा साहब से अनुनय-विनय करूं, लेकिन भय यही था कि कहीं वह सबके सामने बकझक न करने लगें। उसे कुछ कह न बैठें। जो अपने होश में नहीं, उसे किसकी लज्जा और किसका संकोच ! आखिर, जब इस तरह जी न माना, तो वह द्वार पर जाकर खड़ी हो गई कि शायद राजा साहब उसे देखकर उसकी तरफ आएं, लेकिन उसे देखकर भी राजा साहब उसकी ओर न आए, बल्कि और दूर निकल गए।

सारे शहर में इस जुलूस और इस विवाह का उपहास हो रहा था, नौकर-चाकर तक आपस में हंसी उड़ाते थे, राजा साहब की चुटकियां लेते थे। अपनी धुन में मस्त राजा साहब को कुछ न सूझता था, कुछ न सुनाई देता था। सारी रात बीत गई और मनोरमा को कुछ कहने का अवसर न मिला। तब वह अपनी कोठरी में लौट आई और ऐसी फूट-फूटकर रोई, मानो उसका कलेजा बाहर निकल पड़ेगा। उसे आज बीस वर्ष पहले की बात याद आई। जब उसने राजा से विवाह के पहले कहा था—मुझे आपसे प्रेम नहीं है, और न हो सकता है। उसने अपने मनोभावों के साथ कितना अन्याय किया था। आज वह बड़ी खुशी से राजा साहब की रक्षा के लिए अपना बलिदान कर देगी। इसे वह अपना धन्य भाग्य समझेगी। यह उस अखंड प्रेम का प्रसाद है, जिसका उसने पंद्रह वर्ष तक आनंद उठाया और जिसकी एक-एक बात उसके हृदय पर अंकित हो गई थी। उन अंकित चिह्नों को कौन उसके हृदय से मिटा सकता है? निष्ठुरता में इतनी शक्ति नहीं! अपमान में इतनी शक्ति नहीं! प्रेम अमर है, अमिट है।

दूसरे दिन बारात निकलने से पहले मनोरमा फिर राजा साहब के पास जाने को तैयार हुई, लेकिन कमरे से निकली ही थी कि दो हथियारबंद सिपाहियों ने उसे रोका।

रानी ने डांटकर कहा—हट जाओ, नमकहरामो! मैंने ही तुम्हें नौकर रखा और तुम मुझसे ही गुस्ताखी करते हो?

एक सिपाही बोला—हुजूर के हुक्म के ताबेदार हैं, क्या करें? महाराजा साहब का हुक्म है कि हुजूर इस भवन से बाहर न निकलने पावें। हमारा क्या अपराध है, सरकार?

मनोरमा—तुम्हें किसने यह आज्ञा दी है?

सिपाही—खुद महाराजा साहब ने।

मनोरमा—मैं केवल एक मिनट के लिए राजा साहब से मिलना चाहती हूं।

सिपाही—बड़ी कड़ी ताकीद है सरकार, हमारी जान न बचेगी।

मनोरमा ऐंठकर रह गई। एक दिन सारी रियासत उसके इशारे पर चलती थी। आज पहरे के सिपाही तक उसकी बात नहीं सुनते। तब और अब में कितना अंतर है!

मनोरमा ने वहीं खड़े-खड़े पूछा—बारात निकलने में कितनी देर है?

सिपाही—अब कुछ देर नहीं है। सब तैयारी हो चुकी है।

मनोरमा—राजा साहब की सवारी के साथ पहरे का कोई विशेष प्रबंध भी किया गया है?

सिपाही—हां हुजूर! महाराज के साथ एक सौ गोरे रहेंगे। महाराज की सवारी उन्हीं के बीच में रहेगी।

मनोरमा संतुष्ट हो गई। उसकी इच्छा पूरी हो गई। राजा साहब सावधान हो गए, किसी बात का खटका नहीं। वह अपने कमरे में लौट गई।

चार बजते-बजते बारात निकली। जुलूस की लंबाई दो मील से कम न थी। भांति-भांति के बाजे बज रहे थे, रुपये लुटाए जा रहे थे, पग-पग पर फूलों की वर्षा की जा रही थी। सारा शहर तमाशा देखने को फटा पड़ता था।

इसी समय अहिल्या और शंखधर ने नगर में प्रवेश किया और राजभवन की ओर चले, किंतु थोड़ी ही दूर गए थे कि बारात के जुलूस ने रास्ता रोक दिया। जब यह मालूम हुआ कि

महाराज विशालसिंह की बारात है, तो शंखधर ने मोटर रोक दी और उस पर खड़े होकर अपना रूमाल हिलाते हुए जोर से बोले—सब आदमी रुक जाएं, कोई एक कदम भी आगे न बढ़े! फौरन महाराज साहब को सूचना दो कि कुंवर शंखधर आ रहे हैं।

दम के दम में सारी बारात रुक गई। कुंवर साहब आ गए। यह खबर वायु के झोंके की भांति इस सिरे से उस सिरे तक दौड़ गई। जो जहां था, वहीं खड़ा रह गया। फिर उनके दर्शन के लिए लोग दौड़-दौड़कर जमा होने लगे। जुलूस तितर-बितर हो गया। विशालसिंह ने यह भगदड़ देखी, तो समझे, कुछ उपद्रव हो गया। गोरों को तैयार हो जाने का हुक्म दे दिया। कुछ अंधेरा हो चला था। किसी ने राजा साहब से साफ तो न कहा कि कुंवर साहब आ गए, बस जिसने सुना, झंडी-झंडे, बल्लम-भाले फेंक-फांककर भागा। राजा साहब का घबरा जाना स्वाभाविक ही था। उपद्रव की शंका पहले ही से थी। तुरंत खयाल हुआ कि उपद्रव हो गया। गोरों को बंदूकें संभालने का हुक्म दिया।

उसी क्षण शंखधर ने सामने आकर राजा साहब को प्रणाम किया।

शंखधर को देखते ही राजा साहब घोड़े से कूद पड़े और उसे छाती से लगा लिया। आज इस शुभ मुहूर्त में, वह अभिलाषा भी पूरी हो गई, जिसके नाम को वह रो चुके थे। बार-बार कुंवर को छाती से लगाते थे, पर तृप्ति ही न होती थी। आंखों से आंसू की झड़ी लगी हुई थी। जब जरा चित्त शांत हुआ तो बोले—तुम आ गए बेटा, मुझ पर बड़ी दया की। चक्रध ार को लाए हो न?

शंखधर ने कहा—वह तो नहीं आए।

राजा—आएंगे, मेरा मन कहता है। मैं तो निराश हो गया था, बेटा। तुम्हारी माता भी चली गईं। तुम पहले ही चले गए, फिर मैं किसका मुंह देख-देखकर जीता? जीवन का कुछ तो आधार चाहिए। अहिल्या तभी से न जाने कहां घूम रही है।

शंखधर—वह तो मेरे साथ हैं।

राजा—अच्छा, वह भी आ गई। वाह, मेरे ईश्वर! सारी खुशियां एक ही दिन के लिए जमा कर रखी थीं। चलो, उसे देखकर आंखें ठंडी करूं।

बारात रुक गई। राजा साहब और शंखधर अहिल्या के पास आए। पिता और पुत्री का सम्मिलन बड़े आनंद का दृश्य था। कामनाओं के वे वृक्ष, जो मुद्दत हुई, निराशा-तुषार की भेंट हो चुके थे, आज लहलहाते, हरी-भरी पत्तियों से लदे हुए सामने खड़े थे। आंसुओं का वेग शांत हुआ, तो राजा साहब बोले—तुम्हें यह बारात देखकर हंसी आई होगी। सभी हंस रहे हैं, लेकिन बेटा, यह बारात नहीं है। कैसी बारात और कैसा दूल्हा! यह विक्षिप्त हृदय का उद्गार है, और कुछ नहीं। मन कहता था—जब ईश्वर को मेरी सुधि नहीं, मुझ पर जरा भी दया नहीं करते, अकारण ही मुझे सताते हैं, तो मैं क्यों उनसे डरूं? जब स्वामी को सेवक की फिक्र नहीं, तो सेवक को स्वामी की फिक्र क्यों होने लगी? मैंने उतना अन्याय किया, जितना मुझसे हो सका। धर्म और अधर्म, पाप और पुण्य के विचार दिल से निकाल डाले। आखिर मेरी विजय हुई कि नहीं?

अहिल्या—लल्लू अपने लिए रानी भी लेता आया है।

राजा—सच कहना। यह तो खूब हुई। क्या वह भी साथ है?

मोटर के पिछले भाग में बहू बैठी थी। अहिल्या ने पुकारकर कहा—बहू, पिताजी के चरणों के दर्शन कर लो।

बहू आई। राजा साहब देखकर चकित हो गए। ऐसा अनुपम सौंदर्य उन्होंने किसी चित्र में भी न देखा था। बहू को गले लगाकर आशीर्वाद दिया और अहिल्या से मुस्कराकर बोले—शंखधर तो बड़ा भाग्यवान मालूम होता है। यह देवकन्या कहां से उड़ा लाया?

अहिल्या—दक्षिण के एक राजा की कुमारी है। ऐसा शील स्वभाव है कि देखकर भूख-प्यास बंद हो जाती है। आपने सच ही कहा—देवकन्या है।

राजा—तो यह मेरी बारात का जुलूस नहीं, शंखधर के विवाह का उत्सव है !

इकयावन

कमला को जगदीशपुर में आकर ऐसा मालूम हुआ कि वह एक युग के बाद अपने घर आई है। वहां की सभी चीजें, सभी प्राणी उसके जाने-पहचाने थे; पर अब उनमें कितना अंतर हो गया था। उसका विशाल नाचघर बिल्कुल बेमरम्मत पड़ा हुआ था। मोर उड़ गए थे, हिरन भाग गए थे और फौवारे सूखे हुए पड़े थे। लताएं और गमले कब के मिट चुके थे, केवल लंबे-लंबे स्तम्भ खड़े थे; पर कमला को नाचघर के विध्वंस होने का जरा भी दुःख न हुआ। उसकी यह दशा देखकर उसे एक प्रकार का संतोष हुआ, मानो उसके घृणित विलास की चिता हो । अगर वह नाचघर आज वैसा ही हरा-भरा होता, जैसे उसके समय में था, तो क्या वह उसके अंदर कदम रख सकती? कदाचित् वह वहीं गिर पड़ती। अब भी उसे ऐसा जान पड़ा कि यह उसके उसी जीवन का चित्र है। कितनी ही पुरानी बातें उसकी आंखों में फिर गईं, कितनी ही स्मृतियां जागृत हो गईं। भय और ग्लानि से उसके रोएं खड़े हो गए। आह ! यही वह स्थान है, जहां उस हतभागिनी ने स्वयं अपने पति को पहचानकर उसके लिए अपने कलुषित प्रेम का जाल बिछाया था। आह ! काश, वह पिछली बातें भूल जातीं। उस विलास-जीवन की याद उसके हृदय पट से मिट जाती ! उन बातों को याद रखते हुए क्या इस जीवन का आनंद उठा सकती थी? मृत्यु का भयंकर हाथ न जाने कहां से निकलकर उसे डराने लगा। ईश्वरीय दंड के भय से वह कांप उठी। दीनता के साथ मन में ईश्वर से प्रार्थना की—भगवान्, पापिनी मैं हूं, मेरे पापों के लिए महेन्द्र को दंड मत देना। मैं सहस्र जीवन तक प्रायश्चित करूंगी, मुझे वैधव्य की आग में न जलाना !

नाचघर से निकलकर देवप्रिया ने रानी मनोरमा के कमरे में प्रवेश किया। वह अनुपम छवि अब मलिन पड़ गई थी। जिस केशराशि को हाथ में लेकर एक दिन वह चकित हो गई थी, उसका अब रूपांतर हो गया था। जिन आंखों में मद, माधुर्य का प्रवाह था, अब वह सूखी पड़ी थीं। उत्कंठा की वह एक करुण प्रतिमा थी जिसे देखकर हृदय के टुकड़े हुए जाते थे। कौन कह सकता था, वह सरला विशालसिंह के गले पड़ेगी।

मनोरमा बोली—नाचघर देखने गई थीं। आजकल तो बेमरम्मत पड़ा हुआ है। उसकी

शोभा तो रानी देवप्रिया के साथ चली गयी।

देवप्रिया ने धीरे से कहा—वहां आग क्यों न लग गई—यही आश्चर्य है?

मनोरमा—क्या कुछ सुन चुकी हो?

देवप्रिया—हां, जितना जानती हूं, उतना ही बहुत है और ज्यादा नहीं जानना चाहती।

यहां से वह रानी रामप्रिया के पास गई। उसे देखकर देवप्रिया की आंखें सजल हो गईं। बड़ी मुश्किल से आंसुओं को रोक सकी। आह ! जिस बालिका को उसने एक दिन गोद में खिलाया था, वही अब इस समय यौवन की स्मृति मात्र रह गई थी।

देवप्रिया ने वीणा की ओर देखकर कहा—आपको संगीत से बहुत प्रेम है?

रामप्रिया अनिमेष नेत्र से उसकी ओर ताक रही थी। शायद देवप्रिया की बात उसके कानों तक पहुंची ही नहीं।

देवप्रिया ने फिर कहा—मैं भी आपसे कुछ सीखूंगी।

रामप्रिया अभी तक उसकी छवि निहारने में मग्न थी। अब की भी कुछ न सुन सकी।

देवप्रिया फिर बोली—आपको मेरे साथ बहुत परिश्रम न करना पड़ेगा। थोड़ा बहुत जानती भी हूं।

यह कहकर उसने फिर वीणा उठा ली और यह गीत गाने लगी—

प्रभु के दर्शन कैसे पाऊं?
बनकर सरस सुमन की लतिका, पद कमलों से लग जाऊं;
या तेरे मन मंदिर की हरि, प्रेम पुजारिन बन जाऊं।
प्रभु के दर्शन कैसे पाऊं?

आह ! यही गीत था, जो रामप्रिया ने कितनी बार देवप्रिया को गाते सुना था, वही स्वर था, वही माधुर्य था, वही लोच था, वही हृदय में चुभने वाली तान थी। रामप्रिया ने भयातुर नेत्रों से देवप्रिया की ओर देखा और मूर्छित हो गई। देवप्रिया को भी अपनी आंखों के सामने एक पर्दा-सा गिरता हुआ मालूम हुआ। उसकी आंखें आप-ही-आप झपकने लगीं। एक क्षण और; सारा रहस्य खुल जाएगा! कदाचित् कायाकल्प का आवरण हट जाय और फिर न जाने क्या हो? वह रामप्रिया को उसी दशा में छोड़कर इस तरह अपने भवन की ओर चली, मानो कोई उसे दौड़ा रहा हो।

मनोरमा को ज्योंही एक लौंडी से रामप्रिया के मूर्च्छित हो जाने की खबर मिली, वह तुरंत रामप्रिया के पास आई और घंटों की दौड़-धूप के बाद कहीं रामप्रिया ने आंखें खोलीं। मनोरमा को खड़ी देखकर वह फिर सहम उठी और सशंक दृष्टि से चारों ओर देखकर उठ बैठी।

मनोरमा ने कहा—आपको एकाएक यह क्या हो गया? अभी तो बहू यहां बैठी थीं।

रामप्रिया ने मनोरमा के कान के पास मुंह ले जाकर कहा—कुछ कहते नहीं बनता बहन? मालूम नहीं, आंखों को धोखा हो रहा है या क्या बात है। बहू की सूरत बिल्कुल देवप्रिया बहन से मिलती है। रत्ती भर भी फर्क नहीं है।

मनोरमा—कुछ-कुछ मिलती तो है, मगर इससे क्या? एक ही सूरत के दो आदमी क्या नहीं होते?

रामप्रिया—नहीं मनोरमा, बिल्कुल वही सूरत है। रंग-ढंग, बोलचाल सब वही है। गीत भी इसने वही गाया, जो देवप्रिया बहन गाया करती थी। बिल्कुल यही स्वर था, यही आवाज। अरे बहन, तुमसे क्या कहूं, आंखों में वही मुस्कराहट है, तिल और मसों में भी फर्क नहीं। तुमने देवप्रिया को जवानी में नहीं देखा। मेरी आंखों में तो आज भी उनकी वह मोहिनी छवि फिर रही है। ऐसा मालूम होता है कि बहन स्वयं कहीं से आ गई हैं। क्या रहस्य है, कह नहीं सकती; पर यह वही देवप्रिया हैं, इसमें रत्ती भर भी संदेह नहीं।

मनोरमा—राजा साहब ने भी तो रानी देवप्रिया को जवानी में देखा होगा?

रामप्रिया—हां, देखा है और देख लेना, वह भी यही बात कहेंगे। सूरत का मिलना और बात है, वही हो जाना और बात है। चाहे कोई माने या न माने, मैं तो यही कहूंगी कि देवप्रिया फिर अवतार लेकर आई है।

मनोरमा—हां, यह बात हो सकती है।

रामप्रिया—सबसे बड़ा आश्चर्य तो यह है कि इसने गीत भी वही गाया, जो देवप्रिया बहन को बहुत पसंद था। ज्योतिषियों से इस विषय में राय लेनी चाहिए। देवप्रिया को जो कुछ भोग-विलास करना था, कर चुकी। अब वह यहां क्या करने आई है?

मनोरमा—आप तो ऐसी बात कर रही हैं, मानो वह अपनी खुशी से आई है।

रामप्रिया—यह तो होता ही है, और क्या समझती हो? आत्मा को वही जन्म मिलता है, जिसकी उसे प्रबल इच्छा होती है। मैंने कई पुस्तकों में पढ़ा है, आत्माएं एक जन्म का अधूरा काम पूरा करने के लिए फिर उसी घर में जन्म लेती हैं। इसकी कितनी ही मिसालें मिलती हैं।

मनोरमा—लेकिन रानी देवप्रिया तो राजपाट स्वयं छोड़कर तीर्थयात्रा करने गई थीं।

रामप्रिया—क्या हुआ बहन, उनकी भोग तृष्णा शांत न हुई थी। अगर वही तृष्णा उन्हें फिर लाई है, तो कुशल नहीं है।

मनोरमा—आपकी बातें सुनकर तो मुझे भी शंका होने लगी है।

इसी समय अहिल्या सामने से निकल गई। मारे गर्व और आनंद के उसके पांव जमीन पर न पड़ते थे। पति की याद भी इस आनंद प्रवाह में विलीन हो गई थी; जैसे संगीत की ध्वनि आकाश में विलीन हो जाती है।

बावन

मुंशी वज्रधर ने यह शुभ समाचार सुना, तो फौरन घोड़े पर सवार हुए और राजभवन आ पहुंचे। शंखधर उनके आने का समाचार पाकर नंगे पांव दौड़े और उनके चरणों को स्पर्श किया। मुंशीजी ने पोते को छाती से लगा लिया और गद्गद कंठ से बोले—यह शुभ दिन भी देखना बदा था बेटा, इसी से अभी तक जीता हूं। यह अभिलाषा पूरी हो गई। बस, इतनी लालसा

और है कि तुम्हारा राजतिलक देख लूं। तुम्हारी दादी बैठी तुम्हारी राह देख रही हैं। क्या उन्हें भूल गए?

शंखधर ने लजाते हुए कहा—जी नहीं, शाम को जाने का इरादा था। उन्हीं के आशीर्वाद से तो मुझे पिताजी के दर्शन हुए। उन्हें कैसे भूल सकता हूं?

मुंशीजी—तुम लल्लू को अपने साथ घसीट नहीं लाए?

शंखधर—वह अपने जीवन में जो पवित्र कार्य कर रहे हैं, उसे छोड़कर कभी न आते। मैंने अपने को जाहिर भी नहीं किया, नहीं तो वह मुझसे मिलना भी स्वीकार न करते।

इसके बाद शंखधर ने अपनी यात्रा का, अपनी कठिनाइयों का और पिता से मिलने का सारा वृत्तांत कहा।

यों बातें करते हुए मुंशीजी राजा साहब के पास आ पहुंचे। राजा साहब ने बड़े आदर से उनका अभिवादन किया और बोले—आप तो इधर का रास्ता ही भूल गए।

मुंशीजी—महाराज, अब आपका और मेरा संबंध और प्रकार का है। ज्यादा आऊं जाऊं तो आप ही कहेंगे, यह अब क्या करने आते हैं, शायद कुछ लेने की नीयत से आते होंगे। कभी जिदंगी में धनी नहीं रहा, पर मर्यादा की सदैव रक्षा की है।

राजा—आखिर आप दिन भर बैठे-बैठे वहां क्या करते हैं, दिल नहीं घबराता? (मुस्कराकर) समधिनजी में भी तो अब आकर्षण नहीं रहा।

मुंशीजी—वाह, आप उस आकर्षण का मजा क्या जानोगे? मेरा तो अनुभव है कि स्त्री-पुरुष का प्रेम-सूत्र दिन-दिन दृढ़ होता जाता है। अब तो राजकुमार का तिलक हो जाना चाहिए। आप भी कुछ दिन शांति का आनंद उठा लें।

राजा—विचार तो मेरा भी है, लेकिन मुंशीजी ! न जाने क्या बात है कि जब से शंखधर आया है, क्यों शंका हो रही है कि इस मंगल में कोई न कोई विघ्न अवश्य पड़ेगा। दिल को बहुत समझाता हूं, लेकिन न जाने क्यों यह शंका अंदर से निकलने का नाम नहीं लेती।

मुंशीजी—आप ईश्वर का नाम लेकर तिलक कीजिए। जब टूटी हुई आशाएं पूरी हो गईं, तो अब सब कुशल ही होगा। आज मेरे यहां कुछ आनंदोत्सव होगा। आजकल शहर में अच्छे-अच्छे कलावंत आए हुए हैं, सभी आएंगे। आपने कृपा की, तो मेरे सौभाग्य की बात होगी।

राजा—नहीं मुंशीजी, मुझे तो क्षमा कीजिए। मेरा चित्त शांत नहीं। आपसे सत्य कहता हूं मुंशीजी, आज अगर मेरा प्राणांत हो जाये तो मुझसे बढ़कर सुखी प्राणी संसार में न होगा। अगर प्राण देने की कोई सरल तरकीब मुझे मालूम होती, तो जरूर दे देता। शोक की पराकाष्ठा देख ली, आनंद की पराकाष्ठा भी देख ली। अब और कुछ देखने की आकांक्षा नहीं है। डरता हूं, कहीं पलड़ा फिर न दूसरी ओर झुक जाये।

मुंशीजी देर तक बैठे राजा साहब को तस्कीन देते रहे, फिर सब महिलाओं को अपने यहां आने का निमंत्रण देकर और शंखधर को गले लगाकर वह घोड़े पर सवार हो गए। इन निर्द्वंद्व जीव ने चिंताओं को कभी अपने पास नहीं फटकने दिया। धन की इच्छा थी, ऐश्वर्य की इच्छा थी; पर उन पर जान न देते थे। संचय करना तो उन्होंने सीखा ही न था। थोड़ा मिला

तब भी अभाव रहा, बहुत मिला तब भी अभाव रहा। अभाव से जीवन पर्यंत उनका गला न छूटा। एक समय था, जब स्वादिष्ट भोजनों को तरसते थे। अब दिल खोलकर दान देने को तरसते हैं। क्या पाऊं और क्या दे दूं? बस, फिक्र थी तो इतनी। कमर झुक गई थी, आंखों से सूझता भी कम था, लेकिन मजलिस नित्य जमती थी, हंसी-दिल्लगी करने में कभी न चूकते थे। दिल में कभी किसी से कीना नहीं रखा और न कभी किसी की बुराई चेती।

दूसरे दिन संध्या समय मुंशीजी के घर बड़ी धूमधाम से उत्सव मनाया गया। निर्मला पोते को छाती से लगाकर खूब रोई। उसका जी चाहता था, यह मेरे ही घर रहता। कितना आनंद होता ! शंखधर से बातें करने से उसको तृप्ति ही न होती थी। अहिल्या ही के कारण उसका पुत्र हाथ से गया। पोता भी उसी के कारण हाथ से जा रहा है। इसलिए अब भी उसका मन अहिल्या से न मिलता था। निर्मला को अपने बाल-बच्चों के साथ रहकर सभी प्रकार का कष्ट सहना मंजूर था। वह अब इस अंतिम समय किसी को आंखों की ओट न करना चाहती थी। न जाने कब दम निकल जाय, कब आंखें बंद हो जाएं। बेचारी किसी को देख भी न सके।

बाहर गाना हो रहा था। मुंशीजी शहर के रईसों की दावत का इंतजाम कर रहे थे। अहिल्या लालटेन ले-लेकर घर भर की चीजों को देख रही थी और अपनी चीजों के तहस-नहस होने पर मन-ही-मन झुंझला रही थी। उधर निर्मला चारपाई पर लेटी शंखधर की बातें सुनने में तन्मय हो रही थी। कमला उसके पांव दबा रही थी, और शंखधर उसे पंखा झल रहा था। क्या स्वर्ग में इससे बढ़कर कोई सुख होगा? इस सुख से उसे अहिल्या वंचित कर रही थी। आकर उसका घर मटियामेट कर दिया।

प्रात:काल जब शंखधर विदा होने लगे, तो निर्मला ने कहा—बेटा, अब बहुत दिन न चलूंगी। जब तक जीती हूं, एक बार रोज आया करना।

मुंशीजी ने कहा—आखिर सैर करने को तो रोज ही निकलोगे। घूमते हुए इधर भी आ जाया करो। यह मत समझो कि यहां आने से तुम्हारा समय नष्ट होगा। बड़े-बूढ़ों के आशीर्वाद निष्फल नहीं जाते। मेरे पास राजपाट नहीं; पर ऐसा धन है, जो राजपाट से कहीं बढ़कर है। बड़ी सेवा, बड़ी तपस्या करके मैंने उसे एकत्र किया है। वह मुझसे ले लो। अगर साल भर भी बिना नागा अभ्यास करो, तो बहुत कुछ सीख सकते हो। इसी विद्या की बदौलत तुमने पांच वर्ष देश-विदेश की यात्रा की। कुछ दिन और अभ्यास कर लो, तो पारस हो जाओ।

निर्मला ने मुंशीजी का तिरस्कार करते हुए कहा—भला, रहने दो अपनी विद्या, आए हो वहां से बड़े विद्वान बनके। उसे तुम्हारी विद्या नहीं चाहिए। चाहे तो सारे देश के उस्तादों को बुलाकर गाना सुने। उसे कमी काहे की है?

मुंशीजी—तुम तो हो मूर्ख। तुमसे कोई क्या कहे? इस विद्या से देवता प्रसन्न हो जाते हैं, ईश्वर के दर्शन हो जाते हैं, तुम्हें कुछ खबर भी है? जो बड़े भाग्यवान् होते हैं, उन्हें ही यह विद्या आती है।

निर्मला—जभी तो बड़े भाग्यवान हो।

मुंशीजी—तो और क्या भाग्यहीन हूं? जिसके ऐसा देवरूप पोता हो, ऐसी देव-कन्या-

सी बहू हो, मकान हो, जायदाद हो, चार को खिलाकर खाता हो, क्या वह अभागा है? जिसकी इज्जत आबरू से निभ जाय, जिसका लोग यश गावें, वही भाग्यवान् है। धन गाड़ लेने से ही कोई भाग्यवान् नहीं हो जाता।

आज राजा साहब के यहां भी उत्सव था, इसलिए शंखधर इच्छा रहते हुए भी न ठहर सके।

स्त्रियां निर्मला के चरणों को अंचल से स्पर्श करके विदा हो गईं, शंखधर खड़े हो गए। निर्मला ने रोते हुए कहा–कल मैं तुम्हारी बाट देखती रहूंगी।

शंखधर ने कहा–अवश्य आऊंगा।

जब मोटर में बैठ गए, तो निर्मला द्वार पर खड़ी होकर उन्हें देखती रही। शंखधर के साथ उसका हृदय भी चला जा रहा था। युवकों के प्रेम में उद्विग्नता होती है, वृद्धों का प्रेम हृदय विदारक होता है। युवक जिससे प्रेम करता है, उससे प्रेम की आशा भी रखता है। अगर उसे प्रेम के बदले प्रेम न मिले, तो वह प्रेम को हृदय से निकालकर फेंक देगा। वृद्ध जनों की भी क्या वही आशा होती है? वे प्रेम करते हैं और जानते हैं कि इसके बदले में उन्हें कुछ न मिलेगा या मिलेगी, तो दया। शंखधर की आंखों में आंसू न थे, हृदय में तड़प न थी। वह यों प्रसन्नचित्त चले जा रहे थे, मानो सैर करके लौटे जा रहे हों।

मगर निर्मला का दिल फटा जाता था और मुंशी वज्रधर की आंखों के सामने अंधेरा छा रहा था।

तिरपन

कई दिन गुजर गए। राजा साहब हरिभजन और देवोपासना में व्यस्त थे। इधर पांच-छः वर्षों से उन्होंने किसी मंदिर की तरफ झांका भी न था। धर्म-चर्चा का बहिष्कार-सा कर रखा था। रियासत में धर्म का खाता ही तोड़ दिया गया था। जो कुछ धार्मिक जीवन था, वह वसुमति के दम से। मगर अब एकाएक देवताओं से राजा साहब की फिर श्रद्धा हो आई थी। धर्मखाता फिर खोला गया और जो वृत्तियां बंद कर दी गई थीं; वे फिर से बांधी गईं। राजा साहब ने फिर चोला बदला। वह धर्म या देवता किसी के साथ निःस्वार्थ प्रेम नहीं रखते थे। जब संतान की ओर से निराशा हो गई तो उनका धर्मानुराग भी शिथिल हो गया। जब अहिल्या और शंखधर ने उनके जीवन-क्षेत्र में पदार्पण किया, तब फिर धर्म और दान व्रत की ओर उनकी रुचि हुई। जब शंखधर चला गया और ऐसा मालूम हुआ कि अब उसके लौटने की आशा नहीं रही है, तो राजा साहब ने धर्म की अवहेलना ही नहीं की, बल्कि देवताओं के साथ जोर-जोर से प्रतिरोध भी करने लगे। धर्मसंगत बातों को चुन-चुनकर बंद किया। अधर्म की बातें चुन-चुनकर ग्रहण कीं। शंखधर के लौटते ही उनका धर्मानुराग फिर जागृत हो गया। संपत्ति मिलने पर ही तो रक्षकों की आवश्यकता होती है।

इन दिनों राजा साहब बहुधा एकांत में बैठे किसी चिंता में निमग्न रहते थे, बाहर कम निकलते। भोजन से भी उन्हें अरुचि हो गई थी। वह मानसिक अंधकार, जो नैराश्य की दशा

में उन्हें घेरे हुए था, अब एकाएक आशा के प्रकाश से छिन्न-भिन्न हो गया था। धर्मानुराग के साथ उनका कर्त्तव्य-ज्ञान भी जाग पड़ा था। जैसे जीवन-लीला के अंतिम कांड में हमें भक्ति की चिंता सवार होती है बड़े-बड़े भोगी भी रामायण और भागवत का पाठ करने लगते हैं, उसी भांति राजा साहब को भी अब बहुधा अपनी अपकीर्ति पर पश्चात्ताप होता था।

आधी रात से अधिक बीत चुकी थी। रनिवास में सोता पड़ा हुआ था। अहिल्या के बहुत समझाने पर भी मनोरमा अपने पुराने भवन में न आई। वह उसी छोटी कोठरी में पड़ी हुई थी। सहसा राजा साहब ने प्रवेश किया। मनोरमा विस्मित होकर उठ खड़ी हुई।

राजा साहब ने कोठरी को ऊपर-नीचे देखकर करुणस्वर में कहा—नोरा, मैं आज तुमसे अपना अपराध क्षमा कराने आया हूं। मैंने तुम्हारे साथ बड़ा अन्याय किया है, इसे क्षमा कर दो। मुझे इतने दिनों तक क्या हो गया था, कह नहीं सकता। ऐसा मालूम होता था कि शत्रुओं से घिरा हूं। मन में भांति-भांति की शंकाएं उठा करती थीं। किसी पर विश्वास न होता था। अब भी मुझे किसी अनिष्ट की शंका हो रही है; लेकिन वह दशा नहीं। तुम मेरी रक्षा के लिए जो कुछ कहती और करती थीं, उसमें मुझे कपट की गंध आती थी। अबकी भी तुमने मुझे सावधान रहने के लिए कहा था; लेकिन मैं उसका आशय कुछ और ही समझ बैठा था। और तुम्हारे ऊपर पहरा बिठा दिया था। अपने होश में रहने वाला आदमी कभी ऐसी बातें न करेगा।

मनोरमा ने सजल नेत्र होकर कहा—उन बातों को याद न कीजिए। आपको भी दु:ख होता है और मुझे भी दु:ख होता है। मेरा ईश्वर ही जानता है कि एक क्षण के लिए भी मेरे हृदय में आपके प्रति दुर्भावना नहीं उत्पन्न हुई।

राजा—जानता हूं नोरा, जानता हूं। तुम्हें इस कोठरी में पड़े देखकर इस समय मेरा हृदय फटा जाता है ! अब मुझे मालूम हो रहा है कि दुर्दिन में मन के कोमल भावों का सर्वनाश हो जाता है और इनकी जगह कठोर एवं पाशविक भाव जागृत हो जाते हैं। सच तो यह है नोरा कि मेरा जीवन निष्फल हो गया। प्रभुता पाकर मुझे जो कुछ करना चाहिए था, सो कुछ न किया; जो कुछ करने के मंसूबे दिल में थे, एक भी पूरे न हुए। जो कुछ किया, उलटा ही किया। मैं रानी देवप्रिया के राज्य प्रबंध पर हंसा करता था; पर मैंने प्रजा पर जितना अन्याय किया, उतना देवप्रिया ने कभी नहीं किया था। मैं कर्ज को काला सांप समझता था; पर आज रियासत कर्ज के बोझ से लदी हुई है। प्रजा रानी देवप्रिया का नाम आज भी आदर के साथ लेती है। मेरा नाम सुनकर लोग कानों पर हाथ रख लेते हैं। मैं कभी-कभी सोचता हूं, मुझे यह रियासत न मिली होती, तो मेरा जीवन कहीं अच्छा होता।

मनोरमा—मुझे भी अक्सर यही विचार हुआ करता है।

राजा—अब जीवन-लीला समाप्त करते समय अपने जीवन पर निगाह डालता हूं, तो मालूम होता है, मेरा जन्म ही व्यर्थ हुआ। मुझसे किसी का उपकार न हुआ। मैं गृहस्थ के उस सुख से भी वंचित रहा, जो छोटे से छोटे मनुष्य के लिए भी सुलभ है। मैंने कुल मिलाकर छ: विवाह किए और सातवां करने जा रहा था। क्या किसी भी स्त्री को मुझसे सुख पहुंचा? यहां तक कि तुम जैसी देवी को भी मैं सुखी न रख सका। नोरा, इसमें रत्ती भर भी बनावट

नहीं है कि मेरे जीवन में अगर कोई मधुर स्मृति है, तो वह तुम हो, और तुम्हारे साथ मैंने यह व्यवहार किया! कह नहीं सकता, मेरी आंखों पर क्या पर्दा पड़ा हुआ था। शंखधर अपने साथ मेरे हृदय की सारी कोमलताओं को लेता गया था। उसे पाकर आज मैं फिर अपने को पा गया हूं। सच कहता हूं, उसके आते ही मैं अपने को पा गया; लेकिन नोरा, हृदय अंदर ही अंदर कांप रहा है। मैं इस शंका को किसी तरह दिल से बाहर नहीं निकाल सकता कि कोई अनिष्ट होने वाला है। उस समय मेरी क्या दशा होगी? उसकी कल्पना करके मैं घबरा जाता हूं, मुझे रोमांच हो जाता है और जी चाहता है, प्राणों का अंत कर दूं। ऐसा मालूम होता है, मैं सोने की गठरी लिए भयानक वन में अकेला चला जा रहा हूं, न जाने कब डाकुओं का निर्दय हाथ मेरी गठरी पर पड़ जाय। बस, यह धड़कन मेरे रोम-रोम में समायी हुई है!

मनोरमा—जब ईश्वर ने गई हुई आशाओं को जिलाया है, तो अब सब कुशल ही होगी। अगर अनिष्ट होना होता तो यह बात ही न होती। मैं तो यही समझती हूं।

राजा—क्या करूं नोरा, मुझे इस विचार से शांति नहीं होती। मुझे भय होता है कि यह किसी अमंगल का पूर्वाभास है।

यह कहते-कहते राजा साहब मनोरमा के और समीप चले आए और उसके कान के पास मुंह ले जाकर बोले—यह शंका बिल्कुल अकारण ही नहीं है, नोरा! रानी देवप्रिया के पति मेरे बड़े भाई होते थे। उनकी सूरत शंखधर से बिल्कुल मिलती है। जवानी में मैंने उनको देखा था। हू-बू-हू यही सूरत थी। तिल बराबर भी फर्क नहीं। भाई साहब का एक चित्र भी मेरे अलबम में है। तुम यही कहोगी कि यह शंखधर ही का चित्र है। इतनी समानता तो जुड़वा भाइयों में भी नहीं होती। कोई पुराना नौकर नहीं है, नहीं तो मैं इसकी साक्षी दिला देता। पहले शंखधर की सूरत भाई साहब से उतनी ही मिलती थी, जितनी मेरी। अब तो ऐसा जान पड़ता है कि स्वयं भाई साहब ही आ गए हैं।

मनोरमा—तो इसमें शंका की क्या बात है? उसी वृक्ष का फल शंखधर भी तो है।

राजा—आह! नोरा, तुम यह बात नहीं समझ रही हो। तुम्हें कैसे समझा दूं? इसमें भयंकर रहस्य है, नोरा! मैंने अबकी शंखधर को देखा, तो चौंक पड़ा। सच कहता हूं, उसी वक्त मेरे रोएं खड़े हो गए।

मनोरमा—आश्चर्य तो मुझे भी हो रहा है। रानी रामप्रिया आई थीं। वह कहती थीं, बहू की सूरत रानी देवप्रिया से बिल्कुल मिलती है। वह भी बहू को देखकर विस्मित रह गई थीं।

राजा ने घबराकर कहा—रामप्रिया ने मुझसे बात नहीं कही, नोरा! अब कुशल नहीं है। मैं तुमसे कहता हूं नोरा, मेरी बात को यथार्थ समझो। अब कुशल नहीं है। कोई भारी दुर्घटना होने वाली है। हा! विधाता, इससे तो अच्छा था मैं निःसंतान ही रहता।

राजा साहब ने विकल होकर दोनों हाथों से सिर पकड़ लिया और चिंता में डूब गए। एक क्षण बाद मानो मन-ही-मन निश्चय करके, कि अमुक दशा में उन्हें क्या करना होगा, अत्यंत स्नेह-करुण शब्दों में मनोरमा से बोले—क्यों नोरा, एक बात तुमसे पूछूं, बुरा तो न मानोगी? मेरे मन में कभी-कभी यह प्रश्न हुआ करता है कि तुमने मुझसे क्यों विवाह किया? उस वक्त भी मेरी अवस्था ढल चुकी थी। धन का इच्छुक मैंने तुम्हें कभी नहीं पाया। जिन वस्तुओं

पर अन्य स्त्रियां प्राण देती हैं, उनकी ओर मैंने तुम्हारी रुचि कभी नहीं देखी। वह क्या केवल ईश्वरीय प्रेरणा थी, जिनके द्वारा पूर्व-पुण्य का उपहार दिया गया हो?

मनोरमा ने मुस्कराकर कहा—दंड कहिए।

राजा—नहीं नोरा, मैंने जीवन में जो कुछ सुख और स्वाद पाया, वह तुम्हारे स्नेह और माधुर्य में पाया। यह भाग्य की निर्दय क्रीड़ा है कि जिसे मैं अपना सर्वस्व सुख समझता था, उस पर सबसे अधिक अन्याय किया; किंतु अब मुझे अपने अन्याय पर दुःख के बदले एक प्रकार का संतोष हो रहा है। वह परीक्षा थी, जिसने तुम्हारे सतीत्व को और भी उज्ज्वल कर दिया, जिसने तुम्हारे हृदय की उस अपार कोमलता का परिचय दे दिया, जो कठोर होना नहीं जानती, जो कंचन की भांति तपने पर और भी विशुद्ध एवं उज्ज्वल हो जाती है। इस परीक्षा के बिना तुम्हारे ये गुण छिपे रह जाते। मैंने तुम्हारे साथ जो-जो नीचताएं कीं, वे किसी दूसरी स्त्री में शत्रुता के भाव उत्पन्न कर देतीं। वह मानसिक वेदना, वह अपमान, वह दुर्जनता दूसरा कौन सहता और सहकर हृदय में मैल न आने देता? इसका बदला मैं तुम्हें क्या दे सकता हूं?

मनोरमा—स्त्री क्या बदले ही के लिए पुरुष की सेवा करती है?

राजा—इस विषय को और न बढ़ाओ मनोरमा, नहीं तो कदाचित् तुम्हें मेरे मुंह से अपनी अन्य बहनों के विषय में अप्रिय सत्य सुनना पड़ जाय। मेरे इस प्रश्न का उत्तर दो, जो अभी मैंने तुमसे किया था। वह कौन-सी बात थी, जिसने तुम्हें मुझसे विवाह करने की प्रेरणा दी?

मनोरमा—बता दूं? आप हंसिएगा तो नहीं? मैं रानी बनना चाहती थी। मैंने बाबूजी से आपकी तारीफ सुनी थी। इसका भी एक कारण था—आपकी सहृदयता और आपकी विश्वासमय सेवा।

राजा—रानी किसलिए बनना चाहती थीं, नोरा?

मनोरमा—आप राजा जिस लिए बनना चाहते थे, उसी लिए मैं रानी बनना चाहती थी। कीर्ति, दान, यश, सेवा मैं इन्हीं को अधिकार के सुख समझती हूं; प्रभुता और विलास को नहीं।

राजा—इसका आशय यह नहीं है कि कीर्ति तुम्हारे जीवन की सबसे बड़ी आकांक्षा थी या कुछ और? कीर्ति के लिए तुमने यौवन के अन्य सुखों का त्याग कर दिया। मैं पहले से ही जानता था नोरा, और इसीलिए स्वभाव के कृपण होने पर भी मैंने तुम्हारे उपकार के कामों में बाधा नहीं डाली। मेरे लिए सेवा और उपकार गौण बातें थीं। अधिकार, ऐश्वर्य, शासन इन्हीं को मैं प्रधान समझता हूं। तुम्हारा आदर्श कुछ और है, मेरा कुछ और। जब कीर्ति के लिए तुमने जीवन के और सुखों पर लात मार दी, तो मैं चाहता हूं कि कोई ऐसी व्यवस्था कर दूं, जिससे तुम्हें आगे चलकर किसी बाधा का सामना न करना पड़े। कौन जानता है कि क्या होने वाला है, नोरा ! पर मैं यह आशा कदापि नहीं करता कि शंखधर तुम्हें प्रसन्न रखने की उतनी ही चेष्टा करेगा, जितनी उसे करनी चाहिए। मैं उसकी बुराई नहीं कर रहा हूं। मनुष्य का स्वभाव ही ऐसा है, इसलिए मैं यह चाहता हूं कि रियासत का एक भाग तुम्हारे नाम लिख दूं। मेरी बात सुन लो मनोरमा ! मैंने दुनिया देखी है और दुनिया का व्यवहार जानता हूं। इसमें

न मेरी कोई हानि है न तुम्हारी और न शंखधर की। तुम्हें इसका अख्तियार होगा कि यदि इच्छा हो, तो अपना हिस्सा शंखधर को दे दो; लेकिन एक हिस्से पर तुम्हारा नाम होना जरूरी है। मैं कोई आपत्ति न मानूंगा।

मनोरमा—मेरी कीर्ति अब इसी में है कि आपकी सेवा करती रहूं।

राजा—नोरा, तुम अब भी मेरी बातें नहीं समझीं। मेरे मन में कैसी-कैसी शंकाएं हैं, यह मैं तुमसे कहूं, तो तुम्हारे ऊपर जुल्म होगा। मुझे लक्षण बुरे दिखाई दे रहे हैं।

मनोरमा ने अबकी दृढ़ता से कहा—शंकाएं निर्मूल हैं; लेकिन यदि ईश्वर कुछ बुरा ही करने वाले हों, तो भी मैं शंखधर की प्रतियोगिनी बनना स्वीकार न करूंगी, जिसे मैंने पुत्र की भांति पाला है। चक्रधर का पुत्र इतना कृतघ्न नहीं हो सकता।

राजा ने जांघ पर हाथ पटकर कहा—नोरा, तुम अब भी नहीं समझीं। खैर, कल से तुम नए भवन में रहोगी। यह मेरी आज्ञा है।

यह कहते हुए वह उठ खड़े हुए। बिजली के निर्मल प्रकाश में मनोरमा उन्हें खड़ी देखती रही। गर्व से उसका हृदय फूला न समाता था। इस बात का गर्व नहीं था कि अब फिर रियासत में उसकी तूती बोलेगी, फिर वह मनमाना धन लुटाएगी। गर्व इस बात का था कि स्वामी मेरा इतना आदर करते हैं। आज विशालसिंह ने मनोरमा के हृदय पर अंतिम विजय पाई। आज मनोरमा को अपने स्वामी की सहृदयता ने जीत लिया। प्रेम सहृदयता ही का रसमय रूप है। प्रेम के अभाव में सहृदयता ही दम्पति के सुख का मूल हो जाती है।

चौवन

राजा साहब को अब किसी तरह शांति न मिलती थी। कोई न कोई भयंकर विपत्ति आने वाली है, इस शंका को वह दिल से न निकाल सकते थे। दो-चार प्राणियों को जोर-जोर से बातें करते सुनकर वह घबरा जाते थे कि कोई दुर्घटना तो नहीं हो गई। शंखधर कहीं जाता, तो जब तक कुशल से लौट न आए, वह व्याकुल रहते थे। उनका जी चाहता था कि यह मेरी आंखों के सामने से दूर न हो। उसके मुख की ओर देखकर उनकी आंखें आप ही आप सजल हो जाती थीं। वह रात को उठकर ठाकुरद्वारे में चले जाते और घंटों ईश्वर की वंदना किया करते। जो शंका उनके मन में थी, उसे प्रकट करने का उन्हें साहस न होता था। वह उसे स्वयं व्यक्त करते थे। वह अपने मरे हुए भाई की स्मृति को मिटा देना चाहते थे, पर वह सूरत आंख से न टलती। कोई ऐसी क्रिया, ऐसी आयोजना, ऐसी विधि न थी, जो इन पर मंडराने वाले संकट का मोचन करने के लिए न की जा रही हो; पर राजा साहब को शांति न मिलती थी।

संध्या हो गई थी। राजा साहब ने मोटर मंगवाई और मुंशी वज्रधर के मकान पर जा पहुंचे। मुंशीजी की संगीत मंडली जमा हो गई थी। संगीत ही उनका दान, व्रत, ध्यान और तप था। उनकी सारी चिंताएं और सारी बाधाएं संगीत के स्वरों में विलीन हो जाती थीं। मुंशीजी राजा साहब को देखते ही खड़े होकर बोले—आइए, महाराज ! आज ग्वालियर के एक आचार्य का गाना सुनवाऊं ! आपने बहुत गाने सुने होंगे, पर इनका गाना कुछ और ही चीज है।

राजा साहब मन में मुंशीजी की बेफिक्री पर झुंझलाए। ऐसे प्राणी भी संसार में हैं, जिन्हें अपने विलास के आगे किसी वस्तु की परवाह नहीं। शंखधर से मेरा और इनका एक-सा संबंध है; पर यह अपने संगीत में मस्त हैं और मैं शंकाओं से व्यग्र हो रहा हूं। सच है—"सबसे अच्छे मूढ़ जिन्हें न व्यापत जगत गति !" बोले—इसीलिए तो आया ही हूं; पर जरा देर के लिए आपसे कुछ बातें करना चाहता हूं।

दोनों आदमी अलग एक कमरे में जा बैठे। राजा साहब सोचने लगे, किस तरह बात शुरू करूं? मुंशीजी ने उनको असमंजस में देखकर कहा—मेरे लायक जो काम हो, फरमाइये। आप बहुत चिंतित मालूम होते हैं। बात क्या है?

राजा—मुझे आपके जीवन पर डाह होता है। आप मुझे भी क्यों नहीं निर्द्वंद्व रहना सिखा देते!

मुंशीजी—यह तो कोई कठिन बात नहीं। इतना समझ लीजिए कि ईश्वर ने संसार की सृष्टि की है और वही इसे चलाता है। जो कुछ उसकी इच्छा होगी, वही होगा। फिर उसकी चिंता का भार क्यों लें।

राजा—यह तो बहुत दिनों से जानता हूं। पर इससे चित्त को शांति नहीं होती ! अब मुझे मालूम हो रहा है कि संसार में मन लगाना ही सारे दुःख का मूल है। जगदीशपुर राज्य को भोगना ही मेरे जीवन का लक्ष्य था। मैंने अपने जीवन में जो कुछ किया, इसी उद्देश्य को पूरा करने के लिए। अपने जीवन पर कभी एक क्षण के लिए भी विचार नहीं किया। जब राज्य न था, तब अवश्य कुछ दिनों के लिए सेवा के भाव मन में जागृत हुए थे—वह भी बाबू चक्रध‌र के सत्संग से। राज्य मिलते ही मेरा कायापलट हो गया। फिर कभी आत्मचिंतन की नौबत न आई। शंखधर को पाकर मैं निहाल हो गया। मेरे जीवन में ज्योति-सी आ गई, मैं सब कुछ पा गया, पर अबकी जब से शंखधर लौटा है, मुझे उसके विषय में भयंकर शंका हो रही है। आपने मेरे भाई साहब को देखा था?

मुंशीजी—जी नहीं, उन दिनों तो मैं यहां से बाहर नौकर था। अजी, तब इल्म की कदर थी। मिडिल पास करते ही सरकारी नौकरी मिल गई थी। स्कूल में कोई लड़का मेरी टक्कर का न था। अध्यापकों को भी मेरी बुद्धि पर आश्चर्य होता था। बड़े पंडितजी कहा करते थे, यह लड़का एक दिन ओहदे पर पहुंचेगा। उनकी भविष्यवाणी उस दिन पूरी हुई, जब मैं तहसीलदारी पर पहुंचा।

राजा—भाई साहब की सूरत आज तक मेरी आंखों में फिर रही है। यह देखिए, उनकी तस्वीर है।

राजा साहब ने एक फोटो निकालकर मुंशीजी को दिखाया। मुंशीजी उसे देखते ही बोले—यह तो शंखधर की तस्वीर है।

राजा—नहीं साहब, यह मेरे बड़े भाई का फोटो है। शंखधर ने तो अभी तक तस्वीर ही नहीं खिंचवाई। न जाने तस्वीर खिंचवाने से उसे क्यों चिढ़ है !

मुंशीजी—मैं इसे कैसे मान लूं? यह तस्वीर साफ शंखधर की है।

राजा—तो मालूम हो गया कि मेरी आंखें धोखा नहीं खा रही थीं?

मुंशीजी—जी हां, यकीन मानिए तब तो बड़ी विचित्र बात है।

राजा—अब आपसे क्या अर्ज करूं? मुझे बड़ी शंका हो रही है। रात को नींद नहीं आती। दिन को बैठे चौंक पड़ता हूं। प्राणियों की सूरतें कभी इतनी नहीं मिलतीं। भाई साहब ने ही फिर मेरे घर में जन्म लिया है। इसमें मुझे बिल्कुल शंका नहीं रही। ईश्वर ही जाने, क्यों उन्होंने कृपा की है, अगर शंखधर का बाल भी बांका हुआ, तो मेरे प्राण न बचेंगे।

मुंशीजी—ईश्वर चाहेंगे तो सब कुशल होगी। घबराने की कोई बात नहीं। कभी-कभी ऐसा होता है।

राजा—अगर ईश्वर चाहते कि कुशल हो, तो यह समस्या ही क्यों आगे आती? उन्हें कुछ अनिष्ट करना है। मेरी शंका निर्मूल नहीं है मुंशीजी ! बहू की सूरत भी रानी देवप्रिया से मिल रही है। रामप्रिया तो बहू को देखकर मूर्च्छित हो गई थी। वह कहती थी, देवप्रिया ही ने अवतार लिया है। भाई और भावज का फिर इस घर में अवतार लेना क्या अकारण ही है? भगवान, अगर तुम्हें फिर वही लीला दिखानी हो, तो मुझे संसार से उठा लो।

मुंशीजी ने अब की कुछ चिंतित होकर कहा—यह तो वास्तव में बड़ी विचित्र बात है !

राजा—विचित्र नहीं है, मुंशीजी, इस रियासत का सर्वनाश होने वाला है ! रानी देवप्रिया ने अगर जन्म लिया है, तो वह कभी सधवा नहीं रह सकती। उसे न जाने कितने दिनों तक अपने पूर्व कर्मों का प्रायश्चित करना पड़ेगा। दैव ने मुझे दंड देने ही के लिए मेरे पूर्व कर्मों के फलस्वरूप यह विधान किया है, पर आप देख लीजिएगा, मैं अपने को उसके हाथों की कठपुतली न बनाऊंगा; अगर मैंने बुरे कर्म किए हैं तो मुझे चाहे जो दंड दो, मैं उसे सहर्ष स्वीकार करूंगा। मुझे अंधा कर दो, भिक्षुक बना दो, मेरा एक-एक अंग गल-गलकर गिरे, मैं दाने-दाने को मोहताज हो जाऊं। ये सारे ही दंड मुझे मंजूर हैं, लेकिन शंखधर का सिर दुखे, यह मैं सहन नहीं कर सकता। इसके पहले मैं अपनी जान दे दूंगा। विधाता के हाथ की कठपुतली न बनूंगा।

मुंशीजी—आपने किसी पंडित से इस विषय में पूछताछ नहीं की?

राजा—जी नहीं, किसी से नहीं। जो बात प्रत्यक्ष देख रहा हूं, उसे किसी से क्या पूछूं? कोई अनुष्ठान, कोई प्रायश्चित इस संकट को नहीं टाल सकता। उसके रूप की कल्पना करके मेरी आंखों में अंधेरा छा जाता है। पंडित लोग अपने स्वार्थ के लिए तरह-तरह के अनुष्ठान बता देंगे; लेकिन अनुष्ठानों से क्या विधि का विधान पलटा जा सकता है? मैं अपने को इस धोखे में नहीं डाल सकता। मुंशीजी, अनुष्ठानों का मूल्य मैं खूब जानता हूं। माया बड़ी कठोर-हृदया होती है, मुंशीजी ! मैंने जीवन-पर्यन्त उसकी उपासना की है। कर्म-अकर्म का एक क्षण भी विचार नहीं किया। इसका मुझे यह उपहार मिल रहा है ! लेकिन मैं उसे दिखा दूंगा कि वह मुझे अपने विनोद का खिलौना नहीं बना सकती। मैं उसे कुचल दूंगा, जैसे कोई जहरीले सांप को कुचल डालता है। अपना सर्वनाश अपनी आंखों देखने ही में दुख है। मैं उस पिशाचिनी को यह अवसर न दूंगा कि वह मुझे रुलाकर आप हंसे। मैं संसार के सबसे सुखी प्राणियों में हूं। इसी दशा में हूं और इसी दशा में संसार से विदा हो जाऊंगा। मेरे बाद

मेरा निर्माण किया हुआ भवन रहेगा या गिर पड़ेगा, इसकी मुझे चिंता नहीं। अपनी आंखों से अपना सर्वनाश न देखूंगा । मुझे आश्चर्य हो रहा है कि इस स्थिति में भी आप कैसे संगीत का आनंद उठा सकते हैं?

मुंशीजी ने गंभीर भाव से कहा—मैं अपनी जिंदगी में कभी नहीं रोया। ईश्वर ने जिस दशा में रखा, उसी में प्रसन्न रहा। फाके भी किए हैं और आज ईश्वर की दया से पेट भर भोजन भी करता हूं पर रहा एक ही रस। न साथ कुछ लाया हूं, न ले जाऊंगा। व्यर्थ क्यों रोऊं?

राजा—आप ईश्वर को दयालु समझते हैं? ईश्वर दयालु नहीं है।

मुंशीजी—मैं ऐसा नहीं समझता।

राजा—नहीं, वह परले सिरे का कपटी व निर्दयी जीव है, जिसे अपने ही रचे हुए प्राणियों को सताने में आनंद मिलता है, जो अपने ही बालकों के बनाए हुए घरौंदे रौंदता फिरता है। आप उसे दयालु कहें, संसार उसे दयालु कहे, मैं तो नहीं कह सकता। अगर मेरे पास शक्ति होती, तो मैं उसका सारा विधान उलट-पलट देता। उसमें संसार के रचने की शक्ति है, किंतु उसे चलाने की नहीं !

राजा साहब उठ खड़े हुए और चलते-चलते गंभीर भाव से बोले—जो बात पूछने आया था, वह तो भूल ही गया। आपने साधु-संतों की बहुत सेवा की है। मरने के बाद जीव को किसी बात का दुःख तो नहीं होता?

मुंशी—सुना तो यही है कि होता है और उससे अधिक होता है, जितना जीवन में।

राजा—झूठी बात है, बिल्कुल झूठी। विश्वास नहीं आता। उस लोक के दुःख-सुख और ही प्रकार के होंगे। मैं तो समझता हूं, किसी बात की याद ही न रहती होगी। सूक्ष्म शरीर और कारण शरीर ये सब विद्वानों के गोरख-धंधे हैं। उनमें न पडूंगा। अपने को ईश्वर की दया और भय के धोखे में न डालूंगा ! मेरे बाद जो कुछ होना है, वह तो होगा ही, आपसे इतना ही कहना है कि अहिल्या को ढाढ़स दीजिएगा। मनोरमा की ओर से मैं निश्चिंत हूं। वह सभी दशाओं में संभल सकती है। अहिल्या उस वज्रघात को न सह सकेगी।

मुंशीजी ने भयभीत होकर राजा साहब का हाथ पकड़ लिया और सजल नेत्र होकर बोले—आप इतने निराश क्यों होते हैं? ईश्वर पर भरोसा कीजिए। सब कुशल होगी।

राजा—क्या करूं मेरा हृदय आपका-सा नहीं है। शंखधर का मुंह देखकर मेरा खून ठंडा हो जाता है। वह मेरा नाती नहीं शत्रु है। इससे कहीं अच्छा था कि निःसंतान रहता। मुंशीजी, आज मुझे ऐसा मालूम हो रहा है कि निर्धन होकर मैं इससे कहीं सुखी रहता।

राजा साहब द्वार की ओर चले—मुंशीजी भी उनके साथ मोटर तक आए। शंका के मारे मुंह से शब्द न निकलता था। दीन भाव से राजा साहब की ओर देख रहे थे, मानो प्राण-दान मांग रहे हों।

राजा साहब ने मोटर पर बैठकर कहा—अब तकलीफ न कीजिए। जो बात कही है, उसका ध्यान रखिएगा।

मुंशीजी मूर्तिवत् खड़े रहे। मोटर चली गई।

पचपन

शंखधर राजकुमार होकर भी तपस्वी है। विलास की किसी भी वस्तु से उसे प्रेम नहीं। दूसरों से वह बहुत प्रसन्न होकर बातें करता है। अहिल्या और मनोरमा के पास वह घंटों बैठा गप-शप किया करता है। दादा और दादी के समीप जाकर तो उसकी हंसी की पिटारी-सी खुल जाती है, लेकिन सैर-शिकार से कोसों भागता है। एकांत में बैठा हुआ वह नित्य गहरे विचारों में मग्न रहता है। उसके जी में बार-बार आता है कि पिताजी के पास चला जाऊं, पर घर वालों के दु:ख का विचार करके जाने की हिम्मत नहीं पड़ती। जब उसके पिता ने सेवाव्रत ले रखा है, तो वह किस हृदय से राजसुख भोगे? नरम-नरम तकिए उसके हृदय में कांटे के समान चुभते हैं, स्वादिष्ट भोजन उसे जहर की तरह लगता है।

पर सबसे विचित्र बात यह है कि वह कमला से भागता रहता है। युवती देवप्रिया अब वह रानी कमला नहीं है, जो हर्षपुर में तप और व्रत में मग्न रहती थी। वे सभी कामनाएं, जो रमणी के हृदय में लहरें मारा करती हैं, उदित हो गई हैं। वह नित्य नए रूप बदलकर शंखधर के पास आती है, पर ठीक उसी समय शंखधर को या तो कोई जरूरी काम बाहर ले जाता है, या वह कोई धार्मिक प्रश्न उठा देता है। रात को भी शंखधर कुछ न कुछ पढ़ता-लिखता रहता है। कभी-कभी सारी रात पढ़ने में कट जाती है। देवप्रिया उसकी राह देखती-देखती सो जाती है। विपत्ति तो यह है कि देवप्रिया को पूर्वजन्म की सभी बातें याद हैं, वायुयान का दृश्य भी याद है, पर वह सोचती है, एक बार ऐसा हुआ, तो क्या बार-बार होगा? उसने अपना वैधव्य कितने संयम से व्यतीत किया था। पूर्व-कर्मों का प्रायश्चित क्या इतने पर भी पूरा नहीं हुआ?

प्रकृति माधुर्य में डूबी हुई है। आधी रात का समय है। चारों तरफ चांदनी छिटकी हुई है। वृक्षों के नीचे कैसा जाल बिछा हुआ है ! क्या पक्षी हृदय को फंसाने के लिए ? नदियों पर कैसा सुंदर जाल है ! क्या मीन हृदय को तड़पाने के लिए? ये जाल किसने फैला रखे हैं?

देवप्रिया ने आज अपने आभूषण उतार दिए हैं, केश खोल दिए हैं और वियोगिनी के रूप में पति से प्रेम की भिक्षा मांगने जा रही है। आईने के सामने जाकर खड़ी हो गई। आईना चमक उठा। देवप्रिया विजय गर्व से मुस्करायी। कमरे के बाहर निकली।

सहसा उसके अंत:करण में कहीं से आवाज आई, 'सर्वनाश !' देवप्रिया के पांव रुक गए। देह शिथिल पड़ गई। उसने भीत दृष्टि से इधर-उधर देखा। फिर आगे बढ़ी।

उसी समय वायु बड़े वेग से चली। कमरे में कोई चीज 'खट-खट !' करती हुई नीचे गिर पड़ी। देवप्रिया ने कमरे में जाकर देखा, शंखधर का तैल-चित्र संगमरमर की भूमि पर गिरकर चूर-चूर हो गया था। देवप्रिया के अंत:करण में फिर वही आवाज आई—'सर्वनाश !' उसके रोएं खड़े हो गए। पुष्प के समान कोमल शरीर मुरझा गया। वह एक क्षण तक खड़ी रही। फिर आगे बढ़ी।

शंखधर दीवानखाने में बैठे सोच रहे थे। मेरे बार-बार जन्म लेने का हेतु क्या है? क्या मेरे जीवन का उद्देश्य जवान होकर मर जाना ही है? क्या मेरे जीवन की अभिलाषाएं कभी

पूरी न होंगी? संसार के सब प्राणियों के लिए यदि भोग-विलास वर्जित नहीं है, तो मेरे लिए ही क्यों है? क्या परीक्षा की आग में जलते ही रहना मेरे जीवन का ध्येय है?

देवप्रिया द्वार पर जाकर खड़ी हो गई।

शंखधर ने उसका अलंकार-विहीन रूप देखा, तो उन्मत्त हो गए। अलंकारों का त्याग करके वह मोहिनी हो गई थी।

देवप्रिया ने द्वार पर खड़े-खड़े कहा—अंदर आऊं?

शंखधर के अंतःकरण में कहीं से आवाज आई। मुंह से कोई शब्द न निकला।

देवप्रिया ने फिर कहा—अंदर आऊं?

शंखधर ने कातर-स्वर में कहा—नेकी और पूछ-पूछ !

देवप्रिया—नहीं प्रियतम, तुम्हारे पास आते डर लगता है।

शंखधर ने एक पग बढ़कर देवप्रिया का हाथ पकड़ा और अंदर खींच लिया। उसी वक्त वायु का वेग प्रचंड हो गया। बिजली का दीपक बुझ गया। कमरे में अंधकार छा गया।

देवप्रिया ने सहमी हुई आवाज में कहा—मुझे छोड़ दो !

उसका हृदय धक-धक कर रहा था।

सितार पर चोट पड़ते ही जैसे उसके तार गूंज उठते हैं, वैसे ही शंखधर का स्नायुमंडल थरथरा उठा। रमणी को करपाश में लपेट लेने की प्रबल इच्छा हुई। मन को संभालकर कहा—घर आई हुई लक्ष्मी को कौन छोड़ता है !

देवप्रिया—बिना बुलाया मेहमान बिना कहे जा भी तो सकता है।

शंखधर की विचित्र दशा थी। भीतर भय था, बाहर इच्छा। मन पीछे हटता था, पैर आगे बढ़ते थे। उसने बिजली का बटन दबाकर कहा—लक्ष्मी बिना बुलाए नहीं आती प्रिये ! कभी नहीं। उपासक का हृदय अव्यक्त रूप से नित्य उसकी कामना करता ही रहता है। वह मुंह से कुछ न कहे, पर उसके रोम-रोम से आह्वान के शब्द निकलते हैं।

देवप्रिया की चिरक्षुधित प्रेमाकांक्षा आतुर हो उठी। अनंत वियोग से तड़पता हुआ हृदय आलिंगन के लिए चीत्कार करने लगा। उसने अपना सिर शंखधर के वक्षस्थल पर रख दिया और दोनों बांहें उसके गले में डाल दीं। कितना कोमल, कितना मधुर, कितना अनुरक्त स्पर्श था ! शंखधर प्रेमोल्लास से विभोर हो गया था। उसे जान पड़ा कि पृथ्वी नीचे कांप रही है और आकाश ऊपर उड़ा जाता है। फिर ऐसा हुआ कि वज्र बड़े वेग से उसके सिर पर गिरा।

वह मूर्च्छित हो गया।

देवप्रिया के अंतःकरण में फिर आवाज आई—'सर्वनाश ! सर्वनाश ! सर्वनाश !'

घबराकर बोली—प्रियतम, तुम्हें क्या हो गया? हाय ! तुम कैसे हुए जाते हो? हाय ! मैं जानती कि मुझ पापिन के कारण तुम्हारी यह दशा होगी, तो अंतकाल तक वियोगाग्नि में जलती रहती, पर तुम्हारे निकट न आती। प्यारे, आंखें खोलो तुम्हारी कमला रो रही है।

शंखधर ने आंखें खोल दीं। उनमें अकथनीय शोक था, असहनीय वेदना थी, अपार तृष्णा थी।

अत्यंत क्षीण स्वर में बोला—प्रिये ! फिर मिलेंगे। यह लीला उस दिन समाप्त होगी,

जब प्रेम में वासना न रहेगी।

चांदनी अब भी छिटकी हुई थी। वृक्षों के नीचे भी चांदनी का जाल बिछा हुआ था। जल क्षेत्र में अब भी चांदनी नाच रही थी। वायु-संगीत अब भी प्रवाहित हो रहा था, पर देवप्रिया के लिए चारों ओर अंधकार और शून्य हो गया था।

सहसा राजा विशालसिंह द्वार पर आकर खड़े हो गए।

देवप्रिया ने विलाप करके कहा—हाय नाथ! तुम मुझे छोड़कर कहां चले गए? क्या इसीलिए, इसी क्षणिक मिलाप के लिए मुझे हर्षपुर से लाए थे?

राजा साहब ने यह करुण विलाप सुना और उनके पैरों तले से जमीन निकल गई। उन्होंने विधि को परास्त करने का संकल्प किया था। विधि ने उन्हें परास्त कर दिया। वह विधि को हाथ का खिलौना बनाना चाहते थे। विधि ने दिखा दिया, तुम मेरे हाथ के खिलौने हो। वह अपनी आंखों से जो कुछ न देखना चाहते थे, वह देखना पड़ा और इतनी जल्द! आज ही वह मुंशी वज्रधर के पास से लौटे थे। आज ही उनके मुख से वे अहंकारपूर्ण शब्द निकले थे। आह! कौन जानता था कि विधि इतनी जल्द यह सर्वनाश कर देगा! इससे पहले कि वह अपने जीवन का अंत कर दें, विधि ने उनकी आशाओं का अंत कर दिया।

राजा साहब ने कमरे में जाकर शंखधर के मुख की ओर देखा। उनके जीवन का आध ार निर्जीव पड़ा हुआ था। यही दृश्य आज से पचास वर्ष पहले उन्होंने देखा था। यही शंखध र था! हां, यही शंखधर था! यही कमला थी! हां, यही कमला थी! वह स्वयं बदल गए थे। उस समय दिल में मनसूबे थे, बड़े-बड़े इरादे थे। आज नैराश्य और शोक के सिवा कुछ न था।

उनके मुख से विलाप का एक शब्द भी न निकला। आंखों से आंसू की एक बूंद भी न गिरी। खड़े-खड़े भूमि पर गिर पड़े और दम निकल गया।

छप्पन

शंखधर के चले आने के बाद चक्रधर को संसार शून्य जान पड़ने लगा। सेवा का वह पहला उत्साह लुप्त हो गया। उसी सुंदर युवक की सूरत आंखों में नाचती रहती। उसी की बातें कानों में गूंजा करतीं। भोजन करने बैठते, तो उसकी जगह खाली देखकर उनके मुंह में कौर न ध ंसता। हरदम कुछ खोए-खोए से रहते थे। बार-बार यह जी चाहता था कि उसके पास चला जाऊं! बार-बार चलने का इरादा करते, पर पग रुक जाते। साईंगंज से जाने का अब उनका जी नहीं चाहता था। इतने दिनों तक वह एक जगह कभी नहीं रहे। शंखधर जिस कंबल पर सोता था, उसे रोज झाड़-पोंछकर तह करते हैं। शंखधर अपनी खंजरी यहीं छोड़ गया है। चक्रध ार के लिए संसार में इससे बहुमूल्य कोई वस्तु नहीं है। शंखधर की पुरानी धोती और फटे हुए कुर्ते सिरहाने रखकर सोते हैं। रमणी अपने सुहाग के जोड़े की भी इतनी देख-रेख न करती होगी।

संध्या हो गई है। चक्रधर मंदिर के दालान में बैठे हुए चलने की तैयारी कर रहे हैं।

अब यहां नहीं रहा जा सकता। उस देवकुमार को देखने के लिए आज वह बहुत विकल हो रहे हैं।

गांव के चौधरी ने आकर कहा—महाराज, आप व्यर्थ गठरी बांध रहे हैं। हम लोगों का प्रेम फिर आधे रास्ते से खींच लाएगा। आप हमारी विनती न सुनें, पर प्रेम की रस्सी को कैसे तोड़ डालिएगा?

चक्रधर—नहीं भाई, अब जाने दो। बहुत दिन हो गए।

चौधरी का लड़का नीचे रखी हुई खंजरी उठाकर बजाने लगा। चक्रधर ने उसके हाथ से खंजरी छीन ली और बोले—खंजरी हमें दे दो बेटा, टूट जाएगी।

लड़के ने रोकर कहा—हम खंजरी लेंगे।

चौधरी ने चक्रधर की ओर देखकर कहा—बाबाजी के चरण छुओ, तो दिला दूं।

चक्रधर बोले—नहीं भाई, खंजरी न दूंगा। यह खंजरी उस युवक की है, जो कई दिनों तक मेरे पास रहा था। दूसरे की चीज कैसे दे दूं?

गांव के बहुत से आदमी जमा हो गए। चक्रधर विदा हुए। कई आदमी मील भर तक उनके साथ आए।

लेकिन प्रातःकाल लोग मंदिर पर पूजा करने आए, तो देखा कि बाबा भगवानदास चबूतरे पर झाडू लगा रहे हैं।

एक आदमी बोला—हम कहते थे, महाराज न जाइए, लेकिन आपने न माना। आखिर हमारी भक्ति खींच लाई न? अब इसी गांव में आपको कुटी बनानी पड़ेगी।

चक्रधर ने सकुचाते हुए कहा—अभी यहां कुछ दिन और अन्न-जल है, भाई ! सचमुच इस गांव की मुहब्बत नहीं छोड़ती।

चक्रधर ने मन में निश्चय किया, अब शंखधर को देखने का इरादा कभी न करुंगा। वह अपने घर पहुंच गया। संभव है, उसका तिलक भी हो गया हो। मेरी याद भी उसे न आती होगी। मैं व्यर्थ ही उसके लिए इतना चिंतित हूं। पुत्र सभी के होते हैं, पर उसके पीछे कोई इतना अंधा नहीं हो जाता कि और सब काम छोड़कर बस उसी के नाम रोता रहे।

फिर सोचा—एक बार देख आने में हरज ही क्या है? कोई मुझे बांध तो रखेगा नहीं। जब उस वक्त कोई न रोक सका, तो आज कौन रोकेगा? जरा देखूं, किस ढंग से राज करता है। मेरे उपदेशों का कुछ फल हुआ या पड़ गया उसी चक्कर में? धुन का पक्का तो जरूर है। कर्मचारियों के हाथ की कठपुतली तो शायद न बने, मगर कुछ कहा नहीं जा सकता। मानवीय चरित्र इतना जटिल है कि बुरे से बुरा आदमी भी देवता हो जाता है, और अच्छे से अच्छा आदमी पशु। मुझे देखकर झेंपेगा तो क्या ! मैं यों उसके सम्मुख जाऊं ही क्यों? दूर ही से देखकर चला आऊंगा। रंग-ढंग से दो-चार आदमियों से बातें करते ही मालूम हो जाएगा।

यह सोचते-सोचते चक्रधर सो गए। रात को उन्हें एक भयंकर स्वप्न दिखाई दिया। क्या देखते हैं कि शंखधर एक नदी के किनारे उनके साथ बैठा हुआ है। सहसा दूर से एक नाव आती हुई दिखाई दी। उसमें से मन्नासिंह उतर पड़ा। उसने हंसकर कहा—बाबूजी, यही राजकुमार हैं न? मैं बहुत दिनों से खोज रहा हूं। राजा साहब इन्हें बुला रहे हैं। शंखधर उठकर

मन्नासिंह के साथ चला। दोनों नाव पर बैठे। मन्नासिंह डांड़ चलाने लगा। चक्रधर किनारे ही खड़े रह गए। नाव थोड़ी ही दूर जाकर चक्कर खाने लगी। शंखधर ने दोनों हाथ उठाकर उन्हें बुलाया ! वह दौड़े, पर इतने में नाव डूब गई। एक क्षण में फिर नाव ऊपर आ गई। मन्नासिंह पूर्ववत् डांड़ चला रहा था, पर शंखधर का पता न था।

चक्रधर जोर से चीख मारकर जग पड़े ! उनका हृदय धक-धक कर रहा था। उनके मुख से शब्द निकल पड़े—ईश्वर ! यह स्वप्न है या होने वाली बात? अब उनसे वहां न रहा गया। उसी वक्त उठ बैठे, बकुचा लिया और चल खड़े हुए।

चांदनी छिटकी हुई थी। चारों ओर सन्नाटा था। पर्वत श्रेणियां अभिलाषाओं की समाधियों-सी मालूम होती थीं। वृक्षों के समूह श्मशान से उठने वाले धुएं की तरह नजर आते थे। चक्रधर कदम बढ़ाते हुए पथरीली पगडंडियों पर चले जाते थे !

चक्रधर की इस वक्त वह मानसिक दशा हो गई थी, जब अपने ही को अपनी खबर नहीं रहती। वह सारी रात पथरीले पथ पर चलते रहे। प्रातःकाल रेलवे स्टेशन मिला। गाड़ी आई, उस पर जा बैठे। गाड़ी में कौन लोग थे, उन्हें देख-देखकर लोग उनसे क्या प्रश्न करते थे, उनका वह क्या उत्तर देते थे, रास्ते में कौन-कौन से स्टेशन मिले, कब दोपहर हुई, कब संध्या हुई, इन बातों का उन्हें जरा भी ज्ञान न हुआ। पर वह कर वही रहे थे, जो उन्हें करना चाहिए था। किसी की बातों का ऊटपटांग जवाब न देते थे, जिन गाड़ियों पर बैठना न चाहिए था, उन पर न बैठते थे, जिन स्टेशनों पर उतरना न चाहिए था, वहां न उतरते थे। अभ्यास बहुधा चेतना का स्थान ले लिया करता है।

तीसरे दिन प्रातःकाल गाड़ी काशी जा पहुंची। ज्यों ही गाड़ी गंगा के पुल पर पहुंची, चक्रधर की चेतना जाग उठी ! संभल बैठे। गंगा के बाएं किनारे पर हरियाली छाई हुई थी। दूसरी ओर काशी का विशाल नगर, ऊंची अट्टालिकाओं और गगनचुंबी मंदिर-कलशों से सुशोभित, सूर्य के स्निग्ध प्रकाश से चमकता हुआ खड़ा था। मध्य में गंगा मंद गति से अनंत की ओर दौड़ी चली जा रही थी, मानो अभिमान से अटल नगर और उच्छृंखलता से झूमती हुई हरियाली से कह रही हो—अनंत जीवन अनंत प्रवाह में है। आज बहुत दिनों के बाद यह चिरपरिचित दृश्य देखकर चक्रधर का हृदय उछल पड़ा। भक्ति का उद्‌गार मन में उठा। एक क्षण के लिए वह अपनी सारी चिंताएं भूल गए, गंगा-स्नान की प्रबल इच्छा हुई। इसे वह किसी तरह न रोक सके।

स्टेशन पर कई पुराने मित्रों से उनकी भेंट हो गई। उनकी सूरतें कितनी बदल गई थीं। वे चक्रधर को देखकर चौंके, कुशल पूछी और जल्दी से चले गए। चक्रधर ने मन में कहा—कितने रूखे लोग हैं कि किसी को बातें करने की फुर्सत नहीं।

वह एक तांगे पर बैठकर स्नान करने चले। थोड़ी ही दूर गए थे कि गुरुसेवकसिंह मोटर पर सामने से आते दिखाई दिए। चक्रधर ने तांगेवाले को रोक दिया। गुरुसेवक ने भी मोटर रोकी और पूछा—क्या अभी चले आ रहे हैं?

चक्रधर—जी हां, चला ही आता हूं।

गुरुसेवक ने मोटर आगे बढ़ा दी। चक्रधर को इनसे इतनी रुखाई की आशा न थी। चित्त

खिन्न हो उठा।

दशाश्वमेध घाट पहुंचकर तांगे से उतरे। इसी घाट पर वह पहले भी स्नान किया करते थे। सभी पंडे उन्हें जानते थे, पर आज किसी ने भी प्रसन्न चित्त से उनका स्वागत नहीं किया। ऐसा जान पड़ता था कि उन लोगों को उनसे बातें करते जब्र हो रहा है। किसी ने न पूछा—कहां-कहां घूमे? क्या करते रहे?

स्नान करके चक्रधर फिर तांगे पर आ बैठे और राजभवन की ओर चले। ज्यों-ज्यों भवन निकट आता था, उनका आशंकित हृदय अस्थिर होता जाता था।

तांगा सिंहद्वार पहुंचा। वह राज्य पताका, जो मस्तक ऊंचा किए लहराती रहती थी, झुकी हुई थी। चक्रधर का दिल बैठ गया। इतने जोर से धड़कन होने लगी, मानो हथौड़े की चोट पड़ रही हो।

तांगा देखते ही एक बूढ़ा दरबान आकर खड़ा हो गया, चक्रधर को ध्यान से देखा और भीतर की ओर दौड़ा। एक क्षण के अंदर हाहाकार मच गया। चक्रधर को मालूम हुआ कि वह किसी भयंकर जंतु के उदर में पड़े हुए तड़फड़ा रहे हैं।

किससे पूछें, क्या विपत्ति आई है? कोई निकट नहीं आता। सब दूर सिर झुकाए खड़े हैं। वह कौन लाठी टेकता हुआ चला आता है? अरे! यह तो मुंशी वज्रधर हैं। चक्रधर तांगे से उतरे और दौड़कर पिता के चरणों पर गिर पड़े।

मुंशीजी ने तिरस्कार के भाव से कहा—दो-चार दिन पहले न आते बना कि लड़के का मुंह तो देख लेते। अब आए हो, जबकि सर्वनाश हो गया! क्या बैठे यही मना रहे थे?

चक्रधर रोए नहीं, गंभीर एवं सुदृढ़ भाव से बोले—ईश्वर की इच्छा। मुझे किसी ने एक पत्र तक न लिखा। बीमारी क्या थी?

मुंशी—अजी, सिर तक नहीं दुखा, बीमारी होना किसे कहते हैं? बस, होनहार! तकदीर! रात को भोजन करके बैठे एक पुस्तक पढ़ रहे थे। बहू से बातें करते हुए स्वर्ग की राह ली। किसी हकीम वैद्य की अक्ल नहीं काम करती कि क्या हो गया था। जो सुनता, दांतों तले अंगुली दबाकर रह जाता है। बेचारे राजा साहब भी इस शोक में चल बसे। तुमने उसे भुला दिया था, पर उसे तुम्हारे नाम की रट लगी हुई थी। बेचारे के दिल में कैसे-कैसे अरमान थे! हम और तुम क्या रोएंगे, रोती है प्रजा! इतने ही दिनों में सारी रियासत उस पर जान देने लगी थी। इस दुनिया में क्या कोई रहे! जी भर गया। अब तो जब तक जीना है, तब तक रोना है। ईश्वर बड़ा ही निर्दयी है।

चक्रधर ने लंबी सांस खींचकर कहा—मेरे कर्मों का फल है। ईश्वर को दोष न दीजिए।

मुंशी—तुमने ऐसे कर्म किए होंगे, मैंने नहीं किए। मुझे क्यों इतनी बड़ी चोट लगाई? मैं भी अब तक ईश्वर को दयालु समझता था, लेकिन अब वह श्रद्धा नहीं रही। गुणानुवाद करते सारी उम्र बीत गई। उसका यह फल! उस पर कहते हो, ईश्वर को दोष न दीजिए। अपने कल्याण ही के लिए तो ईश्वर का भजन किया है या किसी की जीभ खुजलाती है? कसम ले लो, जो आज से कभी एक पद भी गाऊं। तोड़ आया सितार-सारंगी, सरोद-पखावज, सब पटककर तोड़ डाले। ऐसे निर्दयी की महिमा कौन गाए और क्यों गाए? मर्द आदमी, तुम्हारी

आंखों में आंसू भी नहीं निकलते? खड़े ताक रहे हो! मैं कहता हूं—रो लो, नहीं तो कलेजे में नासूर पड़ जाएगा! बड़े-बड़े त्यागी देखे हैं, लेकिन जो पेट भरकर रोया नहीं, उसे फिर हंसते नहीं देखा। आओ, अंदर चलो। बहू ने दीवार से सिर पटक दिया, पट्टी बांधे पड़ी हुई है। तुम्हें देखकर उसे धीरज हो जाएगा! मैं डरता हूं कि वहां जाकर कहीं तुम भी रो न पड़ो, नहीं तो उसके प्राण ही निकल जाएंगे।

यह कहकर मुंशीजी ने उनका हाथ पकड़ लिया और अंतःपुर में ले गए। अहिल्या को उनके आने की खबर मिल गई थी। उठना चाहती थी, पर उठने की शक्ति न थी।

चक्रधर ने सामने आकर कहा—अहिल्या!

अहिल्या ने फिर चेष्टा की। बरसों की चिंता, कई दिनों के शोक और उपवास एवं बहुत-सा रक्त निकल जाने के कारण शरीर जीर्ण हो गया था। करवट घूमकर दोनों हाथ पति के चरणों की ओर बढ़ाए, पर वह चरणों को स्पर्श न कर सकी, हाथ फैले रह गए, और एक क्षण में भूमि पर लटक गए। चक्रधर ने घबराकर उसके मुख की ओर देखा। निराशा मुरझाकर रह गई थी। नेत्रों में करुण याचना भरी हुई थी।

चक्रधर ने रुंधे हुए स्वर में कहा—अहिल्या, मैं आ गया, अब कहीं न जाऊंगा! ईश्वर से कहता हूं, कहीं न जाऊंगा। हाय ईश्वर! क्या मुझे यही दिखाने के लिए यहां लाया था?

अहिल्या ने एक बार तृषित, दीन एवं तिरस्कारमय नेत्रों से पति की ओर देखा। आंखें सदैव के लिए बंद हो गईं।

उसी वक्त मनोरमा आकर द्वार पर खड़ी हो गई। चक्रधर ने आंसुओं को रोकते हुए कहा—रानीजी, जरा आकर इन्हें चारपाई से उतरवा दीजिए।

मनोरमा ने अंदर आकर अहिल्या का मुख देखा और रोकर बोली—आपके दर्शन बदे थे, नहीं तो प्राण कबके निकल चुके थे। दुखिया का कोई भी अरमान पूरा न हुआ। यह कहते-कहते मनोरमा की आंखों से आंसुओं की झड़ी लग गई!

उपसंहार

कई साल बीत गए हैं। मुंशी वज्रधर नहीं रहे। घोड़े की सवारी का उन्हें बड़ा शौक था। नर घोड़े ही पर सवार होते थे। बग्घी, मोटर, पालकी इन सभी को वह जनानी सवारी कहते थे! एक दिन जगदीशपुर से बहुत रात गए लौट रहे थे। रास्ते में एक नाला पड़ता था। नाले में उतरने के लिए रास्ता भी बना हुआ था, लेकिन मुंशीजी नाले में उतरकर पार करना अपमान की बात समझते थे। घोड़े ने जस्त मारी, उस पार निकल भी गया, पर उसके पांव गड्ढे में पड़ गए। गिर पड़ा, मुंशीजी भी गिरे और फिर न उठे। हंस-खेल कर जीवन काट दिया। निर्मला भी पति का वियोग सहने के लिए बहुत दिन जीवित न रही। उसकी अंतिम अभिलाषा, कि चक्रधर फिर विवाह कर लें, पूरी नहीं हो सकी।

देवप्रिया फिर जगदीशपुर पर राज्य कर रही है। हां, उसका नाम बदल गया है। विलासिनी देवप्रिया अब तपस्विनी देवप्रिया है। उसका भविष्य अब अंधकारमय नहीं है। प्रभात की

आशामयी किरणें उसके जीवन-मार्ग को आलोकित कर रही हैं।

रानी मनोरमा नए भवन में रहती हैं। उसने कितनी ही चिड़ियां पाल रखी हैं। उन्हीं की देख-रेख में अब वह अपने दिन काटती है। पक्षियों में वह अपनी मनोव्यथा को विलीन कर देना चाहती है। उसके शयनागार में सोने के चौखट में खड़ा हुआ एक चित्र दीवार से लटका हुआ है, जिसमें दीवान हरिसेवक के मुंह से निकले हुए शब्द अंकित हैं—

'लौंगी को देखो !'

आज से कई साल पहले, जब राजा साहब जीवित थे, मनोरमा को उसके पिता ने यही अंतिम उपदेश दिया था। उसी दिन से यह उपदेश उसका जीवन-मंत्र बना हुआ है।

चक्रधर बहुत दिन घर पर न रहे। माता-पिता के बाद वह घर, घर ही न रहा। फिर दक्षिण की ओर सिधारे, लेकिन अब वह केवल सेवा-कार्य ही नहीं करते, उन्हें पक्षियों से बहुत प्रेम हो गया है। विचित्र पक्षियों की उन्हें नित्य खोज रहती है। भक्तजन उनका यह पक्षी-प्रेम देखकर उन्हें प्रसन्न करने के लिए नाना प्रकार के पक्षी लाते रहते हैं। इन पक्षियों के अलग-अलग नाम हैं। अलग-अलग उनके भोजन की व्यवस्था है। उन्हें पढ़ाने, घुमाने व चुगाने का समय नियत है।

सांझ हो गई थी। मनोरमा बाग में टहल रही थी। सहसा हौज के पास एक बहुत ही सुंदर पिंजरा दिखाई दिया। उसमें पहाड़ी मैना बैठी हुई थी। रानीजी को आश्चर्य हुआ। यहां पिंजरा कहां से आया? उसके पास कई चिड़ियां थीं, जिन्हें उसने सैकड़ों रुपये खर्च करके खरीदा था, पर ऐसी सुंदर एक भी चीज न थी। रंग पीला था। सिर पर लाल दाग था; चोंच इतनी प्यारी कि चूम लेने को जी चाहता था। मनोरमा समीप गई, तो मैना बोली—नोरा ! हमें भूल गईं? तुम्हारा पुराना सेवक हूं।

मनोरमा के आश्चर्य का पारावार न रहा। उसे कुछ भय-सा लगा। इसे मेरा नाम किसने पढ़ाया? किसकी चिड़िया है? यहां कैसे आई? इसका स्वामी अवश्य कोई होगा? आता होगा, देखूं कौन है?

मनोरमा बड़ी देर तक खड़ी उस आदमी का इंतजार करती रही। जब अब भी कोई न आया, तो उसने माली को बुलाकर पूछा—यह पिंजरा बाग में कौन लाया?

माली ने कहा—पहचानता तो नहीं हुजूर, पर हैं कोई भले आदमी। मुझसे देर तक रियासत की बातें पूछते रहे। पिंजरा रखकर गए कि और चिड़ियां लेता आऊं पर लौटकर न आए।

रानी—आज फिर आएंगे?

माली—हां, हुजूर, कह तो गए हैं।

रानी—आएं तो मुझे खबर देना।

माली—बहुत अच्छा, सरकार।

रानी—सूरत कैसी है, बता सकता है?

माली—बड़ी-बड़ी आंखें हैं, हुजूर, लंबे आदमी हैं। एक-एक बाल पक रहा है।

रानी ने उत्सुकता से कहा—आएं तो मुझे जरूर बुला लेना।

रानी पिंजरा लिए हुए चली आई। रात भर वही मैना उसके ध्यान में बसी रही। उसकी

बातें कानों में गूंजती रहीं।

कौन कह सकता है, यह संकेत पाकर उसका मन कहां-कहां विचर रहा था। सारी रात वह मधुर स्मृतियों का सुखद स्वप्न देखने में मग्न रही। प्रातःकाल उसके मन में आया, चलकर देखूं, वह आदमी आया है या नहीं। वह भवन से निकली, पर फिर लौट गई।

थोड़ी ही देर में फिर वही इच्छा हुई वह आदमी कौन है, क्या यह बात उससे छिपी हुई थी? वह बाग में फाटक तक आई, पर वहीं से लौट गई। उसका हृदय हवा के पर लगाकर उस मनुष्य के पास पहुंच जाना चाहता था, पर आह ! कैसे जाए?

चार बजे वह ऊपर के कमरे में जा बैठी और उस आदमी की राह देखने लगी। वहां से माली का मकान साफ दिखाई देता था। बैठे-बैठे बहुत देर हो गई। अंधेरा होने लगा। रानी ने एक गहरी सांस ली। शायद अब न आएंगे।

सहसा उसने देखा, एक आदमी दो पिंजरे दोनों हाथों से लटकाए बाग में आया। मनोरमा का हृदय बांसों उछलने लगा। सहस्र घोड़ों की शक्ति वाला इंजन उसे उस आदमी की ओर खींचता हुआ जान पड़ा। वह बैठी न रह सकी। दोनों हाथों से हृदय थामे, सांस बंद किए मनोवेग से आंदोलित वह खड़ी रही। उसने सोचा, माली अभी मुझे बुलाने आता होगा, पर माली न आया और वह आदमी वहीं पिंजरा रखकर चला गया ! मनोरमा अब वहां न रह सकी। हाय ! वह चले जा रहे हैं ! तब जमीन पर लेटकर फफक-फफक रोने लगी।

सहसा माली ने आकर कहा—सरकार, वह आदमी दो पिंजरे रख गया है और कह गया है कि फिर कभी और चिड़िया लेकर आऊंगा।

मनोरमा ने कठोर स्वर में पूछा—तूने मुझसे उसी वक्त क्यों नहीं कहा।

माली पिंजरे को उसके सामने जमीन पर रखता हुआ बोला—सरकार, मैं उसी वक्त आ रहा था, पर उसी आदमी ने मना किया। कहने लगा, अभी सरकार को क्यों बुलाओगे? मैं फिर कभी और चिड़िया लाकर आप ही उनसे मिलूंगा।

रानी कुछ न बोली। पिंजरे में बंद दोनों चिड़ियों को सजल नेत्रों से देखने लगी।

●●●